INFIEL

ALFAGUARA

JOYCE CAROL OATES

INFIEL
HISTORIAS DE TRANSGRESIÓN

Traducción de MariCarmen Bellver

INFIEL
Título original: Faithless. Tales of transgression
D. R. © The Ontario Review, Inc., 2001
Publicada de acuerdo con Ecco,
un sello de Harper Collins Publishers
© De la traducción: MariCarmen Bellver

ALFAGUARA

De esta edición:
   D. R. © Santillana Ediciones Generales, S.A. de C.V., 2010
   Av. Universidad 767, Col. del Valle
   México, 03100, D.F. Teléfono 5420 7530
   www.alfaguara.com.mx

Primera edición: febrero de 2010

ISBN: 978-607-11-0417-5

Diseño: Proyecto de Enric Satué
D. R. © Cubierta: Nan Goldin

Impreso en México

Índice

Estas historias son para Alice Turner y Otto Penzler

Cuando no se ama demasiado,
no se ama lo suficiente.

PASCAL

Primera parte

Au Sable

Agosto, primera hora del atardecer. En la quietud de la casa en la zona residencial, sonó el teléfono. Mitchell dudó sólo un momento antes de levantar el auricular. *Y allí estaba el primer tono discordante.* La persona que llamaba era el suegro de Mitchell, Otto Behn. Hacía años que Otto no llamaba antes de que la tarifa telefónica reducida entrara en vigor a las once de la noche. Ni siquiera cuando hospitalizaron a Teresa, la esposa de Otto.

El segundo tono discordante. La voz.

—¿Mitch? ¡Hola! Soy yo, Otto.

La voz de Otto sonaba extrañamente aguda, ansiosa, como si se encontrara más lejos de lo habitual y estuviera preocupado por si Mitchell no podía oírle. Y parecía afable, incluso optimista, algo que por entonces le ocurría con poca frecuencia cuando hablaba por teléfono. Lizbeth, la hija de Otto, había llegado a temer sus llamadas a última hora de la noche: en cuanto contestabas el teléfono, Otto soltaba una de sus cantinelas, sus diatribas llenas de quejas, deliberadamente inexpresivas, divertidas, pero subrayadas con una cólera fría al antiguo estilo de Lenny Bruce, a quien Otto había admirado sobremanera a finales de los cincuenta. Ahora, con sus ochenta y tantos años, Otto se había convertido en un hombre enfadado: enfadado por el cáncer de su esposa, enfadado por su «enfermedad crónica», enfadado por sus vecinos de Forest Hills (niños ruidosos, perros que no paraban de ladrar, cortadoras de césped, soplahojas), enfadado por tener que esperar dos horas en «una cámara frigorífica» para su resonancia magnética más reciente, enfadado con los políticos, incluso con aquellos para los que había ayudado a solicitar el

15

voto durante su época de euforia, cuando se jubiló de su puesto de maestro de secundaria quince años antes. Otto estaba enfadado por la vejez, pero ¿quién se lo iba a decir al pobre hombre? No sería su hija, y menos su yerno.

Aquella noche, sin embargo, Otto no estaba enfadado.

Con una voz agradablemente cordial aunque algo forzada, preguntó a Mitchell por su trabajo como arquitecto de espacios comerciales; y por Lizbeth, la única hija de los Behn; y por sus preciosos hijos ya mayores y emancipados, los nietos a quienes Otto adoraba de pequeños, y siguió así durante un rato hasta que por fin Mitchell dijo nervioso:

—Mmm, Otto... Lizbeth ha ido al centro comercial. Volverá a eso de las siete. ¿Le digo que te llame?

Otto soltó una carcajada. Podías imaginarte la saliva brillándole en los labios gruesos y carnosos.

—No quieres hablar con el viejo, ¿eh?

Mitchell también intentó reír.

—Otto, hemos estado hablando.

Otto respondió con más seriedad.

—Mitch, amigo mío, me alegro de que hayas contestado tú en lugar de Bethie. No tengo mucho tiempo para hablar y creo que prefiero hacerlo contigo.

—¿Sí? —Mitchell sintió cierto temor. Nunca, en los treinta años que hacía que se conocían, Otto Behn le había llamado «amigo». Teresa debía de haber empeorado otra vez. ¿Quizá se estuviera muriendo? A Otto le habían diagnosticado Parkinson tres años antes. Aún no era un caso grave. ¿O quizá sí?

Sintiéndose culpable, Mitchell se dio cuenta de que Lizbeth y él no habían visitado a la pareja de ancianos en casi un año, aunque vivían a menos de trescientos cincuenta kilómetros de distancia. Lizbeth cumplía con sus llamadas telefónicas los domingos por la noche, y esperaba (normalmente en vano) hablar primero con su madre, cuyos modales al teléfono eran débilmente alegres y optimistas. Sin embargo, la última vez que los visitaron les sorprendió el deterioro de Teresa. La pobre se había sometido a meses de quimioterapia y se hallaba en los huesos, su piel como la cera. No mucho antes, con sesenta y tantos, estaba llena de vitalidad, rolliza, robusta como una roca. Y después estaba Otto, rondando con los temblores de las manos que parecía exagerar para tener un aspecto más cómico, quejándose sin cesar de los doctores, de los seguros médicos y de los ovnis «en contubernio», qué visita más tensa y agotadora. De camino a casa, Lizbeth había recitado unos versos de un poema de Emily Dickinson: «Oh Life, begun in fluent Blood, and consumated dull!».

«Dios mío —había exclamado Mitchell, temblando, con la boca seca—. De eso se trata, ¿verdad?».

Ahora, diez meses más tarde, Otto estaba al teléfono hablando como si nada, como si conversara de la venta de unas propiedades, de «cierta decisión» que habían tomado Teresa y él. Los «glóbulos blancos» de Teresa, las «malditas noticias» que él había recibido y de las que no iba a hablar. «El tema se ha cerrado definitivamente», dijo. Mitchell, que intentaba entender todo aquello, se apoyó en la pared, repentinamente débil. *Está ocurriendo con demasiada rapidez. ¿Qué demonios es esto?* Otto comentaba en voz baja:

—Decidimos no decíroslo, en julio volvieron a ingresar a su madre en Mount Sinai. La enviaron a casa y tomamos nuestra decisión. No te lo digo para que hablemos del tema, Mitch, ¿me entiendes? Es sólo para informaros. Y para pediros que cumpláis nuestros deseos.

—¿Vuestros deseos?

—Hemos estado mirando los álbumes, fotos viejas y demás, y disfrutando de lo lindo. Cosas que hacía cuarenta años que no veía. Teresa no para de exclamar: «¡Vaya! ¿Hicimos todo eso? ¿Vivimos todo eso?». Es algo extraño y humillante, en cierto modo, darse cuenta de que hemos sido condenadamente felices, incluso cuando no lo sabíamos. Debo confesar que no tenía ni idea. Tantos años, echando la vista atrás, Teresa y yo llevamos sesenta y dos años juntos; se diría que podría ser muy deprimente pero en realidad, bien mirado, no lo es. Teresa dice: «Hemos vivido unas tres vidas, ¿verdad?».

—Perdón —interrumpió Mitchell con el clamor de la sangre en los oídos—, ¿cuál es esa «decisión» que habéis tomado?

Otto respondió:

—Exacto. Os pido que respetéis nuestros deseos al respecto, Mitch. Creo que lo entiendes.

—Yo... ¿qué?

—No estaba seguro de si debía hablar con Lizbeth. De su reacción. Ya sabes, cuando vuestros hijos se marcharon de casa para ir a la universidad —Otto calló momentáneamente. Con tacto. El caballero de siempre. Nunca criticaría a Lizbeth delante de Mitchell, aunque con Lizbeth podía ser directo e hiriente, o lo había sido en el pasado. Ahora dijo dubitativo—: Puede ponerse, bueno... sentimental.

Mitchell tuvo un presentimiento y preguntó a Otto dónde estaba.

—¿Dónde?

—¿Estáis en Forest Hills?

Otto guardó silencio durante un segundo.

—No.

—Entonces, ¿dónde estáis?

Respondió con un punto de desafío en su voz:

—En la cabaña.

—¿En la cabaña? ¿En Au Sable?

—Eso es. En Au Sable.

Otto dejó que lo asimilara.

Pronunciaron el nombre de forma distinta. Mitchell, *O Sable,* tres sílabas; Otto, *Oz'ble,* con una sílaba elidida, como lo pronunciaba la gente de la zona.

Con ello se refería a la propiedad de los Behn en las montañas Adirondack. A cientos de kilómetros de distancia. Un viaje en coche de siete horas, la última por estrechas carreteras de montaña plagadas de curvas y en su mayor parte sin asfaltar al norte de Au Sable Forks. Por lo que Mitchell sabía, hacía años que los Behn no pasaban tiempo allí. Si lo hubiera pensado con detenimiento —y no lo hizo, ya que los asuntos correspondientes a los padres de Lizbeth quedaban a consideración de ésta— Mitchell habría aconsejado a los Behn que vendieran la propiedad, que en realidad no era una cabaña sino más bien una casa de seis habitaciones construida con leños talados a mano, no acondicionada para el invierno, en una extensión de unas cinco hectáreas de un hermoso campo solitario al sur del monte Moriah. A Mitchell no le gustaría que Lizbeth heredara esa propiedad, ya que no se sentirían cómodos vendiendo algo que en otro tiempo había significado tanto para Teresa y Otto; además, Au Sable estaba demasiado apartado para ellos, resultaba poco práctico. Hay gente que no tarda en inquietarse cuando se aleja de lo que llaman la civilización: el asfalto, los periódicos, las bodegas, campos de tenis decentes, los amigos y al menos la posibilidad de disfrutar de buenos restaurantes. En Au Sable, tenías que conducir durante una hora para llegar, ¿adónde?, Au Sable Forks. Por supuesto hace años, cuando los niños eran pequeños, iban todos los veranos a visitar a los padres de Lizbeth y sí, era cierto: las Adirondack eran hermosas, y paseando a primera hora de la mañana podía verse el monte Moriah como un sueño mastodóntico que sorprendía por su cercanía, y el aire dolorosamente frío y puro te atravesaba los pulmones, e incluso los cantos de los pájaros resultaban más agudos y claros de lo que era habitual oír y existía la convicción, o quizá el deseo, de que las revelaciones físicas de ese tipo constituían un estado espiritual, y sin embargo, Lizbeth y Mitchell se sentían ambos impacientes por marcharse después de pasar unos días allí. Se aficionaban a las siestas en su habitación del segundo piso con celosías en las ventanas, rodeados de pinos como una embarcación a flote en un mar teñido de verde. Hacían el amor con ternura y mantenían conversaciones soñadoras sin rumbo fijo que no tenían en ningún otro lugar. Y sin embargo, después de unos días estaban ansiosos por irse.

19

Mitchell tragó saliva. No tenía costumbre de interrogar a su suegro y se sentía como si fuera uno de los alumnos de secundaria de Otto Behn, intimidado por el hombre al que admiraba.

—Otto, espera, ¿por qué estáis Teresa y tú en Au Sable?

Él respondió con cuidado:

—Estamos intentando solucionar nuestra situación. Hemos tomado una decisión y así... —Otto hizo una discreta pausa—. Así os informamos.

Por mucho que Otto hablase con tanta lógica, Mitchell se sintió como si le hubiera dado una patada en el estómago. ¿Qué era aquello? ¿Qué estaba oyendo? *Esta llamada no es para mí. Se trata de un error.* Otto decía que llevaban al menos tres años planeando aquello, desde que le diagnosticaron a él la enfermedad. Habían estado «haciendo acopio» de lo necesario. Barbitúricos potentes y fiables. Nada apresurado, nada dejado al azar, y nada que lamentar.

—¿Sabes? —exclamó Otto calurosamente—, soy un hombre que planea por adelantado.

Aquello era cierto. Había que reconocerlo.

Mitchell se preguntó cuánto había acumulado Otto. Inversiones en los ochenta, propiedades en alquiler en Long Island. Notó una sensación de desazón, de repugnancia. *Nos dejarán la mayor parte. ¿A quién si no?* Podía imaginar la sonrisa de Teresa mientras planeaba sus abundantes cenas de Navidad, sus colosales despliegues para Acción de Gracias, la presentación de los regalos magníficamente envueltos para sus nietos. Otto dijo: «Prométemelo, Mitchell. Tengo que confiar en ti», y Mitchell repuso: «Mira, Otto —con evasivas, aturdido—, ¿tenemos vuestro número de teléfono allí?», y Otto respondió: «Contéstame, por favor», y Mitchell se oyó contestar sin saber lo que estaba diciendo: «¡Claro que puedes confiar en mí, Otto! Pero ¿tenéis el teléfono conectado?», y Otto, disgustado, replicó: «No. Nunca hemos tenido teléfono en la cabaña», y Mitchell dijo, ya que aquello había sido motivo de disgusto entre ellos tiempo atrás: «Está claro que necesitáis un teléfono en la cabaña, ése es precisamente el lugar en el que necesitáis un teléfono», y Otto farfulló algo inaudible, el equivalente verbal a encogerse de hombros, y Mitchell pensó, *Me está llamando desde una cabina en Au Sable Forks, está a punto de colgar*. Dijo apresuradamente: «Oye, mira: vamos a ir a visitaros. Teresa... ¿está bien?». Otto contestó pensativo: «Teresa está bien. Se encuentra bien. Y no queremos visitas —y añadió—: Está descansando, duerme en el porche y está bien. Au Sable fue idea de ella, siempre le ha encantado». Mitchell tanteó: «Pero estáis tan lejos». Otto respondió: «De eso se trata, Mitchell». *Va a colgar. No puede colgar*. Intentó evitarlo preguntando cuánto tiempo llevaban allí, y Otto dijo: «Desde el domingo. Hicimos el viaje en dos días. Estamos bien. Todavía puedo conducir». Otto soltó una carcajada; era su antiguo enfado, su rabia. Casi perdió su carné de conducir hace unos años y de algún modo, gracias a la intervención de un médico amigo suyo, había conseguido conservarlo, lo que no fue una buena idea, podría haber sido un error garrafal, pero no puedes decírselo a Otto Behn, no puedes decirle a un anciano que va a tener que renunciar a su coche, a su libertad, simplemente no puedes. Mitchell estaba diciendo que irían a visitarlos, que saldrían de madrugada al día siguiente, y Otto se mostró tajante al rechazar la idea: «Hemos tomado una decisión y no hay discusión posible. Me alegro de haber hablado contigo. Puedo imaginarme cómo habría sido la conversación con Lizbeth. Prepárala tú como creas conveniente, ¿de acuerdo?», y Mitch respondió: «Está bien. Pero, Otto, no hagas nada —tenía la respiración acelerada, se sentía confuso y no sabía lo que decía, sudaba, la sensación de algo frío, derretido, que le caía encima, demasiado rápido—. ¿Volverás a llamar? ¿Dejarás un teléfono para que te llamemos? Lizbeth regresará a casa en media hora», y Otto respondió: «Teresa prefiere escribiros a Lizbeth y a ti. Es su estilo. Ya no le gusta el teléfono», y Mitch contestó: «Pero al menos habla con Lizbeth,

Otto. Quiero decir que puedes hablar de cualquier cosa, ya sabes, de cualquier tema», y Otto repuso: «Te he pedido que respetéis nuestros deseos, Mitchell. Me has dado tu palabra», y Mitchell pensó, *¿Ah, sí? ¿Cuándo? ¿Qué palabra he dado? ¿Qué es esto?* Otto decía: «Lo hemos dejado todo en orden, en casa. Sobre la mesa de mi despacho. El testamento, las pólizas de seguros, los archivos de nuestras inversiones, las libretas del banco, las llaves. Teresa tuvo que darme la lata para que actualizase nuestros testamentos, pero lo hice y me alegro infinitamente. Hasta que no haces testamento definitivo, no te enfrentas de una vez por todas a la realidad. Estás en un mundo de ensueño. Pasados los ochenta, te encuentras en un mundo de ensueño y debes tomar las riendas de ese sueño». Mitchell le escuchaba, pero perdió el hilo. Se le amontonaban los pensamientos como una ráfaga en su mente, como si estuviese jugando una partida en la que las cartas se repartieran a lo loco.

—Otto, ¡claro! Sí, pero quizá deberíamos hablar algo más sobre esto. ¡Tus consejos pueden ser valiosísimos! Por qué no esperas un poco y... Iremos a veros, saldremos mañana de madrugada, o de hecho podríamos salir esta noche.

Le interrumpió, si no lo conociera habría dicho que de forma grosera:

—Eh, ¡buenas noches! Esta llamada me está costando una fortuna. Hijos, os queremos.

Otto colgó el teléfono.

Cuando Lizbeth llegó a casa, había cierto tono discordante: Mitchell en la terraza de atrás, en la oscuridad; solo, allí sentado, con una bebida en la mano.

—Cariño, ¿qué pasa?

—Te estaba esperando.

Mitchell nunca se sentaba así, nunca esperaba así, su mente estaba siempre trabajando, aquello resultaba extraño, pero Lizbeth se le acercó y le dio un beso leve en la mejilla. Olía a vino. Piel caliente, cabellos húmedos. Lo que se diría un sudor pegajoso. Tenía la camiseta empapada. De manera coqueta, Lizbeth dijo al tiempo que señalaba la copa que Mitchell tenía en la mano:

—Has empezado sin mí. ¿No es temprano?

También era extraño que Mitchell hubiese abierto aquella botella de vino en particular: un regalo de algún amigo, de hecho puede que fuera de los padres de Lizbeth; de años antes, cuando Mitchell se tomaba el vino más en serio y no se había visto obligado a reducir las copas. Lizbeth preguntó dubitativa:

—¿Alguna llamada?

—No.

—¿Ninguna?

—Ni una sola.

Mitchell sintió el alivio de Lizbeth; sabía cómo aguardaba las llamadas de Forest Hills. Aunque por supuesto su padre no llamaría hasta las once de la noche, cuando comenzaba la tarifa reducida.

—En realidad, ha sido un día muy tranquilo —dijo Mitchell—. Parece que no hay nadie más que nosotros.

La casa de estuco y cristal de dos niveles, diseñada por Mitchell, se hallaba rodeada de frondosos abedules, encinas y robles. Una casa que había sido creada, no descubierta; la moldearon a su gusto. Llevaban viviendo allí veintisiete años. Durante su prolongado matrimonio, Mitchell había sido infiel a Lizbeth una o dos veces, y es posible que Lizbeth también le hubiera sido infiel, quizá no sexualmente pero sí en la intensidad de sus emociones. Pese a todo, el tiempo había transcurrido y continuaba haciéndolo, y tropezaban de pasada como objetos al azar en un cajón durante sus días, semanas, meses y años en el trance de su vida adulta. Se trataba de una confusión pacífica, como una sucesión de sueños intensos e inesperados que no pueden recordarse más que como emociones una vez se está despierto. Está bien soñar, pero también está bien estar despierto.

Lizbeth se sentó en el banco de hierro forjado de color blanco que había junto a Mitchell. Tenían aquel mueble pesado, ahora envejecido por el tiempo y desconchado después de la última vez que lo pintaron, de toda la vida.

—Creo que todo el mundo se ha ido. Es como estar en Au Sable.

—¿Au Sable? —Mitchell la miró brevemente.

—Ya sabes. La vieja casa de papá y mamá.

—¿Aún la tienen?

—Supongo. No lo sé —Lizbeth rió y se apoyó en él—. Me da miedo preguntar —tomó la copa de entre los dedos de Mitchell y bebió un sorbo—. Solos aquí. Nosotros solos. Brindo por eso —para sorpresa de Mitchell, le besó en los labios. La primera vez que le besaba así, juvenil y atrevida, en los labios, en mucho tiempo.

Fea

1

Supe que había algo sospechoso en la forma en la que conseguí mi empleo de camarera en el hotel Sandy Hook. Había un cartel en la ventana delantera, SE NECESITA CAMARERA INFORMACIÓN EN EL INTERIOR, así que entré, me limité a entrar directamente de la calle sin molestarme en cepillarme el cabello enredado y despeinado por el viento ni en cambiarme la ropa sudada; me dije que no importaba. Me hacía mucha falta conseguir un empleo. Hacía cinco meses que me había mudado de casa de mis padres para siempre, y durante ese tiempo había tenido dos trabajos, pero todavía era testaruda, fatalista, o estaba resignada; otras chicas con la piel como la mía se habrían cubierto la cara de maquillaje y se habrían pintado los labios, sin embargo mi filosofía era qué más da. Una filosofía profunda e infalible que me ha guiado toda la vida. Y en el hotel Sandy Hook tuve lo que se supondría una entrevista seria con el encargado y propietario, el señor Yardboro, aquel hombre de la edad de mi padre, de pecho fuerte y fornido, que llevaba una elegante camisa de punto y bañador tipo bermuda, cara de bulldog y ojos groseros, y que preguntaba de dónde era, cuántos años tenía, cuál era mi experiencia en el sector de la hostelería, todo ello mientras apoyaba los codos en el mostrador junto a la caja registradora (nos encontrábamos en la parte delantera de la cafetería que está abierta todo el año, un lugar que me sorprendió por ser muy corriente), con un palillo en la boca y contemplando mi cuerpo de arriba abajo como si estuviera de pie desnuda ante él, el muy hijo de puta. Ni siquiera tuvo la consideración de pedirme que me sentara en un taburete, de invitarme a una taza de café. (Él estaba tomando uno.) Era difícil entender por qué había tanto ruido en la cafetería, ya que al menos la mitad de los reservados y taburetes se hallaban vacíos. Un día laborable a media mañana justo después del Día del Trabajo y en Sandy Hook, un pequeño pueblo costero a sesenta y cinco kilómetros al norte de Atlantic City, ya era temporada baja. Un viento húmedo como saliva empujaba arena y basura por las estrechas calles; había mucho sitio para aparcar en Main Street y en el muelle Sandy Hook. Todo tenía ese aspecto hortera de haberse quedado atrás que atrae instintivamente a los perdedores, incluso a los jóvenes. En la cafetería había un fuerte olor a grasa caliente, tabaco y algo dulce y aceitoso que más adelante descubrí que era el ungüento que el señor Yardboro se frotaba en los antebrazos y en la cara enrojecida para prevenir el cáncer de piel. Y un marcado tufo acre que procedía de las axilas de aquel hombre y quizá también de la entrepierna.

—Cariño, acabo de acordarme de que el puesto ya está cubierto, tendrían que haber quitado el cartel —dijo el señor Yardboro con una sonrisa de satisfacción, como si la entrevista hubiese sido una broma, y yo debí de parecer sorprendida (pensaba que por entonces ya había aprendido a ocultar mis sentimientos, pero supongo que no siempre lo conseguía), así que añadió—: ¿Por qué no dejas tu número de teléfono por si acaso?

Como por caridad. Como si yo fuera un perro miedoso que se hubiera arrastrado hasta allí y se postrara a sus pies para darle lástima. Me sonrojé como si me hubiera escaldado el rostro con agua caliente y pensé: *Vete a la mierda, tío,* pero di las gracias al señor Yardboro y escribí a toda prisa mi número de teléfono en el reverso de un recibo roto que él me había acercado. Consciente de la mirada fija del hombre sobre mis pechos, con aquella camiseta de tirantes holgada, mientras me apoyaba sobre el mostrador para escribir, sin más remedio que inclinarme, y las rodillas desnudas apretadas con fuerza como si aquello pudiera hacerlas más delgadas.

Dos días después sonó el teléfono. Una mujer preguntaba si yo era la chica que había solicitado el puesto de camarera en el hotel Sandy Hook. Resultó que olvidé incluir mi nombre (!), así que respondí afirmativamente y ella me preguntó si podía empezar a trabajar a las siete de la mañana al día siguiente, y le contesté, intentando no tartamudear por la emoción:

—¡Sí! ¡Gracias! Allí estaré.

2

Mis sospechas no eran infundadas: al parecer no habían contratado a nadie cuando me entrevistaron.

Maxine, la mujer que me llamó, era prima del propietario y encargado y su «socia» en el hotel, y rió negando cariñosamente con la cabeza cuando le dije que el señor Yardboro me había dicho que el puesto ya estaba cubierto.

—Ah, eso no es más que uno de los juegos de Lee, no tienes que tomártelo al pie de la letra. Bromea mucho pero no lo hace con mala fe.

Sonreí para demostrar que era buena gente. De todos modos, estaba sorprendida.

—¿Quizá el señor Yardboro esperaba contratar a alguien más capacitado que yo? —dije—. ¿Más guapa?

—Ah, no —contestó Maxine riendo—. Lee no sólo tiene debilidad por las chicas monas, créeme. Sobre todo las contratamos durante el verano... universitarias. Pero la clientela de la temporada baja es distinta y a veces la cafetería puede ser un lugar duro y una chica mona no funciona. Demasiado sensibles, y no son lo bastante fuertes para llevar las pesadas bandejas, y no quieren ensuciarse las manos. Francamente, no pueden soportar la presión.

Hablaba de manera cariñosa, con vehemencia. Nos sonreímos. Ambas éramos mujeres poco atractivas. Maxine tenía cuarenta y muchos; yo, veintiuno.

En el comedor llevaba un uniforme de camarera de nylon azul claro con HOTEL SANDY HOOK y un ancla cosida sobre mi seno derecho, y en la cafetería podía ponerme mi ropa, me dijo Maxine. Incluso podía ir con tejanos siempre que no parecieran sucios.

—Lo principal para ser camarera es ser eficiente y sonreír, por supuesto. Verás que una cosa sin la otra no basta —dijo Maxine sin rastro alguno de ironía.

Había trabajado como camarera anteriormente, a tiempo parcial, mientras tomaba clases de empresariales en la universidad de mi ciudad. No había contado al señor Yardboro los detalles de mi breve experiencia en un restaurante situado junto a una estación de autobuses Greyhound, donde los platos resbalaban entre mis torpes dedos y acababan haciéndose añicos en el suelo y donde más de una vez derramé café ardiendo en el mostrador y sobre algún cliente. En aquella época, con diecinueve años, tomaba pastillas para adelgazar, esas que compras sin receta en la farmacia, y sus efectos secundarios afectaron curiosamente a mi capacidad visual: veía halos relucientes alrededor de las lámparas y aureolas sobre la cabeza de la gente que me cautivaban y casi paralizaban mis reflejos. Al mismo tiempo, el resto del mundo giraba a alta velocidad. Las pastillas no conseguían contener mi apetito sino que me daban hambre de forma desesperada. Devoraba las sobras de los platos de los clientes en secreto. Me despidieron a los doce días. Es posible que los últimos platos no se me cayeran por accidente.

Mi trabajo como camarera en el hotel Sandy Hook no fue lo que esperaba. Había imaginado trabajar en un comedor espacioso y despejado con vistas al océano, pero el comedor del hotel Sandy Hook daba a un puerto deportivo con pequeños barcos de apariencia destartalada con nombres como *¡Barco a la vista!* y *Mad Max II*. Después del Día del Trabajo, el comedor únicamente abría los fines de semana, y los domingos sólo para el almuerzo a media mañana. La mayor parte de mis horas las hacía los domingos, cuando trabajar como camarera se reducía a los servicios mínimos, sobre todo trasladar enormes bandejas de platos sucios y basura hasta la cocina. Sonreía sin cesar a familias enteras, incluso a los niños en sus tronas. Pronto quedó claro que yo era la camarera menos popular de las que atendían en el comedor, ya que recibía menos propinas que nadie. Aquello me hizo intentar mejorar con todas mis fuerzas, sonreír más. Mi sonrisa era amplia y permanecía fija en mi rostro como si estuviese grapada y me asustaba a mí misma al ver el resplandor húmedo de mis dientes en la superficie de aluminio de la puerta batiente de la cocina.

El señor Yardboro me observaba con lo que parecía ser una sonrisa forzada. Ataviado con una americana que le quedaba estrecha de hombros, sin corbata, vigilaba el bufé de los domingos y estaba pendiente de las solicitudes y quejas de los clientes. Todas las camareras le tenían miedo; nos hacía comentarios aparte con feroces ladridos encubiertos por una sonrisa apretada. Mi segundo domingo, cuando atendía frenéticamente a tres mesas con familias al completo, el señor Yardboro me siguió a la cocina y me pellizcó en el antebrazo al tiempo que decía: «No corras tanto, nena. Resuellas como una yegua». Me reí nerviosa, como si el señor Yardboro hubiese querido ser gracioso. Mostraba los dientes con una sonrisa y los racimos de capilares visibles en sus mejillas le hacían parecer un tipo alegre y simpático, pero yo sabía que no era así.

Al principio, la huella que me dejaron los dedos del señor Yardboro en la parte superior del brazo era de un sonrosado apagado, después se oscureció hasta convertirse en un típico cardenal de tonos amarillos y violáceos.

Era un hecho que el señor Yardboro había sido el primer hombre que me había tocado en mucho tiempo, pero no era un hecho que precisara interpretación.

4

No nací fea. He visto fotos mías de bebé, con uno o dos años: una preciosa niña pequeña con rizos morenos, brillantes ojos oscuros, una sonrisa feliz. (Posiblemente, si las instantáneas estuvieran mejor enfocadas, se verían las imperfecciones.) No hay un gran número de esos retratos y misteriosamente no aparece nadie más en ellos. De vez en cuando pueden verse los brazos de algún adulto situándome o levantándome, un adulto con pantalones al que se le distingue inclinándose desde detrás (¿mi padre?), el regazo de una mujer (¿mi madre?). Cuando vivía en casa de mis padres, contemplaba aquellas fotos arrugadas en el álbum familiar; parecían acertijos en una lengua extranjera. Tenía que resistirme al impulso de hacerlas trizas.

Se me ocurrió en Sandy Hook. Una noche, en la habitación que alquilaba, me desperté sudorosa y la idea apareció perfectamente formada, como las pequeñas cintas de teletipo que te revelan tu fortuna en las galletas chinas de la suerte: *Aquella niña era tu hermana y murió. Cuando naciste, te pusieron su nombre.*

Una solución tan buena como cualquier otra.

5

—Eh, camarera, ¡aquí!

—¿Dónde estabas, cambiando el agua al canario? Más café.

Después de dos semanas, sólo servía en la cafetería. Allí el ambiente era animado e informal. Había varios clientes habituales, hombres, amigos de Lee Yardboro que silbaban para conseguir la atención de las camareras y a menudo hacían sus pedidos en voz alta desde su asiento. Eran hombres que comían apresuradamente y con apetito, acercando la cabeza al plato, hablando y riendo con la boca llena. Los clientes así no resultaban difíciles de contentar si hacías lo que te pedían, y sus necesidades eran sencillas, predecibles; comían y bebían lo mismo una y otra vez. No advertían si su camarera sonreía o si la sonrisa era forzada, afligida, fingida o irónica; después de los primeros días, apenas me miraban a la cara. Sin embargo, mi cuerpo llamaba su atención, mis enormes pechos balanceantes, mis muslos y nalgas robustos y musculosos. Pesaba poco más de sesenta y seis kilos y medía algo más de uno sesenta y siete. Durante una ola de calor en septiembre, me puse camisetas de tirantes sin sujetador. Llevaba una azul chillón del muelle de Sandy Hook y una minifalda tejana con remaches metálicos que brillaban como diamantes de imitación. Mi único par de pantalones vaqueros, de color blanco desteñido y gastados de tanto lavarlos, mostraba la abultada curva de mi trasero y la hendidura de su raja, gráfica como una viñeta. (Me constaba, había estudiado su efecto en el espejo.) Mis piernas desnudas eran carnosas, estaban cubiertas de un fino vello castaño; llevaba sandalias y, a modo de broma, me pintaba las uñas de los dedos regordetes de mis pies en tonos llamativos de verde, azul, plata glacial. A menudo, durante la hora punta, me quedaba sin aliento, con la boca húmeda y floja, el cabello largo y despeinado mojado y coagulado como algas en la nuca. Acarreando bandejas con huevos, salchichas, gruesas hamburguesas sanguinolentas, patatas fritas y filetes de pescado frito y botellas de cerveza que martilleaban, me convertía en tema de conversación, un objeto impersonal ante el que los hombres intercambiaban sonrisas maliciosas, ponían los ojos en blanco, olfateaban provocativamente mi entrepierna y susurraban insinuaciones mientras situaba los platos frente a ellos: «Mmm, nena, qué buena pinta tiene esto». Aprendí a obedecer, como un perrito simpático, a los silbidos ensordecedores, e incluso a reírme de mi propia prisa. Nadie notaba si sudaba y jadeaba como una yegua en la cafetería. A mi jefe, Lee Yardboro, que donde más disfrutaba era en la cafetería por la mañana, tomando café y fumando con sus amiguetes, tampoco parecía importarle. O quizá, como se trataba de la cafetería en lugar del comedor, no se daba cuenta. Reía mucho, sonreía sin mostrar los dientes. Me llamaba *nena, cariño, corazón,* sin burlarse. Rara vez me regañaba en la cafetería. Rara vez me pellizcaba, aunque en ocasiones, a modo de énfasis juguetón, me clavaba el índice en las blandas carnes de mi cintura. Le despreciaba al tiempo que anhelaba complacerle. Me sentía curiosamente orgullosa de que Lee Yardboro fuese conocido y querido tanto por los hombres como por las mujeres en Sandy Hook, con 7.303 habitantes, donde en tiempos fue un atleta estrella de la escuela secundaria. Aunque estaba casado y era padre de varios hijos prácticamente adultos, en su rostro de perro bulldog había algo de juvenil y herido, como si siendo un chico estadounidense se hubiese despertado para descubrirse atrapado en el cuerpo de un hombre de mediana edad, con las responsabilidades de un hombre de mediana edad. (Maxine me contó que su primo Lee y su esposa vivían una tragedia familiar, un hijo artista que les había causado mucho pesar. Miré a Maxine fijamente con expresión tan sorprendida que repitió sus palabras y yo seguí mirándola sin parpadear hasta que al fin me di cuenta de que debía de haber dicho *autista* en lugar de *artista,* pero para entonces aquella confusión me pareció divertida, así que me eché a reír. Maxine estaba horrorizada. «Será mejor que Lee no te oiga. Las deficiencias mentales no tienen nada de divertido.» En aquella ocasión, la expresión «deficiencias mentales», en boca de una Maxine denodadamente hipercrítica, me hizo estallar. Reí sin parar hasta que las lágrimas empezaron a correrme por las mejillas.)

Desde arriba, mientras atendía a Lee Yardboro, que estaba sentado en un reservado con unos amigos, observé con una punzada de ternura absurda su cuero cabelludo enrojecido y escamoso a través de su cabello ralo, que peinaba con cuidado de lado a lado de la cabeza cuando estaba húmedo. Observé su piel áspera y manchada, los ojos azul claro siempre un tanto enrojecidos que se le saltaban con risa, fingida credulidad o desdén. *No me toques, hijo de puta. Tócame, por favor.*

6

Porque la cafetería Sandy Hook era un lugar donde yo no podía fallar.

Porque, si lo hacía y me despedían, igual que me habían despedido de otros empleos, ¿qué importaba?

Sonreí, sorbiendo aquel pequeño hecho irrefutable como un diente flojo.

7

El tiempo cambió. Empecé a ponerme unos pantalones de pana de color óxido con cremallera, tan ajustados en las nalgas (parecía estar engordando, debía de haber estado picando de los restos de salchichas, bollos cubiertos de azúcar glaseada y patatas fritas de los platos de mis clientes) que las costuras empezaban a abrirse mostrando un coqueto rastro minúsculo de las bragas de nylon blanco que llevaba debajo. Seguía poniéndome las camisetas azules del muelle de Sandy Hook que hacían daño a los ojos y sobre ellas una camisa sin abotonar, o jerséis. A menudo vestía tejanos y una sudadera verde piedra que había comprado en la librería de la universidad local, con EL PODER DE LA POESÍA escrito en la parte frontal en blancas letras austeras. Al verme, con el cabello recogido en una coleta, con la sonrisa de camarera dilatada en el rostro, pensarías: «Una chica que ha superado su timidez. ¡Me alegro por ella!».

Me había dado cuenta de que había un cliente frecuente aunque no habitual en la cafetería Sandy Hook. Llamaba la atención de la camarera levantando la mano al tiempo que inclinaba la cabeza y bajaba los ojos demostrando estar avergonzado o incómodo. Tenía algunas peculiaridades físicas, tics. Movía la cabeza una y otra vez como si se le agarrotara la nuca. Movía los hombros. Abría y cerraba los puños. Le sorprendía frunciendo el ceño, mirándome. Apartaba la mirada rápidamente cuando me volvía en su dirección. ¿Me habría reconocido? De hecho, me recordaba a un maestro de Matemáticas del instituto (mi ciudad natal estaba tierra adentro, a una hora en coche de Sandy Hook, en la zona central de Nueva Jersey) que había dejado de trabajar o a quien habían despedido cuando yo estaba en séptimo grado; pero, en mi opinión, aquel hombre, que apenas tendría treinta años, era demasiado joven para tratarse del señor Cantry. Aquello había ocurrido nueve años atrás.

Aquel cliente, que siempre llevaba un traje de tweed y una camisa blanca abotonada sin corbata, venía a la cafetería varias veces a la semana, normalmente a desayunar. Cojeaba un tanto. Era un hombre corpulento, que medía más de metro ochenta, con un rostro pálido juvenil y regordete y la cabeza oblonga como una calabaza exótica, y ojos hundidos de párpados caídos que se posaban sobre mí, o sobre mi cuerpo, con una amenazadora mirada de desaprobación. *Fea. Cómo puedes mostrarte en público.*

Él también era feo. Un feo raro. Pero la fealdad en un hombre no importa demasiado. La fealdad en una mujer se convierte en su vida.

Aquel personaje parecía sentarse siempre en mi sección de la cafetería. Le gustaba el reservado del fondo. Allí leía un libro o eso aparentaba. Parecía que una sombra le nublara el rostro siempre que me acercaba con mi coqueta sonrisa de camarera y mis lentas caderas, con el cuaderno de pedidos y el lápiz en la mano. Aquí no iba a haber charla. Ni burdas bromas sobre sexo. Ni carcajadas. Incluso antes de tomar su comida (quisquillosamente, aunque no había forma de ocultar, con aquella gran tripa, que era un glotón) daba la impresión de que sufría unos intensos gases. Su enorme cuerpo era tan blando como algo que estuviera descomponiéndose y sus trajes parecían herencia de su padre muerto. Yo sentía una repugnancia física hacia él, pero tenía que admitir que siempre era cordial, atento. Me llamaba *camarera, señorita,* y hablaba lentamente al realizar su pedido, observando con ansiedad mientras yo lo escribía fingiendo ser corta de luces, como si no se pudiera confiar en mí; después hacía que se la leyera. Su voz era hueca y apagada como surgida de una emisora de radio lejana.

Una de las cosas extrañas de aquel hombre vestido con un traje de tweed era su cabello, que llevaba corto, al rape. Era de un color metálico, un no color, como sus ojos. Exageraba su aspecto juvenil, pero te hacía preguntarte si existía un motivo clínico por el que lo llevaba tan corto, una enfermedad del cuero cabelludo, o piojos.

Durante la temporada baja en la cafetería Sandy Hook, los clientes rara vez dejaban una propina de más del diez por ciento de su cuenta. Algunos hijos de puta, fingiendo que no tenían cambio o eran incapaces de calcular el diez por ciento, dejaban incluso menos. Un puñado de monedas de cinco centavos. Calderilla. El hombre del traje de tweed a veces dejaba el veinte por ciento de su cuenta, aunque con el ceño fruncido, sin mirarme a los ojos, apresurándose a salir de la cafetería. Yo le decía con voz alegre: «¡Gracias, señor!», tanto para avergonzarlo como para expresar mi agradecimiento, aunque en realidad no sentía gratitud; yo desdeñaba más a los clientes que me dejaban una buena propina que a los que no lo hacían. La siguiente vez que venía, no me miraba a los ojos directamente, como si nunca le hubiera atendido, como si nunca me hubiera visto.

Como carecía de nombre y siempre estaba solo y tenía un aspecto tan raro, el hombre del traje de tweed atraía las burlas del señor Yardboro y sus amigos, y de mis compañeras de trabajo de la cafetería, incluso de Maxine si estaba presente. Le llamaban Machote Maricón. La palabra maricón, en labios de cualquiera, provocaba una especial hilaridad.

Habría sido de suponer que Lee Yardboro, propietario de la cafetería Sandy Hook, se sentiría protector de cualquier cliente, y agradecido, aunque no era así. El impulso de burlarse, ridiculizar, compartir su desdén por los demás, resultaba demasiado fuerte. (También había otros clientes sobre los que bromeaban, pero con más tolerancia. Aquello me fascinaba, me llevaba a preguntarme qué dirían de mí a mis espaldas.) Cuando el señor Yardboro hacía una de sus bromas en mi presencia, yo me reía de una forma que había desarrollado en la escuela secundaria al oír por casualidad los comentarios lascivos de los chicos: reía sin reír, emitiendo sonidos de risitas y silbidos como si estuviera intentando no reírme, como si me «escandalizara», arrugaba el entrecejo y cerraba con fuerza los ojos, y movía los hombros y los pechos de manera femenina y desamparada. El señor Yardboro miraba a su alrededor y sonreía abiertamente. Como cualquier matón que necesita tener público.

El hombre del traje de tweed salía de la cafetería y dos minutos después todos se habían olvidado de él. Pero yo lo observaba alejarse, como si le dolieran las piernas, al trasladar todo aquel peso. Venía a pie; no tenía coche. Probablemente vivía cerca de allí. Una tarde le vi en la biblioteca municipal, frunciendo el ceño sobre unos libros de consulta, tomando notas minuciosas. Otro día le vi paseando por el muelle, con una gabardina anticuada de faldón acampanado sobre su traje de tweed y una gorra con visera calada en su cabeza de forma extraña para que el viento no se la arrebatara; se miraba los pies, sin advertir el brillante océano agitado, las olas rompiendo y lanzando espuma a tan sólo unos pocos metros de él. Me pregunté qué estaría pensando que era mucho más importante que el lugar en el que se encontraba. Le envidiaba, hundido profundamente en sus pensamientos. ¡Como si importara!

Si miraba a su alrededor, si me veía, si me reconocía, yo no pensaba darme por enterada.

Nunca seguía al hombre del traje de tweed, únicamente lo observaba. En la distancia. Sin que me viera. Cuando no estaba trabajando, tenía mucho tiempo libre. La habitación que había alquilado (en una casa unifamiliar victoriana reformada) me deprimía, así que la evitaba. Incluso teniendo que admitir que era una ganga (como había explicado orgullosa a mi familia), a precio de temporada baja, y que sólo estaba a cinco minutos de la costa. Contaba con un teléfono a mi disposición, aun cuando no hubiera nadie a quien quisiera llamar, y nadie que me llamara. Había una cama doble con un colchón blando en el que, cada noche, durante diez horas, si conseguía permanecer dormida todo ese tiempo, me sumergía en un profundo sueño fantástico casi sin soñar, como un cadáver en el fondo del océano.

8

¿Qué aspecto tenía a los veintiún años? No estaba segura.

Igual que los gordos aprenden a no mirarse en los espejos de cuerpo entero, los feos aprenden a evitar mirar lo que no tiene sentido ver. Yo no estaba lo que se diría gorda, y sentía una retorcida satisfacción al apreciar mi rechoncho cuerpo femenino de simulada voluptuosidad en mis ridículas ropas, pero había dejado de contemplar mi rostro hacía años. Cuando, por cuestiones prácticas, no podía evitar mirarme, me situaba cerca del espejo, de lado, para examinar alguna parte, alguna sección. Un ojo, la boca. Una porción minúscula de la nariz. No llevaba maquillaje ni me depilaba las cejas (lo hacía más o menos en el instituto, furiosa por la forma en que se unían sobre el puente de mi nariz, con la creencia errónea de que no volverían a crecer) y no tenía problema en frotarme la cara con una manopla, en cepillarme los dientes inclinada sobre el lavabo como hacía una vez al día, antes de irme a dormir. Mi cabello no era un problema, no necesitaba mirarme en el espejo para cepillármelo, si es que me molestaba en hacerlo; podía recortarme las puntas con unas tijeras sin mirar en el espejo cuando crecía demasiado, enmarañado. A veces llevaba un pañuelo en la cabeza para conseguir un original aspecto indio.

De vez en cuando pensaba, no del todo en serio, en teñirme el pelo de rubio platino, en peinarlo de forma elegante y sexy. Uno de mis recuerdos clarísimos de la infancia (no tengo muchos) es el de dos muchachos adolescentes observando cómo una chica que llevaba zapatos de tacón caminaba delante de ellos por la acera, una chica con el cabello rubio, brillante, con un corte al estilo paje, con buen tipo, y cuando la alcanzaban para verla mejor, ella se volvía y era poco atractiva, poco agraciada, llevaba gafas y tenía cara de caballo. Uno de los muchachos gruñó groseramente, el otro se echó a reír. Se dieron un codazo en las costillas como hacen los chicos. La chica se alejó, fingiendo no saber el significado de todo aquello. No era yo aquella chica, pero lo había visto y oído. Por entonces, sin haber cumplido aún los diez años, sabía el destino que me esperaba.

Una ventaja de ser fea: no hace falta que nadie te vea para ser real, como le sucede a alguien bien parecido. Cuanto más agraciado eres, más dependes de que la gente te vea y te admire. Cuanto más feo, más independiente.

Otra ventaja de ser fea: no pierdes el tiempo intentando tener un aspecto inmejorable, nunca vas a conseguirlo.

Lo que recuerdo de mi rostro es la frente estrecha, la nariz larga con la punta bulbosa, los ojos oscuros y brillantes demasiado juntos. Aquellas cejas gruesas y oscuras como las de un orangután. La boca nada destacable pero con mucha práctica, antes de llegar a la adolescencia, en la ironía. Porque, ¿qué es la ironía sino el depósito del dolor? ¿Y qué es el dolor sino el depósito de la esperanza? Mi piel era de un tono oliváceo oscuro, como de algo desdibujado con un borrador. Mis poros eran grasos, incluso antes de llegar a la pubertad. A ojos de algunos, tenía un aspecto «extranjero». Tenía aspecto «extranjero» desde primaria, cuando comenzaron las burlas. Llegó a gustarme esa sensación, «extranjera», «extraña». Como una «sustancia extraña» —un «objeto extraño»— en la comida, en un ojo, en la pantalla de un radar. Pese a que ningún miembro de mi familia había sido «extranjero» desde hacía generaciones. Todos orgullosos de ser «cien por cien americanos» aunque ninguno de nosotros teníamos idea de lo que significaba «americano».

9

Había pocos clientes en el hotel Sandy Hook, ahora que había cambiado el tiempo. Los turistas evitaban la costa norte de Nueva Jersey, donde siempre hacía un viento húmedo y sibilante y unas nubes de tormenta encapotadas podían eclipsar el sol más luminoso en cuestión de minutos. Cada mañana, antes del amanecer, el viento me despertaba haciendo sonar mi única ventana como una travesura cruel. Me dolían terriblemente las piernas, los pies y la espalda por el trabajo de camarera del día anterior, y sin embargo me entusiasmaba la posibilidad de resistir otro día en la cafetería Sandy Hook. *Mi instinto me ha traído al lugar adecuado. Éste es el borde del abismo.*

La cafetería Sandy Hook, su exterior construido para que pareciera un vagón de tren. Centelleando como latón barato.

La cafetería Sandy Hook a primera hora de la mañana: una hilera de diez taburetes de vinilo negro desgastado ante el mostrador de formica. Ocho reservados de vinilo negro desgastado a lo largo de la pared exterior.

La cafetería Sandy Hook, con tubos fluorescentes en el techo que deslumbraban como una discapacidad ocular. En un trance feliz, frotaba la formica y las superficies gastadas de aluminio una y otra vez con una esponja, como si estuviera encargada de la sagrada obligación de devolverles su belleza y lustre originales.

—¿Quién ha hecho todo esto? ¿Quién lo ha dejado como una patena? —exclamaría el señor Yardboro. Y le dirían quién había sido.

La cafetería Sandy Hook, cruzando mi sueño a toda prisa, arrastrándome tras sus ruedas. ¡Dios mío, qué entusiasmada estaba! Apresurándome de camino al trabajo, sin aliento por el fuerte aire, llegaba a las 6.50. Lanzando los ojos como flechas hacia el aparcamiento para intentar ver si el Lincoln Continental ligeramente abollado del señor Yardboro estaba aparcado en su sitio habitual. (Algunas mañanas, el señor Yardboro llegaba tarde. Otras, ni siquiera aparecía.)

Me preguntaba si su hijo autista era niño o niña. Y de ser niña, si mostraba señales obvias de su discapacidad mental. Si lo que tenía de extraño y problemático brillaba en sus ojos.

No te lamentes con desprecio: «La muy gilipollas está enamorada... ¿de él? ¿De ese hijo de puta? ¿Sin saberlo?». Siempre lo supe, desde el momento de la entrevista. Una de las bromas que me había gastado a mí misma. Fuente de muchas risas.

Como había pocos clientes en la cafetería Sandy Hook, mis turnos eran irregulares. Otra camarera mayor había desaparecido; no hice preguntas. Yo trabajaba duro, más si cabe. Sonreía. Sonreía a los rostros vueltos hacia arriba de los clientes, y sonreía a las espaldas de los clientes que se alejaban. Sonreía con fuerza mientras pasaba un trapo por la parrilla llena de grasa, mientras limpiaba las superficies de formica hasta dejarlas prácticamente brillantes. Fantaseaba con que, si el señor Yardboro me despedía de la cafetería Sandy Hook, yo no tendría más remedio que adentrarme vadeando en el océano Atlántico y ahogarme. Tendría que elegir un lugar alejado y actuar de noche. Pero la visión de mi cuerpo tosco y empapado en la playa entre algas podridas y peces muertos, picoteado por las gaviotas, me disuadía.

10

—¡Cariño, más café!

Una mañana, Artie, un amigo camionero del señor Yardboro, silbó para llamar mi atención, y después el hombre del traje de tweed que estaba sentado en el reservado de la esquina dijo con severidad:

—¡Qué groseros que son! ¡No debería tolerarlo! ¿Por qué lo hace?

Lo miré sin poder creer que de verdad me hubiera hablado. Estaba de pie, preparándose bruscamente para irse, fulminándome con la mirada. No se me ocurrió qué decir, ni una palabra; todo lo que me vino a la cabeza fue disculparme, pero disculparme por la grosería de otra persona no tenía sentido. Así que no dije nada. El hombre del traje de tweed resolló casi sin aliento al salir de la cafetería Sandy Hook. Después recordé que su rostro pálido e hinchado se había sonrojado de forma desigual, como si le hubiese dado urticaria.

Más tarde, aquella misma mañana, cuando la cafetería estaba casi vacía, el hombre del traje de tweed regresó. Dijo que estaba buscando un guante que se había dejado olvidado. Pero no encontramos ninguno en la zona del reservado en la que se había sentado. Avergonzado, al tiempo que hacía un complicado tic con la boca, dijo en voz baja:

—Espero no haberla disgustado, señorita. Está claro que no es de mi incumbencia. Usted y este ambiente.

Nos contemplamos a la fuerza, como perdedores obligados a estar juntos en la pista de baile. Vi que después de todo no era tan joven; tenía profundas hendiduras bajo los ojos, arrugas en la frente. Intentaba pensar en una respuesta inteligente, conciliadora e incluso ingeniosa, pero aunque sonreía de manera automática, un repentino zumbido en los oídos ahogaba mis pensamientos. Igual que en la escuela, cuando un maestro me hacía una pregunta o cuando tenía que pasar un examen crucial se apoderaba de mí una especie de estatismo malicioso. Era obvio que el hombre del traje de tweed había estudiado sus palabras, unas palabras que tenían la intención de ser corteses y generosas, pero parecía cohibido y estaba perdiendo la confianza en sí mismo. Se obstinó en seguir hablando.

41

—Es... desagradable de ver. Soy consciente de que necesita el empleo. Las propinas. Por qué si no. Por supuesto. No parece esperar nada mejor.

Me oí tartamudear:

—Pero me gusta este lugar. D-doy gracias por esta oportunidad.

—¿Qué edad tiene?

—¿Mi edad? Veintiuno.

De repente parecía una admisión vergonzosa. Quería gritar a aquel hijo de puta que me dejara en paz.

Vio la tristeza en mis ojos y apartó la mirada. Se aclaró la voz con un sonido rasgado, desgarrado, y debió de tragar un coágulo de flema.

—Creo... que fue usted alumna mía, ¿hace tiempo? Años atrás.

¿El señor Cantry? ¿Era *él*?

Pero había salido de la cafetería. Me quedé mirando, sorprendida. Antes había dejado para mí dos billetes de dólar arrugados sobre la mesa en su prisa por escapar, y un plato de desayuno con huevos, salchichas y patatas fritas del que sólo había comido una parte. Me guardé los billetes en el bolsillo como un robot, sin saber qué eran. Me comí la salchicha y la mayoría de las patatas fritas sin saber qué eran.

11

Al día siguiente, el hombre del traje de tweed no se acercó a la cafetería Sandy Hook. Ni tampoco el siguiente. Estaba inquieta y resentida, atenta por si era él cada vez que alguien de su tamaño entraba por la puerta. Me sentí aliviada cuando no apareció.

Intenté recordar lo que le había ocurrido al señor Cantry hacía nueve años. No me gustaba como maestro, pero no me gustaban la mayoría de ellos, nunca. Había habido rumores, historias disparatadas. Discutió con el director un día en la cafetería. Había abofeteado a un niño. La policía lo detuvo por conducir borracho y se resistió al arresto y le golpearon, lo esposaron, lo llevaron a comisaría y lo ficharon. O tuvo una crisis nerviosa en un lugar público, en la sala de espera de un médico. En una tienda de comestibles del barrio. Comenzó a gritar, rompió a llorar. O se puso enfermo, fue sometido a una operación importante. Estuvo hospitalizado durante mucho tiempo y cuando por fin le dieron el alta, su trabajo como maestro de Matemáticas de séptimo y octavo grado ya no estaba disponible.

Una joven popular lo sustituyó y finalmente la contrataron en su lugar. A las pocas semanas, incluso los pocos alumnos que lo admiraban habían olvidado al señor Cantry por completo.

A la entrada de una tintorería, una manzana más arriba de la cafetería Sandy Hook, se resguardaba de la lluvia mientras me esperaba. Imposible creer que no fuera así. Sin embargo, mostró una torpe sorpresa al verme. Salió a la acera a toda prisa a la vez que desplegaba un gran paraguas negro.

—¡Hola! ¡Qué coincidencia! Pero me temo que he olvidado su nombre.

Sostenía el paraguas sobre mí, galantemente. La lluvia caía en suaves rebanadas, delgadas como la espuma del océano. Sonreía con impaciencia, y yo ya me despreciaba a mí misma por no haber salido corriendo.

—Xavia.

—¿*Zavv-ya*?

—Es rumano.

Xavia no era un nombre que hubiera oído pronunciar hasta aquel momento. Se coló en mi mente como la electricidad estática.

Así que caminamos juntos. A ciegas, al parecer. Yo habría girado en la esquina siguiente para dirigirme a casa pero, con el señor Cantry a mi lado, hablando con su voz extrañamente titubeante, olvidé adónde iba. Volvió a pedirme disculpas por hablarme como lo había hecho en la cafetería:

—Sin embargo no creo que ese lugar sea un ambiente saludable para una chica como tú.

—¿Y para qué tipo de chica sería saludable? —repliqué, pero el señor Cantry no respondió a la broma. Hablaba con vehemencia de «ambiente», «salud», «decencia», «justicia». Yo no podía seguir el hilo de sus comentarios.

Mientras estábamos parados en una esquina esperando a que cambiara el semáforo —no había tráfico en ningún sentido— se presentó como «Virgil Cantry» y extendió la mano para estrechar la mía. No me quedó más remedio que hacer lo propio; su mano era firme, carnosa.

—¿Me estaría permitido acompañarla a casa, Xavia?

Ansiaba responder: «¡No! ¡No le estaría permitido!», pero en su lugar contesté, con mi alegre voz de camarera:

—¿Por qué no?

La soledad es como el apetito: no te das cuenta de lo hambriento que estás hasta que empiezas a comer.

—Ya no soy maestro; ahora me describiría como un particular. Un testigo.

El señor Cantry sostenía el paraguas sobre mí a una distancia cortés, eligiendo caminar él mismo bajo la lluvia. Su gran cabeza con forma extraña se balanceaba y zigzagueaba mientras hablaba; no paraba de moverse y encogerse de hombros en su gabardina. Parecía entusiasmado por mi presencia y sumamente nervioso. Mientras caminábamos —una extraña pareja: el señor Cantry me sacaba un cabeza—, yo intentaba evitar chocar contra su brazo; mi corazón latía al galope, con una especie de terror incrédulo y débil; y sin embargo, también tenía que resistir el impulso de soltar una risotada. ¿No era aquello una especie de cita? ¿Un encuentro romántico? Me pregunté qué aspecto teníamos, una pareja caminando por una calle comercial casi desierta en Sandy Hook, Nueva Jersey, en mitad de la lluvia. Si fuera una película, sería imposible responder a ello sin música. ¿La escena es solemne, triste, conmovedora, cómica?

—Pasé un tiempo enfermo —dijo el señor Cantry—, y en mi enfermedad mi ego desapareció. Descubrí que nuestras existencias históricas no son nuestra esencia. Creo que ahora estoy libre de la contaminación y las distracciones del ego. Tengo suficiente con existir. Ya que existir es ser testigo. Tengo tanto astigmatismo que las gafas normales serían inadecuadas, así que debo llevar lentillas, y sin embargo, he aprendido a ver con los ojos despejados.

—Yo también llevo lentillas —respondí—. Las odio.

Sonreí, no era la respuesta adecuada. No obstante, el señor Cantry a duras penas parecía escucharme. Dijo:

—¿Fue una de mis estudiantes, Xavia? Creí reconocerla hace semanas, en la cafetería, pero no recuerdo el nombre de Xavia. Creo que recordaría un nombre tan exótico.

—No fui una estudiante exótica. Las matemáticas no se me daban bien.

—La recuerdo como una estudiante inteligente y formal. Aunque tímida. Quizá nerviosa. Pedía deberes extra para subir nota y siempre los entregaba con diligencia.

Me oí reír con dureza, avergonzada.

—No era yo, señor Cantry.

—Por favor, llámeme Virgil. Sí, seguro que era usted.

Aquello me molestó, que aquel hombre, un extraño, dijera que sabía más sobre mí que lo que yo sabía sobre mí misma.

Como no había girado en la calle que llevaba a mi casa, me vi obligada a improvisar un camino de vuelta en aquella dirección. El señor Cantry, que hablaba con empeño sobre sus años como maestro, su enfermedad, su convalecencia y la «metamorfosis» de su ego, no se dio cuenta de adónde nos dirigíamos. Como un toro cegado, se le podía llevar en cualquier dirección tocándolo levemente. No parecía importarle o quizá no era consciente de la lluvia, que era bastante fría; continuaba sosteniendo el gran paraguas negro sobre mi cabeza. Fantaseé con que podría haber llevado a aquel extraño hombre a cualquier lugar, hasta el muelle de Sandy Hook donde, a aquella hora, los adolescentes estarían disfrutando con los videojuegos en el enorme salón de recreativos estridentemente iluminado, o a lo largo de la playa llena de basura azotada por el viento en dirección al achaparrado Sandy Hook, en cuyo extremo se encontraba un faro pintado de blanco, un monumento local que hacía décadas que no se utilizaba como tal. Me resultaba extraño, me inquietaba que aquel hombre que no me conocía fuera tan confiado.

—¿Se ha mudado lejos de su casa, Xavia? ¿Ahora vive sola?

Ansiaba decir: «Prefiero no hablar de mi vida privada con usted, ¡gracias!», pero en su lugar respondí, con mi alegre voz de camarera:

—Sola.

—Yo nunca he estado casado —dijo el señor Cantry, quisquilloso—. Nunca tuve la ocasión.

—¡Qué pena!

—¡No, no, no! Algunas naturalezas no están hechas para casarse. En todo caso, no para ser padres.

—La gente puede casarse sin tener hijos, señor Cantry.

El señor Cantry respondió con vehemencia:

—¿Qué sentido tiene entonces el matrimonio? El lazo conyugal se legaliza, es un refuerzo de la *naturaleza*. Es una encarnación social de la *naturaleza*. Para que se reproduzca la especie, para criar a su prole. Si no hay descendencia, no es necesario el matrimonio.

No podía discutir con el señor Cantry a ese respecto. Me pregunté de qué estábamos hablando. Por lo menos no me estaba proponiendo matrimonio.

Habíamos llegado a la calle más estrecha y oscura donde vivía; podría decirse que el señor Cantry y yo nos tropezábamos con más frecuencia. En varias ocasiones farfulló

46

«¡Perdón!». Yo pensaba en la época de octavo grado, cuando empecé a menstruar, en que mi piel comenzó a estropearse; era posible que el señor Cantry me recordara de antes de que me atacase la infección de granos. Ahora no parecía poder recordarle en absoluto.

Se me ocurrió que podría llevar al señor Cantry a otro edificio de apartamentos y despedirme allí de él. Y sin embargo, como daba la sensación de no darse cuenta de lo que lo rodeaba, pensé que no podría recordar cuál era mi casa. Me acompañó a mi porche, a resguardo de la lluvia. Jadeaba por los pocos escalones y su voz sonaba forzada. Como si lleváramos rato hablando del tema, dijo:

—Así que ve, Xavia, aunque me doy cuenta de que no me ha pedido mi opinión, creo firmemente que debería buscar otro empleo. Un ambiente más civilizado, ¿eh?

—*Usted* podría ir a comer a otro sitio, señor Cantry.

—¡No se trata de eso! Es a usted a quien degradan.

Ansiaba decirle con una risa vulgar: «¡Váyase a la mierda! ¿A quién degradan?». Dije molesta:

—Mire. No soy licenciada universitaria, señor Cantry. Apenas conseguí graduarme en el bachillerato. Soy afortunada de tener cualquier empleo. Y ya le he dicho que me gusta la cafetería Sandy Hook.

Aquello era más de lo que le había dicho a otro ser humano en semanas, quizá en meses. Me sentí impetuosa y estimulada, como si hubiera estado corriendo.

El señor Cantry respondió, aspirando por la nariz:

—Bueno. Reconozco mi error.

Le había desilusionado. Me había confundido con una estudiante excelente y ahora sabía que no era el caso.

Di las gracias al señor Cantry por su interés y las buenas noches. Él retrocedió indeciso, como si de pronto se hubiese dado cuenta de que estábamos bajo la luz del porche, de que estábamos solos por completo. Vi que estaba pensando en volver a estrecharme la mano y discretamente las escondí a mis espaldas. Dijo dubitativo:

—Si lo desea, ¿quizá en otra ocasión podemos cenar juntos? No en la cafetería.

Intentaba bromear, pero yo no pillé el chiste y respondí deprisa, antes de que me oyera decir sí:

—Bueno. No sé. Quizá.

Desde el interior del vestíbulo del viejo edificio que olía a humedad, observé a mi antiguo maestro de Matemáticas bajar los escalones del porche con cuidado y alejarse en la lluvia. Estaba claro que cojeaba un poco, apoyándose más en su pierna derecha. Sus hombros marcadamente encorvados. En el porche, en apariencia sin saber lo que hacía, había cerrado el paraguas como si se preparara para entrar en la casa y ahora, de nuevo bajo la lluvia, había olvidado abrirlo.

Aquella noche tuve un extraño sueño. Una de mis fantasías dolorosas y escabrosas (como solía llamarlas: tenía fantasías así desde la escuela primaria). *En la cafetería Sandy Hook debía atender a los clientes que eran amigos del señor Yardboro, aunque no reconocía a ninguno en concreto. Y el señor Yardboro me llamaba, silbaba para conseguir mi atención. Tenía que servir a los hombres desnuda. Una delgada tira de tela como una cortina enrollada a mi alrededor, que se aflojaba. Mis pechos estaban al descubierto, no podía cubrirme. Mi ingle con el vello áspero. Los hombres gritaban: «¡Camarera! ¡Aquí!», como llamarías a un perro. Aunque era de broma, sólo estaban tomándome el pelo. Nadie me tocaba. Tenía que acercarme a ellos para servirles la comida, pero nadie me tocaba. Comían trozos de carne con los dedos. Veía la sangre húmeda embadurnada en sus bocas y en sus dedos. Veía que estaban comiendo las partes femeninas. Pechos y genitales. Cortes de carne rosada brillante, sacada de bolsas de piel peluda igual que se extraerían las ostras de sus conchas. Los hombres se reían por la expresión de mi rostro. Me lanzaban monedas, de uno y cinco centavos, y yo me inclinaba para recogerlas y mi rostro se sonrojaba y sentía una fuerte sensación sexual, como la presión de un globo de goma cada vez más inflado a punto de explotar* y me desperté nerviosa y excitada, mi corazón latía tan rápido que me dolía, y una capa de sudor frío cubría mi cuerpo bajo mi sucio camisón de franela y pasó mucho tiempo antes de que volviera a dormirme. No soñé con el señor Cantry.

12

A finales de noviembre, mi horario en la cafetería Sandy Hook se había reducido considerablemente. Mis turnos eran impredecibles, en función de la disponibilidad del resto de camareras (por lo que pude averiguar). Un día empezaba a las siete de la mañana, al día siguiente a las 16.30, la hora en que comenzaba la oferta para el primer turno de la cena (un plato especial para la tercera edad, 7,99 dólares). Otros días no trabajaba. Dormía.

Cuando hacía el turno de noche en la cafetería, el señor Cantry parecía saberlo de alguna forma. Se quedaba tomando café hasta las diez de la noche, cuando cerraba el establecimiento, con la esperanza de «acompañarme» a casa.

Le daba las gracias educadamente y le decía que tenía otros planes.

Se lo susurraba con fuerza porque no quería que nadie más lo oyera.

Sentía un terror continuo a que me despidieran de la cafetería Sandy Hook, así que me movía en un trance de energía, buen humor y sonrisas. Mi sonrisa amplia y fija estaba impresa tan profundamente en mi rostro que tardaba mucho en desaparecer una vez acabado mi turno; en ocasiones, al despertarme a medianoche, descubría que había regresado. «¡Camarera! ¡Camarera!» Oía que alguien me llamaba impaciente y me giraba sin encontrar a nadie, a ningún cliente, allí.

Aunque el señor Cantry iba por allí a menudo. A su reservado de la esquina, que por lo general correspondía a mi sección. Con su traje de tweed de color marrón, su camisa blanca almidonada. El brillo trémulo de su corte de pelo al rape. Moviendo los hombros y la cabeza que tenía aquella forma extraña, como si la alineación de su nuca precisara de ajustes continuos. Desde la noche en que me acompañó a casa no habíamos hablado largo y tendido; sin embargo, cuando me acercaba, él me sonreía con ilusión, tímidamente. Yo no le animaba en absoluto. Me aterraba que alguien de la cafetería adivinase que Machote Maricón y yo nos conocíamos, aunque fuera de lejos. Cuando el señor Cantry me saludaba: «¡Hola, Xavia! ¿Cómo está esta mañana?», yo le sonreía como un robot y respondía: «¿Qué le pongo, señor?». Si el señor Cantry se atrevía a dejarme demasiada propina (por ejemplo, ¡un billete de cinco dólares por un plato de marisco que costaba nueve con noventa y nueve!), le llamaba: «Señor, se ha olvidado su cambio». Sonrojado, arrepentido, aceptaba que le devolviera el dinero y susurraba una disculpa.

En momentos como aquél, mi corazón latía con el triunfo de la venganza. Se me sonrosaban las mejillas por la presión de la sangre. Como en las clases de gimnasia del instituto, cuando marcaba más puntos, corría más rápido, intimidaba y, francamente, atemorizaba a las otras chicas en nuestros juegos alborotados de baloncesto y voleibol en los que sobresalía al ser mucho más fuerte que las demás.

13

Una noche, a la hora de cerrar no había nadie en la cafetería Sandy Hook salvo el señor Yardboro y yo.

—¿Y si damos un paseo en coche, cariño? —dijo el señor Yardboro y allí estábamos, en su sexy Lincoln Continental algo oxidado aunque todavía elegante recorriendo la carretera de la costa. Más allá del faro y el parque estatal de Sandy Hook. La luna parecía de porcelana, y su luz ondulaba en las aguas oscuras. Lee Yardboro era uno de esos hombres que conducen rápido e infaliblemente, con un brazo en el volante y el otro sobre mis hombros. El interior del coche era cálido, de ensueño. Mi cabeza descansaba sobre el hombro del señor Yardboro, mi frente contra su cuello. No está claro de qué hablamos. Quizá no habláramos de nada, no hacía falta. Su olor característico, su aliento de fumador, sus axilas, la pomada que se aplicaba en la piel áspera me aturdían, me volvían loca. *¿Adónde vamos? ¿Qué va a hacerme?* Sin embargo, al mirar con atención a la chica cuya cabeza reposaba en el hombro de Lee Yardboro, vi que su cabello era de un rubio reluciente. Su precioso rostro en forma de corazón no era de nadie a quien yo conociese. Incluso la perlada luz de la luna que ondulaba en el océano se disolvió convirtiéndose en vapor transparente.

Y otra noche no había nadie en la cafetería Sandy Hook a la hora de cerrar salvo el señor Yardboro y yo. Y yo limpié los reservados con un trapo por última vez aquel día, y el mostrador. Y apagué las luces. Y el señor Yardboro estaba de pie en la puerta de la cocina con las manos en las caderas observándome, sonriendo de aquella manera burlona que podía ser amable o maliciosa. Diciendo:

—Ven a la cocina un momento, cariño; tengo unas instrucciones especiales para ti.

14

Por Acción de Gracias tomé un autobús para ir a casa aunque no me apetecía, pero mi madre me lo había rogado enfadada por teléfono, y yo sabía que era un error, pero allí estaba, en la vieja casa, la casa de una y mil asociaciones y todas ellas deprimentes, el olor del pavo asado me producía náuseas, el olor de la grasa para rociarlo mientras se cocinaba, el olor de la laca de cabello de mi madre, así que me di cuenta de que no podría soportarlo a los pocos minutos de entrar por la puerta, y aquella tarde mientras trabajábamos juntas en la cocina le dije: «Disculpa, mamá, ahora mismo vuelvo», y cuando regresé con el viejo álbum de fotos, tenía las palmas de las manos frías por el sudor y exclamé: «Mamá, ¿puedo hacerte una pregunta?», y mi madre respondió con cautela, ya que los años que había vivido con ella la habían vuelto recelosa: «¿Qué?», y yo dije: «Prométeme que me dirás la verdad», y ella respondió: «¿Qué quieres preguntarme?», y yo repetí: «Prométeme que me dirás la verdad, mamá», y ella dijo, molesta: «¿Cómo puedo prometértelo hasta que me hagas la pregunta?», y yo contesté: «Está bien. ¿Tuve una hermana que nació antes que yo, con mi mismo nombre, que murió? Es todo lo que quiero saber», y mi madre me miró fijamente como si le hubiese gritado palabrotas allí mismo en su cocina y respondió: «Alice, ¿qué?», y yo repetí la pregunta que para mí era del todo lógica, y mi madre dijo: «¡Claro que no tuviste una hermana que murió! ¿De dónde sacas esas ideas?», y yo respondí: «De estas fotos», y abrí el álbum para mostrarle mis instantáneas de bebé y de pequeña mientras decía con voz baja y furiosa: «No intentes decirme que ésta soy yo, porque no lo soy», y mi madre dijo: «¡Claro que eres tú! ¡Eres tú! ¿Estás loca?», y dije: «¿Puedo creerte, mamá?», y ella dijo: «¿Qué es esto? ¿Otra de tus bromas? Claro que eres tú», y respondí, limpiándome los ojos: «¡No es verdad! ¡Maldita mentirosa! ¡No lo es! Es otra persona, ¡no soy yo! ¡Esa niña es guapa y yo soy fea y no soy yo!», y entonces mi madre perdió los papeles como solía hacer a menudo cuando discutíamos, perdió los papeles y empezó a gritarme, y me dio un bofetón, llorando: «¡Eres terrible! ¡Por qué dices cosas así! ¡Me rompes el corazón! ¡Eres fea! ¡Vete de aquí, desaparece de mi vista! ¡No te queremos aquí! ¡Tu sitio no está aquí con la gente normal!».

Así que me fui. Tomé el siguiente autobús de vuelta a Sandy Hook, de manera que, cuando me metí en la cama aquella noche, temprano, con la esperanza de dormir al menos doce horas seguidas, parecía que no me había ido.

15

El domingo siguiente por la noche, el señor Cantry se atrevió a venir a mi apartamento. ¡Llamó a mi timbre como si le estuviese esperando! Era la primera vez que alguien llamaba al timbre del 3º F en las semanas que llevaba viviendo en aquel sórdido lugar y el sonido resultó tan ensordecedor como los zumbidos amplificados de avispas enloquecidas. Me habría gustado no saber quién era, pero no fue el caso.

Me tomé mi tiempo para bajar, con mi sudadera sucia de EL PODER DE LA POESÍA y mis tejanos. Y allí estaba mi antiguo maestro de Matemáticas entrecerrando los ojos hacia mí con su cara hinchada de color manteca. Llevaba la gabardina con el faldón acampanado; nervioso, giraba su gorra con visera entre los dedos.

—¡Xavia, buenas noches! Espero no interrumpir. ¿Le gustaría venir a cenar?, no en la cafetería Sandy Hook —guardó silencio para que respondiera, pero no sonreí. Simplemente dije que ya había cenado, gracias.

—¿Y a dar un paseo? ¿A tomar una copa? ¿Le va bien ahora? He visto que no estaba de turno en el lugar habitual, así que me he atrevido a venir hasta aquí. ¿Se ha enojado?

Tenía la intención de decir: «Gracias, pero estoy ocupada». Me oí decir:

—Supongo que podría dar un paseo. ¿Por qué iba a enfadarme?

Había sido fría con el señor Cantry en la cafetería, las últimas dos veces que había venido. No me gustaba ver cómo me observaba melancólico desde su reservado de la esquina. Sonriendo con el ceño fruncido como si a veces no me estuviera viendo *a mí* en realidad, Dios sabe qué estaría viendo. Y el día antes, unos tipos habían estado metiéndose conmigo como hacen algunos de los clientes habituales, pasándose un ejemplar de *Hustler;* se suponía que yo debía ver fugazmente esas fotos de crudos primeros planos de entrepiernas femeninas como si fueran apuntes de anatomía. Mi papel era fingir que no las veía, que no sabía de qué se trataba lo que no veía, mi rostro sonrojado a retazos. *Eh, tíos, ¡preferiría que pararais!* Mis avergonzados ojos alicaídos. Mis anchas caderas, mis pechos como tapacubos enfundados en una camiseta del muelle de Sandy Hook y un suéter desabrochado. *Pero no importa. Soy buena gente.* Sin suplicar exactamente, los tíos odian a las mujeres que suplican, igual que a las que lloran, les hacen sentirse culpables, les recuerdan a sus madres. Parecía más como si les estuviera pidiendo que me protegieran. Y no importaba, o no habría importado, salvo porque el señor Cantry se cernía tras de mí, con su vieja voz de maestro y la boca retorcida con una mueca de desdén: «¡Disculpe! ¡Un momento, por favor!», y los tipos lo miraron boquiabiertos sin saber qué demonios ocurría pero yo sí, creía saberlo, me di la vuelta rápidamente y tiré de la manga del señor Cantry y me lo llevé de vuelta a su reservado y le susurré: «Maldita sea, déjeme en paz», y él me contestó también en un susurro: «La están acosando, esos gamberros asquerosos», y yo repuse en voz baja: «¿Cómo lo sabe? ¿Cómo sabe qué es lo que está pasando?». ¿Tenía visión de Rayos X? ¿Podía atravesar los respaldos de los reservados? Así que conseguí que el señor Cantry se calmara y regresé a mis otros clientes, que reían y hacían comentarios, y fingí no entender nada, una camarera tonta, sonriendo mucho e intentando complacer a sus clientes, *Eh, tíos, tened un poco de corazón, ¿vale?* Así que al final se arregló, me dejaron una propina decente en pequeñas monedas repartidas por la mesa pegajosa. Pero estaba resentidísima con el señor Cantry y le habría pedido que por favor no volviera a la cafetería Sandy Hook nunca más de no ser porque francamente necesitábamos los ingresos.

—Espero que no se disgustara por lo de ayer. No parecía contenta.

—Esos clientes son amigos del dueño. Tengo que ser amable con ellos.

—Son vulgares, groseros. Son...

—Son amigos del dueño. Y además, me caen bien.

—¿Le caen bien? ¿Hombres así?

Me encogí de hombros. Rompí a reír.

—Hombres, chicos. Ya se saben cómo son.

—Pero no en mis clases.

—Ahora ya no tiene clases.

54

Estábamos nerviosos. Era como una discusión entre enamorados. Yo caminaba deprisa delante del señor Cantry. Creí sentir los agudos dolores punzantes en sus piernas que soportaban el peso de su cuerpo desgarbado.

Fuimos a Woody's, un café que había visto desde fuera, admirando las luces intermitentes, un adelanto de la Navidad. A través de una ventana ovalada en una pared de ladrillos, a menudo veía a parejas románticas a la luz de la chimenea, cogidas de la mano en la barra curvilínea o sentadas a las mesas en la parte de atrás. Después de que entráramos el señor Cantry y yo, y nos sentásemos a una mesa con las rodillas tocándose torpemente, el lugar parecía distinto. La luz de la chimenea era estridentemente falsa y una grabación de rock adolescente sonaba a todo volumen una y otra vez, como una migraña. El señor Cantry se estremeció por el ruido pero estaba decidido a ser comprensivo. Pedí un vodka martini, una bebida que no había tomado en mi vida. Sabía que el vodka tenía el contenido de alcohol más potente que cualquier bebida disponible. El señor Cantry pidió un agua con gas con un pedacito de limón. Nuestro camarero era joven y parecía aburrido, y nos contemplaba al señor Cantry y a mí con una expresión intencionadamente neutra.

—Los hombres ansían hacer algo de sí mismos. O de sí mismas. A distinguirse por algo —dijo el señor Cantry, elevando la voz para hacerse oír sobre el estruendo—. ¿No está de acuerdo?

Yo no había seguido la conversación. Estaba intentando sujetarme la coleta que me caía despeinada por la espalda con una goma elástica, pero la goma estaba vieja y gastada y al final se rompió y decidí dejarlo correr. Llegó mi vodka martini y tomé un gran trago al tiempo que el señor Cantry levantaba su vaso para brindar con el mío y decía:

—¡Salud!

—Pero ¿por qué debe un hombre hacer algo de sí mismo? —dije, sintiéndome mezquina—. ¿De sí misma? Francamente, ¿a quién le importa?

55

—Xavia. No lo dice en serio —el señor Cantry me miró perplejo y sorprendido, como solía hacer mi madre antes de caer en la cuenta de la profunda fealdad a la que dio a luz—. No creo que ésa sea una respuesta sincera. La pongo en duda.

—La mayoría de la gente no es peculiar. La mayoría de las vidas quedan en nada. ¿Por qué no aceptarlo? —respondí.

—Pero el querer mejorar forma parte de la naturaleza humana. Que el ser interior se convierta en exterior. No hundirse en la desolación. No... *rendirse* —hablaba con una mueca quisquillosa.

—¿Usted no se ha rendido, señor Cantry?

Aquélla era una mofa cruel. Me sorprendí a mí misma apuntando al corazón. Pero tengo que reconocer que el señor Cantry se lo tomó bien. Levantó los hombros, inspiró profundamente, meditabundo. Después dijo:

—De puertas afuera, quizá. En mi interior, no.

—¿Qué es «interior»? ¿El alma? ¿El vientre?

—Xavia, me sorprende. Usted no es así realmente.

—Si se mira en el espejo, señor Cantry, ¿en serio cree que lo que ve no es usted? ¿Quién si no?

—Soy reacio a los espejos —respondió el señor Cantry, aspirando por la nariz. Se había acabado su agua con gas, con hielo y todo, y estaba chupando el pedacito de limón—. Nunca he considerado los espejos como medida del alma.

Me eché a reír. Me sentía bien. El vodka martini resultó ser una bebida más suave y deliciosa de lo que esperaba. Llamaradas azules corrían a toda prisa por mis venas, traviesas como las del gas artificial de la chimenea.

—*Soy* fea. No necesito engañarme a mí misma.

El señor Cantry me contempló frunciendo los labios.

—Xavia, usted no es fea. ¡Qué cosas dice!

—¿No? ¿No soy fea? —exclamé riendo con una manotada en mis mejillas carnosas. La llamarada me recorría el cuerpo, mi piel febril.

El señor Cantry eligió sus palabras con cuidado.

—Usted es una joven con una fisonomía exótica. Quizá no sea atractiva de manera convencional, como las chicas americanas insulsas y banales. Sus ojos, su estructura facial... ¡Enigmática! Pero no es fea.

Estaba harta de sus sandeces. Hice una señal al camarero de aspecto aburrido. Era de mi edad, con el rostro aniñado, largas pestañas y la boca como el capullo de una rosa. Un chico guapo, y lo sabía.

—Camarero —dije, y cuando éste asintió agradablemente, aunque con cierta cautela, pregunté—: ¿Soy fea?

—¿Perdón?

El señor Cantry silbó como un padre escandalizado:

—¡Xavia! Por favor.

—Bueno, ¿lo soy, camarero? Puede decir la verdad, no va a repercutir en su propina.

El incómodo joven me miró sin parpadear, sonrojado.

—Es decir —dije coqueta—, *sí* repercutirá en su propina si no responde con sinceridad.

El camarero intentó sonreír para que la conversación se convirtiera en una broma.

—¿Soy fea? Sólo tiene que decir la verdad.

Pero el camarero murmuró unas palabras a modo de disculpa, lo necesitaban en la cocina, huyó.

El señor Cantry me regañó:

—No debería incomodar a la gente, Xavia. Si está descontenta consigo...

—Pero no lo estoy —afirmé—. No estoy descontenta conmigo. Estoy contenta conmigo. Tan sólo creo en decir la verdad. Eso es todo.

El camarero regresó unos minutos después, probablemente con una réplica ingeniosa, aunque por entonces el señor Cantry y yo estábamos hablando de otros asuntos. El vodka se me había subido a la cabeza. Me sentía de buen humor.

—Otra ronda —dije chasqueando los dedos—. Para los dos.

El señor Cantry sacó un gran pañuelo blanco y se sonó la nariz fuertemente y con cuidado. Si había empezado a sentir algo por aquel hombre, aquellas ráfagas de ruido lo disiparon. Le pregunté con solemnidad, inclinándome hacia delante:

—Señor Cantry, ¿piensa mucho en la muerte? ¿En morir?

Era como sostener una cerilla encendida cerca de material inflamable.

Durante un doloroso momento, el señor Cantry no pudo articular palabra. Sus ojos temblaban como si estuvieran a punto de disolverse. Vi que su piel, como lo que recordaba de la mía, parecía suturada, improvisada; como si se hubiera roto en pedazos y hubiese sido arreglada sin cuidado.

—La muerte, sí. En morir. Sí. Pienso en la muerte sin cesar —pasó a hablar de sus padres, ambos fallecidos, y de una hermana a la que adoraba que murió de leucemia a los once años, y de un perro que había traído a Sandy Hook para que viviera con él, un cocker spaniel que murió en agosto con sólo siete años. Desde la muerte de su perro, confesó el señor Cantry, había tenido que enfrentarse a la perspectiva de preguntarse cada mañana dónde conseguiría la fuerza para obligarse a levantarse de la cama; dormía un sueño aletargado durante horas y creía que a veces estaba muy cercano a la muerte—. El corazón se me para, ¿sabe?, como un reloj. De la manera en que murió mi padre. Mientras dormía. A los cincuenta y dos años —a la vez que hablaba el señor Cantry, vi que se le llenaban los ojos de lágrimas; sus ojos me parecían bonitos, luminosos; sus labios húmedos entreabiertos, incluso los brillantes orificios de su nariz; mi corazón latía acelerado resistiéndose a la emoción que él sentía, la emoción que corría por mi ser y que yo me negaba a reconocer. Una voz maliciosa bromeó: *Así que por eso es por lo que te ha estado persiguiendo. Perdió a su único amigo, su perro.*

Me sentía fascinada por aquel hombre feo que no parecía saber que lo era. Cuando un río de lágrimas empezó

a correr por sus mejillas, e incómodo se apresuró a limpiárse-
las con una servilleta, me recosté en mi asiento y contemplé
el concurrido café con una pose de aburrimiento. La nariz
del señor Cantry le moqueaba sin parar y volvió a sonársela
ruidosamente, en esa ocasión con una servilleta, la mía. Cuando terminó, mi momento sensiblero había pasado.

Terminé mi vodka martini y me puse en pie. El señor
Cantry se levantó con torpeza junto a mí, como si acabara de
despertarse de un sueño. La frente abultada le brillaba por el
sudor. Me siguió de cerca mientras me dirigía entre empujones
hacia la puerta diciendo:

—Xavia, creo que debería saber... que me siento atraído por usted. Soy consciente de la diferencia de edad, de sen-
sibilidad. Espero no haberla ofendido.

Había una aglomeración de gente en el guardarropa.
Por poco conseguí librarme de mi acompañante.

Una vez fuera, en la acera, con un frío glacial, el señor
Cantry dijo por segunda vez, suplicante:

—Espero no haberla ofendido, Xavia.

Intencionadamente no respondí. Me había puesto
el cortavientos y enfundado el gorro ajustado en la cabeza.
El cortavientos era unisex y abultado y el gorro azul marino
hacía que mi cabeza pareciera del tamaño de un guisante.
Me vi de reojo en un espejo biselado rodeado de helechos en
la ventana del café y me estremecí al tiempo que me echaba a
reír. Dios mío, ¡qué fea! Y no exageraba. Tanta fealdad casi se
convierte en un triunfo, como cuando metes canasta después
de que otro jugador te haya hecho falta.

De vuelta a mi apartamento caminaba rápidamente,
obligando al señor Cantry a apresurarse junto a mí. Podía oír
su respiración, como el papel de lija al frotarse contra una
superficie rugosa. Pobre hombre, me pregunté si sus piernas
carnosas y blanquecinas estaban pintadas por venas varico-
sas. Me pregunté si sus pies, como los míos, se hinchaban
como si tuvieran bocio y necesitaban que cada noche los

pusiera en remojo en sal de Epsom. Sin embargo, el señor Cantry intentó recuperar el aliento y algo de su desperdiciada dignidad.

—En cuanto a la muerte, Xavia, creo que no tiene sentido hablar del tema. Ya que cuando estás muerto, te encuentras en un estado de feliz inexistencia; y la inexistencia es no saber. Y cuando no se sabe...

Hablaba apasionadamente, gesticulando con las manos. Podría haberme conmovido, pero el efecto de sus palabras se debilitó por la forma repentina en la que, al ver un coche patrulla de la policía de Sandy Hook pasar por la calle, se puso nervioso; retrocedió como si temiera ser visto. Bromeé sobre la vigilancia de la policía local en este lugar donde nunca pasa nada, pero el señor Cantry estaba demasiado distraído para responder. No volvió a tranquilizarse hasta que la patrulla desapareció de nuestra vista.

Dije molesta:

—La verdad es, señor Cantry, que *morimos*. Es un verbo activo. Usted *muere*, yo *muero*. Nosotros *morimos*. No es un estado de felicidad, es una acción. Y produce terror, produce dolor. Como ahogarse en el océano...

Pero el señor Cantry estaba distraído, y quizá desmoralizado. Le dejé en la acera, en la puerta de mi casa, le di las gracias por las copas, y me apresuré escalones arriba antes de que pudiera acompañarme, resollando con una mueca. Me llamó:

—Xavia, ¡buenas noches!

16

—¡Este Lee! Es un maldito blandengue. Me deja a mí el trabajo sucio.

Era Maxine, que hablaba por teléfono, su rostro caballuno inclinado hacia abajo mostrando la cariñosa exasperación que sentía hacia su primo. Aunque era el dueño del hotel Sandy Hook, o al menos tenía una hipoteca considerable sobre la propiedad, Maxine era la que, siguiendo sus órdenes, normalmente despedía o suspendía de forma temporal a los empleados.

Yo no debería haber oído aquel comentario, por supuesto. Maxine no sabía que me había acercado tanto como para escucharla.

Descubrí con horror que habían contratado a una nueva camarera. No la había visto pero había oído hablar de ella; decían que era guapa, pelirroja. Desde noviembre se había reducido algo más la clientela de la cafetería y después se había estabilizado. Habían abierto un McDonald's con aspecto de santuario a kilómetro y medio de distancia que seguro atraería a más clientes nuestros. Nunca reconocíamos a rivales de ese tipo; una mera alusión a ellos provocaría la furia del señor Yardboro.

Creía que, a su modo, le caía bien al señor Yardboro. Sin embargo, me observaba detenidamente, igual que a todos sus empleados. Sus saltones ojos azul claro me seguían, su mandíbula trabajaba mientras chupaba un palillo de dientes. «Eh, cariño. Eh, cielo, date prisa, ¿vale? Pero no vayas por ahí dando tumbos como un maldito caballo.» Intentaba obedecer al señor Yardboro sin que tuviera que darme instrucciones. Trataba de adelantarme a sus deseos más insignificantes. Era muy amable, sin dejar de sonreír, mientras atendía a sus ruidosos amigos. Nunca me quejaba a espaldas del señor Yardboro, amargamente, como los demás. Nunca evitaba el trabajo, nunca me escondía en el lavabo maldiciendo y llorando. Mi única debilidad, que intentaba mantener en secreto, era comer las sobras de los platos de los clientes. Como la mayoría de los trabajadores del sector de la alimentación, pronto desarrollé una repugnancia por la comida; sin embargo, seguía comiendo, a pesar de la repugnancia; una vez comenzaba a comer, al margen del tipo de comida, por poco apetecible que fuera, mi boca se inundaba de saliva y me resultaba imposible dejar de hacerlo. El día que no pude evitar oír a Maxine hablando por teléfono, que fue un día agitado y estresante para mí, un día de propinas escasas y clientes quisquillosos, un día de una profunda repugnancia metafísica, entré en la cocina con una bandeja llena de platos sucios y no había nadie mirando, así que devoré a la carrera los restos de una hamburguesa con queso con la parte central prácticamente cruda, que goteaba sangre, y varios aros de cebolla, y patatas fritas empapadas de ketchup. En un instante me sentí hambrienta, aturdida. Seguí con otro plato, devorando los restos de una perca rebozada, su repugnante sabor a pescado no se podía cubrir ni siquiera con ketchup, y en aquel terrible momento el señor Yardboro entró de golpe por la puerta batiente, silbando, seguramente me había visto, mis ojos aterrados por la culpabilidad, los dedos y la boca grasientos, pero con un gesto de tacto inesperado —o por simple incomodidad, ya que hay cosas que incomodan incluso a Lee Yardboro— siguió de camino a la oficina, fingiendo no haberme visto.

Aunque cuando estábamos cerrando dijo, con una mueca de desdén y su mirada azulada recorriéndome de arriba abajo:

—Come tantas sobras asquerosas como quieras, corazón. Así el triturador de basura se estropea menos.

17

El señor Cantry había dejado de comer en la cafetería Sandy Hook, al parecer. Sólo por accidente averigüé, por un comentario que hizo otra camarera, que «ese tipo enorme de aspecto extraño con el pelo al rape» había venido hacía un par de semanas, cuando yo no estaba de turno, y el señor Yardboro le dijo que por favor no volviera a frecuentar su cafetería porque otros clientes, es decir, los amigos del señor Yardboro, que estaban cabreados con el Machote por el incidente con el ejemplar de *Hustler,* se habían quejado.

—¿Y qué dijo el hombre? —pregunté. Fue curioso que mi boca se torciera en una sonrisa de complicidad infantil como si, al hablar con aquella mujer maliciosa a la que no conocía y que me caía igual de mal que yo a ella sobre un hombre que no se podía defender, nos entendiéramos bien. ¡Nos estábamos comportando como amigas!

—Dijo algo así: «Gracias, eso es exactamente lo que yo también deseo». Y se fue. Como ese extraño maestro que tenía en el instituto, que siempre miraba al techo cuando daba sus charlas.

Reí intentando imaginarme la escena. Gracias a Dios no había dicho nada de «Xavia». Me sentí aliviada porque nadie pudiera establecer la conexión entre ambos.

¿Pensaba en el señor Cantry, mi antiguo maestro de Matemáticas? En absoluto. Lo borré de mis pensamientos como si hubiese limpiado una pegajosa mesa de formica.

Menos aquella tarde oscura y ventosa de Nochebuena, cuando cerramos temprano (había poca gente, el señor Yardboro y su familia estaban pasando la semana en Orlando, Florida), y el señor Cantry vino a preguntarme si podría verme aquella noche. Llevaba un abultado abrigo de lana y un sombrero negro calado con fuerza en su frente. Sus ojos incoloros, fijos en mi rostro, brillaban con anhelo y reproche a partes iguales, como si hubiese sido yo quien le prohibió la entrada en la cafetería Sandy Hook. Me dieron ganas de responder: «¿Qué? ¿Está de broma? ¿Nochebuena con usted?», pero me oí decir, suspirando:

—Bueno. Está bien. Pero sólo un rato.

La cafetería estaba decorada mínimamente para las navidades pero con colores llamativos. Maxine y yo la decoramos juntas, y en cierto modo yo estaba orgullosa de ello. Había cintas de oropel, muérdago de plástico y acebo sobre los reservados; había un abeto de plástico de un metro con bombillas parpadeantes en la ventana; había un gracioso Papá Noel barrigón junto a la caja registradora cuya nariz se encendía (la broma en la cafetería era que ese Papá Noel se parecía al señor Yardboro con las mejillas sonrosadas y sus saltones ojos azules). Con un tono irónico, le pregunté al señor Cantry qué pensaba de la decoración y él miró a su alrededor lentamente, como si estuviera haciendo inventario. En aquel momento no había nadie más en la cafetería y, al verla con los ojos del señor Cantry, sentí una ola de terror apoderarse de mí; la cafetería Sandy Hook era sólo eso, la suma de sus superficies. Era como uno de esos contundentes cuadros realistas de moda con una escena urbana, neones, cromo, formica, plástico y cristal, que contemplas intentando entender cómo alguien puede haber sido tan idiota como para pintarla.

El señor Cantry dijo, intentando ser amable:

—Capta una especie de espíritu navideño.

A pesar de su paso dolorido, el señor Cantry insistió en que le acompañara a su casa. Me sorprendió descubrir que se encontraba en una calle paralela a la mía a unas cuantas manzanas; un edificio de apartamentos de cinco plantas. Su apartamento, en el segundo piso, tenía los techos altos, una chimenea (que no se usaba) en la sala de estar, y estaba repleto de muebles viejos. Incrustados en la mugrienta alfombra oriental como si estuvieran tejidos en la tela había mechones de pelo de perro de color cobrizo y había más pelo de perro en el sofá victoriano de crin en el que el señor Cantry me invitó a sentarme. Las pesadas cortinas de terciopelo estaban echadas sobre las ventanas, aunque no completamente. Había un penetrante olor a algo medicinal. Una voz bromeó: *¡El escenario para la seducción!* Mientras el señor Cantry andaba de acá para allá en la cocina contigua, calentando, como él lo llamaba, los aperitivos en el horno, examiné la mesa repleta de numerosas fotografías enmarcadas y cubiertas de polvo de los familiares del señor Cantry, con la cabeza ovalada, personas formales, la mayoría de ellas ancianas o de mediana edad, con ropa y peinados de épocas pasadas. En la primera fila de fotografías había instantáneas en tonos vivos de un

64

cocker spaniel de color caramelo con ojos llorosos. El señor Cantry entró en la sala tarareando, de buen humor, con una bandeja de plata que sostenía una botella de champagne y dos copas de cristal y una fuente de salchichas todavía humeantes y bocaditos de queso. Dijo en voz alta:

—Ah, Xavia. Monumentos a mis muertos. En todo caso, no deberían desalentarnos. Es Nochebuena.

Al oler los aperitivos me sentí hambrienta de inmediato. Aunque también un tanto mareada, el olor a medicinas y el olor subyacente a polvo, suciedad, mugre, soledad eran demasiado intensos. De forma ceremoniosa, el señor Cantry depositó la bandeja delante de mí como si yo constituyera una mesa llena de gente. Tenía los ojos llorosos por el esfuerzo y le temblaban los dedos. Cuando no respondí y comencé a comer, añadió en un tono melancólico:

—Cuando eres el último de tu estirpe, Xavia, como yo, miras hacia atrás, no hacia delante. De tener hijos, obviamente tirarían de ti hacia delante. Me refiero a tus atenciones, tus esperanzas. Hacia el futuro.

—Bueno, no estoy de humor para tener un hijo. Aunque sea Nochebuena. No cuente conmigo, señor Cantry.

—Xavia, ¡dice unas cosas!

El señor Cantry se sonrojó, pero de alegría, como si me hubiera inclinado hacia él y le hubiera hecho cosquillas de pronto. Me había convertido en la pícara alumna descarada que los maestros cortejan inexplicablemente.

—No estaba hablando de nosotros, por supuesto. Sólo hablaba en teoría.

Se sentó en el sofá a mi lado; el viejo mueble crujió. Me sorprendió que se sentara tan cerca de mí; el señor Cantry parecía haber ganado, en la eclosión de su apartamento, un grado de confianza masculina. Descorchó el champagne con cierto esfuerzo —era champagne francés, con una etiqueta negra y un pretencioso tipo de letra dorado— y nos sirvió unas copas rebosantes. Rió mientras parte del líquido espumoso se derramaba por mis dedos y mis pantalones de pana.

—¡Feliz Navidad, Xavia! Y feliz año nuevo, que espero nos traiga mucha felicidad.

Había algo de alocado e inquietante en su forma de sonreír, y de brindar con su copa contra la mía, y de beber. Dije, con un presentimiento:

—¿Le conviene beber, señor Cantry?

Respondió dolido:

—La Nochebuena es una ocasión especial, creo.

Si eres alcohólico, no hay ocasión que pueda ser especial, pensé. De hecho, unos años antes yo había tenido un problema con la bebida. Pero me lo guardé.

En pocos minutos, el señor Cantry y yo nos habíamos tomado dos copas de champagne cada uno. Nos habíamos comido la mayoría de las salchichitas grasientas y los bocaditos de queso. El señor Cantry me hablaba de sus fuentes de ingresos; una pensión de invalidez del Estado de Nueva Jersey y un pequeño fondo fiduciario de la familia.

—Todavía no me he casado —dijo eructando con levedad—, por el excelente motivo de que nunca he estado enamorado.

Mi cabeza se vio inundada por un zumbido como de pequeñas burbujas estallando, o neuronas. Sonreí al ver la mano regordeta de un hombre alargada con torpeza en busca de la mía, una criatura calva buscando a otra a tientas.

¡Ahora la seducción! ¡Ahora la violación! Me eché a reír, aunque empezaba a sentir pánico. El señor Cantry exclamó:

—¡Eres tan misteriosa, Xavia! Tan exótica. Distinta a las otras jóvenes camareras que he conocido en Sandy Hook; eres especial.

No me gustó que me dijera que había habido otras camareras en la vida del señor Cantry.

—¿Por qué soy tan especial? —pregunté con ironía mirando fijamente los dedos del señor Cantry alrededor de los míos, y nuestras manos posadas sobre mi rodilla. Sus nudillos eran grandes y sin vello y tenía las uñas cortadas con esmero, tan limpias como las mías o incluso más.

—Como fuiste alumna mía, siempre hay algo sagrado en esa relación.

Reí desilusionada. De hecho, ni siquiera estaba segura de haber ido a la clase del señor Cantry. Retiré mi mano de la suya y tiré mi copa de champagne, que cayó sobre el sofá de crin, derramando el resto de su contenido. El señor Cantry se apresuró con unas servilletas, murmurando entre dientes. Dije:

—Creo que debería irme, señor Cantry. No me encuentro bien.

Él respondió, respirando con aspereza:

—¡Podrías echarte un rato! Aquí o en la otra habitación. Se supone que debe ser una ocasión feliz.

Me levanté y la habitación me daba vueltas. El señor Cantry se puso en pie tambaleándose, como para sostenerme, pero su paso era inseguro, perdió el equilibrio, y los dos caímos al suelo en un montón desgarbado. Yo reía. Estaba a punto de comenzar a respirar de manera acelerada. *Ahora va a estrangularte. Mira esos ojos.* Me arrastré para escapar, a gatas. Se debió de desenchufar una lámpara, la sala quedó parcialmente a oscuras. El señor Cantry estaba de rodillas jadeando junto a mí, acariciando mi cabello con torpeza.

—¡Perdóneme, por favor! No tenía intención de disgustarla.

Algo bloqueó mi camino mientras me arrastraba, una pesada silla. Empujé la mano del señor Cantry, que acariciaba mi cabello y mi nuca de una forma que podría interpretarse como juguetona, igual que el señor Yardboro y algunos de sus amigos se daban pequeños puñetazos en la parte superior del brazo. Pero el señor Cantry era fuerte y corpulento. Me estaba acariciando la espalda y me besaba la nuca, su boca húmeda y ansiosa como la de un perro.

—Podría quererte. Necesitas un guía ferviente y poderoso. En ese lugar te estás rebajando. Si te castigan lo suficiente, acabas siendo culpable. Lo sé con certeza. Xavia...

67

Me puse nerviosa y le empujé, perdió el equilibrio y se golpeó contra una mesa, una cascada de fotografías enmarcadas cayó al suelo, y sus vidrios se hicieron añicos.

Me arrastré desesperadamente, conseguí liberarme, di un salto y cogí mi cortavientos. El señor Cantry me gritó como un animal herido:

—¡Qué ha hecho! ¡Cómo se le ocurre! ¡Por favor! ¡Vuelva!

Salí corriendo del apartamento y bajé las escaleras y cuando regresé a mi casa y cerré la puerta con el cerrojo vi con ojos llorosos de loca que sólo eran las 20.10 de la noche de Nochebuena; me había parecido mucho más tarde.

Pensé que era posible que el señor Cantry me hubiera seguido para pedirme disculpas. Pero no lo hizo. El teléfono no sonó. No esperaba que mi madre me llamara para desearme feliz Navidad igual que yo no había pensado en llamar, y resultó ser así.

18

El día de Navidad, la cafetería Sandy Hook estaba cerrada. Al día siguiente, viernes, cuando fui a trabajar a última hora de la tarde, me enteré de que el señor Cantry había sido arrestado el día anterior por merodear en patios traseros e intentar mirar a una mujer por las ventanas del piso inferior de su casa. La maliciosa de Maxine me enseñó una copia de un diario local, un breve párrafo en la columna del registro de la policía acompañado de una foto que mostraba a Virgil Cantry boquiabierto ante el *flash* de la cámara, con una mano levantada débilmente para protegerse el rostro en una clásica pose de vergüenza.

—Es él, ¿verdad? ¿El tipo que solía venir sin parar?

Le quité el diario y leí, estupefacta, que en Nochebuena una lugareña había denunciado a un merodeador en su patio trasero, un hombre que escudriñaba por sus ventanas; ella gritó y él huyó corriendo por los patios traseros vecinos; ella llamó a la policía, que se presentó en el lugar y no encontró a nadie. Al día siguiente, a partir de la descripción de la mujer, y de otra información, la policía arrestó al señor Virgil Cantry, de treinta y nueve años, que negó las acusaciones.

—No me lo creo —respondí aturdida—. El señor Cantry no haría algo así.

Maxine y los demás se rieron de mí, de la expresión en mi rostro.

—¡No! De verdad. No lo haría, nunca —dije.

Fui a colgar mi cortavientos, aturdida, como si me hubieran golpeado en la cabeza. Podía oírlos hablando, riendo, a mis espaldas. El murmullo y el rumor de la alegría.

Durante mi descanso, prácticamente corrí a la comisaría de policía que estaba a unas pocas manzanas. Pregunté por Virgil Cantry y me dijeron que no se encontraba allí; no lo habían arrestado como afirmaba el diario, tan sólo lo habían llevado para interrogarlo. Estaba nerviosa; insistí en hablar con uno de los agentes que llevaban la investigación; dije que el señor Cantry y yo habíamos estado juntos en Nochebuena, era imposible que el señor Cantry hubiese estado merodeando por los patios traseros... Y tampoco podía correr. Tenía problemas en las piernas.

La mujer que presentó la denuncia llamó a la policía a las 20.50 de la noche de Nochebuena. Era ridículo, pensé, imaginar que Virgil Cantry hubiera salido después de que yo le dejara, para comportarse de forma tan desesperada. Insistí en que habíamos estado juntos hasta después de las nueve. Hice una declaración oficial a la policía de Sandy Hook y la firmé. Estaba temblando, furiosa. «Ese hombre es inocente —afirmé una y otra vez—. No tienen derecho a acosarlo».

Supe después (me tomé la molestia de seguir el caso) que el señor Cantry fue uno de los hombres que llevaron a la comisaría para ser interrogados. Aunque no coincidía con la descripción de la mujer de un hombre grueso de cabello oscuro con una chaqueta de cuero y barba descuidada, la policía lo había llevado para interrogarle de todos modos ya que era uno de los pocos residentes locales que tenía antecedentes penales (por ebriedad, alteración del orden público y resistirse al arresto nueve años atrás, acusaciones de las que se había declarado culpable a cambio de un período de libertad condicional y el pago de unas multas en lugar de un tiempo en la cárcel). Cuatro días después, el merodeador y mirón fue arrestado y confesó.

Cuando el señor Yardboro regresó de Florida, con cinco kilos menos, bronceado y animado, se enteró del «arresto» de su antiguo cliente y de que fui a la comisaría de policía y de lo que les había dicho. Se había convertido en una especie de anécdota cómica en la cafetería Sandy Hook, repetida con frecuencia, que provocaba risas. El señor Yardboro pensó que era muy divertida y se rió en voz alta; era un hombre al que le gustaba reírse.

—¿Qué, corazón, eres la chica del Marica? ¿Desde cuándo?

Me ardía la cara como si la tuviese en llamas.

—No. Sólo quería ayudarle.

—¿Estuviste con él como dijiste? ¿En Nochebuena?

El señor Yardboro no paraba de reír, su mano cálida y pesada sobre mi hombro.

19

A mediados de enero, descubrí una carta dirigida a «Xavia», mecanografiada de manera cuidadosa, en un sobre liso sin sello en mi buzón.

Querida Xavia,
¡Gracias! Le estoy profundamente agradecido. Pero me siento muy humillado. Veo que a partir de ahora «todo vale» conmigo en este terrible lugar.
Su amigo,
Virgil Cantry

Nunca volví a ver al señor Cantry; supongo que se marchó de Sandy Hook. Pero me quiso durante una hora, por lo menos. Yo no le quería, y fue una pena. Aun así, durante esa hora, alguien me quiso.

20

Un día a finales de enero, el señor Yardboro me llamó a la cocina para darme instrucciones para destripar el pescado. Uno de los pinches de cocina acababa de marcharse de la cafetería Sandy Hook. Chupando un palillo, el señor Yardboro señaló la cuchilla de carnicero que ya estaba húmeda con sangre aguada y me dijo que la cogiera. Habían colocado ocho pescados boca arriba sobre la mesa del carnicero.

—Empieza por las cabezas, cariño. A cortar. Con cuidado. Después las colas. Que el corte no quede torcido. Sin vergüenza. Así me gusta.

Mis dedos parecían cubitos de hielo. Estaba ansiosa, nerviosa. El señor Yardboro sonrió ante mi repugnancia.

Truchas arco iris, percas, halibut. Ese pescado se compraba sin destripar del proveedor porque así salía mucho más barato. Tenía que ser destripado y limpiado y había que quitarle las espinas y enjuagarlo en agua fría y freírlo en pan rallado grasiento u hornearlo y rellenarlo con una sustancia gomosa descrita en el menú como aliño de setas y cangrejos que en realidad estaba hecha de setas troceadas y esa repugnante comida sintética importada de Japón, «surimi».

El pescado estaba frío y resbaladizo. Como serpientes. Sus escamas parpadeaban a la fuerte luz fluorescente. Extraños ojos redondos contemplándome, sosos y sin censurarme. *Un día también estarás en esta situación. No sentirás nada.*

Desplacé la pesada cuchilla de carnicero en un arco más amplio que el que el señor Yardboro habría deseado. La afilada cuchilla decapitó con facilidad una trucha y se hundió más de un centímetro en la madera.

—No tan fuerte, cariño —dijo el señor Yardboro sonriendo de oreja a oreja—. Eres una chica dura, ¿eh?

—No controlo bien mi fuerza —dije con alegría.

El hedor a pescado me producía náuseas y me zumbaban los oídos pero cortaba con energía, cabezas y colas, y las empujaba a un cubo que había en el suelo. Sin los ojos redondos que me contemplaban, me sentiría más tranquila.

—Ahora las tripas. Adentro.

—¿Adentro?

El señor Yardboro, que a menudo presumía de ir a pescar en el océano desde niño, limpiando su propio pescado, me enseñó cómo se hacía. Sus dedos eran pequeños y gruesos, diestros y rápidos a la vez. Mis dedos no eran tan seguros.

Cuando nuestro cocinero limpiaba el pescado, se ponía guantes. Estaba segura de ello. Pero el señor Yardboro no me dio esa opción.

Era torpe. Las tripas se me pegaban a los dedos. La sangre, los tejidos. Pedacitos de espinas rotas bajo mis uñas. Supongo que me toqué el cabello, nerviosa. Después descubrí una hebra de tripas translúcidas de pescado en mi pelo y entendí por qué el señor Yardboro me sonreía de aquella forma tan suya. Un hoyuelo en la mejilla como una hendidura hecha con una navaja de afeitar.

Más tarde llegó el momento de quitar las espinas.

—No hace falta que intentes quitarlas todas —dijo el señor Yardboro—. No estamos en el Ritz.

Me costaba extraer las espinas de la carne. Me llamó la atención lo exquisitamente delicadas que eran. Espinas curvadas de un blanco translúcido, algunas de ellas no eran más gruesas que un cabello, un filamento. Dentro del exterior serpentino, un laberinto; un laberinto tan fácil de destruir por una torpe mano humana.

—¿A qué esperas? Deshazte de esa porquería.

Avergonzada, empujé las espinas hacia el cubo. Qué hedor subía de él.

—Muy bien, cariño. Veamos cómo haces la operación, de principio a fin. A cortar.

El señor Yardboro no era mucho más alto que yo, pero se alzaba imponente sobre mí. Empujando mi hombro con el suyo. Como si fuéramos iguales, casi, aunque yo sabía que no era así.

Durante toda mi vida, nunca he podido comer pescado sin oler el hedor de la cocina de Sandy Hook y sentir una oleada de nerviosismo que se convierte en náuseas. Tripas de pescado crudo, pescado frito, pan rallado grasiento. Me daba asco pero comía de todos modos.

Amante

No sabrás quién soy, no verás mi rostro. A no ser que lo veas. Y entonces será demasiado tarde.

Por fin había comenzado el deshielo de la primavera, y también su sangre volvía a latir. La tierra se derretía en arroyuelos impacientes y chispeantes como heridas.

Como el hombre que había sido su amante habría reconocido su coche, compró otro.

No uno conocido o el que supondrías, sino de una marca que no había tenido nunca, que no había conducido nunca, en la que nunca se había montado, una elegante berlina Saab nada llamativa. No era un nuevo modelo pero parecía, a simple vista, prístino, recién salido de la fábrica, intacto. A pleno sol relucía con el hermoso color verde del interior del océano, y en días nublados brillaba con un tono gris plomo metálico, quizá más bonito. Su chasis estaba diseñado para resistir hasta las peores colisiones. Contaba con una potente transmisión que, cuando conducía, vibraba a través de las suelas de sus pies sensibles, por sus tobillos, por sus piernas, por su vientre y por sus senos; por su columna hasta su cerebro. «Éste es un coche que cada día le gustará más —le dijo el vendedor de Saab—. Un coche con el que vivir». Ella sentía el eco del susurrante motor escondido como una agitación intensa y terrible, demasiado privada como para compartirla con cualquier desconocido.

Era el fin de semana del Domingo de Ramos.

Y ahora había llegado el deshielo. Kilómetros de pavimento brillante repleto de charcos, de goteo en *staccato*. Nubes hinchadas y amoratadas en lo alto y un olor penetrante a carne sucia, un olor sospechoso a gases del tubo de escape, gases como un sinnúmero de alientos exhalados de una intimidad incalificable. En este coche que respondía tan rápidamente a su mano como ningún otro que hubiera conducido.

Era paciente y metódica. Tomó el camino que su antiguo amante hacía cinco noches a la semana desde su edificio de oficinas en la zona residencial de Pelham Junction hasta su casa en el barrio residencial de River Ridge; cinco kilómetros de carretera, por la Ruta 11, y nueve por una autovía, la I-96. Memorizó el camino, absorbiéndolo en su propia piel. *A no ser que veas mi rostro. Y entonces será demasiado tarde.* Sonrió; era una mujer que embellecía al sonreír. El destello de unos dientes blancos y perfectos.

Y su cabello claro de color ceniza teñido ahora de un negro mate. Balanceándose suelto por su cara. Y gafas de sol, lentes casi negras que le enmascaraban la mitad del rostro. ¿Estaría dispuesta a morir con él? Aquélla era una pregunta crucial, socarrona. Se había quitado los zapatos en el coche; le gustaba la sensación de sus pies enfundados en las medias, la planta sensible contra el suelo y los pedales del Saab.

A veces, cuando presionaba el pie contra el acelerador y sentía cómo el Saab parecía responder al instante a su más mínimo movimiento, experimentaba una punzada aguda de placer en la ingle, como una corriente eléctrica.

No sabía, no recordaba las veces que había conducido a lo largo de todo el camino, saliendo por River Ridge y regresando hacia el sur por la I-96, como un piloto preparándose para una carrera peligrosa, ensayándola, plenamente consciente de que podría ser la última de su vida, de que podría ser mortal. A veces de día, pero con mayor frecuencia de noche, cuando conducía sin el impedimento del tráfico lento, el Saab era como un animal cautivo deleitándose con la libertad, ansiando circular a mayor velocidad. Como alguien paralizado, contemplaba la aguja del velocímetro subir más allá de ciento veinte hacia ciento treinta, y pasar de ciento treinta, arriesgándose a que le pusieran una multa en una zona de ciento veinte. *A alta velocidad, la tristeza resulta algo ridícula.*

Fue durante la segunda semana de sus preparativos, el sábado casi a medianoche, cuando rebasó un accidente grave en su Saab. En dirección sur en la I-96, cerca de la salida del aeropuerto, cuatro carriles canalizados en uno, el tráfico retenido más de kilómetro y medio. Al acercarse, vio cómo dos ambulancias se alejaban de la mediana de hormigón repleta de cristales y metal, las sirenas ensordecedoras; varios coches patrulla rodeaban los restos humeantes, los faros carmesíes dando vueltas, las cegadoras luces rojas de bengala situadas en la calzada. Sin embargo, en cuanto se fueron las ambulancias, se restableció un silencio sobrecogedor. ¿Qué había ocurrido, quién estaba herido? ¿Quién había muerto? El Saab, ahora sobrio, era uno más del lento cauce al parecer interminable de una procesión funeraria de dolientes. Extraños contemplando fijamente los restos del accidente de otros extraños. Sólo la muerte, la muerte violenta e inesperada y espectacular, induce a tal silencio, a tal sobriedad. Ella no creía en Dios, ni en ninguna intervención sobrenatural en la grave situación de la humanidad, y sin embargo sus labios se movían en una oración, como faltos de voluntad. *¡Que Dios se apiade de ellos!*

La ventanilla de la conductora del Saab estaba bajada. No recordaba haberlo hecho, pero estaba asomada por ella, contemplando los restos del accidente, olisqueando, sus sensibles orificios nasales le escocían por el fuerte aunque estimulante olor a gasolina, aceite, humo; se sentía horrorizada y fascinada al contemplar lo que parecían tres vehículos aplastados juntos, chillonamente iluminados por las bengalas y las luces rojas giratorias. Dos coches, uno de los cuales parecía un utilitario extranjero, con toda probabilidad un Volvo, y el otro un coche americano más grande, ambos aplastados, con sus calandras y parabrisas y puertas hundidas; como si un niño gigante hubiera arrojado los coches con desprecio, burla, crueldad suprema desde una gran altura.

El tercer vehículo, una limusina para traslados al aeropuerto, tenía menos desperfectos, su imponente rejilla de cromo arrugada y descolorida y su parabrisas agrietado como una tela de araña; sus puertas abiertas toscamente, como signos de exclamación. Le desilusionó que ya se hubieran llevado a las víctimas del accidente, no quedaba nadie más que los hombres uniformados que barrían los cristales y el metal aplastado, llamándose entre sí con aire de importancia, tomándose su tiempo para despejar el lugar del accidente y abrir de nuevo la autovía. El Saab avanzaba a algo menos de diez kilómetros por hora, con espacio para un vehículo entre él y el que le precedía, como si se mostrara reacio a abandonar el lugar del accidente, aunque un agente de policía le dirigía señas imperativas para que avanzara y, tras ella, un conductor impaciente tocaba el claxon.

La impecable limusina negra extralarga era del tipo que su antiguo amante utilizaba con frecuencia para ir y volver del aeropuerto una media de tres veces al mes; en varias ocasiones, al principio de su relación, le había acompañado: los dos íntimos y ocultos en el lujoso asiento trasero, escudados por las ventanillas tintadas, susurrando y riendo juntos, sus alientos endulzados por el alcohol, las manos recorriéndose libremente el uno al otro. Con cuánta impaciencia, con cuánta avidez se tocaban. *Si hubiese ocurrido entonces. Si nosotros dos. Entonces.* Se le saltaban las lágrimas, la oportunidad perdida.

Al día siguiente durmió hasta tarde, se despertó aturdida al mediodía. Un día resplandeciente y frío y limpio, y el sol deslumbrando en el cielo como un faro. Era el Domingo de Resurrección.

El hombre que había sido su amante, a quien había querido, era un ejecutivo en una empresa inversora cuyas oficinas centrales estaban situadas en un parque empresarial a la salida de la Ruta 11. Bellamente ajardinada, como una ciudad en miniatura, aquel complejo de nuevos edificios de oficinas relucía como un adorno de un árbol de Navidad de color ámbar. Cinco años antes no existía. En el terreno nivelado, excavado y ajardinado de la Ruta 11, en la zona norte de Nueva Jersey, crecían nuevas ciudades de aspecto lunar cada pocos meses, rodeadas de entradas para los automóviles destellantes y metódicamente aparcados.

Había visitado a su antiguo amante en su oficina en la última planta, la octava, de su reluciente edificio de cristal y aluminio; había memorizado el recorrido por el laberinto del parque empresarial, pasados los cruces, pasado un estanque hundido y los sauces llorones; no podía atraer la mirada no deseada de algún guardia de seguridad. Pero en su elegante Saab, con ropa de calidad, el cabello cuidadosamente peinado y las gafas de sol, con el rostro imperturbable e inteligente, con su porte, parecía la viva estampa de una de las habitantes de Pelham Park, una joven gerente, una analista informática o quizá una ejecutiva. Por supuesto que tendría su propia plaza de aparcamiento. Sabría adónde dirigirse.

La plaza de aparcamiento que su antiguo amante tenía asignada estaba cerca del edificio de oficinas. No tuvo que preocuparse por si, al igual que ella, él había adquirido un nuevo coche: el suyo se podía identificar por el aparcamiento asignado; en todo caso, había memorizado la matrícula.

También había memorizado su número de teléfono. Sin embargo, no lo había marcado ni una vez desde que él se deshizo de ella. El orgullo no le permitiría arriesgarse a sufrir ese dolor, adivinando que había cambiado el número.

No verás mi rostro. No sabrás quién soy.

Durante la semana salía de la oficina poco después de las seis y cuarto de la tarde, y antes de las siete cruzaba con paso rápido hacia su coche, un Mercedes plateado, y salía conduciendo por el noroeste hacia River Ridge. (Menos los días en que estaba de viaje. Pero, por supuesto, le bastaba un vistazo para saber cuándo estaba fuera.) El Mercedes provocaba en ella una oleada de repugnancia; era un coche que conocía bien, en el que había viajado en muchas ocasiones. Al verlo se dio cuenta, como no había hecho del todo hasta entonces, de que él, su antiguo amante, no había sentido la necesidad de modificar nada en su vida desde que se deshizo de ella; su vida continuaba como antes, su vida profesional, su vida familiar en River Ridge en una casa que no había visto ni vería jamás; nada se había modificado en él, sobre todo nada en su alma, salvo la presencia de ella de la que él se había desprendido como quien se quita un abrigo con un movimiento de hombros. Un abrigo pasado de moda, que ya no es deseable.

Daba vueltas por el aparcamiento, que estaba dividido en secciones, cada una de ellas rodeada por hileras de césped verde, brillante y finamente engranado como si fuera artificial aunque de hecho era real, y flores primaverales de colores intensos. Esperaba a una distancia prudencial. Sabía que vendría, que debía venir. Y cuando lo hacía, le seguía con bastante calma en el Saab, entregándose a los instintos del motor bien ajustado, el salpicadero de indicadores que brillaban con su propia inteligencia, con su propia voluntad. *Sabrás quién soy. Lo sabrás.* La primera vez le siguió por la Ruta 11 hasta la salida de la I-96; iba varios vehículos detrás de él, sin que éste lo advirtiera, por supuesto. La segunda vez lo siguió por la I-96, que resultó más difícil, nuevamente con varios vehículos entre ellos, y en la autovía el Saab aceleró deprisa, impaciente por tener que frenarse, para luego cambiarse al carril rápido exterior y adelantar al Mercedes (que circulaba aproximadamente al límite de velocidad en el carril de en medio) y proseguir, reduciendo la velocidad poco a poco, pasada la salida 33 que él tomó para dirigirse a River Ridge; aquella vez tampoco la vio, claro, ¿qué motivo habría tenido para darse cuenta? Incluso si la hubiera visto en su veloz Saab, no habría sido capaz de identificarla con su nuevo cabello negro mate y sus gafas oscuras de tamaño extragrande.

La tercera vez lo siguió en un repentino diluvio de abril que rápidamente se convirtió en granizo, las piedras rebotaban alegremente en la calzada como bolas de naftalina animadas, rebotaban sobre el capó y el techo plateado del Mercedes, rebotaban sobre el capó y el techo del Saab, de un color líquidamente oscuro. Tenía ganas de reír, nerviosa, en-

tusiasmada como una niña, audaz, en el carril rápido, para reducir la velocidad y colocarse inmediatamente detrás de él en
el carril de en medio, siguiéndole inadvertida durante nueve
millas exactas, burlonamente, a su misma velocidad, que era
de ciento once kilómetros por hora; cuando él salió de la autovía hacia River Ridge, el Saab se había visto atraído hacia él a
su paso, y ella tuvo que dar un volantazo para evitar seguirle
por la rampa. *¡Nunca lo supiste! Y sin embargo, debes saberlo.*

A veces paseaba por la autovía después de que él se
hubiera ido. Se sentía tan extraña e inesperadamente feliz.
Sujeta con el cinturón de seguridad en el mullido asiento gris
paloma del Saab, una cinta sobre sus piernas, oblicua entre
sus senos, ceñida, tanto como podía soportar, sujetándola segura. Fue al volante del Saab, adelantando un segundo y un
tercer accidente, cuando entendió que no hay accidentes,
sino sólo destino. Lo que la humanidad llama *accidente* no es
más que el malentendido destino.

Ahora que los días eran más cálidos, se sentía desnuda bajo sus ropas. Ahora que por fin había llegado el deshielo, la tierra brillaba por doquier con superficies que relucían
al derretirse, charcos como espejos tornasolados por el aceite.
¡Tan feliz! No puedes saberlo. Suponía que su antiguo amante
pensaba que había desaparecido o fallecido. Le dijo que le
preocupaba que ella se sintiera al borde del suicidio —con
qué desdén pronunció la palabra, como si sus simples sílabas
fueran ofensivas— y ahora pensaría, por supuesto, que había
muerto. Si es que pensaba en ella.

Desnuda bajo sus ropas, que eran holgadas y sin embargo ceñidas al cuerpo, sensuales contra su piel. Sus nalgas
presionadas sobre el asiento mullido del conductor, sus muslos
cubiertos ligeramente por la delgada tela sedosa y sintética de
su falda. (Ya que siempre llevaba falda o vestido, nunca pantalones.) Sus piernas desnudas, blancas por el invierno pero suaves, delgadas y gráciles como las elegantes líneas del interior del
Saab. Se quitó los zapatos de tacón, los colocó en el asiento
del pasajero, le gustaba conducir descalza, la intimidad de su

piel contra el acelerador y el freno. A veces, por la noche, los camioneros se situaban a su lado, aunque ella fuera en el carril externo, de alta velocidad, esos extraños en sus cabinas elevadas y dominantes, difícilmente visibles para ella, manteniendo la misma velocidad que ella durante largos minutos cargados de tensión, mirándola desde arriba, lo que podían vislumbrar de su delgado cuerpo, sus piernas desnudas de un brillo fantasmal a la luz del salpicadero del Saab, le hablaban, claro está, susurrándole dulces palabras de desquiciada obscenidad que ella no podía oír y que no necesita oír para entenderlas. *¡Ahora no, todavía no! Y tú no.*

Una vez, sollozando en la noche. Sus nudillos amortiguaban el sonido. Y la almohada húmeda por su saliva. Y sintió las manos de él sobre ella. Dormido, sus manos buscándola a tientas. Sin saber quién era, quizá. Su identidad exacta, como en la profundidad del sueño, incluso en su sueño más íntimo, al yacer desnudos junto a otro a veces olvidamos la identidad del otro. Y sin embargo, él había advertido su presencia, y sus manos la habían buscado para tranquilizarla, para calmarla. Para que dejase de sollozar.

Semanas después del Domingo de Ramos y de que el Saab hubiese entrado en su vida. Un atardecer suave y nebuloso de un mes cuyo nombre no podría decir.

Para entonces había memorizado el trayecto, cada fracción de cada kilómetro del itinerario, lo había absorbido en su cerebro, en su piel misma. La secuencia exacta de las rampas de salida, la sucesión de señales elevadas que podría recitar como el rosario, los tramos de mediana de hormigón y los tramos de mediana de césped y hierbajos; que más allá de la salida 23 de la I-96 había, en el arcén de la carretera, un montón de vidrios rotos como piedras semipreciosas finamente machacadas, parte de un parachoques oxidado, tiras retorcidas de metal que semejaban los restos del triciclo de un niño. Y en un paso subterráneo de tren cerca de la salida 29,

un curioso tapacubos desfigurado como una calavera cuidadosamente partida en dos. De día podían verse escondidas
en ciertos tramos de la calzada, tanto en la Ruta 11 como en
la I-96, manchas jeroglíficas, un estampado de manchas, de
aceite o gasolina o sangre o una combinación de ellos, cocidas
en el hormigón, apreciables como mensajes codificados sólo
a la vista más aguda. Y en la salida 30, donde tenía que recorrer una curva muy cerrada, espeluznante y excitante como
una atracción de feria si tu coche circulaba a más de treinta
kilómetros por hora, rodeando una zona pantanosa de hermosos juncos y totoras de casi dos metros de altura, en su centro charcos de agua estancada, negra y viscosa como el aceite
en los días más soleados. Qué atraída se sentía, qué inesperado
su anhelo, hacia esos focos poco frecuentes que quedaban de
«naturaleza», vestigios del paisaje original en el que, en teoría
y quizá de hecho, un cuerpo podría ocultarse durante años; un
cuerpo descomponiéndose silenciosamente durante años, nunca descubierto aunque cientos, miles de personas pasen junto
a él cada día. Pero en una tierra de nadie así, en el mismo centro del complejo sistema de autopistas, nunca se aventuran los
peatones.

Esperaba a partir de las seis de la tarde hasta que, a las
18.50, aparecía su antiguo amante. Con su maletín, caminando apresuradamente hacia su coche. Sin mirar. Mientras,
permanecía sentada en el Saab, con el motor apagado, a unos
cincuenta metros de distancia, fumando un cigarrillo con
calma, sin mostrar inquietud alguna, ni siquiera un interés
despierto; sabiéndose disfrazada a la perfección, su cabello
negro mate elegantemente peinado que le cubría parte del
rostro. Su maquillaje inmaculado como una máscara, su boca
tranquila, sus ojos ocultos por las gafas oscuras. Llevaba las
uñas cortas pero arregladas con esmero, pintadas en un tono
berenjena oscuro que hacía juego con su pintalabios. Calmada, sin prisas, girando la llave en el encendido, sintiendo la
rápida respuesta punzante del motor del Saab al despertar,
saltando a la vida.

82

Sí, ahora. Ha llegado el momento.

Le había precedido una noche de insomnio, una noche de circular por la I-96, pero se sentía del todo restablecida, descansada. Sujeta con fuerza en el asiento del pasajero como un piloto al mando de un pequeño avión, y sin embargo controlado por éste; fijo en su sitio, confiando en una maquinaria exquisitamente fabricada y a punto.

Siguió a su antiguo amante a una distancia prudencial por los carriles serpenteantes de Pelham Park. Esperó un momento para permitir que se incorporara al tráfico por la Ruta 11 en dirección norte. Después le siguió con total naturalidad. Una vez en la autopista, aproximadamente kilómetro y medio después de entrar, el Saab pidió más movilidad, más velocidad, así que cambió al carril rápido exterior; había bajado las dos ventanillas delanteras, su cabello azotándose en el aire sulfuroso por la gasolina, y había comenzado a respirar aceleradamente. No había vuelta atrás; el Saab apuntaba como un misil. El Mercedes circulaba a algo más de cien kilómetros por hora en el carril de en medio; su antiguo amante estaría escuchando las noticias, con las ventanillas subidas y el aire acondicionado encendido. Era un atardecer neblinoso; en lo alto, enormes nubes metálicas de tormenta como una herida; al oeste, en el horizonte, brillantes rayos de sol teñidos de rojo como una naranja podrida; el cielo reflejo de los residuos industriales aparecía veteado con una belleza que, al vivir en otro sitio, nunca había visto. Gradualmente, el aire neblinoso se convirtió en una ligera llovizna, los limpiaparabrisas estaban encendidos con el ritmo más lento de los tres de que disponía, un movimiento acariciador, hipnótico e insistente. Estaba rebasando al Mercedes a toda velocidad y saldría siguiéndolo de cerca por la I-96; una vez en la I-96 volvería a situarse en el carril rápido para adelantar a los vehículos más lentos incluido el Mercedes, que formaba parte de una sucesión de coches a los que ella no tendría que mirar. Disponía de poco menos de nueve kilómetros en los que actuar.

Cuántas veces lo había ensayado. Sin embargo, una vez en la carretera, con la excitación de la velocidad y la elegancia del Saab, confiaría en su instinto, en su intuición. Conservaba siempre a la vista en su espejo retrovisor el sobrio coche plateado, incluso manteniendo una mayor velocidad; su cabello ondeante en su rostro acalorado, sus mechones atrapados en la boca. Le ardían los ojos como si fuesen faros; la inundaba un bramido que bien podría ser el recorrido de su sangre febril, el sonido del motor de su Saab. *A alta velocidad, la tristeza no es una posibilidad seria.*

Él no la había amado lo suficiente como para morir con ella; ahora lo pagaría. Y otros pagarían también.

El brillante velocímetro del elegante salpicadero del Saab marcaba ciento quince kilómetros por hora; el Mercedes, dos coches más atrás, circulaba más o menos al mismo ritmo. Ella habría preferido que hubiese sido a mayor velocidad, al menos a ciento treinta, pero no tenía otra opción; no había vuelta atrás. Su cuerpo en tensión se había cubierto de puntitos de sudor, bajo sus brazos, en el calor del pulso entre sus piernas, en la frente y en el labio superior. Le faltaba el aliento, como si hubiera estado corriendo o en la agonía del sexo.

Cambió de carril, moviendo el Saab al de la derecha tan bruscamente que no tuvo tiempo de activar el intermitente, y el conductor del coche que circulaba en aquel carril protestó haciendo sonar su claxon. Pero sabía lo que iba a hacer y no iba a dejarse disuadir, permitió que dos coches la adelantaran desde el carril del Mercedes; después pasó a ese mismo carril, de modo que ahora se encontraba justo delante del Mercedes, con aproximadamente dos coches de distancia entre ellos. Ahora llovía con más fuerza. El limpiaparabrisas del Saab se movía con mayor rapidez, en arcos veloces, hábiles, persuasivos, aunque no recordaba haberlo ajustado. La lluvia corría por el vidrio curvado en un dibujo serpenteante y sensual. En el retrovisor, el Mercedes aparecía luminoso en la lluvia, sus faros eran aureolas de luz deslumbrante, y mirando su imagen experimentó una sensación punzante en la ingle. Creyó poder ver, a través del parabrisas bañado de lluvia, el pálido óvalo del rostro de un hombre; un rostro severo; el rostro del hombre que había sido su amante durante un año, once meses y doce días; y sin embargo, quizá no podría haber identificado aquel rostro; quizá fuera el de un extraño. Con todo, el Saab la empujaba hacia delante; casi llegaba a imaginar que el Saab también empujaba al Mercedes. Estaba confusa, sorprendida: era como las matemáticas de bachillerato; si el Saab frenaba de repente, provocando que el Mercedes lo embistiera por detrás, ¿con qué fuerza le golpearía éste? No con la de un choque frontal, por supuesto, ya que ambos vehículos circulaban a toda velocidad en el mismo sentido. ¿Virarían los dos bruscamente hacia otro carril o carriles? ¿Y qué otros vehículos se verían involucrados? ¿Cuántas personas, desconocidas entre sí en este momento, resultarían heridas? ¿Cuántas lesiones, cuántas víctimas? De entre una infinidad de posibilidades, sólo podría ocurrir un conjunto de fenómenos. Aquella reflexión la dejó sin aliento, mareada; se sentía al borde de un abismo mirando fijamente... ¿hacia dónde?

Fue entonces cuando vio, en el retrovisor bañado por la lluvia, otro vehículo que se acercaba a toda velocidad desde detrás. ¡Una moto! Una Harley-Davidson, a juzgar por su aspecto. El motero era una figura encorvada de cuero negro, su cabeza cubierta por un casco y unas brillantes gafas protectoras; parecía no darse cuenta de la lluvia, zigzagueando entre los carriles, con atrevimiento, imprudentemente, cruzándose delante de una furgoneta de reparto, provocando una terrible respuesta en forma de claxon, dejando el carril de nuevo para entrar en el de la derecha del Saab, justo tras él. Aceleró rápidamente para permitir que el motorista se situara detrás de ella si así lo deseaba; no tenía duda alguna de que lo haría, y así fue; en dirección al carril rápido del extremo demostrando una imponente habilidad de conducción y atrevimiento. ¡Y lloviendo! *Pero a él no le importa morir. Porque no puede hacerse de otro modo.*

Sintió un potente anhelo sexual por él, aquel extraño encorvado y barbudo en su absurdo traje de cuero, aquel extraño al que nunca llegaría a conocer.

Actuar rápida, intuitivamente. Ya que se aproximaba a la salida 31, con sus dos carriles de salida obligatoria; muchos vehículos de la I-96 se prepararán para salir, cambiando de situación, provocando que una constelación de tráfico se modifique de manera irrevocable. En unos segundos el motorista se habrá alejado ruidosamente, habrá desaparecido. En el maravilloso período de tiempo que quedaba, sintió cómo un riachuelo de humedad se deslizaba por el lado izquierdo de su rostro, como un chorro de sangre que no se atrevía a limpiar, mientras aferraba el volante con tanta fuerza que le dolían los nudillos. Vio con admiración que el Saab estaba libre de las debilidades humanas; su maquinaria exquisita no estaba programada para contener apego alguno a la existencia, cualquier terror a la aniquilación; ya que el tiempo daba vueltas sobre sí mismo a una velocidad tal que quizá el Saab y su conductora extasiada ya habían sido aniquilados en un choque de múltiples vehículos entre los que se encontraban la Harley-Davidson, el Mercedes y otros coches; quizá fuera cuestión de indiferencia a que el cataclismo ya se hubiera producido o estuviera destinado a ocurrir en los minutos siguientes o, sin lógica alguna, no llegara a producirse. Pero su pie descalzo presionaba el freno; sus dedos fríos por el miedo, presionando el freno del Saab como una mujer apretaría juguetona, de forma provocadora, su pie descalzo contra el de su amante; una rápida presión, y después la relajación; maniobrando para situarse, preparándose para cambiar al carril izquierdo, el motorista podría no haberse dado cuenta, ya que un deportivo con el suelo bajo se acercaba en aquel carril desde un trémulo resplandor de faros, bastante rápido, tal vez a ciento treinta kilómetros por hora, sus luces cegadoras en la lluvia; el motorista calculaba rápidamente si tendría tiempo de cambiar de carril, o si era mejor que esperara a que el deportivo adelantase; estaba distraído, no advertía el comportamiento errático del Saab a unos pocos metros delante de él; presionó el freno una tercera vez, con más fuerza. De modo inconfundible, el Saab dio una violenta sacudida en forma de balanceo, y se produjo un chirrido de frenos que podría haber sido del Saab o de otro vehículo; la Harley-Davidson frenó, patinó, viró con brusquedad, pareció ladearse y volver a enderezarse, o casi; ella llegó a atisbar el rostro sorprendentemente joven del hombre de la barba, sus ojos incrédulos abiertos de par en par y sorprendidos bajo las gafas protectoras, en su espejo retrovisor, durante la misma fracción de segundo en la que el Saab se alejaba del peligro, como una gacela de un salto. Un segundo después, el Saab había desaparecido, y a su paso se produjeron vertiginosos patinazos tambaleantes, bruscos virajes, el sonido desesperado de los cláxones; mareada por la excitación pisó el acelerador hasta el suelo, poniendo el Saab a ciento treinta, ciento treinta y cinco, las llantas delanteras del coche temblando contra la calzada resbaladiza por la lluvia pero consiguiendo agarrarse a la superficie, mientras aparecía tras él la motocicleta que había virado bruscamente al carril exterior, y el deportivo giraba para evitar un choque directo y, sin embargo, ambos vehículos se acercaron a la mediana, y allí chocaron y se estrellaron; al mismo tiempo, el Mercedes, muy cerca, detrás de la motocicleta, se había situado a ciegas en el carril que tenía a la derecha, y lo que parecía ser una furgoneta de reparto, contra la que había conseguido evitar el choque por muy poco. El Mercedes y la furgoneta y una cadena de vehículos aturdidos y siniestrados redujeron la velocidad, frenando como animales heridos, pasando junto a los restos en llamas que se designarían como el lugar del accidente. Contempló el espectáculo en miniatura, encogiéndose rápidamente en el espejo retrovisor y en su espejo exterior; por entonces el Saab salía de la autovía, agotado, seguro; intentaba recuperar el aliento, riendo, sollozando, deteniéndose finalmente en un lugar que le resultaba desconocido, próximo a una alcantarilla o un paso subterráneo que olía a agua salobre y rodeado de cardos mecidos por el viento, y su médula espinal estaba arqueada como un arco en un delirio de placer gastado y de agotamiento; sus dedos bruscos entre sus piernas intentando contener, reducir, las frenéticas palpitaciones.

La próxima vez, se consoló.

Sudor de verano

Estar muriendo frente a estar muerto. Es un hecho. En la agonía por la aventura sentimental más destructiva de su vida, con el compositor Gregor Wodicki durante el verano de 1975, Adriana Kaplan deseaba *morir* con frecuencia, tragándose bencedrinas bajo receta con vodka en algún hermoso lugar desolado (en las montañas Catskill probablemente), y sin embargo Adriana nunca se sintió tan afligida como para desear *estar muerta* de forma permanente.

Era una joven demasiado inquieta, curiosa, difícil para la muerte. En particular no le habría gustado que la esposa de su amante la hubiera sobrevivido.

No habría querido que su amante la sobreviviese ni siquiera durante unas pocas horas.

¡No hay opción! Por eso soy feliz. En aquella época la felicidad sólo podía distinguirse del dolor sutilmente, y sin embargo Adriana no habría deseado que su vida fuera de otro modo. Corría sin aliento para reunirse con Gregor en el pinar más allá de los viejos establos desvencijados del Instituto Rooke, donde ambos eran jóvenes, brillantes y neuróticos juntos, cuarenta minutos al norte de Manhattan en la rivera oriental del río Hudson. En el denso pinar en el que la penumbra era demasiado oscura durante unos días de verano dolorosamente luminosos. La luz del sol manchada de sombras: el ansia neurológica. Por lo que en sus sueños durante años e incluso décadas posteriores, Adriana veía los elevados árboles extrañamente rectos que más parecían postes telefónicos que árboles, o los barrotes de una jaula laberíntica. Pocas ramas en la parte inferior de sus troncos y otras gruesas con agujas que

desprendían un olor acre en lo alto. *¿Por qué estoy aquí, por qué arriesgo tanto, estoy loca?* No era una pregunta que pudiera contener cuando veía a Gregor caminando a grandes zancadas hacia ella con su expresión de deseo embelesado y aturdido. Le parecía un lobo joven, al saludarla hundiendo sus poderosos pulgares y dedos de pianista en sus costillas y elevarla por encima de su cabeza como si Adriana, con veintisiete años de edad y una complexión nada pequeña, fuera uno de sus hijos, con los que jugaba duro (ella lo había visto, a distancia) aunque con Adriana se mostraba totalmente serio, no había lugar para juegos. Gregor jadeaba con avidez: «Has venido. Has venido», como si, cada vez, de veras hubiese dudado de que ella fuera a encontrarse con él. Adriana abrazaba a aquel hombre con impaciencia, un hombre al que apenas conocía, sus brazos sujetando la cabeza de él, su rostro acalorado enterrado en el poblado cabello, graso y a menudo sin brillo, en un delirio de deseo que le permitía, como si fuera una potente anestesia, no pensar si su amante dudaba del amor que sentía por él y tampoco en cómo ella dudaba del que él sentía por ella. Y sin embargo, no podían mantenerse alejados el uno del otro. Y cuando estaban juntos a solas, no podían dejar de tocarse. Adriana amaba incluso el olor animal del cuerpo de aquel hombre, los pechos de ella resbaladizos por el sudor y su vientre aplastado bajo el peso de él, y sus brazos y piernas agarrándolo como una mujer a punto de ahogarse se agarraría a otra persona para salvar su vida. *No, no, no, no me dejes. NO ME DEJES.* Como en la cópula animal el delirio es unirse, no por los sentimientos o por elección, sino por compulsión física. Como si la corriente eléctrica circulara por sus cuerpos y sólo les permitiese liberarse de su abrazo cuando cesara.

Después de sus encuentros secretos, Adriana se marchaba sola, de vuelta a su, en principio, confiado esposo. Estaba magullada, aturdida, jubilosa. Estaba cubierta de sudor y temblaba. Aquello era amor, se decía. Y aun así, también era enfermizo. *Te quiero, Gregor, moriría contigo y por eso soy tan feliz.*

Fatídico. Pocas veces, aquel largo verano de locura, se encontraron juntos en un coche. En el abollado coche familiar de los Wodicki repleto de basura de la familia y que todavía olía, como se quejaba Gregor, a pañales, aunque su hijo más pequeño ya tenía tres años y por entonces el olor ya tendría que haberse evaporado. Era arriesgado conducir cerca del instituto, ya que no había motivo alguno para que Gregor Wodicki y Adriana Kaplan estuvieran solos más que el obvio. *¿Se acostaban? ¿Esos dos?* El coeficiente intelectual medio de cualquier residente del instituto privado Rooke de artes y humanidades sería de ciento sesenta, y habría bastado uno de ochenta para darse cuenta. Así que estaba el riesgo, y la conducción temeraria y apresurada de Gregor, que en una leve llovizna neblinosa pilló un remiendo resbaladizo en la calzada en una carretera comarcal y el coche familiar patinó y él alargó el brazo en un acto reflejo para evitar que ella diera una sacudida hacia delante hasta el parabrisas —«¡Cuidado, Mattie!»—: alarmado, la confundió con una de sus hijas. Él no pareció darse cuenta de su error, y ella prefirió no decírselo, porque ambos reían aliviados, gracias a Dios que no habían chocado.

—No podemos tener un accidente juntos —dijo Adriana, más trágicamente de lo que era su intención, y Gregor respondió:

—No, a no ser que sea mortal para los dos. Porque en ese caso, ¿qué importa? —sonrió con franqueza, mostrando sus dientes imperfectos y manchados. Su colmillo izquierdo era especialmente largo y peculiar.

Después Adriana deconstruyó ese incidente. Creía que era una buena señal. *Me quiere tanto como a su hija. No soy una de esas mujeres a las que se ha follado a lo largo de su vida, mezcladas en un cajón como los trastos viejos de la familia.*

Un padre de familia. Aunque había tenido aventuras amorosas, algunas secretas y otras no, tanto los amigos como los detractores de Gregor Wodicki decían de él que era «un padre de familia», a pesar de que con frecuencia se emborrachaba, consumía speed y era un ciudadano poco fiable, un compositor cerebral y primario descendiente de Schoenberg, y en general un hijo de puta. «Un padre de familia» que adoraba a sus hijos y que probablemente temía a su esposa, cuyo nombre, Pegreen, llenaba a Adriana de alegría y ansiedad: «¿Pegreen? No, ¿en serio?». Gregor Wodicki tenía treinta y dos años en el verano de 1975. Padre de cinco hijos; los tres mayores, de un matrimonio anterior de su esposa. Era uno de esos pobres desafiantes e incorregibles. Pedía dinero prestado sin la intención de devolverlo. Negociaba con la directora del instituto para que le subiese el sueldo aunque ya era el más joven de los miembros numerarios de la academia de música. Era impulsivo, difícil, maquinador, incluso en una comunidad de artistas y estudiosos temperamentales. Se decía con admiración, a regañadientes, que su música era brillante pero inaccesible. Se decía que se las arreglaba por su «genialidad» desde su adolescencia. La directora del instituto, Edith Pryce, no miraba su comportamiento con buenos ojos pero «tenía fe» en él. Pasaba días sin ducharse incluso con la humedad del pleno verano al norte del Estado de Nueva York. «¿Y a mí qué?», replicaba entre risas ante la idea de que podría ofender las sensibles fosas nasales de alguien. Se decía que Gregor y Pegreen olían igual si te acercabas lo suficiente. Y los niños también. Si ibas a su casa (algo que Adriana no hizo nunca, aunque los habían invitado a ella y a su marido a fiestas salvajes en varias ocasiones aquel verano) te sorprendería el desorden, sí, y los olores; sobre todo era escandaloso un baño de invitados en el piso inferior donde las toallas colgaban mugrientas y perpetuamente húmedas, y al inodoro, el lavabo y la bañera les hacía muchísima falta un repaso. También había perros en el hogar de los Wodicki. Una destartalada casa de madera alquilada a las afueras del recinto del instituto. «Un hombre de familia» que sin embargo discutía en público con Pegreen, su esposa, e intercambiaba golpes con ella para sorpresa de los testigos; o más que golpes, bofetadas, pero aun así. A veces, a última hora del atardecer, mientras el verano se intensificaba en un crescendo de insectos nocturnos, Adriana, enferma de amor, vagaba cerca de la casa de los Wodicki cuidándose de permanecer lo suficientemente lejos de las ventanas iluminadas para que nadie pudiera verla desde dentro. Un simple reflejo de Gregor a través de una ventana abierta, incluso si su figura aparecía borrosa, era recompensa suficiente para ella, a la vez que un castigo. *¿No te da vergüenza? Cómo puedes soportarlo.* Le llamaba la atención la forma en sí de la enorme casa de los Wodicki, como un buque, con todas las ventanas arrojando luz y proyectando rectángulos distorsionados en la noche.

Podrías dirigirte a ese porche, podrías llamar a esa puerta si lo deseas. Podrías abrir esa puerta y entrar si lo quisieras.

Pero nunca. Adriana nunca lo hizo.

«Un hombre de familia», aunque a pecho descubierto le había confiado a Adriana, en una cama llena de bultos del motel Bide-a-Wee a las afueras de Yonkers, que sus hijos eran una carga para su espíritu. Había intentado querer a los tres mayores pero no había podido, incluso a sus propios hijos, en particular al de tres años, al que miraba fijamente con asombro e incredulidad.

—¿En serio hice que este niño viniera al mundo? ¿A este mundo? ¿Por qué? Aunque es precioso. Me rompe el corazón.

Un cuchillo se retorció en el de Adriana al oír aquello. Aunque quería disfrutar de la intimidad con su amante, se sentía herida con facilidad, como una adolescente. Ella respondió con cautela:

—Claro que Kevin es precioso, Gregor. Es hijo tuyo.

Gregor la corrigió frunciendo el ceño.

—También de Pegreen.

Pegreen, la Esposa, la Madre Tierra. Seis años mayor que Gregor, a quien sedujo cuando era un joven de diecinueve; estaba casada con uno de sus profesores de música del

Conservatorio de Nueva Inglaterra. Una mujer atractiva y descuidada con el cabello negro como un almiar con veteado en gris, de cuerpo carnoso y sensual y con un hermoso rostro en ruinas como un Matisse emborronado. Pegreen exudaba un tipo de sexualidad burlona como un brillo de sudor graso; de hecho, parecía notablemente acalorada en público, sonrojada, con medias lunas húmedas bajo sus brazos y zarcillos de cabello pegados en la frente despejada. Sus ojos eran maliciosos y alegres y usaba un pintalabios de color rojo chillón como si fuera una actriz de cine de los años cuarenta. Llevaba ajustados suéteres de punto de verano y faldas hasta los tobillos con aberturas alarmantes hasta medio muslo. Ella también era músico y tocaba el piano, el órgano, la guitarra, la armónica y la batería con una alegre imprecisión vertiginosa, como si se burlara del arte totalmente serio de su esposo y sus colegas. Tenía una risa sonora y contagiosa muy parecida a la de su marido y, al igual que éste, tenía debilidad por el vodka y la ginebra, la cerveza y el vino, el whisky, lo que fuera. Se decía que ella era más dada a la experimentación y por lo tanto más descuidada en el consumo de drogas que Gregor, y le daba al hachís como en los sesenta. Se decía que Pegreen estaba dedicada al difícil «genio» de su marido, cuando no se sentía amargamente resentida por el difícil «genio» que era su marido. Desde luego discutían mucho, y en privado intercambiaban golpes más fuertes que las bofetadas. (Adriana se enteró de aquello asombrada por el aluvión de cardenales en la espalda de su amante.) Pegreen era la Madre Tierra, irónica en cuanto a la maternidad y el matrimonio y la feminidad en general. Parecía ser maníaco-depresiva, aunque principalmente maníaca, exultante. Sin embargo, un día después de una pelea con Gregor, metió a sus dos hijos menores en el coche familiar y se alejó conduciendo tan rápido como le permitió el vehículo por la autopista de Nueva York; cuando un policía del Estado la detuvo, los niños gritaban y lloraban en el coche; le inhabilitaron el carné de conducir durante seis meses y empezó a ver a un psicoterapeuta. En un momento dado, pasó una temporada en una clínica psiquiátrica en Manhattan. Gregor dijo: «Estoy seguro de que Pegreen tenía intención de estrellar el coche. Pero no pudo hacerlo. Sus lazos familiares son tan profundos como los míos. No está realmente loca, es sólo la llamativa energía externa de la locura».

Lo más preocupante que Adriana sabía sobre Pegreen era que había conseguido un revólver del calibre 32 en algún lugar y se jactaba de llevarlo «en mi bolso y en mi persona» cuando iba a la ciudad. Se reía del alarmismo y la desaprobación de los colegas de su marido. Creía firmemente, decía burlona, en el derecho a llevar armas y en la supervivencia de los más aptos.

Adriana protestó: «Pero ¿tu mujer tiene permiso de armas? ¿Es legal?», y Gregor respondió encogiéndose de hombros: «Pregúntale». Ella replicó: «Pero ¿no te da miedo tener una pistola en casa? ¿Sabe tu mujer cómo usarla? ¿Y qué hay de los niños?». Las relaciones sexuales dejaban a Adriana agotada y al borde del llanto, y su voz consternadamente nasal. No puedes hacer el amor con el marido de otra mujer durante la mayor parte de la tarde sin imaginar que tienes cierto poder sobre sus pensamientos, el derecho a su fidelidad. Aunque sabía que era arriesgado preguntar a Gregor sobre su familia más allá de lo que él elegía ofrecer, Adriana no podía resistirse. Su corazón latía con fuerza en la inmadura esperanza de oírle hablar con dureza de su rival. En cambio, se apartaba de Adriana irritado y se frotaba los ojos con los nudillos. Se encontraban acostados entre las sábanas húmedas y ajadas del Bide-a-Wee. Un olor a tuberías atascadas se extendía por la habitación. Ya no estaban abrazados el uno al otro devorándose las bocas angustiadas, sino tumbados uno junto al otro como efigies. Gregor balanceó sus piernas peludas y musculosas hasta el borde de la cama y se sentó, gruñendo.

—Pegreen hace lo que hace. Paso primero al baño, ¿vale?

Veintitrés años más tarde, en el funeral que se celebró en el instituto por la fallecida Edith Pryce, y una década después de la muerte de Pegreen (en un supuesto accidente de tráfico en la autopista, durante la época en que Pegreen recibía quimioterapia por cáncer de ovario, con cincuenta y un años, y aún estaba casada con Gregor Wodicki), Adriana oiría una vez más aquella frase cruel a modo de koan. «Pegreen hace lo que hace.»

En el Bide-a-Wee no había una jaula laberíntica y estremecedora de pinos demasiado rectos, sino un techo bajo con manchas de humedad y una única ventana con una persiana manchada de humedad y aquel olor a desagüe que se extendía por la habitación y a sudor causado por el sexo. Cuando se acostaron, las sábanas parecían rasgadas, pisoteadas. Había un olor agridulce a cabello apelmazado y enmarañado, a axilas. El traqueteante aparato de aire acondicionado de la ventana se veía vencido por el calor de julio que se acercaba a los treinta y ocho grados, y por la humedad, como si hubiera expulsado un gigantesco aliento. Pasaban horas en un tenso delirio de anhelo tormentoso, juntos, besándose, mordiéndose, lamiéndose, recorriendo el cuerpo lívido del otro. Eran como enormes serpientes en convulsión. Música rítmica en sus gemidos, en sus quejidos temerosos y sus agudos gritos espasmódicos. Si cualquiera de los dos hubiese querido pensar que aquél podría ser su último encuentro, y que después se verían libres del otro, ninguno lo hubiera creído entonces. Sus cuerpos estaban atravesados por un anzuelo. No podrían liberarse fácilmente. Los ojos en blanco en sus cráneos, como una imitación de la muerte. La saliva les salía por la comisura de los labios. Los genitales estaban sensibles y escocían como si estuvieran en carne viva. La piel de Adriana le escocía en todas partes a causa de la egoísta mandíbula sin afeitar y el vello áspero del cuerpo de su amante. La espalda de Gregor estaba repleta de marcas rojizas por los arañazos enloquecidos de Adriana. Él reía, ella iba a arrancarle la cabeza con los dientes, como la legendaria mantis religiosa. Y sin embargo, quizá él estuviera algo asustado. Allí donde él le agarraba de los hombros, permanecían las huellas enrojecidas de sus dedos. Sus senos estaban amoratados y los pezones doloridos como los de una madre que amamanta. (Aunque Adriana Kaplan nunca había amamantado a un bebé y nunca lo haría.) Ella contemplaría después las marcas que su amante le había dejado en el cuerpo, jeroglíficos sagrados que sólo ella podría interpretar. Era ingeniosa al recortarse el vello púbico con el cortaúñas de su marido; su vello púbico negro, tupido, rizado, chispeante, igual que el cabello que llevaba en una sola trenza como un látigo que le llegaba hasta media espalda. No quería que nada se interpusiese entre ella y Gregor, nada que amortiguara la sensación física de él. Ya que parecía saber que aquél sería el único conocimiento que tendría de él, y que era fugaz como el aliento: su contacto sexual, que se prolongaría tanto como fuera posible. Extensas oleadas de estremecimiento del llamado placer, que sin embargo, para Adriana, no tenía un nombre adecuado.

Si te hago daño, dímelo y dejaré de hacerlo.
No. No pares. No pares jamás.

«Simplemente termina.» Ése fue el comentario de Adriana a una de las composiciones de Gregor interpretadas por un cuarteto de cuerda, y Gregor se puso tenso y contestó: «No, se interrumpe», y Adriana respondió: «Pero eso es a lo que me refiero. Acaba sin previo aviso para el oyente, esperas oír más», y Gregor dijo: «Exacto. Eso es lo que quiero. El oyente completa la música en silencio, para sí mismo». Adriana se dio cuenta de que su amante, tan despreocupado por los sentimientos de los demás, de hecho se había ofendido por aquellas palabras; se sintió incluso más ofendido al verse obligado a explicarle cuál era su intención, y porque la mujer con la que estaba liado no sabía nada de música. Adriana respondió dolida: «Supongo que Pegreen lo entiende. ¿Verdad?». Gregor se encogió de hombros. Adriana añadió:

«Si tu música es tan enrarecida, entonces al diablo con ella». Gregor rió, como si uno de sus hijos hubiera dicho algo divertido. La besó enérgicamente en la boca y dijo: «¡Eso es! Al diablo con ella».

La jaula. Hubo una terrible semana a finales de agosto, casi al final de su aventura, en que Adriana creyó que estaba embarazada. Varias veces, precipitadamente, habían hecho el amor sin tomar precauciones, así que no debería de haber sido una sorpresa, y sin embargo lo era: un susto que desencadenó terror a la vez que alegría. Su deseo de morir estaba tan omnipresente como la señal telefónica: levantas el auricular y siempre está ahí.

Pero no. ¿Por qué morir? Ten el niño.

Quizá acabes siendo el verdadero amor de tu amante.

Incluso las voces burlonas de Adriana sonaban estridentes por la esperanza.

Edith Pryce convocaba a cada nuevo miembro del instituto para tomar el té en su espaciosa oficina de techos altos en la vieja casa señorial de piedra caliza de color rosa, y llegó el turno de Adriana. Sería una cortés visita ritual durante la que la distinguida anciana preguntaría a la joven sobre su trabajo. Edith Pryce era una mujer de aspecto solemne con poco más de sesenta años, tan severamente poco atractiva que desprendía una especie de belleza; llevaba su pelo cano ceniciento en un moño estilo francés y solía elevar la barbilla como si te mirara fijamente desde el otro extremo de un abismo no sólo espacial sino también temporal. Había sido la protegida de Gregory Bateson en los años cincuenta y era licenciada del Instituto Psicoanalítico de Nueva York. En su elegante oficina había muebles antiguos, una alfombra Aubusson y una jaula barroca de latón que colgaba del techo. Era vox pópuli en el instituto que el té con Edith Pryce comenzaba con un comentario de admiración a la jaula y al canario dorado y rojizo que había dentro. Adriana suponía que ése era el propósito, ya que Edith Pryce era una mujer tímida y fríamente autoprotectora a la que no le gustaban las sorpresas. Adriana, parpadeando las lágrimas en sus ojos, que ya estaban enrojecidos y en carne viva, exclamó:

—¡Qué bonito es su canario! ¿Canta?

Edith Pryce sonrió y respondió que *Tristán* solía cantar a primera hora de la mañana, inspirado por los pájaros silvestres que se posaban más allá de la ventana. Al principio, le dijo a Adriana, tenía dos canarios: aquel macho red-factor alemán y una hembra amarilla americana; mientras *Tristán* cortejaba a *Isolda,* cantaba continua y apasionadamente; pero una vez que se aparearon e *Isolda* puso sus cinco huevos, de los que salieron cinco minúsculas crías, ambos canarios se desesperaban por alimentar a sus pequeñuelos y *Tristán* dejó de cantar.

—Acabé regalando a *Isolda* y a los polluelos a un buen amigo que cría canarios —dijo Edith Pryce con un estoico aire de pesar— y *Tristán* permaneció mudo durante semanas, y casi no comía, y pensé que también tendría que regalarlo, y entonces, una mañana, empezó a cantar otra vez. No tan maravillosamente como antes pero al menos cantaba, que después de todo es lo que se espera de los canarios. Los carboneros y los herrerillos son sus favoritos.

Adriana estaba atenta y sonreía. Llevaba gafas oscuras para disimular sus ojos desfigurados y una camisa no demasiado limpia metida en una falda tejana que, en otras circunstancias, mostraba sus esbeltas piernas atractivas y bronceadas para sacarles partido. Su cabello parecía haberse vuelto áspero de la noche a la mañana y los mechones se escapaban de la trenza, difícil de manejar y gruesa como la mano de un hombre en la parte superior de su espalda. Abrió la boca para decir algo pero no pudo. *Ayúdeme. Creo que me estoy volviendo loca. Creo que he perdido mi alma. Me he casado con el hombre equivocado y amo al hombre equivocado y me quiero morir, estoy agotada pero no quiero que mi amante me sobreviva, sé que me olvidará. Estoy tan avergonzada, me siento despreciable pero tengo miedo, tengo miedo de morir.*

De repente, Adriana se echó a llorar. Su rostro se desmoronó. Tartamudeaba:

—Lo siento, señorita Pryce. No, no sé qué me pasa...

Las lágrimas le ardían como ácido al verterse de sus ojos. A través de una bruma vertiginosa vio cómo Edith Pryce la contemplaba horrorizada. Un teléfono empezó a sonar y ésta esperó un momento antes de levantar el auricular y decir en voz baja:

—Sí, sí, te vuelvo a llamar en un momento.

En aquel instante Adriana comprendió que Edith Pryce no estaba interesada en sus sentimientos, que la vida emocional era en sí misma infantil y vulgar, y que en todo caso, ella, Adriana Kaplan, era demasiado mayor para comportarse de aquel modo. Se puso de pie temblorosa y tartamudeó otra disculpa que Edith Pryce aceptó asintiendo con el ceño fruncido y ojos evasivos.

Mientras Adriana salía huyendo de la oficina, oyó a *Tristán,* alborotado por su llanto, gorgojeando y regañándola a su salida.

La primera vez, la última vez. La primera vez, un día de mayo inesperadamente caluroso. Rápido y dulcemente brutal. Una especie de música. Como la de Gregor Wodicki. Después Adriana lo recordaría como la más pura sensación. *Dios mío, no puedo creer que esté pasando, ¿soy yo?,* mientras cedía a un regocijo aturdido: *No puedo creer que yo haya hecho eso, y soy inocente.* Pareció un accidente, como si dos vehículos que viajaban en sentidos opuestos hubieran virado bruscamente hasta chocar en la autopista. Ella y su marido asistieron a un recital del instituto en el que se interpretaba una extraña composición de Gregor Wodicki: un trío para piano, viola y tambor militar; Gregor tocó el piano con una ferocidad minimalista, haciendo muecas al teclado como si fuera una prolongación de su cuerpo. Durante los tensos dieciocho minutos de aquella pieza, Adriana se enamoró. Eso se dijo a sí misma y, con el tiempo, a Gregor. (Pero ¿era verdad?

Mientras se desvestían para irse a la cama aquella noche, Randall y ella bromearon con que la música contemporánea «no tenía sentido» para sus oídos, que preferían sin duda a Mozart, Beethoven, los Beatles.) Sin embargo, poco después Adriana y Gregor volvieron a encontrarse, y se sintieron atraídos inmediatamente, y se alejaron juntos durante una ferviente conversación que acabó en un encuentro abrupto más allá de los viejos establos desvencijados y en los románticos pinares. Era una tarde normal y corriente de un día entre semana del mes de mayo.

Recordaría mucho después aquella primera caricia tanteante de Gregor Wodicki. Los dedos de aquel hombre en su muñeca. Una pregunta, y sin embargo también un derecho. Como quien acerca una cerilla encendida a material inflamable.

¿Cómo puede ser culpa mía? No es culpa mía, es algo que ocurre, como el clima.

La última vez, después del Día del Trabajo, un calor húmedo y sofocante iluminado por vetas de rayos lejanos, se encontraron en el pinar, aunque por entonces cada uno tenía miedo del otro. Adriana ya sabía que no estaba embarazada: después de su humillante encuentro con Edith Pryce había empezado a sangrar sin parar, y ya se había acabado el embarazo psicológico, aunque en momentos de debilidad en su vida imaginaba que de hecho había estado embarazada de Gregor Wodicki, el único embarazo de su vida, y que había abortado de forma natural aquel precioso feto por las profundas emociones a que ella y Gregor se sometían. En sus sueños, Adriana ve a la afligida joven caminando como una sonámbula por el laberinto de árboles que asemejan barrotes. Decidida a no advertir las señales de otros amantes descuidados en aquel bosque, adolescentes que entraban de manera ilegal, y dejaban tras de sí los restos de campamentos extinguidos, latas de cerveza, envoltorios de comida rápida, condones. Condones esparcidos como babosas traslúcidas entre las agujas de los pinos. Adriana vio un condón usado y arrugado y un frenesí de minúsculas hormigas negras que reptaban entusiasmadas hacia el interior, y sintió arcadas y se alejó.

Pero la última vez fue muy distinta de la primera. El aliento de Gregor humeaba a alcohol, su rostro estaba salpicado de sudor, sus ojos dilatados; la contemplaba como si no la reconociera y se mostraba reacio a tocarla, no la agarraba de las costillas ni la izaba como siempre con sus fuertes manos que la lastimaban. Sus besos parecían errados, vacilantes sin resultar tiernos. A pesar del calor, Gregor llevaba chaqueta; Adriana suponía que la extendería en el suelo, pero no fue así; su comportamiento era distraído, impreciso y no hizo esfuerzo alguno por defenderse cuando Adriana le acusó de no quererla, de estar únicamente utilizándola, y lo abofeteó, le golpeó con sus puños a la vez que lloraba no de pesar sino de rabia. *¡No puedo creer que esto esté ocurriendo! Y no tengo opción.*

Hubo un momento en que él podría haberle devuelto los golpes y haberla lastimado, Adriana vio el destello de puro odio en sus ojos, pero la apartó de él susurrando:

—Mira, no puedo. Tengo que volver. Lo siento.

La puta. Adriana pensó un día, tranquilamente, con la sabiduría de Spinoza: *Debe de ocurrirle a todo el mundo. La última vez que haces el amor no puedes saber que va a serlo.*

Después de Gregor, y después de que su matrimonio se disolviera en tristes calumnias y recriminaciones, Adriana se embarcó en varias aventuras amorosas. Se trataba explícitamente de «aventuras amorosas», designadas así de antemano. Algunos eran encuentros de una noche. Otros, ni siquiera la noche entera. A los treinta y tres años se había ganado la reputación de una joven crítica de la cultura americana, brillante y agresiva, que había vivido durante bastante tiempo en Roma. Era una chica sexy e ingeniosa. Llevaba unas gafas de diseño de lentes azul metálico y ropa de segunda mano de la mejor y más estrafalaria calidad. Le gustaba el negro: seda, brocados, cachemir. Solía lucir su personal trenza como un látigo que le llegaba a media espalda y no se la tiñó cuando su cabello empezó a tornarse cano prematuramente. Tanto las mujeres como los hombres se sentían atraídos por ella. Los homosexuales «veían algo» en ella: una profunda fuerza erótica no muy distinta a la suya propia. A Adriana le hubiera gustado decirle a Gregor Wodicki: «Me convertiste en una puta», pero no estaba segura de que él hubiera entendido su sentido del humor. O de que aquello fuera muestra de ello.

In memóriam. Veintitrés años después de aquel húmedo y caluroso verano, Adriana Kaplan regresa por primera vez al Instituto Rooke para asistir al funeral de Edith Pryce, que había fallecido recientemente a los ochenta y cuatro años. Una de las primeras personas a las que ve es, como era de esperar, Gregor Wodicki: «Greg Wodicki», como prefiere que le llamen ahora, es el director actual del instituto. Adriana sabe, porque informantes maliciosos se lo han contado, que Gregor, o Greg, ha engordado en los últimos años, pero no está del todo preparada para su corpulencia. No hay otra palabra más adecuada: *corpulencia*.

Adriana piensa, asombrada y ofendida: *¿Se supone que debo saber quién es ese hombre? No.*

No es que Gregor Wodicki esté obeso exactamente. Soporta su peso, unos veinticinco o treinta kilos de más, con dignidad. Su rostro está enrojecido y reluciente; su cabello se ha vuelto gris plomo, entrecano, y se eleva sobre la coronilla como limaduras magnéticas. Lleva un traje de sirsaca de color gris en el que su corpulencia entra como una salchicha hinchada. Adriana siente una punzada de dolor, al ver que el cuerpo que conoció tan íntimamente y amó con una pasión fanática ha cambiado tanto; y sin embargo, parece ser la única visitante sorprendida por su aspecto, y Gregor, o Greg, se muestra del todo cómodo en su piel. Al ver a Adriana, se dirige a ella con una inesperada rapidez depredadora para un hombre de su tamaño, y le estrecha la mano. Hay un momento de duda y después dice:

—Adriana. Gracias por venir.

Igual que en otra ocasión, años atrás, susurró triunfal: «¡Has venido!».

Adriana consigue decir cortésmente que está allí por Edith.

—Claro, cariño. Todos hemos venido por Edith.

Cariño. Una palabra peculiar y ambigua. Nunca la llamó *cariño* cuando eran amantes.

Durante la ceremonia, Adriana estudia el rostro de «Greg Wodicki». Aunque se trata de una ocasión pública y solemne, su antiguo amante se siente a todas luces relajado en el papel de organizador y supervisor. Donde antiguamente menospreciaba formalidades de ese tipo y no se fiaba de las palabras («En música no puedes mentir sin exponerte, pero cualquier gilipollas puede mentir con las palabras. Las palabras son una mierda»), ahora habla con cortesía y una franqueza cautivadora. Presenta a los oradores, a los músicos. Se ha convertido en un adulto del todo responsable. Sus ojos están bastante hundidos en los pliegues de su rostro regordete, y sin embargo son sin lugar a dudas los suyos; dentro de la máscara carnosa de mediana edad hay un rostro hermoso, delgado y joven que mira hacia fuera. La boca que Adriana besó tantas veces, la que chupó y en la que gimió, en tiempos más familiar para ella que la suya propia, es de un curioso color rojo húmedo, como un órgano interno. Donde existía Gregor, ahora está Greg. Increíble.

Adriana nunca volvió al Instituto Rooke después de dejar su puesto, pero está claro que estuvo al tanto, en la distancia, de su antiguo amante. Hace años que no trabaja como compositor o músico. Adriana había evitado las ocasiones musicales en las que se interpretaban sus composiciones y echaba una ojeada a las críticas de su trabajo en las publicaciones neoyorquinas —de hecho eran infrecuentes— y nunca asistió a un concierto o recital. Había grabaciones de su trabajo, pero no hizo esfuerzo alguno por oírlas. La había herido demasiado profundamente; era como si parte de ella hubiera muerto y con ello la totalidad de sus sentimientos por él. Lo que oyó sobre él fue de forma accidental y sin buscarlo: su esposa Pegreen y él nunca se divorciaron formalmente, aunque vivieron separados durante mucho tiempo, y tuvieron problemas con uno o más de sus hijos, y Gregor permaneció en el instituto y Pegreen se trasladó a vivir con él durante su terrible experiencia con el cáncer, hasta su muerte. Es probable que Gregor tuviese otras aventuras amorosas, ya que él también ejercía una poderosa atracción tanto sobre las mujeres como sobre los hombres, y la sexualidad parecía haber sido para él una expresión tan natural como una caricia, con las mismas consecuencias. La sorpresa en la vida de Gregor Wodicki quizá fuese su talento tardío por el trabajo administrativo. Edith Pryce lo nombró su ayudante, y tomó el mando después de que ella se jubilara.

Decían que Gregor había sido amante de Edith Pryce. Adriana lo dudaba, pero ¿quién sabe? Suponía que en realidad nunca lo había conocido, excepto a nivel íntimo.

Unos músicos locales interpretaron tres hermosos fragmentos musicales durante el funeral. Uno de J. S. Bach, otro de Gabriel Fauré y el último un cuarteto para cuerda y piano de «Greg Wodicki». Una pieza enigmática, delicada y sobria que no acababa de golpe sino con un suave fundido. Adriana, que escucha con atención, deja caer unas lágrimas al parpadear y se pregunta amargamente si puede que «Greg» haya revisado la pieza desde la muerte de Edith Pryce para enfatizar su tono elegíaco. La fecha de su composición es 1976, el año después de su separación, y la música que compuso en los setenta era estridente e inflexible, indiferente a las emociones.

Hipócrita, piensa Adriana furiosa. *Asesino.*

Adriana M. Kaplan. Adriana había declinado una invitación para comer después del funeral, y sin embargo, de alguna forma, la convencen para que se quede; por suerte no la sitúan en la mesa principal con Gregor, o Greg, y distinguidos amigos y colegas ancianos de la difunta Edith Pryce. Hacia la mitad del prolongado almuerzo, se siente intranquila y se disculpa, sale del comedor y vaga por el primer piso de la vieja casa señorial, que fue transferida al instituto en 1941 con treinta y seis hectáreas de terreno y numerosas dependencias. Desde 1975, la Casa Rooke, como se llama, ha sido remodelada y restaurada con buen gusto. En una amplia biblioteca con paneles, Adriana echa una ojeada a las estanterías de libros publicados por miembros del instituto, antiguos y actuales, y le halaga descubrir dos de sus cinco títulos; uno de ellos es el primero, un estudio del modernismo en Estados Unidos (el arte, el teatro, la danza), un delgado volumen publicado por University of Chicago Press, bastante bien recibido en su momento pero descatalogado tiempo atrás. Allí está en la estantería de la biblioteca sin su sobrecubierta, con aspecto desnudo y desprotegido; probablemente lleva allí quince años, sin abrir. Impreso en el lomo, desvaído y casi ilegible, aparece el nombre de la autora: Adriana M. Kaplan («M» de Margaret). Junto a los libros de Adriana se encuentran títulos y autores de los que nunca ha oído hablar. Siente una oleada de vértigo pero la supera, y consigue reír. *¿He cambiado mi vida por esto?*

Como si hubiera tenido opción.

En el pinar. Aunque Adriana tenía la intención de volver a la ciudad inmediatamente después del almuerzo, de alguna forma se encuentra en compañía de su antiguo amante, que insiste en enseñarle el recinto del instituto —«¿Te gustan los cambios que has visto, Adriana? Lo hemos arreglado un poco»—. Aquello era quedarse corto.

Adriana sabe que desde que «Greg Wodicki» se convirtió en director del instituto, se ha embarcado sin ayuda en una campaña de recaudación de fondos de diez millones de dólares, y los resultados más inmediatos son impresionantes. Varios edificios nuevos, un granero maravillosamente renovado que ahora hace las funciones de sala de conciertos, zonas ajardinadas, aparcamientos. Adriana dice, sí, sí, por supuesto, los cambios son maravillosos, pero echa de menos el viejo estilo descuidado del lugar: tejados con goteras, establos desvencijados, fachadas con manchas de humedad, campos sin cultivar.

—Era otra época —señala Gregor—. Una fundación sin ánimo de lucro como Rooke podía sobrevivir con los rendimientos de pequeñas inversiones y el raro donante ocasional. Pero ya no.

Adriana quiere preguntar: «¿Por qué no?».

Después de la sorpresa inicial de su encuentro, se produjo un período de tiempo en suspenso (el funeral, el almuerzo), durante el cual Adriana y su antiguo amante parecían haber aceptado que se habían vuelto a ver. Pero ahora, solos de repente, bajo el austero sol de junio, entran en otra fase de emoción y temor. El corpulento Gregor respira por la boca, Adriana siente punzadas de pánico. *¿Qué haces aquí, qué demonios intentas probar? ¿Y a quién?* Nuestro más ferviente deseo es la derrota de un antiguo amante, privado de nuestro amor; al menos deseamos parecer trascendentes, indiferentes, plenamente libres de aquel amor desaparecido. Durante el almuerzo Adriana se dio cuenta de que Gregor miraba en su dirección, pero no le hizo caso, hablando muy en serio con los invitados que había a su mesa. Sin embargo, ahora recorren un camino de gravilla uno al lado del otro, como viejos amigos. Gregor contempla su corpulencia con una leve exasperación y confusión y suspira:

—He cambiado un poco, ¿eh, Adriana? No como tú. Tan guapa como siempre.

Adriana dice con frialdad:

—Yo también he cambiado. Aunque sea de forma imperceptible.

—¿De verdad? —el tono de Gregor es de escepticismo.

Como si tuvieran una lesión cerebral o estuvieran borrachos, ambos recorren al azar un camino entre dos edificios de piedra; alejándose de Rooke Hall hacia el pinar. Ahora, a media tarde, el aire se ha vuelto húmedo, casi vaporoso. Un repentino olor a agujas de pino hace que los orificios nasales de Adriana se arruguen por el miedo.

¿Dónde están los viejos establos? Demolidos para hacer sitio para el aparcamiento.

¿Dónde está el antiguo camino cubierto de maleza por el que ella bajaba hacia el bosque? Ampliado, cuidadosamente cubierto de pedacitos de madera.

Aunque bajan por una cuesta hasta el bosque ensombrecido, la respiración de Gregor se vuelve cada vez más audible y su piel, que ahora está bastante fría y húmeda y amarillenta, está salpicada de gotas de sudor. Se ha quitado la chaqueta de sirsaca y la corbata y se ha remangado la camisa blanca de vestir, pero la mayor parte de ella está cubierta de sudor. Si este hombre fuera un familiar o un amigo, Adriana estaría preocupada por su salud: la corpulencia de aquel cuerpo, al menos ciento diez kilos, pesando sobre su corazón y sus pulmones.

Una vez en el bosque, se oyen los dulces sonidos transparentes de los pequeños pájaros de capucha negra que hay en lo alto. ¿Carboneros?

Sin pensar, Adriana dice:

—La jaula de latón de Edith.

Gregor dice:

—Todavía la tenemos, por supuesto. En la antigua oficina de Edith, que ahora es la mía. Es una valiosa antigüedad.

—¿Y hay un canario dentro?

Gregor suelta una carcajada, como si Adriana hubiese dicho algo pícaramente ingenioso.

—Dios, no. ¿Quién tiene tiempo para limpiar la porquería de los pájaros?

Continúan caminando. Adriana se cuida de no rozarse con Gregor, cuyo enorme cuerpo exuda, a través de sus ropas ceñidas, una especie de calor graso. Se oye a sí misma decir, con voz neutra:

—Nunca te lo dije. Casi al final de... nuestra... rompí a llorar en la oficina de Edith Pryce. Me invitó a tomar el té.

Empecé a llorar de repente y no podía parar. Era como una agresión física, estaba hecha polvo, al parecer creía que estaba... embarazada.

—¿Embarazada? ¿Cuándo?

La reacción de Gregor es inmediata, instintiva. El terror masculino a ser atrapado y descubierto.

Adriana dice:

—No lo estaba, claro. No comía mucho y tomaba Bencedrina que algún médico irresponsable me recetaba y es obvio que estaba un poco loca. Pero no embarazada.

—¡Dios mío! —dice Gregor conmovido. Hace una pausa para acariciar el brazo de Adriana pero ella se aparta—. ¿Pasaste sola por eso?

—No exactamente —responde Adriana, con una sutil ironía maliciosa—. Te tenía a ti.

—Pero ¿por qué no me lo dijiste?

Adriana lo piensa con detenimiento. ¿Por qué? Su intensa intimidad sexual de algún modo excluía la confianza.

—No lo sé —responde con franqueza—. Me daba pavor que quisieras que abortara, que no quisieras volver a verme y yo... yo no estaba preparada para eso —hace una pausa, consciente de que Gregor la mira fijamente. Sus ojos: húmedos y alerta, enrojecidos, ojos vivos que observan sin parpadear por los orificios de una máscara flácida y carnosa—. Pensé que de algún modo sería más fácil... morir. Menos complicado.

Gregor Wodicki acepta esta ridícula afirmación sin cuestionarla. Como si lo supiera, como si hubiera estado allí.

—¿Y qué te dijo Edith?

—Nada.

—*¿Nada?*

—En cuanto empecé a llorar, me interrumpió. No quería ser testigo. De hecho, quizá sabía lo nuestro. Pero no quería saber nada más. Me permitió verme como lo que era: una mujer histérica, egoísta, ciega y neurótica.

—Una mujer que necesitaba ayuda, por el amor de Dios. Compasión.

—Creo que fue positiva. La respuesta de Edith Pryce.

—¡En serio! —exclama Gregor resoplando.

—¡Sí! Por supuesto.

Ella camina delante en un silencio airado. ¿Por qué discuten? El corazón de Adriana late con rapidez; no está preparada para esos sentimientos después de tantos años, es como ascender a una altitud muy elevada muy deprisa. Recuerda la última vez que estuvieron juntos en aquel bosque. Ella esperaba que fueran a hacer el amor y no fue así. El raro comportamiento crispado de Gregor. Su aliento que olía a whisky, sus extraños ojos dilatados. Ve los altos pinos rectos, tan parecidos a los barrotes de una jaula, una amplia jaula donde vivir en la que, sin saberlo, habían estado atrapados. Amor erótico. Un profundo placer sexual. Esas sensaciones de las que no puedes hablar sin que suenen absurdas, así que no hablas de ellas en absoluto hasta que al final dejas de experimentarlas y con el tiempo no puedes creer que otros las experimenten, y sólo puedes reaccionar con burla. Estás anestesiado.

Te dices: «Ahora es parte del pasado, he sobrevivido».

—La última vez que nos vimos, ¿fue cerca de aquí, creo? —dice Gregor sin darle importancia, limpiándose la frente con un pañuelo de papel muy arrugado—. ¿O quizá más abajo junto al río?

Como si el propósito de aquello fuera el *lugar*.

Adriana mira a Gregor y ve que está sonriendo. Que intenta sonreír. Sus dientes ya no son desiguales ni están descoloridos, sino que han sido cubiertos con unas costosas fundas. Y sin embargo, están sus ojos hundidos y húmedos. La piel flácida y húmeda. ¿Está volviendo a enamorarse de ese hombre? El príncipe «genio» de Adriana Kaplan convertido en una rana.

En la vida. Nunca va a volver a enamorarse de alguien.

Y tampoco le gusta el rumbo que está tomando la conversación. Tentándola para que traicione veintitrés años de indiferencia estoica.

Continúan caminando. Aquí el aire es ligeramente más fresco, a cuatrocientos metros del río. Gregor empieza a hablar impulsivamente, divagando.

—Sabes, Adriana, para serte sincero, no recuerdo cada minuto de aquel verano. Había estado «mezclando», tomando anfetaminas y bebiendo. Pegreen me estaba haciendo la vida imposible. *Ella* estaba realmente al borde del suicidio. Pero no podía abandonarla, y no podía dejarte. Estaba obsesionado contigo, Adriana. Y tenía celos de ti y de tu matrimonio. Y de mi *juventud* que desaparecía. Y de mi *genialidad*. Mi puta música como cenizas en la boca. La última vez que nos vimos aquí, nunca lo supiste... traje, en el bolsillo de la chaqueta caqui..., el revólver de Pegreen.

Adriana no está segura de haber oído bien.

—¿La... pistola? ¿Tenías una pistola aquí?...

—Debí de pensar, era una locura, por supuesto, que la usaría contigo y luego la volvería hacia mí. ¡Dios mío! —Gregor infla sus mejillas y pone los ojos en blanco con el gesto de adolescente que Adriana recuerda de veintitrés años antes, cuando por poco estrelló el coche familiar.

En el pinar, en el aire veraniego extrañamente pacífico sin brisa, Adriana Kaplan y Gregor, o Greg, Wodicki se contemplan fijamente. Después, de forma inesperada, se echan a reír. El revólver de Pegreen calibre 32, en el bolsillo de la chaqueta de Gregor. Qué absurdo, qué penoso. La risa de Gregor es profunda, la risa contagiosa de una hiena. La risa de Adriana es casi insonora, temblorosa y espasmódica, como si se ahogara.

Preguntas

Ella tenía treinta y un años, su amante, veinte, ¿debería haberle preocupado? Sabía que era un error liarse con él, pero no podía evitar que ocurriera. Ignoraba que en aquella época él estaba al borde del suicidio.

Se llamaba Barry, que no le iba en absoluto; le pegaba más Jerzy o Marcel o Werner. Tenía un aspecto, pensaba Ali, americano al tiempo que exótico. Era estudiante universitario, pero no uno de sus alumnos, un muchacho alto y delgado con el cabello lacio y oscuro, la piel pálida como un champiñón, ojos acusadores gris verdoso, una expresión normalmente aterida. Dos pendientes en la oreja izquierda, camisas y suéteres inmensos, zapatillas deportivas Nike sin calcetines. ¿Se podía adivinar que había ido a Exeter?, ¿que su padre era funcionario del Departamento de Estado? En un principio estudiaba los cursos preparatorios de Derecho, pero ahora estaba interesado en las «artes escénicas». Su vida estaría dedicada a la interpretación y a escribir poesía, dijo; un día —pronto— esperaba interpretar sus propias obras de teatro. Ali lo contemplaba con afecto y escepticismo. ¿No se imaginaba a sí mismo, al igual que tantos estudiantes universitarios hoy en día, como un actor en una película o un vídeo de su propia vida? ¿Igual que Ali, aunque no era de su generación, se imaginaba a veces a sí misma como una actriz en una película de proporciones desconocidas?

Ali se enamoró de Barry mientras le veía actuar en una producción universitaria de *Persecución y asesinato de Jean-Paul Marat representado por el grupo teatral del hospicio de Charenton bajo la dirección del marqués de Sade,* de Peter Weiss. La producción se anunciaba como una reposición, ya

112

que la obra se había representado originalmente en el recinto universitario en 1968. Barry interpretaba el papel del erotomaníaco Duperret, y lo hacía con una intensidad casi histérica; no tenía un don natural para el escenario que Ali pudiera percibir, pero algo en su cuerpo alto, delgado y con los hombros caídos, los codos huesudos, el aire huraño, la conquistaba de algún modo. Era una mujer apasionada con bastante experiencia a la que le gustaba ser «conquistada».

Además, estaba colocada; tanto ella como su amigo Louis (que impartía clases de cultura oriental y era consejero del cuerpo docente de la organización homosexual de la universidad) estaban colocados después de compartir parte de la receta de Dexedrina de Louis antes de ir a la representación. Ali se volvió hacia Louis con lágrimas en los ojos y susurró:

—¿Quién es ese chico tan guapo? ¿Es uno de los tuyos?

Y Louis le contestó, susurrando con fingida mojigatería:

—Ali, es demasiado joven para ti.

Ali pensó: *Eso lo decido yo.*

La bautizaron con el nombre de Alice; hacía tiempo que había adoptado el nombre de Ali. En una época durante su matrimonio —es decir, cuando vivían juntos; de hecho todavía estaban casados legalmente—, su marido la llamaba Alix, dando a la segunda sílaba de la palabra, «ix», una malevolencia siseante que él consideraba divertida: «Al*ix*, cariño, ¿dónde estás? Al*ix*, mi amor, ¿por qué no contestas?». Hacía dos años que no veía a su marido, aunque a veces hablaban por teléfono, por cuestiones prácticas. Él vivía en el antiguo loft que habían compartido en Greene Street, justo al sur de Houston, donde pintaba durante el día (y enseñaba Bellas Artes en New School, por la noche); Ali vivía en Vermont donde enseñaba cine y crítica cinematográfica en una pequeña universidad de humanidades famosa, o infame, por su programa de estudios experimental y su ambiente «desestructurado». Era una profesora popular y osada, una especie de celebridad en la universidad —¿quién más escribía críticas con bastante frecuencia para las publicaciones neoyorquinas?, ¿quién más organizaba un festival cinematográfico de películas «prohibidas»?—, una mujer rolliza e intensa con largas cortinas tupidas de cabello negro, impresionantes ojos almendrados, labios carnosos. Se vestía y se comportaba de forma provocativa aunque era una ferviente feminista, la «provocación» era tan sólo su estilo, observado con tanta meticulosidad como el de los grandes directores de cine cuyo trabajo admiraba. Sin duda alguna, Ali Einhorn era muy inteligente pero también —principalmente— una mujer que recurría mucho al contacto físico: una sabrosa uva madura de Concord, como se refirió a ella un amante en cierta ocasión. ¡Deliciosa!

Ali se había labrado una reputación temprana como brillante y joven crítico de cine: había publicado libros y ensayos sobre Fellini, Buñuel, Truffaut, Fassbinder, Herzog, Schlöndorf, Bergman y muchos otros; incluso había publicado su abstrusa tesis doctoral sobre el concepto ontológico del plano fotográfico de André Bazin como «la muestra del ser». Durante los últimos años había estado trabajando, en ciclos alternos de frenesí y falta de entusiasmo, en el «realismo mágico» en el cine contemporáneo de Alemania Occidental. En la pequeña ciudad universitaria encaramada en las montañas circulaban todo tipo de rumores exagerados sobre Ali, que pocas veces se molestaba en rectificar; consideraba que la hacían parecer más interesante. ¿No estaba casada? ¿Su marido no era gay? ¿No tenía aventuras amorosas con sus colegas, e incluso con sus alumnos? ¿No había tenido una aventura con el decano de la universidad (que se había mudado a la costa oeste con su esposa e hijos)? En la puerta de su oficina había un enorme póster a todo color de Klaus Kinski en la película de Herzog, *Aguirre o la cólera de Dios,* el extraordinario rostro de Kinski con tal brillo de locura que resultaba difícil de contemplar. Sobre ese póster se encontraba la combativa frase de Buñuel NADA ES SIMBÓLICO en letras de un rojo intenso. Aunque Ali no daba buenas calificaciones con tanta facilidad como muchos de sus colegas, sus clases siempre estaban abarrotadas de estudiantes; motivo por el cual, según había dicho él, Barry Hood la evitó durante dos años. Tenía un concepto de sí mismo demasiado elevado como para sucumbir a los movimientos de masas. En una ocasión citó a Nietzsche mientras hablaba con Ali, durante los primeros días, u horas, de su relación: «Donde el gentío rinde culto, es probable que apeste».

Ali se sentía herida al tiempo que encantada con el muchacho. ¡Qué arrogancia! ¡Qué seguridad! Se inclinó impulsivamente hacia delante para besarle en la boca; le recorrió el cabello con los dedos. *Pagarás por ello, cabroncete engreído,* pensaba. Pero ciertamente lo adoraba.

Su «amistad», como Ali la llamaba, era esporádica y caprichosa por parte de ella, mantenida mientras negociaba una aventura amorosa más seria con un hombre, un director de cine, que vivía en Nueva York y trabajaba en la costa oeste. Cada aventura ponía en su sitio a la otra; Ali era consciente del riesgo de esperar demasiado de una sola fuente. Barry Hood la fascinaba como presencia, como fenómeno, con veinte años de edad y sin embargo viejo, gastado, aunque en otros aspectos fuese mucho menor que sus veinte años; era tímido y arrogante y torpe, un niño mimado, consentido, y aun así, en ocasiones casi insoportablemente encantador, como son los niños, de forma por completo natural. «Un niño de su época», decía Ali de él, mas no a él. No se acostaron juntos muchas veces y nunca fue (en la secreta opinión de Ali) del todo satisfactorio, pero se sentía bastante atraída por su estilo, como ella lo llamaba, por aquellos rasgos inconfundiblemente marcados, puros, de la aristocracia estadounidense bajo el muchacho hosco y ceñudo.

La mayor parte del tiempo la pasaban hablando, hablando con vehemencia. El tipo de conversación que Ali no recordaba nunca a la mañana siguiente pero que disfrutaba una enormidad en ese momento. Barry y Ali, y con frecuencia el compañero de habitación negro de Barry, Peter Dent —«negro» sólo en nombre, ya que tenía la piel tan clara como Ali— en cualquier sitio del campus universitario o en el apartamento de Ali, fumando drogas. El padre de Peter Dent también era abogado, como el de Barry, pero se dedicaba al derecho para el mundo del espectáculo, repartía su tiempo entre Nueva York y la costa oeste, y era evidente que le iba muy bien. Ali sabía que cuando los estudiantes hablaban con un humor amargo de sus familias sólo podía significar una cosa: el éxito. Los estudiantes becados cuyas familias eran relativamente pobres siempre hablaban de ellas en términos más cálidos. Entonces, ¡ay Dios!, era probable que escucharas historias sobrecogedoras de sacrificios, abuelas, hermanos mayores, enfermedades complicadas con nombres difíciles. A Ali le gustaban mucho más sus chicos, Barry y Peter, que rechazaban los convencionalismos burgueses por ser una «mierda» y nunca hablaban de su familia salvo en términos de altivo desdén.

Barry no resultaba tan hermoso de cerca como parecía en el escenario, pero tenía unos extraordinarios ojos gris verdoso que se oscurecían o aclaraban o se llenaban de lágrimas en función de su estado de ánimo. Al hacer el amor temblaba considerablemente por la pasión; sus costillas reaccionaban en cadena bajo su piel; su esqueleto parecía vibrar en éxtasis. A Ali le gustaba acariciar su cuerpo, recorriendo sus huesos con sus suaves manos carnosas, acordándose de la cámara de Buñuel en sus planeos y círculos eróticos sobre el cuerpo perfecto de Catherine Deneuve en *Belle de Jour*. Buñuel entendía que la sensualidad es cuestión no del todo sino de las partes; la totalidad del ser humano —el ser «humano»— a duras penas existe en momentos como ése.

Barry era temperamental, caprichoso, impredecible. ¡Qué en serio se tomaba a sí mismo! Una noche se atrevió a halagar a Ali, diciéndole que era la primera mujer en su vida que no intentaba hacerle comer. Escribía poesía de tipo «experimental» y lo hacía a mano en un grueso diario que se negaba a que Ali leyera: era el único lugar, decía, en el que podía contar la verdad. «Me siento inocente y puro y redimido sólo cuando escribo o actúo», dijo con un cierto tono conflictivo, como si creyera que Ali iba a protestar. Cosa que no hizo. Ella respondió: «Me siento inocente y pura y redimida sólo cuando hago el amor». Se trataba de una afirmación provocativa, y claramente no era cierta.

Como la mayoría de los estudiantes de la universidad, Barry fumaba marihuana al menos una vez al día y tomaba drogas siempre que estaban disponibles. Y sin embargo, se mantenía a distancia de sus compañeros de clase; nunca asistía a las fiestas que se celebraban en las distintas residencias cada fin de semana y que se habían hecho famosas en todo el noreste. Barry no pertenecía ni a los «drogatas» ni a los «serios»; sólo había unas cuantas personas en las que creía poder confiar. Ali se sentía conmovida y halagada por ser una de ellas, pero ¿cómo había ocurrido tan rápidamente? Una noche le contó con un repentino torrente de palabras que su madre se había suicidado durante su primer año en Exeter y que a menudo sentía su «atracción», incluso cuando era feliz. A plena luz del día, dijo con voz trémula llena de orgullo, sentía la poderosa atracción de la noche.

Ali no supo cómo responder salvo diciendo: «Qué terrible, qué trágico», palabras que lo ofendieron por su banalidad. Sabía que se esperaba de ella que dijera algo más, mucho más, que preguntara cómo y por qué y si estaban muy unidos y cómo se lo había tomado su padre, pero le molestaba que el muchacho se lo dijera, al menos en aquel momento, cuando se sentía tan optimista. Estaban tumbados sobre un edredón en el suelo del apartamento oscuro de Ali, habían hecho el amor, compartían un porro, en unos minutos Barry regresaría a su residencia, ¿por qué le había soltado aquella desagradable revelación? Sabía que si se atrevía a tocarlo, si se atrevía a consolarlo, Barry la apartaría con desdén.

117

Poco después, Ali rompió con Barry Hood: le dijo que ella y su marido estaban intentando reconciliarse. Él no protestó ni la telefoneó, pero durante las vacaciones de Acción de Gracias, cuando ella pensaba que él habría ido a casa, a Washington, intentó suicidarse tomándose todas las pastillas del botiquín —incluida la receta de Quaalude de Peter— y cortándose las venas. Cuando se enteró de la noticia, Ali estaba viendo un vídeo de *Nosferatu* de Murnau con unos amigos, lo que le llamó la atención por ser la más espantosa de las coincidencias. Cuando colgó el teléfono estaba blanca como el papel, mareada, como si alguien le hubiera dado una patada en el estómago.

—¿Qué pasa, Ali? ¿Es una emergencia? —le preguntaron. El dramatismo de la situación rasgueaba y vibraba a su alrededor, latía contra ella, incontrolable.

—Sí —respondió con cautela—. Es una emergencia. Pero no es mía.

Cuando fue al hospital, le dijeron que Barry Hood estaba en la unidad de cuidados intensivos, en estado crítico; se esperaba que sobreviviera, pero no podía recibir visitas. Sólo podían verlo los miembros de su familia inmediata. Un joven médico árabe en prácticas llamado Hassan, a quien Ali conocía de la sociedad cinematográfica del campus, le contó lo ocurrido: Barry tomó los medicamentos, se cortó las venas, se desplomó en su habitación, revivió, tropezó en el pasillo, volvió a desplomarse a la puerta del consejero residente. Éste llamó de inmediato a una ambulancia que llegó a los tres minutos.

—Así que en realidad no quería morir —dijo Ali.

El médico en prácticas respondió:

—En realidad, nadie *quiere* morir, pero ocurre continuamente.

Su tono era sarcástico: Ali se quedó helada y escarmentada pero algo resentida; su comentario tenía la intención de ser la inocente afirmación de un hecho.

Le explicó a Hassan que la madre del joven se había suicidado unos años antes. Si alguien tenía la culpa, era aquella mujer.

Menos mal, pensó Ali después, que no la habían dejado ver a Barry. Podía imaginar sus ojos heridos llenos de reproche; sabía lo horrible, lo envejecida, que parecía la gente después de intentar suicidarse; con los años había visitado a más de uno en el hospital.

¿Y no había sido Ali uno de ellos mucho tiempo antes?

Era chantaje emocional, lisa y llanamente. Había que compadecer al chico, pero también se tenía que sentir impaciencia; pura cólera. ¡Qué ardid! ¡Qué manipulación! Ella se había tomado dos Libriums para calmar los nervios y ahora vibraban como una radio a bajo volumen. «¿Por qué, por qué lo has hecho? —habría preguntado a Barry—, ¿por qué, por qué, *por qué*?», no importa que aquélla fuera precisamente la pregunta que él quería que Ali, y otros, le hicieran.

O si decidiste hacerlo, ¿por qué cambiaste de opinión?

Ésa es la pregunta que nadie haría.

Años atrás, Ali también quiso morir y también ella tomó una sobredosis de medicamentos, barbitúricos con receta. Se despertó en urgencias del hospital Bellevue donde le estaban haciendo cosas terribles: tenía un tubo introducido por la garganta hasta el estómago, los celadores la sujetaban mientras sufría convulsiones. Como el plano congelado al final de *Los cuatrocientos golpes* de Truffaut —Ali, inerme y destrozada sobre la mesa— para siempre. En momentos de debilidad veía aquella escena. Para siempre. Podía dejarse a un lado pero nunca borrarse. Y el hombre que esperaba que se sintiera desolado por su muerte, el hombre que ella esperaba que se le uniese en la muerte, había roto con ella en el acto. Ni siquiera fue a verla al hospital.

Pero de aquello hacía mucho tiempo. Ali ya era mayorcita.

Dos días después, el padre de Barry telefoneó a Ali y le preguntó si podían verse. Sonaba histérico por teléfono, hablando con frases entrecortadas que Ali podía entender con dificultad. Ella sabía que él estaba en la ciudad, había pensado que quizá la llamaría y había considerado sencillamente no contestar el teléfono, pero sabía que aquello era cobarde e innoble. Así que contestó. Y allí estaba el señor Hood, afligido y disgustado, diciéndole que su hijo había entrado en coma y que necesitaba con urgencia hablar con alguien, alguien que le explicara lo que había ocurrido. Prometía no robarle más de una hora.

—¿En coma? —preguntó Ali asustada—. No lo sabía.

El señor Hood hablaba tan deprisa que Ali podía seguir sus palabras a duras penas. Se preguntó quién le había dado su nombre y qué era lo que sabía. ¿Tenía intención de acusarla de algo?

Insistió en que no le tomaría más de una hora de su tiempo. Ali no veía cómo negarse a verle en aquellas circunstancias.

—La última vez que Barry estuvo hospitalizado aquí no pude verle —decía el señor Hood—. Fue durante su primer año en la universidad, ¿lo conocía por entonces, señorita Einhorn? Sólo era mononucleosis, por supuesto (que ya había sufrido antes, en el colegio), pero puede resultar mortal; puede producir hepatitis. Por entonces estaba en Europa en un viaje de negocios decisivo y simplemente no pude volver, y mi esposa, la madre de Barry, tampoco pudo venir, por motivos personales —el señor Hood hablaba muy rápido y no acababa de mirar a Ali a los ojos. Le temblaba un párpado; de vez en cuando se frotaba los nudillos contra él—. Creo que el chico no me ha perdonado por eso, y por otras cosas. Aunque Dios sabe que intenté explicarle mis circunstancias. Y por supuesto he tratado de compensarle —guardó silencio. Estaba fumando un cigarrillo que apagó enérgicamente en el cenicero. Miró a Ali e intentó sonreír—. ¿Le ha contado Barry algo de esto alguna vez, señorita Einhorn? ¿Le ha dicho algo sobre mí, o sobre su madre? O... —su voz se apagó en la algarabía de cócteles que había a su alrededor (estaban tomando una copa en la sala Yankee Doodle del hotel Sojourner, donde se hospedaba el señor Hood)—. ¿Alguna vez ha compartido sus sentimientos sobre su familia con usted?

Era una pregunta delicada pero se la hizo con tacto; el señor Hood se expresaba bien. Ali eligió las palabras de su respuesta con cuidado. No debía disgustar al padre de Barry más de lo que ya estaba, aunque tampoco debía ser condescendiente ni mentirle. Había visto desde un principio que era un hombre —de Washington, abogado del Departamento de Estado— inteligente, agudo, de mirada penetrante, en absoluto tonto, que, a pesar de lo nervioso que estaba, descubriría al instante cualquier intento normal de llevar a cabo un subterfugio. Ella respondió:

—En realidad no conozco tanto a Barry, señor Hood. Sólo durante las últimas semanas, y no muy bien. Su hijo no es fácil de conocer; no está muy dispuesto a abrirse. Muy reservado... —Ali se avergonzó del tono débil y apagado de su voz, pero el padre de Barry, al contemplarla tan fijamente, le hacía sentir muy insegura. Añadió—: Debe de haber otros profesores que lo conozcan mejor que yo. ¿El consejero de su residencia? ¿Y su compañero de habitación?... De hecho puede que tenga varios compañeros de cuarto.

—Oh, he hablado con su compañero de habitación —respondió el señor Hood con impaciencia—. El chico negro con los... ¿cómo se llaman? ¡Quaaludes! Para la esquizofrenia, el trastorno maníaco-depresivo, ¡Dios mío! ¡Allí en el botiquín ante las narices de Barry día tras día! Y siempre ha sido un chico tan nervioso e influenciable... mucho menos maduro de lo que aparenta. Sí, claro que he hablado con su compañero de habitación —respondió el señor Hood. Respiraba con voz ronca. Pero consiguió sonreír a Ali, una sonrisa tranquilizadora que mostró unos dientes blancos con unas fundas perfectas—. He tenido que consolarlo yo a *él;*

el pobre chico tiene tanto miedo de que Barry pueda morir. Un buen chico, agradable; se llama Peter. Pero no parece conocer a Barry mejor que yo mismo.

El señor Hood se echó a reír, los oscuros orificios de su nariz dilatados, como si hubiera dicho algo especialmente gracioso. Ali sonrió con inquietud. Preguntó sin darle importancia:

—¿Fue su compañero de habitación quien le dio mi nombre?

Pero el señor Hood siguió hablando, preguntándose por los amigos de Barry, o la falta de ellos, en el colegio, durante la secundaria, en el jardín de infancia. Que a Barry nunca pareció importarle que se trasladaran de ciudad en ciudad; decía que le hacía ilusión.

—¿Ha oído hablar alguna vez de un niño que exprese sentimientos así, señorita Einhorn? Su nombre es Ali, ¿verdad? Desde el principio esa inclinación por... —contempló el cigarrillo que acababa de encender mientras ardía entre sus dedos— lo que podría llamarse ironía. Si eso es lo que era.

Marcus Hood sólo se parecía un poco a su hijo, en los ojos, lo cual era un alivio. En cuanto Ali le estrechó la mano en el vestíbulo del hotel, supo que su preocupación no tenía fundamento; no daba la impresión de estar enojado con ella. Parecía civilizado en grado sumo, cortés, un caballero; un patricio estadounidense de cincuenta y tantos años, impecablemente arreglado y a todas luces bien vestido: abrigo de pelo de camello, traje de rayas gris claro, corbata de seda azul marino, zapatos negros relucientes. Era un hombre apuesto, o lo había sido; ahora sus ojos parecían crudos y su piel amarillenta. A Ali le recordaba un poco a aquel genial actor secundario de Bergman —Max von Sydow, de años atrás—: su estructura facial toda vertical; los ojos hundidos por una profunda tristeza y la boca herida. El dolor como puntos de sutura en la carne.

Después de su segundo martini, empezó a hablar con cierta amargura. Se acusó de haber permitido que las cosas se vinieran abajo en su familia; de haber descuidado a su único hijo. Había estado ciego ante ciertas señales de peligro: el hábito de Barry de renunciar a las asignaturas o de no terminarlas, la poca disposición de Barry a ir a casa durante las vacaciones, las calificaciones decepcionantes de Barry. Y aunque siempre le preguntaba si había algo de lo que quisiera hablar, él nunca había aceptado su oferta. Y supuso que aquello significaba que las cosas iban bien.

Ali dijo con cautela:

—Supongo que, en un momento como éste, culparse es instintivo, pero...

—¿A quién debería culpar si no? —dijo el señor Hood.

No paraba de hablar. A veces ni siquiera levantaba los ojos hacia Ali, como si hubiera olvidado que estaba allí. ¿Qué había hecho mal? ¿Cómo podría haber hecho las cosas de otro modo? Era la presión de su trabajo, de sus trabajos, el trasladarse de un lugar a otro del país —Nueva York, Los Ángeles, Connecticut, Washington— cuando Barry era pequeño. Y su situación familiar, que dijo que era «difícil». Su esposa Lynda...

—De hecho, Barry me habló de ella —dijo Ali.

—¿De verdad?

Ali se preguntó si había cometido un error táctico. Continuó con vacilación:

—Que se suicidó cuando él estaba en el colegio. Y...

—¿Que se suicidó? ¿Qué?

—¿No fue así? La madre de Barry...

El señor Hood la contempló completamente sorprendido.

—Lynda ha hecho algunas cosas extremas, tiene una personalidad extrema... —dijo con cautela— pero que yo sepa nunca ha intentado suicidarse. Estamos separados, no oficialmente, sino de facto, en realidad no sé dónde se encuentra con exactitud en este momento, aunque estoy seguro de que está viva.

—¿Está...?

—Barry debió de mentir —dijo el señor Hood—. Es decir, seguro que mentía. ¡Suicidarse! ¡Lynda! ¡Su madre! Está claro que es un síntoma de su estado general desequilibrado, pero no creía que fuera capaz de algo tan... bajo. De una calumnia de ese... tipo.

El señor Hood estaba terriblemente disgustado. A Ali no se le ocurría una forma airosa de cambiar de tema. Dijo:

—Bueno, tal vez debería saber que Barry le dice a sus amigos que cuando está deprimido piensa en su madre... en lo que hizo. Y que siente cierta atracción. Un aliciente, creo que lo llama.

—Eso no es más que su propio dramatismo —dijo el señor Hood con desdén—. Es típico de él, de ese temperamento tan suyo, se expresa muy bien, tan verbal. Barry siempre ha tenido una imaginación morbosa y por supuesto siempre se le ha animado a expresarla, ¡en cada escuela a la que lo hemos enviado! ¡Sin falta! De todos modos, pensar que mentiría así, deliberadamente, diciendo algo semejante de su madre, dando una imagen falsa de su familia a unos extraños. Entiendo que pueda intentar que sientan compasión por él, pero... —el señor Hood guardó silencio. Su boca se torció como si, por un momento, no pudiera hablar. Después de una pausa, dijo—: ¿No cree... no cree... cree que él puede ser...?

—¿Gay?

El señor Hood se estremeció con aquella palabra.

—Homosexual —dijo—. ¿Lo cree?

—No —respondió Ali.

Permanecieron en silencio durante un rato. Un joven pelirrojo tocaba melodías desganadas en el piano de la coctelería; el salón se iba llenando gradualmente. Los nervios de Ali se empezaron a tensar de nuevo y se preguntó cuándo podría escabullirse para ir al tocador a tomarse otro Librium. Siempre llevaba una pequeña reserva de seis cápsulas en su bolso, y la reponía con frecuencia.

—De hecho, señor Hood —dijo Ali—, Barry no parecía buscar compasión. Tenía, *tiene,* demasiado amor propio. Creo que lo subestima.

—Gracias —respondió el señor Hood—. Le agradezco mucho que diga eso.

Durante su tercer martini —Ali se tomaba su segundo margarita, que resultó terriblemente tranquilizador— volvió a preguntar a Ali sus impresiones sobre Barry. Ali se sentía a todas luces incómoda, como si hubiese comenzado el interrogatorio. Explicó con cautela que no había conocido a Barry demasiado bien. Por ejemplo, no estaba inscrito en ninguna de sus clases.

—Sin embargo, usted tiene algo que ver con el teatro, ¿verdad?

—Enseño cine. Pero Barry no ha asistido a ninguno de mis cursos.

—Ya veo —respondió con lentitud, aunque era evidente que no lo hacía. Añadió—: Pero Barry está muy apegado a usted, señorita Einhorn. Supongo que lo sabe.

Ali respondió con descaro:

—Hay varios alumnos «apegados» a mí, señor Hood. Principalmente por las asignaturas que enseño y por lo que ellos consideran mi enfoque iconoclasta. Aunque Barry es sólo uno de ellos. Y como he dicho, nunca ha seguido uno de mis cursos. No parece creer que el cine sea una asignatura seria.

—Bueno... supongo que me han llevado a pensar lo contrario —respondió el señor Hood. Parecía ligeramente decepcionado, quizá un poco sorprendido.

Preguntó a Ali si la podía invitar a cenar en el hotel, ya que se hacía tarde y de todos modos la había entretenido durante tanto tiempo. Pero primero, si no le importaba, quería llamar al hospital para ver si... había alguna novedad.

Durante la cena en el comedor del hotel recubierto de madera de nogal alumbrado por velas, Ali empezó a sentirse más relajada. Ofreció información sobre Barry que tendría que haber dado al señor Hood. Uno de los rasgos «distintivos» de su hijo, dijo, era su honestidad, que podía resultar muy brusca. Y con frecuencia hacía preguntas retóricas —«¿Por qué hay Algo en lugar de Nada?», la pregunta de Heidegger—, dijo Ali. El señor Hood le pidió que repitiera aquello pero no hizo comentario alguno.

—Otra pregunta que recuerdo es: «¿Conseguimos lo que nos merecemos o nos merecemos lo que conseguimos?» —añadió Ali. Hizo una pausa, sintiéndose bastante nerviosa por un momento. Marcus Hood la miraba tan fijamente—. En realidad es una pregunta profunda, si se piensa con detenimiento.

El señor Hood acababa de encender un cigarrillo aunque todavía tenía comida en el plato. En la suave luz color sepia, su cabello parecía tan nítido como plata finamente repujada; sus ojos se mostraban ensombrecidos. Dijo, al tiempo que expulsaba el humo por los orificios de su nariz como si suspirara:

—Es una pregunta profunda... Que me parta un rayo si yo sé la respuesta.

Hacia el final de la cena contó una historia a Ali, algo que ocurrió cuando Barry tenía diez años. Su propósito era, dijo, demostrar la pérdida de su propia integridad. «Para que sepa que, cuando digo que he sido un mal padre, estoy diciendo la verdad...» Sus palabras sólo sonaban un tanto arrastradas.

Resultó que Elise, la hermana mayor de su esposa, Lynda, fue a visitarles a Rye, Connecticut, donde vivían por entonces; se trataba de una mujer guapa y muy inteligente pero, por desgracia, irremediablemente neurótica; la familia solía decir que era «muy nerviosa».

—Elise empezó a afectar a nuestro hogar de varias formas perjudiciales casi de inmediato —dijo el señor Hood—. Acumuló facturas de teléfono exorbitantes. Usó la tarjeta de crédito de Lynda falsificando su firma. Recorría los bares y hoteles para ligar (salía con hombres negros de las embajadas del Tercer Mundo) y desaparecía durante días. A Lynda, que tenía sus propios problemas, le aterraba que encontraran a Elise muerta en la habitación de algún hotel. La mujer era una mentirosa patológica y sin embargo no podías evitar creerla; tenía cierto poder carismático. Pero no, no me enamoré de ella, ni siquiera tuve una aventura con ella, si es eso lo que está pensando —dijo con una sonrisa inesperada—. De hecho, yo estaba de viaje la mayor parte del tiempo, como de costumbre; intenté mantenerme alejado del problema. No fui yo quien invitó a Elise a que pasara una temporada con nosotros y creía que no era yo quien tenía que pedirle que se marchara. Y sin embargo, debería haber sabido que era una situación enfermiza para Barry —hizo una pausa, suspiró, se frotó los ojos con los nudillos—. Bueno, esto fue lo que ocurrió: resulta que un día Elise estaba acariciando a mi hijo de cierta forma. Aquella mujer, ¡de treinta y cinco, treinta y seis años!, estaba desnudando a un niño de diez y le acariciaba de forma íntima. ¡Puede imaginar algo tan perverso, tan enfermizo! Evidentemente, hacía meses que ocurría.

—¿Cómo lo descubrió? —preguntó Ali.

—Fue Lynda. Por accidente. Los encontró juntos en la casa de la piscina, pero Elise lo negó todo, por supuesto. Siempre ha sido una magnífica mentirosa. Fría y afable, mientras que Lynda se pone histérica a la menor provocación, ¡vaya par! Elise dijo que ella tan sólo ayudaba a Barry con su bañador, y Barry la interrumpió y también dijo que así era. Lynda estaba algo bebida y se produjo una terrible pelea y cuando llegué a casa Elise se había ido; se había mudado. Pero el daño ya estaba hecho; Lynda sólo había empeorado las cosas con su histeria.

—Pero ¿Barry lo negó?

—No sabía qué «negar»; era tan pequeño. No tuve valor para interrogarle.

Ali dijo con cautela:

—Está claro que es una historia perturbadora, si de verdad ocurrió como dice su esposa, aunque no acabo de ver por qué tiene que culparse, señor Hood —se había tomado un

127

segundo tranquilizante antes de la cena; había bebido bastante. Estaba colocada pero lúcida—. Y puede que su cuñada fuera inocente como dijo. ¿Cómo puede saberlo realmente?

—Lynda juró que había ocurrido como me explicó. Y estaba tan disgustada que debió de haber visto algo —Ali sabía que era mejor no caer en lo que debía de ser una vieja disputa con el señor Hood. Él añadió—: En todo caso, dejando aparte la histeria femenina, la culpa es mía por permitir que las cosas se vinieran abajo. Por no saber o no querer saber lo perturbado que estaba mi hogar —durante un doloroso momento, Ali sintió como suya la repugnancia que aquel hombre sentía por él mismo.

—Pero ¿cómo podía saberlo? —insistió—. Estaba de viaje —Ali estaba inundada de sentimientos, llena de ellos; su piel parecía cálida, húmeda, sudorosa. Era consciente de que sus anillos brillaban a la luz de las velas. Dijo impulsivamente—: Todos somos culpables de comportarnos de forma que no nos gusta de vez en cuando. Después de todo somos humanos —hizo una pausa, sonriente. Intentó imaginarse qué aspecto tenía a ojos de Marcus Hood—. Es la condición humana, la falibilidad.

—Es usted muy amable, Ali, muy generosa, pero... no creo que me comportara juiciosamente. Y por supuesto ha habido otras ocasiones, más de las que quiero recordar. Y me las tiene todas en cuenta, puede estar segura de ello.

—Barry no me parece una persona rencorosa —dijo Ali, no del todo sincera.

—Como dice, no lo conoce muy bien.

Ali se sentía generosa. Magnánima. Decidió contar al señor Hood una historia sobre algo que le ocurrió unos años antes: «Simplemente para demostrar mi propia falta de integridad».

Por entonces estaba casada, vivía con su marido, artista, en un loft en Greene Street. Entre su amplio círculo de conocidos se encontraban un escultor y su esposa, ambos de personalidad extravagante, muy populares en realidad; la esposa no menos que el marido. La mujer intentaba hacerse amiga de Ali de vez en cuando, pero Ali mantenía las distancias, temerosa de verse involucrada. Sabía que la pareja tenía problemas graves; y ella y su marido tenían los suyos propios. (El señor Hood escuchaba comprensivo. «Debió de casarse muy joven», dijo.) El escultor era un hombre violento, bebedor, se pensaba que incluso podría sufrir algún trastorno mental; y una noche, mientras discutían, su mujer se tiró, o fue empujada, por la ventana de su apartamento y murió como resultado de la caída de ocho pisos hasta el suelo. Ali pensó después que había sido una cobarde por alejarse cuando la mujer se acercó a ella. Se sentía enfermar por la culpa y el asco que sentía de sí misma, pero lo peor fue que el escultor dijo que su esposa se había suicidado, que se había tirado por la ventana durante la pelea, y la mayoría de sus amigos parecía creerle, solidarizarse con él. Es decir, los hombres se solidarizaron con él, le ayudaron a pagar la fianza.

—Hubo un funeral por la mujer y yo quería asistir —dijo Ali, su voz hinchada por la emoción—, aunque mi marido no me dejó ir. Dijo que no podía dar la impresión de que yo la apoyaba a *ella* y no a *él*. «Está muerta, él está vivo», insistió mi marido. «Y sabes que él es un hombre vengativo.» Discutimos amargamente, pero al final no fui al funeral como sí hicieron muchos de nuestros amigos. Hice lo que quiso mi marido porque fui demasiado cobarde para resistirme —el corazón de Ali latía de forma irregular; al contar aquella historia, se había asustado. Dijo con vehemencia—: Aun así prometí que sería la última vez que iba a permitir que un hombre me diera órdenes. Cualquier hombre.

El señor Hood había escuchado comprensivo. Posó la mano levemente sobre su brazo, para tranquilizarla. Dijo:

—Veo que está disgustada, es una historia desagradable, pero en realidad no creo que fuera una cobarde. ¿No está siendo muy dura consigo misma? Se enfrentó a su marido hasta cierto punto. Y después de todo, ese maníaco podría haberla matado a usted también. No me diga que sigue libre...

—El jurado lo absolvió —respondió Ali con voz temblorosa—. «Pruebas insuficientes», dijeron. ¡Imagínese!

Permanecieron sentados, mirándose, en silencio durante un largo período apasionado. La mano del señor Hood reposaba todavía, ligeramente, sobre el brazo de Ali. Sus labios se movían; sus palabras eran casi inaudibles.

—... pruebas insuficientes —susurró.

En el apartamento de Ali, el padre de Barry volvió a telefonear al hospital. Mientras preparaba las bebidas en la cocina, Ali podía oír su agresiva voz inquisitoria, pero no lograba descifrar sus palabras. Al salir de la cocina lo vio de pie inmóvil, mirando el suelo fijamente con una sonrisa burlona.

—¿Hay alguna novedad? —preguntó ella.

Se encogió de hombros malhumorado y tomó una de las copas de su mano.

—Ninguna —respondió.

En el salón de Ali, meticulosamente decorado, caminaba de arriba abajo sin querer sentarse. Examinó los pósters de películas enmarcados, las numerosas fotografías, las estanterías de aluminio repletas de libros y cintas de vídeo. Sobre el televisor de Ali se encontraba la cinta de *Nosferatu* de Murnau; el señor Hood la cogió distraídamente y contempló la llamativa ilustración de la tapa.

—¿«Una historia clásica de vampiros»? —dijo.

Ali respondió deprisa:

—Estoy escribiendo un ensayo sobre el *Nosferatu* de Herzog, comparando las dos versiones —como si aquello lo explicara todo.

El señor Hood dejó la cinta sin hacer comentario alguno.

El apartamento de Ali se encontraba en el duodécimo piso de un rascacielos a unos kilómetros del campus universitario. Lo alquiló sobre todo porque daba a un pequeño lago y a una sucesión de colinas cubiertas de pinos, pero por la noche el salón parecía bastante estrecho y apretado. Se preguntó qué impresión daría a ojos de Marcus Hood, con su elegante traje gris de rayas, Marcus Hood de Washington y del Departamento de Estado —el padre «triunfador» de Barry—, mientras él daba vueltas escudriñando en los rincones.

—Una casa agradable —dijo—. Supongo que vive sola.

Ali respondió afirmativamente. Vivía allí sola, siempre lo había hecho.

Tenía los labios fruncidos y los orificios de la nariz hinchados mientras respiraba con pesadez, de forma audible. La piel estaba sonrojada de manera irregular aunque, al igual que Ali, aguantaba bien el alcohol.

Con voz despreocupada dijo, mientras se giraba hacia Ali con una sonrisa:

—Sabe, señorita Einhorn, Ali, el otro día leí el diario de mi hijo, o como sea que lo llame, pensé que sería mejor. Y en él hay mucho sobre usted. Sobre... usted y Barry —hizo una pausa, sonriendo todavía—. Supongo que en gran parte es una fantasía. ¿O una total fantasía? ¿La fantasía erótica de un niño? ¿Ese tipo de cosas?

Ali respondió sin alterarse:

—Como no he leído el diario, no sé a qué se refiere, pero creo que sí, estoy segura, probablemente sería algo así. Una fantasía —tomó un copioso trago de su bebida y sostuvo el vaso bajo y grueso firme en sus manos—. Barry tenía, *tiene,* una imaginación extraña. Una imaginación viva.

—Una maldita imaginación *mórbida* —dijo él con cierto acaloramiento—. Pero ya hemos hablado de ello.

A partir de ese momento las cosas se volvieron confusas. Ali no recordaba después lo que había ocurrido exactamente. Debieron de hablar sobre Barry un poco más; luego el señor Hood empezó a acusar a su esposa, que era una alcohólica del peor tipo, del tipo que en realidad no quiere curarse: «¡Ni siquiera sé dónde está! Barry intenta suicidarse, ¡y yo ni siquiera sé dónde está! Puede que incluso esté con Elise, ¡tal para cual!». De repente, sin previo aviso, el señor Hood rompió a llorar, descompuesto, sollozando, estrechando a Ali entre sus brazos.

La abrazaba con tanta fuerza que ella temía que le quebrara las costillas. Apenas podía respirar. Intentó apartarlo:

—Señor Hood, por favor... Me hace daño... *por favor...*

Tropezaron juntos como una pareja borracha. El vaso de Ali cayó al suelo con estrépito.

—Eres tan buena, tan amable, eres la única persona decente —decía el señor Hood exageradamente, ahogando su rostro en el cuello de ella—, la única persona decente en mi vida. Eres tan hermosa —Ali, del todo sorprendida, experimentó tanto una sensación de pánico como de euforia. Intentó liberar los dedos de él, trató de separarse de él sin violencia, pero él la sostenía con firmeza. Su cuerpo parecía enorme, latiendo de dolor y celo. Sollozaba sin poder contenerse, en un verdadero delirio de deseo, loco por ella, susurrando—: Tan buena, tan tierna. Tan hermosa. Una mujer bella, bellísima... —mientras la estrechaba con fuerza, como un náufrago.

Así que Ali pensó como tantas otras veces, ¿por qué no?

En su cuarto de baño, a las tres y veinte de la madrugada. Ha cerrado la puerta tras ella por superstición, aunque el señor Hood duerme en su cama y seguirá haciéndolo durante mucho, mucho tiempo: Ali conoce los síntomas. Se soltó de sus brazos, sudorosa y a hurtadillas, tambaleándose por el suelo embaldosado para llegar a la seguridad del cuarto de baño donde, escondidos tras un bote de Advil, se encuentran los restos de un pequeño suministro de cocaína que su amante de Nueva York le trajo la semana anterior. También tiene un pequeño alijo de metanfetamina de cristal pero incluso en su estado de desorientación se da cuenta de que puede que esté contraindicada en este caso. Un error psicofarmacéutico.

«La muerte, querida», dice sabiamente en una voz que no es la suya. En brazos del señor Hood, bajo el cuerpo desesperado y vigoroso de éste, sintió quizá un pinchazo de placer que se disipó casi de inmediato para ser sustituido por una sensación de agitación en la parte trasera de la cabeza, revolviéndose y chillando como los centenares de monos de la muerte que invaden la balsa de Aguirre al final. Sigue oyéndolos en el cuarto de baño, con la puerta cerrada.

Sólo quedan unos pocos granos de coca y pensaba que habría más. Extiende los brillantes polvos blanquecinos por el espejo intentando no preocuparse porque le tiemblen tanto las manos.

Cuál es la diferencia entre algo y nada, piensa Ali. Está cerrando los ojos, inhala con fuerza.

Después de unos minutos, sus manos ya no tiemblan. O si lo hacen, ya no es visible.

Desnuda bajo su bata desatada, con el cabello en el rostro, jadeando, se arrodilla en el suelo y apoya la frente contra el borde de la bañera. Susurra:

—Barry, vamos a salvarte. Barry, vamos a salvarte. Barry...

Al abrazarlo podía ver su esqueleto temblando dentro del envoltorio de piel, como dicen que los supervivientes de Hiroshima podían ver sus huesos a través de la carne cuando explosionó la gran bomba. Cuando lo abrazó con fuerza, con mucha fuerza, los ojos cerrados firmemente triunfales.

Le duelen los senos y no quiere recordar el motivo. También le duelen los muslos. Gruesas protuberancias carnosas en la curva de sus caderas que no soporta contemplar o tocar, y sin embargo le dicen que es hermosa, un grano de uva madura y suculenta de Concord. La cabeza se le aclara rápidamente debido a la avalancha de la preciosa nieve y puede ver las cosas con una lucidez extraordinaria. La metadrina le resulta útil si no se siente precisamente bien los días de clase; necesita esa ventaja diabólica, esa energía blanca candente durante cincuenta minutos, no para pasar el rato como los chicos, sino por motivos terapéuticos, para volver a ser la Ali Einhorn más parecida *a sí misma,* no una vaca hija de puta, triste y rezagada. Después, un Librium o dos para volver a tranquilizarse si no puede dormir. Pero no hay nada como la coca, y prácticamente solloza con alivio y gratitud, presionando su frente contra algo duro y blanco y frío e inerte.

—Barry, vamos a salvarte. Barry, vamos a salvarte.

Son las 4.10, y Ali regresa a tientas a la habitación donde un hombre está acostado en el centro de su cama respirando con largas pinceladas profundas y entrecortadas. ¿Es asmático, tiene algún leve problema de corazón, morirá en sus brazos algún día? Le ha dicho que la quiere; le ha dicho que se siente tan solo que no puede soportarlo; ¿puede creerle? Una sabia voz se hace oír sobre la suya: «Reposa con el sueño clemente del olvido, no lo despiertes». Ali no tiene intención de hacerlo.

Permanece de pie junto a la puerta, los dedos desnudos de sus pies flexionados contra el suelo. Es de madrugada, pero todavía pasarán unas horas hasta que salga el sol. Las blancas paredes de la habitación relucen suave, misteriosamente, como si se encontraran en la distancia. Se siente bien, de hecho se siente muy bien, otra vez con la situación bajo control y contemplando las opciones que tiene ante sí. ¿Volver a la cama? ¿Meterse en ella sin hacer ruido junto al señor Hood y tratar de dormir? ¿O debería acostarse en el sofá del salón, o intentarlo, como ha hecho en el pasado siempre incómoda? ¿O debería renunciar por completo a la idea de dormirse? Se ve a sí misma en ese largo *travelling* al final de *Viridiana* de Buñuel. Todas las cartas han sido repartidas pero ¿cuál es su mensaje?

Físico

—¡Buenas noticias!

El doctor de Temple sonreía, al tiempo que echaba un vistazo a un manojo de radiografías y entraba a la sala de espera donde éste estaba sentado, temblando. Temple pensó: *Entonces no es cáncer linfático.*

¿Lo que sufría era... un fuerte espasmo muscular en la parte superior de la nuca?, ¿un estiramiento excesivo de los ligamentos?, ¿una posible hernia discal? Temple escuchó con la debida muestra de interés. Resultaba algo surrealista que Freddie Dunbar, a quien conocía del club de tenis de Saddle Hills, fuese quien le comunicara la noticia, Dunbar, cuyo juego de tenis era obstinado, mediocre. Los latidos del corazón de Temple se aceleraron cuando Dunbar entró en la sala portando lo que éste había asumido que era su sentencia de muerte («¡Mmm! Las glándulas linfáticas parecen estar hinchadas, eso no es bueno», susurró Dunbar sobresaltado durante el examen físico anterior a los Rayos X), pero ahora que las noticias eran buenas en lugar de malas, el corazón de Temple volvía a la normalidad, o a lo que pasaba por normalidad. Temple viviría. Después de todo, sólo se trataba de un problema físico.

La antigua esposa de Temple (cómo sonaba aquello a «antigua vida») le acusó de no importarle si vivía o moría. Pero en realidad se refería a que no le importaba si era su matrimonio el que vivía o moría. (¿Cierto? Temple lo negó categóricamente.) Era sólo que, después de los cuarenta, Temple se había convertido en uno de esos hombres que en la madurez se lanzan a las actividades físicas —en su caso, correr, montar en bicicleta, jugar al tenis, practicar el esquí de descenso— con la avidez de un joven, cuando los hombres creen no sólo que son inmortales sino que sus cuerpos están protegidos por un aura sagrada. «¡A mí no! ¡A mí no! No me pueden parar, ¡a mí no!» Ahora Temple tenía cuarenta y cinco años —no, cuarenta y seis: su cumpleaños, que llegó sin aviso, había sido el sábado anterior— y no contaba con menos energía o entusiasmo —¡podría jurarlo!— pero parecía que le pasaban algunas cosas. Como si le hubiera caído un rayo, él no tenía la culpa. Un accidente de esquí en Vail, el tobillo escayolado durante semanas el invierno pasado; una caída en la pista de tenis, magulladuras y cortes en el antebrazo izquierdo. Y su problema de corazón (sin importancia pero molesto). (No lo indicó en el formulario médico que rellenó en la recepción. Dunbar se dedicaba al cuello, no era cardiólogo.) Y suponía que también este último problema era por el tenis, dolor constante en el lado izquierdo de la nuca.

¿Por qué un dolor de cuello, igual que un dolor de almorranas, era una especie de broma tonta? Temple llevaba sufriéndolo once semanas, y no era ninguna broma.

Dunbar sostenía las radiografías ante la luz para que Temple las examinara si así lo deseaba, mientras hablaba del problema físico de Temple con voz comedida, atenta. Era una voz que Temple conocía bien, ya que la empleaba con frecuencia: de un profesional a otro. De hombre a hombre. Sobre todo, era la voz cariñosa a la vez que magistral que los doctores emplean en escenarios de ese tipo —las nuevas e impresionantes dependencias del instituto de espalda y cuello de Saddle Hills— para adelantarse al miedo nervioso de los pacientes a tener algo que ver con el pago de esos lujos. Temple, un promotor inmobiliario de cierto éxito durante los ochenta, sabía cuál era el precio de un edificio de gran calidad como aquél diseñado por encargo: un enorme terreno ajardinado, una construcción octogonal de dos plantas con un vestíbulo y numerosos detalles elegantes en el solárium, con azulejos de diseño español. La sala de espera, para dar cabida a los pacientes de los ocho socios doctores del instituto, era tan espaciosa y elegante como el salón de un hotel de lujo. De hecho, al principio Temple se perdió al entrar en el edificio, deambulando por el vestíbulo hasta llegar al ala de fisioterapia. ¡Tantas máquinas elegantes y relucientes! ¡Tantos asistentes jóvenes y atractivos, en la recepción y por toda la unidad! A través de una mampara de vidrio, una piscina de agua de un imposible color verde mar brillaba como el cristal. Había árboles de plástico en macetas, elegantes cuadros abstractos colgados de la pared al estilo de Frank Stella. De unos altavoces invisibles emanaba rock blando mientras hombres y mujeres de aspecto sombrío levantaban pesas, pedaleaban obedientes en bicicletas fijas, permanecían tumbados en el suelo sobre colchonetas e intentaban, bajo el estricto escrutinio de las terapeutas, elevar partes de sus cuerpos que parecían, a ojos de Temple, inquietantemente pesadas. Temple advirtió con interés que todos los terapeutas eran mujeres. Y jóvenes. Vestidas de blanco con elegantes pantalones, túnicas de algodón con sus nombres bordados en rosa sobre el seno izquierdo. Una joven con el cabello rizado que caminaba con paso rápido y los brazos cargados miró en dirección a Temple con una breve sonrisa, ¿lo conocía? Otra, que supervisaba solícita a un hombre de aspecto lastimado de la edad de Temple mientras éste intentaba, con el rostro retorcido por el dolor, hacer una única flexión, tenía los rasgos de una muñeca de porcelana y el pelo del color del sorbete de albaricoque. Pero fue una chica menuda de cabello oscuro la que llamó la atención de Temple mientras, tiesa como el palo de una escoba, aplicaba un masaje en la nuca a una mujer que yacía sin fuerzas boca abajo en una camilla; una chica guapa aunque no hermosa, con el cabello oscuro propio del Mediterráneo y la piel olivácea con algunas imperfecciones. Temple la compadeció. En Estados Unidos ya no se veían chicas con la tez llena de granos, ¿dónde estaban?

—Es habitual —decía Freddie Dunbar—. ¿Dices que has estado volando mucho últimamente? Esto es lo que supongo: pillaste una infección vírica a causa del aire viciado que circula sin cesar en los aviones, se asentó en los músculos del cuello que ya estaban tensos por el esfuerzo excesivo y una mala postura. Una vez se produce un espasmo muscular como el que sufres, puede tardar bastante en reponerse.

—¿Mala postura? —preguntó Temple dolido. Enderezó sus hombros al instante, levantó la cabeza—. ¿Cómo puedes suponer eso, Freddie?

—¿Suponerlo? Lo veo.

Dunbar era un hombre bajo, vivaz, enjuto y fuerte que quizá fuera unos años menor que Temple. Tenía los ojos de color gris espectral y una sonrisa agradable aunque comedida; Temple tendría que reevaluarlo en vista de su inversión de varios millones de dólares en medicina. Se sentó al borde de la camilla para hacerle una demostración.

—Ésta es la postura correcta, ¿ves? En la parte trasera del cuello, lordosis cervical se llama... —le tocaba la nuca, la cabeza levantada y la barbilla levemente retraída—, una pequeña curvatura hacia adentro. Y aquí, en la parte inferior de la espalda, una curvatura similar. Cuando tienes una postura desgarbada como hasta ahora, todo se encorva, la cabeza sobresale y se produce una tensión considerable en los músculos del cuello. Y si estos músculos se han infectado o lesionado de algún modo, la lesión puede empeorar y resultar bastante dolorosa. Tu músculo ha sufrido un espasmo. La radiografía muestra una especie de nudo.

La postura torpemente corregida de Temple hacía que el cuello le doliera aún más. Se dio un masaje en el músculo dolorido de la parte posterior de la cabeza.

—Un nudo —dijo perplejo—. ¿Cómo se deshace?

Dunbar dijo, no sin amabilidad:

—Para eso estamos aquí.

La consulta había acabado. No había parecido apresurada, y sin embargo sólo habían transcurrido ocho minutos. Temple había pasado la mayor parte de aquella hora en la unidad de Rayos X. Dunbar escribió rápidamente la receta de un relajante muscular —«No bebas alcohol mientras lo tomes, Larry, y conduce con cuidado, ¿vale?», como si hubiera que advertir a Temple de una medida tan elemental— y otra para que Temple la llevara a la clínica de fisioterapia que había en la planta de abajo. De alguna forma, Temple tendría que recibir tres sesiones de fisioterapia a la semana hasta que le remitiera el dolor.

Los hombres se estrecharon la mano, como si Dunbar, el jugador más débil, hubiera ganado contra todo pronóstico después de un partido de tenis. Fue sólo entonces cuando preguntó, su expresión levemente cambiante, los ojos iluminados:

—Y Larry, ¿cómo está Isabel?

—¿Quién?

—¿No es ése el nombre de tu mujer, de tu ex mujer? ¿Isabel?

—Ah, te refieres a Isabelle —Temple dio al nombre la entonación francesa que Isabelle prefería. Contestó fríamente—: Me temo que no lo sé, Freddie. Isabelle se mudó a Santa Mónica después del divorcio y volvió a casarse. Hace más de tres años que no hablamos por teléfono y más de cinco que no la veo, salvo en compañía de los abogados. En cuanto a mi hijo Robbie, parece que no tenemos comunicación alguna.

Temple se había quedado sin aliento, enfadado. Todavía le dolía el comentario burlón sobre su mala postura y no podría haber dicho si le molestaba que Dunbar hubiera preguntado por Isabelle o tan sólo que lo hubiera hecho al final, cuando estaba a punto de irse. Y Temple sabía, incluso antes de entregar su tarjeta Visa en la recepción, que le cobrarían vergonzosamente más de la cuenta: ¡338 dólares por la consulta! La elegante joven que procesó su factura le sonrió nerviosa.

—Señor Temple, ¿se encuentra bien?

—Gracias, estoy bien, me muero de dolor —respondió Temple, sonriendo como solía hacer, de forma afable y encantadora—. De hecho, tengo un *espasmo*. Suena sexual pero no lo es. Siempre camino con la cabeza bajo el brazo.

De camino a la primera planta pensaba que sencillamente se iría, se subiría al coche y se alejaría conduciendo, ¡qué demonios! Mejor dejarlo cuando sólo le había costado 338 dólares. Los problemas físicos le avergonzaban. Siempre había sido una persona sana, irreflexiva, bastante inteligente, con reputación de perspicaz en algunos ámbitos, e incluso más que perspicaz, pero no neurótico. Nunca se había sentido cómodo hablando de cuestiones físicas. Y tampoco «espirituales». Como cuando Isabelle intentó convencerle de que hiciera testamento. «Es algo que hay que hacer —había dicho de forma provocadora—, como la muerte misma». La mujer sabía cómo fastidiarle, disgustarle. Formaba parte de su estilo. Pero Temple había estado tan ocupado ganando dinero durante aquellos años que había retrasado la reunión con su abogado hasta que al final fue demasiado tarde y él e Isabelle necesitaron dos abogados en bandos opuestos para negociar la ruptura y el ingenioso desmantelamiento de su matrimonio de trece años y sus considerables bienes. Ahora que volvía a estar soltero y que, de hecho, ni siquiera era padre, Temple seguía sin hacer testamento; aunque tenía la intención de hacerlo pronto. Dudaba que fuera a morir antes de los cincuenta.

Sudaba mientras se estremecía por el dolor en el cuello y la cabeza. No estaba furioso con ese estafador engreído de Dunbar, sino con Isabelle, su ex mujer. *Maldita seas: qué forma de tratar a un hombre que te quería. Estaba loco por ti y ¿qué conseguí con eso? Una patada en los dientes, en el cuello. En las pelotas.*

A pesar de la codeína del relajante muscular, que había regado con cerveza, Temple había pasado una noche terrible. A solas con su «ser físico».

Derrotado, a la mañana siguiente se presentó en la clínica de fisioterapia del instituto de espalda y cuello de Saddle Hills y, después de una espera nerviosa de cuarenta minutos, le asignaron una terapeuta.

—Hola, ¿señor Temple? Soy Gina. Si tiene la amabilidad de pasar.

Mareado por el dolor, Temple miró con los ojos entrecerrados a quienquiera que fuese con la ecuanimidad sombría de un condenado al saludar a su ejecutor. Vio a la joven menuda con el cabello oscuro y fino que le llegaba a los hombros, la piel olivácea y los ojos muy oscuros de tupidas pestañas. GINA en letras rosadas sobre su seno izquierdo. Los latidos de su corazón se aceleraron. ¡Era ridículo!

Temple era un hombre asediado por las mujeres. Un hombre acomodado y solitario de Saddle Hills, Nueva Jersey. No estaba dispuesto a enamorarse de una fisioterapeuta sin apellido.

La joven hizo que Temple la siguiera, más rápidamente de lo que él podía hacerlo con comodidad; una punzada de dolor le atravesó el cuello. Por la amplia y espaciosa sala en forma de L, más allá de ingeniosas máquinas de tortura con poleas, anillas, barras, pedales, en las que se ayudaba a hombres y mujeres temblorosos, víctimas de problemas físicos, cuyo horrible deterioro muscular y neurológico sólo podía imaginarse. Temple no quería mirarlos fijamente. Temía encontrarse con algún conocido, y que alguien lo viera y lo reconociera. Un joven musculoso estaba de pie sobre un curioso disco, sujetando una barra e intentando con todas sus fuerzas guardar el equilibrio; el terror brillaba en sus ojos mientras las piernas le fallaban, empezó a caer y dos ayudantes lo sujetaron por debajo de los brazos con destreza. Otro hombre, de la edad de Temple, con el cabello grueso y tupido y con entradas muy parecido al de Temple, gemía tumbado sobre una colchoneta tras desplomarse en medio de un ejercicio. Problemas de espalda, supuso Temple. Graves problemas de espalda. Retiró la mirada rápidamente.

—Por aquí, señor Temple. ¿Quiere que le ayude a tumbarse o puede hacerlo usted solo?

Gina cerró la puerta: gracias a Dios, se encontraban en una habitación privada. Temple se encaramó y se estiró, sin ayuda, en un camilla acolchada de dos metros y medio; una toalla caliente y enrollada debajo de su nuca, situada justo bajo el hueco dolorido de su cuello. Cerró los ojos, terriblemente avergonzado. Estirado así, boca arriba, se sintió... desprotegido. Un escarabajo patas arriba. *¿Qué veía aquella joven, qué pensaba?* Por suerte, las crisis de los últimos meses habían acabado con la mayor parte del sobrepeso que Temple acumulaba en la cintura y en la tripa: casi ochenta y dos kilos en poco menos de metro ochenta; los músculos de la zona superior del cuerpo seguían siendo bastante sólidos, Temple no parecía —¿verdad?— un fracasado. Llevaba una camiseta y unos pantalones de algodón recién lavados, zapatillas de deporte. Se había duchado y afeitado a toda prisa hacía menos de una hora y la mandíbula le escocía agradablemente. Sabía que de pie era un hombre bastante atractivo; cuando tenía un buen día, parecía mucho más joven. Pero hoy no era uno de ellos. La noche anterior no había dormido más de dos o tres horas. Tenía los ojos marcados por el cansancio y delicadamente hilvanados de sangre. Le tocó en lo más vivo que una joven, una extraña, lo viera en un estado tan debilitado y degradado.

—Señor Temple, por favor, intente relajarse.

La voz de Gina era intensa, ronca. Amable. Temple no abrió los ojos cuando ella empezó a «estirarle» el cuello, como le había explicado, de pie detrás de él, sujetando la base de su cráneo y tirando de ella suavemente al principio, después con más fuerza. El tacto de una mujer como marfil contra su piel ardiente. ¡Dios mío! Pensó en las masajistas, las prostitutas. Pero no: aquélla era una terapia recetada por Freddie Dunbar, el especialista en dolencias del cuello. Era algo legítimo, real. Temple se tensó a la espera de un terrible dolor y casi no daba crédito al hecho de no sentirlo. Se obligó a respirar profundamente y poco a poco comenzó a relajarse.

—Ahora retire la cabeza, por favor. No, así. Más lejos. Mantenga la postura y cuente hasta tres. Relaje los músculos y repítalo diez veces.

Temple siguió las instrucciones sin cuestionarlas. Después, Gina empezó a masajear los músculos «anudados» en la base de su cráneo, lentamente a ambos lados de su cuello, bajando por sus hombros y volviendo a subir de nuevo. En el músculo lesionado, los dedos causaron un dolor candente y Temple gritó como un animal apaleado.

—¡Lo siento, señor Temple! —susurró Gina. Los dedos lo soltaron a toda prisa como si sintiera remordimientos.

Estaba loco por ti y ¿qué conseguí con eso?

Un circuito agotador de ejercicios. Diez repeticiones invariables. Una y otra vez.

Retiró la cabeza, dobló el cuello hacia un lado. Boca abajo, sentado, boca arriba otra vez. Cuando gemía en voz alta, Gina decía suavemente, como si le hablara con reprobación.

—Al principio es normal que duela más. Vaya despacio.

Temple se dio cuenta de que flotaba en una isla de dolor que burbujeaba con arena blanca. Una de las numerosas playas de arenas blancas de los complejos hoteleros del Trópico de la última época de su matrimonio. E Isabelle junto a él. Mientras no la mirara, ella permanecería allí. El suave cuerpo cálido y cubierto de crema de una mujer, el olor iluminado por el sol. Cuando abrió los ojos, parpadeando, Isabelle había desaparecido. Pero la arena deslumbrante seguía allí. Arena cegadora. Una isla de dolor de la que partía, de la que se alejaba en las frías aguas turquesa que lo acariciaban, y a la que regresaba; regresaba al dolor burbujeante y deslumbrante, y volvía a partir, alejándose de nuevo y volviendo una vez más. Regresaba siempre. Los hábiles dedos de una mujer le colocaban un grueso collar ceñido alrededor de su cuello por el que circulaba (Temple se dio cuenta de ello poco a poco) agua caliente. Quince minutos. Temple sudaba, jadeaba; observaba su dolor mientras desaparecía, la tensión se disolvía como hielo derretido. Los ojos se le llenaron de humedad. No estaba llorando, pero su vista se había inundado. Jadeaba de felicidad, de esperanza. La joven terapeuta de blanco se encontraba junto a la camilla anotando algo en una carpeta. Sólo entonces Temple le lanzó una mirada de reojo; probablemente tendría unos veinticinco años, era delgada, de huesos menudos, con ojos oscuros y pestañas tupidas y una nariz estrecha y de punta fina. Su tez no era perfecta y sin embargo no podría decirse que estuviera llena de imperfecciones, minúsculos granitos en el nacimiento del cabello, como urticaria. Tenía la piel sensible, ¿y qué? No como la máscara cosmética suave y sin poros de Isabelle y de sus glamurosas amigas.

—¿Se siente mejor, señor Temple?

—Sí.

—Estaba usted muy tenso cuando llegó. Pero por fin se ha relajado.

—Así es.

Temple hablaba efusivamente. Quería gritar, romper a reír.

Deseaba tomar a Gina por las caderas, sus delgadas caderas, y enterrar su rostro acalorado contra ella. De repente, la vida parecía tan sencilla, tan maravillosa.

Se fue con un cuadro de instrucciones para hacer unos ejercicios en casa y una cita con Gina dos días después por la mañana. En secreto tenía pensado no regresar; ¡las sesiones costaban 95 dólares por cuarenta y cinco minutos! Y con toda certeza no iría a ver a Dunbar otra vez en una semana, como quería Freddie. No se llega a ser millonario desperdiciando el dinero.

Lejos de ser un fracasado, Temple era un triunfador. Uno de los triunfadores del mundo que se había convertido, para su sorpresa, en uno de los adultos del mundo. Era cierto que en otra vida había sido pobre. No había otra forma de describirlo: pobre. Un pobre de un condado rural al noroeste de Pennsylvania, de una familia pobre. De pequeño sus posibilidades de futuro debieron de ser pobres. Y sin embargo, de niño Temple no parecía saberlo. Estaba tan impaciente, tenía tanta esperanza y era tan —¿qué palabra solía decir Isabelle?— *aprovechado*. «Un hombre que sabe cómo aprovechar —decía—. Aprovechaba y no dejaba ir». Aunque finalmente dejó ir a Isabelle.

La historia que Temple se contaba a sí mismo y a los demás era la de un niño soñador que ascendió desde una granja en Erie, Pennsylvania, como si hiciera autostop por el vacío hasta su destino: Saddle Hills, Nueva Jersey. No estaba claro cómo había aprendido su negocio, que esencialmente consistía en tomar dinero prestado para ganar dinero; y en todo caso no era parte de la historia. Lo que decía de sí mismo podría haberlo ilustrado Norman Rockwell para el viejo *Saturday Evening Post*. Un rostro repleto de pecas, una sonrisa desdentada. Intensos ojos marrones, un comportamiento y un apretón de manos sincero. En otra época era tan atractivo que las mujeres le miraban y le sonreían burlonas como si lo conocieran. Desde su cuarenta cumpleaños aproximadamente, cuando empezó a tener entradas y unas arrugas afiladas comenzaron a aparecer entre sus ojos, aquello ocurría pocas veces. A no ser que las mujeres supieran cómo se llamaba, y, al saber su nombre, supiesen quién era. Y esperaran que él les devolviera la sonrisa.

Durante la época del divorcio, Temple empezó a sufrir unos extraños «síntomas» cardíacos. Un latido errático y nervioso. Un corazón acelerado. Una sensación de hipo en el corazón. Así que comenzó a tomar un medicamento para el corazón, Digoxina. Le habían llevado a creer que su enfermedad no era grave. Pero podía resultar vergonzosa. Al hacer el amor, por ejemplo, mientras intentaba llegar al orgasmo, si se liberaba demasiada adrenalina en su sangre, podía desencadenarse una fibrilación en su corazón. Temple no iba a morir; en todo caso, ¡aún no había muerto! Pero un ataque podría llegar a durar una hora y no era una experiencia reconfortante ni para Temple ni para su amante, quienquiera que fuese.

—¿Por qué? Para ayudar a la gente, supongo. Para desempeñar un papel en la recuperación de una persona.

Durante aquella segunda sesión de terapia, Gina hablaba con mayor soltura. Estiraba el cuello de Temple con la misma suavidad pero de forma contundente, le masajeaba los «tejidos blandos» en la base del cráneo, le colocaba el extraordinario collarín por el que circulaba agua hirviendo tan nutritiva como la sangre. («¿Está lo bastante ajustado? ¿Está muy ceñido?», había algo inquietantemente íntimo, incluso erótico, en que le ajustara aquello. Sólo un poco más de presión en las arterias del cuello y la cabeza de Temple estaría tumefacta.) Éste hacía preguntas a Gina en parte para distraerse de su dolor y en parte porque tenía la costumbre de preguntar a los extraños que le intrigaban —¿cómo vive?, ¿cómo es su vida?, ¿hay algún secreto en ella que pueda ayudarme?—, pero principalmente se sentía fascinado por la joven. Al despertarse la noche anterior después de soñar nervioso, un sueño infectado de dolor como gotas de lluvia que caían a cántaros, había alguien de pie en silencio junto a su cama y ella alargó la mano para tocarle, para tranquilizarle con sus dedos fríos como el marfil. Unos dedos tan fuertes.

Gina decía de todo corazón:

—Sabía que quería ser fisioterapeuta desde... oh, sexto grado, quizá. Nuestro maestro recorrió la clase preguntándonos qué queríamos hacer de mayores y yo dije: «Ayudar a que los enfermos mejoren». Tenía un primo, un niño con fibrosis quística. ¡Siempre deseé haber podido ayudarle a andar! Durante una época quise ser enfermera, después médico, pero la verdad es que ellos no desempeñan un papel en la recuperación de una persona, durante un período de tiempo, como los fisioterapeutas —con cuánto orgullo hablaba, llena de timidez.

Desempeñar un papel. Una expresión curiosa. Evocaba un mundo en el que la gente desempeñaba papeles en las vidas de los demás y no tenían vidas propias al margen de aquello.

Quizá tenía sentido, pensó Temple. ¿Qué es un actor lejos de una obra de teatro? ¿Un papel? No puedes ser solamente la existencia cruda y pura veinticuatro horas al día.

—Nunca supe que quería ser algo, supongo —respondió Temple. *Salvo un triunfador*—. Es como... bueno... como enamorarse. Sencillamente puede ocurrir —*¡déjate de tonterías! ¿Quién andaba a la caza, negociaba, presionaba para conseguirlo?*—. Eh... ¿con cuántos pacientes trabaja cada día, Gina? —Temple intentó, por la exigencia del collarín de agua caliente, mantener su voz serena e informal.

—Diez, a veces doce. Depende.

—¡Diez! *¡Doce!*—a Temple le ardía la cara. No quería pensar que aquello fueran celos de carácter sexual. Cuando llegó aquella mañana, miró para ver al paciente de Gina de las nueve: un joven grandullón de unos treinta años con hermosos rasgos huraños, que llevaba un collarín y caminaba con paso inseguro y la ayuda de un bastón. ¡Un bastón! Tenía el cuerpo de un jugador de fútbol americano pero la mirada en los ojos del pobre idiota no era la que se asociaba con ese deporte. Temple apartó la vista rápidamente, con un estremecimiento—. ¿Y trabaja en la clínica cada día?

Gina dudó, como si aquellas preguntas se estuvieran tornando demasiado personales.

—Bueno, la mayoría de las semanas sí. No me gustan los días libres. Es decir, tomármelos. La gente necesita su terapia —hablaba casi con mojigatería.

—¿Y qué horario tiene?

Ella volvió a dudar. Boca arriba, Temple podía ver a la chica sólo indirectamente; el cabello negro ondulado que le llegaba a los hombros, el ángulo de su mandíbula. ¿Fruncía el ceño? ¿Como señal de desagrado? Respondió rápidamente:

—Lunes, miércoles y viernes de ocho a una; martes, jueves y sábados, de una a seis.

Temple respondió con una euforia exagerada:

—¡Eso es simetría!

—¿Qué?

Gina le había retirado el collarín —¡qué pena!— y ahora Temple estaba sentado, fortaleciéndose contra el dolor. Después llegó el momento de los temidos movimientos laterales de cuello: retirar la barbilla, bajar la cabeza lentamente hasta el hombro derecho, mantener la postura contando hasta tres, levantar la cabeza, ahora el hombro izquierdo, repetir una y otra vez. Los hábiles dedos de Gina estaban allí para ayudarle, ejercer presión para que Temple pudiera mantener la postura temblorosa. No había oído su comentario y él no lo repitió.

Igual que Isabelle. Como todas las mujeres. Si hablas de algo abstracto con ellas demasiado pronto se vuelven ausentes, incómodas. Incluso con la abstracción más inocente y juguetona.

Temple había intentado mantenerse alejado. Lo había intentado. Soportó dos noches espantosas antes de ceder y regresar aquí. La impredecibilidad del dolor así como su gravedad lo habían asustado. Y había descubierto al analizar la factura del instituto que en vez de pensar que era el cuello, debería haber pensado que era la columna vertebral. El diagnóstico oficial era «torcedura cervical de la columna vertebral». Aquello fue aleccionador.

Después, boca abajo. La frente sudorosa presionada contra una toalla enrollada. Temple se sentía de nuevo sumiso. Algo que ocurría en la unidad de terapia: allí eras todo cuerpo. Intentaba hacer «flexiones» con la cabeza: ¡Dios mío, qué torpe! Un aguijón de dolor blanco y derretido en su cuello. Era consciente, con una sensación de mareo, de los delgados muslos y caderas de Gina enfundados en sus pantalones blancos cerca de su codo. Susurraba palabras de ánimo como las que se susurraría a un niño al que se le está enseñando a usar el orinal.

Después boca arriba, entre jadeos. Sin resuello, como un caballo. Pero sin querer perder el control por completo, Temple comentó que creía haber visto a Gina por la noche, hacía unos días.

—¿En el centro comercial?, ¿en mi cine?

148

—¿Cine? —aquello llamó su atención. Como un precioso pez plateado ascendiendo hacia el cebo.

—El Cinemapolis, en el centro comercial. Soy el dueño.

Gina tomaba apuntes detallados en su carpeta. Temple estaba esperando a que ella respondiera, a que le mirara impresionada: *Vaya, después de todo eres alguien importante.* La mayoría de la gente lo hacía, incluso los que deberían tener más sentido común. A los promotores inmobiliarios e inversores les cae bien Larry Temple. Y también a la mayoría de las mujeres. Como si por suministrar películas, igual que otros suministran objetos de ferretería, material para vallados o cajones de pizzas congeladas, Temple estuviera relacionado con el glamour de Hollywood, la publicidad de la prensa amarilla, ganancias a gran escala... Es cierto, en una época Temple se sintió entusiasmado por la posibilidad de «proyectar películas importantes a nivel local», igual que Isabelle, quizá durante una temporada. Pero aquello había sido una década atrás. Doce años. Ahora, pocas veces pasaba por los multicines de seis salas y con menos frecuencia todavía se molestaba en ir a ver una película. Si fuera hasta allí esta noche, vería adolescentes esperando en largas filas alborotadas para ver *Marea roja, La jungla de cristal, La venganza, Congo, Batman Forever.* Menos espectadores para *Party Girl* pero había bastante público. En cuanto a la película rusa ganadora del Oscar, *Quemado por el sol,* Temple había ido a verla el viernes pasado en el pase de las 19.10 y había trece personas repartidas por los ciento cincuenta asientos reclinados de lujo.

Con un atisbo de interés, a no ser que fuera únicamente una muestra de cortesía de una joven hacia alguien mayor, Gina dijo:

—¿Es usted el propietario de Cinemapolis, señor Temple?

—De hecho, puede llamarme Larry.

Gina indicó a Temple cómo se hacía el ejercicio siguiente. Estirar una goma larga de color rojo chillón diagonalmente por su cuerpo, del hombro a la cadera, debería haber resultado fácil, pero cada vez que Temple se movía, una sacudida de dolor iluminaba su cuello y la parte superior de su columna como una radiografía. Dijo jadeando:

—He... he volado con mucha frecuencia últimamente. A Los Ángeles, ida y vuelta. A veces por negocios, a veces por motivos personales. Mi ex mujer volvió a casarse y se fue a vivir a Santa Mónica —oyó aquellas palabras con cierto horror, como si salieran de una caja de voz artificial—. El doctor Dunbar cree... que es probable que haya pillado un virus que se transmite por el aire, en algún avión. Se me infectó un músculo del cuello.

—Puede darse —Gina habló con seriedad. Parecía que hubiera elegido la palabra *darse* a propósito, una palabra que emplea el personal médico, sacada de un libro de texto. Añadió—: Una vez que se produce un espasmo muscular, si el tejido se ha forzado demasiado... puede tardar bastante en curarse.

Temple preguntó con aire despreocupado:

—¿A cuánto se refiere al decir *bastante*?

—Oh, no me atrevería a decirlo.

—¿Semanas? —se produjo un silencio—. ¿Meses?

—Quizá el doctor Dunbar tenga una estimación.

Temple pudo intuir de forma inmediata la situación de una joven terapeuta, empleada por horas, en la jerarquía del instituto de cuello y espalda de Saddle Hills. No sería Gina quien se excediera en su autoridad.

—¿No serían... años? ¿Verdad?

Gina respondió en voz baja, aunque Temple y ella estaban solos:

—A veces se ve a personas que no pueden sostener o mover la cabeza con normalidad... Sufren tantísimo dolor...

—¿Sí?

—Puede ser alguien que haya descuidado el dolor durante demasiado tiempo, por no querer que le visite el médico... y que ya sea demasiado tarde.

—¿Demasiado tarde?

—Para que pueda hacerse gran cosa por acabar con el dolor. Hay que cogerlo a tiempo.

Coger el dolor a tiempo. ¡Qué buena idea!

—Ese pobre hombre que tengo como paciente ahora —dijo Gina—, ¡descuidó su dolor de espalda durante veinte años! Imagínese. Pensaba que se iría solo, dijo. Ahora no lo conseguirá nunca —Gina suspiró—. Me sabe mal, hay tan poco que pueda hacer por él.

Daba unos toques distraídos al rostro sonrojado de Temple, donde el sudor le corría en riachuelos grasos como lágrimas.

Allí estaba Temple flotando en su isla de dolor. La arena blanca y deslumbrante. Y él tumbado sobre ella, con miedo a moverse. Con los brazos y las piernas extendidos como un niño que dibuja un ángel en la nieve. El agua turquesa chapaleaba cerca, pero Temple no podía alcanzarla. Había una figura cálida junto a él, codo con codo. Una de aquellas provocaciones: ellos pueden tocarte, pero tú no te atreves a hacer lo mismo. No te atreves a mirar.

Y de repente caminaba por algún lugar. Se acercaba a una puerta donde ponía CENTRO DE CONTROL DEL DOLOR. *Dormido, y sin embargo lo suficientemente despierto como para sentir el escepticismo... ¡en el instituto no había centro alguno de ese tipo! ¿Por quién lo tomaban, por un hijo de puta crédulo?*

No era cierto que Gina no tuviera apellido. Allí en la factura aparecía su nombre completo: «Gina LaPorta».

Había varias entradas para LaPorta en la guía telefónica: G. LaPorta en Saddle Hills Junction. Insomne, con el maldito dolor de cuello, Temple pasó por la dirección en su BMW de un blanco trémulo y fantasmal, un edificio de apartamentos con la fachada de estuco en Eldwood Avenue. No aparcó, sino que condujo rodeando la manzana lentamente. Calles desiertas por la noche en una zona de la ciudad que sólo conocía por una posible inversión inmobiliaria. (Por suerte no llegó a invertir.) No era habitual en Temple comportarse así, como un chico enfermo de amor, nunca entendió, ni quería entender, el extraño comportamiento de su hijo Robbie cuando estudiaba bachillerato en el colegio; Robbie era el niño mimado de Isabelle, mejor que la madre se ocupara de él. Pero sentía curiosidad por Gina. ¡Simple curiosidad! Se preguntaba si vivía con alguien. La guía telefónica no resultaba de gran ayuda. Se había dado cuenta de que llevaba un anillo en la mano izquierda, no era una alianza ni un anillo de compromiso convencional, de plata y turquesa, pero hoy en día es difícil saberlo, podría estar casada. Puede que incluso tuviera un hijo. La *vida física,* ¡vaya misterio! Incluso más que el dinero, había descubierto Temple últimamente. ¿Ya están cantando los primeros pájaros de la mañana? Sólo eran las 4.40. Había coches aparcados junto a la acera a ambos lados de la Eldwood Avenue y Temple vio, o creyó ver, el pequeño Ford Escort amarillo canario de Gina entre ellos; ella le había dicho, durante una conversación informal, el tipo de coche que conducía y él lo buscó en el aparcamiento del instituto, en la parte trasera. Un utilitario, compacto y bonito. Y el regio BMW blanco de Temple pasando a su lado, su motor casi insonoro. Temple se acabó la lata tibia de Molson que sostenía entre las rodillas mientras conducía. Había cierta melancolía en que la noche acabase antes de que estuviera listo. Siempre hay un tinte de melancolía en el cielo de levante cuando has estado despierto con sus sueños solitarios toda la noche. Conducía alrededor de la manzana, rodeándola sólo una vez más.

—¿Ha hecho sus ejercicios, señor Temple?
—Más o menos, sí.
—¿Se le ha aliviado el dolor?
—Sin duda.

No era una mentira exactamente. Si Temple no se movía con brusquedad ni inclinaba el cuello hacia delante como solía hacer cuando conversaba con personas más bajas que él, sobre todo si se trataba de mujeres atractivas, era difícil saber que el dolor seguía allí. Aunque, como el sonido de la línea telefónica que también irradiaba hasta la cabeza, estaba allí *constantemente*. Con demasiada euforia respondió:

—He mejorado un mil por cien, Gina, gracias a usted.

Gina parpadeó sorprendida. Su rostro se sonrojó un tanto y de forma desigual, como si se hubiese quemado por el sol.

—Bueno, quizá sólo un ochocientos por cien —añadió Temple con ironía mientras se frotaba el cuello.

Antes de llegar a la clínica, Temple deambuló por el edificio del instituto. En el entresuelo había descubierto una puerta con un rótulo que decía CENTRO DE MEDICINA DEPORTIVA y, al final del pasillo, otra puerta donde ponía CENTRO DE CONTROL DEL DOLOR. ¡Así que era real! Había inventado algo que sencillamente era real.

Cada vez que Temple pisaba la clínica de fisioterapia, sus dimensiones se volvían perceptiblemente más reducidas, más agradables. Durante la primera visita, se sintió confuso por los espejos que cubrían la mayor parte de las paredes y que sugerían una infinidad de relucientes máquinas terroríficas y personas anónimas y desafortunadas. Pero en realidad sólo había veinticinco máquinas, de elegante acero inoxidable y color negro; seis grandes colchonetas sobre el pulido suelo de baldosas, que se mantenía inmaculado; nueve camillas en la clínica general, concretamente «plintos», como Gina las llamaba; estantes de pesas, pelotas de plástico amarillas y azules de diversos tamaños. Temple contemplaba la reluciente piscina de color verde mar al otro lado de la mampara de vidrio. Pero Dunbar aún no le había recetado ningún tipo de terapia acuática.

Y por supuesto, Temple empezaba a reconocer a algunos de los demás pacientes, y suponía que ellos también comenzaban a reconocerle. En la clínica no había nombres, sólo rostros. Y síntomas. ¡A Temple le parecía que llevaba

153

semanas, meses recibiendo terapia! De hecho, sólo era el lunes de su segunda semana.

En la recepción echó un vistazo nervioso, y en un principio no vio a Gina. Luego la localizó, cumplimentando el papeleo en un escritorio; ella levantó la mirada y sonrió y su corazón dio un salto. Aquella mañana, un pasador de cerámica en su melena tupida y el anillo turquesa a la vista en el dedo.

La terapia de Temple empezó con los estiramientos y masajes habituales. Temple estaba tumbado en la camilla acolchada —el plinto— que ahora le parecía más cómoda. Dijo:

—El secreto de la felicidad es pensar cómo simplificar nuestra vida, ¿sabes? Mi vida se ha simplificado en los últimos años. Cuando estás casado y las cosas están descentradas, la vida puede resultar... bueno... compleja —silencio. Era como si la voz de Temple surgiera de su garganta por voluntad propia—. ¿Estás prometida, Gina?

—¿Prometida? No.

—El anillo.

—No es un anillo de compromiso. Es sólo un anillo —Gina rió bruscamente como si Temple hubiese ido demasiado lejos. Se retiró al otro lado del plinto—. Ahora siéntese, señor Temple, por favor. Haremos la rotación de cuello, tres series de diez repeticiones —¡la rotación de cuello! Cuando Temple se estremeció por el dolor, Gina dijo con reprobación—: Esta vez, gire en la dirección del dolor. Hacia el dolor. Debería focalizarse o disminuir. Inténtelo.

Así lo hizo. No quería decepcionarla. Su rostro estaba rojo como un tomate a punto de reventar. Dijo de repente:

—Me ha ayudado tanto, Gina. Me ha dado esperanza.

Gina susurró incómoda:

—Bueno.

Otra vez boca arriba. Boca abajo, con la frente presionada contra la toalla enrollada. A través del aturdimiento se oyó decir, inesperadamente:

—Mi ex mujer está *ex*. Literalmente. Está muerta —qué extraño sonaba, como una mala traducción: «Está muerta». Temple rectificó—: Quiero decir... falleció. Isabelle está muerta.

Se produjo un momento en blanco, sistólico.

—Lo siento —susurró Gina.

Temple respondió:

—Gracias —iba a decir: «La echo de menos», pero en su lugar añadió, como si fuera una refutación sutil y cómica de la preocupación de Gina—: Los pagos de la pensión acabaron hace años —una broma extraña, si es que era una broma. Sobre Gina descendió un silencio melancólico.

La terapia continuó: una vez más, Temple estaba sentado. Resultaba crucial que mantuviera una postura perfecta y sin embargo, de una manera extraña, el dolor parecía hacer que perdiera su alineación. Repitió, saboreando las palabras:

—Mi esposa falleció. Podría haber ido al funeral pero no me habría sentido bienvenido. Quiero decir, mi ex mujer. De hecho, es mi ex por partida doble. Primero se fue y después murió. Cáncer de páncreas. Resulta difícil de creer, una mujer como ella, había que conocerla, cuando me enteré no podía creerlo, al poco tiempo estaba en el hospital. Es decir, cuando me enteré, ya estaba ingresada. Fui a verla en avión, pero... —¿qué demonios estaba diciendo? ¿Por qué? Su actitud era afable, sensata, práctica, como si estuvieran hablando de una transacción comercial: resultaba crucial que la otra parte supiese que las cosas estaban bajo control. Era la primera vez que pronunciaba las singulares palabras «Mi esposa está muerta». Decía, con un aire no de queja sino de sorpresa—: Mi hijo de veinte años ha dejado sus estudios en Stanford y está en un centro de rehabilitación para drogadictos en La Jolla, *creo*. Hace cinco años que no me habla más que para pedirme dinero —Temple soltó una carcajada para demostrar que no estaba dolido en lo más mínimo, ni siquiera demasiado sorprendido.

Gina susurró nuevamente: «Lo siento», sin saber qué otra cosa decir, mientras fruncía el ceño y desviaba la mirada

155

de Temple, al tiempo que se tocaba un granito enrojecido en la parte inferior de la barbilla.

—*Yo* lo siento —respondió Temple—. Pero no permito que eso afecte a mi actitud hacia la vida.

Después llegó el momento del collarín con agua caliente. Tan ajustado alrededor de su cuello como podía soportar. La sobrecogedora sensación de encontrarse flotando: sintiendo cómo el dolor se drenaba de su cuello y cráneo igual que agujas al extraerlas de la carne. Temple empezó a disertar, como un hombre en plena levitación. Se había producido una crisis, y se había superado.

—Gina, supongamos que un hombre viniera a la clínica como paciente suyo. Que viniera tres veces a la semana tal como su doctor le ha recetado, y estuviera desesperado por mejorar, y a usted le cayera bien (me refiero no sólo a que sintiera lástima por él, sino que le cayera bien) y usted a él; y le preguntara si sería posible que quedara con él alguna vez, fuera de la clínica cuando él no fuera su paciente, y usted no fuera su terapeuta, ¿qué pasaría entonces?

Gina no respondió en el acto. Se había retirado del campo de visión de Temple y él sólo tenía una percepción vaga y borrosa de ella.

—¿Es una historia inventada o qué? —rió bruscamente.

Temple contestó:

—Proseguiré. Ese hombre, su paciente hipotético, de hecho ya la había visto, sin saber su nombre, por supuesto, antes de que fuera paciente suyo. Una vez en el centro comercial, probablemente, o en el centro de la ciudad, y en un inmueble en Junction, en Eldwood Avenue, que había considerado como inversión. Momentos aislados, por azar. No la buscaba, tan sólo la vio. Y unas semanas o meses después empieza a sufrir un misterioso dolor de cuello, y su doctor le receta fisioterapia, y entra en la clínica y la ve, por casualidad. Y está entusiasmado, y nervioso. Se pregunta si a un paciente se le permite solicitar una terapeuta sin saber su nombre, o si va en contra del reglamento, si se percibirá como poco profesional. Él no dice nada; ¡pero de todos modos se la asignan! Y piensa... Dios mío, piensa... si... si... —Temple hace una pausa con la respiración acelerada. Le preocupaba que demasiada adrenalina inundara sus venas.

Gina, fuera de su vista, permanecía en silencio. Temple creyó poder oír su respiración superficial.

—Hey, es sólo una historia —dijo—. Tiene razón, Gina, es todo ficticio.

Gina dijo en voz baja:

—Disculpe, señor Temple.

Salió de la sala, cerró la puerta. En un paroxismo de vergüenza, salvo que fuera una vergüenza mortal, Temple permanecía tumbado inmóvil como un hombre que hubiera caído desde una gran altura y temiera probar si realmente puede moverse. ¡Gina ha ido a buscar al gerente de la clínica! ¡Ha ido a informar a Dunbar!

El agua hirviendo recorría el collarín que le ahogaba. El *hydrocollator,* como se llama, 35 dólares por sesión, estaba cronometrado para que funcionara durante quince minutos. Temple cerró los ojos. Estaba flotando, se hacía el muerto. A su alrededor se hallaba la isla de arena blanca deslumbrante y cegadora y la brillante agua turquesa y parecía, en su dolor, envuelto por cada una de ellas simultáneamente. *Qué forma de tratar a un hombre que te quiere. Estaba loco por ti y ¿qué conseguí con eso?*

Debió de quedarse dormido. No oyó la puerta abrirse detrás de él, ni cerrarse. Allí estaban los hábiles dedos fríos de Gina contra su cuello, soltando el collarín. ¿Había regresado como si nada hubiera ocurrido? ¿La terapia iba a continuar como si nada hubiera pasado?

—Le pido disculpas. Me he dejado llevar un poco —dijo Temple.

Gina le ayudaba a sentarse derecho. Estaba confundido, mareado. El calor del collarín se había extendido por su cuerpo. Ahora era el turno de los movimientos laterales de cuello, y más dolor: retirar la barbilla, bajar la cabeza hacia el hombro derecho lentamente, mantener la postura contando hasta tres; relajar, regresar a la posición inicial, repetir hacia el hombro izquierdo. Tres veces, series de diez. La mano firme de Gina a un lado de su cabeza, presionando suavemente hacia abajo, cuando Temple vaciló. Rayos zigzagueantes de dolor le subieron por el cráneo, le bajaron hacia el tronco. Casi podías esperar oír pitidos acompañándolos, como en un videojuego infantil. Gina le advirtió:

—Retire la barbilla un poco más, señor Temple. De lo contrario puede lastimarse durante este ejercicio.

Temple pensaba: *Se ha ido y ha pensado en mi historia.* Era una joven inteligente que podía hacer la distinción entre ficción y vida real; fábula y hechos. Ella podía ver que Temple era un hombre respetable. Obviamente bien intencionado, decente. Tal vez un hombre con problemas pero nada que no pudiera controlar. Si era una joven con la curiosidad habitual, podría haberse dado cuenta de la dirección del paciente en los documentos; incluso podría haberse dado cuenta del BMW; hacer ciertos cálculos. No culparías a una mujer; las inversiones tienen que valer el riesgo que se corre. ¿Gina podía prever, sin duda, la bondad de Temple? ¿Su afecto y desesperación a partes iguales? Podía prever... pero la vista de Temple empezó a ponerse borrosa, como en un sueño que amanece abruptamente, a punto de desaparecer.

Volvió a tumbarse de espaldas, sin resuello. Gina se situó de nuevo en su lugar detrás de él, para darle un masaje en el cuello y en los músculos de la parte superior de los hombros, que estaban llenos de nudos como las raíces de un árbol viejo. Tembló por el dolor que esperaba que ella no viera, no quería decepcionarla. Indeciso, abrió los ojos y allí estaba el rostro sonrojado de Gina al revés, sobre él. Unas arrugas de tensión levemente perceptibles en sus ojos, su boca fruncida. La piel acalorada por la emoción y un pequeño granito en la parte inferior de su barbilla que se había tocado hasta hacerlo sangrar. ¿Quizá no era tan joven como él pensaba? ¿Treinta?

¿Quizá más? Sonrió feliz, y le pareció que Gina sonreía, o casi, en cualquier caso.

—Déjese de tonterías, señor Temple —dijo con severidad, los dedos hundiéndose en la carne—. Le duele.

Amor por las armas

¿La primera? Es fácil. La Bauer semiautomática corta de mi madre, un arma de defensa del calibre 25 para seis balas. Estaba hecha de acero inoxidable con una bonita empuñadura de marfil y un cañón tan corto —¡cinco centímetros!— que parecía de juguete. Cuando nos mudamos a Connecticut después de que papá nos abandonara, ella la llevaba en el bolso a veces cuando salía por la noche, pero supuestamente nosotros no debíamos saberlo. Tenía un permiso de armas para propietarios de viviendas. Guardaba la corta en el cajón de su mesilla de noche por si entraba algún intruso. «Mamá está muy preocupada por si papá fuerza la entrada y la estrangula o algo parecido», solía comentar mi hermano. No sabría decir si aquello era verdad o tenía el propósito de disgustarme. Cuando le preguntamos a mamá quién le había dado la pistola (no teníamos permiso para tocarla pero a veces podíamos verla apoyada en la palma de su mano) ella reía y contestaba: «¿Quién creéis que fue? Vuestro padre». De hecho, mi hermano dijo que fue un detective privado quien se la vendió o se la dio. En aquella época, mamá era una de esas mujeres a las que los hombres gustan de hacer regalos, sobre todo los hombres nuevos en sus vidas.

El rifle que pertenecía a mi tío Adcock, antes de que se hiciera multimillonario al urbanizar algo más de cuatrocientas hectáreas en la isla Mackinac y se peleara con sus parientes. Era un Springfield reglamentario calibre 22 o 30 con un acabado de níquel satinado y la culata de arce, y pesaba tanto, con aquel cañón tan largo, que yo me tambaleaba al sostenerlo. Mis primos Jake y Midge consiguieron abrir la vitrina de cristal de su padre (la llave estaba bajo un ladrillo suelto de la chimenea) y sacaron el rifle a hurtadillas. Después de jugar con él durante un rato, apuntando a los pájaros y a los veleros que había en el lago, me dijeron: «Intenta apuntar». Tenía miedo, pero Jake insistió. Me encajó el rifle en el hombro y situó mi índice contra el gatillo y me ayudó a sujetar el cañón de forma segura. ¡Aquel rifle! Desprendía un agradable olor aceitoso, recordaría después. Y la culata muy pulida contra mi mejilla. Entrecerré los ojos a lo largo del cañón por la mira delantera (que parecía torcida) hacia unas velas blancas que ondeaban en el viento. Era mi imaginación, las velas se veían ampliadas al observarlas por la mira. El enorme velero del tío Adcock tenía unas velas a rayas rojas y blancas que podrían reconocerse en cualquier lugar. Jake dijo: «Si estuviera cargada, podrías disparar —después añadió—: Tiene retroceso, así que ten cuidado». (Hasta más tarde no pensé en lo que había dicho, en si tenía sentido.) No estaba segura de lo que se esperaba de mí. Jake y Midge reían nerviosos. Supongo que tenía un aspecto cómico, una niña barrigona con gafas, pantalones cortos y camiseta sosteniendo un rifle de adulto sobre el hombro, y sus delgados brazos temblando por el peso. No estábamos junto a la orilla, sino rodeados de tréboles que zumbaban por las abejas y que nos llegaban hasta las rodillas. Tenía miedo de que me picaran. ¿Dónde estaban los adultos? No lo sé. Quizá en el lago. Jake tenía once años, Midge nueve y yo aún menos. Eran los primos con los que pasaba los veranos en Michigan. Cuando no estaba con Jake y Midge era como cuando no estaba con mamá o papá o mi hermano o cualquier otra persona, supongo; me olvidaba de ellos igual que si no existieran. Pero cuando estaba con ellos, habría hecho cualquier cosa que hubieran querido.

La historia fue que después del partido de baloncesto, a eso de las cuatro de la madrugada, a la mañana siguiente, dos o tres coches llenos de chiquillos negros de Bridgeport pasaron por delante de las casas de algunos de los jugadores de baloncesto de Malden Heights, además de la casa del entrenador y la del director, y rociaron las respectivas entradas con perdigones y rompieron algunas ventanas. O quizá fueran solamente balas de aire comprimido. Contaban versiones diferentes. Aquel invierno nos habíamos trasladado desde Darien para vivir con el señor K. («Kaho»), un arquitecto japonés-americano («Jap-Am») que se describía a sí mismo como cínico. Nos hacía reír a mi hermano y a mí, y avergonzaba a mamá porque normalmente dudaba de sus historias, diciendo mientras ponía los ojos en blanco: «Ah, ¿sí? Interesante... si es que es verdad». Que fue lo que dijo de los disparos desde los vehículos. (¿Cómo podían saber unos chicos negros de Bridgeport dónde vivía alguien? ¿Y por qué iba a importarles, si Bridgeport ganó el campeonato?) Por aquel entonces, yo tenía doce años. Llevaba lentillas.

En el rancho Hungry Horse, al norte de Hungry Horse, Montana, cerca de Glacier Park, donde papá nos llevó a aprender a montar a caballo un año en agosto, me enamoré perdidamente de Halcón Negro (su verdadero nombre era Ernest, pero formaba parte de la reserva Blood), que cuidaba de los caballos. Seguía a Halcón Negro en todo momento. Se convirtió en un chiste, pero no un chiste cruel (creo). Una vez seguí a Halcón Negro, que llevaba una escopeta, hasta un lugar en el que disparó a unas marmotas que corrieron a cobijarse. La escopeta era una Remington de dos cañones de calibre 12 que pertenecía al dueño del rancho. ¡Los disparos sonaron tan fuertes! Me presioné las manos sobre los oídos; era casi como si no pudiera ver. Halcón Negro, de pie sobre una madriguera, maldecía y disparaba dentro, haciendo caso omiso de mí. No alcanzó a ninguna marmota excepto a una que hirió (eso parecía) y que se arrastró hasta la madriguera, y ahora él estaba prácticamente a horcajadas sobre ella y disparaba dentro. ¡Los perdigones estallaban en el interior de la tierra! Halcón Negro permaneció de pie con las rodillas separadas como a caballo y su rostro oscuro, rojo y tirante y apretado como un puño. Salvo por el ruido, y la marmota herida, y que Halcón Negro podría partirme en dos si se diera la vuelta y disparara como alguien en la tele, era un espectáculo tan divertido que no pude evitar reír.

Ashley, mi primera compañera de habitación en Exeter, me invitó a su casa por Acción de Gracias y me sorprendió lo viejo que era su padre, ya que esperaba a alguien como el mío. El señor D. era miembro del Congreso por Maryland. Vivían en Annapolis en una vieja casa de piedra que decían que había sido renovada por completo. Se trataba de una casa preciosa pero recuerdo que las paredes eran demasiado blancas. El piso superior no era muy grande y la habitación de Ashley estaba cerca de la de sus padres y oí al señor D. roncar a través de las paredes y puertas y no pude dormir. Lo intenté, aunque no lo conseguí. Ashley dormía (o fingía hacerlo: así era como siempre solucionaba las cosas). Bajé al piso inferior a oscuras y me dirigí al estudio que se encontraba a un lado de la sala de estar e intenté leer, sacando libros de las estanterías. Uno de ellos era una edición del *Reader's Digest*, muy vieja y manoseada, pero acabé leyendo *Horizontes perdidos*, de James Hilton, y me gustó. Aproximadamente una hora después, vino el señor D. ataviado con un albornoz azul marino, descalzo, y me contempló fijamente. Como si por un momento espeluznante no supiese quién era yo. Su gran barriga atada por el cinturón. Cómo supo que yo estaba allí, no tengo ni idea. El señor D. se rascó el pecho debajo del albornoz e intentó sonreír. En su mano derecha sostenía lo que parecía ser una pistola de juguete que podría haber escondido en el bolsillo, pero no lo hizo. Como si no hubiese tenido nada que esconder o de lo que avergonzarse. Convirtió en una broma el enseñarme su «corta» —era más grande que la de mi madre, con un cañón de acero de siete centímetros y medio—: una Arcadia automática «especial para el dormitorio», como el señor D. la llamaba; una pistolita de aspecto peligroso que cabía perfectamente en la mano del señor D. Me gustaba el acabado azulado y el mango a cuadros de nogal. El señor D. quería que supiera que disponía de permiso para el arma como propietario de una vivienda. Tenía la primera recámara cargada sólo con «un casquillo del calibre 38» (me la enseñó) para asustar a un intruso, pero las demás recámaras tenían balas de verdad, de punta hueca. Me dio vergüenza preguntar al señor D. si alguna vez había llegado a disparar su pistola contra alguien. Supuse que podía ver en su rostro que era capaz de ello.

—¿Quieres sostenerla? —preguntó el señor D.—, está el seguro puesto.

En la casa de verano de mi madre, en East Hampton, tenía mis cosas esparcidas sobre el tablero de dibujo en el porche, la radio a todo volumen, y cierta idea de que algo así podría ocurrir; Kaho y yo habíamos llegado al límite de las tonterías de mi madre que podíamos aguantar. Así que las tablas del suelo que hay tras de mí cedieron ligeramente bajo mis pies descalzos y me incliné sobre el tablero de dibujo y se produjo un pinchazo, un codazo contra mi trasero (llevaba pantalones tejanos muy recortados en la zona de la ingle). Mi primer pensamiento fue: *Es el cañón de una pistola,* ¡me iban a disparar en la base de la columna vertebral!, pero resulta que sólo era Mikal que estaba empalmado.

—¿A qué se parece? Para un hombre es como un disparo. Antes de que esté listo. Y eso que sale disparado de ti... Extraño como algo en una película de ciencia ficción. Dios mío.

Dije:
—Me alegro de no ser un chico.
Aunque no estaba segura.
Cuando lo hicimos, fingí que él era Halcón Negro.

¡Que si estábamos impresionados! En clase de Lengua, el señor Dix nos leyó de una biografía de Ernest Hemingway que cuando éste tenía dieciocho años, en la casa de verano de su familia al norte de Michigan, a veces cogía una escopeta de dos cañones cargada y apuntaba a su padre (mientras el viejo, sin darse cuenta, trabajaba en un huertecito de tomates). ¡Qué fuerte! Antes de aquello pensábamos en Hemingway como uno de esos extraños viejos bobos llenos de arrugas con barba blanca que querían hacerte leer.

«¿Alguna vez pensaste en hacerlo? ¿En hacértelo?» Charl me pasó la nota. Charl S., que salía a escena como la Tortillera Júnior (a los chicos les molestaba su estilo genial). «Demasiado vaga. Yo no hago nada.» Le devolví la nota con un capirotazo, y por supuesto nos pillaron.

Y estaba Adrian L., a quien no volvimos a ver después de las vacaciones de Semana Santa de nuestro penúltimo año en la escuela. Adrian L., dieciséis años, de Rye, Connecticut, fue a casa y murió a raíz de un «accidente con una pistola» en la sala de juegos de su casa. En un diario de Rye (algunos chicos que fueron al funeral lo llevaron a la escuela) se citaba al forense que dijo que Adrian había muerto «en el acto» a causa de una bala del calibre 45 que se disparó en el cerebro cuando limpiaba la pistola del ejército de su padre. (Una automática del gobierno.) El señor L. fue teniente condecorado del ejército estadounidense en Vietnam. El señor L. insistió a los investigadores en que la pistola «nunca estaba cargada», pero el señor L. insistió también en que su hijo no se disparó deliberadamente. Sólo había una bala en la pistola. En la escuela hablamos mucho de Adrian. Recortamos su fotografía del anuario del curso anterior. «Adrian trataba a las chicas con respeto. No como algunos de estos gilipollas.» Decíamos eso por ahí, aunque de hecho ninguna de nosotras había conocido bien a Adrian. No podías llegar a conocerlo, era tan callado. Buenas calificaciones pero del tipo del club de Matemáticas. Dejó de participar en las actividades escolares y faltó a muchas clases aquel semestre, y se quedaba (según dijo su compañero de habitación) en su dormitorio. El padre de alguien (quizá fuera el mío) dijo que si sabes de pistolas, el modelo estatal del calibre 45 es un «clásico». Hay formas peores de morir que con una 45 en el cerebro, a bocajarro.

Aunque había una forma más romántica. «Teen Wedding» era una canción que escuchábamos muy a menudo. No conocíamos a nadie que se hubiera casado, pero habíamos oído hablar de chicos tan colados que querían morir juntos. Un chico pelirrojo llamado Skix (había abandonado la universidad de Exeter unos años antes; casi nadie lo recordaba pero se contaban historias sobre él) disparó a su novia (no la conocíamos, de la escuela secundaria pública Rhinebeck) en su coche, que estaba aparcado mirando al río Hudson, después la volvió hacia él. Ambas balas en el corazón. Los chicos que sabían de pistolas hablaban con conocimiento de cómo Skix había usado una semiautomática Crown City Condor del calibre 45 (inscrita a nombre de su tío). Skix vivía en Rhinebeck en lo que alguien describió como «un castillo prácticamente de verdad». Era señal de que un chico te tomaba en serio si como mínimo te retorcía las muñecas hasta que llorabas. Lo más sexy era las dos muñecas retorcidas a la vez.

Había una cierta droga de vanguardia llamada «hielo» que no todo el mundo podía manejar. Un chico que conocí después de la universidad, Kenny B., que trabajaba para Merrill Lynch en Manhattan, nos hacía reír contándonos historias de su época en el instituto del condado de Westchester. Estaba tan enganchado y enloquecido por «chupar hielo» que de hecho condujo a la escuela una mañana ¡con un rifle carabina!, una Safari Arms del calibre 30 con un acabado azul satinado y una culata de nogal pulido con una abertura para el pulgar que parecía, como dijo Kenny, algo que Wild Bill Hickock podría haber utilizado para barrer a tiros a los indios. Aquella estupenda arma había pertenecido al abuelo de Kenny, que no la había tocado en treinta años. Kenny permaneció sentado en el aparcamiento con la escopeta en el regazo, oculta bajo su chaqueta, contemplando a los niños entrar a la escuela. Tenía la intención de disparar a alguien, preferiblemente a su maestro de Matemáticas.

—Sólo quería echar a perder a algún tipo. Pero no a una chica. No habría disparado a ninguna chica, estoy seguro.

Algunos de nosotros todavía echábamos de menos a Adrian. Creíamos que lo echaríamos de menos toda la vida. Éramos testarudos y leales. De repente, con tiempo lluvioso, decía: «Le quería». Con verdaderas lágrimas en los ojos. Éramos jóvenes pero clarividentes. ¡Los buenos tiempos! Cómo siguen recordándote a alguien desaparecido.

Estábamos escuchando a Black Sabbath. Estábamos francamente colocados pero serenos. Mi padre (no esperábamos que volviera tan pronto) entró con su mal humor. La bolsa había bajado, lo sabíamos. Los padres de todos nosotros tenían miedo y estaban de mal humor. Unos meses antes, un «hispano negro» (según dijo) había asaltado a mi padre con una pistola a la salida de la estación de tren de 30th Street en Filadelfia. Entregó su billetero, su reloj y su maletín sin resistirse, desesperado por evitar la muerte. Reducido a una «cobardía temblorosa» en cinco segundos, dijo papá. ¡El orgullo blanco! Sin embargo, no lo salvó de una paliza con una pistola. Así que aquella primavera le entró cierta locura por el caso de Tawana Brawley, su foto y la del reverendo Al Sharpton en la portada del *Times*. Miraba fijamente la foto de Brawley mientras decía, con esa expresión en su rostro: «¿Quién querría violarla?».

En el *Libro tibetano de los muertos,* que algunos de nosotros estábamos leyendo durante la primavera de nuestro último año (¡y no estaba incluido en nuestro cuadro de lectura de honor!), alguien había subrayado en tinta roja: «En Occidente, donde el arte de la muerte es poco conocido y se practica con escasa frecuencia, existe la poca disposición común a morir».

Conducíamos de vuelta después de un fin de semana en Dartmouth. Un grupo de cuatro personas apelotonadas en el asiento trasero y tres en el delantero del Lincoln Town Car negro de la madrastra del novio de mi compañera de habitación. ¡Estábamos totalmente borrachos! El novio se llamaba Nico W. y era de Perú; su padre era diplomático y su madrastra, estadounidense. Nico estaba «americanizado al cien por cien». Insistió en que conocía un «atajo pintoresco» hasta Bellows Falls pero, cómo no, nos perdimos. Las carreteras de montaña tienen tantísimas curvas que no puedes llegar a ninguna parte. Después, la carretera se convirtió prácticamente en una zanja debido a las grandes lluvias. Nico intentaba dar la vuelta al coche en un espacio de menos de dos metros y nos atascamos en el barro. ¡Aún llovía! Junto a la carretera se encontraba una tosca caravana que descansaba sobre sus ruedas con un Papá Noel de plástico en el tejado y una gigantesca antena parabólica. Montones de desperdicios rodeaban el lugar y había un olor acre a basura que ardía lentamente. Estábamos tan cabreados por la situación que nos reíamos como hienas. Nico volvió esos ojos trágicos hacia nosotros, las pupilas minúsculas como semillas de amapolas. Se había pasado todo el fin de semana esnifando la coca de los demás y estaba quemado. Pero era el que se encontraba mejor de todos nosotros para conducir. Oímos gritos y miramos y en el umbral de la puerta de la caravana se hallaba una mujer gruesa con un peto tejano y lo que parecía una escopeta en el brazo. ¡Una escopeta de dos cañones! ¡Apuntándonos! Estaba borracha o loca, o las dos cosas.

—Salgan pitando de aquí, ¡les voy a saltar los sesos!

Era una escena de la televisión. En televisión sería divertido, pero en la vida real no. Temíamos que nos matara a todos. Nico estaba desesperado, aceleraba el motor y las ruedas del coche patinaban y el coche se hundía todavía más en el barro y todos gritábamos y nos reíamos tanto que casi me oriné en los pantalones, o quizá lo hiciera un poco. Cómo nos sacó Nico de allí, no lo sé. Dijeron que la loca disparó la escopeta por encima de nuestras cabezas pero no estaba segura de haberlo oído. Me desperté más tarde con la cabeza golpeándose contra la parte trasera del asiento, Nico pisando el acelerador. Nos volvimos a perder antes de llegar a Bellows Falls.

Sean se quedó con unos amigos en un rascacielos cerca de Bleecker Street. No dormimos mucho. Era el fin de semana del 4 de julio; toda la noche oímos el ruido de los petardos y los disparos como si estuviéramos en zona de guerra.

En Poughkeepsie me salté un semáforo en rojo. Volvía a la universidad con una lluvia gélida. En uno de esos estados de ánimo de «si pasa, pasa». Como si no fuera a pisar el freno si el coche patinaba. Al otro lado de las vías del tren se encontraba una patrulla de carreteras del Estado de Nueva York que vi demasiado tarde. Encendió las luces y salió tras de mí. No estaba embarazada porque empecé a sangrar en el coche, en mi ropa y en el asiento. Y aquí estoy parando el coche en el arcén, temblando, llorando, lloré durante todo el camino desde la ciudad. El policía era un joven blanco de aspecto italiano. ¡Llevaba la pistola en la mano! Casi flipo al ver la pistola. Ve que soy alumna de Vassar, ve que estoy sola, enfunda la pistola pero me habla de manera provocativa, pidiéndome mi carné de conducir, el permiso de circulación y demás, y tarda mucho tiempo en inspeccionarlos con una linterna. ¡Todo eso lloviendo! Después me pide que por favor baje de mi coche y que le acompañe al suyo, aunque para entonces lloro con tanta intensidad que no estoy en situación de entender. Mi rostro con el maquillaje completamente corrido y la entrepierna de mis tejanos empapada de sangre. Veo que le gusta que esté llorando, pero no quiere que lo haga demasiado. Lo último que quieren los tíos es que nos pongamos histéricas. Estoy golpeando el volante.

—¡Dispárame! ¡Te odio! ¡Me quiero morir de todos modos!

El agente me mira indignado y se ablanda. Me deja ir con una simple multa de tráfico de sesenta dólares, un punto menos en el carné de conducir por haber cometido una «infracción circulatoria» y una advertencia.

—Esta vez ha tenido suerte, señorita de Vassar —dice. Sé que es así.

Nuestra familia tiene suerte, solía decir mi padre. Quizá estuviera siendo irónico, pero de hecho es así. Como cuando tiraron al suelo a mi madre, le robaron y fue sometida a una violación anal, y no la asesinaron. ¿Ves?

Lo que ocurrió fue lo siguiente: mi madre vivía en un apartamento de dos habitaciones en el lado este de la 77, cerca de Madison, en un edificio que pensarías, según dijo, que era seguro, excepto porque no hay ningún lugar seguro en Manhattan; al regresar de una representación de *Miss Saigon* (en la que era inversora) y en absoluto bebida (aunque es posible que hubiese tomado unas copas en Joe Allen con unos amigos), sube sola en el ascensor hasta el noveno piso y sola (¡lo juraba!) en el pasillo, abre la puerta con la llave y de repente le golpean en la cabeza, con fuerza, como con un martillo, con los puños de un hombre, la derriban dentro, de bruces, demasiado asustada para gritar, o porque no tiene aliento, le golpea en la espalda con los puños, gruñendo e insultándola, le golpea la cabeza contra el suelo, está semiinconsciente y él vierte el contenido de su bolso sobre su espalda, en la parte posterior de su abrigo de visón, lo manosea para llevarse los objetos de valor, por desgracia encuentra la pistola corta de mi madre con la culata de marfil, así que su agresor presiona el cañón de la pequeña arma contra la base de su cráneo, está a horcajadas sobre ella, jadeando y sudando, ella juraría que era un olor oscuro y grasiento, la llama *puta,* con acento afroamericano, de las islas, juraría después, y le levanta la falda y la sodomiza y la golpea hasta dejarla inconsciente y le fractura el cráneo con la pistola y le abre el

170

cuero cabelludo, así que la encuentran respirando a duras penas en un charco de sangre, pero por lo menos estaba viva. Nos pidió a mi hermano y a mí que no se lo contáramos a nuestro padre. Papá dijo:

—¿Qué esperaba si vive sola?

Cuando estaba con G. G. en su loft de Varick Street, los hombres no me dejaban en paz. No sólo extraños, tipos de la calle, sino los llamados amigos de G. G. Uno de ellos me llevó a un almacén durante la inauguración de una exposición en una galería de arte, empujó su lengua en mi boca y condujo mi mano a su pene que protuberaba de la cremallera de sus tejanos lavados a la piedra como una mano extra, ansiosa.

—Mira lo que tengo, cariño.

En una película porno sórdida te reirías a carcajadas; en la vida real te quedas ahí, a la espera.

Había estudiantes de Medicina colocados con una nueva anfeta. Afirmaban haber fabricado la suya con un quemador Bunsen. Estábamos contando historias de desnudos. Yo era la rubia, y a las rubias nos escuchan de una forma tal que te incomoda hasta que te acostumbras, pero puede que sea un error habituarse a ello. Conté que en primer grado, en casa de mi amiga Betsy, su hermano mayor nos hizo quitarnos la ropa para que pudieran «examinarnos» con una linterna. ¡Ay qué cosquillas! Durante la explicación, intenté teatralizarlo, haciéndoles reír, porque había estudiado interpretación en Vassar y me dijeron que tenía talento, recordé de repente que no fue en casa de Betsy ni el hermano de Betsy sino el mío. No era una linterna sino otra cosa. ¿La pistola corta de mamá? Advirtió:

—Esto va a hacerte cosquillas.

Sufrió una lesión permanente en los nervios de la cara y el cuello, y lesiones internas donde le rasgó el ano. Tuvo visión borrosa en ambos ojos. Dolores de cabeza. Dolor en la espina dorsal. No podía dormir sin barbitúricos y cuando lo hacía era principalmente de día. Le suplicamos que se fuera de Manhattan. Al menos que volviera a casarse. Todavía era atractiva, tenía un aire ¿a quién? A Lauren Bacall en aquellas viejas películas. Aún no había cumplido los sesenta. No era pobre. Y dio negativo en la prueba del sida.

—No me digas —exclamé riendo por teléfono—, ¿vas a sustituir la pistola? Ay, mamá.

Mamá también se echó a reír, nerviosa y enojada como solía, diciendo que tenía un nuevo amigo que era un agente del orden público retirado (del condado de Nassau) y que le había aconsejado que comprara, para protegerse, un Colt Detective Special del calibre 38, un revólver de seis balas más fiable que la Bauer semiautomática, aunque el Colt también tenía el cañón corto (de cinco centímetros). Mamá dijo:

—La próxima vez estaré más preparada.

G. G. firmó un contrato para participar en una serie cómica de televisión de la cadena Fox. El piloto se filmaba en Los Ángeles e íbamos a vivir en casa de alguien en Pacific Palisades, una maravillosa finca propiedad de un productor discográfico que estaba forradísimo. Si iba con él, lo que no era seguro al cien por cien. G. G. tenía un extraño revólver de seis tiros con aspecto del antiguo oeste, una Magnum del calibre 357 de acero inoxidable con un cañón de veinte centímetros. Uno de sus amigos porreros se la canjeó por algo. (¿Quizá yo? Tenía mis sospechas.) G. G. metió una bala, hizo girar la recámara (no estaba muy bien engrasada), y dijo:

—¿Y si jugamos a la ruleta rusa? Yo primero.

Prácticas de tiro en el vertedero a las afueras de Greenwich. Ratas y «pájaros basureros». Reventó un zanate en pleno vuelo e hirió a un bicho, al que llamó «mapache rabioso», que echó a correr lleno de pánico. Tenía bastante buena puntería. Cerró mis dedos sobre el rifle (un Winchester del calibre 22, nada especial), fijó mi índice en el gatillo como si no hubiera podido encontrarlo por mí misma. Me ajustó el brazo. El hombro. Respiraba en mi cabello. Estabilizó el cañón. Era nuestra primera vez. Estaba casado; se tomaba en serio todo aquello. Yo estaba dispuesta a fingir que tenía miedo, que me afectaba el ruido del disparo y el culatazo, pero de hecho no hizo falta. Después hicimos el amor con mucha fuerza en la parte trasera de su Land Rover, que olía a pólvora, aceite, grasa y zapatillas de deporte viejas y a calcetines de sus hijos.

¡La ruleta rusa! No voy a hacerlo en la vida; es cosa de tíos. Dicen que primero tienes que chutarte de coca, y que después no hay colocón como ése.

En casa de Scott E., cuando vivíamos en Malden Heights y éramos unos críos. Scott iba a Choate. Su padre (cuyo propio padre había sido un héroe de la Fuerza Aérea durante la Segunda Guerra Mundial) nos enseñaba su colección de armas de fuego. Yo había bebido tanta cerveza que no me centraba demasiado. El tipo con el que estaba no paraba de rozarme, en el pecho. Scott se sentía avergonzado por su padre aunque también en cierto modo orgulloso. No podíamos tocar ninguna de las pistolas pero respondería a nuestras preguntas si es que teníamos alguna. Recuerdo un «souvenir alemán» y una de bloqueo con un desagradable cañón largo fabricada con lo que parecía ser hierro. Pregunté al señor E. si guardaba cargada alguna de sus armas, que era una pregunta tonta, pero el señor E. dijo con una sonrisa traviesa:

—Quizá. Adivina cuál.

Fue propio de Scott, tan rápido, aquel tío a veces era deslumbrante: delante de nosotros tomó uno de los viejos revólveres elegantes, de acero azulado con un cañón de veinte centímetros por lo menos y grabados en plata, y antes de que su padre pudiera detenerlo hizo girar la recámara y tiró del martillo con el pulgar, apuntó a su cabeza y apretó el gatillo. ¡Clic!

En Nueva York me encontré con mi prima Midge, que ahora se llamaba Margery. Le hablé de la época en que ella y su hermano Jake jugaban con el rifle de su padre del calibre 22 en su casa de verano en la isla Mackinac. Midge, o Margery, dijo con el rostro congelado:

—Nunca jugamos con las pistolas de papá. Es una ridiculez. Nos habría echado una bronca.

(El tío Adcock había muerto de cáncer el año anterior, en Saint Petersburg. Quería haber enviado una postal a Carol o haberla llamado.) Empecé a hablar, pero Midge, o Margery, me dio la espalda y se alejó caminando. La contemplé fijamente, sorprendida, como si me hubiera abofeteado. Podía recordar el estallido ensordecedor del rifle. El culatazo contra mi hombro, que casi me lo rompió. El olor a quemado de la pólvora en los orificios de mi nariz. Aquel olor emocionante. Y cómo, durante una fracción de segundo, pareció que el disparo había alcanzado las velas blancas, que ondeaban y palmoteaban al viento en el lago.

Aquellas vacaciones de Semana Santa, mi penúltimo año en Vassar, dije a mis padres que me iba a esquiar a Boulder con mi compañera de habitación y su familia, pero de hecho estaba con Cal en la cabaña de su padrastro en la montaña. Pasamos la mayor parte del tiempo colocados, en la cama, escuchando heavy metal y levantándonos principalmente cuando teníamos que ir al lavabo. (Probábamos a ver quién aguantaba más. Bebíamos zumos y cosas así. Al principio me daba vergüenza tener que ir a orinar tan a menudo, pero habría sido peor si hubiese mojado la cama. Tenía una especie de infección de orina, supongo.) Me paseaba desnuda, con una sudadera de Yale sobre mis hombros con las mangas atadas bajo mis pechos. El sol era demasiado luminoso para nuestros ojos, tenía-

174

mos que mantener las persianas bajadas la mayor parte del tiempo. Estaba buscando en los armarios y vi un rifle y una caja de munición abierta. Un Winchester del calibre 22, que no se había limpiado en mucho tiempo y con el cañón de acero azulado lleno de polvo. En otra estantería había un revólver Sturm Ruger de seis tiros, también polvoriento, de acero inoxidable con la empuñadura de nogal y un cañón de unos diez centímetros. Me gustaba aquella pistola. Me gustaba la sensación y su peso. Un cañón pesado y una empuñadura considerable como si estuvieras estrechando la mano de alguien. Cal vino y me vio y casi alucina. Como si no hubiese sabido que había armas de fuego «en el edificio». (Cal no estaba dispuesto a reconocer que su madre se había casado con un esquizofrénico paranoide que guardaba armas en todas sus viviendas y, como era un abogado criminalista, tenía permiso para llevar una oculta.) Cal exclamó:

—Dios mío, cariño, vuelve a dejarla en su sitio, ¿vale?

Yo estaba colocada y realmente encantada con aquella maravillosa arma. Oyes hablar de hombres que conectan con el arma adecuada, pero no de una mujer; sin embargo, era como si todo fuera entre la Sturm Ruger y yo, y Cal fuera el tercero, como un *voyeur,* que nos contemplaba.

—¿Alguna vez has jugado a la ruleta rusa? —dije.

—Nunca he conseguido averiguar cuál es el sentido de la ruleta rusa —respondió Cal asustado pero intentando bromear. Yo había retirado el seguro. Estaba comprobando si había balas en la recámara. Reí mientras le decía:

—Te arriesgas, ése es el sentido. Si ganas, acabas sin una bala en el cerebro.

—De todos modos, no tienes una bala en el cerebro —dijo Cal, como si estuviéramos en clase de Filosofía y discutir fuera parte de la calificación—. ¿Eso significa que has ganado?

—Eh, no —respondí riendo—. Pierdes.

Cal no lo entendía. Un tío puede ser sexy y cariñoso y todo lo demás, y no entenderlo.

175

Después de mi madre, ella fue la primera mujer que conocí que llevaba una pistola en el bolso. La guardaba en su mesilla de noche cuando no la tenía encima. Era una semiautomática Sterling Arms modelo 400 con un acabado de níquel y un cañón de casi nueve centímetros y una elegante empuñadura de marfil. Era guay sostenerla. Cargada, con el seguro puesto.

—¿Podrías disparar con esto alguna vez a un ser humano? —pregunté. Ella simplemente sonrió y me la quitó.

Corría un rumor, Nahid A., un chico rico y sexy de Cachemira que conocimos en Vassar, se había convertido en «traficante de armas mercenario» en su país natal. Otros decían: «Mentira. Nahid es un *poeta*».

¡Una noticia sorprendente! Charl S. (con quien hacía ocho años como mínimo que había perdido el contacto) me llamó para contármelo. Pero yo había leído sobre ello en el *New York Times* y lo había visto en televisión. Titulares escabrosos en la portada de toda la prensa amarilla. Un agresor negro había «acribillado a balazos» a una trabajadora social embarazada (blanca) y su niño nonato, y su marido había resultado herido en su coche en Worcester, Massachusetts. Se creía que el agresor era (según el testimonio del marido) uno de los clientes, que recibía asistencia social. La fallecida era una rubia hermosa y pálida de una familia acomodada de Boston. Su marido, señaló Charl, era nuestro amigo común, Nico. ¡Nico herido por arma de fuego! Charl parecía encantado.

—¿Quién iba a suponer que Nico se casaría con una trabajadora social? No era el típico que lo habría hecho.

Debió de haber sido un mes más tarde cuando Charl volvió a llamar, aquella vez aún más entusiasmado. ¡Ahora tenía noticias verdaderamente sorprendentes! Después de todo, la mujer de Nico no había sido abatida por un cliente negro que recibía asistencia social, *sino por el mismo Nico*. Acababan de arrestarle. Había hecho que todos los hombres negros del

176

área de Worcester resultaran sospechosos. Aparecía en las noticias nacionales.

—Nico contrató una póliza de seguros para la pobre mujer por un millón de dólares sólo unos pocos meses antes de dispararle. ¿No es terrible?

Intentaba sentir que aquélla era una noticia terrible. O incluso inesperada. Le dije a Charl que no había sido muy inteligente por parte de Nico asegurar a su esposa por un millón de dólares y después matarla. Pensaba en los ojos aterciopelados de Nico y en su extraña lengua tibia empujando y desviándose en tu boca como una especie de erizo de mar.

El teléfono sonó durante la noche. Era mi hermano en Palm Beach. Malas noticias sobre mi madre. Pero ¿no acababa de casarse? ¿No estaba de viaje de novios? El hombre que dormía a mi lado no se movió. Estaba acostumbrado a que deambulara por la casa durante la noche. La cabeza ya me martilleaba por el dolor.

—No, espera —dije intentando que no me entrara el pánico—. Ya lo he oído antes. ¿Verdad?

—No, no lo has oído —respondió mi hermano bruscamente—. Esta vez está muerta.

Me dejó su Colt Detective Special, con unas palabras manuscritas: «A mi única hija. Para su lógica protección». Eso y una caja de bisutería enmarañada (¿qué había sucedido con sus joyas?) y recuerdos familiares y un par de millones de dólares en bonos.

Lloré toda la primavera. No podía parar. Como si mi corazón fuera un bloque de hielo que ahora se derretía. Kaho me abrazó por los viejos tiempos. Me advirtió que no era tan joven y viril como antes. Kaho también había estado casado con una mujer mayor que había muerto en circunstancias «misteriosas». (¡No fue culpa de Kaho!) Después de un rato en mi cama, el brazo musculoso y fibroso de Kaho empezó a dormirse en la zona en la que yo estaba apoyada, el peso de mi cuerpo como el de una niña ahogada. Entre nosotros, donde se tocaban nuestros cuerpos, nuestra piel tenía una capa de sudor frío como aceite para armas de fuego. Yo lloraba:

—Te quiero, Kaho. Siempre te he querido.

Pero Kaho estaba incómodo. Fue tanto tiempo atrás, dijo. Su gran reloj con cronómetro brillaba en la oscuridad en un tono verde pálido como un pez verde que flotaba, o como un ojo.

Se pueden hacer pedidos especiales de empuñaduras para armas de fuego en palisandro, granadillo negro, arce ojo de pájaro, marfil. Siempre quise tener una de marfil. En Jackson Hole, un «americano nativo» (un indio crow, pero que no se parecía a Halcón Negro en absoluto) esculpía empuñaduras para armas de fuego de piezas de madera con una navaja que brillaba tanto entre sus dedos que jurarías que desprendía chispas. Lyle Barnfeather esculpía pedidos hechos de encargo para Smith & Wesson, tenía bastantes atrasados, y quería que yo supiera que no «era barato».

G. G. volvió a mi vida. Su carrera en televisión había tocado fondo. En ocasiones parecía culparme por no haber ido con él. Otras veces me pedía dinero prestado. Cuando lo eché de casa, me acosaba como un tipo lo haría en la tele. Uno de esos programas especiales sobre asesinos en serie. Salvo que G. G. no tenía furgoneta, ni siquiera coche. ¿Cómo iba a deshacerse del cadáver? Me llamaba y me dejaba mensajes: «Cariño, te quiero, no me hagas esto». Era como un mal telefilme excepto que yo no sabía cómo acababa el guión. En todo caso, tenía la Colt Detective Special de mi madre, para mi lógica protección.

En el campo de tiro Preparados-Apunten-Fuego en Staten Island, llevábamos unas gafas sin graduar con lentes grises y un puente ajustable. Íbamos equipados con orejeras aprobadas por la Organización de Protección del Medio Ambiente. De todos modos, el ruido era ensordecedor. Si no lo oías a todo trapo, lo sentías vibrar en tu cuerpo. Algunos hombres disparaban ametralladoras. Como martillos neumáticos, y con los rostros brillantes. Vi a uno de ellos babeando por la barbilla. Buzz, mi monitor, tenía paciencia conmigo. Habíamos empezado con simples pistolas ligeras para prácticas, y unos meses después nos graduamos a la Remington Magnum del calibre 44 («el calibre para pistola más potente que existe»). Hacer prácticas de tiro era como hacer el amor para mí, de tanto en tanto daba en el blanco, pero la mayoría de las veces no acertaba. No tenía lógica. Ni propósito. Mis deseos no tenían nada ver con ello. Mi corazón galopaba cuando Buzz me rozaba, respiraba en mi cabello. Mi mala costumbre era estremecerme. Y cerrar los ojos cuando apretaba el gatillo. Buzz me regañaba con suavidad:

—Así es como se mata a la gente en la vida real. La silueta humana es la más difícil. Cierras los ojos, inspiras y disparas.

La muerte de mi madre nunca tuvo una explicación satisfactoria. Su nuevo marido, a quien mi madre llevaba siete años, afirmaba que volvió a casa después de un viaje de dos días y simplemente la «encontró». Llevaba muerta, tendida en la cama a medio vestir, unas diez horas, durante las cuales, decía —y los archivos telefónicos los corroboraban—, telefoneó seis veces y no obtuvo más respuesta que la del contestador automático. El forense declaró que su muerte había sido por causas «naturales». Y sin embargo, siguió siendo una muerte «llena de misterio». ¿Por qué tomó mi madre al mediodía la dosis de barbitúricos que solía tomar por la noche, por qué mi madre, que era quisquillosa para esas cosas, iba a tumbarse con la ropa de cama arrugada, por qué mi madre, que era obsesiva con sus uñas, tenía varias rotas y agrietadas, el esmalte desconchado?... Mi hermano se quedó más anonadado por la muerte de mamá que yo. Habló de contratar a un detective privado para que la investigara. Yo lo había asumido mejor, me había vuelto más fatalista, como Kaho. El estoicismo asiático.

Además, como dijo papá:

—Era una tragedia previsible. El tipo de hombres que gustaban a tu madre.

Mikal había vuelto a mi vida. Intentaba no sentirme feliz, esperanzada. No creía merecerme ser feliz, ni siquiera tener esperanzas, con un alma como la mía.

«La responsabilidad principal cuando se es dueño de un arma no es la seguridad sino su mantenimiento. Porque la seguridad del arma no se consigue sin él.» Lo aprendí en el campo de tiro Preparados-Apunten-Fuego. En su oficina principal compré:

una varilla para limpiar pistolas
refuerzos del tamaño correspondiente
cepillos de calibre de latón
trapos especiales para limpieza
un cepillo de dientes nuevo
destornilladores de armero
quitaplomo Lewis
espejo / luz de calibre
disolvente de pólvora Hoppes núm. 9
aceite acondicionador
lubricante
botella de solución para añilar

Hacía años que nadie limpiaba la Detective Special de mi madre, mi herencia. Quizá nunca lo hubieran hecho. La sostuve en la mano, que me temblaba. Tenía las recámaras cargadas. Pero ¿la pistola dispararía?

Nunca se sabe hasta que se sabe. Pero recuerda: A TU AGRESOR NO LE DEBES EL PRIMER DISPARO.

Mikal me besó y sostuvo mi cabeza entre sus manos como recordaba de años atrás y como nunca nadie había vuelto a hacer, nunca. Sus besos eran igual que los de un niño: ansiosos, esperanzados, pero no sensuales (todavía no: estaba agradecida por ello). «Así que la vida también te ha hecho daño.» Pero prácticamente no hablamos. Lejos de mí durante años, casado con otras mujeres, se había vuelto delgado y nervioso como una anguila. Podía sentir la corriente vital que lo recorría. «Amor mío. Amor mío.» El rostro de Mikal mostraba arrugas verticales como si estuviera llorando. Su cabello empezaba a tornarse cano en la sien, pero por lo demás ofrecía el brillo del acabado azul satinado. Estaba casado, aunque separado de su esposa (desequilibrada, al borde del suicidio), a la que conocí en una ocasión, años atrás, y que sólo recordaba como una luz rubia cegadora y llameante. Estaba separado de su esposa (vengativa y amenazadora) pero profundamente obligado a ella y a la única hija de ambos (¿problemática?, ¿discapacitada?), estaba claro. «Oh, oye, no preguntes. Todavía no.» Pasábamos horas interminables acostados estrechando el delgado torso del otro, presionando una mejilla contra otra. Sin hablar. Como supervivientes de una desesperada travesía a nado a través de aguas rápidas. La Colt Detective Special estaba en el cajón de mi mesilla de noche, todavía sin limpiar, sin engrasar. Me gustaba la idea, en cierto modo sensual, de que, cuando dejara a Mikal para ir al baño, éste se daría la vuelta y abriría el cajón sin hacer ruido y vería aquella «arma disuasoria» de aspecto amenazador. Mi nueva empuñadura de marfil hecha a medida brillando en la oscuridad.

Buzz, del campo de tiro, se pasó por aquí varias veces. Buzz también se encontraba «en una mala situación temporal» con su esposa y su familia. Pero Buzz era un antiguo sargento del ejército estadounidense y desde ese punto de vista el mundo se ve distinto. Y si te llamas Buzz, desde los dos años. De todos modos, al ver el estado de la Detective Special,

181

el acabado corroído, Buzz parecía a punto de echarse a llorar. Como cuando pisas algo y resulta ser un polluelo aplastado.

—Dios mío. Cómo has podido. Incluso *tú*.

(Quería decir «incluso una mujer». Lo sabía.) Cuando toqué su muñeca, me retiró la mano. Estaba, en sus propias palabras, muy cabreado. Pero hicimos las paces. Al ver dónde vivía, Buzz siempre se sentía impresionado. Desmontó la pistola con pericia sobre una hoja de papel de periódico en la mesa de la cocina, como si estuviera efectuando una autopsia. Sus grandes dedos eran hábiles y, a su modo, amorosos. Utilizando los objetos que había comprado en el campo de tiro, limpió la pistola de mi madre y volvió a cargarla y cerró el seguro.

—El seguro tiene que estar siempre cerrado, ¿ves? Cuando no te estés preparando para disparar.

Pensé en que había algo de koan en aquello, pero no insistí. Buzz era el amante más silencioso que había conocido. Quizá la palabra sea *estoico*. Al llegar al orgasmo era como alguien descalzo al pisar un clavo, decidido a no gritar e incluso a hacer una mueca. ¿Cómo sabía cuándo había alcanzado Buzz el orgasmo? Dejaba de hacer lo que fuera y se retiraba rodando de mí. Dijo que yo tenía «mucha clase» pero sabía que ya no me respetaba después de haber visto el estado de mi pistola. Una pistola así en el cajón de la mesilla de noche, como un bebé en su cuna junto a la cama de su madre, desatendido. Había contemplado mi alma. Los hombres lo saben.

G. G. parecía haber desaparecido. Quizá se había asustado al verme con Buzz. O se había escondido, ocultando su identidad.

Había una campaña organizada por el alcalde y el superintendente de la policía de Nueva York para que los ciudadanos «entregaran sus armas en la comisaría local, sin preguntas». Ahora que la Detective Special estaba tan limpia

182

y bien engrasada, pensé realmente que podría entregarla. No sé el motivo: para liberarme de mi madre, quizá. Pero era supersticiosa, y pensé: *El día en que la entregue, esa noche la necesitaré.*

Mikal era el propietario de un negocio de importación, de artículos de cuero, joyas de Marruecos. O quizá (los negocios de Mikal eran un misterio para mí, igual que su vida personal) tenía un socio. Su tienda estaba en Madison y la 75. Una de esas pequeñas tiendas elegantes con escaparate como las del Museo Metropolitano. Pero nunca se encontraba allí cuando iba a visitarle. Un día me llamó, inquieto. Tenía que partir para Marruecos a última hora de aquella misma tarde. Se trataba de una emergencia inesperada relativa a sus negocios. ¿Podía reunirme con él en el parque? Yo habría preferido hacerlo en mi apartamento, pero Mikal sentía un cariño romántico por Central Park. De hecho, en una ocasión habíamos hecho el amor allí, hasta cierto punto, detrás de unas piedras. Llegó veinte minutos tarde, pero prácticamente corriendo y sonriente, ilusionado como un niño. Su piel tenía un aspecto ceroso y desprendía un calor húmedo. Hacía unos dos días que no se afeitaba. Nos abrazamos con fuerza. ¡Con tanta fuerza! Me gustaba que Mikal pudiera notar mis costillas, cuánto había adelgazado, y sabía que le gustaban las mujeres delgadas. Era duro pensar que nadie grabara un momento tan maravilloso como aquél. Ese instante melancólico del anochecer en el que las luces se encienden en toda la ciudad. Los faros de los vehículos que cruzaban el parque, las farolas, las luces en los rascacielos de la Quinta Avenida. Al oeste, rayas rojizas como llamas en el sol. Y el resto del cielo oscuro y enturbiado por nubes de tormenta. En Central Park olía a tierra mojada y fría. Hojas podridas, mantillo. El resplandor oscuro de los troncos de los árboles. Mikal y yo nos abrazábamos como nadadores que se tambalean hasta la orilla sin saber y sin importarles dónde están. *Quería que nos viéramos aquí para que no pudiéramos hacer el amor. Nuestra despedida sería espiritual.* Respetaba a Mikal por aquello aunque me moría por tumbarme desnuda junto a él una última vez antes de que se fuera y por sentirlo dentro de mi cuerpo. Mikal me besó, apasionado y enérgico, presionando contra mis brazos una maleta de piel de cabrito marroquí hermoso y suave.

—Guárdame esto, cariño. No me preguntes por qué. Te quiero.

Sopesé la maleta en mis brazos. Era moderadamente pesada.

—¿Qué es? —pregunté, aunque era posible que lo supiera.

Mikal dijo, volviendo a besarme:

—Cariño, sabré cuándo puedo pedirte que me lo devuelvas. Cuando pueda volver a verte y quererte. Y podamos estar siempre juntos.

Mikal comenzaba a retroceder. Sus ojos estaban ojerosos y febriles por el agotamiento. Sentí que me arrancaban el corazón del cuerpo. No había palabras adecuadas para decírselas a mi amante mientras se iba. De vuelta en mi apartamento, abrí la maleta muy despacio. *Hasta que no lo vea con mis propios ojos, no lo sabré.* Pero la vi. Envuelta en una gamuza había una pistola con un cañón extrañamente largo, de unos veinte centímetros. Sin tocarla, vi que era una Glock Hardballer semiautomática de 9 milímetros, con la estructura y el acabado en acero inoxidable. No había visto nunca una Glock. Se trataba de una pistola pesada, de hombre. Me pregunté por qué el cañón era tan largo. Supuse que habían limpiado la pistola con cuidado. No me incliné para oler el cañón sino que volví a cubrirla con la gamuza. Cerré la maleta y la escondí en un estante del armario con el resto de mis artículos de piel. Tenía una buena colección, Mikal me había hecho algunos regalos. También me había regalado algunas joyas. Me sentía mareada. Un pitido agudo en el cráneo, salvo que fuera una sirena no muy distante. Me pregunté si volvería a ver a Mikal. Quizá me pidiera que fuese a reunirme con él en

Marruecos. Me pregunté si me interrogarían sobre Mikal, si había ocurrido algo en su vida que justificara que me interrogasen. Me pregunté si iba a deshacerme de la pistola, pero ya sabía que era probable que no lo hiciera, cómo podría, de aquella hermosa Glock Hardballer. Sencillamente no puedo.

Segunda parte

Infiel

1

La última vez que mi madre, Cornelia Nissenbaum, y su hermana Constance vieron a su madre fue el día antes de que desapareciera de sus vidas para siempre, el 11 de abril de 1923. Era una mañana lluviosa y neblinosa. Buscaban a su madre porque había un problema en la casa; no había bajado para preparar el desayuno, así que no había nada para ellas salvo lo que les dio su padre: harina de avena glutinosa de la mañana anterior recalentada a toda prisa en la cocina, pegada al fondo de la cazuela y con sabor a quemado. Su padre les pareció extraño, sonriendo pero sin verlas, como solía hacer, igual que el reverendo Dieckman, con demasiada intensidad en su púlpito los domingos por la mañana, salmodiando la palabra de Dios. Sus ojos estaban enhebrados de sangre y su rostro seguía estando pálido por el invierno pero sonrojado, con manchas. En aquella época era un hombre atractivo aunque de aspecto severo y duro. Patillas entrecanas y una barba cuadrada, áspera y también con mechas grises, y el cabello tupido, negro, liso, mullido, peinado hacia atrás desde la frente como una cresta. Las hermanas tenían miedo de su padre cuando no estaba su madre para mediar entre ellos; era como si ninguno supiese quién era sin ella.

Connie se mordió el labio y reunió el valor para preguntar dónde estaba mamá y su padre respondió, subiéndose los tirantes mientras salía:

—Tu madre está donde la encuentres.

Las hermanas observaron cómo su padre cruzaba el patio delantero lleno de charcos de barro hasta donde una cuadrilla de jornaleros esperaba a la puerta de un enorme granero. Era la época de plantar centeno y en el valle de Chautauqua en primavera siempre existía la preocupación por la lluvia: demasiada lluvia que arrastra las semillas o hace que se pudran en la tierra antes de que puedan brotar. Mi madre, Cornelia, llegó a la edad adulta pensando que las bendiciones y las maldiciones caen del cielo con igual autoridad, a cántaros, como la lluvia. Estaba Dios, que ponía el mundo en movimiento y que en ocasiones intervenía en los asuntos de los hombres por motivos que nadie podía dilucidar. Si vivías en una granja, estaba el clima, siempre el clima, cada mañana el clima y cada tarde al ponerse el sol calculando la situación del día siguiente, del cielo que significaba demasiado. Alzando la vista siempre, mirando al exterior, el corazón dispuesto a acelerarse.

Aquella mañana. Las hermanas nunca olvidarían aquella mañana. Sabían que algo iba mal, pensaban que mamá estaba enferma. La noche anterior oyeron, ¿qué exactamente? Voces. Una voz entre los sueños y el viento. En aquella granja, al borde de un descenso de dieciséis kilómetros hasta el río Chautauqua, siempre hacía viento —¡en los peores días, el aire podía dejarte literalmente sin aliento!— como un fantasma, como un duende. Un ser invisible empujándote desde detrás, cerca de ti, a veces incluso dentro de la casa, hasta en tu cama, presionando su boca (o su hocico) contra el tuyo y aspirando tu aliento.

Connie pensaba que Nelia era tonta, una niña tonta por creer esas cosas. Tenía ocho años y una mente escéptica. Y sin embargo, quizá también lo creía. Le gustaba asustarse con aquellas ideas disparatadas, de esa forma en la que casi puedes hacerte cosquillas.

Connie, que casi siempre estaba muerta de hambre y que después de aquella mañana lo estaría durante años, se sentó a la mesa cubierta con un hule y se comió las cucharadas de harina de avena que su padre había sacado para ella, las devoró, incluso la avena quemada, su cabeza inclinada con sus tren-

190

zas claras encrespadas y su mandíbula trabajando a toda velocidad. Harina de avena endulzada con la nata de la leche a punto de cortarse, y azúcar moreno grueso. Nelia, que estaba inquieta, no pudo tragar más de una cucharada o dos de la suya, así que Connie acabó devorándola también. Recordaba que parte de la harina de avena estaba tan caliente como para quemarse la lengua y el resto, frío como si acabara de salir de la nevera. Recordaba que estaba deliciosa.

Las niñas lavaron sus platos en el fregadero con agua fría y dejaron a remojo la cazuela de la harina de avena llena de espuma y jabonaduras. Era hora de que Connie se fuese a la escuela, pero ambas sabían que no iría, aquel día no. No podía salir para caminar los más de tres kilómetros hasta la escuela con aquella sensación de que «había algún problema», y tampoco podía dejar a su hermana pequeña atrás. Aunque cuando Nelia se sorbió los mocos y se limpió la nariz con las manos, Connie le dio un manotazo en el hombro y la regañó:

—Marranota.

Aquélla era una costumbre de su madre cuando hacían algo que fuese siquiera ligeramente asqueroso.

Connie subió la primera al gran dormitorio que había en la parte delantera y que era la habitación de mamá y papá y a la que tenían prohibida la entrada salvo que hubiesen sido invitadas expresamente, por ejemplo si la puerta estaba abierta y mamá estaba limpiando dentro, cambiando las sábanas y exclamaba: «¡Entrad, niñas!» mientras sonreía de buen humor, así que no había problema y no las regañaría. «Adelante, echadme una mano», lo que se convertía en un juego en el que sacudían las sábanas y las fundas para meter las pesadas almohadas de pluma de oca, mamá y Connie y Nelia riendo juntas. Pero aquella mañana, la puerta estaba cerrada. No se oía a mamá dentro. Connie se atrevió a girar el pomo, empujó la puerta abriéndola despacio, y vieron, sí, para su asombro, que su madre yacía sobre la cama deshecha, parcialmente vestida, envuelta en una manta de punto. ¡Dios mío, daba miedo ver así a mamá, tumbada a aquella hora de la mañana! Mamá, que era tan enérgica y capaz y que las sacaba de la cama si tardaban en levantarse; mamá, con poca paciencia para los trucos haraganes de Connie, como solía llamarlos, o para el moqueo, los dolores de tripa y los terrores infantiles de Nelia.

—¿Mamá? —la voz de Connie se había quebrado.

—¿Ma-má? —lloriqueó Nelia.

Su madre gimió y estiró un brazo sobre una de las almohadas, que descansaba torcida junto a ella. Respiraba con dificultad, como un caballo sin aliento; su pecho subía y bajaba visiblemente y tenía la cabeza echada hacia atrás sobre la almohada y se había puesto un paño húmedo sobre los ojos a modo de máscara, lo que le ocultaba medio rostro. Su cabello rubio oscuro estaba despeinado, sin trenzas, áspero y sin lustre como la crin de un caballo, sin lavar desde hacía días. El potente mal olor del cabello de mamá cuando hacía falta que se lo lavara. Esos olores, dirían las hermanas, algunos no muy agradables, los recuerdas toda la vida. Y el olor de la habitación prohibida de sus padres a... ¿era a polvos de talco, axilas sudorosas, el olor agridulce de las sábanas que, al margen de la frecuencia con la que las lavaras con detergente y lejía, nunca estaban verdaderamente limpias? Olor a cuerpos. Cuerpos adultos. A levadura, viciado. El tabaco de papá (enrollaba sus propios cigarrillos en un tosco papel, masticaba tabaco en una bolita gruesa y negra como el alquitrán) y el aceite capilar de papá y aquel olor especial de los zapatos de papá, los zapatos negros de los domingos que siempre estaban lustrados. (Sus botas de faena y demás las guardaba abajo, en el porche cerrado junto a la puerta trasera que llamaban «la entrada».)

En el ropero que había junto a la cama, detrás de un largo de cretona sin dobladillo, había un orinal de porcelana picada de color azul con una tapadera extraíble y un borde que se redondeaba cuidadosamente hacia abajo, como un labio.

Las hermanas tenían su propio orinal, «su orinalito», como lo llamaban. No hubo instalación de agua en el interior de la granja de John Nissenbaum, ni en ninguna granja

192

del valle de Chautauqua hasta bien entrados los años treinta, o en los hogares más pobres hasta bien entrados los cuarenta e incluso después. A unos cien metros detrás de la casa, más allá del silo, se encontraba el retrete externo, la letrina, el «baño». Pero cuando hacía frío o llovía o en la noche oscura, no te convenía hacer aquel recorrido, no si podías evitarlo.

Claro está que había olor a orina y a excrementos, más leve, por doquier, reconocieron las hermanas años después. Como adultas, al recordar. Pero probablemente lo cubría el olor a corral. Después de todo, ¡no hay nada peor que el olor a estiércol de cerdo!

Al menos, nosotros no éramos cerdos.

En fin, allí estaba mamá, en la cama. La cama, tan elevada del suelo que tenían que subir con una rodilla por delante para deslizarse hasta ella y sujetarse a lo que pudieran. Al colchón de crin de caballo, tan duro e incómodo. Mamá no se había retirado el paño sobre los ojos y junto a ella, sobre las sábanas arrugadas, su Biblia. Boca abajo. Con las páginas dobladas. La Biblia que su suegra, la abuela Nissenbaum, le dio como regalo de bodas al ver que no tenía una propia. Era más pequeña que la pesada Biblia familiar de color negro y tenía las cubiertas de cuero liso de color marfil y las páginas de papel de cebolla que a las niñas les estaba permitido examinar pero no pasarlas sin la supervisión de mamá; la Biblia desapareció con Gretel Nissenbaum para siempre.

Las niñas rogaron y lloriquearon.

—¿Mamá? Mamá, ¿estás enferma?

Al principio no hubo respuesta. Sólo la respiración de mamá, rápida, profunda y desigual. Y su piel grasa olivácea con un calor febril. Tenía las piernas enrolladas en la manta, el cabello extendido sobre la almohada. Vieron el brillo de la cruz de oro de mamá en una cadena también de oro alrededor de su cuello, prácticamente desaparecida entre su cabello. (No sólo una cruz sino también un relicario: cuando mamá lo abría, dentro se encontraba un diminuto mechón de cabello gris que perteneció a una mujer que las niñas no

habían conocido nunca, la abuela de mamá a la que tanto
quería de niña.) Y los pechos de mamá, ¡prácticamente descu-
biertos!, pesados, exuberantes, hermosos, que casi sobresalían
de un camisón blanco de ojetes, redondos como sacos que
contenían un líquido tibio, y los pezones oscuros y grandes
como ojos. Era de mala educación mirar fijamente a cualquier
parte del cuerpo de una persona. Pero ¿cómo podías evitarlo?,
sobre todo Connie, que se sentía fascinada por aquello, adivinando que un día habitaría un cuerpo como el de mamá.
Años antes, había mirado celosa, impresionada, a hurtadillas
los enormes pechos de mamá hinchados por la leche cuando
todavía amamantaba a Nelia. Ésta ya tenía cinco años y no
recordaba haber sido amamantada en absoluto; un día llegaría a creer, testaruda y desdeñosa, que nunca había tomado el
pecho, que sólo la habían alimentado con biberón.

Por fin mamá retiró el paño de su rostro.

—¡Vosotras! ¡Maldita sea! ¿Qué queréis? —miró a las
niñas fijamente como si, con las manos juntas y boquiabier-
tas, fueran unas extrañas. Tenía el ojo derecho amoratado e
hinchado y marcas rojas recientes en la frente, y primero
Nelia y después Connie empezaron a llorar y mamá dijo—:
Constance, ¿por qué no estás en la escuela? ¿Por qué no podéis dejarme en paz? ¡Válgame Dios! Siempre con el mamá,
mamá, mamá.

—Mamá, ¿te has hecho daño? —lloriqueó Connie, y
Nelia gimió, chupando un extremo de la manta a la manera
de un bebé desquiciado y mamá hizo caso omiso de la pregunta, como solía hacer cuando pensaba que las preguntas
eran entrometidas, que no eran de la incumbencia de nadie:
levantó la mano en un amago de abofetearlas, pero cayó con
cansancio, como si aquello hubiera sucedido muchas veces
antes, aquel intercambio, aquel sentimiento, y fuese su destino que volviera a ocurrir muchas veces más. Un mal olor a
sangre emanaba de la parte inferior del cuerpo de mamá, de
los dobleces de la manta manchada, un olor que ninguna de las
niñas podía identificar salvo al volver la vista atrás, en la ado-

lescencia, al detectarlo en ellas: avergonzadas, incómodas, el secreto de sus cuerpos durante lo que se llamaba, siempre con connotaciones de vergüenza, «esos días del mes».

Por lo tanto: Gretel Nissenbaum, en el momento de su desaparición de la casa de su marido, tenía la menstruación.

¿Aquello significaba algo o nada?

Nada, contestaría Cornelia con aspereza.

Sí, insistiría Constance, significaba que nuestra madre *no* estaba embarazada. No huyó con un amante debido a *eso*.

Aquella mañana, ¡qué confusión reinaba en el hogar de los Nissenbaum! Sin embargo, las hermanas hablaron más adelante del encuentro en la enorme habitación, de lo que les dijo su madre, del aspecto que tenía y de su comportamiento, aunque no fue exactamente así, por supuesto. Porque, ¿cómo puedes hablar de confusión, cuáles son las palabras para describirla? ¿Cómo expresar con un lenguaje adulto la incontrolable fibrilación de las mentes infantiles, la mente de dos niñas golpeándose la una contra la otra como polillas, cómo saber lo que ocurrió de verdad y lo que imaginaron? Connie juraría que el ojo de su madre parecía un huevo repugnante ennegrecido y podrido, tan hinchado, pero no podría decir cuál de ellos era, si el derecho o el izquierdo; Nelia, que evitaba mirar el rostro magullado de su madre y únicamente ansiaba hundirse en ella, poder esconderse y ser reconfortada, con el tiempo llegaría a dudar que había visto un ojo lastimado; o se preguntaría si se lo habían hecho creer porque Connie, que era tan mandona, afirmaba que así era.

Connie recordaría las palabras de su madre, la voz aguda y desesperada de mamá: «No me toquéis... ¡Tengo miedo! Puede que me vaya, pero no estoy preparada... ¡Dios mío, tengo tanto miedo!», etcétera, etcétera, diciendo que se iba, que tenía miedo, y Connie le preguntaba, ¿adónde?, ¿adónde iba?, y mamá golpeaba las sábanas con los puños. Nelia recordaría que le dolió la forma en que mamá tiró del extremo de la manta empapada de babas para sacársela de la boca, ¡con tanta fuerza! No mamá, sino «mamá mala», «mamá bruja» que le daba miedo.

Pero entonces mamá se aplacó, exasperada.

—Vamos, ¡malditas niñas! Claro que *mamá* os quiere.

Ansiosas entonces como gatitas hambrientas, las hermanas se subieron con dificultad a la cama, alta y dura, gimoteando, acurrucándose en los brazos de mamá, con su cabello húmedo y enredado, con aquellos pechos. Connie y Nelia metiéndose en la cama, llorando hasta quedarse dormidas como bebés de pecho, mamá colocó la manta sobre las tres como si se estuvieran protegiendo. Aquella mañana del 11 de abril de 1923.

Y a la mañana siguiente, temprano, antes del amanecer. Las hermanas se despertaron por los gritos de su padre:

—¿Gretel? ¡Gretel!

2

«... nunca volvimos a hablar de ella después de las primeras semanas. Tras la impresión inicial. Aprendimos a rezar por ella y a perdonarla y a olvidarla. No la echamos de menos.» Eso dijo mamá con su voz tranquila y juiciosa. Una voz que no contenía culpa.

Pero la tía Connie me llevó aparte. La hermana mayor, la más prudente. «Es cierto que nunca hablábamos de mamá cuando había personas mayores cerca, eso estaba prohibido. Pero, ¡ay Dios!, la echábamos de menos todas las horas del día, todo el tiempo que vivimos en aquella granja.»

Yo era la hija de Cornelia pero confiaba en la tía Connie.

Nadie en el valle de Chautauqua sabía adónde había huido Gretel, la joven esposa de John Nissenbaum, pero todos tenían su opinión o conocían el motivo.

Era infiel. Una mujer infiel. ¿No se había ido con un hombre y había abandonado a sus hijas? Tenía veintisiete años y era demasiado joven para John Nissenbaum y no era de Ransomville, su familia vivía a unos cien kilómetros en Chautauqua Falls. Era una esposa que había cometido *adulterio,* que era una *adúltera.* (Algunos la llamarían *golfa, puta, zorra.*) El reverendo Dieckman, el pastor luterano, daba unos sermones maravillosos a raíz de su marcha. Kilómetros a la redonda en el valle y durante años, hasta bien entrados los cuarenta, se hablaba del escándalo de Gretel Nissenbaum: ¡una mujer que había dejado a su fiel esposo cristiano y a sus dos hijas!, ¡sin aviso!, ¡sin provocación!, que desapareció a medianoche llevándose consigo una única maleta y, como les gustaba decir a todas las mujeres que alguna vez habían hablado de aquella historia, relamiéndose, «con lo puesto».

(La tía Connie dijo que creció imaginando que de hecho había visto a su madre, como en un sueño, caminando a hurtadillas el largo camino hasta la carretera, un fardo de ropa, como si fuera colada, colgado de la espalda. Los niños son tan impresionables, solía decir la tía Connie, riendo con ironía.)

Durante mucho tiempo después de la desaparición de su madre, y al no recibir noticias de ella, o sobre ella, por lo que sabían las hermanas, Connie no parecía poder evitar atormentar a Nelia diciendo: «¡Mamá viene a casa!», para el cumpleaños de Nelia o por Navidades o por Semana Santa. Cuántas veces se entusiasmaba por su picardía al engañar a su hermana pequeña y, como niña que era, Nelia se lo creía.

Y cómo se reía sin parar Connie de ella.

Bueno, *tenía* gracia. ¿Verdad?

Otra travesura de Connie: despertar a Nelia hincándole el dedo por la noche mientras el viento hacía sonar las ventanas, gimiendo en la chimenea como un animal atrapado. Diciendo entusiasmada: «Mamá está ahí fuera, junto a la ventana, ¡escucha! ¡Mamá es un fantasma que intenta ATRAPARTE!».

A veces Nelia gritaba tanto que Connie tenía que ponerse a horcajadas sobre su tronco y presionar una almohada sobre su cara para amortiguar sus gritos. «Si hubiésemos despertado a papá con aquellas tonterías, lo habríamos pagado muy caro.»

En una ocasión, yo tendría unos doce años, le pregunté si mi abuelo les había dado un azote o les había pegado.

La tía Connie, sentada en nuestra sala de estar en el sillón de respaldo alto tapizado en brocado malva que ocupaba siempre cuando venía a visitarnos, hizo caso omiso. Y mamá tampoco pareció oírme. La tía Connie encendió uno de sus Chesterfield con un ademán nervioso en sus uñas pintadas de rosa glaseado, inhaló satisfecha y profundamente y dijo, como si fuera una idea que se le acababa de ocurrir, y como tal merecedora de pronunciarse:

—El otro día, viendo la tele, me di cuenta de lo mimados y tontos que son los niños, y se supone que debemos pensar que hacen gracia. Papá no toleraba que los niños montaran un numerito ni un segundo —hizo una pausa, inhalando profundamente otra vez—. Ningún hombre lo hacía en aquella época.

Mamá asintió despacio, frunciendo el ceño. Estas conversaciones con mi tía siempre parecían causarle dolor, un dolor físico real detrás de los ojos, y sin embargo no podía resistirse, al igual que la tía Connie. Dijo, enjugándose los ojos:

—Papá era un hombre orgulloso. Tanto después de que ella nos dejara como antes.

—¡Mmm! —la tía Connie emitió su zumbido nasal agudo que significaba que tenía algo importante que añadir, pero que no quería parecer agresiva—. Bueno, quizá más, Nelia. Más orgullo. Después —habló con segundas intenciones, con una sonrisa y lanzándome una mirada.

Como una actriz que se ha desviado de su diálogo, mamá corrigió rápidamente:

—Sí, por supuesto. Porque un hombre más débil habría sucumbido a… la vergüenza y la desesperación…

La tía Connie asintió enérgicamente.

—… podría haber renegado de Dios…

—… podría haberse dado a la bebida…

—... tantos lo hicieron, en aquella época...

—... pero papá no. Él tenía el don de la fe.

La tía Connie asintió sabiamente. Y sin embargo seguía mostrando aquella media sonrisa pícara.

—Oh, en efecto. Aquél fue el regalo que nos hizo, Nelia, ¿verdad?... Su fe.

Mamá sonreía con su sonrisa hermética, con la mirada baja. Sabía que, cuando la tía Connie se fuera, subiría a su habitación a echarse un rato, se tomaría dos aspirinas y correría las cortinas y se pondría un paño húmedo sobre los ojos y se tumbaría e intentaría dormir. En su rostro suavizado por la mediana edad, del color de la masilla, brillaba un rostro infantil absorto por el miedo.

—¡Ah, sí! Su fe.

La tía Connie rió de buena gana. Rió sin cesar. Los hoyuelos se le hendían en las mejillas y lanzaba un guiño de ojos en mi dirección.

Años después, mientras ordenaba aturdida las pertenencias de mamá después de su muerte, descubrí, en un sobre perfumado de lavanda en el cajón de un escritorio, un único mechón de cabello seco de color ceniza. En el sobre, en tinta morada desvaída, «Querido padre John Allard Nissenbaum 1872-1957».

Por lo que él mismo decía, John Nissenbaum, el marido ofendido, no tenía la más mínima sospecha de que su joven y obstinada esposa estaba descontenta, inquieta. ¡Y mucho menos de que tenía un amante secreto! Tantas mujeres de la zona hubieran deseado con todas sus fuerzas cambiarse por ella, que le había hecho creer cuando la cortejaba que esa posibilidad sería absurda.

Y es que los Nissenbaum eran una familia muy respetada en el valle de Chautauqua. Entre todos ellos debían de ser los dueños de miles de hectáreas de tierras de cultivo de primera.

Durante las semanas, meses y con el tiempo años que siguieron a aquella escandalosa partida, John Nissenbaum, que era por naturaleza, como la mayoría de los hombres de la familia Nissenbaum, reticente hasta el extremo de la arrogancia, y tremendamente reservado, dio a conocer —su versión de— la historia. Como advirtieron las hermanas (ya que su padre nunca les habló de su madre una vez pasados los primeros días después de la impresión), no se trataba de una única historia coherente, sino que tuvo que ser reconstruida como un gigantesco edredón formado por un sinnúmero de retales de tela.

Reconoció que Gretel echaba de menos a su familia, a una hermana mayor con la que tenía una relación muy cercana, y a sus primos y amigas con las que fue al instituto en Chautauqua Falls; entendía que la granja de ochenta hectáreas era un lugar en el que se sentía sola: sus vecinos más próximos estaban a kilómetros de distancia, y el pueblo a algo más de once kilómetros. (Los viajes más allá de Ransomville eran poco frecuentes.) Sabía, o creía saber, que su esposa abrigaba lo que su madre y sus hermanas denominaban «ideas descabelladas», incluso después de nueve años de matrimonio, de vida en la granja, y de hijos: en varias ocasiones había solicitado tocar el órgano en la iglesia, pero se lo habían negado; recordaba, a menudo con melancolía y quizá con reproche, visitas tiempo atrás a Port Oriskany, Buffalo y Chicago, antes de que se casara a los dieciocho con un hombre catorce años mayor que ella... En Chicago había visto representaciones teatrales y musicales, a los sensacionales bailarines Irene y Vernon Castle en *Watch Your Step* de Irving Berlin. No era sólo que Gretel quisiera tocar el órgano durante los oficios religiosos de los domingos (y sustituir al anciano organista cuya forma de tocar, según ella, sonaba como un gato en celo), era su actitud general hacia el reverendo Dieckman y su esposa. Le molestaba tener que invitarlos a una complicada cena de domingo cada varias semanas, como insistían los Nissenbaum; permitía que sus ojos recorrieran la congregación durante los sermones de

Dieckman y contenía bostezos tras su mano enguantada; se despertaba en mitad de la noche, decía, dispuesta a discutir sobre la condenación, el infierno, el concepto preciso de la gracia. Delante de un sorprendido pastor, se declaró «incapaz de *aceptar plenamente* las enseñanzas de la Iglesia luterana».

Si había algún otro problema más íntimo entre Gretel y John Nissenbaum, u otro factor en la vida emocional de Gretel, está claro que nadie hablaba de ello por entonces.

Aunque se daba a entender —¿posiblemente más que eso?— que John Nissenbaum estaba decepcionado al haber tenido hijas únicamente. Como era de esperar, quería tener hijos varones para que le ayudaran en el incesante trabajo en la granja; hijos a los que pudiera dejar sus considerables propiedades, igual que sus hermanos casados tenían hijos.

Lo que se sabía en líneas generales era: aquel día de abril, John se despertó una hora antes de que amaneciera, cuando todavía era noche cerrada, y descubrió que Gretel no estaba en la cama. ¿Se había ido de la casa? La buscó, la llamó, cada vez más alarmado, incrédulo:

—¿Gretel? ¡Gretel!

Buscó en todas las habitaciones del piso superior de la casa incluido el dormitorio en el que sus hijas, asustadas y aturdidas por el sueño, estaban acurrucadas en su cama; miró en todas las habitaciones del piso de abajo, incluso en el húmedo sótano con el suelo de tierra al que bajó con una linterna:

—¿Gretel? ¿Dónde estás?

El amanecer llegó mortecino, poroso y húmedo, y con un abrigo que se puso a toda prisa sobre su pijama, y los pies descalzos en sus botas de goma, inició una búsqueda frenética a la vez que metódica en las dependencias de la granja: el baño, el establo de las vacas y el establo contiguo, el pajar y el granero en el que las ratas se movían ligeramente cuando se acercaba. En ninguna de ellas excepto quizá el baño era probable que encontrara a Gretel; de todos modos, John continuó su búsqueda cada vez más asustado, sin saber qué otra cosa podía hacer. Desde la casa, sus hijas, que ahora estaban aterradas, lo observaban entrando y saliendo de edificio en edificio, una figura alta, rígida y de movimientos nerviosos con las manos ahuecadas ante la boca gritando:

—¡Gretel! ¡Greteeel! ¡Me oyes! ¡Dónde estás! ¡Greteeel!

La voz intensa y fuerte de aquel hombre pulsaba como un metrónomo, clara, profunda y, a oídos de sus hijas, tan terrible como si el mismísimo cielo se hubiera quebrado y el mismo Dios estuviera gritando.

(¿Qué sabían de Dios unas niñas tan pequeñas, de cinco y ocho años? De hecho, bastante, como explicaría la tía Connie más adelante. Estaba la imitación de barítono del reverendo Dieckman del Dios del Antiguo Testamento, la expulsión del Edén, la réplica demoledora a Job, la espectacular zarza que ardía sin consumirse en la que el mismo fuego gritaba ¡HEME AQUÍ!, todo ello se había grabado irrevocablemente en su imaginación.)

Sólo entrada la mañana —pero aquélla era una explicación confusa y atormentada— descubrió John que la maleta de Gretel había desaparecido del armario. Y visiblemente faltaba ropa de las perchas. Y los cajones de la cómoda de Gretel habían sido vaciados a toda prisa: su ropa interior, sus medias habían desaparecido. Y sus joyas favoritas, por las que sentía una vanidad infantil, no estaban en la caja de madera de cedro; tampoco su juego de peine, cepillo y espejo con el camafeo desvaído, herencia familiar. Ni su Biblia.

¡Qué gracia! ¡Cómo iba a reírse la gente de aquello, Gretel Nissenbaum se había llevado su Biblia!

Donde demonios fuera que hubiese ido.

¿Y no había nota de despedida después de nueve años de matrimonio? John Nissenbaum afirmaba haber buscado en todas partes sin éxito. Sin una palabra de explicación, sin una palabra de remordimiento siquiera por sus pequeñas hijas. «Sólo por eso la expulsamos de nuestros corazones.»

Durante aquel momento de confusión, mientras su padre buscaba y llamaba a su madre, las hermanas se abrazaban en un estado de aturdimiento más allá de la sorpresa y el terror. A veces su padre parecía apresurarse hacia ellas con la ceguera de los ojos saltones de un caballo de carreras, y ellas desaparecían de su trayecto a toda prisa. No las veía más que para ordenarles que no se cruzaran en su camino, que no lo molestaran ahora. Lo observaron desde la puerta de entrada trasera mientras enganchaba los caballos a su calesa y partía estremecido en dirección a Ransomville por la carretera del correo repleta de baches por el invierno, dejando a las niñas atrás, borrándolas de su mente. Y después contó, con repugnancia de sí mismo llena de arrepentimiento, con el aspecto de un pecador iluminado, que realmente creía que adelantaría a Gretel en la carretera, convencido de que estaría allí, caminando por el arcén cubierto de hierba, llevando su maleta. Gretel era una mujer nerviosa, enjuta y tensa, más fuerte de lo que parecía, sin miedo al esfuerzo físico. ¡Una mujer capaz de cualquier cosa!

John Nissenbaum tenía la idea de que Gretel había partido hacia Ransomville, a unos once kilómetros de distancia, para tomar el tren de media mañana hacia Chautauqua Falls, a unos cien kilómetros hacia el sur. Creía confuso que debían de haber tenido una discusión, porque si no Gretel no se habría ido; de hecho, no recordaba discrepancia alguna, pero, de todos modos, Gretel era «una mujer impulsiva, muy excitable»; insistía en visitar a los Hauser, su familia, a pesar de los deseos de su marido, ¿era por eso? Los echaba de menos, o echaba algo de menos. Estaba enojada porque no habían ido a Chautauqua Falls en Semana Santa, no veía a su familia desde Navidades. ¿Era por eso? *Nunca fuimos suficiente para ella. ¿Por qué no?*

Pero en Ransomville, en la estación de ladrillo de cenizas de Chautauqua & Buffalo, no había señal de Gretel, y el solitario empleado tampoco la había visto.

—Es una mujer más o menos de mi altura —dijo John Nissenbaum con su estilo formal y un tanto altivo—. Seguramente lleva una maleta, y es probable que sus pies estén llenos de barro. Sus botas.

203

El empleado negó despacio con la cabeza.

—No, señor, nadie con ese aspecto.

—Una mujer sola. Una... —cierta duda, una mirada de dolor—, una mujer atractiva, joven. Una especie de, una forma de, una forma de... —otra pausa—, hacer notar su presencia.

—Lo siento —dijo el empleado—. Acaba de pasar el tren de las 8.20 y ninguna mujer ha comprado un billete.

Entonces se observó a John Nissenbaum, con los ojos duros, con el cabello negro rígido y mullido y mechones como plumas de ave, durante gran parte de aquella mañana del 12 de abril de 1923, recorriendo un lado de la única calle principal de Ransomville y luego el otro. Sin sombrero, con un peto y botas de granja pero con un abrigo de vestir —de un gris plomizo y sombrío, de lana «buena»— mal abotonado por su estrecho torso musculoso. Desaliñado y desfigurado por el dolor del marido engañado demasiado patente en ese momento para que intervenga el orgullo masculino; patético dijeron algunos, como un perro apaleado, y sin embargo ansioso al mismo tiempo, ansioso como un cachorro, preguntó en Meldron's Dry Goods, en Elkin & Sons Grocers, en First Niagara Trust, en el bufete de Rowe & Nissenbaum (ese Nissenbaum era un primo pequeño de John), incluso en el almacén de baratijas donde las dependientas se rieron tontamente a su paso. Entró al fin en el hotel Ransomville, en el sombrío bar donde la esposa del dueño barría el suelo de madera cubierto de serrín.

—Lo siento, señor, pero no abrimos hasta el mediodía —dijo la mujer pensando que se trataba de un borracho, aturdido y balanceándose, después lo miró con más atención: no sabía su nombre de pila (ya que John Nissenbaum no era cliente de las tabernas locales) pero reconoció sus rasgos. Se decía que los hombres de la familia Nissenbaum se parecían al nacer, o acababan pareciéndose—. ¿Señor Nissenbaum? ¿Ocurre algo?

En un compás de silencio estancado, Nissenbaum parpadeó, intentando sonreír, buscando a tientas un sombrero para quitárselo pero sin encontrarlo, susurrando:

—No, señora, estoy seguro de que no. Es un malentendido, creo. Debía encontrarme con la señora Nissenbaum por aquí. Mi esposa.

Poco después de la desaparición de Gretel Nissenbaum surgieron, de numerosas fuentes, desde todos los puntos de la brújula, ciertas historias sobre la mujer. ¡Lo grosera que había sido, en más de una ocasión, con los Dieckman!, ¡con muchos de los miembros de la congregación luterana! Una *mala esposa*. Una *madre antinatural*. Se decía que había abandonado a su esposo y a sus hijas en el pasado, que había regresado con su familia en Chautauqua Falls, o era Port Oriskany; y el pobre John Nissenbaum tenía que ir a buscarla para llevarla a casa otra vez. (Aquello no era cierto, aunque con el tiempo les acabaría pareciendo verdad incluso a Constance y Cornelia. Ya anciana, Cornelia juraría que recordaba las «dos ocasiones» en que se fue su madre.) Una fresca sinvergüenza, una golfa a la que *le gustaban los hombres. Estaba loca por* los hombres. *Cualquier cosa que llevara pantalones.* O era *presumida,* una *esnob.* Casarse con un miembro de la familia Nissenbaum, un hombre casi lo suficientemente mayor como para ser su padre, ¡ningún misterio! Y lo que era peor, su lengua podía resultar mordaz, blasfema. Se le había oído pronunciar palabras como *maldito, condenado, infierno.* Sí, y *cojones, gilipollez.* De pie con las manos en las caderas, fijando los ojos en ti; con sus fuertes carcajadas. Y mostrando los dientes, que eran demasiado grandes para su boca. *Se pasaba de lista,* eso seguro. Era *maquinadora, infiel.* Todo el mundo sabía que coqueteaba con los braceros de su marido, hacía mucho más que coquetear con ellos, sólo había que preguntar por ahí. Claro que tenía un *novio,* un *amante.* Claro que era una *adúltera.* ¿No se había ido con un hombre? Se había ido ¿y adónde iba a ir, adónde iba a ir una mujer si no era *con un hombre*? Quienquiera que fuese.

De hecho, lo habían visto: un operador de la torre de control de los ferrocarriles de Chautauqua & Buffalo, un hombretón pelirrojo que vivía en Shaheen, a veinte kilómetros. ¿O era un vendedor de aspiradoras, un hombrecillo con aspecto de roedor con bigote y una forma de hablar calmada, que pasaba cada ciertos meses por el valle pero a quien después del 12 de abril de 1923 nunca más se volvió a ver?

Otro rumor más atractivo era que el amante de Gretel Nissenbaum era un oficial de la Marina de treinta años estacionado en Port Oriskany. Había sido trasladado a una base en Carolina del Norte, o quizá fuera en Pensacola, Florida, y Gretel no tuvo más opción que huir con él, lo quería tanto. *Y estaba embarazada de tres meses, de él.*

No podría haber habido romanticismo alguno en la terrible posibilidad de que Gretel Nissenbaum hubiese huido a pie, sola, no para reunirse con su familia sino simplemente para escapar de su vida; ¿en qué caso de necesidad se encontraba?, ¿en qué abatimiento de espíritu?; nadie que no lo hubiera sufrido podría darle un nombre.

Pero, en todo caso, ¿adónde había ido?

¿Adónde? Desapareció. A los confines del mundo. Quizá a Chicago. O a la base del ejército en Carolina del Norte, o a Florida.

La perdonamos, la olvidamos. No la echamos de menos.

Las cosas que Gretel Nissenbaum dejó tras de sí en su prisa por huir.

Varios vestidos, sombreros. Un andrajoso abrigo de paño. Chanclos y botas de goma. Ropa interior, medias remendadas. Guantes de punto. En la sala de la casa de John Nissenbaum, en jarrones de vidrio tallado, narcisos de color amarillo vivo que había hecho de papel crepé; abanicos pintados a mano, tazas de té; libros que había traído consigo de su casa: un *Tesoro de la poesía, Juana de Arco* de Mark Twain, *A este lado del paraíso* de Fitzgerald, sin su sobrecubierta. Programas destrozados de espectáculos musicales, montones de música popular para piano de la época en que Gretel tocaba en su hogar materno. (No había piano en el hogar de los Nissenbaum, él no sentía interés por la música.)

Aquellos escasos objetos, y algunos otros, Nissenbaum los vertió bruscamente en cajas de cartón quince días después de la desaparición de Gretel y los llevó a la iglesia luterana para el «fondo para los necesitados», sin preguntar si los Hauser querían algo, o si sus hijas habrían deseado guardar algunos recuerdos de su madre.

¿Rencor? No John Nissenbaum. Era un hombre orgulloso incluso en su humillación pública. Pensaba en la tarea del Señor. Después de todo, no era simple *vanidad humana*.

Aquella primavera y aquel verano el reverendo Dieckman ofreció una serie de sermones deprimentes, amenazadores y apasionados desde el púlpito de la primera iglesia luterana de Ransomville. El motivo, el tema de los sermones, era muy obvio. Los miembros de la congregación estaban encantados.

El reverendo Dieckman, de quien Connie y Nelia tenían miedo, tanto por sus sonrisas temibles como por su expresión severa y ceñuda, era un hombre grueso y bajo con la cabeza en forma de cúpula de un brillo mortecino, sus ojos como agua helada. Años después, al ver una fotografía de él, varios centímetros más bajo que su esposa, rieron con un asombro nervioso, ¿era ése el hombre que las intimidaba tanto? ¿Ante quien incluso John Nissenbaum permanecía serio y con la mirada baja?

Y sin embargo: aquella voz vibrante y sonora del Dios de Moisés, del Dios del Antiguo Testamento, que no podías acallar de tu conciencia ni siquiera horas, días más tarde. Años más tarde. Presionando las manos contra los oídos y cerrando los ojos con fuerza.

—A la mujer le dijo: «TANTAS haré tus fatigas cuantos sean tus embarazos: CON DOLOR parirás los hijos. Hacia TU MARIDO irá tu apetencia, y él TE DOMINARÁ». Al hombre le dijo: «Por haber escuchado la voz de TU MUJER y comido DEL ÁRBOL del que yo te HABÍA PROHIBIDO COMER: maldito sea el suelo por tu causa; con fatiga sacarás de él el alimento todos los días de tu vida. ESPINAS Y ABROJOS te producirá, y comerás la hierba del campo. Con el SUDOR DE TU ROSTRO comerás el pan, hasta que vuelvas al suelo, pues de él fuiste tomado. Porque POLVO ERES, y al POLVO TORNARÁS» —el reverendo Dieckman hizo una pausa para recobrar el aliento como un hombre corriendo colina arriba. Manchas grasientas brillaban en su rostro como monedas. Lentamente, sus ojos helados buscaron entre las hileras de feligreses hasta que, como por casualidad, se posaron en los rostros alzados aunque encogidos de las hijas de John Nissenbaum, que estaban sentadas en el banco de la familia, justo delante del púlpito en la quinta fila, entre su tieso padre con su ropa oscura como si estuviera de luto y su abuela Nissenbaum, también en ropas oscuras como si estuviera de luto aunque muy encorvada, con una joroba perceptible, aquella abuela triste, consciente de sus deberes, que vivía con ellos ahora que su madre se había ido.

(Sus otros abuelos, los Hauser, que vivían en Chautauqua Falls y a quienes adoraban, las hermanas no volverían a verlos nunca. Estaba prohibido ni siquiera hablar de ellos, de «la familia de Gretel». De algún modo los Hauser eran culpables de la deserción de Gretel. Aunque afirmaban, siempre, que no sabían nada de lo que ella había hecho y en realidad temían que le hubiera sucedido algo. Pero los Hauser eran un tema prohibido. Sólo después de que Constance y Cornelia fueran mayores, cuando ya no vivían en casa de su padre, vieron a sus primos por parte de los Hauser; pero de todos modos, como confesó Cornelia, se sintió culpable. Papá se habría sentido tan dolido y furioso si lo hubiera sabido. Lo habría considerado una «asociación con el enemigo». Una traición.)

En la escuela dominical, la señora Dieckman se preocupaba especialmente de la pequeña Constance y la pequeña Cornelia. Las contemplaba con ojos empañados por la pena, como a niñas leprosas. La regordeta Constance propensa a ataques de risa, y la pequeña Cornelia de ojos hundidos, dada a los resfriados, a la melancolía. Ambas niñas tenían el rostro y las manos enrojecidas e irritadas porque su abuela Nissenbaum se las frotaba una y otra vez con un potente jabón gris, nunca menos de dos veces al día. El cabello pardo de Cornelia era extrañamente ralo. Cuando los otros niños salían en tropel de la escuela dominical, la señora Dieckman hacía que las niñas se quedaran, para rezar con ellas. La tenían muy preocupada, decía. Ella y el reverendo Dieckman rezaban por ellas constantemente. ¿Se había puesto su madre en contacto con ellas desde que se fue? ¿Había habido algún... indicio de lo que su madre tenía pensado hacer? ¿Algún extraño que hubiera visitado la granja? ¿Algún... incidente inusual? Las hermanas observaban a la señora Dieckman con la mirada vacía. Fruncía el ceño por su ignorancia, o por la apariencia. Se secaba ligeramente sus ojos llorosos y suspiraba como si el peso del mundo hubiese recaído sobre sus hombros. Les decía medio regañándolas:

—Deberíais saber, niñas, que hay un motivo por el que vuestra madre os dejó. Fue la voluntad de Dios. El plan de Dios. Os está poniendo a prueba, niñas. Sois especiales a sus ojos. Muchos de nosotros hemos sido especiales a sus ojos y hemos surgido más fuertes por ello, no más débiles —tenía lugar una pausa entrecortada. Se invitaba a las hermanas a contemplar que la señora Dieckman, con su suave rostro velludo, su robusto cuerpo encorsetado, sus gruesas piernas embutidas en unas medias opacas de compresión, era una persona más fuerte y no más débil, por el plan especial de Dios—. Aprenderéis a ser más fuertes que las niñas que tienen madre, Constance y Cornelia... —aquellas palabras, *las niñas que tienen madre,* las pronunciaba de una forma extraña, desdeñosa—, ya estáis aprendiendo: ¡sentid cómo os recorre la fuerza de Dios!

La señora Dieckman cogía a las niñas de la mano apretando tan rápidamente y con tanta fuerza que Connie rompía a reír por el miedo y Nelia chillaba como si se hubiese quemado, y casi se orinaba en las bragas.

Nelia se volvió orgullosa entonces. En lugar de sentirse avergonzada, humillada públicamente (en la escuela rural de una sola clase, por ejemplo, donde algunos de los demás niños eran despiadados), ella podía ser orgullosa, como su padre. «Dios tenía un sentimiento especial para mí. Dios se preocupaba por mí. Jesucristo, su único hijo, también fue puesto a prueba cruelmente. Y ensalzado. Puedes soportar cualquier dolor y degradación. Cardos y espinas. La espada ardiendo, el querubín guardián del edén.»

Las simples «niñas que tenían madre», ¿cómo podían saberlo?

3

Está claro que Connie y Nelia habían oído discutir a sus padres. Durante las semanas, los meses anteriores a la desaparición de su madre. De hecho, toda su vida. Si les hubiesen preguntado, si hubiesen tenido el lenguaje necesario para expresarlo, habrían dicho: «Eso es lo que se hace, un hombre, una mujer... ¿verdad?».

Connie, que tenía tres años más que Nelia, sabía mucho más de lo que nunca sabría ésta. No por las palabras de aquellas peleas exactamente, y en un tono distinto al de su padre al gritar sus instrucciones a los braceros. No por las palabras sino con una erupción de voces. Que resonaban por las tablas del suelo si la pelea provenía del piso de abajo. Que reverberaban en los cristales en los que el viento silbaba débilmente. En la cama, Connie abrazaba a Nelia con fuerza, fingiendo que Nelia era mamá. O Connie lo era. Si cierras los ojos con suficiente fuerza. Si bloqueas los oídos. Siempre llega el silencio después de las voces. Si esperas. En una ocasión, agazapada al pie de las escaleras, ¿era Connie? —¿o Nelia?—, mirando fijamente hacia arriba asombrada mientras mamá bajaba los peldaños tambaleándose como una borracha, su mano izquierda tanteando la barandilla, el rostro blanco como una sábana, y un brillante capullo carmesí en la comisura de la boca que relucía mientras la frotaba frenéticamente una y otra vez. Y mientras caminaba deprisa de esa manera tan suya que hacía vibrar toda la casa, con paso firme tras ella, bajando desde lo alto de la escalera un hombre cuyo rostro no podía ver, fuerte y cegador. Dios en la zarza ardiente. Dios en el trueno.

—¡Puta! ¡Vuelve a subir! ¡Si tengo que ir a buscarte...! ¡Si no vas a cumplir como mujer...! ¡Como esposa!

Fue algo que las hermanas aprendieron desde pequeñas: si esperas lo suficiente, si huyes y ocultas tus ojos, si bloqueas tus oídos, llega un silencio inmenso y arrollador y vacío como el cielo.

Y luego estaba el misterio de las cartas, del que hablaban mi madre y la tía Connie, aunque nunca lo trataron en mi presencia exactamente, hasta el último año de la vida de mi madre.

No se ponían de acuerdo en quién de las dos había sido la primera en darse cuenta. O en qué fecha exacta comenzó; no antes del otoño de 1923. Solía ocurrir que papá iba a buscar el correo, algo que no hacía con frecuencia, y sólo los sábados; y al recorrer los cuatrocientos metros de vuelta, lo observaban (¿sin querer? Las niñas no estaban espiando) con una carta abierta en la mano —o era una postal—, leyendo mientras andaba con una lentitud inusitada, aquel hombre cuyos pasos eran siempre enérgicos e impacientes. Connie recordaba que a veces él se colaba en el establo para seguir leyendo, a papá le gustaba el establo que para él era un lugar privado en el que mascaba tabaco, escupía en el heno, recorría sus manos callosas por la ijada de su caballo, pensando en sus cosas. Otras veces, llevando lo que fuera, una carta, una postal, la rareza de un artículo de correo personal, regresaba a la cocina y a su lugar a la mesa. Allí lo encontraban las niñas (accidentalmente, *no estaban* espiando) tomando café con un chorrito de nata y azúcar, enrollando uno de sus torpes cigarrillos. Y Connie era la que preguntaba: «¿Ha habido algo de correo, papá?», en voz baja, sin mostrar interés. Y papá se encogía de hombros y contestaba: «Nada». Sobre la mesa, donde los había dejado con indiferencia, había unas cuantas facturas, folletos publicitarios, la *Gaceta Semanal del Valle de Chautauqua*. Nelia nunca preguntaba por el correo en esas ocasiones porque no confiaba en poder hablar. Pero, con sus diez años, Connie podía ser agresiva, imprudente.

—¿No ha habido carta, papá? ¿Qué es eso que tienes en el bolsillo, papá?

Y papá respondía con calma, mirándola fijamente:

—Cuando tu padre dice *nada,* niña, es que no hay *nada.*

A veces le temblaban las manos, toqueteando la bolsa de Old Bugler y el enrollador para cigarrillos manchado.

Desde la vergüenza de la pérdida de su esposa y el hecho de que todo el mundo supiera las circunstancias, John Nissenbaum había envejecido de forma sorprendente. El rostro estaba arrugado, la piel enrojecida y agrietada, levemente punteada con lo que se le diagnosticaría (cuando por fin fue al médico) como cáncer de piel. Los ojos, envueltos en párpados arrugados como los de una tortuga, a menudo parecían ausentes, intranquilos. Incluso en la iglesia, en una fila cercana al púlpito del reverendo Dieckman, tenía aspecto lejano. En lo que podría denominarse su vida anterior, había sido un hombre duro, fuerte, inteligente aunque irascible; ahora se cansaba con facilidad, no podía seguir el ritmo de sus jornaleros de los que desconfiaba cada vez más. La barba, que antaño llevaba siempre recortada y pulcra, crecía descuidada y desigual y estaba completamente entrecana, como telarañas. Y su aliento olía a jugo de tabaco, húmedo, maloliente, enfermizo, putrefacto.

En una ocasión, al ver el borde de una carta en el bolsillo de papá, Connie se mordió el labio y dijo:

—Es de *ella,* ¡a que sí!

Papá respondió sin perder la calma:

—He dicho que no es *nada,* niña. No es de *nadie.*

Nunca en presencia de su padre aludían las hermanas a su madre ausente salvo como *ella*.

Más adelante, cuando buscaron la carta, incluso el sobre, por supuesto no encontraron nada. Probablemente papá la había quemado en la cocina. O la había hecho trizas y la había tirado a la basura. De todos modos, las hermanas arriesgaban la ira de su padre atreviéndose a mirar en su habitación (el dormitorio viciado al que se había mudado, en la planta de abajo en la parte trasera de la casa) cuando había salido; incluso, desesperadas, sabiendo que era en vano, hurgaban en la basura recién tirada. (Como todas las familias granjeras de la época, los Nissenbaum tiraban la basura colina abajo en una zona junto a la caseta del retrete.) En una ocasión, Connie revolvió entre montones de basura llena de moscas tapándose la nariz, agachándose para sacar... ¿qué? Una tarjeta que anunciaba rebajas en la venta de fertilizante que parecía una postal.

—¿Estás loca? —exclamó Nelia—. ¡Te odio!

Connie se giró para gritarle, los ojos rebosantes de lágrimas.

—Vete al diablo, idiota, ¡yo te odio a ti!

Ambas querían creer, o de hecho creían, que su madre escribía no a su padre sino a ellas. Pero nunca lo sabrían. Durante años, como las cartas llegaban muy espaciadas, sólo cuando su padre recogía el correo, no lo sabrían.

Aquél podría haber sido un elemento adicional de misterio: por qué las cartas, que llegaban con tan poca frecuencia, sólo lo hacían cuando su padre recogía el correo. Por qué, cuando Connie, o Nelia, o Loraine (la hermana pequeña de John, que se había trasladado a vivir con ellos) recogían el correo, nunca había una de aquellas misteriosas cartas. *Sólo cuando papá recogía el correo.*

Después de la muerte de mi madre en 1981, cuando hablé con más franqueza con mi tía Connie, le pregunté por qué no sospecharon nada, por qué no tuvieron ni siquiera una pequeña sospecha. La tía Connie arqueó sus cejas maquilladas, parpadeó como si hubiese dicho algo obsceno: «¿Sospechar? ¿Por qué?». Ni una sola vez, las niñas (que de hecho eran inteligentes, Nelia fue una estudiante sobresaliente en el instituto del pueblo) calcularon las probabilidades: cómo era posible que las supuestas cartas de su madre llegaran sólo aquellos días (los sábados) cuando su padre recogía el correo; uno de los seis días en que llegaba el correo, y sin embargo nunca cualquier otro día salvo ése en concreto (el sábado). Pero, como dijo la tía Connie, encogiéndose de hombros, simplemente parecía que así era; nunca habían concebido la posibilidad de cualquier situación en la que las probabilidades no hubieran estado en contra de ellas y a favor de papá.

4

La granja ya era vieja la primera vez que me llevaron a visitarla, durante el verano, en los años cincuenta. Parte de ella era de ladrillos rojos tan erosionados que parecían no tener color y parte de madera podrida, con un inclinado tejado de tablillas, techos altos y rincones espeluznantes; un olor perpetuo a humo, keroseno, moho, vejez. Una corriente incesante atravesaba la casa desde la parte trasera, que daba al norte, y a una larga pendiente de hectáreas, de kilómetros, que bajaban al río Chautauqua que se hallaba a dieciséis kilómetros, como una escena aérea en una película. Recuerdo el viejo lavadero, la lavadora con un escurridor manual; una puerta al sótano en el suelo de aquella habitación, con una gruesa argolla de metal a modo de tirador. También fuera de la casa había otra puerta, horizontal en vez de vertical. La idea de lo que se encontraba más allá de aquellas puertas, el oscuro sótano que olía a piedra donde corrían las ratas, me llenaba de un terror infantil.

Al abuelo Nissenbaum lo recuerdo como si siempre hubiera sido viejo. Un anciano enjuto, musculoso, casi mudo.

Su piel levemente agrietada, vidriosa y venosa, como si hubiese sido enrojecida con tierra; ojos entrecerrados y legañosos cuyas pupilas parecían, como las de las cabras, tablillas negras horizontales. ¡Qué miedo me daban! La sordera había vuelto al abuelo distante y extrañamente imperial, como un rey casi olvidado. Su calva era brillante y un fleco de cabello áspero teñido de color ceniza le crecía a los lados y en la nuca. Cuando antes, se lamentaba mi madre, había sido cuidadoso en su vestir, sobre todo los domingos para ir a la iglesia, ahora llevaba petos llenos de suciedad y todos los meses menos los de verano ropa interior de franela gris larga que le salía por debajo del dobladillo como una segunda piel suelta. El aliento le apestaba a tabaco y a dientes cariados, los nudillos de ambas manos hinchados de forma grotesca. Mi corazón latía rápida y erráticamente en su presencia.

—No seas tonta —susurraba nerviosa mamá, empujándome hacia el anciano—, tu abuelo te quiere.

Pero yo sabía que no era así. Nunca me llamaba por mi nombre, Bethany, sino tan sólo «niña», como si no se hubiera preocupado de aprender cómo me llamaba.

Cuando mamá me enseñaba fotografías del hombre al que ella llamaba papá, algunas de ellas cortadas por la mitad, para extirpar a mi abuela desaparecida, yo miraba fijamente y ¡no podía creer que en otra época hubiera sido tan apuesto! Como un actor de cine del pasado.

—Ves —dijo mamá, furiosa, como si hubiéramos estado discutiendo—, así *es* John Nissenbaum realmente.

Crecí sin conocer en verdad a mi abuelo, y cierto es que no lo quería. Nunca fue «abuelito» para mí. Las visitas a Ransomville eran esporádicas, a veces se cancelaban en el último momento. Mamá estaba inquieta, esperanzada, aprensiva; después, por el motivo que fuera, la visita se cancelaba, y se le saltaban las lágrimas, disgustada y a la vez aliviada. Ahora sospecho que mi abuelo no recibía bien a mi madre y a su familia; era un anciano solitario y amargado, pero todavía orgulloso; nunca la perdonó por irse de casa después del bachillerato,

215

igual que su hermana Connie; por asistir a la escuela de Magisterio de Elmira en lugar de casarse con un joven local que mereciera trabajar y heredar con el tiempo la granja de los Nissenbaum. Cuando nací, en 1951, las hectáreas se habían ido vendiendo; cuando murió el abuelo Nissenbaum, en 1972, en una residencia para ancianos en Yewville, las poco más de ochenta hectáreas se habían reducido a unas humillantes tres, que ahora están en manos de extraños.

En el cementerio con fuertes pendientes detrás de la primera iglesia luterana de Ransomville, Nueva York, se encuentra una lápida de granito negro todavía brillante en el extremo de hileras de lápidas de la familia Nissenbaum, JOHN ALLARD NISSENBAUM 1872–1957. Esculpido en la piedra: «¿Cuánto tiempo habré de estar con vosotros? ¿Cuánto tiempo habré de soportaros?». ¡Unas palabras tan airadas de Jesucristo! Me pregunté quién las habría elegido; seguro que no fueron ni Constance ni Cornelia. Debió de ser el mismo John Nissenbaum.

Ya de niña, cuando tenía once o doce años, era agresiva y curiosa, y preguntaba a mi madre sobre mi abuela desaparecida. «Mira, mamá, por el amor de Dios, ¿adónde fue? ¿Nadie intentó encontrarla?» Las respuestas de mamá eran imprecisas y evasivas. Como si las hubiera ensayado. Aquella sonrisa estoica, dulce y resuelta. Resignación alegre, perdón cristiano. Enseñó lenguaje a estudiantes de bachillerato durante treinta y cinco años en las escuelas públicas de Rochester, y sobre todo después de que mi padre nos abandonara y volviera a quedarse sola, una mujer divorciada, adoptó con facilidad su autoridad dinámica, como en sus clases, el fingimiento de que un maestro capacitado sopesa cuidadosamente la opinión de los demás antes de reiterar la suya propia.

Mi padre, un administrador docente, nos dejó cuando yo tenía catorce años para volver a casarse. Yo estaba furiosa, desconsolada. Aturdida. «¿Por qué? ¿Cómo pudo habernos traicionado así?» Pero mamá mantuvo su fortaleza cristiana, su aire de orgullo sutilmente herido. «Eso es lo que hace la gente, Bethany. Se vuelven contra ti, se vuelven infieles. Es mejor que lo sepas siendo joven.»

Y sin embargo, yo seguía presionando. Hasta el final mismo de su vida, cuando mamá estaba tan enferma. Creerán que soy dura, cruel; la gente lo hizo. Pero, por el amor de Dios, quería saber: ¿qué le ocurrió a mi abuela Nissenbaum, por qué a nadie pareció importarle que se hubiera ido? Las cartas que mi madre y Connie juraban que su padre recibía ¿eran auténticas, o era aquello una jugarreta de algún tipo? Y si era una jugarreta, ¿con qué propósito? «Sólo dime la verdad por una vez, mamá. La verdad sobre cualquier cosa.»

Tengo cuarenta y cuatro años. Sigo queriendo saberlo.

Pero mamá, la intrépida maestra de escuela, la cristiana creyente, era impenetrable. Inescrutable como su padre. Capaz de resumir toda su infancia *allí* (así es como ella y la tía Connie hablaban de Ransomville, de su pasado: *allí*) afirmando que ese dolor era la voluntad de Dios, el plan de Dios para cada uno de nosotros. Una prueba de nuestra fe. Una prueba de nuestra fortaleza interior. Dije indignada:

—Y si no crees en Dios, ¿qué te queda entonces?

Y mamá respondió como si nada:

—Te queda tu persona, por supuesto, tu fortaleza interior. ¿No es suficiente?

La última vez que hablamos de ello, perdí la paciencia, probablemente presioné demasiado a mamá. Con una voz aguda y punzante, una voz que no había oído en ella hasta entonces, me dijo:

—Bethany, ¿de qué quieres que te hable? ¿De mi madre? ¿De mi padre? ¿Crees que los conocí? ¿A cualquiera de los dos? Mi madre nos abandonó a Connie y a mí cuando éramos pequeñas, nos dejó con *él,* ¿no fue eso lo que eligió? ¿Su egoísmo? ¿Por qué iba alguien a buscarla? Era escoria, era *infiel.* Aprendimos a perdonar, y a olvidar. Tu tía te cuenta una versión distinta, lo sé, pero es mentira; yo fui la peor pa-

217

rada, era la pequeña. Sólo te pueden romper el corazón una vez en la vida, ¡ya lo verás! Nuestras vidas estaban llenas de ocupaciones, llenas de ocupaciones como las vidas de las mujeres adultas hoy en día: mujeres que tienen que trabajar, mujeres que no tienen tiempo para quejarse y refunfuñar porque les han herido sus sentimientos, no puedes saber cómo trabajábamos Connie y yo en aquella granja, en aquella casa, como mujeres adultas aun siendo niñas. Papá intentó evitar que fuéramos a la escuela después de octavo grado, ¡imagínate! Teníamos que recorrer más de tres kilómetros para que el vecino nos llevara al instituto de Ransomville; en aquella época no había transporte escolar. Todo lo que has tenido lo has dado por supuesto y has querido más, pero nosotras no éramos así. No teníamos dinero para llevar ropa adecuada a la escuela, todos nuestros libros de texto eran de segunda mano, pero fuimos al instituto. Yo era la única «chica de granja», así es exactamente como me llamaban, incluso mis maestros, en la clase donde estudié Matemáticas, Biología, Física, Latín. Memorizaba las declinaciones del latín ordeñando las vacas a las cinco de la mañana en invierno. Se reían de mí, Nelia Nissenbaum era *motivo de risa*. Pero lo acepté. Lo único que importaba era conseguir una beca para ir a la Escuela de Magisterio y poder escapar del campo y la conseguí y nunca volví a vivir en Ransomville. Sí, quería a papá; todavía le quiero. También adoraba la granja. Es imposible no querer un lugar que te ha arrebatado tanto. Pero yo tenía mi propia vida, tenía mi trabajo como maestra, tenía mi fe, mi creencia en Dios, tenía mi destino. Incluso me casé; aquello fue un extra, algo inesperado. Trabajé para conseguir todo lo que he tenido y nunca tuve tiempo para volver la vista atrás, para compadecerme de mí misma. ¿Por qué iba a pensar en *ella* entonces? ¿Por qué me atormentas con *ella*? ¡Una mujer que me abandonó cuando tenía cinco años! ¡En 1923! Hice las paces con el pasado, como Connie aunque de forma distinta. Somos mujeres felices, nos hemos evitado una vida de amargura. *Ése* fue el regalo que Dios nos hizo —mamá hizo una pausa, respirando aceleradamente. En su rostro se mostraba el entusiasmo de alguien que ha hablado demasiado, que no puede retractarse; me quedé sin habla. Ella prosiguió, con desdén—: ¿Qué es lo que quieres que admita, Bethany? ¿Que tú sabes algo que yo no sé? ¿Qué es lo que quiere tu generación constantemente de la nuestra? ¿No es suficiente que os hayamos dado la vida, os hayamos consentido, también debemos sacrificarnos ante vosotros? ¿Qué queréis que os digamos? ¿Que la vida es cruel y sin sentido? ¿Que no hay un Dios que nos quiere, y que nunca lo ha habido, únicamente un accidente? ¿Es eso lo que quieres oír, lo que quieres que te diga tu madre? ¿Que me casé con tu padre porque era un hombre débil, un hombre por el que yo no podía sentir gran cosa, que cuando llegara el momento no me lastimaría?

Y se produjo un silencio. Nos miramos fijamente, mamá con sus destellos de furia, su hija Bethany tan sorprendida que no podía articular palabra. Nunca volvería a pensar en mi madre como antaño.

Lo que mi madre no supo nunca: en abril de 1983, dos años después de su muerte, un riachuelo que atraviesa la vieja finca de los Nissenbaum inundó su orilla, y de repente cayeron al lecho del riachuelo varios cientos de metros de barro rojizo, como en un terremoto. Y en la tierra viva, expuesta, se descubrió un esqueleto humano, con varias décadas pero prácticamente intacto. Al parecer había sido enterrado a poco más de un kilómetro de la granja de los Nissenbaum.

Nunca había ocurrido algo tan notorio —tan sensacional— en la historia del condado de Chautauqua.

Los investigadores forenses del Estado determinaron que el esqueleto perteneció a una mujer que al parecer había muerto al recibir varios golpes en la cabeza (con un martillo o con el borde afilado de un hacha) que le destrozó el cráneo como un melón. Tirada en la tumba con ella estaba lo que parecía haber sido una maleta, ahora podrida, su contenido

—ropas, zapatos, ropa interior, guantes— casi irreconocible entre la tierra. Había unas cuantas joyas y, todavía alrededor del cuello del esqueleto, una cruz de oro sin brillo al final de una cadena. La mayor parte de las ropas de la mujer se había podrido mucho tiempo atrás y también había un libro, casi irreconocible —¿una Biblia encuadernada en piel?— cerca de ella. Alrededor de los frágiles huesos de las muñecas y los tobillos, parcialmente desprendidos, se encontraban unos lazos de alambre para liar fardos que se habían soltado, enrollados en el barro rojizo y húmedo como serpientes dormidas en miniatura.

El pañuelo

Un pañuelo de seda turquesa, elegante, largo y estrecho; con unas tenues mariposas doradas y plateadas tejidas con tal delicadeza que podrías perderte en un sueño observándolas, imaginando que contemplas otra dimensión u otra época en la que las mariposas heráldicas eran criaturas vivas y aladas que batían las alas lentamente.

Once años de edad, buscaba un regalo de cumpleaños para mi madre. Era «mamá» para mí, aunque a menudo, en momentos de debilidad, oía que mi voz llamaba a «mami».

Era un sábado ventoso y polvoriento de finales de marzo, una semana antes de Semana Santa, y hacía frío. Buscaba en las tiendas del centro de Strykersville. Ni en Woolworth's, ni en Rexall's Drugs, ni en Norban's Discounts, donde un grupo de chicas podría merodear después de clase, sino en las tiendas de ropa femenina «de más calidad» que frecuentaban pocas de nosotras salvo con nuestras madres, e incluso entonces en contadas ocasiones.

Guardados celosamente, en secreto, durante muchos meses en un calcetín blanco apretujado en un cajón de mi cómoda, había ocho dólares y sesenta y cinco centavos. Ahora en el bolsillo de mi chaqueta, los billetes doblados con cuidado. La cantidad bastaba, creía, para un regalo realmente bonito y especial para mi madre. Estaba entusiasmada, nerviosa; podía ver la alegría sorprendida en sus ojos al desenvolver la caja, y aquélla sería mi recompensa. Ya que mi madre tenía una forma deliciosa de arrugar su rostro que era hermoso y liso, el rostro de una mujer todavía joven (la edad de mis padres era un misterio para mí en el que no me habría atrevido a adentrarme, pero claramente eran «jóvenes» comparados con los padres de la mayoría de mis amigos; tendrían treinta y pocos) y diciendo, con su cálida voz susurrante, como si aquello fuera un secreto entre las dos: «¡Ay, cariño, qué has hecho!».

Quería encender la cerilla que revelara en el rostro de mi madre un resplandor cálido y sorprendido, aquel brillo en sus ojos.

No quería regalar a mi madre un simple objeto comprado en una tienda, sino una ofrenda de amor. Un talismán contra el mal. El regalo perfecto que es un hechizo contra el dolor, el miedo, la soledad, la tristeza, la enfermedad, la vejez y la muerte y el olvido. El regalo que dice «te quiero, lo eres todo para mí».

Si hubiese tenido dieciocho dólares, u ochenta, habría deseado gastarme hasta el último centavo en el regalo de cumpleaños de mi madre. Entregar cada centavo que hubiera ganado, para llevar a cabo la divina transacción. Ya que, para que la transacción fuera válida, creía que aquel dinero guardado en secreto tenía que ser entregado en su totalidad a la autoridad competente; y que aquella misteriosa autoridad residía en una de las tiendas de Strykersville «de más nivel» y en ningún otro lugar. Así que mis ojos brillaban febriles, con una sensación de propósito; había un entusiasmo en mi cuerpo menudo que me impulsaba hacia delante incluso si quería retroceder con una especie de desazón física instintiva.

Como es natural, desperté las sospechas de las mujeres vestidas con remilgo que atendían en aquellas tiendas. Se trataba visiblemente de «señoras» y tenían estándares que mantener. Cuanto más cortés era la dependienta, más aguda resultaba su sospecha en cuanto a mí. Recorrí varios comercios en un estado de turbación por la ceguera y la falta de aliento; justo después de entrar en alguna de aquellas tiendas, la pregunta brusca de una mujer, «¿Sí? ¿En qué puedo ayudarla?», me hacía saber que era mejor que me fuera.

Al menos me encontraba entre relucientes expositores de vidrio y estanterías llenas de hermosos artículos de

222

cuero que colgaban como los cuerpos muertos de unos animales. Un suelo de parqué desgastado crujió incriminatorio bajo mis pies. ¿Cómo me había atrevido a entrar en la tienda de moda femenina Kenilworth donde mamá nunca iba de compras? ¿Qué viento racheado me había empujado a entrar, como una mano burlona en la espalda? La dependienta, fuertemente encorsetada con un moño irregular como un estropajo de aluminio en la base de la nuca y una llamativa boca de carmín inclinada hacia abajo, observaba todos mis movimientos por los pasillos deslumbrantes.

—¿Puedo ayudarla, señorita? —preguntó aquella señora con una voz fría y dubitativa. Susurré que tan sólo estaba mirando—. ¿Ha venido a mirar, señorita, o a comprar?

Mi rostro me palpitaba por la sangre como si me hubieran puesto cabeza abajo. ¡Aquella mujer no se fiaba de mí! Aunque en la escuela era tan buena niña; una estudiante tan aplicada; siempre sacaba sobresaliente; siempre era la favorita de los maestros; uno de esos alumnos que están del lado del maestro en la palestra y que por lo tanto no se deben despreciar. Pero aquí en Kenilworth parecía que no se podía confiar en mí. Podría haber sido una niña negra por mi cabello oscuro y sospechosamente rizado, como alambre esponjoso y dispuesto a encresparse como un loco. Al verme, sabrías que un espécimen así no podría hacer pasar un peine decente por aquella cabeza de pelo enredado. Y mi piel era olivácea oscura, no pálida y saludable como la leche, como la empolvada de la dependienta, que era la deseable. He aquí una chica pobre, desgarbada, tímida y por lo tanto poco honrada, una raterilla taimada, sólo hay que darle la oportunidad, sólo tienes que darle la espalda por un momento. Has oído hablar de los gitanos. No había gitanos en la pequeña localidad de Strykersville, Nueva York, y sin embargo, de haberlos habido, aunque sólo hubiese sido una única familia extensa, estaba claro que yo era un miembro de su prole, con mi piel sucia, mis ojos sospechosos y mis gastadas botas de goma.

Tuve mala suerte, porque no había entonces más clientela en aquel departamento de Kenilworth, así que la dependienta pudo concentrar implacable su atención sobre mí. Qué
valiosa resultaba al no necesitar la cortesía habitual y la adula-
ción con la que debes atender a un cliente real. Ya que yo no
era una «clienta» sino una intrusa, una invasora. *Supone que
voy a robar algo;* la idea se apoderó de mí con la fuerza de un
boletín de noticias radiofónico. Qué pena y rencor sentí, qué
vergüenza. Y sin embargo, cuánto me habría gustado robar
algo en aquel momento; deslizar algo, ¡ay, cualquier cosa!, en
mi bolsillo: un billetero de cuero, un pequeño bolso bordado
con cuentas, un pañuelo de encaje blanco de lino irlandés.
Pero no me atreví, ya que era una «buena» niña que nunca, en
compañía de mi grupo de amigas, robaba de Woolworth's ni
siquiera pintalabios baratos de plástico, pasadores de oro falso
para el cabello o llaveros adornados con los rostros sonrientes y
eufóricos de Jane Russell, Linda Darnell, Debra Paget y Lana
Turner. Así que permanecí paralizada bajo la atenta mirada de
la dependienta; atrapada entre mi deseo más profundo (desconocido para mí hasta aquel momento) y mi percepción de su
futilidad. *Quiere que robe algo, pero no puedo, no voy a hacerlo.*
    Con voz débil dije:
    —Es para mi madre, un regalo de cumpleaños. ¿Cuán-
to cuesta?
    Había estado contemplando un expositor de pañuelos.
Los precios de algunos de los artículos —los billeteros, los bolsos, incluso los guantes y los pañuelos de bolsillo— eran tan
absurdamente elevados, mis ojos los reconocieron aunque mi
cerebro los rechazaba como datos de información que no podían asimilarse. Parecía creer que los pañuelos tendrían unos
precios más razonables. Y qué bonitos eran los que estaban ex-
puestos; contemplé fijamente casi sin comprender las hermosas
tonalidades, los exquisitos tejidos y diseños. Ya que no se trataba de pañuelos ásperos, prácticos, de franela algodonosa como
los que yo llevaba durante la mayor parte del invierno atados
con fuerza bajo la barbilla; pañuelos que evitaban que el cabello

se enmarañara, que mantenían calientes el cuello y las orejas; pañuelos que en el peor de los casos, y ocurría con frecuencia, parecían vendajes envueltos alrededor de la cabeza. Aquellos pañuelos eran obras de arte. Estaban hechos de delicada seda o de lana muy ligera; eran extravagantemente largos o triangulares; algunos de ellos eran cuadrados; otros enormes, con flecos; quizá fueran chales. Había estampados de cachemira, estampados florales. Había pañuelos de gasa, pañuelos vaporosos, pañuelos con estampados llamativos con junquillos amarillos y atractivos tulipanes rojos, pañuelos tenues como esos sueños de dulzura incomparable que, al despertar y anhelar llevárnoslos, se rompen y desintegran como los hilos de una telaraña. A ciegas señalé —no me atreví a tocarlo— el pañuelo más bonito, turquesa, una seda fina y delicada estampada con pequeñas figuras doradas y plateadas que no conseguía descifrar. La dependienta me escudriñó a través de sus minúsculas bifocales, mientras decía, con tono de reproche:

—Ese pañuelo es de pura seda, de China. Ese pañuelo es... —e hizo una pausa para mirarme fijamente como si lo hiciese por primera vez.

Quizá sintió en el ambiente el temblor y la presión de mi sangre. Quizá fuera por simple lástima. Aquella transacción del todo misteriosa, uno de esos acontecimientos insondables e incalculables que marcan en intervalos desiguales la curva interior de nuestras vidas, momentos gratuitos de cortesía. En voz más baja y amable, aunque con un tono de irritación adulta, la dependienta respondió:

—Cuesta diez dólares. Impuestos aparte.

Diez dólares. Como un niño hechizado, empecé a sacar aturdida mis ahorros del bolsillo: seis dólares arrugados y monedas de cinco y diez centavos, una sola moneda de veinticinco y numerosos centavos sueltos, contándolos con una seriedad ceñuda como si no tuviera idea alguna del total. La dependienta de vista aguda dijo malhumorada:

—Quiero decir, ocho dólares. Lo han rebajado a ocho dólares por las rebajas de Semana Santa.

¡Ocho dólares!

—Me... me lo quedo. Gracias —dije tartamudeando. Me inundó un alivio tal, que podría haberme desmayado. Sonreía triunfal. No podía creer mi buena suerte aunque, con egoísmo infantil, nunca me detuve a dudarla.

Entregué ansiosa mi dinero a la dependienta, que registró la compra con aquel curioso aire quisquilloso de impaciencia, como si yo la avergonzara; como si después de todo no fuera una intrusa en Kenilworth sino una niña de su familia a la que no quisiera reconocer. Mientras envolvía con brío el pañuelo guardado en una caja con un brillante papel de color rosa con las palabras ¡FELIZ CUMPLEAÑOS!, me atreví a levantar la mirada y comprobé con una ligera sorpresa que la mujer no era tan mayor como pensaba, no mucho más que mi madre. El cabello era ralo, castaño canoso recogido en un moño de aspecto enojado, el rostro estaba muy maquillado y sin embargo no resultaba atractivo, las comisuras de su boca, con un llamativo carmín, parecían tirar hacia abajo. Cuando me entregó la caja envuelta en papel de regalo en una bolsa de rayas plateadas de Kenilworth, dijo frunciendo el ceño hacia mí a través de sus gafas:

—Está listo para que se lo des a tu madre. Le he quitado el precio.

Mamá insiste:

—Pero ya no lo voy a usar, cariño. Por favor, llévatelo.

Hurgando por los armarios, los cajones de las cómodas de la vieja casa que pronto se venderá a unos extraños. Con la voz calmada y melódica que contradice el temblor de sus manos que indican, «si más adelante me sucede algo, no quiero que se pierda».

Cada vez que vuelvo a casa, mamá tiene más cosas que darme. Cosas antes preciadas del pasado remoto. ¿Cuál es el significado secreto de tales regalos hechos por una mujer de ochenta y tres años? Mejor no preguntar.

Mamá pronuncia a menudo, distraídamente, la palabra *perdido*. Teme que los papeles se pierdan, las pólizas de seguros, los historiales médicos. *Perdido* es un barranco sin fondo en el que puedes caer sin parar. En el que han desaparecido varios de sus hermanos uno a uno, y muchos de sus amigos. Y papá... ¿ya ha pasado un año? Y, durante el resto de su vida, la existencia de mamá se ha convertido en un misterio para ella como un sueño que continúa eternamente indefinido, sin la grosera interrupción de la lucidez, se despierta por la mañana preguntándose: *¿Dónde está papá?* Alarga la mano y no hay nadie junto a ella y se dice: *Está en el baño.* Y casi puede oírlo allí. Más tarde piensa: *Debe de haber salido.* Y casi puede oír la cortacésped. O piensa: *Se ha llevado el coche. ¿Y adónde ha ido?*

—¡Aquí! Aquí está.

En el fondo de un cajón en la cómoda de un dormitorio, mamá ha encontrado lo que buscaba con tanta concentración. Esta tarde ha insistido en darme una amatista tallada con forma cuadrangular en una montura antigua, un anillo que en otra época perteneció a su suegra, y un agarrador tejido a mano sólo perceptiblemente chamuscado. Y ahora abre una caja alargada y plana, y allí está, entre papel de envolver: el pañuelo de seda turquesa con sus suaves mariposas heráldicas.

Por un momento no puedo articular palabra. Me he quedado muda por completo.

Cincuenta años. ¿Pueden haber pasado cincuenta años?

Mamá dice orgullosa:

—Me lo regaló. De recién casados. Era mi pañuelo favorito pero, ¿ves?, era demasiado bonito para que me lo pusiera, y demasiado fino. Así que lo guardé.

—Pero sí te lo pusiste, mamá. Lo recuerdo.

—¿Ah sí?

—Con aquel traje de seda beige que tenías, para la boda de Audrey. Y, bueno, unas cuantas veces más —veo en el rostro de mi madre esa expresión de alarma velada. Cualquier sugerencia sobre su memoria la asusta; ha visto, de cerca, los estragos de la edad en los demás.

Mamá dice rápidamente:

—Por favor, quédatelo, cariño. Me alegraría mucho que lo hicieras.

—Pero, mamá...

—Yo ya no lo uso, y no quiero que se *pierda*.

Su voz se eleva un tanto. Entre un ruego y una orden.

Contemplándolo, levanto el pañuelo turquesa de la caja. Lo admiro. De hecho, su etiqueta está en francés y no en chino. Compruebo que el turquesa no es tan intenso como lo recordaba. ¡Hace cincuenta años! La dependienta de Kenilworth que parecía querer que yo robara algo; que (llegué a esa sorprendente conclusión años más tarde) prácticamente me regaló un pañuelo caro, ¿poniendo la diferencia de su bolsillo? ¿Y yo, según se dice una niña inteligente de once años, no entendí la naturaleza del regalo? ¿No tuve ni idea?

Cincuenta años. El treinta y tres cumpleaños de mi madre. Ella abrió mi regalo nerviosa: el lujoso envoltorio con cintas y lazos, el nombre plateado en relieve de KENILWORTH en la caja debió de alarmarla. Al sacar el pañuelo de su envoltorio, mamá se quedó sin habla durante un largo rato antes de decir:

—Mi vida, es *precioso*. ¿Cómo has...? —pero su voz se apagó. Como si no encontrara las palabras. O con su sutil sentido del tacto creyó que sería grosero hacer una pregunta de ese tipo incluso a su hija de once años.

El talismán que dice «te quiero, lo eres todo para mí».

Aquel pañuelo de seda luminosa estampado con mariposas como antiguas monedas heráldicas. El tipo de pañuelo caro de importación que las mujeres llevan hoy en día, colocado de manera informal sobre los hombros. Le pregunto a mamá si está segura del todo de querer darme el pañuelo aunque sé la respuesta; ya que mamá está en una edad en la que sabe exactamente lo que quiere y lo que no, lo que necesita y lo que no. Las cargas de la vida que nos atan a ella.

Como respuesta, mamá forma un lazo con el pañuelo alrededor de mi cuello, al principio ata los extremos ligeramente, después los desata, junto a mí ante el espejo.

—Cariño, ¿ves? En *ti* se ve precioso.

¿Y entonces qué, vida mía?

«¿Por qué me odiaba la abuela Wolpert?» Se lo preguntaba a mi madre en un sueño confuso de aguas revueltas, vientos tormentosos e hileras de imponentes tallos de maíz que ondeaban como seres vivos convulsos. Me encontraba en el interior oscuro de la cocina de la vieja granja Wolpert, y corría en un maizal, con hojas como cuchillas y sedosas borlas rozando mi rostro sudoroso. «¡Tu abuela no te odiaba! Qué cosas dices», protesta mi madre. Está disgustada, sus ojos culpables. Intento esconderme contra ella; debo de ser una niña pequeña para estar presionando mi cuerpo con tanta desesperación contra sus piernas, aferrándome a ella. «Qué cosas más terribles dices —exclama mi madre, su voz baja confundida con el agua revuelta y el viento—. Qué niña tan terrible, mira que decir una cosa así».

Es un viejo sueño, estoy segura. No creo haberlo tenido desde hace años, desde que murió mi abuela Wolpert. Creo que ya no sueño mucho. Ni duermo toda la noche de un tirón.

Niña terrible. Es para estar orgullosa, ¿verdad? Que yo tuviera la suficiente fuerza, que pudiera ser rebelde, amotinada. Me gustaría creer que es cierto. Que no fue sólo un sueño.

1. Fuga de sueño

Esto ocurrió hace menos de doce horas en la ciudad de Nueva York.

Cuando se anunció mi nombre, me levanté de mi asiento en el escenario entre el resplandor de los focos de televisión y empecé a avanzar hacia el pódium para hablar, como habíamos ensayado, y en un instante, igual que un experto carnicero partiría en dos una pieza de carne cruda y musculosa, me encontraba en otro lugar, la vieja cocina de mi abuela, y corría por un maizal, apresurándome como si me fuera a estallar el corazón, y se apoderó de mí la necesidad de dormir, como un nubarrón, tan poderosa como si alguien hubiera sujetado una de esas mascarillas de éter de goma anticuada sobre mi boca y mi nariz. NO. AQUÍ NO. Sentí en los oídos el clamor de un viento tormentoso. En la boca, el sabor del ácido negruzco del pánico. Tenía las piernas pesadas —¡qué esfuerzo era necesario para moverlas!— y sin embargo, conseguí llegar al pódium de algún modo, balanceándome, a trompicones, como una sonámbula, obligándome a sonreír para reconocer la oleada de aplausos amables, corteses, intentando mantener los párpados abiertos. Había cruzado una parte de los más de tres metros y medio que separaban el lugar en el que había estado sentada a la vista de mil quinientas personas y era como si hubiera estado escalando, arrastrándome, a gatas, subiendo por un lado de la roca recortada. *Pero no me rendí.*

Me encontraba en el Lincoln Center, era la cuarta de una sucesión de presentadores en una entrega anual de premios que se retransmitía por un canal de televisión, las circunstancias de mi vida en aquel momento de mi carrera profesional son demasiado difíciles de explicar. Mi papel en el programa no era muy importante, aunque por supuesto sí para mí y para los organizadores del evento. En ocasiones de ese tipo, llegas dos horas antes de la retransmisión para ensayar tu espacio de dos minutos, que principalmente consiste en leer un guión preparado en un TelePrompTer a menos de medio metro de distancia a la altura de los ojos. El TelePrompTer es un invento extraordinario, tan pequeño que ni siquiera la gente sentada en la primera fila del público lo percibe como algo más que una delgada barra horizontal que flota en el aire; otros

THANK YOU
Visit us online @ www.hrblock.org
Bring Business hours
911 (615) 835-1918
PAYMENTS:

Total checkouts:2
1
Total checkouts for session

item ID: PS3S96S161313...
transaction
Time: junet : historie de
Date due: 3/21/2019 23:56

CHECK-OUT RECEIPT
LVAA
ROCHELLE PUBLIC

no notan nada en absoluto. Las palabras mágicas que se desplazan, preparadas de antemano, que flotan en el aire para que las digas como si fueran propias. Lo que vio de mí quien estuviera disfrutando del programa fue una mujer pálida y sorprendida de mediana edad, juvenil, que conseguía sonreír, dudaba por un momento antes de comenzar a hablar, como haría un tartamudo, y anunciaba después el ganador del siguiente premio, recitando nombres, títulos, hechos, fechas como de forma espontánea, sus ojos extrañamente abiertos fijos en ti (es decir, en el TelePrompTer situado a unos dos o tres centímetros a la izquierda de una cámara de televisión), en tu sala de estar. «¿Le ocurre algo a esa mujer?», podrías haberte preguntado con inquietud, pero el momento pasó deprisa, se entregó una placa conmemorativa a un hombre con perilla y ataviado con un esmoquin, que sonreía de oreja a oreja, tuvo lugar un enérgico apretón de manos, una fanfarria de trompetas, y se cortó a una secuencia cinematográfica durante unos sesenta segundos. Cuando la cámara regresó al Lincoln Center, a la emisión en directo, la mujer pálida y de aspecto sorprendido se había esfumado y había sido olvidada.

¡Yo no! ¡No me rendí!

Comentario: una vez que has trabajado con un TelePrompTer, no querrás volver a trabajar con un guión impreso en la mano o apoyado en un pódium.

Comentario: una vez que hayas pasado de una fase de percepción a la siguiente, no desearás regresar a la anterior.

Al sentarme en mi asiento entre los demás presentadores, todos nosotros vestidos de etiqueta —las mujeres de negro, los hombres con esmoquin—, no sentí aprensión alguna, ya que donde me encuentro más segura es en los lugares públicos. Si hay mil quinientas personas observándote, sin contar las muchísimas más que lo hacen por televisión, te defines por la percepción que ellos tienen de ti ya que nunca puedes ser tú mismo. Cuantas más personas te ven en un momento dado, más «real» eres. «Si pudiera morir ante el público, un público

231

numeroso y comprensivo, no sentiría el más mínimo atisbo de miedo. Todo formaría parte del espectáculo», en una ocasión hice ese comentario a un hombre con el que había estado viviendo, o casi. (Habíamos conservado nuestros respectivos apartamentos, por supuesto.) Él rió, sorprendido, como si mi intención hubiera sido hacer una broma, pero también hablaba en serio, y me habría gustado haber podido conversar sinceramente con él sobre aquel tema. «Cuánto más fácil resulta morir en público que en privado.» Es evidente, ¿verdad? ¿No ha llegado todo el mundo a esa conclusión?

Estas «fugas de sueño» se apoderan de mí de repente, sin avisar, como desmayos o ataques de epilepsia. Y no obstante, ningún neurólogo ha encontrado señal alguna de patología. Desde los diez años soy vulnerable a esos misteriosos ataques, que no parecen tener nada que ver con el lugar en el que me encuentro, con lo que estoy haciendo, con la persona con la que pueda estar hablando. Y sin embargo, pocas veces se producen en un lugar público, quizá porque en público me siento relativamente a salvo, como digo. En una ocasión, una fuga de sueño se apoderó de mí mientras conducía por el tramo superior del puente de George Washington y tuve que detenerme al instante en el carril para emergencias; se me estaban cerrando los párpados y me deslicé rápida y gradualmente en un abismo oscuro y sin fondo. Debajo, el río Hudson, ventoso y agitado, se confundía con el abismo más familiar en el que me hundía y una voz me consoló, *Sí, aquí se está bien. Pronto se acabará.* Aquella fuga no duró más de dos o tres minutos, pero otras se han prolongado hasta diez, dejándome aturdida y desorientada como si hubiese estado dormida durante días, durante semanas. Te das cuenta de que el «tiempo» es sólo cuestión de conciencia: cuando no estás consciente, el «tiempo» no existe, ya que los días e incluso las semanas en estado de coma pasan rápidamente, como el chasquido de los dedos. ¿Y hay «alma» donde no hay memoria?

En el escenario del Lincoln Center, de algún modo fui capaz de desviar la fuga mediante un esfuerzo desesperado de voluntad. Obligué a mis ojos a permanecer abiertos, respiré tan profundamente que me dolían los pulmones, cerré los puños con fuerza para conseguir que las uñas se clavaran en la suave carne de mis palmas. La visión de la vieja granja en el valle de Chautauqua, en el interior del Estado de Nueva York a cientos de kilómetros de distancia y treinta años atrás, hileras de pesados tallos de maíz de dos metros de alto y tierra seca y desmenuzada bajo mis pies al correr, se sobrepuso a la resplandeciente y cegadora escena que había a mi alrededor como la transparencia de una película. Se produjo una sonora fanfarria de trompetas, el aplauso del público. Parpadeaba veloz para mantenerme despierta, sacudía la cabeza para aclararla, oía mi voz como si fuera la de una extraña representando un papel ensayado, leyendo «espontáneamente» del TelePrompTer, volviéndome para entregar la reluciente placa al director de documentales, estrechando la mano de aquel hombre, intentando no darme cuenta de que su rostro estaba tan pálido como el de un cadáver. Era un rostro amplio, antaño rubicundo, ahora el color había desaparecido de él como de todas partes, en todas partes a las que miraba, el color había desaparecido de las caras, las cosas, las superficies. El clamor de mis oídos aumentó y supe que debía dormir. Ya no estábamos en cámara, el maestro de ceremonias apareció junto a mí, rápido y hábil y amable, sujetando mi codo para acompañarme fuera del escenario, susurrando en mi oído: «¿Se encuentra bien?». Era una pregunta retórica; sabía que no me encontraba bien. El tacto de aquel hombre al que sólo conocía de pasada, sus palabras preocupadas y amables, me despertaron de una sacudida temporalmente, como si se tratara de una inyección de adrenalina. En lugar de regresar a mi asiento como habíamos ensayado, me acompañaron fuera del escenario; parecía natural, fácil, y nadie prestaría mucha atención a mi ausencia, aunque mi silla permanecería vacía durante el resto del programa.

No está claro lo que ocurrió después, y tampoco es importante: en cuanto estuve a salvo fuera del escenario, según parece me tumbé sobre una lona doblada que había en el suelo, detrás del pesado telón a prueba de incendios del escenario. Me hice un ovillo, acurrucada como un niño, y me quedé dormida. Sólo recuerdo que mi consciencia se extinguió como la llama de una vela al soplarla. *Sí, así. Así está bien.* Era vagamente consciente de unas voces preocupadas, de que alguien me tocaba, de un paño frío y húmedo contra mi frente. Al mismo tiempo dormía el sueño más dulce, más reconfortante y reparador, un sueño de horas envasado en minutos. Y cuando desperté, revivida, fue como si nada, o casi nada, hubiera ocurrido; no tuve problema para ponerme de pie, sonriendo incómoda, pidiendo disculpas. Me limpié la ropa, mi elegante traje negro de terciopelo con la falda corta, me arreglé el cabello, no quería ni necesitaba atención médica, sólo quería irme a casa, expliqué que últimamente estaba agotada, con mucha tensión, pero que no era nada...

—Una fuga de sueño. Vienen por sorpresa y desaparecen. Estoy bien.

Y así fue.

Horas más tarde, en casa, escuché con temor la media docena de mensajes que tenía en el contestador automático. Amigos que habían adivinado que algo me había ocurrido y llamaban para interesarse. Me conmovió su preocupación. Me conmovió casi hasta las lágrimas, y sin embargo también me sentía culpable de haber suscitado su alarma. Uno de ellos era un hombre con el que casi había vivido, a quien ya no veía, o ya no «veía» como antes, y reproduje su mensaje varias veces, pensando: *Está claro que no me conocías, por eso llamas ahora.* Había tres llamadas sin mensaje en el contestador, así que supuse que mis padres habían telefoneado; no se sentían cómodos con los contestadores y nunca dejaban mensaje. De hecho, me llamaban en raras ocasiones, no querían entrometerse en mi vida lejos de Ransomville. «Ahora tiene su propia vida», comentó mi madre en una ocasión cuando yo no podía oírla, en una reunión familiar, *su propia vida, propia vida ahora* resonando como un extraño eco, como si fuera un sutil reproche, como si estuviera dolida, aunque la voz de mamá había sido enérgica y práctica.

¿Está mal, me pregunto, que una hija tenga su propia vida a cualquier edad? Me refiero a una hija que quiere a sus padres.

¿Es eso posible? Porque, ¿qué es la *propia vida* exactamente?

Sonó el teléfono. Era tarde, pasada la medianoche. No podía ser mi madre, pensé, ya que se va a dormir temprano, mientras que mi padre a menudo se sienta a la mesa de la cocina, leyendo, fumando, tomando sorbos de una lata de cerveza hasta pasada la medianoche, pero cuando levanté el auricular, oí la voz de mi madre, y empecé a llorar, como una niña dolida y enfadada:

—¿Por qué me odiaba la abuela Wolpert? Necesito saberlo.

Durante horas aquella noche permanecí tumbada sin dormir, mirando fijamente el techo de mi habitación, que parecía vaporoso en la oscuridad, sin cuerpo. Al final me rendí, me dirigí a este escritorio y comencé a escribir, comencé a escribir de modo febril en mi diario, con mi caligrafía de colegiala tan concienzudamente legible, cada T cruzada con esmero y cada I cuidadosamente con su punto, y sin emplear de forma errónea una coma ni dos puntos ni un punto y coma. Una anotación extensa y urgente que me llevó sana y salva pasada la peor hora de la noche, la hora que conduce al amanecer, una anotación que empezaba: «Esto ocurrió hace menos de doce horas en la ciudad de Nueva York».

2. El fin del mundo

Ransomville, Nueva York, donde nací y me crié, y donde todavía viven mis padres y numerosos familiares, recibió su nombre por Joseph Edgar Ransom, que estableció una fábrica de tejidos y un negocio de pieles en el río Chautauqua a principios del siglo XVIII, cuando aquí todo era tierra virgen. No se sabe gran cosa de Ransom, aquel colonizador original, salvo que murió en 1738 y hay una vieja lápida de piedra cubierta de musgo que parece haberse fundido en el cementerio luterano para conmemorar ese hecho. Ransom tuvo trece hijos de tres esposas y se dice que sólo un varón (quién sabe cuántas hijas tendría; los descendientes de las hijas no podían llevar el apellido Ransom, así que no contaban) lo sobrevivió; aquel hijo se convirtió en pastor itinerante en una de esas sectas protestantes escocesas cuyos líderes exaltados acababan en el manicomio. Todo ello ocurrió hace tanto tiempo que podría haber sido un sueño. Ya que ciertos paisajes, sobre todo en las montañas, deben generar sus propios sueños. En la escuela había viejos mapas curiosos del «asentamiento original Ransomville», también listas de nombres indios que nos obligaban a memorizar, a escribir correctamente. A lo largo del río había cimientos de piedra destruidos entre los arbustos descuidados.

¿Importa el lugar en el que nacemos? Porque, después de todo, no estamos hechos de la tierra bajo nuestros pies, ¿verdad?

No quiero creer eso, me doy cuenta de que es una forma de pensar poética y altisonante. La abuela Wolpert, que no soportaba que nadie hablara así, habría ensanchado los grandes orificios oscuros de su nariz como un caballo al resoplar.

A principios de los años cincuenta, Ransomville era una pequeña localidad en el campo junto al río Chautauqua, la población en su apogeo fue de tres mil setecientos, pero en la época en que yo asistí a la escuela secundaria superior consolidada de Ransomville, a finales de los sesenta, todas las fábricas textiles salvo dos habían cerrado y se veían carteles de SE ALQUILA y SE VENDE en las gasolineras desiertas de la carretera.

Mis abuelos por parte de los Wolpert, los padres de mi padre, vivían en una pequeña granja a unos dieciocho kilómetros al noreste de Ransomville en las estribaciones de las montañas de Chautauqua. No se podía llegar directamente; tenías que ir en zigzag, primero por Falls Road, después girando por Church Hill, cuyo asfalto tendía a derretirse durante las olas de calor, y después por una serie de caminos de tierra y de gravilla sin asfaltar. Si cierro los ojos, no consigo encontrar la ruta hacia la granja de mis abuelos, incapaz de anticipar algunas de las carreteras hasta que las veo. Los nombres de esos caminos hace mucho tiempo ya que se desvanecieron de mi memoria, o quizá no tenían nombre ni siquiera entonces. Aquella extensa granja, la mayoría de sus ocho hectáreas demasiado accidentadas o rocosas para ser cultivadas; la casa que era del color de la madera mojada, el granero deteriorado por los elementos, el silo, las dependencias; una colina como un puño que amenazaba detrás de la casa que partía el cielo en dos por lo que en invierno había días prácticamente sin sol. Mi madre, arrugando la nariz, la llamaba «el fin del mundo. Al filo de ninguna parte». No era una queja exactamente, más bien lo que se diría una burla, un asombro fingido por el hecho de que aquel lejano lugar fuera la casa en la que mi padre pasó su infancia y aquélla fuera su gente.

Íbamos los fines de semana. Sobre todo en verano. Siempre se producía un alboroto al conducir al campo, no el campo insulso que rodeaba Ransomville, donde vivíamos, sino el campo lejano en las montañas. La llamábamos «la granja del abuelo» o simplemente «la granja». Yo era demasiado pequeña y despreocupada, demasiado esperanzada para darme cuenta de que aquellas visitas ponían tensos a mis padres, sobre todo a mi madre. Ya que nunca podía saberse de antemano si la visita sería una de las buenas o de las incómodas, desagradables, en las que la abuela Wolpert no hablaba, no miraba a mi madre a la cara, ni sonreía, simplemente situaba bandejas de comida sobre la mesa, moviendo la mandíbula en silencio. Era una mujer fuerte, hombruna, cuyo rostro podía parecer hinchado como si tuviera bocio. «Claro que a mamá le caes bien, y a los niños también. Es sólo que, ya sabes, nunca ha sido dada a mostrar sus sentimientos. Nadie de su lado de la familia lo es.» Mamá daba la espalda a papá cuando decía eso para que no pudiera verle la cara. De joven tenía un rostro bonito y sin arrugas con la nariz respingona que se fruncía con desdén como la de un conejito. Me guiñaba el ojo y prácticamente podía oír lo que pensaba. *¡Qué! La abuela Wolpert demuestra sus sentimientos con claridad suficiente. Nadie necesitaría que los mostrara con mucha más claridad.* En ocasiones, mis hermanos mayores salían de la granja en bicicleta, sobre todo para pescar lubinas de roca en un riachuelo que atravesaba la propiedad del abuelo, pero de adolescentes habían perdido el interés, pocas veces viajaban con nosotros en el coche. El verano en que cumplió trece años, mi hermana se negó a unirse a nosotros aunque era una de las favoritas del abuelo. «Ay, allí, ese lugar es tan aburrido. No cambia nunca.»

Claro que cambió. Igual que ella y mis hermanos, que se fueron a vivir lejos de Ransomville, y mis primos Joey, Luke, Jake, que se alistaron en la Marina uno a uno al cumplir los diecisiete, se ausentaron durante años y volvieron ya adultos, por lo que al verlos por la calle en Ransomville a duras penas sabías quiénes eran. Para cuando estaba en el bachillerato, el abuelo Wolpert ya había sufrido su primer derrame cerebral, y para cuando me gradué, había muerto. Durante mi penúltimo curso en la universidad, la abuela Wolpert había muerto de un tipo de cáncer (debió de ser de cuello de útero o de útero) que nadie de la familia quiso identificar, y su hijo menor, Tyrone, que había estado trabajando en la granja, la vendió inmediatamente y se fue a vivir a Lackawanna a trabajar en una fábrica, así que ya no había motivo para que volviéramos a ir allí.

Además, todo esto parece haber ocurrido hace tanto tiempo que podría haber sido un sueño. Pero no sabría de quién.

Mientras cortaba los tallos con brío y colocaba unas zinnias en un jarrón, mamá solía comentar a papá con su tono informal, pinchándolo:

—Lo echo de menos, de verdad. En serio. Siempre resultaba una aventura ir a visitar a tu familia. Y aquel camino —solía mover la cabeza, sonriendo—. ¡Al filo de ninguna parte! Pero era bonito a su modo. Y a los niños les encantaba, era un buen sitio para llevarlos. Tu padre, un hombre con un corazón tan bueno, tan cariñoso, incluso aunque a veces podía resultar un poco difícil. Y tu madre...

La cháchara de mamá se apagaba como una mariposa nocturna planeando por el aire. Esperaba a que mi padre alargara el brazo y la aplastara con la palma de la mano, pero él nunca lo hizo.

—Tu abuelo te quiere, cariño. No lo hace con mala intención, sólo bromea.

Yo también quería al abuelo Wolpert. Me llamaba Gatita Grande, pero yo le tenía miedo; nunca sabías cuándo las bromas y cosquillas se volverían enérgicas, los dedos que olían a estiércol hincándose en mis costillas y enredándose en mi pelo y su aliento al reír que me explotaba en la cara como manzanas podridas.

—¿Cómo está mi Gatita Grande? ¿Qué trama Gatita Grande, eh? ¿Qué le cuentas a tu abuelo, Gatita Grande?

Yo me alejaba de él, chillando y riendo, escondiéndome debajo de la mesa (eso me contaron años después), pero volvía a salir arrastrándome rápidamente si el abuelo no se agachaba para alcanzarme. Era un hombre fuerte y bigotudo con un peto, con camisetas sucias de franela que olían a establo, con una fuerte risa ruidosa, un rostro arrugado y muy bronceado como una luna sonriente. Donde la abuela Wolpert era silenciosa, el abuelo Wolpert era ruidoso como un arrendajo azul, hablando, riendo, silbando, tarareando para sí. Hablaba a los animales como lo hacía con la gente. Era bromista: por ejemplo, estabas ayudando a quitar la mesa después de la comida y cogías un plato o un platillo de aspecto inocente y se derramaba agua —¿de dónde?— que te caía a las piernas. Abrías un armario y caía una fregona, al revés, provocando un susto. El abuelo tenía tres o cuatro llamativos trucos de cartas que dejaban a sus nietos parpadeando de asombro, y juegos que hacía con sus grandes manos nudosas, los pulgares escondidos en el puño, una bellota en la palma:

—Ahora lo ves, ahora no, ¿eh, Gatita Grande?

Nada le hacía disfrutar más que la pequeña sonrisa de perplejidad en un niño. La abuela Wolpert no aprobaba aquellos pequeños trucos tontos, aspirando y resoplando entre dientes, pero el abuelo no le hacía caso, o hacía alarde de mirar alrededor de la cocina como si la abuela no estuviera allí o como si fuera invisible, inclinando su cabeza hacia mí mientras decía:

—Parece que el suelo tiembla, hay una enorme vaca gorda aquí, ¿eh? Pero yo no la veo, ¿y tú?

Y yo me reía como si me hubiera hecho cosquillas. Era divertido fingir que la abuela no estaba allí.

El abuelo tocaba la armónica; al abuelo le gustaba cantar. Sobre todo cuando había estado bebiendo. Le gustaba jugar, a los dados, al póquer, al euchre.

—Dios me susurra al oído. Principalmente me dice qué tengo que hacer. Como por ejemplo, me dice al ver la baza que me ha tocado: «Oh, oh, Wolpert. Si lo haces, eres un gilipollas». Así que no lo hago.

El abuelo guiñaba el ojo al contar aquellas historias, y sin embargo parecía claro que creía lo que decía. De hecho, estaba orgulloso de sí mismo; era célebre por ser el jugador de cartas más perspicaz en el área de Ransomville. Me resultó extraño averiguar, cuando fui un poco mayor, que el abuelo Wolpert tenía muchos amigos y se le consideraba un hombre apuesto, de hombros anchos, con el cabello rizado y canoso y una barba incipiente no sólo en la mandíbula sino bajo la barbilla, que le crecía de la garganta. Sus grandes dientes estaban manchados de nicotina, y a menudo su aliento apestaba a sidra fermentada (que él mismo destilaba en uno de los graneros) y tabaco Old Bugler (que masticaba con brío en bolitas jugosas del tamaño del puño de un bebé), pero al parecer aquello daba exactamente igual; Hiram Wolpert era un hombre respetado por los demás, incluso un poco donjuán por la forma picante con la que hablaba con las mujeres, coqueteaba con ellas y las hacía reír de gusto. Llegué a descubrir que lo que hacía que la gente admirara a aquel hombre era la forma en que se admiraba a sí mismo. El abuelo Wolpert caminaba con aire arrogante y varonil, tenía opiniones que no temía expresar, la costumbre de interrumpir a los demás sin permitir ser interrumpido. (Mi padre había heredado alguna de aquellas características a menor escala; de hecho, era menos corpulento, más vacilante y tímido que su padre. Y no bebía.) El abuelo era un amigo leal y (según decían) lo era aún más como enemigo. Si le caías bien, te adoraba; si no, mejor que no te acercaras a él. Trabajaba como herrero a tiempo parcial en una época en que la herrería estaba prácticamente extinguida y los granjeros iban desde todos los rincones del valle de Chautauqua para que herrara a sus caballos a cambio, a veces, de poco más que algún objeto trocado: una vasija de whisky, un puñado de puros, un lechón no deseado. Se decía que en una ocasión el abuelo había herrado a media docena de caballos para un granjero acomodado y no aceptó de él dinero en efectivo, sólo un neumático usado para su tractor John Deere. La abuela Wolpert echaba pestes de él por ser el peor tipo de tonto: «Cree que es amigo de todo el mundo. Regalando lo que no tiene».

El equipo de herrero del abuelo se guardaba en un establo con el suelo de tierra que olía a humedad detrás de la casa. Nunca supe los nombres de las herramientas: una especie de chimenea circular independiente construida con tiras de latón sujetas con clavos, un fuelle que funcionaba mediante una manivela a la que costaba darle la vuelta, herramientas pesadas y voluminosas. Había un yunque de hierro, un par de enormes tenazas, una almádena de nueve kilos

241

con un mango burdo lleno de astillas y demasiado pesado para que yo pudiera moverlo incluso con doce años, tirando dolorosamente de los músculos de mi brazo. Cuando mis hermanos todavía iban a la granja, mi abuelo les dejaba ayudarle, atizando las cenizas que ardían despacio, martilleando herraduras calientes de hierro semiblandas para darles forma, chasqueando la lengua y hablando con los caballos, a los que había que atar en corto, sus ojos observadores protegidos por anteojeras, pues se asustaban con facilidad. Le rogué que también me permitiera ayudarle. Tenía miedo de los gigantescos caballos, pero estaba decidida a ser valiente como mis hermanos. Yo acariciaba el lomo sorprendentemente peludo de una yegua temblorosa mientras mi abuelo se encontraba sentado de espaldas a ella sobre una caja de madera con la pata, el tobillo y el casco trasero izquierdo del caballo sujetos con fuerza entre las rodillas, al tiempo que clavaba los clavos con el martillo en el casco del animal; qué emoción llena de orgullo sentí hasta que sin previo aviso el caballo resopló alarmado, sacudió la cabeza y se adelantó tambaleándose hacia mí, y su casco delantero izquierdo fue a parar al borde de mi pie, haciéndome gritar como si me estuvieran matando.

—¡Abuelo! ¡Abuelo! *¡Abuelo!*

El abuelo Wolpert, gruñendo y maldiciendo, apartó el caballo de mí. Con un puñetazo en la cabeza de la yegua pareció aturdirla y quedé libre.

Todos dijeron que había sido un milagro que no me hubiera aplastado los dedos, que no me hubiera roto todos los huesos del pie.

Era poco frecuente que la abuela Wolpert hablara directamente con mi madre, fijando sus ojos en el rostro tenso de ella, pero lo hizo aquel día, con desdén irritado.

—Esa tonta es una *niña*. No puede hacer las cosas que hacen los hombres en la granja.

Un hombre me estaba haciendo el amor y me quedé dormida. Una nube tóxica invadió mi cerebro. Intenté explicárselo pero no podía hablar. «Quiero quererte —supliqué—. Ayúdame a quererte». Sentí las manotadas de los tallos de maíz contra mi rostro húmedo. Sentí la tierra seca y desmenuzada bajo mis pies al correr. Oí el aleteo de la masa de pan que la abuela Wolpert golpeaba contra la superficie de madera. Los dedos manchados de harina, las muñecas gruesas como las de un hombre, los imponentes muslos y aquel único saliente de su pecho como la joroba de un camello que debía de ser tan pesado, incómodo de soportar. El cabello canoso y tirante y la furia sin explotar de su rostro. La masa de pan como vida informe, retorcida, amasada, lanzada contra la superficie —¡plaf!, ¡plaf!, ¡plaf!— y una vez horneada en latas ennegrecidas, había algo hosco y nudoso en aquellos panes toscos integrales con gruesas cortezas que parecían hablar del alma de la abuela. *Aquí estoy; soy comida. Pero no voy a alimentarte.*

Un hombre me estaba haciendo el amor y me quedé dormida. Aunque me desperté casi inmediatamente, entre risas.

—Bueno, qué gracia —dije frotándome los ojos—. ¿Verdad?

Pero yo era la única que reía en aquel silencio.

Un comportamiento animado en público sugiere felicidad en privado. O lo contrario.

«¿Por qué nos odia la abuela Wolpert, mamá?», le pregunté inocente cuando tenía tres o cuatro años. A esa edad en la que todavía no sabes qué se te permite reconocer que sabes y qué no. Y verlos intercambiar sus miradas, el ceño de mamá fruncido rápidamente. «Nadie nos odia, ¡qué cosas dices! Qué tonterías dices.» Pero recuerdo una lámpara de petróleo que estalló en la cocina de la abuela. Aunque ellos se reían de aquel recuerdo. «¿Estalló? No seas tonta, uno de vosotros la tiró de la mesa.»

En el funeral de la abuela Wolpert muchos años después, avergoncé a mi familia al quedarme dormida. Mi cabeza se desplomó con la boca abierta, muerta. Aquel delicioso sueño en una fosa oscura. Quizá había tomado antes unas copas de vino, aunque el funeral fue a las diez, una mañana de febrero oscura como el crepúsculo. Tenía veinte años, o diez. Tenía tres o cuatro años. Intenté no gritar, me habían pellizcado. ¿O estaba tratando de no reír porque me habían hecho cosquillas? Intentando no orinarme en las bragas, que es lo más difícil y urgente que no debes hacer cuando tienes tres o cuatro años e incluso cuando eres mayor, cuando tienes diez años y ya no eres una niña pequeña.

Tenía el rostro brillante y arrugado de la cólera perpetua. Decían que era miope pero se negaba a que le graduaran la vista. Por Dios, veía lo suficiente de lo que había allí. Más que suficiente. No sólo hizo que estallara la lámpara de petróleo, sino también una bandeja de porcelana enjabonada y resbaladiza que fue arrancada de mis dedos para acabar estrellándose en el suelo. *¡Torpe! Mira lo que has hecho.* (Ayudaba a fregar los platos después de una larga y pesada comida de domingo cuando el aire todavía estaba espeso por el olor a comida, las nubes menguantes del tabaco de las pipas de los hombres.) El dedo sangrante de mamá, la hoja del cuchillo en la base del pulgar, ay, ¿cómo ha podido ocurrir? Ay, ¿qué ha pasado? Había una forma, enérgica, eficaz, de cortar la parte de los fideos en tiras de siete centímetros y medio, sobre la mesa, un largo cuchillo con la hoja afilada que se mueve destellante. Y de destripar pollos después de hervirlos y desplumarlos, sus escuálidos cuellos sin cabeza. Tenía truco pero mi madre nunca llegó a cogerlo. *Venga, déjame hacerlo. Dame el cuchillo.* Cuando hacía calor sudaba como un hombre, limpiándose glóbulos de grasa de la frente y el labio superior, donde brotaban unos pelos oscuros y ásperos, tan pocos que podías contarlos. Sus ojos, miopes o no, eran temibles como astillas de vidrio que reflejaban una luz abrasadora. Un cuerpo como una fortaleza apuntalado en una faja con numerosas cintas y corchetes y un «sostén» (no aprendí aquella palabra extraña y exótica hasta años después) como el arnés de un caballo. Sus piernas carnosas y decaídas, de una pasta pálida y venas azules rotas como telas de araña, que tenían que encerrarse en medias de «compresión» de color carne. Brazos musculosos, dedos fuertes y regordetes. Un delantal manchado de sangre. Ya que mataba pollos; era tarea suya y la acometía con un orgullo entusiasta, prácticamente su única alegría, ordenando a cualquier chico que estuviera por allí (mis hermanos, o mis primos Joey, Luke, Jake) que acorralaran a los pollos elegidos: tenían que ser buenos ejemplares, no escuálidos y llenos de piojos, a los que faltaran plumas donde otras gallinas les hubieran picado y hecho sangrar, sino de aspecto sano, con crestas rojas, ojos despejados y un salto despierto en su paso. Los chicos cogían a las gallinas chillonas, rojas, sus alas agitadas y se las llevaban a la abuela, a la tabla de cortar con su hacha. Aquélla era la de la abuela, no la del abuelo, y si la tocabas lo ibas a pagar muy caro. Ahora tenía el ceño fruncido, seria y enfadada, enojada, regañando al mismísimo pollo que había tumbado sobre el taco de cortar, ya que por descontado la criatura estaba aterrada, claro que sabía muy bien lo que se avecinaba, y vi a los niños haciendo muecas y riendo abiertamente y mordiéndose los labios, y vi el rostro de la abuela al levantar, al mover el hacha, llevando la cuchilla que ya estaba manchada hasta el cuello del pollo, y pensé: *Estar enfadado ayuda a matar*. Entendía que aquél era un principio en la vida de los adultos.

Salvo en la tenebrosa sala delantera a la que se nos invitaba en muy contadas ocasiones, incluso los domingos, no quería que alborotáramos allí: niños armando jaleo, y los hombres arrastrando barro y estiércol (claro está que se limpiaban los pies antes de entrar en la casa y era domingo, no habían estado ganduleando en el granero, pero daba igual), en la pared decorada con papel pintado sobre el sofá duro de crin se encontraba la fotografía de la boda de los abuelos, que yo contemplaba asombrada y quizá temerosa, porque ¿cómo era posible que aquella joven, aquella chica de mandíbula cuadrada pero casi hermosa, fuera la abuela Wolpert?

Con los ojos oscuros y solemnes, el grueso cabello oscuro reunido en una elegante y gruesa trenza, con una tímida media sonrisa, con un vestido de novia blanco de cuello alto, de encaje, con lazos de satén, un ramo de rosas apretado en su mano enguantada en blanco; y el apuesto novio junto a ella, varios centímetros más alto, Hiram Wolpert: veintipocos años y un sorprendente cabello negro copetudo, patillas, bigote cuidadosamente recortado, traje y corbata, clavel blanco en el ojal.

—¿De verdad eres tú, abuela? —pregunté señalando, y mi madre me tiró del brazo y dijo deprisa, muerta de vergüenza:

—¡Señorita! ¡Qué modales son ésos!

Pero la abuela Wolpert se echó a reír, una risa sonora y profunda sin malicia evidente.

—Así era antes. La abuela antes de ser la abuela. Antes de ser mamá. Más cerca de tu edad de lo que tu madre lo está ahora —y aquello me asustó, ya que a veces la abuela hablaba con acertijos, su silencio estallaba en perplejidad; sabías que quería decir algo, pero no sabías qué era. Diciendo con expresión de satisfacción—: Antes de volverse una marrana de tanto criar y dar de mamar a camadas de ya sabes qué —y volvió a reír al ver la expresión en el rostro de mi madre.

Ya sabes qué. ¿Qué?

Me intrigaba saber que la chica de la fotografía de bodas tenía nombre propio: Katrina. Y un apellido de soltera: Sieboldt. Un día averigüé que Katrina Sieboldt se casó con mi abuelo Hiram Wolpert a los dieciséis años, tuvo su primer hijo a los diecisiete (aunque el bebé, un niño llamado Hiram, Jr., sólo vivió unos meses, y su nombre pasó al siguiente hijo varón, mi padre); de seis embarazos conocidos tuvo dos abortos y cuatro hijos vivos. Con treinta y pocos empezó a sufrir de «problemas de mujeres» (de los que nadie en aquella época hablaba abiertamente, incluso con los miembros de su familia), a los treinta y ocho años ya era

246

abuela, y vieja. El verano de mis diez años, la abuela Wolpert
debía de tener únicamente cincuenta y dos.

¡Cincuenta y dos!

3. El maizal

No vi la mazorca ensangrentada. Si es que era sangre.
Creo que no la vi.

Aquel verano tenía diez años.

Los sábados, mi padre iba a la granja a ayudar a su
padre y a Tyrone, ya que habían operado al abuelo Wolpert
de una hernia y estaba medio lisiado, maldiciendo su mala
suerte. Reparaba las vallas podridas, apuntalaba los viejos
graneros, mataba los cerdos. Cosechaba fanegas y fanegas de
tomates, pimientos dulces, calabazas para que se las llevaran
en camión a Ransomville a un puesto de productos agrícolas.
Había campos de patatas, trigo, maíz que era preciso cose-
char. «El maldito trabajo agotador», lo llamaba mi padre, y
sin embargo también parecía encontrarlo estimulante. Se
sentía inquieto con su trabajo en la ciudad (durante la semana trabajaba como dependiente en la ferretería de la que era
copropietario, con su escaparate polvoriento y adusto que no
había variado desde que yo tenía memoria) y ansiaba trabajar
al aire libre. En ocasiones, no muy a menudo, por obligación
o culpa o porque mi padre insistía, mamá nos acompañaba
para ayudar a la abuela Wolpert con su interminable tarea de
enlatado, pero mis hermanos y mi hermana ya no venían. El
abuelo Wolpert solía preguntar: «¿Dónde están los chicos?»,
mientras miraba fijamente como si aquello siempre le sor-
prendiese, pero la abuela Wolpert, frunciendo la boca como
para demostrar que tenía la razón en una vieja discusión, nunca
decía palabra.

El sábado en el que estoy pensando, los hombres se
encontraban fuera trabajando y mis primos Luke y Jake entraron en la cocina a duras penas para buscar un poco de

agua con hielo. Vivían a poco más de kilómetro y medio por una carretera comarcal y habían ido en bicicleta hasta la granja para comprobar sus trampas situadas a lo largo del riachuelo. Luke tenía quince años; Jake, doce; chicos fuertes con el cabello pajizo, rostros como toros, contundentes. Se pasaban el verano sin camisa y estaban bronceados y, como decía la abuela, imposible saber si con admiración o indignada, oscuros como si fueran negros. Yo anhelaba que mis primos mayores se fijaran en mí, pero ellos rara vez me prestaban atención. Ahora la abuela decía:

—Vamos, lleváosla. No tiene nada mejor que hacer. No la necesito aquí.

Los muchachos se mostraban reacios, y me miraban taciturnos. La abuela dijo, con su risa baja, resoplando:

—Nadie va a estropear vuestras preciosas trampas, granujas.

Aquellas palabras habrían sido un acertijo para mí si las hubiera oído, pero no fue así. Las escuché después; o eso creo. Aunque no en aquel momento. Y los chicos tampoco parecían haberlas oído. Luke murmuró algo parecido a «Mierda», y Jake se quejó:

—Tenemos prisa, abuela.

Salieron de la cocina, dejando que la puerta con mosquitera diera un portazo y la abuela les gritó:

—Chicarrones, ¿eh? Fuera de mi casa si no tenéis mejores modales —y a mí me dijo, al tiempo que empujaba mi hombro con la palma de su mano (mi abuela me tocaba con tan poca frecuencia que aquel empujón tuvo la fuerza de una caricia)—: Vamos, vete. La curiosidad mató al gato.

Pensé: *¡Qué bien! Mamá no está*.

Mi madre nunca me habría permitido seguir a los chicos. No le gustaban, ni tampoco su madre, Dell, la hermana mayor de mi padre. Dell y papá «no se hablaban» por algún motivo tan complicado, amargo y que arrastraba cada vez a más familiares que no se solucionaría con los años. Todo aquello lo tenían presente Luke y Jake aunque probablemente sabían tan poco de la pelea como yo. Años después, en el funeral de la tía Dell, pregunté a mi madre cuál era el maldito motivo de aquella pelea que duró un cuarto de siglo. Y mi madre insistió en que no sabía nada de aquello. «¡Esos Wolpert! Ya sabes cómo son. Están locos.»

Sí. Lo sabía.

Aunque nunca había estado segura de lo que sabía exactamente.

Detrás de los graneros de mi abuelo, a lo largo de un camino lleno de baches, mis primos Luke y Jake caminaban deprisa. Me recordaban jacas al trote. Sin mirar atrás. No iban a esperarme; era probable que se hubiesen olvidado de mí. No harían lo que fuera que la abuela Wolpert les había dicho que hicieran. Corrí tras ellos pero no les llamé. A sus ojos yo no era más que una niña pequeña: con pantalones cortos, camiseta, zapatillas de deporte. En la granja, mi piel fina y clara era vulnerable a las quemaduras del sol, mis brazos y piernas estaban punteados por las picaduras de los insectos, por arañazos de las espinas y los zarzales. Los chicos cruzaron el maizal, hileras interminables de largos tallos de maíz, hojas marronáceas y borlas al viento, y en el suelo cuervos que picoteaban las mazorcas caídas, tantos cuervos. A mí me daban un poco de miedo, a veces los confundía con gavilanes; aquellos cuervos graznaban enojados hacia nosotros, molestos por nuestra intrusión, aunque no se alejaron volando. Donde los cuervos picaban, por ejemplo en un camino, en una zanja, a veces era mejor no mirar por miedo a ver algo muerto, asqueroso. Siempre que había mirado me había arrepentido. Ahora mis ojos se alejaban de los cuervos y yo pensaba: *No son lo suficientemente grandes como para hacerme daño. Sus picos no son lo suficientemente afilados.* Pero dudo que de veras fuese así.

Todo cuanto podía ver de Luke y Jake eran sus cabezas sobre las altas plantas, su cabello pajizo. Bajaban por un camino repleto de maleza que llevaba abruptamente hasta el riachuelo. Estaba sin aliento, jadeando. Era un día luminoso, reluciente por el calor. De finales de agosto. Pensé, *No quieren que vayas con ellos, ¿por qué los sigues?* En realidad no quería ver las trampas de los chicos. Había visto las trampas oxidadas del abuelo que colgaban en el granero, sabía cómo eran. Con ellas, Luke y Jake cazaban conejos, ratones almizcleros y mapaches, y vendían sus pieles por unos pocos dólares. En realidad no quería ver las criaturas que habían atrapado, cuyos cuerpos lanzarían a la bolsa arpillera. Pero los seguí. Estaba ansiosa, como si aquello fuera un juego, quizá lo fuera, mis primos me ponían a prueba caminando a toda prisa, me ponían a prueba para ver si podía seguir su ritmo, si no tenía miedo. Había ido al riachuelo en numerosas ocasiones, a menudo con mis hermanos; me encantaba el riachuelo al que llamábamos «el riachuelo del abuelo», ya que no se nos ocurrió que no fuera suyo, que no todo lo que había en aquella propiedad fuera suyo. A aquellas alturas del verano, el riachuelo no bajaba con mucha agua, y sin embargo su corriente era veloz, ruidosa, descendía por una pendiente de enormes rocas; había charcas profundas, revueltas y salpicadas de espuma y corrientes barboteantes de aguas rápidas como si el ancho riachuelo estuviera formado por varios arroyos que fluían a la vez. En un área pantanosa junto al riachuelo, crecían eneas exuberantes y altas y hierbas de pantano. Era una jungla. El zumbido de las avispas, de las libélulas por doquier. El brillo de las libélulas al sol. Pequeños jilgueros como flechas en el sauce que había junto al riachuelo. Me protegí los ojos del resplandor de las largas franjas de agua en el pantano semejantes a pedazos de un espejo roto. Oí las voces de mis primos susurrando con emoción; los encontré agazapados sobre algo que había en la ribera.

—¿Qué es? ¿Qué habéis cogido? —pregunté. Estaban de espaldas a mí. La espalda desnuda y bronceada de Luke húmeda por el sudor, y el cabello mojado en la nuca. Jake me lanzó una mirada maliciosa. Era un chico más bien pequeño, poco agraciado, con lo que mama llamaba la nariz de los Wolpert, ancha y chata. Había visto a niños mayores, incluido

Luke, empujarlo de un lado a otro, y había visto a su propio padre maldecirle y abofetearle como a un perro.

—Ven a ver, curiosa —dijo burlón.

Parecía un gato suave y aplastado con la piel oscura a rayas. Pero tenía una cola larga, curvada y escamosa; ¿una rata?, ¿un ratón almizclero? Mientras Luke sacaba el animal de las fauces de la trampa, Jake fingía acariciarlo, canturreándole burlón, «ga-ti-to», divertido por mi gesto de repugnancia. Luke lanzó despreocupadamente el cuerpo sin vida en la bolsa de arpillera.

—¿Cuánto podéis sacar por él? ¿Dónde los vendéis? —pregunté.

Temblaba por el frío repentino pero esperaba demostrar a mis primos que no tenía miedo ni sentía repugnancia. Había hecho una pregunta razonable, aunque los chicos hicieron caso omiso de ella y cebaron la trampa con un trozo de pera verde, volvieron a separar sus horribles fauces dentadas y la colocaron al borde mismo de la ribera del riachuelo. Me llamó la atención la seriedad de mis primos, aquella solemnidad de hombres adultos, tan parecida a la que mi padre empleaba cuando trabajaba con las manos, la cabeza inclinada, absorto en su quehacer y sin oír mis preguntas...

—¿Es un ratón almizclero? —pregunté—. ¿Es eso? Pobrecito.

Luke y Jake siguieron adelante, Luke con el saco al hombro, y yo fui tras ellos. Estaba acostumbrada a que mis hermanos tampoco me hicieran caso. Me atreví a decir:

—¿No sentís pena del animal? ¿Y si os pasara a vosotros? Atrapados en una trampa.

Los chicos caminaban dando fuertes pisotones en el cauce del riachuelo; el camino en la orilla estaba tan lleno de zarzas que, después de dudar un momento, yo también me metí en el riachuelo, en unos diez centímetros de agua tibia. Inmediatamente sentí extraños, embarrados, los dedos de los pies. No me gustaba aquella sensación. Era como si tuviese algo en mis zapatillas deportivas, algo desagradable como puré de patata, harina de avena que me daba ganas de vomitar. De todos modos, tenía las zapatillas muy sucias y manchadas de agua al haber estado jugando en el riachuelo. Nadie caminaba descalzo en el riachuelo del abuelo por las sanguijuelas —pequeños y peliculares gusanos negros que se metían entre los dedos de los pies—, las piedras afiladas y los trozos de cristales rotos que podían causarte cortes en los pies. Se podía nadar en el riachuelo, pero no aquí.

—Podría venir alguien —grité a mis primos que chapoteaban delante de mí— y hacer saltar vuestras trampas. Para que los animales no se lastimaran.

—Ah, ¿sí? Mejor que ese alguien no lo haga o le tendremos que dar en el culete flacucho —gritó Luke tras de mí. Jake, furioso, añadió:

—Pártele el culete flacucho.

—¿Cómo ibais a saber quién era? —dije burlona—. No lo sabríais.

Los chicos encontraron su siguiente trampa y descubrieron que las fauces estaban abiertas, se habían comido el cebo pero no había presa.

—Mierda —exclamó Luke.

—Hijo de puta —dijo Jake, maldiciendo como un hombre hecho y derecho. Exclamé excitada:

—¡Se ha escapado! Es demasiado inteligente para vosotros.

El rostro me latía por el calor, estaba extrañamente nerviosa, como si se tratara de un juego. Me parecía todo un logro que mis primos me prestaran atención, que me miraran fijamente. Sobre todo Luke. Le observé examinar la trampa como si lo hubiese engañado, levantándola y dándole la vuelta con las manos mugrientas. Su cabello lacio y decolorado por el sol le caía sobre el rostro y se lo apartaba una y otra vez. Vi un destello de pelo rizado castaño en su axila, los brazos musculosos, la piel bronceada como madera teñida y los pezones de su pecho más oscuros, como frambuesas. ¿Por qué los hombres y los chicos tenían esas cosas, me pregunté, si no amamantaban a los bebés? Mis primos sudaban, despidiendo un mal olor animal. Mi madre tomaba el pelo a mi padre diciendo que los miembros de su familia que vivían en el campo sólo se bañaban una vez a la semana —«Tanto si lo necesitan como si no»—. Era cierto que a veces se podía ver una película de mugre en la palma de sus manos, a menudo en sus cuellos como una sombra granulada. El abuelo Wolpert era así. La suciedad resultaba más visible cuando las gotas de sudor le recorrían, como las que caían a toda velocidad por las espaldas bronceadas y desnudas de mis primos. La espalda de Luke mostraba unos cuantos granos, algunos de ellos grandes como forúnculos y otros como pequeñas bayas rojas que parecían calientes al tacto.

Fue en la siguiente trampa, en un dique superior, cuando oí a los chicos susurrar sorprendidos y me abalancé para ver qué habían encontrado: otro cuerpo peludo sin vida atrapado entre las fauces, un ratón almizclero, su tripa hinchada, rajada y sangrienta, y dentro un saco de cosas sin pelo que se movían y que no eran más largas que mi pulgar. ¿Eran babosas?, ¿gusanos?, ¿crías minúsculas? No grité, pero emití un sonido, y Luke y Jake se dieron la vuelta para mirarme con expresión extraña y medio avergonzada, y Luke metió a toda prisa el cuerpo peludo en la bolsa, lo aplastó bajo su pie y rió con aspereza.

—No deberías mirar. No deberías ver estas cosas —dijo. Su ademán era extrañamente formal, su rostro colorado. Pero Jake se reía tontamente:

—Sí, ¡tú! No deberías.

Jake alargó la mano y me tomó del brazo y dejó en él una mancha de sangre viscosa. Grité.

Él se echó a reír, y me persiguió colina arriba. Subíamos con dificultad en la tierra suelta, llena de guijarros. Luke le gritó que me dejara en paz, pero un minuto después corrió tras nosotros, por el campo, los escaramujos se nos clavaban como garras, los chicos gritaban y reían, persiguiéndome hasta el maizal, yo gritaba por la excitación: era como jugar a pillar, como jugar al escondite en las hileras de altos tallos de maíz, como jugar a policías y ladrones hasta que uno de los chicos me cogió del brazo y el otro del pelo pero conseguí liberarme, riendo, una vena latiendo en mi garganta. Los chicos cogieron terrones de tierra seca y me los tiraron a mí y el uno al otro. Chillaban, reían. Incluso Luke. Vi su figura sin camisa corriendo a toda velocidad por las hileras de tallos de maíz, vi que volvía la cabeza, me había visto, medio gateé para escapar, y llegó Jake que casi choca con Luke, Luke gritó:

—¡Vigila por dónde vas, gilipollas! —al tiempo que daba un empujón a su hermano que le hizo gritar de dolor y tambalearse hacia atrás hasta caer al suelo, con fuerza, como un saco de ropa sucia, sobre su trasero.

¡Qué gracia! Yo chillaba de la risa y Luke también, se volvió para perseguirme, dando palmadas mientras lo hacía:

—¡Fuera! ¡Fuera!

Las hojas afiladas de los tallos de maíz me cortaban el rostro al correr, las suaves y sedosas mazorcas me rozaban la cara, entre las hileras del maizal había malas hierbas altas, y el cielo sobre nosotros era de un azul radiante y calimoso con manchas que se deslizaban, grandes alas negras batientes y aterradoras se alzaban por todas partes y un fuerte graznido como una airada regañina. Me di la vuelta y corrí hacia la derecha, después hacia la izquierda, zigzagueando por instinto, como si estuviéramos jugando a pillar, al escondite, como con mi hermana y mis hermanos, un juego inocente como policías y ladrones en el patio de la escuela. Me ardía el rostro, con pedacitos de tierra y arenilla pegados a él como pequeñas garrapatas. De la nada, mi primo Luke apareció ante mí. Había corrido adelantándome para cortarme el paso, mostrando sus enormes dientes amarillentos como un perro riendo, aunque me escabullí con dificultad hacia un lado, reaccioné rápida y enloquecida como un animal salvaje al que se está dando caza, pero tras de mí se encontraba otro chico, sin camisa, su fino torso bronceado suave y brillante por el sudor, y por un momento creí que se trataba de un tercer chico, un extraño, no Jake, mi primo Jake, mas por supuesto que lo era, aunque no parecí reconocer su sucia cara sonriente ni sus cómicos ojos saltones. Y allí estaba el rostro sonrojado de Luke, enseñando sus dientes, sus dientes enojados, porque estaba enfadado, y aquel pronunciado ceño entre sus cejas como la hoja de un cuchillo, igual que lo fruncíría un adulto, como hacía mi padre cuando uno de sus hijos le disgustaba, aquella mirada con el ceño fruncido por la cólera. Luke intentó agarrarme pero sólo pudo coger mi camiseta y me desgarró el cuello y la manga, yo blandía mis puños hacia su cintura, a su pecho, estábamos en el suelo peleando, estrellándonos contra los quebradizos tallos de maíz, las mazorcas secas y duras me producían dolor bajo la espalda, el trasero, gruñó maldiciéndome, a horcajadas sobre mí, sujetándome con fuerza con sus muslos como un torno, me hacía cosquillas con algo duro y áspero, algo que cubría sus dedos, y Jake estaba agazapado sobre nosotros jadeando, maldiciendo, aunque contento, tirándome de un tobillo, tirando de mis pantalones cortos que consiguió bajarme de un tirón unos cuantos centímetros hasta que la rodilla fuertemente presionada de Luke lo detuvo. Podía oler el fuerte sudor animal en sus cuerpos, y mi orina caliente que dejé escapar de pronto, grité y di una patada a Jake en el estómago, entre las piernas, y gimió de dolor; Luke reía como loco, me hacía cosquillas y me clavaba aquel objeto áspero, no lo veía, no creo haberlo visto, sólo después el recuerdo confuso de un objeto formado por cientos de ojos minúsculos, al que los cuervos le habían picado la mayoría de ellos, había hileras de minúsculos ojos arrancados, me hacía daño, bajo los brazos, en la tripa, entre las piernas, entre las nalgas en la zona sensible, donde podía sangrar, pataleaba y chillaba, pero Luke tenía su palma salada por el sudor presionada sobre mi boca para que callara, su rostro estaba tenso como un puño apretado enérgicamente, sus mandíbulas cerradas con fuerza, vi sus ojos ponerse en blanco y grité a través de la dura palma de su mano que me hacía daño, y en aquel momento la tierra se abrió, caí en una fosa que se deshacía blanda, como si me quedara dormida en la iglesia, de repente mi cabeza salió despedida hacia delante, el maizal brillaba luminoso, resplandeciente y cegador por la luz, y las manchas celestes del cielo sobre mí, pero yo no estaba allí para verlo, mis primos gemían y maldecían pero yo no estaba allí para oírlos.

De todos los cuentos de hadas recogidos en un libro llamativamente ilustrado que leí en mi infancia hasta casi hacerlo trizas, el que más miedo me daba era *La bella durmiente*. Contemplaba con una macabra fascinación a la princesa encantada en su cama del bosque y pensaba que algo así podría ocurrirle a cualquier niña, podría ocurrirme a mí. Blancanieves se había dormido en una de las camas de los enanitos pero no pasaba nada, no era presa de un hechizo maligno, se despertaba cuando los enanitos llegaban a casa. Ricitos de Oro también se despertaba cuando los tres ositos la descubrían en la cama del osito más pequeño. Pero a la bella durmiente la había hechizado una fea y vieja hada y durmió durante años porque nadie podía despertarla, y además sólo un príncipe especial podía hacerlo y nunca lo habría conseguido sin él. Odiaba la historia de la bella durmiente. Y sin embargo, la leía una y otra vez, y contemplaba la ilustración de la hermosa princesa de cabello rubio que parecía flotar en su cama en el bosque. Ningún otro cuento de hadas era tan terrible. Porque creía que aquello podía ocurrir. Cada vez que te vas a la cama por la noche, o te tumbas para dormir la siesta, podría ocurrir. Podrías quedarte dormida y no volver a despertar. Porque no todas las niñas podrían atraer a un príncipe que las despertara. La mayoría de nosotras dormiríamos y dormiríamos y dormiríamos para siempre sin un beso que nos reviviera.

—Eh. Despierta. Vamos.
—Vamos.

Estaban agachados sobre mí, y ya no reían. Mis primos. Luke me golpeaba las mejillas levemente, me había echado agua en mi piel ardiendo, me había despejado el cabello de la frente. Aquellas manos me brindaron tanto consuelo. Me habría echado a llorar. Podría haber llorado. Jake descansaba apoyado en sus talones, parecía asustado, su rostro estaba manchado de tierra, de sudor, de sangre donde se había frotado enérgicamente con el brazo. Vi el cielo incoloro y vaporoso tras la cabeza de Luke, pero no sabía dónde estaba. No era el maizal, tal vez me sacaron de allí y me llevaron hasta la orilla del riachuelo donde Luke murmuraba para sí, echándome agua a la cara, rogándome que me despertara, *que me despertara*. Nunca hasta entonces había oído tal tono de urgencia en la voz de un muchacho. Luke intentaba lavarme con torpeza, el rostro, los brazos, las piernas. Como si fuera un bebé, incluso una muñeca, reposando inmóvil boca arriba. El suelo era pedregoso bajo mi espalda y me hacía daño. Pero gran parte de mi cuerpo estaba adormecido. Mi vientre, entre mis piernas. Tuve la idea confusa de que habían traído grandes trozos de hielo del congelador de la abuela y los habían presionado contra mí para que no pudiera sentir nada. Detrás de Luke, Jake gimoteaba y se sorbía los mocos.

—Va a decírselo, y si se lo dice, nos la vamos a ganar.

Luke maldijo a su hermano sin volverse:

—Cállate, gilipollas —estaba encorvado sobre mí, me sacudía con suavidad, igual que harías para despertar a un niño que duerme profundamente—. Eh, vamos, despierta, estás bien. Te has quedado dormida. Estabas agotada de correr, y el sol, es como una insolación. Tienes la cara ardiendo. Tu piel abrasa. Has dormido una siesta. Ahora estás bien. ¿Vale? Sólo te has quedado dormida.

Yo intentaba despertarme. Pero era como nadar hasta la superficie desde el fondo, el peso del agua presionaba mi pecho, y mis párpados pesaban.

Cuánto tiempo, no sabría decirlo. Probablemente no más de diez o quince minutos. Una voz repetía «Va a decírse-

257

lo» y la otra «Despierta, eh, vamos, estás bien». Mi camisa estaba húmeda y manchada de tierra del maizal, mis pantalones cortos y mis bragas... me había orinado en las bragas, y no parecía que a Luke le diera asco sino que me echó agua allí para ocultar el olor. De lo contrario me sentiría tan avergonzada. Meándome encima con diez años. Diría que me había caído al riachuelo, que había estado vadeando para seguir a mis primos, y que me había caído al riachuelo, por eso estaba tan mojada, y quizá me había hecho daño con las piedras, con las aristas punzantes de las piedras que había en el lecho del río. Y los chicos dirían que sí, así había sido. No debería haberlos seguido mientras comprobaban sus trampas, eso es lo que ocurrió.

Me había incorporado, estaba confusa y aturdida pero despierta, y estaba bien. Luke me sonrió abiertamente como si hubiera hecho un milagro. Yo no lloraba ni estaba sangrando. O si había llorado, ahora había dejado de hacerlo. Ya que seguía deseando caerles bien; quería que aquellos niños mayores no me odiaran. Si había estado sangrando, había dejado de hacerlo. Me había caído sobre una piedra afilada. Aquellos afloramientos de pizarra como cuchillas. Pero puede que no hubiera sangrado, podría haber sido la sangre del animal moribundo o muerto que Jake había cogido con las manos y frotado en mí. Incluso si creía recordarlo, no podía saberlo. Ya que recordar algo no es saber si ocurrió realmente. Ése es un hecho primordial de la vida interior, el hecho más difícil con el que debemos vivir.

4. El toro salta la valla

«¿Por qué me odiaba la abuela Wolpert?» Tenía treinta y nueve años y mi madre decía, con sus ojos fijos en los míos con una expresión de total sinceridad:

—Vamos, no era a ti a quien odiaba; ¿de dónde has sacado esa idea? Era a tu abuelo. Tu abuelo te quería tanto que, para vengarse de él, para molestarle, como aquellos dos se pinchaban y provocaban continuamente, la abuela Wolpert a veces era un poco mala, quizá, dura contigo. A veces. Y te iba tan bien en la escuela, siempre sobresaliente, y ella ni siquiera sabía leer, ya sabes, nunca aprendió. Ninguna de las chicas de su familia aprendió a leer, ¿te imaginas? Al principio era por ignorancia, simple ignorancia rural, después era por su orgullo. Era una mujer orgullosa. Pero creo que exageras. Como sueles hacer. Ese trabajo tuyo de psicología social (coges una idea, desechando otras, y te preocupas por ella con énfasis); pero qué sabré yo de eso, claro, qué cosas tengo. Excepto con la abuela: sí, podía ser algo sarcástica, mala, supongo, pero no sólo contigo, con todos nosotros, incluso con papá por quien sentía tanta debilidad. Pero ves, cariño —decía mi madre sonriendo con el repentino brillo de una idea—, nunca fue algo personal dirigido a *ti*. Nunca.

Sonreí a mi madre. Me alegraba de que mi padre no estuviera en aquella habitación.

—Bueno. Es bueno saberlo.

Mi madre. Con la edad de los ancianos. En su octava década. Y sin embargo, estaba sentada serena en el sofá como alguien al borde de un arroyo de aguas rápidas, agitadas, ruidosas, agua espumosa, agua que se la llevaría al olvido, sonriendo al adelantar un dedo del pie para probar la temperatura, como si tuviera la opción de adentrarse en el arrollo o permanecer a salvo en la orilla. Decía:

—Sí, qué bueno saberlo, creo. Pero siempre te lo he dicho, ¿verdad? Como la otra noche, por teléfono. Nos diste un susto de muerte, con el aspecto que tenías en la televisión. Todo lo de *allí* ha pasado a la historia. Nadie habla ya de aquella época. Aquí no. ¡Tenemos mucho de qué hablar, tu padre y yo! Los nietos... nuestros impuestos sobre la propiedad que han vuelto a subir...

—Pero ¿por qué estaba tan furiosa la abuela Wolpert? Con el abuelo, quiero decir.

—No lo sé —respondió mi madre con evasivas, con una expresión dolida y haciendo un mohín como si estuviera a punto de echarse a llorar—. ¿Por qué me preguntas siempre? Hace veinte años que murió. No era mi madre, gracias a Dios.

Me hubiera gustado decirle: «No, tú eras mi madre».

Una extraña lógica. Un acertijo. Pero ¿qué sentido tenía aquel acertijo después de tantos años?

Aquello ocurrió en la vieja casa de Ransomville, tras el funeral de la tía Dell. La vieja casa en realidad parece nueva desde la carretera, con un revestimiento exterior de aluminio blanco mate, un ventanal de cristal de un metro ochenta de alto que da al césped delantero, una nueva cochera que construyó mi padre. Mantiene cuidadosamente arreglado el césped de la zona residencial con su estrepitosa podadora John Deere, montado en la silla como en un tractor. En cuanto regresamos a la casa, mi madre se quitó la chaqueta de seda negra purpúrea y los zapatos de salón de charol negro con un suspiro mientras papá iba a cambiarse y se ponía su vieja y cómoda ropa de trabajo que le quedaba como un pijama. Como diciendo: «Bueno, ya está. Otro funeral. Hasta el siguiente».

Claro está que no tenía intención de volver a casa para el funeral de la tía Dell; la fecha fue una coincidencia.

Después del incidente en el Lincoln Center, que al parecer afectó a mis padres, pensé que sería mejor ir a casa a pasar unos días. Sentí un impulso poderoso e infantil de volver a casa. Sólo durante unos días.

Decidme que me queréis. Que siempre me habéis querido. Que no lo sabíais. Si lo hubieseis sabido...
... me habríais protegido. Papá y tú.

No es que me sintiera indispuesta o inquieta. Volví al trabajo de inmediato, al día siguiente. El trabajo ha sido siempre mi estrategia. Ya que la fuga de sueño, el incidente entre bastidores, no había sido nada, nada en realidad; ya lo había olvidado. Ya había olvidado mi agitada velada y la entrada incongruente que garabateé en mi diario durante horas y que tiré a la basura unos días después con aturdida repugnancia.

Visito a mis padres dos o tres veces al año. Ellos nunca salen de Ransomville. La gente de su generación, en el valle de Chautauqua, no se siente cómoda viajando más allá de una distancia corta en coche. Los aeropuertos resultan muy difíciles de entender, los aviones demasiado «peligrosos». Las cosas son «agradables y calmadas, tranquilas» en casa.

Mamá me aseguró que papá y su hermana mayor habían «hecho las paces» al final, pero me parecía dudoso a juzgar por la frialdad de papá con la familia de Dell. Y los torpes saludos reticentes que me habían ofrecido. La atmósfera del funeral había sido triste y melancólica, teñida de amargura más que de duelo. Ya que la tía Dell fue una mujer difícil en su vejez y había estado enferma durante mucho tiempo. Murió a los setenta y siete años, y parecía (como susurraban los familiares de manera compasiva) «mucho mayor, la pobre». Se consideraba una «bendición por fin» que hubiera muerto, y descansara en paz.

Alrededor de funerales de ese tipo hay siempre ciertas personas, por lo general jóvenes, familiares políticos o mayores, hombres desafectos, en cuyos rostros crispados o sin expresión puede detectarse un aire de resentimiento simplemente por tener que asistir a un funeral deprimente en la iglesia, en un cementerio empapado. Tomé nota de ellos pero no me puse de su lado, yo era la hija de los Wolpert que se había ido del valle, que se largó, y que de algún modo se había labrado una trayectoria profesional por sí misma. La hija de los Wolpert cuyos padres se quejaban de lo poco que la veían pero de quien aun así estaban orgullosos. «Tiene su propia vida, siempre la ha tenido. Siempre ha sido independiente. No sabemos a quién ha salido.»

En la recepción que tuvo lugar en la funeraria ayer por la tarde, papá me sorprendió y me desconcertó un poco, con su comportamiento tempestuoso y denodadamente gracioso. Quizá no odiaba a Dell, quizá la quería, o a una muchacha que recordaba como Dell hacía una eternidad cuando los dos eran jóvenes, descarados y atractivos. Papá había estado bebiendo y hablaba con la boca húmeda como hacía en los últimos tiempos; probablemente tenga que ver con una dentadura que no encaja como es debido, quizá sea sólo un manierismo; debo tener cuidado de no imitarlo ya que soy propensa a contagios de ese tipo de las personas que me son cercanas. Allí estaba, dando un codazo al director de la funeraria, un hombre de mediana edad y aspecto juvenil, diciéndole en voz baja:

—Está intentando medirme para uno de éstos, ¿eh, amigo? —refiriéndose al brillante ataúd negro que contenía el cuerpo de su hermana—. Bueno, todavía no, amigo mío, todavía estoy vivito y coleando.

Y se echó a reír, una sobresaltada risa ruidosa ante la expresión en el rostro de aquel hombre más joven.

Allí estaba mi primo Joe a quien hacía décadas que no veía, un hombre envejecido, calvo, corpulento y con bastón, que antiguamente se parecía a Eddie Fisher. Me estrechó la mano de una forma que indicaba que no estaba acostumbrado a estrechar la mano de las mujeres, con una media sonrisa socarrona.

—Vi tu nombre y tu foto en una revista hace algún tiempo, ¿quizá en *Time*? En la consulta del doctor.

Luke no estaba. Jake tampoco, ya que falleció en un accidente de caza (en Alaska, adonde se trasladó con veintitantos años). La gente preguntaba dónde estaba Luke, y nadie estaba seguro: vivió una temporada en Pittsburgh, aunque se mudó después de su divorcio, fue duro para Dell que hubiera perdido contacto con la familia. Joe era quien tenía las noticias más recientes sobre él, pero aquello había sido al menos hacía tres años, cuando «no se encontraba bien, había tenido algunos problemas de salud». No averigüé de qué problemas se trataba. Noté en los ojos de mis familiares paternos cierta impaciencia por cambiar de tema.

—Luke fue siempre mi primo favorito —dije—. Era callado. No me tomaba el pelo. Él... —pero no podía decir: «Me tocó con suavidad, no fue brusco al despertarme». No podía decir: «El otro, Jake, creo que me habría matado. Quizá esté exagerando. Pero siempre lo he pensado. Pero Luke no. Luke, jamás».

Claro está que durante años, al visitar Ransomville, había preguntado por mis primos, como se esperaba de mí. Siempre con discreción, dando un rodeo, preguntando primero por las chicas y después por Joe, Luke y Jake, con igual énfasis en todos ellos, de manera informal. En una ocasión, hace una docena de años, mi padre comentó con filosofía que después de todo a Luke le había ido bastante bien, e inmediatamente le pregunté a qué se refería con aquel *después de todo,* y mi padre respondió de forma imprecisa:

—Bueno, ya sabes que se metió en algún problema después de que le dieran de baja de la Marina. Antes de casarse con aquella chica de Watertown. Seguro que lo recuerdas.

—No, papá —dije con aire despreocupado—. No lo sabía. ¿Qué tipo de problemas?

Mordiéndose los labios, sin mirarme a los ojos, papá respondió:

—Bueno, no lo sé con exactitud. Dell y yo no es que nos comuniquemos precisamente.

Dejé pasar aquel comentario; como si no hubiera numerosos miembros de la familia Wolpert y demás personas que pudieran hacer circular las noticias, sobre todo las malas. Me limité a sonreír a papá, inocentemente confusa. Y después, más adelante durante aquella visita, papá comentó, como si acabara de recordarlo:

—Tu primo Luke, ya sabes... Se dijo que se metió en problemas con una jovencita. En Olcott Beach. No es que se celebrara un juicio o apareciera en los periódicos.

—¿Cuántos años tenía la chica? —pregunté.

Papá se mordió los labios, al parecer no lo sabía, y mamá se asomó desde la cocina y dijo:

—Pueden hacer cualquier tipo de acusación, ya sabes. Las estudiantes de bachillerato. Hubo una aquí en Ransomville, ¿recuerdas? Tuve mis dudas sobre aquello.

—¿Una chica acusó a Luke? —pregunté—. ¿Cuándo?

—Por el amor de Dios, él también estaba en el instituto —respondió papá molesto.

—¿Y eso qué tiene que ver? —preguntó mamá—. Nunca sabes a quién creer, hay ciertas chicas en las que no se puede confiar.

—Sí, pero siempre digo que a Luke le ha ido bastante bien —dijo papá elevando la voz para disuadir a mamá de que discutiera—, el único chico de esa familia que me cae bien. Dale crédito. La gente decía que fue un buen esposo y padre —mamá volvió a desaparecer en la cocina, y papá me guiñó el ojo afablemente a la vez que decía—: Claro está que la gente dice cualquier tipo de gilipolleces, y es de suponer que algunas de ellas incluso sean ciertas. A veces.

El guiño fue para asegurarme que él y yo teníamos un acuerdo que excluía a la pobre mamá, ¿verdad?

Ahora, después del funeral de la tía Dell, papá entró en la sala de estar bostezando y desperezándose. Había oído por casualidad parte de mi conversación con mamá y dijo:

—Ese abuelo tuyo. El toro salta la valla.

Se echó a reír y le pregunté a qué se refería con «el toro salta la valla». Respondió:

—A eso mismo. Un toro saltará la valla si puede, o la romperá si puede, si tiene que... para aparearse con una vaca. Así era el viejo Hiram.

Volvió a reír, mientras mamá hacía una señal de indignación.

—¿Tenía una amiga? ¿Le fue infiel a la abuela? —pregunté.

—Demonios, tenía *mujeres*. Y no quiero decir que fueran *amigas*.

—Francamente, no tengo interés en oír esto —dijo mamá al tiempo que se levantaba del sofá—. Es un viejo asunto y no resulta demasiado agradable.

—¿Por eso la abuela estaba furiosa con él? ¿Porque le era infiel? —pregunté.

—*Infiel*... no emplearías una palabra así para referirte al viejo Hiram —respondió papá, inmensamente divertido—. Ni a él ni a cualquier otro hombre de la familia.

—¿Cielo? —dijo mamá, sonriéndome—. Ven conmigo a la cocina, empezaremos a preparar la cena. Vamos.

Me tiró de las manos como si fuera una niña pequeña, y como tal me puse en pie para seguirla hasta la cocina.

Qué consuelo, incluso a los treinta y nueve años, en las manos suaves y firmes de una madre. Qué consuelo que te llamen, después de tanto tiempo separadas, *cielo*.

Éste es un hecho que he aprendido y que me ha sorprendido un poco: queremos más a nuestros padres cuando nos hacemos mayores juntos, en una especie de traqueteante marcha cerrada. Y nos damos cuenta en el ecuador de nuestras vidas, contemplándonos mientras nos miran con preocupación: *Dios mío. Estamos metidos en esto por igual.*

5. Un final alternativo

No he compartido con nadie las ideas más extrañas que me pasan por la cabeza, en ocasiones cuando estoy medio dormida, pero a veces cuando estoy completamente despierta.

Como por ejemplo: me han operado en secreto, la parte inferior de mi cuerpo está anestesiada y mis tripas han sido ingeniosamente organizadas. O tan vivas en mi memoria que debo de haber soñado esto más de una vez, hay una bolsa de minúsculas criaturas sin pelo, resbaladizas y serpenteantes en mi interior.

Si compartiera mis sueños. Pero no los comparto.

Y no confundo los sueños con la realidad. En mi trabajo, para ayudar a los demás —y ayudar a los demás es la finalidad de mi profesión— aprendes a separar la fantasía de la realidad en tu propia vida así como en la vida de los otros.

Mis primos están en la cocina de la abuela tragando vasos de agua helada, sin camisa, sudorosos, empujándose ante el fregadero, y la abuela les dice, regañándoles de esa forma que no podías juzgar si era una simple reprimenda o si estaba siendo algo cariñosa, tan próxima al afecto como lo que ella podía llegar a sentir por los seres humanos y por los animales, incluidos los animales que mataba: «Ya está bien, granujas, salid de aquí», y yo estoy sentada a la mesa de madera redonda y desnuda de la cocina ayudando a la abuela a preparar aquel postre especial suyo para el que se fríen grandes tortitas redondas y delgadas en una pesada sartén de hierro y se llenan de guindas confitadas y crema agria y se hornean en unas bandejas de horno, y los chicos salen corriendo y dejan que la puerta de mosquitera dé un golpe y pregunto: «¿Adónde van, abuela?», y la abuela responde: «Da lo mismo, tú te quedas aquí conmigo. No te conviene ir de acá para allá por los campos con esos niños mayores», así que me quedo en la cocina con la abuela y la ayudo a cocinar. Toda la tarde.

Podría haber ocurrido así. Quizá debería haber sido así. Pero entonces ¿qué habría sido de mi vida?

Secreto

1

Me estaba explicando que después de todo no iba a poder llevarme a la entrevista. Decía:

—Sé que te lo he prometido, cielo. Pero tal como están las cosas, no sé si va a poder ser.

Y oigo esas palabras pero al principio no puedo creerlas. Ya que me siento dolida como un niño, como si me hubieran abofeteado sin aviso, y estoy herida en mi orgullo como una joven de diecisiete años. Quiero gritar: «¡Me lo prometiste! ¡No puedes hacerme esto! Pensaba que me querías».

Era una tarde de abril. Estábamos en una de las habitaciones de la casa de arriba, como la llamábamos. Y manteníamos esa conversación que cambiaría mi vida, en todo caso era papá quien lo hacía, en la que me informaba el jueves por la noche de que después de todo no podría llevarme a través de los quinientos quince abrumadores kilómetros a lo ancho del Estado de Nueva York para una entrevista en la universidad estatal de Albany donde me había sido concedida la beca Fundadores, que incluía la enseñanza, el alojamiento y la manutención siempre que completara mi solicitud con una entrevista en el campus, que había sido fijada, después de numerosas llamadas telefónicas, para el sábado por la mañana a las once en punto. Para llegar a la universidad a aquella hora deberíamos haber salido de casa a más tardar a las cuatro de la madrugada. Y sin embargo, ahora papá me decía que iba a tener que trabajar el sábado por la mañana; su encargado en la tienda de herramientas lo necesitaba, por la paga normal más la mitad, que no podía rechazar. «Tal como están las cosas» significaba que necesitaba el dinero, nuestra familia necesitaba el dinero, no tenía elección.

Y mi madre no podía llevarme.

—Sabes que no puedo dejar sola a tu abuela durante tantas horas.

Le dije a mamá que sí, que lo sabía.

—¡Por favor, mírame! Te estoy hablando.

Le dije a mamá que sí, que sabía que me estaba hablando.

—Sé que estás desilusionada, pero no, no hay más remedio. Cuando seas mayor lo entenderás, nos pasan cosas que no se pueden remediar. La pobre abuela...

No la estaba escuchando. Por aquel entonces no entendía el pánico de mi madre a que su madre muriera, aunque la abuela tenía ochenta años y hacía mucho que estaba enferma; no entendía que a pesar de todas las circunstancias, y algunas de ellas eran desalentadoras, existiera una profunda distinción entre ser una mujer que todavía tiene madre y ser una mujer que no la tiene. Lo que oí de la disculpa de mi madre fue: «Hay cosas que pasan. No hay más remedio. Cuando seas mayor lo entenderás». Aquel estribillo mortal. Aquella letanía de fracaso. Mi joven corazón latía con fuerza, desafiante, *¡Ah, no, ni hablar, yo no!*

—He pensado una forma de llegar hasta Albany, sin que papá tenga que llevarme. En autobús.

—¿Tan lejos? ¿Sola?

—No estaré sola, mamá. Hay otra chica de mi clase... —le dije el nombre con facilidad, una conocida, no una amiga, un nombre que mi madre podría reconocer— a quien también van a entrevistar. Hoy he preguntado en la escuela. Su padre tampoco puede acercarla.

Llevaba todo el día planeando aquello, aquellas palabras precisas. Para decirlas sin reproche ni rencor, sencillamente como una exposición de los hechos. «Hay otros padres que no pueden ayudar a sus hijas en momentos cruciales como éste. Es un asunto ordinario que se soluciona de forma práctica y sencilla». Había llamado a la estación de autobuses: había un autobús que hacía el viaje nocturno; salía de Port Oriskany a las 23.10, hacía numerosas paradas a lo largo de la autopista de peaje y llegaba a Albany a las 7.50 de la mañana siguiente. Es de suponer que los pasajeros dormían en el autobús.

Mi madre me miró fijamente, yo estaba rebosante de alegría, tan feliz, toda sonrisas; tan diferente del modo en que me había comportado la noche anterior, y de mi ser más verdadero e íntimo. Esperaba que ella se opusiera a una aventura de aquel tipo, que viajara hasta tan lejos, por la noche, encontrándome con extraños en una ciudad en la que no conocía a nadie, en la que no tenía familiares, y de hecho mi madre se opuso, aunque sin fuerza, diciendo que no pensaba que fuera una buena idea que unas jóvenes viajaran solas, pero papá se encogió de hombros y afirmó que le parecía bien.

—Demonios, la niña no es tonta, puede cuidar de sí misma.

A todas luces se sentía aliviado. Ya no hacía falta que se sintiera culpable. Me apretó el hombro cariñosamente, me llamó *corazón*.

Así se decidió.

2

Papá me llevó a la estación de autobuses aquella noche. El autobús, que tenía un aspecto gigantesco, arrojaba gases de escape en una nube azulada, y los pasajeros ya estaban subiendo a él cuando llegamos a las once en punto. Papá había estado bebiendo después de la cena y su rostro apuesto y estropeado estaba colorado, pero no parecía ni medianamente borracho; era probable que se dejase caer por una de sus tabernas antes de volver a casa. Primero despidió a su hija para su entrevista, me dio un enorme abrazo y un beso húmedo en la mejilla y me dijo:

—¡Cuídate, corazón! Nos vemos mañana.

No había señal de mi compañera de clase, quienquiera que se suponía que fuese, pero papá no era tan desconfiado como lo habría sido mamá. Pareció creerme cuando fingí señalar a alguien en el autobús y saludé contenta.

—Ahí está Barbara. Me está guardando un asiento.

La mayoría de los pasajeros eran hombres que viajaban solos, pero había varias mujeres, y entre ellas, apresurándose para subir, una joven imponente de unos veinticinco años, con el cabello rizado castaño rojizo, las cejas delgadas y arqueadas y una boca húmeda muy roja. Exclamó:

—Conductor, ¡espere por favor!

Dijo aquello a modo de broma coqueta, ya que el conductor todavía no iba a salir; él rió y aseguró a la joven que había llegado a tiempo, y ¿necesitaba ayuda con su maleta?

Yo había entrado varios pasajeros antes que aquella mujer, y avanzaba por el pasillo del autobús, pero observé por las ventanillas que, al pasar a toda prisa junto a mi padre, en la acera, ambos se miraron inquisitivamente. Se sostuvieron la mirada durante un largo momento, como si esperaran recordar que se conocían. Así que la joven de altos tacones de *staccato* subió al autobús sin aliento, con el aire de quien entra a un lugar que la espera, como un escenario; daba por supuesto que la gente la miraría, tanto los hombres como las mujeres, y procuró no establecer contacto ocular con nadie. Para entonces, la mayoría de asientos individuales estaban ocupados. Yo había encontrado uno de los últimos hacia el final del autobús; miré hacia atrás a la joven del cabello castaño rojizo esperando que me siguiera y se sentara conmigo, pero no me vio y se acomodó junto a uno de los hombres mejor vestidos, que se había puesto de pie con galantería para ofrecerle el asiento de la ventanilla.

Se encontraban tres asientos por delante del mío, al otro lado del pasillo. Les oí hablar durante los cuarenta minutos siguientes mientras el autobús se arrastraba por las calles de Port Oriskany hasta llegar a la autopista. La voz del

270

hombre era neutra pero insistente; era quien más hablaba; las respuestas de la joven eran pocas y una vez tras otra quedaban interrumpidas por una risa nerviosa. Me pregunté cómo era posible que alguien entrara en conversación con un extraño tan rápidamente; había algo emocionante en ellos, arriesgado y dramático.

Llevaba conmigo *Las obras de teatro de Eugene O'Neill* e iba por la mitad de aquella pieza extraña y surrealista, «El mono peludo», tan distinta del resto de obras de O'Neill con las que había tenido problemas, y que me fascinaban, ya que creía que me gustaría escribir obras de teatro; pero mi atención se desviaba una y otra vez a la pareja sentada varios asientos delante del mío, en especial a la joven del cabello castaño rojizo. ¿Quién era? ¿Por qué viajaba sola en un autobús nocturno? ¿Adónde? El destino final del autobús era la ciudad de Nueva York. Quería pensar que se dirigía allí. Tenía el aspecto y el estilo (en mi opinión) de una actriz o corista de algún tipo, y la impresión de un perfil de huesos finos, nariz delicada, cabello ondulado hasta los hombros, y el brillo nítido de unos pendientes de oro. Llevaba puesta una gabardina azul oscuro salpicada de hilos tornasolados que se quitó con cierta ceremonia cuando tomó asiento, doblándola y colocándola en el estante superior junto con sus bolsas. Alrededor del cuello se había anudado un elegante pañuelo de seda, peonías carmesíes sobre un fondo color crema. Sentía curiosidad por saber qué le decía su compañero con tanta seriedad, pero el autobús hacía demasiado ruido; era como intentar escuchar las voces susurrantes de mis padres a través de la pared, misteriosas y burlonas. Me pareció que el hombre ofrecía a la joven una copa de una botella o una petaca en una bolsa de papel y que ella había declinado más de una vez. (El alcohol estaba prohibido en el autobús.) Mi pulso latía con la repentina emoción de la excitación. Había engañado a mis padres y nunca lo sabrían. Me libraría de sus planes para mí, cualesquiera que fuesen: mi madre había dicho con voz lastimera que era una pena que mi beca

271

en Albany no pudiera cobrarse en metálico, sin duda alguna el dinero nos vendría bien para ayudar a pagar los gastos médicos de mi abuela.

Llegada la medianoche, la mayoría de los pasajeros se habían acomodado para dormir; sólo algunos de ellos, como yo, habían encendido la luz superior para leer. La joven del cabello castaño rojizo y su compañero estaban sentados casi en la oscuridad. Yo había empezado a perder mi interés en ellos cuando oí la voz de la mujer elevarse bruscamente.

—No, señor.

—Eh, ¿qué ocurre? —preguntó una voz de hombre, intentando reír. Pero la joven ya se había levantado de su asiento, decidida a irse.

—Váyase al diablo, caballero.

Tomó su abrigo y su bolsa más pequeña del estante superior y, furiosa, comenzó a abrirse paso hasta el final del autobús. El hombre estaba de pie detrás de ella, protestando.

—Eh, espere, eh, vamos... Era sólo una broma. No se vaya enfadada.

El autobús había empezado a detenerse; en la parte delantera, el conductor debía de haber estado observando por el espejo retrovisor, preparado para intervenir. La joven se hallaba de pie junto a mi asiento respirando entrecortadamente y mirándome con ira.

—¿Te importa? —exigió, y antes de que pudiera decirle que no, claro que no, se había sentado de golpe en el asiento—. Ese cabrón. Ese hijo de puta.

Hizo caso omiso de las miradas de los demás alrededor de ella igual que, llena de agravio, como si estuviera colmada de electricidad estática, me ignoró. Su enorme bolso de piel grabada simulando la de lagarto se apretujaba contra mis piernas y su abrigo torpemente amontonado estaba presionado contra mí. Me había movido hacia la ventana tanto como había podido. Me sentía halagada porque hubiera venido a sentarse conmigo, incluso si no me había elegido exactamente, y a duras penas me atrevía a hablar con ella por

272

miedo a que me desairara. Al fin, tras comprobar que el hombre en el asiento delantero se había dado por vencido, se puso en pie, dobló su abrigo y lo colocó en el estante superior, se alisó el suéter sexy y largo de angora que llevaba puesto sobre las caderas, y volvió a sentarse. Sus movimientos eran nerviosos, ostentosos, exagerados. Me echó una mirada de reojo y dijo con una sonrisa tensa:

—¡Gracias! Te lo agradezco. Ese cabrón me ha tomado por algo que *no* soy.

—Lo siento.

—Yo no. ¡Estos malditos autobuses!

Me sentía algo abrumada por ella. De cerca era muy guapa. Suave piel color crema que parecía no tener poros, al contrario de la mía; ojos con gruesas pestañas maquilladas; la reluciente indignación femenina que yo nunca podría expresar salvo por mimetismo o como parodia.

—No sé por qué espero algo mejor en un maldito autobús —decía—. No es precisamente un vagón de primera clase en el Pullman camino de la estación central de Nueva York. Ya tendría que saberlo a estas alturas.

Me sentía tentada de decirle que no había tenido por qué sentarse con aquel hombre o con cualquiera de ellos. En su lugar, repetí que sentía que estuviera disgustada, pero que probablemente ahora la dejaría tranquila.

—No estoy disgustada, estoy *asqueada* —dijo deprisa—. Sé cuidar de mí misma, gracias —pero aquello no era un desaire, resultaba evidente, porque un momento después preguntó—: ¿Qué lees? —le mostré las páginas abiertas y ella frunció el ceño ante las letras pequeñas como si fuera miope—. ¿«El mono peludo»? Dios mío. Nunca he oído hablar de él, ¿de qué va?

Intenté explicárselo, lo que sabía hasta entonces, que no era mucho: una obra de teatro que se desarrolla en un trasatlántico y en la que había un hombre musculoso y temible llamado Yank Smith que trabajaba en las calderas y estaba orgulloso de sí mismo porque hacía funcionar el barco hasta que...

273

—... se convierte en mono, ¿verdad? ¡Claro! Apuesto a que han hecho una película. La he visto. Lo he visto *a él*. No digas más —dijo la mujer riendo. Tuve que reír con ella. Entre el olor a talco y a piel cálida, surgía de ella la suave acidez del whisky—. Me llamo Karla, con K. ¿Y tú?

Había retirado el pesado volumen que ahora me producía vergüenza.

—Me llamo Kathryn. Con K.

—Voy a Albany, ¿y tú? —dijo.

—Yo también me dirijo a Albany —respondí.

Ella añadió:

—Tengo asuntos importantes en Albany, ¿y tú?

—Supongo que yo también.

Me preguntó dónde vivía y se lo dije, y le pregunté dónde vivía y ella dijo con dureza que buscaba una nueva ciudad.

—Pero no Albany. Eso seguro —añadió, en voz lo suficientemente alta para que su ex compañero la oyera si estaba escuchando—. Más vale que durmamos como mejor podamos, y que no dejemos que ningún cabrón nos moleste.

Sin esperar mi respuesta, Karla alargó la mano y apagó la luz de arriba.

Yo ya había cerrado el libro. No podría haberme concentrado.

El romanticismo de un viaje en autobús por la noche. Cuando estás sola y no eres nadie. La emoción de la soledad. Las extrañas noches insomnes con dolor de cabeza por esa soledad. Intenté dormir, mis ojos se cerraban ante un caleidoscopio de imágenes rotas y luminosas. Pensé: *Mi cabeza es la de una muñeca, mis ojos son los ojos de cristal que se abren y cierran pero no a mi voluntad*. A través de mis pestañas veía cómo los faros aparecían y desaparecían como cometas solitarias en la autopista, desierta en su mayor parte. El paisaje exterior era montañoso, con fuertes pendientes, apenas visible por la nublada luz de la luna. Cuando has vivido con un paisaje así, como he hecho yo desde que nací, no hace falta que lo veas para saber que está allí. *Qué feliz me siento. Qué asustada, y qué feliz.*

Eran las tres y diez de la mañana cuando el autobús salió pesadamente de la autopista para detenerse en una estación de servicio y un restaurante que estaba abierto toda la noche. Karla, que había estado durmiendo, se despertó y me dio un ligero codazo en el brazo con una inesperada atención fraternal.

—¿Estás despierta? Vamos, tenemos diez minutos.

Sentía un sabor pastoso como a pegamento seco en el fondo de la boca. Era un descanso estar completamente despierta y de pie. Sólo unos pocos pasajeros más se bajaron del autobús con nosotras, la mayoría seguían dormidos. Afuera, el aire me sorprendió, tan húmedo y frío. Aunque era la última semana de abril, una débil aguanieve en polvo se deslizaba por la calzada. No había nada más allá de los fluorescentes deslumbrantes y sin brillo en los altos postes que iluminaban la estación de servicio y el restaurante, como en un decorado. Ni Karla ni yo nos molestamos en ponernos el abrigo y corrimos tiritando hacia el restaurante. Vi que Karla a duras penas medía lo mismo que yo en sus nada prácticos zapatos de tacón con una tira en el tobillo. El suéter de angora de color rosa coral le quedaba bastante ceñido en su delgado cuerpo, ajustado en el pecho y las caderas; para hacer resaltar su estrecha cintura, llevaba un cinturón negro brillante muy apretado; la falda, que no le llegaba del todo a las rodillas, era de un tejido sintético reluciente, carmesí oscuro.

—No mires al cabrón, es tóxico —me advirtió Karla sin vocalizar, como las chicas duras en las películas. El hombre con el que había estado sentada había llegado a la entrada del restaurante antes que nosotras y se encontraba de pie junto a la puerta sujetándola para que entrásemos, mientras miraba fijamente a Karla con ojos de reproche, como un perrito. Supongo que estaba bebido, tenía pinta de estarlo. Pero no era posible que hiciera caso omiso de él como Karla; no podía ser grosera.

—Gracias —susurré mientras ella y yo entrábamos a toda prisa.

Los labios del hombre se movieron. Su rostro aparecía inexpresivo. No llegué a oír exactamente lo que susurró cuando pasé: «No menees las tetas, cariño».

No admití aquello. Así que quizá no lo había oído. Agradecí que Karla no lo hiciera.

El restaurante estaba prácticamente vacío, una única sección permanecía abierta para los clientes, y un solo camarero atendía el mostrador con un sucio uniforme blanco. Karla pidió un descafeinado —«Y asegúrate de que es descafeinado, tío, no café, ¿vale?»— y un enorme donut relleno de mermelada y cubierto de azúcar en polvo que insistió en que compartiera con ella —«Está claro que no tengo intención de comerme esto yo sola»—. Comerse el donut de mermelada con el camarero del mostrador y el resto de clientes mirándonos era un acto de cierta hilaridad. No tenía hambre pero, con el estímulo de Karla, conseguí tragar unos cuantos bocados que sabían a masa teñida de productos químicos dulces y repugnantes. Cerca de nosotros, junto al mostrador, el joven conductor uniformado del autobús nos observaba sonriente. Y otros hombres hacían lo mismo.

—¡Esta noche! —exclamó Karla.

Aunque se dirigía a mí, hablaba para que la oyeran. Y sin embargo, parecía sincera, su suave frente arrugada en aquel momento. Beber café caliente, incluso descafeinado, diluido con leche y azúcar, pareció animarla; sus ojos, que eran de un marrón verdoso poco claro, estaban bien abiertos y extrañamente dilatados.

—¡Madre de Dios, Kathryn! Tengo asuntos vitales en Albany y ya son las 3.20 de la mañana. Parece que lleve *días* despierta y sin parar.

Sentada en un taburete delante del mostrador, con las piernas cruzadas, las medias negras y finas producían un brillo sexy en sus pantorrillas torneadas, Karla lo hacía girar en semicírculos inquietos. Mantenía una animada conversación con el conductor del autobús, que parecía conocerla de antes, y el camarero que atendía en la barra, un joven negro o hispano con la piel color de caramelo, profundas ojeras bajo los ojos y una risa contagiosa. Entre las bromas y las risas que siguieron —no supe exactamente lo que resultaba tan gracioso—, sobre todo acerca del hombre arisco con expresión de perrito del autobús, el antiguo compañero de asiento de Karla, que estaba sentado en un taburete al extremo de nuestra hilaridad, el camarero me preguntó si era la hermana pequeña de Karla y ¿qué hacéis, chicas, en plena noche en mitad de Ninguna Parte, Estados Unidos? Hizo un gesto elocuente con la mano para señalar la lúgubre y destartalada extensión del restaurante, todo él con superficies de formica, un espacio amplio como un almacén pero casi a oscuras en aquel momento y prácticamente vacío. Cerca de la entrada brillantemente iluminada a los lavabos, barría una solitaria mujer de la limpieza. *¿Y si esto es todo lo que el mundo tiene que ofrecer?*, pensé: una mujer solitaria limpiando un suelo sucio en medio de la noche en mitad de la Nada. Sentí el horror de aquella visión, pero me oí reír animada igual que Karla. Dije:

—Tenemos asuntos secretos, ¿verdad, Karla? No podemos hablar de ellos.

Era un coqueteo torpe y sonrojado. Parecía que tuviera trece años. Karla no me ayudó; con el ceño fruncido, como si se distanciara de una imprudente hermana pequeña, dijo:

—*Yo* no puedo. Yo sí que no puedo adivinar el futuro que es negro como el carbón.

Recordé una frase que había escrito en mi diario, copiada de un libro de la biblioteca; el autor era Thomas Mann (de quien sólo había oído hablar, nunca lo había leído) y estaba tomada de una carta que escribió a su hijo. «Las aventuras secretas y prácticamente mudas de la vida son las mejores.»

—¿Te importa?

De vuelta en el autobús, Karla se sentó de manera ostentosa en el asiento junto a la ventana que había sido el

277

mío, y se acurrucó para dormir. Claro que no me importaba, y no habría dicho nada si no hubiera sido así.

El resto de la noche pasó con somnolientos traqueteos borrosos. Karla dormía como un felino; respiraba profunda y uniformemente, de forma leve, como el ronroneo de un gato; al poco rato apoyó la cabeza contra mi hombro; me conmovió que una extraña se confiara tanto a mí. La bolsa de piel de lagarto estaba en el suelo, apretada contra mis piernas. Me hubiera gustado mirar dentro. En el lavabo de señoras del restaurante alcancé a ver en el bolso un revoltijo de objetos que incluían un juego de maquillaje de plástico, una botella de esmalte de uñas de color rojo, el mango metálico de lo que podría haber sido una navaja pero que probablemente fuera un cepillo barato. Y el monedero de Karla, repleto de fotografías y un fajo de billetes.

En la inhóspita soledad de la noche podía oír los ronquidos y murmullos ocasionales de los extraños. Le había dicho a Karla adónde me dirigía, esperando impresionarla, aunque ahora empezaba a sentirme ansiosa por mi plan. Una entrevista que iba a decidir mi carrera universitaria (eso pensaba en aquella época) después de una noche pasada como una vagabunda en un autobús; sin siquiera cambiarme de ropa, porque no quería llevar demasiado equipaje. Tenía pensado usar el lavabo de señoras de la estación de autobuses de Albany para «refrescarme», como diría mi madre. Me había traído una barrita de desodorante, pero no tenía cepillo de dientes. Incluso si los nervios me mantenían despierta y alerta, estaba segura de que me sentiría agotada a las once de la mañana después de haber pasado la noche prácticamente en blanco. *Es una locura. Por qué me han dejado hacerlo. Sabían que fracasaría. Querían que así fuera. Qué tonta. Como «El mono peludo».* Tropecé en las escaleras, di un grito al caer. Alguien me tocaba en el hombro, con fuerza.

—Eh, Kathryn. Despierta.

Era Karla. Me sentía atontada, confusa. De algún modo, ya era de día: un amanecer gris y desapacible más allá de las ventanillas del autobús emborronadas por la lluvia. Habíamos salido de la autopista y cruzábamos las afueras de una ciudad que supuse sería Albany. Murmuré que lo sentía, incómoda; no creía haberme quedado dormida.

—Estabas apretando los dientes —dijo Karla—. Como si tuvieras una pesadilla.

En la estación de autobuses del centro de Albany sentí otra oleada de pánico. Me quedé en la calzada sin saber adónde ir. Karla también miraba apresurada a un lado y a otro como si temiera ver a algún conocido. Se había empolvado el rostro y ahuecado el cabello en el autobús; a pesar de la noche traqueteante, parecía despierta y animada. Llevaba una ligera maleta de poliéster además de la bolsa de piel de lagarto.

—Oye, Kathryn, tengo que ir a un sitio, podrías venir conmigo, ¿vale? Por si quieres refrescarte o lo que sea —aunque pensé que no era una idea práctica, no sabía cómo declinar. Dijo de forma impulsiva—: Sabes qué, prepararé el desayuno. Podría ir a buscar alguna cosa —yo seguía dudando. Karla parecía casi suplicármelo. Añadió con una risita nerviosa—: No me gusta estar sola con mis pensamientos tan temprano por la mañana. El resto del día es como un maldito desierto.

—Gracias —dije con torpeza, rechazándola—. Creo que no puedo.

Karla debió de mirarme fijamente mientras me alejaba a toda prisa, casi chocando con la gente, para ir a buscar un baño. Sabía que me estaba comportando de un modo extraño. Estaba desesperada por echarme agua fría en los ojos, que me dolían como si hubiera estado llorando (quizá había sido así), y me urgía ir al baño; tenía el estómago revuelto por la tensión. La poderosa personalidad de Karla me había abrumado y sólo quería escapar de ella.

Y sin embargo, cuando salí temblorosa del baño apenas unos minutos después, allí estaba Karla en el lavabo, esperándome, lavándose las manos con brío en el lavamanos y sonriéndome alegremente en el espejo empañado como una cariñosa hermana mayor. ¿Había accedido a ir con ella después de todo?

—Iremos en taxi, Kathryn. Estás pálida. Esa entrevista de trabajo o de lo que sea, ¿a qué hora es? ¿A las once? Hay que darte de comer.

No podría decir por qué fui con Karla a quien no conocía cuando mi más firme deseo era no ir con ella. En el taxi estudié nerviosa un mapa de la ciudad que la oficina de admisiones me había enviado por correo y en el que había señalado con tinta roja la estación de autobuses y el campus universitario, que daba la impresión de encontrarse a cierta distancia. A Karla parecía molestarle que mirara el mapa.

—Yo te llevo. Sólo está a kilómetro y medio de mi casa. Tienes mucho tiempo.

Hablaba alegre y rápidamente y me daba golpecitos en la muñeca con sus uñas pintadas de rojo, que eran desiguales, algunas de ellas mucho más largas que las otras. Cuando le dije preocupada que no parecían cuadrar las calles por las que pasábamos con los nombres de las calles que aparecían en el mapa, se echó a reír, me cogió el mapa, lo dobló de cualquier manera y lo metió en el bolsillo de su abrigo.

—¡Ya está! No hay por qué inquietarse. A mí tampoco me gusta quedarme sola con mis pensamientos.

Aquello no tenía sentido, pero no estaba de humor para oponerme. Las manos me hormigueaban con fuerza: pensaba en que en el lavabo de la estación de autobuses, después de lavármelas y secármelas en una áspera toalla de papel, Karla había tomado las mías entre las suyas, que eran sorprendentemente suaves, y las había frotado con crema Jergen's, así que ahora mis manos estaban frescas y perfumadas como las de Karla aunque no tan suaves. Durante el otoño y el invierno jugaba al baloncesto en la escuela o entrenaba tiro siempre que podía, no era la jugadora más competitiva

280

del equipo, pero había algo fascinante en meter el balón a través de un aro, precipitándome hacia la canasta y tirando la bola, o lanzando desde el tiro libre, algo que me satisfacía profundamente aunque estaba claro que no servía de nada. El caso es que tenía las palmas de las manos encallecidas de coger la pelota. Comparadas con las de Karla, a duras penas parecían las de una chica.

Por qué fui con ella y por qué me encontré media hora después llamando al timbre de una casa, la casa de Karla, como la llamaba, mientras ella permanecía en el taxi parado junto a la acera, no enfrente de la desvencijada casa adosada de piedra rojiza sino unas puertas más abajo; por qué estaba con aquella mujer a la que no conocía, obedeciéndola sin preguntar; no podría decirlo, ya que mi cabeza parecía resonar vacía y ligeramente agrietada bajo mi cabello. Al bajar de la parte trasera del taxi, Karla rodeó mi cuello impulsivamente con un pañuelo de seda.

—¡Esto te mantendrá abrigada, Kathryn!

Sonreí a Karla sin saber el significado de su gesto, si el pañuelo era un regalo, estaba claro que lo devolvería, ya que no podía aceptar un presente tan caro de ella, pero quizá no lo fuera exactamente y en todo caso, ¿cómo podía herir sus sentimientos?

Y sin embargo, dudé en la acera, mirando con atención la casa de piedra rojiza con sus cuatro ventanales delanteros en los que los visillos se hallaban a diferentes niveles, una casa adosada castigada por el clima en una manzana de casas similares, y Karla se inclinó por la puerta del coche.

—Sólo tienes que llamar al timbre, Kathryn. Para estar seguras. No hay nadie en casa, te lo prometo.

Pregunté quién podría estar en casa y Karla dijo enérgicamente:

—¡Nadie! Pero tenemos que asegurarnos.

El estrecho jardín delantero no tenía césped y estaba repleto de baches, y el primer pórtico se hallaba inclinado hacia un lado y aun así me encontré dirigiéndome a la puerta optimista y audaz con mis manoletinas, ya que simplemente quería agradar a Karla, sin pensar: *¿Dónde estoy?, ¿por qué estoy aquí?, ¿quién es esta mujer?* La mañana era cruda y reluciente, con manchas de un deslumbrante cielo azul en lo alto y un sol naciente tan intenso que hacía que se me llenaran los ojos de lágrimas. Toda la calzada estaba mojada y brillante. Llamé al timbre y lo oí sonar en el interior y fue una prolongación del estado de ánimo de aquella mañana cruda y refulgente. Me sentía nerviosa pero no exactamente asustada. Con mis zapatos de niña buena y mis medias de nylon que empezaban a tener carreras, y mi sencilla gabardina azul y el pañuelo de seda de Karla alrededor de mi cuello, sus largos extremos ondeando al viento, el pañuelo más bonito que había llevado nunca. Un pañuelo que parecía darme un nuevo poder, misterioso y extraño, una invulnerabilidad al daño e incluso al dolor. Aunque reconozco que había —que podría haber— un elemento de riesgo en lo que parecía estar haciendo. Llamé al timbre una segunda y una tercera vez y del interior de la casa no provenía sonido alguno; una casa tan estrecha que imaginé que podría extender mis brazos a lo largo de toda la fachada. Un perro había empezado a ladrar histérico en la casa contigua de piedra rojiza. Arañaba el cristal de la ventana con las garras.

Karla se apresuró por el camino tras de mí y me dio un rápido abrazo.

—¡Buena chica! Eres mi reina.

Se me ocurrió después que para entonces, en su estado de agitación, Karla había olvidado mi nombre. Sus ojos se habían ensanchado y, a pesar del sol matinal, aparecían extrañamente dilatados, con un resplandor febril en su piel. Parecía más hermosa que nunca. Había tenido la suficiente presencia de ánimo como para sacar del taxi nuestros bolsos y su maleta de poliéster y blandía un hilo de lana de color rojo con una llave con la que abrió la puerta y me hizo entrar nerviosamente con ella. Nos enfrentamos a un aire frío y enrarecido que pareció abalanzarse sobre nosotras, un olor subyacente a algo podrido, a humedad como de periódico mojado.

—¿Hola? ¿Hola? ¿Hola? *¿Hola?* —exclamó Karla, como haría un invitado al entrar en una casa cuya puerta principal estuviera abierta. Salvo por el perro que ladraba como loco en la casa de al lado, reinaba el silencio. Sin embargo, el interior parecía habitado, y recientemente; había un par de botas de hombre en el estrecho pasillo a los pies de la escalera, una camisa de cuadros sobre una silla; en la sala de estar, un calentador desenchufado. En un cuenco de vidrio sobre una mesa, flotando en la superficie de agua llena de espuma, había un pez de rayas negras que disgustó a Karla, así que se cubrió los ojos. Los labios se movieron aunque apenas pude oír sus palabras: «Hijo de puta».

Con los altos tacones, todavía portando las bolsas, Karla se dirigió resuelta hasta la cocina, donde un grifo goteaba ruidosamente, burlón; allí el olor a podrido era más potente. Abrió la puerta de la nevera de par en par y se echó atrás desde el fregadero con una maldición. No quería mirar adentro; en aquel instante comenzaba a sentir náuseas; el agotamiento empezaba a apoderarse de mí; a través del cristal de una ventana unido de forma chapucera con cinta adhesiva sobre el fregadero insoportablemente asqueroso, podía ver un pequeño jardín trasero sin césped, como el delantero, y lleno de basura. *Un espacio del tamaño de una gran tumba.* Para entonces el sol brillaba con más fuerza y el día de abril se caldearía a toda prisa salvo en la casa pestilente, donde el aire todavía era lo bastante frío como para que nuestros alientos acelerados se convirtieran en vapor. E incluso entonces al menos no pensaba con coherencia: *¿Por qué estoy aquí?, ¿dónde estoy?* Ya que Karla no me dio tiempo para ello. Apenas sí para respirar. Miré el reloj de pulsera con preocupación y vi alarmada que ya eran las nueve pasadas; Karla se dio cuenta, me pellizcó la muñeca y dijo:

—Te he prometido que te llevaría a donde fuera, ¿verdad? Deja de preocuparte. Me estás poniendo nerviosa.

283

Me condujo al piso de arriba, mi corazón latía con anticipación. *Podías verte atrapada: subir las escaleras y no encontrar ninguna otra salida.* Al llegar a un dormitorio poco iluminado que olía a ropa sucia y a moho y a humo rancio de cigarrillos, Karla dejó caer su maleta en una cama sin hacer y la abrió y comenzó a lanzar en su interior el contenido del cajón de una cómoda y de un armario, prendas de vestir.

—Vamos, cariño, no te quedes ahí parada, ayúdame, ¿eh?

Así que la ayudé, torpe y apresurada, con manos temblorosas. La habitación era pequeña y habría sido deprimente salvo por su papel pintado de color lila, colocado en las paredes de forma inexperta (mi padre había empapelado gran parte de nuestra casa, propiedad de mi abuela, y yo sabía muy bien lo difícil que era incluso si sabías lo que estabas haciendo), y unos visillos de organza de color crema en las ventanas traseras. Al parecer, habían arrancado las cortinas de las ventanas delanteras; las telas y las barras en el suelo, como si los hubiesen tirado allí con furia; y no paraba de tropezar en ellos. Karla dijo, silbando:

—¡Dios santo! Mira.

Sujetaba un camisón de encaje rojo contra su cuerpo; la parte delantera prácticamente había sido rasgada en dos. Contempló el camisón sobre ella con una extraña sonrisa, como si fuera su propio cuerpo mutilado. Por aquel entonces yo estaba impaciente por ir al lavabo. Me dolía la vejiga, en lo profundo de mi barriga había un ruido suelto y abrasador, una amenaza de diarrea como muestra de desprecio. *Vas a llegar tarde a la entrevista. Vas a fracasar en la entrevista. Tendrás que suicidarte para borrar esta vergüenza.* Karla decidió echarse a reír por el camisón desgarrado y lo rasgó todavía más y lo arrojó al suelo.

Tomó una caja de cartón pequeña pero pesada del estante superior del armario y me la dio para que la metiera en la maleta. Una cascada de fotos, documentos y cartas sueltas. Una de las fotos revoloteó hasta llegar al suelo, alargué la mano para cogerla y al levantar la vista vi a un hombre de pie a la entrada de la habitación. Permanecía allí de pie, sin más.

Aunque yo estaba mirando directamente a aquel hombre y aunque seguro que él era consciente de mi presencia a unos pocos metros de distancia, no me veía. Observaba a Karla. Y sonreía.

Un tipo apuesto de unos treinta y cinco años, compacto y musculoso como un peso medio, no era alto, el cabello graso color tierra se curvaba sobre sus orejas y escaseaba en la coronilla, y una reluciente barba incipiente en sus mejillas; sus ojos eran cobrizos como las bobinas de un fogón, calientes. Parecía un hombre capaz de quemarte los dedos si cometías el error de tocarlo. Karla salió del baño contiguo al dormitorio con un montón de artículos de tocador, y cuando le vio emitió un gritito similar al de un gato al que alguien hubiera dado una patada, y dejó caer los artículos de tocador, y el hombre me dijo articulando a duras penas y sin mirarme siquiera:

—Tú, sal de aquí. Esto es entre ella y yo.

—¡No me dejes! —me gritó Karla.

Y yo tartamudeé que no, incluso cuando el hombre me empujó para pasar y agarrar a Karla del brazo, y ella gritaba, empujándolo, él la agarró de los hombros con ambas manos y la sacudió y ella le daba puñetazos y patadas y usaba sus codos contra él como si bailaran de forma torpe y violenta. Cogí del suelo una de las barras de las cortinas y la lancé al atacante de Karla, golpeándole a un lado de la cabeza; él se volvió para maldecirme y desesperada volví a lanzarle la barra, y en aquella ocasión le golpeé en el cuello, y él la agarró y la lanzó a un lado, los visillos rasgados todavía colgaban de ella como si se tratara de una secuencia cómica, y mientras permanecía paralizada, él me dio un puñetazo con el puño derecho, un impacto a la mandíbula que me hizo retroceder mientras se me deshacían las piernas y caía al suelo a plomo. Permanecí allí tumbada, incapaz de moverme, inconsciente, conmocionada, como un boxeador tras recibir el mismo golpe que ha visto aproximarse hacia él y sin embargo no ha acabado de comprender, y ahora está inconsciente aunque sus ojos permanecen abiertos y mira en blanco pero no ve, ni siquiera las consabidas luces negras que imitan a la muerte; y para cuando la vista y el entendimiento han regresado, entiendes que ha pasado mucho tiempo en tu vida, aunque sólo hayan transcurrido unos segundos.

Después recordaría siempre: *Qué cerca de la muerte cerebral, de la extinción. El chasqueo de un dedo más y habrías desaparecido.*

¿Y qué habrían hecho con mi cuerpo Karla y el hombre que era su ex marido, o su marido? Nunca he querido hacer conjeturas.

Pero esto es lo que ocurrió en su lugar: mientras el hombre se volvía hacia mí, Karla sacó un cuchillo del bolso de piel de lagarto, un cuchillo para carne de unos veinte centímetros con el mango de acero, y empezó a intentar apuñalarlo con furia, y el hombre, estupefacto, se echó atrás mientras decía:

—¡Dios mío, Karla! ¡Dame eso!

De hecho reía, o intentaba reír. Como si pensara que aquello podía ser una broma. Y había algo cómico en la furia de Karla, la forma torpe en la que manejaba el cuchillo, igual que un niño: el mango sujeto con fuerza en su puño y sus golpes por encima de la cabeza como las aspas de un molino; así que el hombre, veloz, astuto y fuerte, tenía motivos para creer que podría quitarle el cuchillo sin sufrir corte alguno aunque, al tratar de arrebatárselo por la hoja, había sufrido varias heridas y la sangre le corría por ambas manos como raudales ansiosos, rápidos y brillantes. Se acusaban el uno al otro. Se maldecían. Karla tenía al hombre acorralado contra el borde de la cama; la hoja reluciente le golpeó en el hombro, en la parte superior del tronco; cayó torpemente sobre el colchón e incluso más torpemente sobre la maleta abierta, en un intento de protegerse la cabeza con los brazos mientras le suplicaba que parase y la sangre caía por su tronco como una estridente flor carmesí, oscureciendo su camisa y su chaqueta de ante, que llevaba con la cremallera bajada.

286

—¡Y ahora qué! ¡Y ahora qué! ¡Te odio! ¡Te mataré! ¡Qué haces aquí! ¡No tendrías que estar aquí! ¡No tienes derecho a estar aquí! —gritaba Karla. Pero al ver lo que había hecho, tiró el cuchillo ensangrentado; en un instante su furia se convirtió en horror y arrepentimiento—. Arnie, no. No era mi intención. Arnie.

Se arrodilló junto a la cama, desesperada, preguntando si se encontraba bien, diciéndole que él la había obligado a hacerlo, que lo sentía, no te me mueras, suplicaba Karla, no te desangres hasta morir, sollozaba Karla. Para entonces había conseguido ponerme en pie aunque tambaleándome por el mareo; me incliné entre toses y un delgado chorro de vómito abrasador salió de mi boca. Cuando pude hablar, le dije a Karla que iba a llamar a una ambulancia y me dirigí al teléfono de la mesilla de noche, comencé a marcar el número de emergencias cuando el hombre herido, Arnie, le dijo a Karla:

—Quítale esa maldita cosa —y ella se tambaleó hacia mí, en un pie su zapato de tacón, el otro descalzo, y me arrebató el auricular de la mano, atravesándome con sus ojos negros dilatados y muy abiertos.

—¡Está bien! ¡No va a morir! ¡Nosotras podemos ocuparnos de él!

Y así lo hicimos.

Karla me ordenó que la ayudara y obedecí. Después concluí que estaba en estado de *shock*. Y me pregunté qué lógica tenía el llevar al baño a un hombre que sangraba tanto, como insistía ella en hacer, igual que me pregunté cuál era la lógica de no llamar a una ambulancia. Me pregunté: *¿Sobrevivió o murió? ¿Fui testigo de un homicidio? ¿Fui cómplice?* Tambaleándonos y balanceándonos como si estuviésemos bebidas, Karla y yo acompañamos al hombre herido hasta el lavabo. Cada una de nosotras lo sujetamos por la cintura y cuánto pesaba, con cuánta fuerza su peso me empujaba hacia abajo. Me martilleaban la cabeza y la mandíbula por el golpe que había recibido, el lado izquierdo de mi rostro ya comenzaba a hincharse. Karla decía con voz aturdida:

—Te pondrás bien. Cielo, te pondrás bien. Son sólo heridas superficiales, creo. *Te pondrás bien.*

Su rostro parecía vulgar, el maquillaje corrido por unas gotas poco favorecedoras, el rímel emborronado bajo sus ojos como si fuera tinta; vi que Karla no era una joven tan sólo unos años mayor que yo, sino que ya había dejado atrás la treintena: ahora aparentaba su edad. En el pestilente baño húmedo, oscuro, sin ventanas y con una única bombilla desnuda en lo alto, el herido se dejó caer en el borde de la bañera, gimoteando y maldiciendo por el dolor. Jadeaba, y sin embargo no parecía tomarse sus heridas en serio, impaciente consigo mismo por encontrarse débil y moverse con lentitud. Nunca supe si aquel hombre, Arnie, era el ex marido de Karla o si seguía siendo su marido, pero daba la impresión de que habían estado casados; quizá incluso tuvieran un hijo, que puede que hasta hubiese muerto; por lo que dijeron, de forma elíptica, fragmentada, y por lo que pude entender en mi estado distraído, así parecía ser. Estaba claro que eran amantes aun cuando quisieran hacerse daño el uno al otro por todos los medios; estaba claro que Karla se sentía horrorizada por lo que le había hecho, la docena de heridas superficiales en las manos, antebrazos y cuello y las heridas más profundas en su pecho y hombro. Karla ordenó:

—No te quedes ahí de pie, ayúdanos, por el amor de Dios.

Fui a buscar unas toallas, unas fundas de almohada, incluso las sábanas sucias de la cama. Realizamos unos torpes vendajes, gruesas bolitas de tela para restañar la sangre, o para intentarlo; ya que la sangre empapaba las vendas improvisadas en unos segundos, reluciendo en nuestras manos y salpicando nuestras piernas. Estallidos de sangre estrellada en el suelo de baldosas. El herido pedía compresas de agua fría, que quizá ayudaran un poco. Su impaciencia con sus heridas sangrantes me recordó a la airada impaciencia de mi padre con sus propias enfermedades infrecuentes y me dio una idea del carácter de aquel hombre. Nunca supe nada más sobre él. Nunca supe el apellido de Karla. Aunque participamos en aquel terrible episodio, como hermanas bautizadas con la sangre de la otra, nunca más volvería a verla o a oír hablar de ella después de aquella mañana.

El herido, Arnie, estaba pálido como un muerto, pero insistía a Karla en que se encontraba bien, por el amor de Dios, que no lo había herido profundamente con el maldito cuchillo y que había pasado por cosas peores que aquello, que le habían herido de bala, por Dios, y que aquello no lo había matado. Le ofreció una sonrisa con una mueca de dolor al tiempo que decía:

—Así que lo has conseguido, ¿eh? Tienes agallas, ¿eh? —lo cual hizo que Karla llorara con más intensidad. Estaba agachada junto a él, abrazándolo con la frente presionada contra la suya. Permanecí en el umbral sin saber qué hacer. En la casa de al lado, el perro enloquecido nos ladraba frenéticamente a través de la pared de pladur, a unos pocos metros de distancia.

El herido me miró por fin con los ojos entrecerrados y preguntó a Karla quién era, y ella respondió:

—Nadie. Una amiga.

Y el hombre preguntó:

—¿Qué amiga?

Y Karla contestó:

—¡No sé! Nadie.

Karla ni siquiera me miró. El hombre herido jadeaba ceñudo; me escrutó durante largo rato antes de decir:

—Tú, es mejor que te vayas. No hagas ninguna puta llamada, vete *ya*.

Y eso hice.

En el suelo de la habitación, entre los restos de las cortinas, descubrí el hermoso pañuelo de seda de Karla y me lo llevé. *Me lo merezco,* pensé.

3

Como en una pesadilla, eran las 11.25 de la mañana cuando por fin llegué a la entrevista.

Tuve que correr varias manzanas después de salir de la casa de piedra rojiza hasta encontrar un teléfono público en una tienda para poder llamar a un taxi, y esperé a que llegara con creciente ansiedad, y el desplazamiento en sí pareció durar siglos, y en la universidad tuvieron que darme indicaciones hasta la secretaría, y una vez en el edificio que se encontraba en la cima de una inclinada colina, tuve que pasar unos minutos frenéticos en el lavabo de señoras en un estado de angustia física, intentando después parecer presentable para reunirme con el vicedecano de admisiones que iba a entrevistarme: la parte delantera de mi gabardina estaba manchada con la sangre y los vómitos de un extraño, y había una enorme mancha húmeda en la falda de mi traje de lana azul marino que había ocultado ingeniosamente moviendo la parte delantera de la falda hacia un lado y cubriendo la mancha con mi gabardina, que había doblado con cuidado para que no pudiera verse la mancha y había colgado de mi brazo. ¿Verdad que parecía bastante natural que llevara mi abrigo en el brazo una cálida mañana de abril? Está claro que necesité lavarme la cara y las manos; sin quitarme las medias de nylon (que ahora estaban echadas a perder por las carreras), conseguí aclarar las manchas de sangre de mis piernas. La mitad izquierda de mi rostro se hallaba tan hinchada que parecía tener las paperas sólo en ese lado, y se me estaba formando un feo morado aunque también lo disimulé, o creí disimularlo, colocando el largo pañuelo de Karla alrededor de mi cuello y anudándolo con un lazo junto a la mandíbula. En el espejo vi a una chica extrañamente pálida con ojos severos, ensombrecidos y enrojecidos y el cabello despeinado por el viento y una expresión en la boca que podría haber sido desesperación o júbilo. *Ya estoy aquí. ¡Ya estoy aquí!*

Como es obvio, había llegado tarde a mi cita. El rector estaba entrevistando a otros estudiantes. La señorita de recepción me aconsejó que volviera a fijar mi entrevista para el sábado siguiente; le dije que no era posible.

—Esperaré.

Tras contemplar con atención mi mandíbula hinchada y mis ropas arrugadas, la recepcionista trató de disuadirme, pero respondí que no podía volver a Albany en otro momento.

—Estoy aquí *ahora*.

Debí de hablar enérgicamente, ya que la mujer frunció los labios y no replicó.

No puede negarme la oportunidad, vengo de tan lejos.

Permanecí en la sala de espera del decano mientras otros estudiantes de mi edad entraban y salían, mirándome con curiosidad. Recorrí el pasillo exterior de un lado para otro. Y más de una vez entré en el lavabo de señoras para contemplar mi reflejo, que parecía oscilar en el cristal. Un brillo pálido relucía en mi piel. Mis ojos se asemejaban a los de Karla, brillantes y dilatados. Y el pañuelo de seda con las peonías carmesíes era tan bonito, la prenda de vestir más bonita que jamás me hubiera puesto.

El vicedecano no tendría tiempo de hacerme un hueco hasta la una y veinte de la tarde, y se me hizo saber que se trataba de un favor algo especial. Se apellidaba Werner, y me cuidé de dirigirme a él como «doctor Werner» al comprender que durante mi adolescencia habría una serie de adultos con los que debería congraciarme, adultos a los que debería aplacar y agradar de forma juiciosa, y aquél era uno de ellos. Él fruncía el ceño, aunque con gesto amable; su rostro arcilloso de mediana edad tenía surcos profundos y hendiduras; estaba deseando perdonarme por el retraso, bastaba con que le ofreciese una explicación, y sin embargo yo no parecía capaz de explicarme salvo para decir lacónicamente que había venido de Port Oriskany en el autobús y que me había retrasado por un motivo ineludible.

—¿Ineludible? No ha tenido un accidente, ¿verdad señorita...? —contempló unos documentos que había sobre su mesa por encima de sus bifocales y pronunció mi exótico apellido con gran cuidado.

¡Dile que sí! Despierta la compasión de este cabrón. Aquélla era una voz desconsiderada que no me pertenecía. Di las gracias con amabilidad al doctor Werner y le dije que no, que me encontraba bien.

—¿Es ésta su primera visita a Albany? —preguntó como si aquel hecho pudiese ayudar a explicarme, y susurré que así era.

Creía hablar con normalidad pese al entumecimiento de mi mandíbula y un fuerte dolor que recorría mis encías como si tuviera todos los dientes inflamados. El doctor Werner reordenó los documentos que contenía mi expediente, realizando anotaciones con un bolígrafo de vez en cuando. Aunque sabía que había estanterías en su oficina, mi vista pareció estrecharse como si llevase anteojeras y sólo pudiera enfocar con claridad al doctor Werner. De repente me sentí muy cansada y ansiaba descansar mis brazos en el extremo de su escritorio y mi pesada cabeza sobre ellos, sólo un momento. Vi que los labios carnosos de aquel hombre se movían antes de oír su pregunta:

—¿Por qué cree que sería una buena maestra totalmente entregada, Kathryn?

Sin embargo, yo no recordaba haber dicho que quisiera ser maestra o que aquel tema fuese el objeto de nuestra conversación. *Dile algo. No puedes fracasar, aunque sea por orgullo.* Así que hablé. Vacilante en un principio y después con más confianza. Vi que el doctor Werner me contemplaba fijamente, mis ojos dilatados y mi mandíbula hinchada, pero ya desde niña me expresaba bien y aunque pudiera tartamudear bajo presión, pocas veces me fallaban las palabras; sobre todo palabras adultas de naturaleza abstracta y registro elevado. Hablé de lo que había significado mi propia educación para mí hasta entonces, de cómo había «salvado mi vida al darle un propósito»; hablé de que mis abuelos, inmigrantes húngaros, no habían tenido la oportunidad de recibir más educación que la primaria y a duras penas sabían leer y escribir en inglés; hablé de mis padres, que se criaron durante la Depresión, que no obtuvieron su diploma de bachillerato:

—Quiero formar parte de un mundo que va más allá de eso. El mundo del intelecto y el espíritu.

Aquellas palabras me conmovieron tanto que me provocaron las lágrimas; aun cuando, al ofrecérselas a un extraño como estaba haciendo, con la esperanza de conseguir su aprobación, me sintiera profundamente avergonzada. El doctor Werner asentía frunciendo el ceño. Quizá él también estuviera conmovido. O tal vez le incomodara. Los amplios y oscuros orificios de su nariz apretados. *Te está olfateando. Huele la sangre. Pensará que se trata de mi menstruación. ¡Qué vergüenza!*

Mi voz, afligida, fue apagándose hasta llegar al silencio. El dolor que sentía en la mandíbula era implacable. Como confundió mi vacilación con timidez, y le gustaba la timidez en las chicas, el doctor Werner decidió que le caía bien; concluyó la entrevista alabando mi historial educativo, que se extendía ante él sobre el escritorio como las tripas de una criatura disecada —las cartas de recomendación «entusiastas» de mis maestros— y me aseguró que yo era justo el tipo de joven dedicada que la universidad esperaba admitir como estudiante becada de los Fundadores. La entrevista había concluido: el doctor Werner se había levantado con gran esfuerzo de su silla giratoria, un hombre más bajo y fornido de lo que pensaba; sonreía, mostrando una extensión de encías rosadas, y me dio la enhorabuena por la beca que, esperaba que supiese, era muy competitiva, se concedía a no más de veinte alumnos de entre un curso de ingreso de mil cien estudiantes; recibiría en casa los formularios de aceptación definitivos en unas semanas. Respondí tartamudeando:

—Doctor Werner, puede que no sea del todo cierto que quiera ser maestra. Que sepa lo que quiero hacer con mi vida.

El doctor Werner resopló riendo como si estuviera bromeando, o deseaba pensar que estaba bromeando. Repitió que los formularios de aceptación definitivos llegarían en unas semanas y que confiaba en que tuviese un buen viaje de regreso a casa. Pregunté:

—Entonces, ¿estoy... admitida? ¿He sido aceptada?

Sentí una punzada de consternación. ¿Se había decidido mi vida? ¿Estaba yo de acuerdo con aquello? El doctor Werner respondió, con una impaciencia ligeramente perceptible:

—Sí, por supuesto. Nuestra entrevista es una mera formalidad.

Alargó su mano para estrechar la mía de forma firme y enérgica y se despidió de mí.

Mientras me apresuraba a bajar un tramo de escaleras vertiginosas —¡tan parecidas a las que aparecieron en mi sueño de la noche previa!—, me di cuenta de que era probable que todavía tuviese sangre en la mano; que no hubiese conseguido limpiar todas las manchas. Podía imaginarme al doctor Werner, su rostro arcilloso arrugado por la repugnancia, al contemplar su propia mano pegajosa por la sangre.

4

Pero no voy a volver. Aquí no.
Me hallaba de vuelta a Port Oriskany en el autobús de las 17.35, sentada sola, con la cabeza desplomada contra la ventanilla. Mi rostro latía por el dolor, pero era un dolor distante, ya que había tomado un puñado de aspirinas para adormecerlo. Gran parte de aquel día se deshizo para mí en una nube de manchas amnésicas como tiras de papel arrancadas de una pared. Aún no sabía cómo iba a explicar el pañuelo de seda a mi madre, aunque no me preocupaba mucho. Me encontraba en un estado de excitación. Un estado de certeza. En el descomunal autobús que se movía como una criatura prehistórica llena de energía. Quería dormir,

294

y sin embargo mis ojos no se cerraban. A lo lejos, al oeste, como si estuviera al final de la autopista, el horizonte hervía en tonos rojizos como las llamas de un horno abierto.

El campo se oscurece con rapidez, comienzo a ver mi rostro reflejado en la ventanilla empañada. El rostro venidero, el rostro de mi edad adulta. Y más allá los rostros de mis padres sutilmente distorsionados como si se encontraran en el agua. Por primera vez me di cuenta de que mis padres eran un hombre, una mujer; individuos que se querían antes de llegar a quererme a mí. Y es cierto que me quieren, pero no pueden protegerme; y no me conocen. Me doy cuenta de que pronto abandonaré mi hogar. De hecho, ya me he ido.

Tercera parte

Idilio en Manhattan

Papá te quiere, ésa es la única verdad.

No lo olvides nunca, princesa: ésa es la única verdad en tu vida, en la que hay una gran parte de mentira.

¡Aquel día de locura! Me desperté incluso antes de que amaneciera; parecía saber la terrible felicidad que me aguardaba.

Tenía cinco años; me sentía febril por la emoción; cuando papá vino a recogerme para nuestra «aventura sabatina», como él la llamaba, acababa de empezar a nevar. Mamá y yo estábamos de pie junto a los grandes ventanales del apartamento del piso dieciocho, contemplando Central Park cuando el portero llamó a la puerta. Mamá me susurró al oído:

—Si dijeras que estás enferma, no tendrías que ir con... él.

No podía pronunciar la palabra *papá,* e incluso las palabras *tu padre* hacían que su boca se torciera en una mueca. Dije:

—Mamá, ¡no estoy enferma! De verdad.

Así que el portero dejó subir a papá. Mamá me sostuvo con ella junto al ventanal, sus manos, que a veces temblaban, firmes sobre mis hombros y su barbilla sobre la parte superior de mi cabeza de tal modo que habría querido apartarme, pero no me atreví porque no quería herir los sentimientos de mamá ni disgustarla. Así que permanecimos allí contemplando los copos de nieve, mil millones de copos de nieve que caían desde el cielo centelleando como la mica en el tenue sol de principios de diciembre. Yo señalaba y reía; estaba entusiasmada por la nieve, y porque papá viniera a buscarme. Mamá exclamó:

—¡Mira! ¡A que es bonita! Las primeras nieves de la temporada.

La mayor parte de los árboles altos había perdido sus hojas, el viento había hecho volar las que días atrás eran de unos colores tan hermosos y brillantes, y ahora podías ver con claridad cómo los senderos serpenteaban y bajaban en pendiente por el parque; podías ver el flujo del tráfico, los taxis amarillos, los coches, las furgonetas de reparto, los carruajes tirados por caballos, los ciclistas; podías ver a los patinadores en la pista de hielo Wollman, y las jaulas al aire libre del zoo infantil, que ahora estaba cerrado; podías ver el afloramiento de las montañas como rocas en miniatura; podías ver los estanques que relucían como espejos horizontales; el parque todavía estaba verde, y parecía infinito; podías ver hasta el mismo extremo de 110th Street (mamá me dijo el nombre de aquella calle lejana, que nunca había visto de cerca); podías ver la cruz reluciente de la bóveda de la catedral de Saint John the Divine (mamá me dijo el nombre de aquella gran catedral que no había visto nunca de cerca); nuestro nuevo edificio de apartamentos estaba en el número 31 de Central Park South, así que podíamos ver Hudson River a la izquierda, y el East River a la derecha; el sol salía por la derecha, sobre el East River; el sol desaparecía por la izquierda, bajo Hudson River; flotábamos sobre la calle a diecisiete pisos del suelo; flotábamos en el cielo, dijo mamá; aquí estábamos seguras; flotábamos sobre Manhattan, explicó mamá; allí estábamos seguras, dijo mamá, y no sufriríamos daño alguno. Pero mamá decía ahora con su voz triste y enojada:

—Ojalá no tuvieras que ir con... él. No vas a llorar, ¿verdad? No vas a echar mucho de menos a mamá, ¿verdad?

Yo contemplaba fijamente los mil millones de copos de nieve; estaba entusiasmada esperando a que papá llamara al timbre de la puerta principal; me sentía confusa por las preguntas de mamá porque ¿mamá y yo no éramos una misma persona?, ¿así que mamá no sabía?, ¿mamá no sabía ya la respuesta a cualquiera de sus propias preguntas?

—Ojalá no tuvieras que dejarme, cariño, pero son los términos del acuerdo; es la ley.

Aquellas amargas palabras, *es la ley,* se precipitaban desde los labios de mamá cada sábado por la mañana ¡como algo que hubiera lanzado desde lo alto del apartamento! Esperaba oírlas, y las oía siempre. Y entonces mamá se inclinó hacia mí y me besó; me encantaba el dulce perfume de mamá y su suave y brillante cabello, aun así quería apartarla a un lado; quería correr hacia la puerta, para abrirla en cuanto papá llamara al timbre; quería sorprender a papá, a quien tanto gustaban las sorpresas; quería decirle a mamá: «Quiero a papá más que a ti, ¡suéltame!». Porque mamá era yo, pero papá era alguien muy distinto.

Sonó el timbre. Corrí a abrir la puerta. Mamá permaneció en la sala principal junto al ventanal. Papá me levantó en sus brazos.

—¿Cómo está mi princesa? ¿Cómo está mi cariñito? —y dijo en voz alta y amable para que lo oyera mamá, a quien no podía ver, en la otra habitación—. Vamos al zoo del Bronx, y volveremos puntualmente a las 17.30 tal como acordamos.

Y mamá, que era muy digna, no contestó. Papá exclamó:

—¡Adiós! ¡Piensa en nosotros! —que era típico de papá, decir cosas misteriosas para hacerte sonreír y para asombrarte; para confundirte, como si quizá no hubieras oído bien pero no quisieras preguntar. Y mamá nunca preguntaba. Y al bajar en el ascensor, papá me abrazó de nuevo mientras decía lo felices que éramos, los dos solos. Él era el rey y yo la princesita. A veces era la princesa de las hadas. Mamá era la reina de hielo que nunca reía. Papá decía que aquél podría ser el día más feliz de nuestras vidas si éramos valientes. Una luz brillaba en sus ojos; nunca habría un hombre tan apuesto y radiante como papá.

—Al Bronx no, después de todo. Hoy no, creo que no.

Nuestro chófer era un hombre asiático con una elegante gorra de visera, un cuidado uniforme oscuro y guantes. La limusina era de color negro brillante y más amplia que la de la semana pasada y tenía los cristales tintados para poder ver el exterior (aunque resultaba extraño: un crepúsculo espeluznante incluso a pleno sol) y que nadie pudiera ver el interior.

—¡Para que los plebeyos no sepan lo que hacemos! —exclamó papá guiñándome el ojo—. Nada de espías.

Cuando pasábamos delante de los guardias de tráfico, papá les hacía muecas y les sacaba la lengua aunque estaban sólo a pocos metros de distancia; yo reía asustada por si veían a papá y lo arrestaban, pero está claro que no podían verlo:

—¡Somos invisibles, princesa! No te preocupes.

A papá le gustaba que sonriera y riera, que no me preocupara; y que nunca, nunca llorara. Ya había tenido suficientes lágrimas, dijo. Estaba hasta aquí de llantos, dijo recorriendo su cuello con el índice como si fuera la hoja de una navaja. Tenía hijos mayores, adultos a los que yo nunca había conocido; yo era su princesita, su cariñito, la única de sus hijos a la que quería, decía él. Me arrebataba la mano y la besaba, me hacía cosquillas con sus besos hasta que rompía a gritar de la risa.

Ahora papá ya no conducía su propio coche, era la época de los coches de alquiler. Dijo que sus enemigos le habían retirado el carné de conducir para humillarlo. Ya que no podían derrotarlo de ninguna otra forma que importara. Ya que era demasiado fuerte e inteligente para ellos.

Se trataba de una época de repentinos reveses, de cambios de ideas. Yo estaba deseando ir al zoo; ahora no íbamos a ir al zoo, sino que haríamos otra cosa. «Te va a gustar tanto como el zoo.» Otros sábados habíamos recorrido el parque en coche; el parque contenía muchas sorpresas, era infinito; solíamos parar y caminar, correr, jugar en el césped; dábamos de comer a los patos y a las ocas que se bañaban en los estanques; habíamos comido al aire libre en Tavern on the Green; también en el cobertizo para los botes; un ventoso día de marzo, papá me ayudó a hacer volar una cometa (que perdimos; se rompió y se alejó volando hecha trizas); tenía la promesa de ir pronto a patinar a la pista Wollman. Otros sábados nos habíamos dirigido hacia el norte por Riverside Drive hasta el puente de George Washington, y lo habíamos cruzado y habíamos vuelto por él; habíamos conducido hacia el norte hasta el museo Cloisters; hacia el sur hasta el extremo de la isla, como papá la llamaba, «La gran isla maldita, Manhattan». Habíamos cruzado el puente de Manhattan hasta Brooklyn, habíamos cruzado el puente de Brooklyn. Habíamos alzado la vista para contemplar la Estatua de la Libertad. Habíamos hecho un viaje en ferry en aguas movidas y agitadas. Comimos en el último piso del World Trade Center, que era el restaurante favorito de papá —«¡Cenar en las nubes! En el cielo»—. Habíamos ido a Radio City Music Hall, habíamos visto *La bella y la bestia* en Broadway; habíamos visto el Circo de la Gran Manzana en el Lincoln Center; habíamos visto, el año anterior, el espectáculo de Navidad de Radio City Music Hall. Nuestras «aventuras sabatinas» me dejaban aturdida, mareada; un día me daría cuenta de que eso es lo que significa *ebrio, colocado, borracho;* estaba borracha de felicidad, con papá.

Pero después de aquello, ninguna otra borrachera siquiera se le acercaba.

—Princesa, hoy vamos a comprar regalos. Eso es lo que vamos a hacer, vamos a «acumular riquezas».

—¿Regalos de Navidad? —pregunté.

—Claro. Regalos de Navidad, cualquier tipo de regalo. Para ti y para mí. Porque somos especiales, ¿sabes? —papá me sonrió, y yo esperé a que me guiñara el ojo, porque a veces (por ejemplo, cuando hablaba por el teléfono del coche) me guiñaba el ojo para indicar que bromeaba; ya que papá bromeaba a menudo; papá era un hombre al que le encantaba reír, como se describía a sí mismo, y no había motivos suficientes para reír, a no ser que se inventara alguno—. Princesa, sabes que somos especiales, ¿verdad? ¿Y vas a recordar toda tu vida que papá te quiere? Es la única verdad.

—Sí, papá —respondí. Porque así era, por supuesto.

Debería explicar la forma en que papá hablaba por teléfono, en los asientos traseros de nuestros coches de alquiler.

La precisión de sus palabras, su pronunciación, educada y fría y dura; aunque hablaba con calma, su hermoso rostro se arrugaba como un jarrón quebrado; sus ojos prácticamente entrecerrados sin mirar; de su cuello surgía un tono sonrosado como si estuviera bronceado. Después recordaba dónde estaba, y se acordaba de mí. Y me sonreía, guiñándome el ojo y asintiendo, susurrándome; incluso mientras continuaba su conversación con quienquiera que fuese que estuviera al otro extremo de la línea. Y después de un rato papá decía de forma brusca: «¡Ya está bien!», o «¡Adiós!» sin más, y cortaba la conexión; volvía a colocar el auricular, y la conversación había acabado, sin avisar. Así que disfrutaba al saber que cualquiera de las conversaciones de papá, entabladas con tanta urgencia, llegaban sin embargo a un repentino final con las palabras mágicas «¡Ya está bien!» o «¡Adiós!» y yo esperaba aquellas palabras con la certeza de que entonces papá se volvería hacia mí con una sonrisa.

¡Aquel día de locura! Desayuno en el Plaza, y compras en Trump Tower, y una visita al Museo de Arte Moderno donde papá me llevó a ver un cuadro muy preciado para él, según dijo... Habíamos estado en el café del Plaza con anterioridad, pero en aquella ocasión papá no pudo conseguir la mesa que había solicitado, y había algún otro problema, no me quedó claro de qué se trataba; estaba nerviosa y me reía; papá hizo nuestro pedido al camarero y desapareció (¿para hacer otra llamada telefónica?, ¿para ir al baño?; si preguntabas a papá adónde había ido, él respondía con un guiño de ojos, «Eso sólo yo lo sé, cariño, y tú tendrías que averiguarlo»); me trajeron un gran plato de huevos revueltos y beicon; huevos estilo Benedict para papá; una montaña de tortitas de arándanos con sirope caliente para compartir; acercaron el carrito plateado de pastelillos a nuestra mesa; había minúsculos envases de confitura, gelatina, mermelada de cítricos para que los abriéramos; había gente que nos observaba desde las mesas cercanas; estaba acostumbrada, en compañía de papá, a que los extraños nos miraran; yo aceptaba aquella atención como algo natural, por ser la hija de papá; papá me susurraba: «Dejemos que nos vean bien, princesa». Papá comía rápidamente, con un apetito voraz y una servilleta colocada bajo la barbilla; papá vio que no estaba comiendo mucho y preguntó si había algún problema con mi desayuno; le dije que no tenía apetito; papá preguntó si *ella* me había hecho comer antes de que él llegase; le respondí que no; le dije que me sentía algo enferma; papá dijo:

—Ésa es una de las tácticas de la reina de hielo... algo enferma.

Así que intenté comer, minúsculos bocados de las tortitas que no estaban empapadas de sirope, y papá apoyó sus codos sobre la mesa y me observó mientras decía:

—Y si éste fuera el último desayuno que vas a tomar con tu padre, ¿entonces qué? ¡Debería darte vergüenza!

Los camareros rondaban cerca con sus deslumbrantes uniformes blancos. El *maître* era atento, sonriente. Papá recibió una llamada y desapareció durante un rato y al regresar, con el rostro acalorado y distraído, con la corbata aflojada en su cuello, parecía que el desayuno había finalizado; papá esparció deprisa unos billetes de veinte dólares por la mesa, y salimos del café a la carrera mientras todo el mundo sonreía y nos miraba fijamente; dejamos el Plaza por una puerta lateral que daba a la 58th, donde nos esperaba la limusina; el silencioso chófer asiático se hallaba de pie en la acera con la puerta trasera abierta para que papá me metiese dentro antes de subir al vehículo. Fuimos a poco más de una manzana, al elegante Trump Tower en la Quinta Avenida; allí subimos las escaleras mecánicas hasta el piso más alto, donde los ojos de papá brillaban por las lágrimas, todo lo que veía era tan hermoso. ¿He mencionado que mi padre se había afeitado aquella mañana y que olía a colonia de gaulteria?; llevaba unas gafas de sol con los cristales de color ámbar, que yo no había visto hasta entonces; llevaba un traje oscuro cruzado de raya diplomática de Armani y sobre él un abrigo de pelo de camello con unas hombreras que le daban un aspecto más musculoso que el real; llevaba unos zapatos italianos negros y relucientes, con unos tacones que le hacían parecer más alto; le habían peinado de forma que su cabello se ahuecaba como si hubiese sido batido, no aplastado, y no tenía un color blanco apagado como antes sino que ahora lo llevaba teñido de un tono rojizo pálido; ¡qué apuesto era papá! En las boutiques de Trump Tower, papá me compró un abrigo de terciopelo azul oscuro y un gorro de angora azul claro; se deshicieron de mi viejo abrigo, de mis viejos guantes.

—¡Tírenlos, por favor! —ordenó papá a las dependientas. Me compró un hermoso pañuelo de seda de Hermès para que me lo pusiera al cuello, y un precioso reloj de pulsera de oro blanco con minúsculas esmeraldas, que tuvieron que reducir mucho para que se ajustara a mi muñeca; papá me compró un corazón de oro de recuerdo en una delgada cadena de oro; papá se compró media docena de bonitas corbatas de seda importadas de Italia y un billetero de cabritilla; papá se compró un chaleco de cachemir importado de Escocia; papá compró un paraguas, un maletín, una hermosa maleta importada de Inglaterra, y ordenó que todo ello fuera enviado a una dirección de Nueva Jersey; y otros artículos que papá compró para él y para mí. Papá compró todos aquellos maravillosos regalos en efectivo; en billetes grandes; papá dijo que ya no usaba tarjetas de crédito; dijo que se negaba a ser una pieza en la red de vigilancia del gobierno; no lo atraparían en sus redes; no participaría en sus ridículos juegos. En Trump Tower había un café junto a una cascada y papá tomó allí una copa de vino, aunque prefirió no sentarse a la mesa; dijo que estaba demasiado inquieto para sentarse

306

a la mesa; tenía demasiada prisa. Después bajamos por las escaleras mecánicas hasta la planta baja, donde se despertó una brisa fresca que acarició nuestros rostros acalorados; yo estaba muy entusiasmada con mi bonita ropa nueva, y llevaba mis preciosas joyas; si no fuera porque papá me apretó la mano —«¡Cuidado, princesa!»— habría tropezado al pie de las escaleras mecánicas. Y afuera, en la Quinta Avenida, había demasiada gente, gente alta, apresurada y grosera que no me prestó atención ni siquiera con mi nuevo abrigo de terciopelo y mi sombrero de angora, y me habría caído a la acera de no ser porque papá me apretó la mano para protegerme. Después nos dirigimos —a pie, mientras la limusina nos seguía— al Museo de Arte Moderno, donde también había una multitud y una vez más me faltó el aliento al subir por las escaleras mecánicas, estaba atrapada tras personas infinitas, viendo piernas, las partes traseras de sus abrigos, brazos oscilantes; papá me subió a sus hombros y me llevó así hasta una amplia y despejada sala; una sala de proporciones poco habituales; una habitación no tan concurrida como las otras; había lágrimas en los ojos de papá mientras me llevaba en sus brazos —que temblaban ligeramente— para contemplar un enorme cuadro, varias pinturas, amplios cuadros hermosos en tonos azul soñador de un estanque, y de nenúfares; papá me dijo que aquellos cuadros eran de un gran pintor francés llamado «Mo-né» y que tenían magia; me dijo que aquellos cuadros le hacían entender su propia alma, o lo que su alma debería de haber sido; ya que en cuanto te alejabas de aquella belleza, te perdías entre la muchedumbre; la multitud te devoraba; te acusaban de que era culpa tuya, pero de hecho:

—No te dejan ser bueno, princesa. Cuanto más tienes, más quieren de ti. Te comen vivo. Caníbales.

Cuando salimos del museo, los copos de nieve habían dejado de caer. Ya no había memoria de ellos en las concurridas calles de Manhattan. Un sol radiante y violento brillaba casi verticalmente entre los altos edificios, pero en el resto reinaban las sombras, sin color, frías.

307

A última hora de la tarde, papá y yo habíamos ido de compras a Tiffany & Co., y a Bergdorf Goodman, y a Saks, y a Bloomingdale's; habíamos comprado cosas bonitas y caras que debían enviarnos a una dirección de Nueva Jersey, «en la orilla más alejada del río Estigia». Una de las compras, en Steuben en la Quinta Avenida, era una escultura de cristal de unos treinta centímetros que podría haber sido una mujer, o un ángel, o un ave de enormes alas; brillaba con la luz hasta parecer casi transparente; papá rió mientras decía:

—¡La reina de hielo! ¡Justo! —así que envió aquel regalo a mamá al 31 de Central Park South. Mientras recorríamos las grandes tiendas centelleantes, papá me cogía de la mano para que no me perdiera; aquellas enormes tiendas, decía papá, eran las catedrales de Estados Unidos; eran los altares y los relicarios y las catacumbas de Estados Unidos; si no podías ser feliz en aquellas tiendas, no había sitio en el que pudieras serlo; no podías ser un verdadero estadounidense. Y papá me contaba historias, algunas de ellas eran cuentos de hadas que me había leído cuando era una niña pequeñita pequeñita, un bebé; cuando papá vivía con mamá y conmigo, los tres en una casa unifamiliar de piedra rojiza con nuestra propia entrada principal y sin portero ni ascensor: en las ventanas de nuestra planta baja había unos barrotes de hierro curvado para que nadie pudiera forzar la entrada; había todo tipo de dispositivos electrónicos para evitar que entraran intrusos; nuestra casa tenía dos árboles en la acera que también estaban protegidos por unos barrotes de hierro curvado; vivíamos en una calle tranquila y estrecha a media manzana de un edificio enorme e importante, el Museo de Arte Metropolitano; cuando papá salía a veces por televisión, y su fotografía aparecía en los diarios; decían que yo no sabía nada de aquello, que era demasiado pequeña para saberlo, pero no era así; lo sabía. Igual que sabía que era extraño que papá pagase todos nuestros regalos con dinero en efectivo de su billetero y de gruesos sobres que llevaba en los bolsillos interiores de su abrigo; era extraño, ya que nadie más pagaba de ese modo; y los demás lo contemplaban fijamente; le miraban como si quisieran grabarlo en su memoria, la energía de su voz y su rostro radiante y su conocimiento de que él y yo, que era su hija, estábamos a años luz de la normalidad gris y aburrida del resto del mundo; nos miraban fijamente, nos envidiaban, aunque sonreían, sonreían siempre, si papá los miraba o si hablaba con ellos. Tal era el poder de papá.

Me sentía aturdida por el agotamiento, febril; no podría decir cuánto tiempo habíamos estado de compras papá y yo durante nuestra «aventura sabatina»; y sin embargo, me encantaba que los extraños nos observaran y comentaran lo guapa que era; y a veces le decían a papá: «Su rostro me resulta familiar, ¿sale usted en televisión?». Pero papá simplemente se echaba a reír y seguía andando, ya que aquel día no había tiempo que perder.

En la calle, en una de las amplias y ventosas avenidas, papá paró un taxi como cualquier otro peatón. ¿Cuándo había despedido la limusina? No lo recordaba.

Fue un viaje lleno de baches y traqueteo. El asiento trasero estaba rasgado. No tenía calefacción. En el espejo retrovisor, un par de ojos negros y líquidos contemplaban a papá con desprecio silencioso. Papá titubeó al pagar la carrera, un billete de cincuenta dólares le resbaló de los dedos.

—Quédese con el cambio, ¡y gracias!

Y sin embargo, sus ojos no nos sonrieron; no eran ojos que se pudieran comprar.

Nos encontrábamos en una minúscula bodega en 47th Street cerca de la Séptima Avenida donde papá pidió una botella de vino para él y un refresco para mí y donde podía llamar por teléfono en un salón privado en la parte de atrás; me quedé dormida, y al despertar papá estaba de pie junto a nuestra mesa, demasiado inquieto para sentarse; su rostro era carnoso y parecía elástico; su cabello había caído y descansaba en mechones húmedos contra su frente; le corrían por las mejillas gotitas de sudor como perlas aceitosas. Sonrió con la boca, mientras decía:

—¡Aquí estás, princesa! Arriba, ¡vamos!

Porque ya era hora de que nos fuéramos, era más que hora. Papá había tenido malas noticias de un ayudante, las noticias que esperaba. Pero me protegió de ellas, por supuesto. Ya que únicamente mucho después —años después— supe que aquella tarde la oficina del fiscal del distrito de Manhattan había emitido una orden de arresto a nombre de papá; lo habían hecho algunas de las personas para las que papá había trabajado hasta unos meses antes. Se le acusaba de que, como fiscal, papá había abusado del poder de su oficina, había pedido y aceptado sobornos, había cometido perjurio en numerosas ocasiones, había dado información falsa sobre ciertas personas que estaban siendo investigadas por la oficina del fiscal del distrito, había chantajeado a otros, había malversado fondos... Ésas eran las acusaciones contra papá, ésas eran las mentiras inventadas por sus enemigos, que habían sentido celos de él durante muchos años y que querían verlo derrotado, destruido. Un día supe que unos detectives de policía de la ciudad de Nueva York habían ido al apartamento de papá (al este de la 92 con la Primera Avenida) para arrestarlo y que por supuesto no lo habían encontrado; se habían dirigido al 31 de Central Park South y por supuesto no lo habían encontrado; mamá les había dicho que papá me había llevado al zoo del Bronx, o en todo caso aquél había sido su plan; mamá les dijo que papá me llevaría de vuelta a casa a las 17.30, o al menos había prometido hacerlo; podrían esperarle en el vestíbulo de la planta baja; les suplicó, les rogó que por favor no lo arrestaran delante de su hija. Y sin embargo, enviaron a la policía al zoo del Bronx para que lo buscaran allí; ¡a la búsqueda de papá en el zoo del Bronx!, cómo se habría reído papá. Y ahora había una alerta en Manhattan ya que papá estaba en busca y captura, pero papá, astutamente, ya había comprado un nuevo abrigo en Saks, una gabardina de London Fog del color de la piedra húmeda, y había dado órdenes de que la tienda entregara su abrigo de pelo de camello en la dirección de Nueva Jersey; papá ya había comprado un sombrero flexible de color gris, y había cambiado sus gafas de sol de lentes color ámbar por gafas más oscuras con una gruesa montura de plástico negro; había comprado un bastón nudoso importado de Australia, y ahora cojeaba al caminar, yo lo contemplaba fijamente, casi no lo reconocía, y papá se rió de mí. En el bar Shamrock de la Novena Avenida con la 39, había contratado a una mujer joven y rubia con el cabello repleto de trenzas africanas para que nos acompañara mientras él hacía otras paradas; la mujer rubia tenía el rostro brillante y resplandeciente como una cartelera; sus ojos ojerosos se posaron en mí.

—¡Qué niñita más dulce y guapa! ¡Y qué abrigo y sombrero más bonitos! —pero sabía que no tenía que hacer preguntas. Caminaba conmigo apretándome la mano en el guante de angora al tiempo que fingía ser mi madre y que yo era su hijita, y papá iba detrás cojeando con su bastón; astutamente unos metros por detrás para que no pareciera (si alguien nos observaba) que papá iba con nosotras; se trataba de un juego, según papá; era un juego que hacía que me sintiera inquieta y nerviosa; yo reía sin poder parar; la mujer rubia me regañó:

—¡Shhh! Tu papá se va a enfadar —y un poco después la mujer rubia había desaparecido.

En Manhattan, por la calle, siempre me pregunto si volveré a verla. «Disculpe —le diría—, ¿se acuerda?, ¿de aquel día, de aquella hora?». Pero han pasado muchos años desde entonces.

¡Tan agotada! Papá me regañó al sacarme del taxi hasta el vestíbulo del hotel Pierre; un hermoso hotel antiguo en el cruce de la Quinta Avenida con la 61, enfrente de Central Park; papá pidió una suite para nosotros en el piso dieciséis; desde el ventanal podía verse el edificio de apartamentos en Central Park South donde vivíamos mamá y yo; pero nada de aquello me resultaba demasiado real; no me parecía real que tuviera una mamá, sólo que tuviera un papá. Y una vez en la suite, papá cerró la puerta con el pestillo y colocó la cadena en su sitio. Había dos televisores y papá los encendió. Encendió los ventiladores de todas las habitaciones. Descolgó los auriculares de los teléfonos. Con una minúscula llave abrió el minibar y vertió en un vaso una pequeña botella de whisky y la bebió rápidamente. Respiraba con dificultad, sus ojos se movían veloces en sus cuencas y sin embargo no fijaban su atención.

—¡Princesa! Levántate, *por favor*. No disgustes a papá, *por favor*.

Estaba tumbada en el suelo, haciendo girar la cabeza de lado a lado. Aunque no lloraba. Papá encontró una lata de zumo de manzana azucarado en el minibar y lo vertió en un vaso y añadió algo de otra botellita y me lo dio mientras decía:

—Princesa, es una poción mágica. ¡Bebe! —acerqué mis labios al vaso pero tenía un sabor amargo. Papá dijo—: Princesa, debes obedecer a papá.

Y así lo hice. Una sensación dolorosa y cálida se extendió por mi boca y cuello y comencé a ahogarme y papá presionó la palma de su mano sobre mi boca para acallarme; fue entonces cuando recordé que mucho tiempo atrás cuando era una bebé tonta, papá había presionado la palma de su mano sobre mi boca para acallarme. Ahora me sentía enferma y asustada; estaba ebria de felicidad por todo lo que habíamos hecho aquel día, papá y yo; ya que nunca hasta entonces había tenido tantos regalos; nunca había entendido lo especial que era; y después, cuando me preguntaron si sentí miedo de papá, dije, ¡no!, ¡no había tenido miedo!, ¡ni por un segundo! Quiero a papá, decía, y papá me quiere. Papá se hallaba sentado en el borde de la enorme cama, bebiendo; la cabeza agachada casi hasta las rodillas. Murmuraba para sí como si estuviera solo:

—¡Cabrones! No me habéis dejado ser bueno. Y ahora queréis comerme el corazón. Pero a mí no.

Más tarde me desperté por un fuerte sonido que provenía del televisor. En realidad eran unos golpes en la puerta.

Y voces masculinas que gritaban: «¡Policía! Abra, señor», diciendo el nombre de papá como nunca lo había oído. Y papá estaba de pie, y papá me rodeaba con su brazo. Papá estaba ansioso y furioso y tenía una pistola en la mano —sabía que era una pistola, había visto fotografías de pistolas; ésta era negra azulada y brillante y tenía el cañón corto— y la blandía como si los hombres al otro lado de la puerta pudieran verle; había una película de sudor en su rostro que reflejaba la luz, como los lados de los diamantes; nunca había visto a papá tan furioso, gritaba a los policías:

—Tengo a mi hijita aquí, a mi hija, tengo una pistola.

Pero aporreaban la puerta; la estaban forzando; papá disparó al aire y me llevó a otra habitación a oscuras en la que la televisión seguía encendida a todo volumen; papá me empujó hacia el suelo, respirando de manera entrecortada; los dos sobre la moqueta, fatigadamente. Estaba demasiado asustada para llorar; y comencé a orinarme encima; en la otra habitación, los policías gritaban a papá que entregara su arma, que no hiriera a nadie y que entregara su arma y que se fuera con ellos; y papá sollozaba entre gritos:

—La usaré, no tengo miedo; no voy a ir a prisión, ¡no puedo!, ¡no puedo! Tengo aquí a mi hija, ¿lo entienden? —y los policías estaban al otro lado de la puerta pero no se dejaban ver y decían a papá que no querían que hiriera a su hija, claro que no quería herir a su hija; no quería herirse a sí mismo ni a nadie; debía entregar su arma ahora, e irse con los agentes sin dar problemas; hablaría con su abogado; estaría bien; y papá maldecía y papá lloraba y papá gateaba por la moqueta intentando abrazarme y sostener la pistola; estábamos agazapados en la esquina más oscura de la habitación, junto al calefactor; el ventilador palpitaba; papá me abrazaba y lloraba, su aliento cálido en mi rostro; intenté deshacerme del abrazo de papá, pero era demasiado fuerte y gritaba: «¡Princesa! ¡Princesita!» diciendo que yo sabía que me quería, ¿verdad? La poción mágica me había dado sueño y había hecho que me encontrara mal, me costaba mantenerme despierta.

Para entonces me había orinado encima, tenía las piernas húmedas e irritadas. Un hombre hablaba a papá en voz alta y clara como las voces de la televisión y papá escuchaba o parecía hacerlo y a veces papá respondía, a veces no; cuánto tiempo pasamos así, cuántas horas, no lo sabía; no hasta años después, cuando supe que fue una hora y doce minutos, pero entonces no tenía ni idea, no siempre estuve despierta. Las voces seguían sin parar; voces de hombre; una de ellas decía una y otra vez:

—Señor, entregue su arma, por favor. Tírela donde podamos verla, por favor —y papá se limpió el rostro con la manga de la camisa, el rostro de papá estaba bañado por las lágrimas como si lo hubiesen colocado demasiado cerca del fuego y ahora se estuviese derritiendo, y sin embargo la voz dijo, con calma, tan fuerte que parecía venir de todas partes al mismo tiempo:

—Señor, usted no es un hombre que vaya a lastimar a una niña, sabemos cómo es, es un buen hombre, no es un hombre que vaya a herir a nadie —y de repente papá dijo:

—¡Sí! Así es —y papá me besó en la mejilla y dijo—: ¡Adiós, princesa! —en voz alta y alegre; y me apartó de él, y papá se metió el cañón de la pistola en la boca. Y apretó el gatillo.

Así acabó. Siempre acaba. Aunque no me digas que la felicidad no existe. Existe, está ahí. Sólo tienes que encontrarla, y conservarla, si puedes. No es duradera, pero está ahí.

Asesinato en segundo grado

Lo juró.

Regresó a la casa unifamiliar de East End Avenue después de las once de la noche y encontró la puerta principal abierta y, dentro, a su madre que yacía en un charco de tinta de calamar en el suelo de madera al pie de las escaleras. Por lo visto había caído por el largo tramo de escaleras empinadas y se había roto el cuello, a juzgar por su tronco retorcido. También había sido aporreada hasta la muerte, la parte trasera de su cráneo se había hundido, con uno de los palos de golf de la fallecida, un hierro dos, pero no parecía que él lo hubiera visto de inmediato.

¿Tinta de calamar? Bueno, cualquiera hubiera dicho que la sangre era negra a la débil luz del vestíbulo. Se trataba de un truco que sus ojos le jugaban a su cerebro a veces cuando había estado estudiando mucho y durmiendo muy poco. Un «tic óptico». Es decir, ves algo claramente, pero el cerebro lo registra de forma surrealista como otra cosa. Como si en tu programación neurológica se produjera un pitido ocasional.

En el caso del Derek Peck, Jr., al enfrentarse al cuerpo desplomado sin vida de su madre, aquello era un síntoma evidente de trauma. La conmoción, el atontamiento visceral que bloquea el dolor inmediato, lo indecible, lo incognoscible. Había visto a su madre por última vez, con la misma bata de guatiné satinada de color amarillo ranúnculo que le hacía parecer un juguete de Pascua rígido y corpulento, aquella misma mañana, antes de irse a la escuela. Había estado fuera todo el día. Y aquella transición repentina y extraña, del cálculo diferencial al cuerpo en el suelo, de las bromas provocadas por la ansiedad de sus amigos del club de matemáticas (un grupo de incondicionales se reunía a última hora de lunes a viernes para preparar los próximos exámenes de acceso a la universidad) al terrible y profundo silencio de la casa unifamiliar que le pareció, incluso al empujar la puerta principal que misteriosamente no estaba cerrada con llave, un silencio hostil, un silencio que temblaba por el terror.

Se agachó junto al cuerpo, mientras lo contemplaba incrédulo. «¿Mamá? *¡Mamá!*»

Como si hubiese sido él, Derek, quien hubiera hecho algo malo, quien debiera ser castigado.

No conseguía recobrar el aliento. ¡La respiración acelerada! Su corazón latía con tal rapidez que casi perdió el conocimiento. Demasiado desconcertado para pensar *¿Quizá todavía estén aquí?, arriba,* ya que en su estado de aturdimiento parecía faltarle incluso el instinto animal de la propia conservación.

Sí, y en cierto modo sentía que era culpa suya. ¿No le había inculcado ella el instinto de la culpabilidad? Si había algún problema en la casa, probablemente podía rastrearse hasta *él.* Desde los trece años (cuando su padre, Derek senior, se había divorciado de su madre Lucille, igual que si se hubiera divorciado de él), su madre había esperado de él que se comportara como un segundo adulto en la casa, alto, larguirucho y nervioso como para dar cabida a aquellas expectativas, con el vello corporal de color pajizo que brotaba de él y una seriedad febril en sus ojos. El cincuenta y tres por ciento de los compañeros de clase de Derek, chicos y chicas, en la academia Mayhew, provenían de «familias divorciadas» y la mayoría estaban de acuerdo en que tienes que aprender a comportarte como un adulto y sin embargo, al mismo tiempo, como un adulto menor, privado de sus plenos derechos civiles. Aquello no era fácil ni siquiera para el estoico y despabilado Derek Peck, con un cociente intelectual de, ¿cuánto era?, 158 a los quince años (ahora tenía diecisiete). Así que su precario sentido adolescente de sí mismo se hallaba torcido de gravedad: no sólo su imagen corporal (su madre había dejado que tuviera exceso de peso; dicen que eso forma parte de ti de manera irremediable, para siempre grabado en las primeras neuronas) sino más crucialmente su identidad social. Ya que en un momento dado lo trataba como a un bebé y le llamaba «su niño», «su criatura», y un segundo después se mostraba dolida, llena de reproches, y le acusaba de fracasar, como su padre, a la hora de mantener la responsabilidad moral que tenía hacia ella.

Aquella responsabilidad moral era como una mochila cargada de piedras. Podía sentirla, lo primerísimo por la mañana, ejerciendo su gravedad incluso antes de retirar las piernas de la cama.

Agachado sobre ella al tiempo que se estremecía con fuerza, temblaba como por un viento frío, entre susurros: «¿Mamá? ¿No puedes despertarte? Mamá, no estés...», se detenía ante la palabra *muerta* ya que dolería y enfurecería a Lucille igual que la palabra *anticuada*, y no es que hubiese sido vanidosa o frívola o afectada, ya que Lucille Peck era todo lo contrario, una mujer honorable, decían de ella con admiración mujeres a las que no habría gustado encontrarse en su lugar y hombres que no habrían deseado estar casados con ella. *¡Mamá, no seas anticuada!* Derek nunca lo habría murmurado en voz alta, por supuesto. Aunque probablemente lo pensaba para sí con frecuencia aquel último año, más o menos al ver su pálido rostro valiente y huesudo a la fuerte luz del sol siempre que bajaban juntos los escalones delanteros por la mañana, o en aquel espeluznante lugar de la cocina donde las luces de arriba convergían de tal modo que ensombrecían con crueldad su rostro hacia abajo, magullando las cuencas de sus ojos y los suaves pliegues carnosos de sus mejillas. Hace dos veranos, cuando él pasó seis semanas en Lake Placid y ella fue a Kennedy a recogerlo ansiosa por volver a verle, él contempló horrorizado las profundas arrugas que rodeaban su boca y su sonrisa alegre en demasía y lo que sintió fue lástima, y aquello también le hizo sentirse culpable. *No se tiene lástima de una madre, gilipollas.*

Si hubiese vuelto a casa inmediatamente después de la escuela. A las cuatro de la tarde. En lugar de hacer una breve llamada desde casa de su amigo Andy al otro lado del parque, una excusa culpable susurrada en la cinta del contestador automático: «¿Mamá? Lo siento, creo que no voy a ir a cenar esta noche, ¿vale? El club de Matemáticas... el grupo de estudio... cálculo... No me esperes despierta, por favor». Qué aliviado se había sentido de que ella no contestara el teléfono a medio mensaje.

¿Estaba viva cuando llamó? ¿O ya... había muerto?

«¿Cuándo fue la última vez que viste a tu madre con vida, Derek?», le preguntaron y él había tenido que inventarse algo porque no la había visto exactamente. No había habido contacto ocular.

Y qué le había dicho. La apresurada mañana de un día de escuela, un jueves. No había tenido nada de especial. ¡Sin premonición! Fría y ventosa y con una cegadora luz de invierno y él se había sentido impaciente por salir de casa, había cogido una Coca-Cola light del refrigerador tan congelada que le dolían los dientes. En la cocina, una mirada borrosa y llena de reproche que ondeaba en su bata de guatiné de color amarillo mientras él se retiraba sonriendo: «¡Adiós, mamá!».

Claro que se había sentido dolida, su único hijo la evitaba. Había sido una mujer solitaria incluso en su orgullo. Incluso con sus actividades que tanto significaban para ella: la Liga femenina de arte, los Voluntarios de planificación familiar de la zona este, el gimnasio HealthStyle, tenis y golf en East Hampton en verano, un bono de temporada en el Lincoln Center. Y sus amigas: la mayoría de ellas mujeres divorciadas de mediana edad, madres como ella con hijos que estudiaban bachillerato o que iban a la universidad. Lucille se *sentía* sola; ¿por qué era culpa de él?, como si, durante su último curso en el colegio en el que estudiaba bachillerato, se hubiera convertido en un fanático de sus calificaciones obsesionado con que lo admitieran antes de lo habitual en Harvard,

318

Yale, Brown, Berkeley, simplemente para evitar a su madre durante ese momento del día, crudo y sin mediación, que era el desayuno.

Pero ¡Dios mío, cuánto la quería! ¡Cuánto! Pensando claramente en compensarla, con unos resultados en las pruebas de acceso a la universidad en el percentil más alto, la invitó a un *brunch* con champagne en el Stanhope y después al otro lado de la calle, al museo, para una excursión dominical de madre e hijo como las que hacía años que no disfrutaban.

Qué inmóvil estaba. No se atrevía a tocarla. Él respiraba de forma entrecortada, irregular. El negro tinta de calamar bajo su cabeza torcida se había filtrado y coagulado en las grietas del suelo. Tenía el brazo izquierdo extendido en una actitud de ruego exasperado, la manga manchada de rojo, la palma de la mano hacia arriba y los dedos doblados como garras furiosas. Él podría haberse dado cuenta de que su reloj Movado había desaparecido, sus anillos no estaban salvo el ópalo antiguo de la abuela con el engarce de oro acanalado; ¿el ladrón o ladrones no habían podido arrancárselo de los dedos hinchados? Podría haberse dado cuenta de que tenía los ojos en blanco de forma asimétrica, el iris derecho prácticamente había desaparecido; el izquierdo, receloso como una luna creciente torcida. Podría haberse dado cuenta de que la parte trasera de su cráneo estaba hecha trizas, blanda y pulposa como un melón, pero hay algunas cosas que no reconoces en tu madre por tacto y delicadeza. *El cabello de mamá, sin embargo;* era el único rasgo bonito que le quedaba, según ella. Castaño claro canoso, algo áspero, un color natural parecido al trigo. Todas las madres de sus compañeros de clase esperaban tener un aspecto juvenil y glamuroso con el cabello decolorado o teñido, pero Lucille Peck no, no era de ese tipo. Esperabas que sus pómulos estuvieran sonrosados sin necesidad de maquillaje y así era cuando tenía un buen día.

A aquella hora de la noche, el cabello de Lucille debería haber estado seco después de la ducha que se había dado tantas horas antes y que Derek recordaba vagamente, el baño del piso de arriba lleno de vapor. Los espejos. ¡Le faltaba el aire! ¿Entradas para algún concierto o ballet aquella noche en el Lincoln Center? Lucille y una amiga. Pero Derek no sabía nada de aquello. O si lo sabía, se había olvidado. Igual que del palo de golf, el hierro dos. ¿En qué armario? ¿El de arriba o el de abajo? Los cajones de la cómoda del dormitorio de Lucille desvalijados, el nuevo Macintosh de Derek arrancado de su escritorio y arrojado al suelo junto al umbral de la puerta como si... ¿qué? Habían cambiado de opinión en cuanto a él. Buscaban dinero rápido, en metálico, para drogas. ¡Aquél era el motivo!

¿Qué anda haciendo Supermoco ahora? ¿Qué pasa con Supermoco, me oyes?

La tocó... por fin. Tanteando hasta encontrar la gran arteria en el cuello. ¿La «cateroida»?, ¿la «cartoida»? Debería haber tenido pulso, pero no era así. Y su piel estaba fría y pegajosa. Su mano salió despedida hacia atrás, como si se hubiera quemado.

Joder, ¿era posible que Lucille estuviese muerta?

¿Y que *él* tuviese la culpa?

¡Ese Supermoco, tronco! Un tío pasado de vueltas.

Se le ensancharon los orificios de la nariz, sus ojos derramaron unas lágrimas. Se hallaba en un estado de pánico, tenía que buscar ayuda. ¡Había llegado el momento! Pero no se habría dado cuenta de la hora que era, ¿verdad? Las 23.48. Su reloj de pulsera era un elegante Omega con la esfera negra que había comprado con su propio dinero, mas no sería consciente de la hora exacta. Para entonces habría marcado el teléfono de emergencias. Pero, confundido, ¿acaso pensó que ellos habían arrancado el teléfono? (*¿Lo habían hecho?*) ¿O estaba uno de ellos, de los asesinos de su madre, esperando a oscuras en la cocina junto al teléfono? ¿Esperando para matarlo *a él*?

Le entró pánico, alucinó. Corrió tambaleándose de vuelta hasta la puerta principal y salió gritando a la calle, donde un taxi se detenía para dejar salir a un pareja de ancianos, vecinos de la casa adosada de piedra rojiza, y ellos y el conductor contemplaron fijamente a aquel muchacho apesadumbrado con el rostro blanco como una sábana y una trenca desabotonada, la cabeza al descubierto, que corría hacia la calle al tiempo que gritaba:

—¡Auxilio! ¡Auxilio! ¡Alguien ha matado a mi madre!

MUJER ASESINADA EN LA ZONA ESTE
SE CREE QUE EL MÓVIL FUE EL ROBO

En la edición vespertina del *New York Times* del viernes, la noticia de que Lucille Peck, a quien Marina Dyer conocía como Lucy Siddons, había muerto aporreada con un palo de golf aparecía destacada en la primera página de Local. Al ojear la página, los ojos rápidos de Marina, se fijaron inmediatamente en el rostro (de mediana edad, entrado en carnes y sin embargo inconfundible) de su antigua compañera de estudios de Finch.

—¡Lucy! No.

Se entendía que aquélla debía de ser una fotografía post mórtem: la ubicación en la página, en el centro de la parte superior; la conmemoración de una persona particular sin importancia cívica o cultural, ni belleza evidentes. Para los lectores del *Times*, la relevancia de la noticia radicaba en la dirección de la víctima, cerca de la residencia oficial del alcalde. El texto de abajo indicaba: «Incluso aquí, entre los adinerados de las afueras, es posible un destino de tal brutalidad».

En un estado de conmoción, aunque con interés profesional, ya que Marina Dyer era una abogada defensora en lo penal, leyó el artículo que continuaba en una página interior y que resultó decepcionante por su brevedad. Era tan familiar que parecía una canción. *Una de nosotros* (blanca, de mediana edad, decente, desarmada) sorprendida y violentamente asesinada en la mismísima inviolabilidad de su hogar;

el asesino cogió como arma homicida un instrumento de los privilegios de su clase, un palo de golf. El intruso o los intrusos, según la policía, quizá buscaran dinero rápido, para drogas. Se trataba de un crimen descuidado, burdo y cruel; un crimen «sin sentido»; uno de tantos robos con allanamiento de morada sin resolver en la zona este desde el pasado septiembre, aunque era el primero en el que se había producido un asesinato. El hijo adolescente de Lucille Peck había regresado a casa y había encontrado la puerta principal abierta y a su madre fallecida, aproximadamente a las once de la noche, momento en el que llevaría unas cinco horas muerta. Los vecinos dijeron que no habían oído ruidos inusuales provenientes del domicilio de los Peck, pero varios de ellos sí hablaron de extraños «sospechosos» en el barrio. La policía estaba «investigando».

¡Pobre Lucy!

Marina se dio cuenta de que su antigua compañera de clase tenía cuarenta y cuatro años, uno (o mejor dicho algo menos de uno) más que Marina; que estaba divorciada desde 1991 de Derek Peck, un ejecutivo de una compañía de seguros que ahora vivía en Boston; que la sobrevivían únicamente su hijo, Derek Peck, una hermana y dos hermanos. Qué final para Lucy Siddons, que brillaba en la memoria de Marina como si irradiara vida: Lucy imparable, Lucy infatigable, Lucy de buen corazón; Lucy que fue presidenta de la clase de Finch de 1970 en dos ocasiones, y una antigua alumna totalmente entregada; Lucy, a quien todas las chicas admiraban e incluso adoraban; Lucy, que había sido tan amable con Marina Dyer, tímida, tartamudeante, estrábica.

Aunque ambas habían vivido en Manhattan todos aquellos años, hacía cinco que Marina —en su propia casa unifamiliar de piedra roja al oeste de la 76, muy cerca de Central Park— no veía a Lucy; fue en la reunión de antiguas alumnas con motivo del vigésimo aniversario de su graduación; y hacía todavía más tiempo desde que ambas habían hablado largo y tendido, en serio. O quizá nunca lo hicieron.

Lo ha hecho el hijo, pensó Marina a la vez que doblaba el periódico. No era una idea del todo seria, pero se adaptaba a su escepticismo profesional.

¡Supermoco! De puta madre.

¿De dónde había venido? Del corazón derretido por el calor del universo. Cuando se produjo el big bang. Antes de lo cual no había *nada* y después de lo cual existiría *todo:* el semen cósmico. Ya que todos los seres sensitivos derivan de una única fuente que hace tiempo que desapareció, que se extinguió.

Cuanto más contemplabas los orígenes, menos sabías. Había estudiado a Wittgenstein: «De lo que no se puede hablar es mejor callar». (Unas hojas fotocopiadas que les dieron para la clase de comunicación, el profesor era un joven guay con un doctorado por la Universidad de Princeton.) Y aun así, creía que podría recordar las circunstancias de su nacimiento. En 1978, en Barbados, donde sus padres estaban de vacaciones, una semana a finales de diciembre. Nació cinco semanas antes de tiempo y con la suerte de estar vivo, y aunque Barbados fue un accidente, sin embargo, diecisiete años después veía en sus sueños un cielo azul cobalto, hileras de yaguas que derramaban sus cortezas como si se tratara de escamas, chillonas aves tropicales de gran plumaje; una enorme luna blanca que se dejaba caer en el cielo como la gran barriga de su madre, las enormes aletas dorsales de los tiburones que coronaban las olas como el videojuego «Los jinetes de la muerte» al que se había enganchado durante la enseñanza secundaria. Las noches de vientos huracanados no le permitían dormir con normalidad.

Le gustaba Metallica, Urge Overkill, Soul Asylum. Sus héroes eran los punks de rock duro que nunca habían llegado al Top Ten o que si lo lograron volvieron a caer en las listas inmediatamente. Admiraba a los perdedores que se mataban como resultado de una sobredosis, como si morir fuera una broma, un ¡QUE OS FOLLEN! final para el mundo. Pero por el amor de Dios, era inocente de lo que afirmaban que había hecho a su madre. ¡De putísima madre, *él, Derek Peck, Jr.,* había sido arrestado y llevado a juicio por un crimen perpetrado contra su propia madre, a la que quería! Perpetrado por animales (podía adivinar el color de su piel) que también habrían aporreado su cráneo como un huevo, si hubiera entrado por aquella puerta cinco horas antes.

No estaba preparada para enamorarse, no era de las que se enamoran de sus clientes, y sin embargo, eso es lo que ocurrió: bastó con verlo, sus extraños y ansiosos ojos de color ámbar oscuro elevándose hacia su rostro, *¡ayúdeme!, ¡sálveme!* Eso fue todo.

Derek Peck, Jr., era un ángel de Botticelli medio borrado y sobre el que hubiese pintado burdamente Eric Fischl. El cabello espeso, sucio y de punta por la espuma, levantado en dos alas simétricas extendidas que enmarcaban su rostro elegante, huesudo y de mandíbula alargada. Las extremidades eran largas como las de un mono, e inquietas. Los hombros estrechos y altos; el pecho, perceptiblemente cóncavo. Podría tener catorce años, o veinticinco. Su generación estaba tan lejos de la de Marina Dyer que parecía de otra especie. Llevaba una camiseta de Soul Asylum debajo de una americana arrugada de Armani del color de las limaduras de acero, y unos pantalones de franela de raya diplomática de Ralph Lauren con una mancha en la entrepierna y unas zapatillas deportivas Nike del número cuarenta y cinco. Venas azuladas repiqueteaban desenfrenadas en sus sienes. Era un tío que le daba a la coca y que había conseguido no meterse en problemas hasta ahora, había advertido a Marina el abogado de Derek Peck, Sr., que había organizado su entrevista con el chico para convertirse en su abogada, por la discreta insistencia de Marina: un probable matricida psicópata que no sólo afirmaba su total inocencia sino que de hecho parecía creerla. Despedía un olor complejo de tipo orgánico desagradable y químico. La piel parecía acalorada, con el color y la textura

324

de la avena tostada. Los orificios nasales estaban bordeados de rojo como fuego naciente y los ojos eran de un verde pálido amarillento de acetileno, inflamables. No era buena idea acercar demasiado una cerilla a aquellos ojos y aun menos adentrarse mucho en ellos.

Cuando Marina Dyer fue presentada a Derek Peck, el muchacho la miró fijamente con ansiedad. Y sin embargo, no se levantó como los otros hombres que había en la habitación. Se inclinó hacia delante en su silla, los tendones le sobresalían del cuello y la tensión de ver, de pensar, era visible en su joven rostro. El apretón de manos fue titubeante al principio y después repentinamente fuerte, seguro como el de un hombre adulto, doloroso. Sin sonreír, el muchacho se apartó el cabello de los ojos igual que un caballo ladeando su hermosa y fuerte cabeza y una sensación de dolor recorrió a Marina Dyer como una descarga eléctrica. Hacía mucho tiempo que no experimentaba un sensación semejante.

Con su suave voz de contralto que no dejaba adivinar nada, Marina dijo:

—Hola, Derek.

Fue en los años ochenta, en una época de juicios por escándalos de los famosos, cuando Marina Dyer se labró su reputación de «brillante» abogada defensora en lo penal; por serlo realmente y por trabajar muy duro, y de forma atípica. La audacia dramática de su posición en la sala del tribunal dominada por hombres. El hecho inesperado de su tamaño: vestía una talla pequeña para mujeres «menudas», modesta, de aspecto tímido, una mujer a quien era fácil pasar por alto aunque no convenía hacerlo. Iba arreglada de forma meticulosa y poco atractiva para sugerir una altiva indiferencia hacia la moda, un aire de atemporalidad. Llevaba su cabello color de gorrión en un recogido francés, como una bailarina; sus trajes favoritos eran de Chanel en los tenues tonos de las cosechas y de suaves lanas de cachemir de color oscuro, las chaquetas proporcionaban cierta envergadura a su cuerpo menudo, las faldas siempre remilgadas hasta media pierna. Sus zapatos, bolsos y maletines eran de una piel italiana exquisita, caros pero discretos. Cuando un artículo comenzaba a mostrar señales de desgaste, Marina lo sustituía por otro idéntico de la misma tienda de Madison Avenue. Su ojo izquierdo, un tanto estrábico, que de hecho algunos habían encontrado encantador, lo había corregido mediante una operación mucho tiempo atrás. Ahora sus ojos eran directos, totalmente fijos. De un marrón oscuro brillante y siempre húmedos, en ocasiones con una mirada de fanatismo, pero sólo profesional, un fanatismo al servicio de sus clientes, a los que defendía con un fervor legendario. Mujer pequeña, Marina adquiría tamaño y autoridad en el ruedo público. En la sala, su voz normalmente aflautada e indistinta ganaba en volumen, en timbre. Su pasión parecía suscitarse en proporción directa al desafío de presentar a un cliente como «no culpable» ante los miembros razonables del jurado y en ocasiones (admirados, sus colegas de profesión bromeaban al respecto) su rostro poco atractivo y ascético brillaba con la luminosidad de la Santa Teresa de Bernini en su éxtasis. Sus clientes eran mártires; los fiscales, perseguidores. Había una urgencia espiritual en los casos de Marina Dyer, que después resultaba imposible de explicar para los miembros del jurado, cuando, en ocasiones, sus veredictos se cuestionaban. «Tendrías que haber estado allí, tendrías que haberla oído, para saberlo.»

La primera causa ampliamente difundida de Marina fue la exitosa defensa de un miembro del congreso estadounidense por Manhattan que había sido acusado de extorsión y soborno de testigos; su segunda causa fue la exitosa aunque controvertida defensa de un artista de *performance* negro acusado de violación y agresión a una fan drogadicta que se había presentado sin que nadie se lo pidiera en su suite del Four Seasons. Hubo un importante y también fotogénico operador de bolsa de Wall Street acusado de desfalco, fraude y obstrucción a la justicia; también una periodista acusada de intento de asesinato al disparar y herir a un amante casado; y causas menos conocidas pero de todos modos meritorias, ricas en desafíos. Los clientes de Marina no siempre eran absueltos, aunque sus condenas, dada su probable culpabilidad, se consideraban poco severas. En ocasiones no pasaban tiempo alguno en prisión, sólo en centros de reinserción; pagaban multas, hacían servicios comunitarios. Aunque Marina Dyer rehuía la publicidad, la cosechaba. Sus honorarios aumentaban después de cada victoria. Y sin embargo, no era avariciosa, ni siquiera ambiciosa en apariencia. Su vida era su trabajo; y su trabajo, su vida. Le habían asestado algunas derrotas, por supuesto, al principio de su carrera, cuando en ocasiones defendía a personas inocentes o prácticamente inocentes a cambio de unos honorarios modestos. Con los inocentes te arriesgas a los sentimientos, a las crisis nerviosas, al tartamudeo en momentos cruciales frente al estrado de los testigos. Te arriesgas a los estallidos de furia, de desesperación. Con mentirosos consumados, sabes que puedes contar con una representación. Los psicópatas son los mejores: mienten con fluidez pero se lo creen.

La entrevista inicial de Marina con Derek Peck, Jr., duró varias horas y fue intensa, agotadora. Si aceptaba el reto de representarlo, éste sería su primer juicio por asesinato; este joven de diecisiete años, su primer acusado de asesinato. Y qué asesinato tan brutal: matricidio. Nunca había hablado con un cliente como Derek Peck en una habitación tan íntima. Nunca había contemplado, durante largos minutos sin palabras, unos ojos como los suyos. El ímpetu con que declaraba su inocencia era apasionante. La furia porque se dudaba de su inocencia, cautivadora. ¿Había matado ese muchacho de aquel modo? ¿Había cometido una «transgresión»? ¿Había quebrantado la ley, que era la vida misma de Marina Dyer, como si no tuviera más importancia que una bolsa de papel que pudiera arrugarse en la mano y desecharse? Unos veinte golpes o más con el palo de golf habían roto literalmente la parte trasera de la cabeza de Lucille Peck. En su albornoz, su suave cuerpo desnudo y flácido había sido apaleado, magullado, ensangrentado; sus genitales habían sido lacerados con furia. Un crimen incalificable, un crimen que incumplía cualquier tabú. Un crimen de la prensa amarilla, apasionante incluso de segunda o tercera mano.

Con el nuevo traje de Chanel de lana de un tono guinda morado que casi parecía negro como el hábito de una monja, con el moño tan apretado que daba a su perfil lobuno la nitidez de una fotografía de Avedon, Marina Dyer contempló al muchacho que era el hijo de Lucy Siddons. La excitaba más de lo que habría estado dispuesta a reconocer. Pensando, *soy* inatacable, *soy* incólume. Era la venganza perfecta.

Lucy Siddons. Mi mejor amiga; la quería. Dejé una tarjeta de cumpleaños y un pañuelo cuadrado de seda roja en su taquilla y tardó varios días en acordarse de darme las gracias aunque fue un agradecimiento cálido, una sonrisa amplia y genuina. Lucy Siddons que era tan popular, tan tranquila y emulada entre las jóvenes esnobs de Finch. A pesar de su piel llena de imperfecciones, sus dientes salidos, muslos fornidos y andares de pato por los que le gastaban bromas, bromas muy cariñosas. El secreto era la *personalidad* de Lucy. Aquel misterioso factor X que, si no lo tienes, nunca puedes conseguir. Si tienes que sopesarlo, deja de estar al alcance de tu mano para siempre. Y Lucy era buena, compasiva. Cristiana practicante miembro de una familia episcopaliana acomodada de Manhattan famosa por sus obras de caridad. Hacía señas a Marina Dyer para que fuera a sentarse con ella y sus amigas en la cafetería, mientras sus amigas permanecían quietas sonriendo fríamente; elegía a la escuálida Marina Dyer para su equipo de baloncesto en la clase de gimnasia, mientras las demás refunfuñaban. Pero Lucy era buena, tan buena. La caridad y la compasión por las chicas despreciadas en Finch caían desde sus bolsillos como monedas.

Quise a Lucy Siddons durante aquellos tres años de mi vida, sí, quise a Lucy Siddons como no he querido a nadie desde

entonces. Pero era un amor casto y puro. Un amor completa-
mente unilateral.

Se había fijado la fianza en trescientos cincuenta mil
dólares, su afligido padre había pagado su bono de caución.
Desde la reciente victoria republicana en las elecciones, parecía que la pena capital volvería a instaurarse en el Estado
de Nueva York pero en la actualidad no podían presentarse
cargos por asesinato en primer grado, sólo por segundo
grado incluso para los crímenes más brutales o premeditados. Como el asesinato de Lucille Peck sobre el que, lamentablemente, había tanta cobertura en los diarios, revistas,
en la televisión y en las radios locales, que Marina Dyer comenzó a dudar de que su cliente pudiera recibir un juicio
justo en la zona de la ciudad de Nueva York. Derek estaba
dolido, incrédulo: «Mire, por qué iba *yo* a matarla, ¡yo era
el que la quería! —lloriqueaba con voz infantil, encendiendo
otro cigarrillo de su paquete aplastado de Camel—. *¡Yo era la
única puta persona que la quería en este puto universo!*». Cada
vez que Derek se reunía con Marina hacía aquella declaración, o una variación de la misma. Sus ojos brillaban con
lágrimas de indignación, de agravio moral. Unos extraños
habían entrado en su casa y habían matado a su madre ¡y lo
acusaban *a él* de ello! ¡Increíble! ¡Su vida y la de su padre
destrozadas, alteradas como si las hubiera atravesado un
tornado! Derek lloraba con furia, abriéndose a Marina como
si se hubiese rajado el pecho para exponer un corazón que palpitaba enfervorizado.

Momentos profundos y terribles que dejaban a Marina
temblorosa durante horas.

Se dio cuenta, sin embargo, de que Derek nunca hablaba de Lucille Peck refiriéndose a ella como *mi madre* o
mamá, sino únicamente como *ella*. Cuando le mencionó que
había conocido a Lucille, años atrás en el colegio, el muchacho no pareció oírla. Había estado frunciendo el ceño, ras-
cándose el cuello. Marina repitió suavemente:

—Lucille era una presencia sobresaliente en Finch. Una amiga querida.

Pero Derek parecía que seguía sin oír.

El hijo de Lucy Siddons, que prácticamente no se le parecía en nada. La mirada feroz, el rostro anguloso, la boca tallada con severidad. La sexualidad se desprendía de él como el cabello sin lavar, la camiseta sucia y los tejanos. Y Derek tampoco se parecía a Derek Peck, Sr., por lo que Marina podía ver.

En el anuario de Finch de 1970 había numerosas fotografías de Lucy Siddons y de otras chicas populares de la clase, las actividades bajo sus rostros sonrientes, numerosas, impresionantes; debajo de la única fotografía de Marina Dyer, la leyenda era breve. Había sido una estudiante sobresaliente, por supuesto, pero no había sido una chica popular a pesar de sus esfuerzos. *Espero la hora propicia,* se consolaba. *Puedo esperar.*

Y así fue, como en un cuento de hadas de recompensas y castigos.

Derek Peck recitó su historia rápida y distraídamente, su coartada, como la había recitado a las autoridades en numerosas ocasiones. Su voz parecía simulada por ordenador. Horas específicas, direcciones; nombres de amigos que «jurarían que estuve con ellos cada minuto»; el trayecto preciso que había recorrido en taxi, por Central Park, de camino a East End Avenue; la conmoción al descubrir «el cuerpo» al pie de las escaleras justo al salir del vestíbulo. Marina escuchaba fascinada. No quería pensar que aquélla fuera una historia inventada durante un colocón de cocaína, grabada de forma indeleble en el cerebro primario del muchacho. Inquebrantable. No conseguía acomodar detalles comprometidos, enumerados en el informe de los detectives que llevaban la investigación: los calcetines de Derek salpicados con la sangre de Lucille Peck y lanzados por la rampa de la ropa sucia; el montón de ropa interior en el suelo del lavabo de Derek, todavía húmedo a medianoche de la ducha que afirmaba haberse dado a las siete de la mañana pero que era más probable que se hubiera dado a las siete de la tarde, antes de aplicarse gel en el cabello y de vestirse al estilo punk del grupo Gap para una velada frenética en el centro con algunos de sus amigos seguidores de heavy metal. Todas las manchas de sangre de Lucille Peck en las mismísimas baldosas de la ducha de Derek, que no había visto, que no había limpiado. Y la llamada telefónica en el contestador de Lucille en la que explicaba que no iría a casa a cenar, que afirmaba haber hecho a eso de las cuatro de la tarde pero que probablemente había hecho después, puede que a las diez de la noche, desde una discoteca del SoHo.

Aquellas contradicciones, y otras, enfurecieron a Derek más que preocuparle, como si representaran fallos técnicos en la estructura del universo por los que a duras penas podía ser considerado responsable. Tenía la convicción infantil de que todo debía doblegarse a sus deseos, a su insistencia. *Lo que creía cierto, ¿cómo no podía serlo?* Claro está que, como sostenía Marina Dyer, era posible que el verdadero asesino de Lucille Peck hubiera manchado de sangre los calcetines de Derek deliberadamente y los hubiera tirado por la rampa de la ropa sucia para inculparlo; el asesino, o asesinos, habían pasado su tiempo duchándose en el baño de Derek y habían dejado tras de sí la ropa interior de éste húmeda y amontonada. Y no había prueba absoluta e inquebrantable de que el contestador automático siempre grabara las llamadas en el orden cronológico preciso en el que se recibían, no el cien por cien de las veces, ¿cómo podía probarse? (Había cinco llamadas en el contestador automático de Lucille correspondientes al día de su muerte, repartidas durante el día; la de Derek era la última.)

El ayudante del fiscal que procesaba la causa le acusaba de que el móvil de Derek Peck, Jr., para el asesinato de su madre era sencillo: el dinero. Evidentemente, su asignación mensual de quinientos dólares no bastaba para cubrir sus gastos. La señora Peck había cancelado la tarjeta Visa de su hijo en enero después de que acumulara un saldo negativo de más de seis mil dólares; los familiares informaron de la «tensión» entre madre e hijo; algunos de los compañeros de clase de Derek decían que corrían rumores de que estaba endeudado con traficantes de drogas y tenía terror a ser asesinado. Y Derek quería un Jeep Wrangler para su dieciocho cumpleaños, había contado a sus amigos. Al matar a su madre, podía esperar heredar hasta cuatro millones de dólares y una póliza de seguro de vida de cien mil dólares que lo nombraba como beneficiario, la espléndida casa unifamiliar de cuatro plantas en East End por un valor que alcanzaba dos millones y medio de dólares, la propiedad de East Hampton, valiosas posesiones. En los cinco días que pasaron entre la muerte de Lucille Peck y el arresto de Derek, había acumulados gastos de más de dos mil dólares; se había lanzado a un frenético derroche de dinero que después se atribuyó al dolor. Derek era a duras penas el estudiante modelo de preparatoria que afirmaba ser; había sido expulsado de la academia Mayhew durante dos semanas en enero por «comportamiento negativo» y era de conocimiento general que él y otro chico habían copiado en una serie de pruebas para determinar el cociente intelectual en noveno grado. A día de hoy suspendía todas sus asignaturas salvo una sobre estética posmodernista en la que películas y cómics de Superman, Batman, Drácula y Star Trek se deconstruían meticulosamente bajo la tutela de un profesor que había estudiado en Princeton. Había un club de Matemáticas a cuyas reuniones Derek había asistido de manera esporádica, pero no había estado presente la tarde en que falleció su madre.

¿Por qué iban a mentir sobre él sus compañeros de clase? Derek se sentía herido, agraviado. ¡Andy, su mejor amigo, se volvía en su contra!

Marina tuvo que admirar la respuesta de su joven cliente ante el informe irrefutable de los detectives: sencillamente lo negó. Sus ojos encendidos rebosaban lágrimas de inocencia, incredulidad. La fiscalía era el enemigo, y el argumento del enemigo era algo improvisado para echarle la culpa de un asesinato sin resolver porque era un niño, y vulnerable. Así que le iba el heavy metal, y había experimentado con alguna droga, como todo el mundo que conocía, por el amor de Dios. *No había matado a su madre y no sabía quién lo había hecho.*

Marina intentó ser imparcial, objetiva. Estaba segura de que nadie, incluido el mismo Derek, sabía lo que sentía por él. Su comportamiento siempre era profesional, y lo seguiría siendo. Y sin embargo, pensaba en él constante, obsesivamente; se había convertido en el centro emocional de su vida, como si de algún modo estuviera embarazada de él, su espíritu angustiado y furioso dentro de ella. *¡Ayúdeme! ¡Sálveme!* Ella había olvidado las formas sutiles y sinuosas en las que había llevado su propio nombre a la atención del abogado de Derek Peck, Sr., y comenzó a creer que el mismo Derek, Jr., la había elegido. Era muy probable que Lucille le hubiera hablado de ella: su antigua compañera de clase y amiga íntima Marina Dyer, que ahora era una destacada abogada defensora. Y quizá hubiese visto su fotografía en algún lugar. Después de todo, era más que una coincidencia. ¡Ella lo sabía!

Presentaba sus solicitudes, entrevistaba a los familiares, vecinos, amigos de Lucille Peck; empezó a reunir un caso voluminoso con la ayuda de dos asistentes; disfrutaba con la emoción del próximo juicio por el que guiaría, como una guerrera, como Juana de Arco, a su cliente asediado. Iban a ser diseccionados en la prensa, iban a ser martirizados. Y sin embargo, iban a triunfar, estaba segura.

¿Era Derek culpable? Y si lo era, ¿de qué? Si realmente no recordaba sus acciones, ¿era culpable? Marina pensaba: *Si lo pongo en el estrado de los testigos, si se presenta ante el juez como se presenta ante mí... ¿cómo podrían rechazarlo los miembros del jurado?*

Habían pasado cinco semanas, seis semanas, ahora diez semanas desde la muerte de Lucille Peck y la muerte, como todas, se alejaba. Se había fijado para el comienzo del juicio una fecha a finales de verano y se cernía en el horizonte, burlona, tentadora como la noche de estreno de una obra de teatro que ya se estuviera ensayando. Marina había pronunciado una declaración de «no culpable» en nombre de su cliente, por supuesto, que se había negado a considerar cualquier otra opción. Como era inocente, *no podía* declararse culpable ante una acusación inferior, homicidio involuntario en primer o segundo grado, por ejemplo. En los círculos penales de Manhattan se creía que ir a juicio con esa causa era, para Marina Dyer, un error atroz, pero Marina se negaba a considerar cualquier otra alternativa; era tan firme como su cliente, no celebraría negociación alguna. Su principal defensa sería una refutación sistemática de los argumentos de la fiscalía, una negación en serie de las «pruebas»; reiteraciones apasionadas de la inocencia absoluta de Derek Peck, en las que, en el estrado de los testigos, él sería la principal estrella; una acusación de la torpeza y la incompetencia de la policía en su fracaso por encontrar al verdadero asesino o asesinos, que habían entrado a la fuerza en otras casas de la zona este de la ciudad; la esperanza de conseguir la compasión de los miembros del jurado. Ya que Marina había aprendido, mucho tiempo atrás, que la compasión de los miembros del jurado era un pozo muy, muy profundo. No te convenía llamar tontos a aquellos estadounidenses medios, pero eran extraña, casi mágicamente influenciables, en ocasiones susceptibles como si fueran niños. Eran, o desearían ser, «buenas» personas; decentes, generosas, compasivas, amables; no «condenatorias» ni «crueles». Buscaban motivos para no declarar culpables, sobre todo en Manhattan donde la reputación de la policía era turbia, y un buen abogado defensor proporcionaba esos motivos. Sobre todo, no querrían declarar culpable de un cargo de asesinato en segundo grado a un chico joven, atractivo y ahora huérfano de madre como Derek Peck, Jr.

Los miembros del jurado se confunden fácilmente, y la genialidad de Marina Dyer consistía en sacar partido de esa confusión. Ya que querer ser «buenos», desafiando a la justicia, es una de las mayores debilidades de la humanidad.

—Eh, no me cree, ¿verdad?

Hizo una pausa en su recorrido compulsivo de la oficina, con un cigarrillo encendido entre sus dedos. La contemplaba con recelo.

Marina alzó la mirada sorprendida y vio a Derek cerniéndose bastante cerca detrás de su escritorio, despidiendo su cálido olor a cítricos y acetileno. Ella estaba tomando notas aunque había una grabadora en funcionamiento.

—Derek, no importa lo que yo crea. Como tu abogada, hablo en tu nombre. Legalmente, tu mejor...

—¡No! Tiene que creerme —exclamó Derek malhumorado—. *Yo no la maté.*

Fue un momento incómodo, un momento de tensión exquisita en el que había numerosas posibilidades narrativas. Marina Dyer y el hijo de su vieja amiga Lucy Siddons, ahora fallecida, se encerraron en la oficina de Marina a última hora de una tarde oscura y tormentosa; con sólo una grabadora como testigo. Marina tenía motivos para saber que el muchacho había estado bebiendo aquellos días interminables antes de su juicio; vivía en la casa unifamiliar, con su padre, bajo fianza pero no «libre». Le había permitido saber que estaba limpio de toda droga, totalmente. Estaba siguiendo sus consejos, sus instrucciones. Pero ¿le creía?

Marina dijo, de nuevo con cuidado, mirando a los ojos fijos del muchacho:

—Claro que te creo, Derek —como si fuera lo más natural del mundo, y hubiese sido un iluso al dudarlo—. Ahora, siéntate, por favor, y prosigamos. Me estabas hablando del divorcio de tus padres...

—Porque si no me cree —dijo Derek, moviendo hacia fuera su labio inferior, que aparecía rojo y carnoso como un tomate pelado—, encontraré a un puto abogado que lo haga.

335

—Sí, pero yo te creo. Ahora siéntate, por favor.

—¿De veras? ¿Me cree?

—Derek, ¡qué he estado diciendo! Ahora siéntate.

El muchacho se erguía amenazante junto a ella, la miraba fijamente. Por un momento, su expresión demostró temor. Entonces regresó a tientas hacia su silla. Su rostro joven y corroído estaba sonrojado y la contemplaba absorto, con ojos verdosos y ámbar oscuro, con anhelo, con adoración.

¡No me toques! Marina susurraba entre sueños, llena de emoción. *No podría soportarlo.*

Marina Dyer. Los extraños la miraban en lugares públicos. Susurraban y la señalaban. Su nombre y ahora su rostro se habían vuelto tolerados por los medios, simbólicos. En los restaurantes, en los vestíbulos de los hoteles, en las reuniones profesionales. En el ballet de la ciudad de Nueva York, por ejemplo, al que Marina fue con una amiga... ya que era la representación de esa compañía de ballet a la que Lucille Peck iba a asistir la noche de su muerte. *¿Es ésa la abogada? ¿La que...? ¿El muchacho que mató a su madre con el palo de golf... Peck?*

Se estaban haciendo famosos juntos.

Su nombre en la calle, su nombre en las discotecas del centro, Fez, Duke's, Mandible, era «Supermoco». Al principio le había molestado, pero después decidió que era cariñoso, no burlón. Un chico blanco y guapo de la zona alta que tenía que pagar su derecho. Tenía que comprarse el respeto, la autoridad. Era un grupo duro, costaba un puto montón de dinero impresionarlos, dinero, y más que dinero. Cierta actitud. Se reían de él, *¡Eh, Supermoco! Un tipo pasado de vueltas. Pero ahora estaban impresionados. ¿Se había cargado a su vieja? ¡No me jodas! ¡Ese Supermoco, tronco! Un tío pasado de vueltas.*

Nunca lo habría pensado. Ni de mamá, que no estaba en casa como si se hubiera ido de viaje. Salvo que no lla-

336

maba a casa, no preguntaba por él. Se había acabado el decepcionar a mamá.

Nunca soñó con ningún tipo de violencia, eso no le iba. Creía en la *pasividad*. Aquel gran líder indio, un santo. *Gandy*. Enseñaba la ética de la pasividad, triunfó sobre los racistas enemigos británicos. Pero la película era demasiado larga.

No dormía por la noche sino a horas extrañas durante el día. Por la noche, veía la televisión, jugaba con el ordenador, «Myst», su favorito, podía perderse en él durante horas. Evitaba los juegos violentos, su estómago seguía revuelto. Evitaba el grupo de cálculo, incluso pensar en él: la traición. Como él no se había graduado, la clase del 95 había pasado de curso sin él, los hijos de puta. Sus amigos nunca estaban en casa cuando llamaba. Incluso las chicas que habían estado locas por él, nunca en casa. Jamás le devolvían la llamada. *A él, ¡Derek Peck! Supermoooooo*. Era como si le hubieran insertado un microchip en el cerebro, tenía unas reacciones patológicas. Era incapaz de dormir durante cuarenta y ocho horas, por poner un ejemplo. Y luego se quedaba dormido como un tronco, como si estuviera muerto. Después se despertaba muchas horas más tarde, con la boca seca y el corazón martilleante, tumbado de lado en su cama revuelta, la cabeza sobre el borde y unas botas militares Doc Martens en los pies que agita como loco, como si alguien o algo lo sostuviera por los tobillos y él sujetara con ambas manos una caña invisible, o un bate de béisbol, o una porra, meneándola en sueños, y sus músculos moviéndose nerviosamente con espasmos, y las venas hinchadas en la cabeza a punto de estallar. *¡Meneándola, meneándola, meneándola!*, y se corre en los pantalones, en sus calzoncillos de jockey de Calvin Klein.

Cuando salía llevaba gafas muy, muy oscuras incluso de noche. Su largo cabello con una coletita y en la cabeza una gorra de los Mets al revés. Iba a cortarse el pelo para el juicio, pero todavía no, ¿no era eso como... ceder, rendirse...? En la pizzería del barrio, en un lugar de la Segunda Avenida al que se había escabullido solo, firmando servilletas para unas chicas que reían tontamente, en una ocasión para un padre y su hijo de unos ocho años, en otra ocasión a dos mujeres de cuarenta y tantos años o cincuenta y pico, como si fuera el Hijo de Sam, claro, ¡vale!, firmando *Derek Peck, Jr.,* y escribiendo la fecha. Su firma, un extraño garabato en tinta roja. «¡Gracias!», y saben que le observan al alejarse, contentísimos. Su único contacto con la fama.

Su viejo y sobre todo su abogada pondrían el grito en el cielo si lo supieran pero no tenían por qué saber nada. Estaba en libertad bajo la puta fianza, ¿verdad?

Durante el período inmediatamente posterior a una aventura sentimental que vivió con treinta y pocos años, la última aventura de ese tipo en su vida, Marina Dyer había hecho un agotador viaje «ecológico» a las islas Galápagos; uno de esos viajes desesperados que hacemos en momentos cruciales de nuestras vidas, pensando que la experiencia cauterizará la herida emocional, hará de su miseria misma algo trivial, sin importancia. El viaje resultó realmente agotador y cauterizante. Allí, en las islas Galápagos de infausta memoria, en el extenso océano Pacífico al oeste de Ecuador y apenas a dieciséis kilómetros al sur del ecuador, Marina llegó a ciertas conclusiones vitales. En primer lugar, había decidido no suicidarse. Porque, ¿para qué *suicidarse* cuando la naturaleza está tan deseosa de hacerlo por ti y engullirte? Las islas rodeadas de rocas, azotadas por las tormentas, áridas. Habitadas por reptiles, tortugas gigantes. Había poca vegetación. Las aves marinas chillaban como almas malditas pero no era posible creer en «almas» allí. «Tierras así sólo pueden existir en un mundo caído», escribió Herman Melville de las Galápagos, a las que también denominó Islas Encantadas.

Cuando regresó de la semana que duró su viaje al infierno, como lo llamaba con cariño, se observó que Marina Dyer se

338

dedicaba con mayor pasión que nunca, con mayor firmeza, a su profesión. La abogacía sería su vida, y tenía intención de hacer de su vida un éxito cuantificable e inequívoco. La «vida» no dedicada a la ley sería intrascendente. Claro está que la ley era sólo un juego: tenía muy poco que ver con la justicia o la moral, el «bien» o el «mal», con el sentido «común». Pero la ley era el único juego al que ella, Marina Dyer, podía jugar en serio. El único juego al que, de vez en cuando, Marina Dyer podría ganar.

Marina tenía un cuñado a quien nunca había caído bien pero que, hasta ahora, había sido cordial, respetuoso. La miraba fijamente como si no la hubiera visto hasta entonces.

—¿Cómo demonios puedes defender a ese pequeño rufián despiadado? ¿Cómo te justificas moralmente? Por el amor de Dios, ¡mató a su madre!

Marina sintió la sorpresa de aquella agresión inesperada como si la hubiesen golpeado en el rostro. Otras personas que había en la sala, incluida su hermana, se quedaron mirando, horrorizadas. Marina dijo con cuidado, intentando controlar su voz:

—Pero, Ben, no creerás que sólo los obviamente inocentes merecen asesoría legal, ¿verdad? —era una respuesta que había dado en numerosas ocasiones a preguntas de ese tipo; la respuesta que todos los abogados dan, de forma razonable, convincente.

—Claro que no. Pero la gente como tú va demasiado lejos.

—¿«Demasiado lejos»? ¿«Gente como yo»?

—Sabes a qué me refiero. No te hagas la tonta.

—Pero no lo sé. No sé a qué te refieres.

Su cuñado era un hombre cortés por naturaleza, al margen de la firmeza de sus opiniones. Y sin embargo, con cuánta brusquedad se había apartado de Marina, con un gesto despectivo. Marina exclamó tras él, afligida:

—Ben, no sé a qué te refieres. Derek es inocente, estoy segura. La causa en su contra es meramente circunstancial. Los medios... —su voz suplicante se apagó; él había salido de la habitación.

¿Marina? No llores.
No lo dicen en serio, Marina. No te pongas triste, ¡por favor!

Escondida en el lavabo de los vestuarios después de la humillación en la clase de Gimnasia. Cuántas veces. Ni siquiera Lucy, una de las capitanas de equipo, la quería: era obvio. Marina Dyer y el resto de opciones dejadas para el final, una o dos chicas gordas, chicas miopes, chicas asmáticas, patosas y sin coordinación divididas entre risas entre el equipo rojo y el dorado. *Después la pesadilla del juego mismo.* Intentando evitar ser golpeada por las tremendas patas, los cuerpos al estrellarse. Gritos, risas penetrantes. Agitando los brazos débiles, los muslos musculosos. ¡Qué duro era el suelo reluciente al caer! Las chicas gigantescas (Lucy Siddons entre ellas, mirando fijamente, con fiereza) la atropellaban si no se apartaba; para ellas no existía. De forma absurda, la profesora de Gimnasia nombró a Marina «defensa». «Debes jugar, Marina. Debes intentarlo. No seas tonta. Es sólo un juego. Son sólo juegos. ¡Sal con tu equipo!» Pero si le lanzaban la pelota directamente, la golpeaba en el pecho y rebotaba de sus manos hasta las de otra jugadora. Si la pelota despegaba hacia su cabeza, era incapaz de agacharse y se quedaba de pie estúpidamente indefensa, paralizada. Sus gafas salían volando. Su grito como el de un niño, ridículo. Todo ello era ridículo. Y sin embargo, era su vida.

Lucy, de buen corazón, arrepentida, fue a buscarla a donde se había escondido, en un compartimento cerrado del lavabo, sollozando con furia, un pañuelo de papel manchado de sangre y presionado contra la nariz. «¿Marina? No llores. No lo dicen en serio, les caes bien, vuelve, ¿qué ocurre?» A Lucy Siddons, de buen corazón, era a quien más odiaba.

La tarde del viernes anterior al lunes en que iba a comenzar su juicio, Derek Peck, Jr., se vino abajo en la oficina de Marina Dyer.

Marina sabía que había algún problema; el muchacho apestaba a alcohol. Había venido con su padre, pero le había pedido que esperara fuera; insistió en que la ayudante de Marina saliera de la sala.

Empezó a llorar y a balbucear. Para sorpresa de Marina, se puso de rodillas repentinamente en la alfombra de color granate, y comenzó a golpearse la frente contra el borde cubierto de vidrio de su escritorio. Reía, lloraba. Con una voz angustiada y entrecortada decía cuánto sentía haber olvidado el último cumpleaños de su madre, no sabía que sería el último y qué dolida estaba, como si lo hubiera olvidado sólo para hacerle daño y no era cierto, por el amor de Dios, ¡la quería!, ¡la única persona en el puto universo que la quería! Y después, el Día de Acción de Gracias aquella escena disparatada: se había peleado con sus familiares, así que sólo estaban él y ella para Acción de Gracias e insistió en preparar la cena de Acción de Gracias completa sólo para dos personas y él dijo que era una locura pero ella insistió, no había forma de detenerla una vez había tomado una decisión y sabía que iba a haber un problema, aquella mañana en la cocina ella había empezado a beber temprano y él estaba en su habitación fumando marihuana con el Walkman encendido sabiendo que no había escapatoria. Y no fue ni siquiera un pavo lo que horneó para los dos, necesitabas al menos un pavo de diez kilos, ya que si no la carne quedaba seca, según ella, así que compró dos patos, sí, *dos patos muertos* de una tienda de aves de caza en Lexington y la 66 y aquello podría haber estado bien, pero ella estaba bebiendo vino tinto y riendo histérica y hablando por teléfono mientras preparaba el relleno muy elaborado que hacía cada año, arroz silvestre y champiñones, aceitunas, y además boniatos, salsa de ciruelas, pan de maíz y pudín de chocolate y tapioca que supuestamente era uno de sus postres favoritos cuando era niño pero que con sólo olerlo le daban ganas de vomitar. *Él* se mantuvo alejado en el piso de arriba hasta que por fin ella lo llamó a eso de las cuatro de la tarde, y él bajó sabiendo que iba a ser un verdadero rollo pero sin saber cuánto, ella se tambaleaba borracha y tenía los ojos manchados y cenaron en el comedor con la lámpara de araña encendida, el lujoso mantel irlandés y la vieja vajilla y la cubertería de plata de la abuela e insistió en que *él* trinchara los patos, intentó evitarlo pero no pudo y ¡Dios mío!, ¡qué pasa! Empujó el cuchillo en la pechuga del pato y ¡le salió un chorro de sangre!, y había un enorme coágulo de sangre pegajosa dentro, así que soltó el cuchillo y salió corriendo de la sala con arcadas, había flipado por completo en medio de su colocón y no pudo soportarlo y salió corriendo a la calle y casi le atropella un coche y ella salió gritando tras él: «Derek, ¡vuelve! Derek, ¡vuelve, no me dejes!», pero él se largó de allí y no volvió en día y medio. E incluso después de aquello, ella siguió bebiendo y diciéndole cosas raras como si fuera su bebé, había sentido cómo él le daba patadas y temblaba en su vientre, bajo su corazón, ella había hablado con él en su vientre durante meses antes de que naciera, se tumbaba en la cama y le acariciaba la cabeza, a través de su piel, y ella decía que hablaban, era lo más cerca que se había sentido de un ser vivo y él se sentía incómodo sin saber qué decir salvo que no lo recordaba, fue hace tanto tiempo, y ella dijo sí, ah, sí, lo recuerdas en tu corazón, sigues siendo mi bebé, lo recuerdas, y él se estaba enfadando diciendo *joder, no: no se acordaba de nada*. Y empezó a comprender que sólo había una forma de hacer que dejara de quererlo, pero él no quería, preguntó si podía trasladarse de colegio a Boston o a algún lugar para vivir con su padre pero ella se volvió loca, *no no no*, no se iba, ella no lo permitiría nunca, intentó abrazarlo, abrazarlo y besarlo así que él tuvo que cerrar su puerta con llave y prácticamente protegerla con barricadas y ella le esperaba medio desnuda saliendo de su lavabo mientras fingía que había estado dándose una ducha y lo agarró y finalmente aquella noche debió de flipar, algo se rompió en su cabeza y fue a buscar el hierro dos, ella no tuvo tiempo ni de gritar, ocurrió tan rápido y con tanta compasión, se acercó rápido por detrás así que ella no lo vio exactamente.

—Era la única forma de hacer que ella dejara de quererme.

Marina contemplaba absorta el rostro agraviado del muchacho manchado por las lágrimas. El moco le goteaba de forma alarmante de la nariz. ¿Y qué había dicho? Había dicho... *¿qué?*

Y sin embargo, una parte de la mente de Marina permanecía imparcial, calculadora. Estaba estupefacta por la confesión de Derek, pero ¿estaba *sorprendida*? Los abogados nunca se sorprenden.

Ella dijo rápidamente:

—Tu madre, Lucille, era una mujer fuerte, dominante. Lo sé, la conocí. De niña, hace veinticinco años, entraba en una sala y consumía todo el oxígeno. ¡Entraba a toda prisa en una habitación y era como si el viento hubiera abierto todas las ventanas de par en par! —a duras penas sabía lo que decía, sólo que las palabras se precipitaban desde su ser; un resplandor jugueteaba en su rostro como una llama—. Lucille era una presencia asfixiante en tu vida. No era una madre normal. Lo que me has contado confirma mis sospechas. He visto otras víctimas de incesto psicológico, ¡sé de qué estoy hablando! Te hipnotizó, luchabas por tu vida. Defendías tu propia vida.

Derek permanecía arrodillado sobre la moqueta, mirando a Marina con gesto ausente. Se habían formado pequeñas gotitas de sangre en su frente sonrojada, su cabello grasiento y serpentino le caía sobre los ojos. Toda su energía se había agotado. A ojos de Marina parecía un animal que oye, no las palabras de su dueña, sino los sonidos; el consuelo de ciertas cadencias, de ciertos ritmos. Marina decía con tono de urgencia:

—Aquella noche perdiste el control. Lo que fuera que ocurrió, Derek, no lo hiciste tú. *Tú eres la víctima.* ¡Ella te precipitó a hacerlo! También tu padre abrogó su responsabilidad contigo, te dejó con *ella*, sólo con *ella*, a los trece años. ¡Trece años! Eso es lo que has estado negando todos estos meses. Ése es el secreto que no has reconocido. No tenías ideas propias, ¿verdad?, ¿durante años? Tus pensamientos eran *de ella*, con su voz.

Derek asintió mudo. Marina había tomado un pañuelo de papel de la caja de cuero bruñido que se encontraba sobre su escritorio y le limpió la cara con ternura. Él alzó su rostro al de ella y cerró los ojos. Como si aquella repentina proximidad, aquella intimidad, no fuera nueva para ellos sino familiar de algún modo. Marina vio al muchacho en la sala del tribunal, su Derek, transformado: el rostro recién lavado y el cabello meticulosamente cortado, rebosante de salud; la cabeza erguida, sin astucia ni subterfugio. *Era la única forma de conseguir que dejara de quererme.* Se había puesto una americana azul marino con el elegante y discreto monograma de la academia Mayhew. Una camisa blanca, la corbata de rayas azules. Las manos juntas en actitud de calma budista. Un chico inmaduro para su edad. Emotivo, susceptible. *No culpable por demencia transitoria.* Era una visión trascendente y Marina sabía que iba a darse cuenta y que todo el que contemplara a Derek Peck, Jr., y le oyera testificar se daría cuenta de ello.

Derek se inclinó hacia Marina, que se agachó sobre él; había escondido su rostro húmedo y acalorado contra sus piernas mientras ella lo abrazaba, lo consolaba. Qué calor animal maloliente despedía, qué terror animal, qué apremio. Sollozaba, al tiempo que hablaba sin parar de manera incoherente:

—¿... salvarme? ¿No va a dejar que me hagan daño? ¿Tendría inmunidad si confieso? Si cuento lo que ocurrió, si digo la verdad...

Marina lo abrazó, sus dedos en la nuca de él.

—Claro que voy a salvarte, Derek —respondió—. Por eso has venido a mí.

344

La vigilia

¿Por qué sentirse avergonzado? Yo no me siento avergon-
zado.

Tú, ¿me estás juzgando? Al diablo contigo.

Fingiendo pensar que la gente no hace cosas así, que la
gente como tú no acaba así. Y eso no es todo.

No se sentía celoso, pero podría haberse sentido solo.
Así que pasó con el coche delante de la casa a primera hora
de la noche. La casa de ella que había sido de él hasta el divorcio. Y ella tenía la custodia de su hija salvo por las visitas
con papá fijadas con precisión. «Lo que quieras —dijo él—,
si tanto lo deseas». Él no sentía celos de la nueva vida de ella
(de la que oía hablar a sus amigos, sin preguntar), bueno: él
también tenía una nueva vida. No estaba enfadado, no era
un hombre irascible por naturaleza, pero sí uno al que no
querrías provocar, como su tío de Minnesota, de quien se
decía en broma sacudiendo la cabeza que no querrías hacer
de él un enemigo, si podías evitarlo.

Era sólo que algunas noches sentía la necesidad de
subirse en su coche y pasar delante de la casa. No todas las
noches (¡él tenía su vida!) sino unas dos o tres veces por semana. A lo largo de Ridge Road hasta la calle sin salida a
poco más de kilómetro y medio de la casa, dando la vuelta y
retrocediendo como si nada, a una hora en que su vehículo
era uno de los muchos coches sin distinción especial: igual
que se sabía un hombre sin distinción especial, ni joven, ni
viejo, podría haber sido cualquier esposo-padre-propietario
del barrio que regresaba a lo que se llama su *hogar*. Ya que de
hecho era uno de aquellos hombres; era de allí. Algunas noches, al pasar por delante del número 11 de Ridge Road a pri-

mera hora y ver que no había luz, o sólo en la cocina; o luces en gran parte de la casa, lo que significaba que seguro que estaban allí, el temblor azulado del televisor como agua que caía tras el cristal, al ver el coche de ella (un utilitario blanco) en el garaje y si no el de ella, el de la canguro (verde oscuro) en la entrada, lo que quería decir que todavía no había vuelto a casa del trabajo, en ocasiones alcanzaba a ver fugazmente su coche y el de la canguro y un tercero, molesto y discordante a sus ojos, un nuevo modelo de Lexus que no pertenecía a nadie que R. conociera, y sabía que iba a regresar más tarde aquella misma noche, a eso de la medianoche cuando todas las luces del número 11 de Ridge Road deberían estar apagadas, y habría un solo coche (blanco) en el garaje; y aparcaría su coche en la calle al pie de la entrada a la cochera y se sentaría allí en silencio en el coche a oscuras, pensando: *Las estoy protegiendo*. Llevaba el rifle consigo sólo tarde por la noche. Nunca a primera hora.

Con el tiempo, el Lexus estaba allí la mayoría de las noches. Y permanecía en la entrada cada vez hasta más tarde.

Así que a R. le parecía que la vigilia había comenzado por casualidad. No era su intención. No era hombre de premeditaciones. No era hombre que buscara venganza. Podría ser (estaba descubriendo) un hombre que buscaba justicia. *Mi derecho. Protegerlas*. Pertenecía a la hermandad de los amados en otro tiempo, ahora rechazados. La hermandad de los desposeídos. Aprendía a afeitarse sin mirarse a los ojos en el espejo. Evitaba su reflejo en las superficies brillantes. No un hombre furioso, sino paralizado. La herida tan profunda que no había sangrado. En su coche, por la noche, soñando con esas cosas perdía la noción del tiempo (tenía una vida durante el día, una vida laboral, en la que no necesitaba pensar) aunque siempre estaba despierto y alerta y preparado para protegerse, y proteger a la mujer y a la niña en la casa a oscuras. *Saben que papá está aquí. ¿Dónde si no?*

No a menudo pero sí en ocasiones, otro coche pasaba delante del suyo cuando estaba aparcado. Los faros brillaban

346

en el espejo retrovisor, cegadores, y después se iban. Descubrió que cogía el rifle con fuerza sin saber lo que hacía, apoyado en el asiento del copiloto para que el conductor que pasaba no pudiera verlo. Ya que sostener cualquier arma tiene un efecto calmante.

Permaneció allí en su coche aparcado en Ridge Road hasta que creyó que era hora de irse, que no suponía peligro alguno alejarse de allí conduciendo. *¿Cómo lo sé cuando lo sé? No lo sé.* A primera hora de la mañana sus pensamientos le llegaban mezclados como las palomitas de maíz en el recipiente en que se cocinan. Cómo sabía lo que quería hacer, lo que necesitaba hacer, lo que se esperaba de él como hombre incluso mientras actuaba sin pensar con antelación. ¿Era posible que aquello fuera un instinto? Aquellas arañas venenosas moteadas de gris de la jungla amazónica que había visto por televisión, grandes como el puño de una mujer, y sin embargo elegantes, veloces, más que un parpadeo, abalanzándose sobre su presa (principalmente otros insectos pero también ratones, ranas e incluso serpientes recién nacidas), el roce más leve del cuerpo peludo de la araña, sus cilios, y los saltos de la araña. Si se le pregunta cómo puede distinguir una presa de otra, algo comestible de lo que no lo es, una presa indefensa de otro depredador, la araña diría: «¿Cómo lo sé cuando lo sé? No lo sé. Actúo».

R. era un chico estadounidense, un chico del campo de Minnesota; se crió con armas de fuego. Rifles, escopetas. Nunca pistolas, que eran «armas ocultas» y para propósitos distintos a la caza. Creció en una comunidad de cazadores aunque su padre, director de una escuela pública, no era cazador. De niño había ido a cazar ciervos con sus primos y los padres de éstos. Le gustaba recorrer los bosques y campos con un propósito común aunque no tenía muy buena puntería y quizá ni siquiera fuese un cazador entregado. Su tío le advirtió: «Tienes que querer matar para cazar». La verdad es que deseaba impresionar a los demás hombres y niños pero no tenía demasiados deseos de matar. Ahora no podía recordar qué había matado aunque había disparado su rifle y había estado presente en las matanzas. Había disparado frenéticamente, ciervos sangrantes, abatidos. Habría querido cerrar los ojos, pero corría con los demás, gritando. Corría con su rifle prestado al tiempo que lo sostenía pegado al cuerpo, el largo cañón apuntando al cielo. Nunca se había sentido cómodo con el arma. Había dicho que quería comprarse uno, pero en realidad nunca había insistido a su padre. Lo que más recordaba era la vigilia de la cacería, el silencio somnoliento de los bosques antes de que comenzaran los disparos, los cantos aislados de los pájaros en lo alto, su aliento humeante y el corazón acelerado. *Estar allí. Ser uno de ellos*. Aquéllos eran recuerdos vívidos y felices aunque el hecho era que no había cazado más de tres o cuatro veces, siempre con un rifle para disparar ciervos de Springfield que el hermano pequeño de su padre le dejaba prestado. Era R., pero en realidad no importaba quién de ellos era, sólo que había estado allí.

En el condado de Axton, a poco más de ciento diez kilómetros al noroeste de Minneapolis. Los años de su infancia. Sin embargo nunca había tenido un rifle. Ni de niño ni de adulto. Hasta ahora, recién divorciado, no había sentido la necesidad. Compró un rifle de tiro Springfield, del calibre 22, en una parte alejada del Estado. Pero una única caja de munición.

El vendedor comentó: «Comienza poco a poco, ¿eh?».

Su mujer odiaba la caza por principio. Principio moral, ya que era una persona de moral. «Matar por deporte», según decía. ¡Aquellas palabras críticas, *matar por deporte*! Dichas con desdén, con mofa. R., que no era cazador y que nunca había matado en los bosques de Minnesota, se encontró defendiendo el deporte como si se tratara de su honor y el de su familia. Como si cazar fuera simplemente eso, un deporte; un juego para los chicos; no algo profundo y misterioso. «Eh, oye, no es así en absoluto. Es como...» Su esposa escuchaba, o fingía hacerlo. Aquella convicción encendida en ella, que siempre lo había amedrentado, de que tenía razón, y sabía que la tenía. Con su actitud sonriente y temible decía, sí, pero cómo puedes justificar la caza, disparar a criaturas indefensas, aterrorizar a los animales, y él se encogía de hombros como si fuera un niño que no tuviera intención de causar daño aunque éste fuera el resultado de sus acciones. Su esposa preguntó entonces si se había producido algún accidente con arma de fuego en su familia, una pregunta que le pilló de sorpresa. Le respondió que no. Ningún «accidente con arma de fuego». Pensó después, ofendido: *No hacemos cosas sin cuidado. Nada por accidente.*

Cuando llegó el momento de alejarse en su coche, lo hizo. Cuando llegó el momento de dejar la carretera que había sobre la ciudad y regresar al lugar al que se había mudado pero que no conseguía llamar «su hogar». Cuando llegó el momento, cuando fue liberado de su vigilia. Cuando quedó patente que «lo que fuera a pasar no ocurriría aquella noche» y colocó el rifle en la parte trasera del vehículo, en el suelo. No era un arma oculta. No era un arma ilegal. (Tenía permiso.) *No sería aquella noche* y podía darse cuenta al cabo de una hora o de dos o después de un breve período, cuarenta minutos quizá; y si pasaba un coche (¿conducido por un antiguo vecino de Ridge Road?) se iba rápidamente, al no querer que alguien llamara a una patrulla de la policía.

No le preocupaba que los antiguos vecinos lo reconocieran. Se había comprado un nuevo coche, muy distinto del anterior, en la época en que adquirió el rifle.

No es que tuviera miedo de que lo arrestara un agente de policía, ya que no estaba quebrantando ley alguna. Lo que temía era matar a uno de ellos.

Cuando se acababa su vigilia por aquella noche, regresaba al lugar en el que vivía. No era su hogar. Nunca lo sería. Era un recorrido de diez minutos por la noche cuando las calles estaban vacías. A menudo olvidaba aquel lugar en el que vivía cuando no estaba allí. Un lugar alquilado, intercambiable con muchos otros. Habitaciones anónimas. Mobiliario anónimo. En ocasiones, durmiendo allí, en una cama recién comprada, somier, colchón, cabecera, en la confusión de los sueños merodeaba sin saber dónde estaba, o cuántos años tenía; a pie en un recuerdo de infancia en Minnesota, o en Ridge Road sobre la ciudad, o en una calle semejante. Esa forma perturbadora que tienen los sueños cuando parece que tratan sobre gente, lugares, incidentes ya conocidos para nosotros y sin embargo mal recopilados. Incluso R. en esos sueños no era R. como se conocía a sí mismo. Algunas veces, de hecho, en sueños así veía a R. en la distancia, como si estuviera dividido en dos: el R., ser físico, y el R. que lo observaba. Oh, pero ¿dónde estaba? ¿Por qué había ocurrido esto? ¿Por qué R. estaba tan solo? Esa mujer a la que amaba, y que lo amaba, él, ¿dónde había ido? Y la niña que le habían dicho que era su hija. «Tiene una hija, una niña. ¡Enhorabuena!» Pensaba que el corazón le iba a estallar de felicidad, que nunca volvería a ser infeliz, uno de esos hombres a los que envidian otros hombres, pero el reloj seguía haciendo tic tac, horas días semanas meses y finalmente años, la niña tenía ahora seis años, y él era mayor, no R. padre de una bebé sino R. el marido-padre-propietario desterrado. Y se despertaba gimiendo de su sueño sudoroso e innoble. Y se despertaba solo entre sábanas húmedas y revueltas. En un lugar de vergüenza. En una cama que olía a su cuerpo y sin embargo a nuevo. A algo nuevo de oferta. Se despertaba en aquel apartamento escasamente amueblado de la décima planta de un edificio de reciente construcción junto al río de color pizarra. Al otro lado del río había edificios de apartamentos como reflejo simulado del suyo. R. era el habitante de unas cuatro estancias que olían a recién pintado y a pladur y a moqueta recién colocada de pared a pared que no recordaba haber elegido, en un tono de arena mojada apagado, el color mismo de la suciedad. No un *hogar* sino un conjunto temporal de habitaciones. Como si su vida también fuera temporal. Una vigilia continua.

Tienes que querer matar para cazar.

De todos modos, le gustaba la vista que había desde la décima planta. Le gustaba su libertad, había declarado. No quería que le preguntaran, ya que los amigos que le quedaban no habrían deseado preguntarle, al igual que no querrían preguntarle cómo soportaba vivir sin su esposa, sin su hija, sin su hogar. (¿Es que aquella casa de Ridge Road no era su *hogar*? Claro que sí.) Preguntas que no puedes hacer a un hombre. Preguntas que un hombre no puede responder. Así que se dio prisa en afirmar que le gustaba la vista desde su nueva casa, le gustaba la libertad que prometía la vista. Le gustaban los tipos de personas que le visitaban en aquella nueva libertad. Las chicas que llevaba allí. Tenían la mayoría de edad y sin embargo eran chicas sin lugar a dudas. Apoyándose en la baranda de su balcón de miniatura admirando la vista del río abajo. Alabando a R. por la vista como si fuera un considerable logro suyo. Él ofrecía escuetas respuestas. Quizá no estuviera prestando atención. No quería gritar: «¡Dejadme en paz! Esto no me conviene». Sin querer rogar: «Eh, ¿por qué no me quieres? Me lo merezco». En su vida temporal en la décima planta de un edificio de apartamentos a menudo parecía no saber qué significaban las palabras. Como si se hubiera despertado en un país extranjero en el que se hablaran palabras parecidas al inglés, pero que él no sabía o podría repetir. Pensando que los años en que estuvo casado hablaba sin tener que considerar el significado de las palabras, y ahora que no estaba casado, en aquella extraña libertad, apenas podía hablar. Cuando le preguntaban cómo estaba, y ésa era una pregunta que le hacían con frecuencia, como perdigones que le alcanzaban desde todos los ángulos, no podía pensar en otra respuesta que no fuera «¡Bien!», que le venía inmediatamente a los labios. *¿Cómo estás?* Como alguien gravemente enfermo a quien se le pide que diga qué temperatura tiene, sus glóbulos blancos, su ritmo cardíaco. Mientras hacía el amor a una joven rubia, risueña y desnuda con la frente prematuramente arrugada como un pastel mar-

cado a lo ancho por los dientes de un tenedor, dijo de pronto, en serio:

—Eh, no tienes por qué hacer esto. No te va a cambiar la vida.

En otra ocasión, culpable por la repentina calidez y
devoción de una chica, dijo:

—Lo que sea que quieres de mí, no lo tengo. Ha
desaparecido.

Y sin embargo, incluso aquellas palabras, pronunciadas de forma espontánea, sin premeditación, no eran auténticas. Eran sólo palabras. Vocalizadas por R. como un actor
podría decir las frases de un guión que no había visto nunca,
y que no iba a acabar de leer.

Si somos tan infelices, quizá deberíamos morir.

No, pero yo no soy infeliz. ¡Por supuesto que no!

*Tengo más visitantes de los que puedo atender. Suena el
teléfono.*

*Fue lo mejor. Una decisión de los dos. Hace mucho tiem-
po que se veía venir. Divorcio amistoso.*

*Sin oposición. Ella tiene la custodia. La madre, por su-
puesto.*

¿Amargado? En absoluto.

*No tengo tiempo de sentirme solo. ¡Libertad! Me sentía
ahogado.*

Me refiero a los tres. Si somos tan infelices.

Cuando llegó el momento de alejarse en su coche, lo
hizo. Cuando llegó el momento de regresar, lo hizo. Con
chaqueta, pantalones oscuros y guantes, y a veces, si se acordaba, recién afeitado, aunque por lo general no era así, con el
cabello húmedo recién peinado que llevaba largo tras las orejas. A primera hora de la noche iba sin el rifle, conducía sin
prisa y sin embargo tampoco visiblemente lento por la carretera semirrural de casas en sombras detrás de grupos de pinos
y árboles de hoja caduca y vallas de madera. Su propia casa,

la que había sido suya, era la cuarta de la izquierda al entrar en Ridge Road, y la parte izquierda de la carretera estaba en un nivel superior a la derecha, ya que aquella zona rural y suburbana se había construido en la ladera de una enorme colina conocida localmente como montaña, aunque no era más que una extensa colina glaciar que se elevaba sobre la ciudad. Había aprendido aquel camino de memoria. Vivió allí en el número 11 de Ridge Road siete años de los doce. Y los primeros años de su matrimonio se habían desvanecido como una película que hubiera visto mucho tiempo atrás. Ya que los primeros años precedieron al nacimiento de la niña. Conduciendo por la carretera que había memorizado, a veces se dejaba llevar como en un sueño. Un sueño en el que volvía a casa. Volver a casa. Como los otros maridos-padres-propietarios de Ridge Road. Mientras se encendían las luces, al anochecer y posteriormente. Y los faros de los vehículos. Era un conductor que retrasaba el encender los faros, no le gustaba meter prisa al anochecer, o a la llegada de la noche. Y pensaba al pasar delante de su casa (sin detenerse a mirar, tan sólo echando un vistazo al garaje; el coche blanco, el coche verde, el Lexus) lo extraño que era: vivías en una de esas casas y en ninguna otra; es decir, no vivías en una de esas casas, y en ninguna otra; y años atrás cuando vivías aquí, si cometías un error y entrabas en alguna cochera que no fuera la cuarta (de la izquierda), estabas fuera de lugar; no habrías llegado a casa; se te habría considerado no como el marido-padre-propietario sino como un extraño, un intruso; si insistías en entrar a una casa que no era tu hogar, eras un hombre peligroso, un delincuente. Se trataba de una lógica tan sencilla que podría ser pasada por alto.

Ahora el dueño del Lexus giraba en aquella entrada a la cochera al anochecer, como si fuera su derecho. Un hombre desconocido para R., que tenía demasiado orgullo para preguntar por él. Un intruso, un adversario. Aquel hombre con el que la esposa de R. tenía lo que se llamaría una relación. *Se acostaba con él. Se lo tiraba.* Un hombre a quien alcanzaba a ver fugazmente en la distancia, con traje y corbata, con un abrigo de cuero, que ahora entraba en casa de R. como si tuviera el derecho, aparcaba su coche en la cochera detrás del blanco como si tuviera el derecho, y aquel hecho insultante asombraba a R., que se creía un hombre razonable y honorable y que no podía asimilar lo que sabía. Ya que ¿acaso no era un hecho que sólo un año atrás, si aquel extraño hubiese entrado en la cochera del número 11 de Ridge Road, y R. y su esposa e hija hubiesen estado dentro, habría sido un intruso?; habría sido obligación de R. negarle la entrada, emplear la fuerza de haber sido necesario. Cuando R. vivía en aquella casa, sin embargo, no tenía rifle. *Está justificado en un propietario. Para proteger su hogar, su familia. Sí, ¡tenía permiso!* Por eso la cochera correcta y la casa correcta resultaban cruciales.

Cada vez que giraba en Ridge Road, R. buscaba el buzón. Estaba al otro lado de la carretera desde la entrada al número 11 de Ridge Road. Todos los buzones se hallaban a ese lado. Sus ojos se deslizaban hasta ver los buzones, su buzón. Sencillo, utilitario, negro, castigado por el tiempo e identificado únicamente con un luminoso número once en blanco, sin nombre. Sabía qué buzón era. Él mismo lo había comprado en Kmart siete años atrás y había apuntalado el poste de aquel buzón al suelo de piedra y todavía le dolían los dedos y los brazos al recordarlo, pero era una buena sensación. *Si ella no quisiera esto, si no me quisiera, habría cambiado el buzón.*

Una noche, semanas atrás, regresó al apartamento de la décima planta del edificio junto al río y escuchó la voz de ella en su contestador automático.

> *Por favor, no hagas lo que sea que estés haciendo*
> *No me hagas conseguir una orden judicial, no, por favor*
> *Pensé que estabas de acuerdo, pensé por qué tú*
> *Ésta no es la clase de hombre que yo creía que eras*
> *¿Verdad?*

La voz de ella en su nueva casa con eco. La voz de ella tan extraña aquí, donde las voces de las jóvenes eran agudas y planas como las de los dibujos animados. La voz de ella que él volvió a reproducir para escucharla una y otra vez. La voz de ella que él había llegado a odiar. No, que había llegado a amar. Pero de la nueva forma en la que habías llegado a amar la voz, la única voz, podrías oírla por una tubería si estuvieras enterrado y esa tubería al mundo exterior sería tu única salvación. Volvió a reproducirlo, hasta sabérselo más que de memoria. Se preguntaba si ella habría preparado sus palabras con antelación o si sencillamente había comenzado a hablar, confiando en su instinto. Se preguntaba si el hombre, el extraño, estaba presente; quizá sosteniéndole la mano. (De hecho, lo dudaba.) Su voz tan razonable. Su voz tan recelosa, asustada. (¿De R.? ¿De su marido? Una pena que ella no hubiese pensado en eso antes.) Al final, borró la cinta. No había sentido el impulso de llamarla y reconoció que aquello era una buena señal. Hubo un tiempo en que la habría llamado, en que habría dejado mensajes en su contestador, y su abogado le dijo que aquello era un error, que ella los guardaría, claro que lo ha hecho, los usará en tu contra en los tribunales, por favor, sé prudente y si no puedes serlo, no te comuniques con la mujer.

Era un uso que sonaba extraño a oídos de R. *La mujer*. Como si su esposa, ahora su ex esposa, fuera, desde el punto de vista de un observador neutral, simplemente *la mujer*.

Mujer, un espécimen. De una especie.

Había dejado de conducir por Ridge Road. Había dejado de aparcar al final de la entrada de la cochera. A primera hora de la noche, y después. Había dejado el rifle en casa, a buen recaudo en un armario. No se había comunicado con ella, pero la había obedecido inmediatamente, había concedido a la mujer el poder que tenía sobre él, sabiendo que ella se alegraría. Le diría a su amante: «Creo que se ha acabado el problema. No quiero presentar una queja». Mientras tanto, R. compró un coche muy distinto al anterior, igual que ése había sido muy distinto del coche que conducía cuando vivía en la casa del número de 11 de Ridge Road.

Tienes que querer matar para cazar. Era un mes distinto, una nueva estación. Había vuelto a su vigilia y se sentía bien. Conducía por Ridge Road al anochecer, mientras se encendían las luces. El pulso acelerado cuando las luces comenzaban a aparecer. Sólo tenía que echar una ojeada a la izquierda al pasar delante del buzón negro (a su derecha) para ver, descarado en la cochera, el nuevo modelo de Lexus de color gris metálico. Y el coche de ella, un utilitario blanco sin distinción especial, en la cochera. Y el coche de la canguro que ya se había ido. *Ha ido a cenar con ellas. ¿Y después?* R. continuó conduciendo por la carretera suburbana sin ir demasiado rápido ni visiblemente lento, pasando por casas como la suya, que parecían ranchos, con el armazón de madera y estuco y ladrillo, con puertas correderas de cristal y terrazas de secuoya y techos «catedralicios» y entradas a las cocheras de asfalto y altos pinos y árboles de hoja caduca y parcelas de poco menos de una hectárea. El paraíso del que R. había sido expulsado como alguien enfermo de rabia.

—Por favor —le rogó—, recordémonos como solíamos ser. ¿Es posible?

Acariciando el rifle se sintió tranquilo, seguro. Lo cuidaba con ternura metódica. El aceite relucía en las piezas metálicas como una película de sudor, un olor que le agradaba. Y el olor de la culata de arce que había pulido hasta que brilló orgullosa. Después se puso unos guantes de cuero ajustados y limpió con esmero el rifle para borrar todas las huellas y manchas.

Para asegurarse, lo limpió dos veces.

—Por favor —le suplicó ella. R. susurró:

—Sí.

Ahora conducía hasta la calle sin salida que había a más de kilómetro y medio del número 11 de Ridge Road y regresaba y pasaba por delante de la casa y veía que las luces estaban encendidas en la mayoría de las estancias. El cálido brillo doméstico a través de las puertas correderas de cristal y de las ventanas de vidrio, parcialmente ocultas de la carretera por los árboles. Siguió conduciendo.

Regresó al edificio de apartamentos junto al río donde colgaba el nombre de Riverview Tower. Unas horas después volvió a salir vestido de oscuro, una gorra negra encajada hasta la frente. En esa ocasión regresó a su coche con el rifle dentro de una bolsa de ropa para sacarlo en la intimidad de su vehículo.

Había regresado a su vigilia a finales de noviembre y una luna de un tono marfil resplandeciente brillaba sobre los altos árboles de Ridge Road. El mundo visible estaba bañado por la fría luz de la luna vacía de color como si se tratara de una fotografía en blanco y negro. ¡El Lexus todavía estaba aparcado en la entrada al garaje! Los vecinos y transeúntes podían verlo. Y el coche blanco, el coche de ella, diminuto en la cochera. La mayoría de las luces de la casa estaban apagadas salvo la de la cocina y las que había sobre el garaje, que todavía estaban encendidas.

Quizá sea un juego para ti. Para mí no.

Si ella hubiese querido que R. se fuera para siempre, habría cambiado el buzón cuando él se marchó de casa. Lo tenían acordado.

R. apagó las luces de su coche e hizo un cambio de sentido en la carretera. Aparcó a poca distancia de la entrada de la cochera del número 11 de Ridge Road, no donde lo había hecho la vez anterior sino en una curva de la carretera, donde su coche estaba parcialmente oculto por una valla de secuoya y unos arbustos. Estaba aparcado de cara a la entrada de la cochera. Contaba con que el dueño del Lexus no se quedara a pasar la noche. Ya que si el amante de su mujer osaba quedarse hasta el amanecer, cuando el mundo suburbano cobraba vida, R. no podría permanecer toda la vigilia; tendría que irse antes de que alguien se diera cuenta de que estaba allí; pero el amante, el adversario, por lo general se iba a eso de las dos de la madrugada, ya que la esposa de R. no parecía querer que aquel hombre se quedara a pasar toda la noche en su cama, posiblemente por consideración hacia su hija, al querer evitar a la niña de seis años que viera a otro hombre en la cama de papá; o posiblemente, la mujer de R. tan sólo deseaba que su nuevo amante se fuera. Lo había utilizado como las mujeres utilizan a los hombres y lo expulsaba, pobre gilipollas, igual que había expulsado a R. cuando acabó con él.

Así que esperó.

Esperó en un trance, con los ojos abiertos pero sin ver. Con la cabeza contra el reposacabezas y una mano enguantada, la derecha, descansando en la culata del rifle. Eran aproximadamente las dos y veinte de la madrugada, oyó unas voces y la puerta de un coche que se cerraba, y las luces rojas traseras del Lexus, y el coche que iba marcha atrás por la entrada a la cochera. *Ha llegado la hora. ¡Por fin!* R. sintió un alivio semejante al de un hombre que hubiera estado buceando y ahora saliera a la superficie, al aire, para llenar sus pulmones de oxígeno. Sin arrancar el motor hasta que estuviera a una manzana y sin encender los faros hasta que girara desde Ridge Road hacia una carretera más importante, una autovía estatal.

R. siguió el coche gris metálico carretera abajo hacia la ciudad y el río. Calles vacías, cruces desiertos. El Lexus se movía rumbo a un puente, R. a una distancia aproximada de una manzana. Fácil mantener a su adversario a la vista. Fácil considerar lo que debería hacer. Seguir al hombre a su casa *¿y después?, ¿después qué?* No estaba seguro. Lo sabría cuando lo supiera. No era un hombre que diese marcha atrás en lo que tuviera que hacer aunque durante algo más del último año había caminado en una especie de trance, comportándose como parecía saber que era la «forma» de comportarse, como un actor que hiciese su papel de cualquier manera, y sin embargo sin creer en él. *Pero ahora te tengo. Pobre gilipollas.* Eran los únicos dos coches que cruzaban el puente, que era elevado, encorvado, un puente de doble planta a la luz de la luna, una red de racimos de acero cruzado apoyados en enormes vigas y gruesos pilares de piedra como torres antiguas. El puente estaría a unos quince metros sobre el nivel del río en su tramo más alto. Durante el día era un puente normal, azotado por el tiempo y lleno de hollín, necesitado de un arreglo; por la noche, una extraña estructura fantástica que parecía, al adentrarse en él, una rampa de lanzamiento. R. sintió una punzada de excitación. ¡Su instinto de cazador! Manteniendo las luces rojas del coche que había delante de él a la vista, igualando su velocidad exactamente con la de su adversario: sesenta y cinco kilómetros por hora.

Extraño, estaba sonriendo. R., que desde la catástrofe rara vez sonreía.

¡Me lo merezco! Me merezco algo.

Al recordar que de niño le entraban extraños arrebatos de felicidad sin motivo aparente. Sólo en momentos como aquél. Una vez, al cruzar un puente peatonal junto al de caballetes del ferrocarril, sobre aquel mismo río envuelto de nieve azotada por el viento; en otra ocasión, en un cine, sorprendido por la facilidad con la que la cámara pasaba de la consciencia de un hombre que conducía un coche desesperadamente a un plano frontal del coche que se acercaba y a un plano cenital del mismo coche a toda velocidad. ¡Tan sencillo! Salir de ti mismo.

Salvo que no es así. Ésta es la maldición de la humanidad.

R. se sintió aliviado al ver que su adversario no vivía en su barrio. ¿Y qué hubiera pasado si viviera en el mismo edificio que R.? ¿Y sus coches en el mismo garaje? Pero vivía en la ribera alejada del río, R. lo seguía ahora por una autovía elevada junto al cauce, mirando por el rabillo del ojo su propia torre de apartamentos en la orilla opuesta, la mayoría de ellos a oscuras, aunque aquí y allá acribillados de luz; había dejado encendida la de su apartamento, las luces de la décima planta resultaban visibles en la distancia. El otro, el adversario del coche gris metálico, vivía a tres kilómetros y medio del puente en la zona delantera del río renovada en la que se habían moldeado «ciudades» de bloques de pisos a partir de almacenes y fábricas abandonados, de ladrillo y viejo granito restaurados con elegantes fachadas, ventanales abovedados, terrazas y balcones que daban al río. El lugar se llamaba Riverside Heights. Era uno de los que R. había considerado cuando se separó.

Ahora vivimos así. Algunos de nosotros.

R. aparcó en un oscuro acceso, con los faros apagados, observando cómo su adversario estacionaba el Lexus en la segunda planta de un garaje bien iluminado. El garaje era contiguo a una hilera de casas unifamiliares de dos pisos. La mayoría de aquellas residencias estaban a oscuras y parecía no haber nadie en los alrededores. Contenedores de basura vacíos en un arcén. Eran las 2.55. Si se hiciera un disparo en un lugar como aquél, el pistolero debería huir inmediatamente; quizá habría tiempo para un segundo disparo, pero no podría examinar de cerca a su víctima. El rifle Springfield estaba en las manos enguantadas de R., el pestillo de seguridad estaba corrido. ¡El dramatismo de aquel *clic*! R. había bajado la ventanilla de su lado y se inclinaba hacia fuera, apuntando el cañón hacia su objetivo, disfrutando de la sensación del arma en sus manos, su peso y tamaño. Apretar el gatillo o no, tú eliges. Una forma de tranquilizar tus pensamientos. *Con un arma en la mano, no estás intentando engañar a nadie, ni siquiera a ti mismo.*

R. no estaba acostumbrado al visor, giró el anillo de enfoque hasta que de repente vio a su objetivo, a su adversario, de cerca, a una distancia de pocos metros. Ajeno a R., el hombre cerraba con llave la puerta de su Lexus. El rostro en el punto de mira del visor de R. A R. se le había secado la boca; su corazón comenzaba a palpitar con fuerza. Era una sensación agradable. *Tienes que querer cazar para matar. O era matar para cazar.* Vio que el amante de su mujer, su adversario, era aproximadamente de la misma edad que R., no más joven como creía. El hombre vestía un abrigo de cuero de color marrón rojizo, llevaba la cabeza al descubierto, el cabello sin ninguna gracia y ralo en la coronilla. La piel era ligeramente áspera, el cartílago de su nariz parecía un tanto torcido. Su frente, arrugada. Era tarde, estaba cansado, quizá las palabras dichas al despedirse de la mujer de R. le preocupaban, ya que las palabras persistentes de una mujer en tu cabeza siempre son molestas. R. no quería pensar: «Divorciado, el muy gilipollas, como yo». R. seguía su objetivo con calma por el visor, el punto de mira tembloroso sobre el rostro de su adversario, el cuello, la arteria carótida, ahora un lado de la cara, la oreja derecha, ahora la parte trasera de la cabeza, de su abrigo de piel. Era extraño, el adversario de R. no tenía consciencia de él. Como las criaturas salvajes, perseguidas, parecen tener siempre la sensación de ser observadas, elevan sus cabezas, alerta, mueven los ojos, los oídos aguzados ante el más mínimo sonido y los orificios nasales moviéndose nerviosamente. *El hombre es el único animal que hace caso omiso a la muerte, ¿es eso?* R. permitió que su adversario fuera detrás de un pilar de hormigón, sabiendo que reaparecería a la salida de la rampa. El hombre sólo tenía una salida para llegar a la hilera de casas unifamiliares. R. pensaba que una vez que apretara el gatillo concluiría su vigilia. Una vez que apretara el gatillo y cayera su adversario, ya fuera muerto o herido, o moribundo, una vez que el sonido del disparo retumbara en aquella tranquilidad, él, R., se vería impulsado a la acción. Lo primero, escapar. Estaba seguro de que no tendría problema para salir del conjunto de viviendas de Riverside Heights. Unos pocos segundos, los faros apagados, confiando en las farolas de la calle y en la luna menguante, y se habría ido. Su plan era deshacerse del rifle (ese rifle que posiblemente era lo único de su propiedad que valoraba de verdad), dejarlo caer en el río a su vuelta, y los guantes que olerían a pólvora. Y acabaría su vigilia.

Aquello sería lo más duro. La conclusión de la vigilia.

Él sería un sospechoso principal en la muerte del extraño. Un hombre a quien R. no conocía personalmente, pero está claro que su esposa, es decir, su ex esposa, se lo diría a la policía. La vida de R., que era tan intensamente privada y secreta, se convertiría en una vida pública, al menos durante un tiempo. Y sin embargo, R. tenía fe en sí mismo, nunca lo acusarían del «crimen». Ni siquiera contrataría a un abogado; odiaba a los abogados, que viven de las miserias ajenas. Lo que le avergonzaría sería tener que mentir a otros hombres. No poder decir a otros hombres, hombres como él: «Claro que he matado al hijo de puta que se tiraba a mi mujer». Ya que sabía (cualquier hombre lo sabía) que era necesario actuar, sencillamente actuar. Pero se sentiría obligado a mentir. Obligado a convertirse en otro hombre, un hombre inferior, un hombre mentiroso. Y acabaría la vigilia en que se había convertido su vida.

Su dedo estaba tenso contra el gatillo; estaba preparado. Al ver que aquel hombre del abrigo de cuero salía del garaje justo como R. había previsto. Ahora se encontraba a unos diez metros de distancia de R., y caminaba decidido. La zona asfaltada por la que pasaba el adversario estaba bien iluminada, como la zona alrededor de la torre de apartamentos de R.; irónicamente, para disuadir a los delincuentes, ya que aquellas zonas renovadas junto al río estaban rodeadas de barrios pobres con altos índices de delincuencia, y un floreciente comercio de estupefacientes; pero R. se hallaba escondido entre las sombras. Si el adversario levantaba la vista hacia él, quizá vería el parachoques delantero, las rejillas de cromo de un coche aparcado y nada más. R. observaba a su enemigo a través del visor, centrando el delicado punto de mira en la frente del hombre. *¿Por qué deberías vivir tú si yo no puedo?* Abrir fuego al inhalar. O era al exhalar. Pero ¿qué hacía su adversario?, en lugar de encaminarse a una de las viviendas unifamiliares, se dio la vuelta para que R. pudiera dispararle en el corazón, y se dirigió a los cubos de basura que había en el arcén, y se inclinó para arrastrar dos de ellos torpemente. Contenedores de basura de plástico de color amarillo como los de R.

¡Mierda! No puedo matar a nadie en un momento así.

La cafetería All-Nite Bridge. R. había visto la cafetería chispeando como latón barato pasada la rampa del puente. Aparcó, cerró su coche con llave y entró. Las luces brillantes como las de la consulta de un dentista, reservados con asientos de vinilo desgarrados y mesas con la parte superior de formica y fotografías de plástico a todo color de hamburguesas gigantes con queso y patatas fritas, salchichas y pasteles. R. estaba muerto de sed. R. estaba hambriento, muerto de hambre. Los oídos de R. le resonaban como una catarata o probablemente como música rock de la radio. R. se sentó a la barra. Los codos sobre el mostrador húmedo. La adrenalina inundaba sus venas como fuego líquido que le había dejado tembloroso y sudoroso, pero que ahora comenzaba a desvanecerse como el agua al bajar por una tubería obstruida, lenta pero inevitablemente. Eran las 3.17 y hacía mucho que estaba despierto. Todavía llevaba los guantes puestos, lo que significaba (creía) que aún no había ocurrido. R. y su adversario estaban vivos (todavía). ¿O había ocurrido y ése era el motivo por el que su sangre latía de forma tan extraña? ¿Por qué se sentía tan hambriento?, como si no hubiera comido (y quizá fuera así) desde hacía más de un día. En uno de los reservados de vinilo rasgado, una joven pareja hizo una pausa en su conversación para mirar a R. En un taburete en la barra había un hombre negro de mediana edad con uniforme de guardia de seguridad que contemplaba a R. de soslayo con una expresión recelosa. En un espejo empañado detrás del mostrador había un rostro masculino, temible y acalorado. La piel era amarillenta, pero con manchas coloradas como si lo hubiesen abofeteado. Sus ojos estaban inyectados en sangre y dilatados. Un hombre de entre treinta y cinco y cuarenta años con una chaqueta de tela de algodón abierta en el cuello, que no se había afeitado en bastante tiempo, así que su barba crecía como alambre de espino gris centelleante. En el visor del rifle había visto el rostro del otro, afeitado, su aspecto esperanzado. El cabello ralo peinado húmedo, frotándose y dándose palmadas en el rostro para darle algo de vida. *Eh, ¿me quieres? Me lo merezco.*

Tras el mostrador había una camarera con el cabello de color metálico y de unos cuarenta años, con una sonrisa de carmín, decidida a ser amable y cordial con R., que era un extraño en la cafetería All-Nite Bridge y estaba en un estado de exaltación poco natural que podría haber sido inducido por el alcohol o las drogas, aunque no parecía que fuese el caso. La mujer entregó un menú manchado a R. al tiempo que decía:

—¿Cómo está, señor?

R. se limpiaba el rostro con una servilleta. Pensaba que, si estaba allí, permitiendo que aquellos testigos tomaran nota de él, y si todavía llevaba sus guantes, su rifle todavía estaría en la parte trasera del coche, a buen recaudo bajo la cremallera de la bolsa. *Todavía no ha ocurrido. La vigilia no ha acabado. ¡Aún no!* R. dijo sonriendo a la mujer:

—Señora, nunca en mi vida he sido tan feliz.

Estábamos preocupados por ti

Papá llevaba a la familia a casa desde la iglesia en su nuevo y resplandeciente Packard Admiral del 49 cuando un autoestopista apareció de pronto en la cuneta. Como si aquel hombre hubiera saltado de los hierbajos emborronados de alquitrán, el sol de domingo cegador. Y sus extraños ojos fijos, y los pelos grises de su barba como el hocico de un perro envejecido. Y su peto, y su pañuelo rojo grasiento alrededor del cuello. Un hombre cuya edad no podría adivinarse sino para decir que no era joven, con el rostro manchado, un aspecto familiar, y sin embargo, ¿quién era?

—¡Oh! ¿Deberíamos parar? Parece tan triste —exclamó mamá.

Papá ya había comenzado a reducir la velocidad del Packard como si quisiera ver el rostro del autoestopista con mayor claridad. A menudo, en esas carreteras comarcales y de tierra, se trata de un manitas de un granjero vecino o el viejo tío ermitaño de alguien, sería de mala educación pasar de largo aunque su olor se impregnaría en el coche.

Papá, que conducía el nuevo Packard. Cuatro puertas, asientos almohadillados. Pesado como un tanque y con el tono y el orgullo de algo militar, el lustre del acabado, un gris uva desvaído, y el espléndido reborde de cromo, en la parte delantera, trasera y a los lados, llameantes bajo el sol de domingo. ¡No puedes imaginarte la alegría! Puedes intentarlo, pero ha desaparecido, se ha perdido y no puedes recuperarla: mamá, hermosa, en el asiento delantero del copiloto intentando sonreír mientras papá bromeaba (papá es simpático, aunque su sentido del humor está lleno de dardos) aquellos diez minutos aproximadamente desde que salieron de la iglesia metodista gris azotada por el viento con el techo de tablillas en Haggertsville, donde una vez más el nuevo pastor, el reverendo Bogard, lloró durante su sermón al hablar del sufrimiento de Jesucristo Nuestro Salvador y de las faltas de la humanidad (y las propias), cada una de ellas otro clavo en las manos y los pies sangrantes de Cristo, otra espina que lacera su delicada frente. Los estallidos emocionales del reverendo Bogard provocaban compasión, lágrimas, incluso dolor en las mujeres de la congregación, pero para ser francos incomodaban a los hombres, y papá era un hombre impaciente, cualquier muestra de debilidad le hacía retorcerse. Mamá sonreía ante sus palabras de crítica pero pocas veces lo contradecía, no tenía la rapidez ni el atrevimiento suficientes para igualarlo en agudeza. Con dedos cuidadosos retiró varios alfileres de sombrero de su casquete azul marino de paja satinado y de su cabello moreno y rizado, después se quitó el sombrero y lo situó en su regazo junto al bolso de paja de color azul marino y los inmaculados guantes de encaje blanco que había llevado en la iglesia y fuera de ella, y después se los había quitado en la intimidad del Packard, como el resto de esposas y madres de la congregación en vehículos conducidos por sus maridos, ¡nadie llevaba los guantes blancos de los domingos ni un minuto más de lo necesario!

Y en la parte trasera del Packard, Ann-Sharon con trenzas, de ocho años; y Baby Bimmy, de tres.

Y entonces, de repente, el autoestopista. En Haggertsville Road, en la Ruta 33, aproximadamente a medio camino de casa. ¡Qué alto parecía!, como un espantapájaros andante. Ojos alzados mirando el coche que venía de frente, arrugados y entrecerrados como si el Packard estuviera en llamas, cegador como un carruaje de fuego, y poniéndose de pie para escudriñar sobre el hombro de mamá, Baby Bimmy vio cómo el autoestopista levantaba el brazo tímidamente y hacía un gesto con el pulgar, un llamamiento mudo, *¿Ayuda? ¿Quienquiera que sea?*

Pero papá decía:

—No es nadie conocido.

—Pero parece tan... ¡triste! —replicó mamá en voz baja.

—Puede que sea peligroso —contestó papá—. Puede que sea un borracho. Y seguro que huele.

Ya estábamos rebasando al autoestopista, el paso apresurado del Packard ya le sacudía la barba, agitando su pañuelo rojo. Con voz firme, un tanto censurante, que sólo iba destinada a oídos de mamá, papá añadió:

—De todos modos, cariño, como puedes ver, no hay sitio para nadie más.

Y otro domingo después de la iglesia, papá llevaba a su familia a Yewville para cenar en casa de la abuela, se llama la cena del domingo, aunque se sirve puntualmente a la una de la tarde, y en aquella ocasión: «Ay, ¡mira!, ¿es una mujer?». La voz de mamá se elevó más por un leve asombro que por consternación o desaprobación mientras de un área de altos cardos junto a las vías elevadas del tren una figura desaliñada que vestía pantalones, camisa a cuadros rasgada, zapatos de caballero desabrochados, se tambaleó hasta la carretera parpadeando y levantando el brazo, sacudiendo su pulgar con un gesto prácticamente grosero, u obsceno, indicando que quería que la llevaran a la ciudad. Tenía el rostro enrojecido y áspero, el cabello pelirrojo, crespo y enmarañado.

¡Y qué ojos! Brillaban como pedazos de carbón hundidos en sus carnes.

Bim pensó, temblando: *Me ha visto*.

—¿Deberíamos parar, cariño? Debe de estar desesperada —dijo mamá vacilante—. Puede que esté enferma o...

Papá estaba frenando el Packard, aunque no para detenerlo por completo. La autoestopista estaba en la carretera y él iba a tener que rodearla.

Habían pasado los años y el Packard no era tan nuevo. Pero papá no lo conducía con menos orgullo y lo mantenía en un «estado excelente» lavando y sacando brillo amorosamente con gamuzas al elegante chasis de color uva metálico, manteniendo limpios los parabrisas a pesar de los cientos —¿miles?— de insectos voladores que se aplastaban y esparcían sobre el cristal. Su hijo Bim estaba entusiasmado por ayudarle, durante las mañanas somnolientas de sábado, mientras, por la radio del coche a todo volumen, se retransmitía tan vívidamente algún partido de béisbol —¡St. Louis Cardinals! ¡Chicago Cubs! ¡New York Yankees! ¡Brooklyn Dodgers! ¡Cincinnati Reds!— que Bim juraba, treinta años después, que su padre de veras le había llevado al campo de béisbol y que habían sido testigos presenciales de espectáculos como el *home run* de la novena entrada con jugadores en todas las bases que hizo Stan Musial, un eufórico *home run* similar de Joe DiMaggio, y que se unieron a los vítores desatados cuando Jackie Robinson saltó como una pantera por la primera, por la segunda, por la tercera y de vuelta ¡CARRERA! Aquel domingo, con el calor calimoso de agosto, el interior de la pequeña iglesia con el tejado de tablillas estaba tan falto de aire que incluso el reverendo Bogard, su rostro graso por el sudor, parecía deseoso de apresurar el servicio para que acabara. Se cantó un himno menos de lo habitual. «Nuestro Dios es una fortaleza poderosa» manaba del órgano y la camisa de rayón de color rosa con volantes de la organista de cabello canoso tenía la espalda manchada con la sorprendente silueta de un murciélago con las alas extendidas, así que los congregantes salieron temprano al cielo luminoso de agosto, las familias apretaron el paso hacia sus coches y bajaron todas las ventanillas por completo para permitir que el aire se apresurara dentro, una vez en movimiento, con una falsa sensación de frescor. Mientras el Packard aceleraba, mamá reía, sin aliento, presionando las manos (manos desnudas, se había quitado los guantes rápidamente) contra el látigo de su cabello. En el asiento trasero, Ann-Sharon y Bim, mareados por el calor en su ropa de los domingos empapada, saltaban en los cojines.

—¡Conduce más rápido, papá! ¡Más rápido!

—Niños, calmaos ahí detrás —dijo papá, con un tono de sorpresa en la voz y los ojos buscándolos en el espejo retrovisor—. Hace demasiado calor para hacer tonterías.

Bim pensó: *¡Hacer tonterías!*

¡Hacer tonterías! ¡Hacer tonterías! Eso es lo que *hace* la gente.

Durante aquellos años, ¿cuántos? —al menos hasta que cumplió los trece—, Bim veía con tanta claridad un espléndido semental que galopaba junto a la carretera, manteniendo la velocidad del coche aunque a menudo lo rebasaba ligeramente, con sus crines y su cola negras ondeando, los cascos destellantes, que se tenía que pellizcar para darse cuenta de que el caballo no existía; y nadie más, ni siquiera la entrometida de Ann-Sharon, podía verlo.

Aquel domingo, el semental galopaba también junto al coche de papá, ajeno a él, y papá sin saber de su existencia, cuando, a las afueras de Yewville, en la sórdida zona de chabolas junto a la estación de tren, apareció la autoestopista. Para entonces, papá había aminorado la marcha del coche porque el límite de velocidad era de cincuenta kilómetros por hora y el semental negro se había apagado, se había desvanecido incluso mientras Bim se olvidaba de él, igual que, al despertarnos, perdemos nuestros sueños, no por la luz del día, sino por la consciencia. Papá miró atentamente a la mujer por el parabrisas y ésta hizo lo mismo con papá con una amplia sonrisa peculiar, una sonrisa como la de una calabaza de Halloween, demasiado amplia para su rostro.

—Una visión vergonzosa —dijo papá fríamente—, una borracha, a esta hora del día, ¡en domingo!

—¿Borracha? Oh, qué pena —respondió mamá, mirándola—. Oh, entonces no podemos, no debemos...

—Claro que no —respondió papá rodeando con el coche la figura tambaleante en la carretera—. ¡No seas tonta!

Ann-Sharon y Bim se encogieron mientras el Packard pasaba tan cerca de la mujer que podía haberse inclinado por la ventanilla trasera para tocarlos. Y una vez el coche la hubo rebasado, qué terrible que comenzara a gritarles, agitando el puño, su feo rostro hinchado como masilla y su boca con una O furiosa amplia y muy abierta como la de un pescado, ¡que daba tanto miedo! Ann-Sharon soñó con aquella boca durante años, con cosas negras que volaban como dardos que salían de ella, que se precipitaban en la dirección del coche mientras se daba a la fuga y se llevaba a papá, a mamá, a Ann-Sharon y a Bim a la casa blanca de tablillas de la abuela en Prospect Street donde, al llegar para la cena del domingo, o la del día de Acción de Gracias, o la de Semana Santa, en cuanto pisabas el vestíbulo con sus ventanas de cristal esmerilado, el cálido y delicioso aroma de un pollo asado, o pavo, o jamón, o ternera te inundaba los orificios nasales y hacía que la boca se te hiciera agua y exclamabas atolondrado.

—¡Abuela! ¡Oh, abuela! ¡YA HEMOS LLEGADO!

En otra ocasión. El verano siguiente. Aquel día, mamá conducía el Packard en lugar de papá. Mamá, Ann-Sharon en el asiento delantero, Bim en el trasero con la compra de Loblaw, contemplando el semental mientras galopaba por los campos, saltando zanjas, carriles, aunque cuando mamá conducía, la velocidad del semental negro se ralentizaba, y en el puente de Elk Creek (cuando mamá conducía, tomaba el camino largo a casa desde Yewville: el tráfico rápido de la Ruta 31 la ponía nerviosa) ¡había una pareja de autoestopistas!, un hombre de barba desaliñada y una joven de cabello largo con un sucio fardo de color caqui (¿un bebé?) colgado de la espalda del hombre. Allí estaban, a plena luz, junto a la empinada rampa del puente, y conforme mamá se acercaba, el hombre sacó el pulgar mirando a mamá a la cara mientras hacía pasar el enorme coche: «Eh, señora, ¿por qué no nos lleva? ¿Adónde va, señora?», pero mamá no le prestó atención, ni miró a su compañera desafiante. El hombre, sus ojos fieros cercanos, bronceado, con los dientes podridos, hizo un gesto obsceno y se inclinó hacia delante sonriendo burlón para escupir en el techo del coche, pero mamá, agarrotada por el miedo, sencillamente continuó conduciendo, cruzando el puente de madera de un solo carril a poco más de seis kilómetros por hora, que era la velocidad a la que solía cruzar esos puentes, tanto si estaba en situación de peligro como si no. ¡Pobre mamá! Bim vio que su rostro estaba blanco como una sábana y los pliegues y arrugas de su frente eran visibles, jadeaba, la mandíbula temblorosa al tiempo que decidida, miraba obstinada al frente, llevando a sus hijos a un lugar seguro.

Y dijo después, cuando pudo recuperar el aliento:
—No se lo vamos a contar a papá. ¡Ni una palabra!

Paseos en coche los domingos por la tarde. Sólo mamá, Ann-Sharon y Bim. Papá nunca llevaba a la familia a pasear en coche los domingos, ya había conducido suficiente los cinco días de la semana a Yewville para trabajar, unos quince kilómetros de ida y otros quince kilómetros de vuelta, jefe de planta en Woolrich's Masonite, Inc., y después de su primer infarto, el «silencioso» como se le llamaba, papá se tomaba los domingos con calma, también dejó de ir a la iglesia. Pero a mamá le encantaba ir de paseo en coche los domingos, incluso en días nublados o sofocantes, paseos largos y soñolientos llenos de vueltas por el campo de su infancia, por Elk Creek hasta Lake Nautauga y una parada allí para tomar un refresco en Tastee Freeze, después cruzaban el puente y de vuelta a casa por Canal Road. O por el río Chautauqua hasta Milburn o Tintern Falls, por el puente y de vuelta a casa otra vez por el lado opuesto del río. Ann-Sharon guardaba silencio mientras escuchaba a mamá hablar de los viejos tiempos, de quién vivía en qué casa, de quién era la granja, qué amiga suya de la escuela se había casado y vivía allí, pero Bim era un niño excitable con preocupaciones extrañas e impredecibles, ¿y si se perdían?, ¿y si se quedaban sin gasolina? Mamá reía mirándolo con el ceño fruncido: «Bim, ¡no digas tonterías!».

Después decía, al acercarse a casa, como si mamá pudiera leer los pensamientos más profundos de Bim, de los

371

que él, un niño de nueve años, no era consciente: «Bueno, ya sabéis, niños, vuestro padre no es exactamente el que era, pero pronto volverá a serlo».

Aquel domingo de mayo, cuando de camino a casa después de parar en Tastee Freeze mamá decidió aparcar en la entrada repleta de matojos de una vieja granja desplomada donde había vivido una familia que conocía, y ella y Ann-Sharon y Bim hurgaron en las ruinas, y se llenaron los brazos de lilas silvestres (grandes lilas blancas y de un morado intenso, que se alzaban hasta los cuatro metros y medio, ¡tan fragantes!), se dieron la vuelta para ver a una extraña, una mujer, junto al coche, una mujer de talle grueso y piel morena de edad indeterminada, y había con ella un niño delgado, de unos cuatro años, un niño pequeño, los ojos de la mujer eran lentos y apagados y su rostro de aspecto manchado era un laberinto de arrugas y sus palabras se coagulaban como si tuviera piedras en la boca.

—¿Mellevaseñora? —parecía decir, y mamá la miró fijamente y dijo deprisa, amable:

—Lo siento, mi esposo no me permite recoger autoestopistas.

Y la mujer parpadeó y sonrió y repitió lo que parecía:

—¿Mellevaseñora?, ¿eh?

Y mamá tomó la mano de Ann-Sharon y la de Bim para conducirlos al coche que estaba aparcado al principio de la entrada, mientras la mujer los contemplaba con los pies fijos en las cenizas donde habían dejado caer los abundantes ramos de lilas que habían estado cogiendo.

—Vamos, vamos, niños —susurró mamá con los ojos brillantes, los dedos apretando los de ellos congelados y fuertes, y la mujer los observó mientras se alejaban, y el niño desdentado con el cabello oscuro de punta como el de un esquimal también los miró.

—¿Mellevaseñora? —ahora la mujer lloriqueaba, haciendo señas al coche, mientras mamá, Ann-Sharon y Bim se

372

metían dentro a toda prisa, Ann-Sharon en el asiento del copiloto, Bim en la parte trasera, y mamá puso el coche en marcha después de dos intentos en los que el motor giró y se apagó, y ahora la mujer dio un paso hacia ellos, alzando la voz, diciendo lo que parecía:

—¿Mellevaseñora? ¡Eh! —pero por fin el Packard se puso en marcha, las llantas levantaban las cenizas de la entrada llena de matojos, y tampoco en esta ocasión, de vuelta a casa, mamá miró siquiera atrás.

¡Cómo son las cosas! Pocas veces adivinas que la última vez será la última. Ya que aquella tarde, el día en que cogimos las lilas, fue el último paseo de domingo con Ann-Sharon, que se había aburrido del paisaje memorizado y quería estar con sus amigas. Y pronto también, Bim decidió que había otras cosas que prefería hacer, había chicos con los que prefería jugar en lugar de pasear en coche los domingos, así que hirieron los sentimientos de mamá y a veces ella iba sola pero no muy lejos, y sin gran entusiasmo, y al final acabaron los paseos de los domingos. Y finalmente, el viejo Packard se cambió por un nuevo Studebaker del 58, de cuatro puertas, amarillo canario, y una noche de diciembre, al volver a casa del trabajo en Yewville, papá estaba solo y frenó ante un semáforo en rojo en el cruce de Transit Street junto a la estación cuando de entre las sombras, de pronto, inesperadamente, ¡apareció una figura!; un hombre demacrado y andrajoso cuyo rostro papá no pudo ver con claridad, llevaba un gorro oscuro de lana calado en la frente, un vagabundo que pedía que lo llevara, y papá respondió:

—Lo siento, no —y el hombre repitió su petición, y ahora era una exigencia:

—Señor, ¡necesito que me lleve! ¡Eh, señor, lléveme! —pero papá dijo, en voz más alta:

—Lo siento, *no*.

El semáforo cambió a verde y él pisó el acelerador y justo en aquel momento el hombre agarró la manija de la puerta del copiloto, la abrió, y papá le gritó inclinándose para cerrar la puerta de un tirón, y hubo un forcejeo, y el hombre maldijo y golpeó a papá, pero el coche dio un salto hacia delante y papá mantuvo el pie en el acelerador para que su atacante saliera despedido y papá escapó conduciendo furioso durante catorce kilómetros y medio hasta casa, con la puerta del copiloto dando golpes y traqueteando, aquélla fue la noche del segundo infarto de papá, que fue grave, así que esa primavera se jubiló de Woolrich y nunca volvió a estar bien del todo, se cansaba con facilidad y era propenso a brotes de melancolía, nunca volvería a *ser el mismo,* aunque mamá continuaba esperando fielmente a que reapareciese el que era, y papá vivió hasta los ochenta y tres años para morir una tarde nevosa mientras echaba la siesta en el sofá.

La guapa Ann-Sharon creció y se casó al acabar el instituto y tuvo cuatro hijos en seis años y vivió en Yewville toda su vida. Y Bim se fue a la universidad, donde sus profesores lo conocían por otro nombre, aunque sus amigos más íntimos le llamaban Bim. Y al volver a casa para el día de Acción de Gracias su último año en la universidad, tras conducir durante diez horas en la lluvia, con la oscuridad que se acercaba, una temeridad en un coche que había tomado prestado de un compañero de piso, Bim llegaba tarde, así que viajaba a gran velocidad por la Ruta 31 y cruzó el paso a nivel junto al nuevo centro comercial a ochenta kilómetros por hora. Una cortina de agua rociaba cual alas las llantas del coche cuando Bim vio a alguien, o creyó verlo, una figura agachada y acurrucada en el paso a nivel, toda su vida recordaría una sensación de algo arrugado y brillante (¿un impermeable barato de plástico?), y un rostro pálido sorprendido con una mueca que se levantaba ante los brillos de los faros y después, de algún modo, ahora no tenía sentido, se produjo un *¡clonk!* y el coche dio un bandazo, se oyó un grito apagado, a no ser que Bim se lo imaginara, pero el coche ya había vuelto a enderezarse y atravesaba a toda velocidad la salida del paso a nivel, de vuelta bajo la lluvia martilleante, a un tramo de autovía por el campo desierto, y había desaparecido.

Doce minutos después entraba en la casa, su casa, tembloroso y sonriente y el olor a pavo asado hizo que la boca se le hiciera agua, y le esperaban a su alrededor para abrazarle, papá levantándose de su sillón de piel junto al televisor.

—Bim, ¡gracias a Dios! Estábamos preocupados por ti.

El acosador

Después de que ocurra. Dejará su trabajo y quizá su profesión. Se irá a vivir fuera de Detroit y romperá la relación con sus colegas e incluso con sus amigos, que hablarán de ella durante años con compasión, sorprendidos: «¿Alguien tiene noticias de Matilde?» y «¿Qué ha sido de Matilde, lo sabéis?» y «La advertimos, ¿verdad? ¡De veras!». En cuanto se recupere del suceso, pondrá a la venta la casa de su tía (después de ocho años viviendo en ella, todavía considera la casa unifamiliar de piedra de color rojizo, en el número 289 de Springwood, en Mittelburg Park, como la casa de su tía fallecida y no la suya propia) y aceptará la primera oferta de cualquier comprador independientemente de que sea baja. Porque no es una mujer a la que le importe mucho el dinero. Ni es una sentimental. *Después de que ocurra,* nunca volverá a sentirse inclinada a la sentimentalidad otra vez; se habrá ganado esa distinción.

La pistola. Ya tenía el permiso, emitido por el condado, cuando fue a la armería Liberty Gun Shop en North Woodward, un edificio de estuco de color crema en un pequeño centro comercial entre un videoclub de películas porno y tienda de artículos eróticos y el restaurante House of Wong, donde también servían comida para llevar. La armería Liberty anunciaba pistolas y armas de cañones largos. El nombre del encargado era Ted, llámeme Ted, ¿ok?, pero Matilde no lo llamó por nombre alguno salvo un frío *señor* una o dos veces susurrando como una colegiala. Los ojos de él se iluminaban sobre ella, la altura llena de aplomo. La cabeza de Matilde inclinada hacia delante, el cuello delgado, los ojos de mirada gris piedra que su primer amante, veinte años atrás, había definido del color de una retractación infinita, aunque posiblemente había dicho de *retrotracción* infinita, se había convertido en algo parecido a una broma. (Entre Matilde y sus amantes siempre habían existido extrañas bromas incómodas que no llegaba a entender, aunque de buen grado reía cuando tocaba.) El propietario de la armería instó a Matilde a que considerara las pistolas semiautomáticas de gran capacidad, pero Matilde insistió en ver únicamente las pistolas más convencionales y económicas. Una Smith & Wesson usada del calibre 38 era lo que quería, de las antiguas del departamento de policía y lo bastante buena para su propósito. Veía que Ted estaba decepcionado. Y cuando tomó la pistola en su mano y la encontró más pesada de lo que esperaba y le tembló la mano hasta que la detuvo con la otra, Ted dijo que tenía dudas sobre si venderle o no la pistola: iba en contra de su «código ético» vender un arma a alguien que no sería capaz de usarla. Porque te pueden quitar la pistola y utilizarla contra ti. Porque quedarse helado con una pistola en la mano puede ser una situación peor que si te pillan desarmado. Porque tienes que estar preparado no sólo para disparar, sino para *matar*, y ella no parecía lo suficientemente dura. Pero aquello también era una broma, por supuesto. Matilde tenía su chequera en la mano. Nunca hubo duda alguna de que a ella, que creía en la prohibición total de las armas de fuego a los civiles, le venderían el revólver que eligiera en la armería Liberty en North Woodward: una Smith & Wesson de segunda mano de cañón mediano, de seis balas del calibre 38. Y una pequeña caja de munición, dos docenas de balas. Aunque Matilde sabe que si acaba usando la pistola, lo hará sólo una vez.

Los latidos son suyos, por supuesto. Y sin embargo, con cuánta frecuencia parece oírlos, sentirlos, ahora en la distancia. Como el sinfín de ruidos sin nombre de la ciudad, rechinando, golpeando sin cesar, la perforación incesante que oyes sin escucharla, los aviones que pasan en lo alto por la noche, el sonido de las estelas de condensación invisibles, incesantes. *¡Puedo sentir los latidos de tu corazón! Por Dios.* Y después él se rió, sin que ella supiera por qué, no sabe por qué. Se reía de ella, o con ella. Ha pensado en ello, en él, obsesivamente. Pero no lo sabe.

Los latidos son suyos, por supuesto. Y sin embargo, también son de él. «Mire, me llamo —que sonó a sus oídos parecido a *Bowe, Bowie*—, me gustaría verla, pronto. ¿Mañana? ¿Esta noche?». Tumbada en la cama con su durísimo colchón (hace varios años que Matilde tiene problemas de espalda), los ojos cerrados y gotas pegajosas de sudor en el rostro, *lo veo:* el Volvo azul salpicado de gotas de lluvia con un gastado adhesivo de Clinton/Gore en el parachoques trasero, se encuentra al volante, aparcado a la entrada del garaje de la torre de apartamentos donde Matilde deja su coche mientras está en el trabajo y lo ve entonces *sin verlo,* fugazmente, apresurándose hacia el ascensor que la llevará al sótano C, a su coche. Y los mensajes telefónicos, «Matilde, llámeme por favor», su número particular, el del trabajo (es abogado, litigante, trabaja como voluntario para Legal Aid), que Matilde vuelve a escuchar y después borra. *Nunca más, por favor. No puedo.* Ve cómo el Volvo pasa lentamente por delante de la casa unifamiliar en el número 289 de Springwood con su fachada de color vino oscuro un tanto corroída, la espléndida ventana salediza, no estaba mirando, y sin embargo tampoco espera, pero lo ve. ¿Qué quiere de ella, cuál es la conexión que hay entre ellos, la mezcla de sus sangres? ¿Ella supone que es *Bowe, Bowie?*, su nombre de pila es Jay, ¿o era J. la inicial? Está casado, vio fugazmente un anillo en su mano izquierda. Había estado respirando a toda prisa, ella sintió el calor que él despedía. *No. Nunca más. No puedo.*

El destino. ¿Por qué?, se ha preguntado Matilde Searle a menudo, ¿por qué ansiamos el amor romántico como si fuera

378

nuestro sino, nuestro destino particular, secreto, individual? Como si el amor romántico, sí, seamos sinceros y llamémosle amor sexual, el de verdad, pudiera definirnos de una forma en que nada más (nuestras familias, nuestras profesiones labradas con gran esfuerzo) puede definirnos. «Nunca he sabido quién soy salvo cuando he estado enamorada —ha dicho Matilde—, y no he reconocido a ese ser, ni lo he admirado, y no puedo soportar volver a serlo nuevamente».

Estadísticas vitales. Nacida el 11 de noviembre de 1953. En Ypsilanti, Michigan. La primera niña, segunda de los hijos de una familia católica que florecería —la palabra *florecería* es de Matilde, quizá la haya empleado mil veces desde pequeña para hablar con cariñoso desdén de sus padres y su mundo reducido, reducido para ella— hasta tener seis hermanos. «¡Seis! —dice la gente sonriendo—. ¡A tus padres les deben de haber gustado los niños!». Y Matilde solía poner los ojos en blanco y afirmaba, con ironía: «Creo que mi madre tardó todo ese tiempo en darse cuenta de qué los causaba». (Ahora que es adulta y que su madre lleva muerta tres años, Matilde nunca bromea al respecto. Pocas veces bromea sobre la *familia*.) Pero el catolicismo no estudiado y totalmente incuestionado de sus padres y abuelos era un abrigo pesado y chabacano de lana que nunca le quedaba bien; se enorgullece de haber dejado la pretensión de su creencia a los doce años. Fue alumna de las escuelas públicas de Ypsilanti, se graduó *summa cum laude* en la Universidad Estatal de Michigan en 1976 (licenciatura en Historia Política de los Estados Unidos), obtuvo un máster de la Universidad de Michigan en 1978 (asistencia social). Con puestos en East Lansing en la Oficina del Estado de Michigan de servicios para la juventud y la familia (1978-1982) y en Detroit en la clínica de orientación del condado de Wayne en el Estado de Michigan (1982-hasta la actualidad). En la clínica del condado de Wayne, uno de los organismos de mayor tamaño y más burocratizados del Estado, Matilde Searle es ayudante del supervisor de servicios para la familia, pero también está «en planta», tiene un número de casos que nunca es inferior a veinte familias, en los que siempre se ven involucradas más de cien personas, y con frecuencia el doble. Su salario anual, decidido por la asignación presupuestaria de la asamblea legislativa de Michigan, es de cuarenta y un mil dólares y hace dos años que no le suben el sueldo. En el historial de Matilde Searle no se ha registrado una «crisis nerviosa», ni circulan rumores entre sus colegas de que haya intentado suicidarse, como ha sido el caso de varios de sus compañeros: la clínica tiene fama de quemar a su personal de servicios sociales, hombres y mujeres, pero principalmente las mujeres, de la sexta planta del antiguo edificio de ladrillo pulido de entidades administrativas del condado de Wayne en la esquina de Gratiot y Stockton, donde Matilde Searle tiene un despacho esquinero y con ventana que comparte con otra trabajadora social con un máster de Ann Arbor, también mujer, cinco años mayor que Matilde, pero negra de origen hispano. *Ella* es blanca, una clara minoría en la ciudad de Detroit.

El acosador. Matilde está despierta, y sin embargo el pulso enfervorizado de su cuerpo sugiere el sueño, la parálisis del sueño. El latido de su corazón leve, urgente, acelerado. Lo ha sentido; es *de él*. En algún momento durante la noche ha apartado el cubrecama acolchado de satén y sólo la cubre en parte una sábana húmeda que se pega a la parte inferior de su cuerpo y que deja al descubierto el tronco brillante por el sudor, los pechos pequeños y firmes como los de una jovencita, la clavícula dolorosamente marcada, los hombros... ¿Está desnuda? ¿Dónde está su camisón? No es mujer que espere, y sin embargo la noche es el momento de la espera, del sueño y de la cama y de la desnudez, un momento de espera, ineludible. El revólver del calibre 38 se encuentra a unos centímetros de distancia en el cajón de la mesilla de noche que está abierto poco más de dos centímetros. *Porque debes estar preparada no sólo para disparar, sino para matar.*

Está desnuda, sudando en su cama, escuchando los distintos sonidos de la noche en la ciudad y los sonidos más cercanos de la casa de su tía, y el palpitar leve y acelerado que entiende que es el suyo y no el de otra persona *y sin embargo lo ve, lo oye.* Sabía que él la había estado acechando durante semanas, incluso sabía su nombre: Ramos, Héctor Ramos, el marido separado de una de sus clientas maltratadas, una mujer a quien ella había conseguido que admitiesen en el refugio para mujeres y niños del condado de Wayne y, por ese motivo, él está furioso con ella, la odia, le desea el dolor, la muerte, ah, Matilde lo sabe. Héctor Ramos también había sido su cliente durante un breve período, el año anterior, pero lo que fuera que vibrara por sus venas —alcohol, cocaína, jugos maníacos— era demasiado, demasiado intenso, no había podido sentarse en la silla mirando a Matilde más de tres minutos sin retorcerse y saltar, y no había podido hablar de manera coherente, los ojos brillantes, los labios salpicados de saliva, ni mucho menos había estado de humor para rellenar los formularios para el condado, presentar su tarjeta de identidad, firmar con su nombre, *Héctor Ramos,* salvo con un garabato exagerado e ilegible. Se trata de un hombre bajo y enjuto de treinta y un años, carpintero en paro, una única condena a los diecinueve («agresión», por la que cumplió unos breves dieciocho meses en la prisión estatal de Michigan), con ojos negros y duros, el cabello negro ondulado y graso. Su frente está profunda y trágicamente arrugada. Su aspecto desconcertado, deteriorado, el aspecto de la antigua desesperación que Matilde ve en tantos de sus clientes (varones), en tantos hombres en las calles, ciudadanos de Detroit. «Cree que no sé leer, ¿eh? Cree que no sé las palabras, ¿eh?», mientras arroja los formularios sobre la mesa de Matilde. Ahora lo ve, Héctor Ramos violento, traicionado, acercándose a ella, algo metálico y reluciente en su mano derecha presionado contra la parte baja de su muslo. Lleva una chaqueta de cuero de imitación como el vinilo, pantalones con un roto en la rodilla, zapatillas de baloncesto como los niños negros de la calle. Veloz y silencioso como una serpiente, sin gritar una maldición para advertirla, un brillo de dientes húmedos, y está sobre ella. Se hallan en un lugar concurrido, el vestíbulo exterior del edificio del condado de Wayne, y Ramos no ha pasado por el detector de metales, que está más hacia adentro, ni lo ha visto la pareja de representantes del alguacil del condado que está de servicio, Matilde Searle no lo verá hasta que esté sobre ella.

El terror a la muerte. En abstracto, resulta absurdo. ¿No lo ha afirmado Matilde muchas veces? Donde no hay consciencia, no puede haber dolor, pesar, humillación, pérdida, remordimiento, terror. Donde no hay consciencia, no hay memoria. Donde no hay memoria, no hay humanidad. Tú, que ya no estás en vida, ya no eres tú. Y sin embargo, se protege de la cuchilla lacerante, punzante, manejada por aquel loco, el dolor tan rápido, tan intenso, tan inesperado que parece ser un fenómeno de aquel lugar, del aire, como un ruido ensordecedor. Y el grito de la mujer, infantil, aterrorizado:

—¡No! ¡No lo haga! ¡Ayuda! ¡No quiero morir!

Estadísticas vitales. Diecinueve años, estudiante de segundo curso en la Universidad Estatal de Michigan, cuando perdió su virginidad. Lenguaje extraño y arcaico: *perdió*. ¿Perdió qué, exactamente? Más adelante, su primera aventura amorosa seria, intensa, sí, entonces había perdido algo más tangible, aunque indefinible; ¿su corazón?, ¿la independencia?, ¿el control de, la definición de, su *ser*? La primera pérdida real, la furiosa perplejidad. Y nunca más tan llena de serenidad, de confianza. Nunca más tan segura: «Sí, sé lo que hago, por el amor de Dios, dejadme en paz».

Y si: en lugar de tomar uno de los ascensores que dan al vestíbulo, ella ha subido por las escaleras traseras del edificio. Lo ha hecho, de vez en cuando: bajar cinco tramos. Y después sale por la puerta trasera, vigilada únicamente por los hombres del alguacil del condado de Wayne, hasta Stockton Street. Así que va a evitarlo. Por aquel día. Cuántos días *no lo ha visto*. La figura solitaria en su visión periférica. Sus pasos repitiendo los de ella hasta su coche en el edificio del aparcamiento, con la sonrisa lenta y enfadada mientras pasa delante de él en su coche, y ella *no lo ve* porque está tranquila, decidida. Decidida a no sentirse intimidada, y mucho menos aterrorizada. Mucho antes de Héctor Ramos, ha habido amenazas contra la vida de Matilde Searle, y ha habido acosadores en su vida, incluso antes de que la palabra *acosador* fuera de uso común. *Mire, soy una profesional. Puedo cuidar de mí misma.*

Y si: en lugar de tomar uno de los ascensores que dan al vestíbulo, ella ha subido por las escaleras traseras del edificio. Y así no va a ser agredida aquel día por un loco con un cuchillo de trinchar de veinticinco centímetros recién comprado en Kmart. Y *él* no intervendría, incluso antes de oírla gritar, y los gritos y sollozos de los demás alrededor de ella. *Él*, que tenía cosas que hacer en el departamento de Protección de menores y que de otro modo visitaba el edificio del condado con poca frecuencia, no sujetaría a Héctor Ramos y recibiría una cuchillada en el rostro, una puñalada en el antebrazo, luchando por arrebatar el cuchillo a Ramos antes de que los representantes del alguacil hubieran sacado sus pistolas.

¡Tan humano!, ¡tan absurdo!, hacer de un incidente meramente aleatorio, un hecho sin más significado que el encuentro de microbios, de moléculas, de partículas subatómicas, un hecho cargado *de significado*.

¡Tan humano!, ¡tan absurdo!, hacer del deseo de un hombre por ella algo más significativo y profundo que el deseo de un hombre por una mujer, cualquier mujer. Porque él había intervenido, y la sangre de ella estaba en él, a vetas en la parte delantera de su abrigo, y en sus manos; la sangre de ella, y la de él. Insistiendo después:

—Oiga, tenemos que vernos, Matilde, lo sabe, ¿verdad? ¿Así se llama?, ¿Matilde?

Los latidos son suyos, por supuesto. Incluso al hacer el amor, al sujetar los hombros de un amante, la región lumbar, las nalgas, mientras mueve su cuerpo con el de él, sus entrañas contra las de él, la suave piel acalorada, bocas que chupan otra boca, incluso entonces sabía cuál era el latido de su corazón, cuál el de él. Pero ha pasado demasiado tiempo.

¿Miedo a la muerte? No a la muerte sino a la impotencia repentina, a la violencia. Una rotura de cristales en el piso de abajo y la apertura de una puerta (será la trasera, la de la cocina: eso, la puerta forzada por un ladrón o ladrones desconocidos que destrozaron la cocina de Matilde, la sala de estar, el estudio, antes de llevarse lo que pudieron de los objetos de valor de Matilde que, de hecho, venía a ser muy poco) y el sonido de unos pasos acelerados. Cuántas veces por la noche, incluso antes de la agresión de Héctor Ramos, se había despertado con la boca seca para escuchar sonidos en el piso de abajo como una marea oscura y azotante que subía para ahogarla. Cuántas veces al despertar, su cuerpo tembloroso y tenso como un arco desde el que saldrá despedida una flecha. Entonces no tenía una pistola en su mesilla de noche. No quería pistola, arma alguna. Se levantaba veloz a cerrar con llave la puerta de su habitación, y marcaba el número de emergencias si los sonidos persistían y si estaba realmente despierta y no soñaba, lo que de hecho hacía muy a menudo, incluso antes de la agresión de Héctor Ramos. Así que no había necesidad, ya que no había peligro alguno. Pues cuando de veras entraron a robar en la casa, ella no estaba. (Aunque había dejado las luces encendidas, la radio a todo volumen.) Y cuando Héctor Ramos la había acosado de forma tan descuidada durante aquellas semanas, desde finales de septiembre y todo octubre hasta noviembre, siempre era cerca de la clínica del condado de Wayne o en el edificio de aparcamiento en el que dejaba su coche y en el que nunca había estado realmente sola, nunca, como lo estaba ahora, en su cama, arriba en la vieja casa unifamiliar que se desmoronaba en el número 289 de Springwood que había heredado de su tía.

Mujer desnuda. Lanza la sábana húmeda que huele a su cuerpo aunque se duchó y se lavó el pelo antes de irse a dormir. Se levanta de la cama, balanceándose, es un ave de patas delgadas como un flamenco, o un avestruz. Gafas correctoras necesarias para conducir, sobre todo por la noche. Cuando las profundidades se aplanan hasta el grosor de las cartas de la baraja e incluso los llamativos colores primarios son despojados de su brillo. Se encuentra en excelente estado físico salvo por las migrañas ocasionales, ataques de insomnio, menstruaciones irregulares y dolorosas. Recorre sesenta y cinco kilómetros para que una ginecóloga la examine en el condado de Oakland, al norte de la ciudad. No tiene internista en la ciudad desde que unos jóvenes negros que exigían drogas y dinero en efectivo asesinaron a balazos a su médico en su consulta cerca de la Universidad Estatal de Wayne, en navidades hizo un año. No toma medicamentos recetados, ni siquiera la píldora anticonceptiva. Hay otros métodos anticonceptivos si es necesaria la anticoncepción... Contempla algo que hay en el suelo. Sabe qué es, tan sólo el camisón empapado en sudor que se ha quitado de golpe por arriba y que ha tirado. Sabe lo que es, un charco de tela; sin embargo lo mira fijamente.

Retractación infinita. Retrotracción infinita. Las mujeres desnudas tienen un no sé qué, dijo en una ocasión uno de los amantes de Matilde con quien no ha vuelto a coincidir ni hablar desde 1981. Una mujer desnuda muy cerca de un hombre siempre parece tan... inesperada de algún modo. Carnosa, arrolladora. Demasiado grande. «*Incluso* —dijo pensativo—, *si no lo eres*».

Cuántos años atrás en otra ciudad antes de que la vida de Matilde fuera de verdad suya. En las garras de una obsesión, cuando al hacer el amor su cuerpo era una vasija de anhelo, de hambre, *¡No soy yo! No Matilde Searle,* había pasado en su coche lenta y metódicamente ante la casa de su amante (profesor de Derecho, casado), al anochecer, y a medianoche, en una ocasión enloquecida, desesperada y solitaria al amanecer, sin desear ver realmente a ese hombre (con quien rompería al poco tiempo) ni mucho menos deseando ser vista (ya que ¡sería una vergüenza que la vieran! ¡Sentirse tan expuesta! Su amante imaginaba a Matilde, de veintisiete años, misteriosa, escurridiza, demasiado joven e idealista para él, ¡exponerse de ese modo!) sino tan sólo estar físicamente cerca de él, que en aquel momento en la vida de Matilde Searle le parecía el centro mismo de su existencia, el radiante centro de su vida. Y por eso decimos: «No puedo vivir sin ti», cuando queremos decir: «Tu vida me da vida, porque que de otro modo soy una vasija vacía, sin nombre».

¿Es feminista y sin embargo piensa así? Pero Matilde Searle no piensa así, ni expresa esos pensamientos, ninguno de sus conocidos ha oído alguna vez pensamientos tales, y ciertamente ninguna de sus clientas, con vidas atrapadas por hombres que las maltratan, nunca ha oído esas ideas pronunciadas por Matilde Searle. Su fuerza reside en su soledad.

—¡Puta blanca, cabrona hija de puta!

Sólo después de que el sangriento cuchillo de trinchar le ha sido arrebatado, cuando el hombre llamado Bowe, Bowie le ha golpeado hasta hacerle caer de rodillas, empieza Héctor Ramos a gritar a Matilde Searle.

—¡Puta! ¡Cabrona! ¡Te mato!

Está demasiado sorprendida, demasiado anonadada para saber lo que ha ocurrido, por qué sangra por unos cortes en las manos, una raja de unos ocho centímetros en su antebrazo izquierdo, por qué se tambalea y está a punto de des-

mayarse y la sujetan las manos de unos extraños, los brazos
—de repente se produce un alboroto, una protesta, los representantes del alguacil se apresuran pistola en mano—, por
qué, qué ha ocurrido, ¿por qué alguien ha querido herirla? El
hombre del abrigo de piel de camello salpicado de sangre
—la propia, la de ella— sostiene a Matilde, sujetando su cabeza, sus fuertes dedos agarrándole la nuca. En su bolso, el
billetero, un clínex hecho una bola, un cuaderno, papeles,
un peine, la polvera de plástico de una tienda se ha caído al
sucio suelo del vestíbulo, alguien la recoge y se la pasa rápidamente al hombre que está consolando a Matilde: «Aquí,
aquí está el bolso de la señora, cuidado que no se lo roben», y
después Matilde oirá aquel susurro de preocupación, la voz
de un hombre negro de cabello cano, lo oirá y le llegará al
corazón: «Aquí está el bolso de la señora, cuidado que no se
lo roben». Su agresor que había... que no había... tenido la
intención de matarla realmente está siendo esposado por los
representantes del alguacil, de rodillas forcejeando con ellos al
tiempo que grita obscenidades e intenta escapar, y su rostro es
más juvenil de lo que Matilde recordaba, sería un rostro apuesto si no estuviera distorsionado por la furia y el dolor mientras los representantes del alguacil lo sujetan con las esposas
y, como hace la policía, tiran hacia arriba de los brazos del
hombre por la espalda para que grite de dolor y suplique:
«¡No! ¡No! ¡No!». Matilde Searle es testigo de todo esto pero
no logra comprender. Se encuentra lo suficientemente tranquila, su orgullo no le permite dejarse llevar por la histeria,
ni siquiera por las lágrimas en aquel lugar público, y en todo
caso es imposible para ciertas personas —liberales, educadas,
idealistas por temperamento y capacitación, sus vidas dedi-
cadas a «ayudar a la humanidad»— creer que cualquiera que
los conozca pueda desearles algún mal. ¡Imposible!

La pistola. Ella no ha practicado. No la ha disparado
ni una sola vez aunque está plenamente cargada: seis balas en
las cámaras giratorias engrasadas. No ha canjeado su cupón

de la armería Liberty en el campo de tiro cubierto Crossroads al norte de Dexter Avenue, a las afueras de Ferndale, que le valdría por una sesión gratuita de una hora con un instructor de armas «autorizado». De vez en cuando, durante los últimos días y noches, ha sacado la pistola del cajón de la mesilla de noche, la ha sostenido en su mano, *¡ese objeto horrible!, ¡horrible!,* con aire de quien sopesa un anhelo profundo e inexpresable. La Smith & Wesson de calibre 38 es de un azul metálico apagado, fría al tacto. Su superficie, es de suponer que otrora lisa, está cubierta de diminutos arañazos, marcas minúsculas casi imperceptibles como jeroglíficos. La pistola tiene sus secretos, cuántas veces ha sido disparada, cuántas balas han volado hacia la carne, cuántas muertes. La pistola de Matilde Searle tiene una «vida» estadística totalmente objetiva inaccesible a ella. *Porque debes estar preparado no sólo para disparar, sino para matar.* No será capaz de hacerlo, cuando venga a por ella. Si es que viene a por ella. Él, o sus hermanos, sus primos... son tantos, y el tiempo corre a favor de ellos: cualquier noche, tantas noches, está sola, esperando. Es mejor que no pienses en esas posibilidades. Una pistola que te pesa en las manos, y no piensas. Salvo que siempre pesa más de lo que esperabas, y eso ya es un pensamiento.

No le ha hablado a nadie de la pistola, de su compra vergonzosa, su compra de vergonzosa conveniencia. A ninguno de sus hermanos, ni de sus amigos que con tanta frecuencia han expresado su preocupación por ella, inquietud porque continúa viviendo en Mittelburg Park rodeada de una «decadencia urbana» que todo lo invade. Ni a su colega Mariana, con la que comparte oficina y que tiene pistola propia —una automática compacta, de cañón corto del calibre 45 con un bonito mango de nácar—. Ni al hombre que intervino para salvarle la vida, el hombre cuyo nombre no sabe muy bien, Bowe, Bowie... El hombre cuyas llamadas telefónicas no devuelve, el hombre en quien no va a pensar. Levanta la pistola tímida y confusa mientras contempla su reflejo en el espejo con el marco de caoba de su tía a unos metros de distancia, entre la leve fragancia empalagosa de talco y un leve olorcillo a cedro y bolas de naftalina del amplio armario de su tía. Matilde Searle, con un arma mortífera en sus manos, con el cañón derecho y oblicuo entre sus pechos. *¿Soy yo? ¿Ésta es la persona en la que me he convertido?* No se lo ha contado a nadie, y no va a hacerlo.

Chupando. Al tiempo que levanta la pistola, Matilde siente una aguda sensación de mareo que se eleva desde el fondo de su vientre. Aterradora y deliciosa. Que fluye hacia la superficie como el agua, con una resaca oscura. Es una sensación familiar, pero Matilde no la recuerda, y de repente lo hace: así es como solía sentirse, hace muchos años, cuando un chico o un joven la tocaba por primera vez, cuando se daban el primer beso, la sensación extraordinaria de una boca ajena en la suya, la lengua de otro empujando la propia. Tan repentino, el gesto de intimidad irrevocable. Y Matilde, joven, aturdida por el placer y la repugnancia, la excitación, el miedo, el alivio, chupando en el beso la lengua de un extraño, como si no ansiara ningún otro nutriente.

¡Puedo sentir los latidos de tu corazón! Por Dios. En el asiento delantero del Volvo, incómoda, los brazos del hombre alrededor de ella, abrazándola con fuerza. Les habían curado de sus heridas, les habían aplicado puntos, vendajes, en la sala de urgencias del centro médico de Detroit. Y él la acompañaba, no a casa como pensaba que sería lo más sensato, sino de vuelta a su coche en el aparcamiento, ya que Matilde había dicho que necesitaba su coche, que iba a ir a trabajar al día siguiente. El hombre que había intervenido para salvarle la vida, el hombre llamado Bowe, o Bowie, dijo preocupado, quizá sea mejor que no, claramente está afectada, por el amor de Dios, *yo* estoy afectado y ese maníaco no intentaba *matarme*. Era abogado, litigante. Y se expresaba bien, aunque estaba tan afectado como Matilde, y nervioso; un hombre que según ella

tenía entendido estaba acostumbrado a la atención, al respeto. Si quieres vivir en paz con este hombre, no lo contradices, pero Matilde era firme, Matilde insistía en que no, muchas gracias, ha sido muy amable pero no, estoy bien. Intentaba no mirarle a la cara más de lo necesario, el cuadrado de gasa bajo su ojo izquierdo, trataba de no mirarle a los ojos. Mirarse fijamente a los ojos, no. Ya había una tensión palpable entre ellos y Matilde puso su mano en la puerta del copiloto para abrirla e hizo una mueca de dolor, cuchilladas en la palma de su mano que parecía estar entumecida pero ahora mostró una mueca por el dolor, y en el Volvo aparcado en Stockton Street, en la parte trasera del edificio del condado, perdió la compostura finalmente, y de pronto comenzó a sofocarse, a llorar, su rostro rígido arrugándose como un pañuelo de papel. «¡No me toque!», podría haber gritado, pero el hombre la tocó. La rodeó con sus brazos. Matilde, no pasa nada, ya ha acabado; su aliento le llegaba veloz, estaba excitado sexualmente, Matilde no tenía duda, la adrenalina circulaba por sus venas. ¡Así que puedo sentir los latidos de tu corazón! Por Dios. Y él le sostuvo la mano y Matilde se la apretó, no podía controlar su llanto ahogado sin aliento que también era una risa desenfrenada, pero cuando el hombre intentó besarla, Matilde se soltó con esfuerzo. *No*.

¡No soy una víctima! Le han aconsejado encarecidamente que al menos se tome dos semanas de descanso de la clínica y que vaya a visitar a uno de los asesores para situaciones traumáticas, pero se ha negado. Además de las heridas, que sólo son superficiales y no están infectadas, Matilde está segura de que no está traumatizada. Y Héctor Ramos todavía está detenido y nadie, hasta ahora, ha depositado la fianza (dos mil quinientos dólares de bono de caución por una fianza de veinticinco mil dólares); Matilde llama al centro de detención de Detroit a diario, sabe la rapidez con la que los sospechosos, incluso los de asesinato, se dejan en libertad en las calles de Detroit. De vuelta a sus víctimas, pero *yo no soy una víctima: puedo protegerme*.

La fiebre. Pasa horas despierta, después duerme irregularmente, apartando la ropa de cama de una patada. Vuelve a ver el cuchillo centelleante a toda velocidad y una vez más intenta desviarlo con sus manos desnudas, con sus antebrazos. Si aquel hombre —aquel extraño— no hubiera intervenido, quizá estaría muerta. Y si hubiera muerto, ¿dónde? Por la ventana junto a la cama un cielo nocturno luminiscente en jirones, nubes que reflejan la luz de la luna como fisuras en la roca. Un fuerte viento quejumbroso de noviembre. Son sólo las tres y veinte de la madrugada. Si puede aguantar toda la noche. *¿Y la siguiente?, ¿y la otra?* No va a dejar un trabajo para el que está capacitada, la profesión a la que ha dedicado su juventud, su pasión, su corazón sin medida. No va a mudarse de la casa de su tía. Pero oye, con una punzada de pánico, un coche en el bordillo, o quizá sea en la entrada a su cochera: *su* coche, el Volvo. «¿Matilde? Quiero verla.» Matilde permanece de pie tímidamente junto a la ventana, mirando hacia abajo, no ve coche alguno en la entrada a su cochera ni en el bordillo; se dirige a las otras ventanas, mira fuera y no ve nada; no oye nada. (Salvo el viento que hace golpear las hojas contra los cristales. Y el sinfín de ruidos incesantes de la ciudad.) Mientras piensa que él no iría hasta allí. Sin ser invitado. A esta hora de la noche. Es absurdo. Es una locura. Claro. Lo sé. Y sin embargo, incapaz de regresar a la cama durante un rato, contemplando la calle, los árboles mecidos por el viento, el cielo de luz marmórea, una escena tan extrañamente dilatada como si, al ser sacudida con violencia, todavía no hubiera vuelto a su sitio, a su proporción normal.

Un ataque de nervios. Aquella mañana a las 8.15, al dejar su coche aparcado en el subsótano C del aparcamiento del rascacielos, Matilde sintió una repentina sacudida de pánico —¡ridícula!— como una taza de café, de poliestireno, de un blanco radiante, movida por el viento, rodando con su traqueteo en su dirección. Y cada vez que suena el teléfono y es una voz de hombre. Y hubo una llamada a última hora de la tarde de una de las orientadoras del refugio, una llamada que no tiene nada que ver con la señora Ramos, y Matilde se puso tensa esperando oír que Ramos había sido puesto en libertad y que había asesinado a su esposa. Se tensó a la espera de oír lo que no le dijeron incluso si, apretando con fuerza el auricular del teléfono, ajena al dolor de sus heridas superficiales llenas de costras, creyó que de hecho oía lo que no le decían entre el martilleo de su cabeza, *¡las palpitaciones!, ¡palpitaciones!, ¡palpitaciones!,* de su cerebro. El loco. Ramos. *Ahora va a por ti, Matilde.* Y esta noche, igual que las anteriores, el teléfono ha sonado varias veces, a las nueve, a las once, nuevamente a las once y media. Matilde ha desconectado su contestador automático; sabe quién es. «Por qué no nos vemos, para hablar. ¿Matilde? No voy a darme por vencido.» Metódicamente, Matilde ha hecho trizas las notas que él le ha dejado en la clínica igual que, aquella primera noche, sus heridas todavía ardiendo por el dolor, había tirado la tarjeta que él le había dado. *No. No puedo. No voy a hacerlo.*

Heridas. Una docena de cuchillazos de distintos grados de profundidad, gravedad, en sus palmas, nudillos, muñecas, antebrazos. Salvo dos, no son lo bastante profundas como para precisar puntos. Donde el hombre furioso le cortó, en el lado izquierdo del cuello, hay una costra que parece una quemadura de unos siete centímetros y medio, parece una marca de nacimiento, o una boca fruncida. Matilde la contempla con frecuencia y advierte el progreso de su curación. Qué suerte ha tenido, le dijeron en el hospital, su pañuelo (llevaba un delgado pañuelo de algodón anudado de manera informal en el cuello) mitigó la hoja del cuchillo, le podría haber cortado una arteria. Matilde acaricia la costra con las puntas de sus dedos, la empuja hasta sentir dolor, la rasca suavemente cuando le pica. Un hecho: hay un latido acelerado, febril dentro de la herida.

Retractación, retrotracción infinita. Son sólo las cuatro y diez de la madrugada. Tumbada en su cama, sobre el duro colchón, una mano sobre su estómago ardiente, algo hundido, la otra, la palma, en su frente abrasadora. También había sentido los latidos de él. Su boca, el calor de su aliento, la adrenalina. Sí, te deseo, pero qué quiere decir eso: *desear*. Una mujer desea a un hombre, es una boca que desea estar llena. No, pero no te deseo, no *lo* deseo. Los globos oculares mirando ferozmente desde la ignominia, el anonimato del deseo, oscuro y mudo. *Deseo, deseo, deseo*. Girando la cabeza, el cuello entumecido, para ver la hora: ¡sólo las cuatro y once de la madrugada!

El acosador. Los faros recorren el techo, leves y fugaces como los pensamientos de otro. Oye pasos debajo de su ventana, en la estrecha entrada de asfalto entre su casa y la de su vecino. Estaba dormida, un sueño entrecortado, dentado como el viento al golpear las velas, en la mesilla de noche una botella de vino tinto, una copa vacía. La casa está cerrada con llave y la puerta del dormitorio también, y el revólver Smith & Wesson de calibre 38 en el cajón de la mesilla de noche a unos pocos centímetros de su mano. Ahora, de hecho —como en una película acelerada para indicar no sólo la rapidez del paso del tiempo sino la naturaleza insustancial del mismo—, tiene el revólver en la mano. Hace una mueca de dolor, pero se trata de un dolor reconstituyente, vigilante. *No sólo para disparar, sino para matar.*

El latido. Insoportable. Pulsando en todas partes como el aire cargado hasta los topes antes de una tormenta eléctrica. Matilde, en un estado que sobrepasa el miedo, con la calma de un sonámbulo más allá del pánico, se ha puesto su albornoz blanco y está descalza, avanza desde la parte superior de las escaleras a oscuras, el revólver en su mano: su mano derecha, temblorosa pero estabilizada por la izquierda. Cortes cubiertos de costras en ambas manos ahora punzantes, pero Matilde no se da cuenta. *¡Las palpitaciones!, ¡palpitaciones!,* en sus ojos, tan pronunciadas que su visión se ve manchada, ondulante como si estuviera bajo el mar. Como si las vibraciones agitadas del aire se hubieran vuelto visibles, táctiles. Bajo el sonido del viento ha oído un ruido de pasos en la parte trasera de la casa, un ruido de cristales rotos. Son las cinco y cuarto de la madrugada y la luna ha desaparecido, cubierta por una nube. Después de los disturbios de Detroit de 1967, la tía de Matilde había instalado una alarma contra ladrones pero el sistema se había ido rompiendo poco a poco, el estruendo frenético y feroz se disparaba con el viento, o con un portazo, o por las ardillas en el desván; sonaba de noche y de día y cuando no había nadie en la casa, ni siquiera cerca de ella, y la policía pocas veces respondía a las alarmas de los propietarios de Mittelburg Park porque siempre se disparaban. Así que cuando Matilde se trasladó a vivir a la casa, nunca arregló el sistema de alarma contra robos que ahora estaría sonando al forzarse la puerta de la cocina. Matilde baja despacio desde la parte superior de las escaleras, la Smith & Wesson de calibre 38 en la mano, apuntando a un objetivo invisible en el aire. Exclama:

—¿Quién anda ahí? ¿Quién es? Tengo una pistola.

Cree que tiene la situación controlada, serena como alguien que ha ensayado una escena muchas veces, y sin embargo su voz parece extrañamente débil y estridente, encogida como la voz aguda de un niño, la voz de una muñeca, la voz en un sueño. Habla en voz más alta:

—¿Hay alguien ahí? ¡Fuera! ¡Salga de aquí! Tengo una pistola.

Aquellas palabras resonaban como si no fueran de Matilde sino de otra persona, burlonas, *pistola, pistola, pistola.* Alguien ha entrado por la fuerza en casa de Matilde, y la ha oído. Un intruso o varios. Como si Matilde pudiera ver por la puerta trasera del pasillo que recorre la casa a lo largo, desde el vestíbulo delantero hasta la puerta trasera, la puerta que ha sido forzada, sabe que el intruso o los intrusos están decidiendo qué hacer: escapar o continuar. Son desconocidos o la conocen —Matilde Searle— muy bien. Su cuerpo está cubierto de sudor animal que apesta y se le han formado en la

394

frente gotitas de humedad, pero Matilde está muy tranquila, como un sonámbulo, ¡jamás en su vida había estado tan despierta!, ¡tanto!, ¡sus delgados huesos quebradizos y brillantes como el cristal! Se ha situado en las escaleras de tal forma que, agazapada, apuntando la pistola a través de los barrotes de la barandilla, si la puerta batiente que separa el pasillo delantero del trasero se abre, empujada suavemente aunque sólo sean unos centímetros, disparará.

El viento. El viento de noviembre, que mueve las hojas, remueve trocitos de grava, pedacitos de papel, soplando las nubes hasta hacerlas jirones en el cielo, sobre los tramos industriales a lo largo de la I-75, río abajo al oeste de la ciudad, es de un leve tono rojizo durante la noche, la ha confundido: eso se dice Matilde a sí misma. Descalza y temblando en la parte trasera de la casa, se atreve finalmente a investigar, enciende las luces, hace de sí misma un marcado objetivo de color blanco deslumbrante si hubiera alguien fuera observándola, ve para su alivio avergonzado que después de todo la puerta no ha sido forzada, sino que un vidrio cuadrado de unos trece centímetros de lado se ha hecho añicos. Quizá un aspirante a intruso lo ha roto en pedazos, quizá estaba quebrado y el viento ha acabado por romperlo; Matilde hace brillar la linterna en el jardín trasero donde han caído las ramas de los árboles, desechos, tiembla la línea de luz como un túnel, la lanza rápidamente por el césped marronáceo repleto de hojas, pero no ve nada, no ve a nadie.

Amanecer. A las 7.05 comienza a sonar el teléfono. Matilde no ha vuelto a la cama, sino que se ha duchado, se ha lavado el pelo; sale del calor fragante y lleno de vapor del baño mientras el teléfono suena sin parar. Una fuerte luz gris resplandeciente, porosa como la humedad, presiona las ventanas del dormitorio. El viento ha amainado hasta unas ráfagas intermitentes, otro día sin clima en Detroit, un vacío apagado como si el cielo se hubiera hundido bajo su peso contaminado y es un mundo triste de nubes, de niebla. Como si la catástrofe ya hubiera ocurrido, se hubiera acabado y ahora otro día se desplegara desde el horizonte. Matilde hace una mueca a la luz, hay un estrecha ventana en lo alto junto a su cama, cuya persiana está rota, el maldito artilugio se subió de golpe hasta el tope del marco de la ventana y Matilde no lo ha sustituido, debería sustituir o reparar innumerables objetos en la vieja casa, pero la idea de hacer un inventario la deja confusa, agotada. Son las siete y cinco de la mañana y el teléfono suena y quienquiera que esté llamando a Matilde a esa hora debe de tener algo crucial que decirle, a no ser que, por supuesto, se hayan equivocado de número. Siempre existe esa posibilidad, tras ponerse tensa para oír su voz, la voz que no desea oír, que de hecho no va a oír. *¿Matilde? No voy a darme por vencido*. A las siete y cinco de la mañana, orgullosa de haber pasado la noche, otra noche. La pistola de vuelta al cajón de la mesilla y éste completamente cerrado. Matilde se pregunta, ¿sería más fácil si creyera en Dios? A las siete y cinco de la mañana, de esta mañana de noviembre, que de hecho es la mañana de su cuarenta cumpleaños, es una idea que le llama la atención por su urgencia. Levanta el auricular del teléfono que suena, mientras cree que quienquiera que esté al otro lado de la línea, que desee hablar con ella, o con alguien, tendrá la respuesta.

La vampiresa

1

Por el visor del rifle, la cabeza de la mujer que se perfila por la luz va a la deriva como un globo incontrolable.

Mira fijamente a la oscuridad. Hacia él. No.

Ella no puede verlo. Las ventanas semicerradas con las contraventanas, la habitación radiantemente iluminada tras ella, reflejarían la luz.

Mira su propio rostro, su torso carnoso.

Mira sus ojos eclipsados. Sin ver nada.

Ahora se la ve a través del visor del rifle desde la parte trasera de la estrecha casa en la que hay un caballete llano de tierra cubierta de césped.

Por el visor del rifle se cruzan finas líneas para indicar el lugar letal en la base misma del cráneo.

Su índice en el gatillo. Apretando.

Salvo que ahora se ve en un ángulo, de hecho apenas se distingue, por el visor del rifle mientras ella se mueve por la cocina hasta el hueco que hay justo a su lado, qué es, la despensa. Está en la despensa. Donde hay un segundo refrigerador que llega a medio cuerpo y un congelador.

El congelador está lleno de carne de venado. Lo había llevado uno de los admiradores de Carlin. En señal de mi aprecio. Como muestra de mi admiración por tu buen trabajo. Dios te bendiga.

Los ojos de la mujer brillan por el visor del rifle.

Por el visor del rifle ahora se la ve desde abajo. Ni a tres metros y medio de distancia. Y sin embargo (suena música en la casa, a todo volumen) no ha oído un ruido, ni una pisada.

Su aliento acelerado, un aliento ligero repleto de vapor en el aire prácticamente helado que ella no ha visto ni verá.

Esta noche no hay luna. Sí, una luna, una luna creciente (él ha comprobado el diario, la casilla del tiempo), pero con grandes cúmulos de nubes, un otoño ventoso y no hay luz de luna que no lo descubra. Con su ropa de noche. Camuflaje nocturno. Chaqueta de lona con capucha comprada para esta noche. Del color de la noche.

Bajo la ventana lateral, tierra esponjosa llena de hojas. Sabe que está dejando huellas, por lo que ha comprado —en un Sears de Morgantown, no en la misma tienda en la que ha comprado la chaqueta— un par de botas de goma dos tallas más grandes que la suya.

Que tirará a cientos de kilómetros de distancia de la casa en la que descubrirán a la mujer muerta, rodeada de pisadas en un terreno esponjoso y cubierto de hojas.

Por el visor del rifle, ¿la mujer está sonriendo? ¡Sonriendo!

Está hablando por un teléfono móvil que lleva en el hueco de su cuello. Esa lenta sonrisa sensual. Sonrisa codiciosa y satisfecha. Los colmillos brillantes por la humedad.

Por el visor del rifle, las líneas en cruz, ese rostro carnoso, sonriente.

Por el visor del rifle, moviéndose distraídamente mientras habla por teléfono. Acariciándose los pechos de manera inconsciente. Sonriendo, y riendo. Hablando con un amante. Uno de los amantes de la viuda. *Desde tu muerte. Desde que ha comenzado a alimentarse.*

Por el visor del rifle, la cabeza de la mujer enorme como un plato llano. Él se pregunta si se hará añicos como un plato llano. Se pregunta si alguien oirá la rotura.

En Buckhannon, West Virginia. Una noche de otoño bañada por la luna.

Cuántos meses, ha pasado más de un año, desde la muerte de Carlin Ritchie, no está seguro. Los contaría con los dedos, pero su índice está ocupado. ¡Aunque le duelen los brazos! No está acostumbrado a ese rifle pesado, al largo cañón. Comprado especialmente para esta noche. Le duelen los brazos, los hombros, la columna vertebral y las muñecas. Le duele la mandíbula por esa mueca fija de la que no es consciente; la próxima vez que contemple su rostro, que examine su rostro con una barba incipiente en un espejo (en un motel cerca de Easton, Pennsylvania), verá las arrugas grabadas en su piel como con la hoja de un cuchillo. Cuánto ha envejecido.

Por el visor del rifle, el torso de una mujer. Pechos, hombros bien formados. Los acarició una vez: lo sabe. Con capas de tela, Carlin las llamó ropas de zíngara, admirándolas, enfermo de amor, terciopelos y sedas y muselina india, largas faldas de gasa susurrando contra el suelo. Incluso en casa, sola, va disfrazada. Por el visor del rifle, riéndose como una chica, ansiosa, perspicaz, mientras se humedece los labios; se acaricia los pechos inconscientemente. Por el visor del rifle, a la vista, como si supiera que la están observando (pero está claro que no puede saberlo).

Por televisión parecía que se hubiera teñido el cabello de oscuro, de un pelirrojo oscuro. Tintura púrpura. Y sin embargo, hay mechones de blanco canoso, dramáticos como hileras de pintura. *¿Qué se siente? ¿Viuda? Su nombre, su recuerdo. Dedicándole su vida.*

Por el visor del rifle, aquella vida. ¿Se hará añicos, como la vajilla? ¿Lo oirá algún vecino?

Pero los vecinos más cercanos están al menos a medio kilómetro de distancia. Y el viento esta noche. Un estruendo leve, el sonido de truenos en las montañas. Nadie lo oirá.

Por el visor del rifle, ella se dirige a las escaleras. Sigue hablando por teléfono. Un lento caminar al tiempo que menea las caderas. Cuántos kilos ha engordado desde que se quedó viuda, nueve kilos, once, no una mujer gorda sino carnosa, abundante. Contundente. Aquellos pechos contundentes. Piel que despide sudor. Que quema al tacto. ¡Él lo sabe!

Su índice en el gatillo. Ya que en un minuto habrá subido las escaleras. Otro minuto más, habrá salido del campo de visión del rifle. Él está ansioso, en la terraza. Escudriñando por una ventana lateral. Arriesgándose a ser visto. Las botas arrastrando barro. Empujando el cañón del rifle contra el cristal mismo. Esta amplia terraza anticuada en la que se acostaba Carlin. «No quiero morir. Sí, pero estoy preparado. Quiero ser valiente. Soy un cobarde, quiero ser valiente. Ayúdame.» A este lado de la casa bañado por la luna, si hubiera luna, esta noche de octubre en la que no hay. «Como Dios velando por mí, dijo Carlin, si es que hay un Dios, pero supongo que no.»

Por lo que morimos o no, por el visor del rifle o no.

2

Podría ser que sepa de un asesinato que está a punto de cometerse, y podría ser que no. Es decir, no sé si el asesinato va a cometerse, si el asesino va en serio. (Aunque sin duda lo parece.) ¿Eso me convierte en cómplice? ¿Estoy involucrado, tanto si lo deseo como si no? No quiero decir sólo de manera legal, sino moralmente. ¿Qué debo hacer? Digamos que hago una llamada a una víctima potencial, ¿qué digo? «Señora, no me conoce, pero su vida está en peligro. Alguien la odia y la quiere ver muerta.» La mujer diría: «¿Es una broma? ¿Quién es usted?». Yo respondería: «No importa quién soy. Su vida está en peligro». Ella comenzaría a disgustarse, quizá se pondría histérica, y a decir verdad, ¿qué podría decirle? ¿Cómo podría salvarla, si el hombre que quiere matarla está decidido a hacerlo? Está claro que no podría darle su nombre. Incluso si eso me convierte en cómplice. Y está claro que yo no podría informar a la policía, a cualquier policía. Y de todos modos, ¿una mujer así merece ser salvada?

Mi primo Rafe dice: «Hay gente que merece morir porque no merece vivir. Es así de sencillo. Hay que pararla en su camino de destrucción».

Tengo conocimiento de ese asesinato, ese asesinato en potencia, desde hace menos de una semana. Nunca pedí

saber nada de ello. No soy un hombre que piense obsesivamente, es decir, no soy un hombre que dé vueltas a las cosas. Soy diseñador de herramientas y moldes, cualificado en
mi profesión, trabajo con el cerebro y las manos y cuando lo
hago me centro como si fuera un rayo láser; dedico jornadas
de ocho horas, ahora trabajamos con ordenadores en diseño
tridimensional y cuando finaliza mi horario, he acabado. Es
decir, termino destrozado. Y ahora que sé de este próximo
asesinato, me cuesta concentrarme en el trabajo. Me cuesta
conducir mi coche. Incluso comer. Intentar escuchar a mi
esposa, sintonizar con algo que no sean mis pensamientos.
*Es una de ésas, una emisaria de Satanás. Una vampiresa. Hay
que detenerla.* Mi vida familiar es tranquila; llevo casado mucho tiempo y ninguno de los dos va a sorprender al otro, pero
si mi mujer supiera lo que pienso se sorprendería, se escandali-
zaría. Anoche fue la peor hasta ahora. Intenté dormir. Aparté
la ropa de cama de una patada como si fuera algo que tratara
de ahogarme y rechiné los dientes (una costumbre que adquirí
cuando nuestros dos hijos eran adolescentes y hacían de
nuestras vidas un infierno, llevaba años sin que me pasara),
así que mi mujer me despierta, asustada: «Cariño, ¿qué pasa?
¿Qué ocurre?». Enciende la luz para mirarme y yo intento
ocultar mi rostro. Sé lo que piensa, puede que esté sufriendo
un infarto; su padre murió a consecuencia de uno aproximadamente a mi edad, a los cuarenta y cuatro años. Una edad
joven pero no demasiado. Mi padre tiene un dicho: «Nunca
eres demasiado joven para morir». Y es cierto, mi corazón
late con tanta fuerza que puedes sentir la cama estremecerse
y estoy cubierto de un sudor frío y tiemblo y por un momento ni siquiera sé dónde estoy. Había tomado unas copas antes
de irme a la cama y mi mente parece una tela de araña. Le
respondo: «¡Nada! No pasa nada. Déjame en paz».

    ¿Qué demonios puedo decirle a mi mujer, que me
quiere y a quien quiero?, ¿que cuando me desperté estaba agazapado a oscuras a la puerta de una casa que no he visto nunca, en un lugar en el que no he estado nunca, echando una

ojeada a una mujer que hay dentro a través del visor de largo alcance de un rifle? ¿Una mujer que es una completa extraña para mí? ¿Y mi dedo en el gatillo del rifle? ¿Yo, Harrison Healy, que nunca en mi vida he tocado una pistola, y mucho menos apuntado con una a otro ser humano?

3

Dios sabe que nunca pedí tener conocimiento de ello. Fue mi primo Rafe quien me lo soltó igual que verterías algo venenoso a un arroyo.

Allí estaba yo, en los tribunales del condado. Algo ansioso y cohibido, la primera vez en mi vida que me llamaban para cumplir mi deber como jurado. Y prácticamente la primera persona a la que veo en esa enorme sala sin ventanas y con mucha corriente en un sótano en el que nos dicen que esperemos es mi primo Rafe. Rafe Healy. Dos años menor que yo, al menos siete centímetros y medio más alto, y más de trece kilos más grueso; un hombre alto, fuerte, de andar pesado, con pantalón de peto, barba rojiza y cabello ralo que le sobresale por toda la cabeza, así que parece (como solía decir mi mujer cuando veíamos a Rafe, aunque de eso hacía tiempo) un accidente a punto de ocurrir. Rafe llama la atención en cualquier situación por su altura y corpulencia y su vestimenta y la mirada en su rostro como la luz de un faro muy potente, los ojos como guijarros brillando desde su interior de algún modo. Siempre ha parecido más joven, incluso con esa barba y el cabello desaliñado y la vida llena de alcohol que ha llevado. Y las drogas. Rafe es un artista, así habría que denominarlo, crea vasijas de barro, cerámica, alfombras bordadas a gancho y edredones. Han escrito sobre él en revistas y ha expuesto en museos, incluso en Nueva York. Nadie diría que un hombre confecciona edredones, pero se dice de Rafe Healy que es uno de los principales creadores de edredones de Estados Unidos. Nadie de la familia sabe qué hacer de él.

Principalmente, la familia se siente incómoda en cierto modo. Podías estar cambiando de canal de televisión para ver qué ponen y en PBS aparecía el amplio rostro bronceado y sincero de Rafe Healy; lo entrevistaban delante de un edredón que parecía una constelación en el cielo nocturno, diciendo algo extraño como: «Necesito hablar conmigo mismo cuando estoy trabajando. Si no, me desharía en mis manos, dejaría de existir». Mi mujer no mira con buenos ojos a Rafe por varios motivos, y no puedo discutir que esté equivocada. Sobre todo tiene que ver con Rafe y las drogas. Quizá unos diez, doce años atrás teníamos una buena relación e invitábamos a Rafe a cenar en casa y él no pensaba que hubiera problema alguno en sacar una pipa, fumar algo de marihuana con un olor rancio y ligeramente dulce en nuestra sala de estar, y pareció sorprendido cuando Rosalind se disgustó y le dijo que la apagara. En otra ocasión se presentó a cenar con una mujer, una «escultora» tipo amazona con pantalón de peto manchado como el de Rafe, llamativa y descarada. Sencillamente no te comportas así si tienes modales, dice Rosalind. Es probable que se sienta algo celosa de Rafe y de mí, ya que nos criamos como hermanos cuando murió el padre de Rafe, que era el hermano pequeño de mi padre (en un accidente automovilístico), y la madre de Rafe no se encontraba lo bastante bien (mentalmente) para cuidarlo, así que vino a vivir con mi familia a los cuatro años. Yo era mayor que Rafe, y lo protegí hasta que me sobrepasó a nivel físico y a otros niveles, ya en la escuela secundaria. Y en el instituto se hizo amigo de un grupo alocado, tenía fama de irascible y ya por entonces de bebedor, dispuesto siempre a pelearse. Nadie habría pensado que iba a ser artista en aquellos años, pero Rafe siempre había tenido una imaginación extraña, una especie de actitud exagerada y exaltada, era tan probable que rompiera a llorar si algo lo ponía triste como a repartir golpes a diestro y siniestro con los puños, el rostro hirviendo como un tomate a punto de reventar, si algo lo enfurecía. A los dieciséis años lo habían arrestado más de una vez por pelearse, normalmente con chicos mayores que él en alguna taberna, y mis padres no podían con él aunque lo querían mucho, todos lo queríamos, lo que pasa es que Rafe era demasiado para una familia normal. Así que se fue de casa. De la ciudad. Vagabundeó durante años, por Canadá, Alaska, Oregón y California y de vuelta al este, y de algún modo consiguió una beca para la Escuela de Bellas Artes de Shenandoah, en Virginia, ¡cuando ni siquiera se había graduado en el instituto!, así que aquello fue una verdadera sorpresa, y nadie de la familia sabía cómo tomárselo excepto quizá yo. Cuando nos visitó le dije a Rafe que estaba orgulloso de él y Rafe respondió, recuerdo sus palabras claramente como si las hubiera pronunciado ayer y no hace veinte años: «Demonios, el orgullo es algo arriesgado. "Antes de la caída, la altivez de espíritu"». Y me miró con el ceño fruncido como si yo hubiese dicho algo malo, como si le hubiese hecho preocuparse por algo.

Durante más o menos los últimos quince años, Rafe ha estado viviendo a las afueras de la ciudad. En una granja de unas dieciséis hectáreas venida a menos, según nos dicen, en una bella campiña montañosa (nunca hemos ido a visitarlo), con gente entrando y saliendo, artistas como él, así que se dice que Rafe Healy vive en una especie de comuna al estilo hippie, lo que francamente dudo, Rafe nunca ha tolerado las sandeces de nadie. Trabaja duro, quizá esté algo obsesionado. Ya que un artista, en mi opinión, es aquel que trabaja sin parar; nadie le paga por una jornada de ocho horas. Tendrías que estar algo loco para trabajar tan duro, o quizá sea el trabajo duro lo que te vuelve un poco loco. Lo triste es que yo vivo en la ciudad, a media hora en coche de casa de Rafe, y nunca nos vemos, cuando antes habíamos estado tan próximos. Hace unos cinco años, hubo un documental de televisión sobre el famoso artista de West Virginia llamado Carlin Ritchie, que tenía algún tipo de enfermedad degenerativa, y fue una sorpresa ver a mi primo Rafe incluido en un segmento sobre los artistas «artesanos» de la generación de

Ritchie y ver que al parecer Rafe era amigo suyo; asistieron juntos a la Escuela de Shenandoah. Me aturdió ligeramente pensar que algo que podrías llamar «historia» (aunque sólo fuera «historia del arte») incluía en su interior a Rafe Healy (aunque únicamente sea en un breve segmento). Llamé a Rosalind para que viniera a verlo a la televisión, pero cuando llegó ya había acabado el apartado sobre él. Dije: «No me importa lo que pienses de Rafe, estoy orgulloso de él. Es mi primo». Y Rosalind, que tiene esa carita dulce y estirada y unos ojos tranquilos pero que nunca se pierden una, respondió: «No importa de quién sea primo. Incluso si fuera el mío. Es un hombre peligroso, desconsiderado y disoluto, sin verdadera moral y no es bienvenido en esta casa, si eso es lo que pretendes». Y en abril de este mismo año, ¡se rindieron honores a Rafe Healy en la Casa Blanca! Y apareció en un canal abierto de televisión, y a toda página en nuestro diario local, así que Rosalind, como todos los demás en los alrededores, no pudo hacer caso omiso de ello. Pero dice: «Hay otros cincuenta "artistas" a los que se rinden honores en la ceremonia, no puede haber sido muy selectiva. No me dirás que hay cincuenta grandes artistas como Rembrandt o Picasso que viven en Estados Unidos en un momento dado. Y no hay moral alguna en la Casa Blanca. Así que Rafe Healy seguro que encaja». No puedo discutir que mi mujer esté equivocada, pero hace unas semanas por su cumpleaños traje a casa un cuenco de cerámica de color verde mar comprado en una tienda de artesanía de la ciudad, y se aguantó las lágrimas mientras le quitaba el papel de regalo y decía: «Ay, Harrison, nunca he visto nada tan precioso». Y me miró sorprendida de que pudiera elegir algo tan bonito para ella, y me besó. Cuántas veces ha admirado ese cuenco, y se lo ha enseñado a las visitas, y lo ha examinado, recorriendo con los dedos las iniciales del alfarero en la base, R. H., nunca ha caído en quién es el autor de esa obra. Y está claro que nunca voy a decírselo.

Todo aquello me pasó rápidamente por la cabeza cuando vi a Rafe en la sala de selección de los miembros del jurado: un hombre alto, grande y entrado en carnes salpicado con lo que parecía pintura o estiércol, y el resto de jurados potenciales, y las señoras rápidas y eficaces que dirigían la selección de los jurados, mirándolo como si fuera un ser extraño o alguien conocido a nivel local, o ambos. Me había visto, y vino ansioso a donde yo estaba, para estrecharme la mano con tanta fuerza que no pude evitar una mueca, y si no lo hubiera bloqueado, me habría abrazado, haciendo que me crujiera una costilla o dos, mientras todos los presentes en la sala nos contemplaban boquiabiertos. Rafe se alegró tanto de verme que estaba a punto de llorar. Los grandes ojos saltones color piedra brillaban por las lágrimas. Salimos al pasillo y antes incluso de que intercambiáramos un saludo, de que nos pusiéramos al día de las novedades, Rafe me llevó a un lugar en el que los demás no pudieran oírnos, jadeando, y dijo:

—Ay, Dios. Harrison. Este lugar es como una prisión. Un depósito de cadáveres. Me da miedo. Es mala señal que esté aquí. No quiero estar aquí.

—Bueno, yo tampoco quiero estar aquí —respondí—. Nadie lo desea. Se llama «cumplir tu deber como jurado».

Rafe simplemente siguió hablando, con una voz más ronca y quebrada de lo que la recordaba, pero con su misma intensidad, como si le diera demasiadas vueltas a la cabeza, y tú también estuvieras en la suya, de manera que en realidad no le hace falta escuchar nada de lo que puedas decir.

—Harrison, escucha. He pasado toda la noche en vela. El cerebro está a punto de explotarme. Necesito trabajar, necesito usar las manos; trabajo por la mañana, de seis y media hasta el mediodía y esta mañana no he podido hacerlo porque estaba preocupado por tener que venir aquí, ni siquiera sabía si iba a poder encontrar el edificio de los tribunales, ni siquiera son las nueve de la mañana y tenemos que estar aquí hasta las cinco de la tarde y me da miedo que vaya a explotar, toda la semana va a ser así, y si formo parte de un jurado podría durar más, no soy un hombre que pertenezca a un jurado, no en este momento de mi vida. Ay, Dios.

Gimió como si de hecho sintiera dolor. Allí estaba, hacía años que no veía a Rafe y ya sentía esa mezcla de impaciencia y afecto que solía provocar en mí, esa sensación de que, sea cual sea el intenso estado mental en que se encuentre, si consigues que te escuche, cosa que a veces se logra, podrás tranquilizarlo, así que eso hace que te decidas a intentarlo. Dije:

—Rafe, no se acaba el mundo, por el amor de Dios. Lo más probable es que no termines formando parte de un jurado, somos doscientos noventa y no van a necesitar a más de setenta, por lo que han dicho.

Rafe me apretaba la parte superior del brazo, me acompañó hasta el extremo más alejado del pasillo sin salida, una puerta que decía SÓLO SALIDA DE EMERGENCIA con una luz roja de advertencia, NO ABRIR O SONARÁ LA ALARMA. Decía entre jadeos, con los ojos virando bruscamente en sus cuencas:

—He intentado conseguir otro aplazamiento, pero no lo he conseguido. He intentado conseguir una exención, les he suplicado: «No puedo cumplir con mi deber como jurado, creo en no juzgar a no ser que quieras ser juzgado; creo en lo de quien esté libre de culpa que tire la primera piedra». Pero lo único que logré cuando llamé por teléfono ¡fue un mensaje grabado! ¡No he conseguido hablar con un ser humano! Y la señora que está a cargo me dice que se me acusará de desacato al juez si hablo con cualquiera de ellos de ese modo, y si me voy como estoy pensando hacer. No me importa pagar la multa de quinientos dólares, pero hay una posibilidad de que también me enchironen. Harrison, siento que estoy a punto de explotar.

El rostro de Rafe estaba rebosante de sangre; un nervio o arteria le pulsaba en la frente; sus ojos parpadeaban de puro pánico. Yo no sabía si echarme a reír o tomármelo en serio. Así era Rafe Healy, y los artistas, supongo; te atraen a su estado de ánimo sin importar lo extremo que sea, ves claramente que algo los posee, sufren y quieres ayudarlos. Dije, llevando a Rafe de vuelta hacia la sala de selección del jurado igual que llevarías a un oso erguido y aturdido de vuelta a su jaula (nos habían ordenado que entráramos, aunque dudo que Rafe se hubiera dado cuenta):

—Vamos, Rafe. Si yo puedo, tú también. Tranquilízate. ¿No puedes hacer algún boceto mientras esperas? ¿Practicar tu arte?

Como si lo hubiera insultado, Rafe contestó:

—¿Practicar mi arte? ¿En un lugar como éste? ¿Donde me tienen detenido en contra de mi voluntad? Vete a la mierda, Harrison. Pensaba que eras mi amigo.

Pero me permitió que lo llevara de vuelta a la sala de selección del jurado donde tomamos unos distintivos de plástico en los que ponía JURADO para colgarlos en nuestras camisas. Yo era el JURADO 121 y Rafe era el JURADO 93. Nos sentamos en unas incómodas sillas plegables y vimos, o de cualquier modo miramos, un documental de quince minutos de duración sobre el sistema judicial en el condado que debía de haber sido preparado para los alumnos de la escuela secundaria, y después nos hicieron escuchar una explicación monocorde sobre la selección de los miembros del jurado por una funcionaria del tribunal de mediana edad que parecía haber estado viviendo en aquel espacio subterráneo y sin ventanas con olor a cerrado la mayor parte de su vida, y luego nos dijeron que esperáramos «hasta el momento en que se convocara un panel de jurados». Un televisor estaba encendido a todo volumen sintonizado en lo que parecía ser un programa matinal de entrevistas. Durante todo aquel rato, Rafe respiraba aceleradamente, se frotaba su rostro húmedo con un pañuelo de papel hecho una bola, suspiraba y se retorcía en su asiento. Me recordó a uno de esos niños hiperactivos que nadie sabe cómo tratar salvo con una dosis de medicamentos. Como Rafe había dicho, parecía a punto de estallar. ¿Y si sufría una embolia? ¿Un infarto? Me estaba poniendo nervioso. Yo había traído el periódico, e intentaba leerlo, así como un viejo ejemplar atrasado de la revista *Time* que alguien había desechado, pero no podía evitar mirar de reojo a mi pobre primo, con preocupación. El nervio o la arteria inquieta de su frente le pulsaba. Me pregunté si habría tomado alguna droga; pero no, si había tomado alguna habría sido para calmarse. Y no había estado bebiendo; estaba totalmente sobrio. Aquél era el problema, pensé. Lo que fuera que preocupara a Rafe (que tenía que ser algo más que cumplir su deber como jurado) era puro y sin mezcla, tan real para él como una fiebre que recorriera sus venas.

Cada diez minutos más o menos, Rafe saltaba, pedía permiso a la funcionaria del tribunal para ir al baño o para ir a buscar una bebida de la máquina que había en el pasillo o simplemente para recorrerlo como un animal atrapado. Le veía mirarme de reojo por la puerta, y sabía que quería que me reuniera con él, aunque me quedé donde estaba. Yo había sido nervioso hasta bien entrada la veintena, pero ya era mayor, o Dios sabe que intentaba serlo.

Si alguna vez has sido convocado para cumplir tu deber como jurado, y si el procedimiento es como el del condado de Huron, Nueva York, sabes que lo que haces, como nos dijo la señora, es esperar. Te sientas, o te levantas, y esperas. Estás tranquilo, o nervioso, pero esperas. Esperas hasta que te despiden oficialmente al final del día. En algún lugar del edificio de los tribunales hay jueces preparándose para algún juicio, al menos en teoría, y un ejército de jurados potenciales tiene que estar preparado para su uso; un jurado es una unidad desechable, sólo un distintivo y un número. De hecho, los jueces están conociendo requerimientos, hablando y argumentando con sus compañeros letrados; los fiscales y los abogados defensores intentan llegar a acuerdos para la declaración con el fin de evitar los juicios. La culpabilidad y la inocencia no importan demasiado, salvo al acusado. Todos los demás son abogados, y los abogados cobran salarios. El sistema judicial es una factoría que trabaja más eficazmente cuando lo que ocurre hoy es justo lo mismo que sucedió ayer. Supongo que parezco cínico y no lo soy, pero ésta es la sabiduría que obtuve después de mi semana como jurado y ha sido confirmada por otros que han sufrido idéntica experiencia, aunque nadie que no haya pasado por ella puede entenderla: «Pero debe de ser excitante ser miembro de un jurado. En un juicio». Eso es lo que dice cualquiera que no sepa de qué va. Lo cierto es que la mayoría de jurados potenciales nunca forman parte de un jurado y no se aproximan ni a quince metros de un juicio. Un juicio significa que no se ha podido llegar a un acuerdo entre los abogados. Si las cosas funcionaran bien en el sistema judicial, no habría juicios. Pero tal como está la situación, los jurados potenciales son convocados, cientos de nosotros, y se nos hace sentarnos como zombis en hileras y esperar hora tras hora, día tras día, hasta que se termina la semana en la que podemos cumplir nuestra obligación como jurados, y nos envían a casa con un falso agradecimiento y la promesa de que nuestro pago nos será enviado por correo en un plazo de seis semanas; un salario de cinco dólares al día.

Quizá si Rafe hubiera entendido aquello, y no hubiese exagerado la posibilidad de formar parte de un jurado en un juicio, no me habría hecho su confesión; y habría evitado aquellas tristes horas, un estruendo en mis oídos y el estómago en un nudo. Ya que en espíritu soy como un bebé recién nacido *sin saber qué hacer*. Es como si mi conciencia fuese una hoja de cristal transparente y no pudiera saber si está allí o no, si existe. ¿Cómo sabes qué es lo que debes hacer? Pero incluso si no hago nada, habré hecho algo. *Estoy atrapado*.

4

A la una y diez de la tarde, nuestro panel de jurados fue despedido para un almuerzo de cuarenta minutos, con severas advertencias por parte de la funcionaria judicial de que volviéramos puntualmente, y Rafe y yo fuimos de los primeros en salir de los tribunales; puede que Rafe pareciera un oso que arrastraba los pies en aquel pantalón de peto, y la expresión de su rostro era en cierto modo confusa y tenía los ojos llorosos pero, como un oso, el hombre se movía con rapidez cuando estaba motivado para ello. Al aire libre se echó a reír enloquecido.

—¡Libertad! ¡Podemos respirar! Vayamos a celebrarlo, tío.

No pensé que fuera buena idea ir a tomar una copa en ese momento, pero al igual que cuando éramos niños, me encontré uniéndome a Rafe, a su entusiasmo, así que acabamos en una taberna a una manzana de los tribunales. Rafe bebió de un trago su primera cerveza directamente de la lata, se frotó los ojos enrojecidos con los nudillos y dijo bajando la voz para que nadie más pudiera oírnos:

—Harrison. Se supone que debo decírtelo. Tengo que contárselo a alguien. Voy a explotar si no lo hago.

Pregunté a Rafe de qué se trataba, sintiendo un matiz de alarma, y él se inclinó sobre la mesa hacia mí y dijo con una mueca, como si sintiera dolor:

—Me veo obligado a... matar a alguien. Creo. No tengo opción.

No estaba seguro de haber oído bien. Me eché a reír. Me limpié la boca. La humedad brillaba en la barba de mi primo, que estaba enhebrada de gris. Me oí preguntar: «Rafe, ¿qué...?», y tardó tanto tiempo en responder que pensé que había decidido no contármelo; después respondió, sus ojos fijos en los míos con esa mirada de profunda tristeza, y no obstante con la excitación brillando tras ella, que recordaba de cuando éramos niños, y prendió una chispa de excitación en mí, a pesar de mi buen criterio.

—Hay gente que merece morir porque no merece vivir. Es así de sencillo. Hay que pararla en su camino de destrucción.

—¿Gente? ¿Qué gente?

—Deben de haber vivido desde los orígenes del tiempo. Persiguiendo a los inocentes. ¿Crees en Satanás?

—¿En Satanás?

—Yo no estoy seguro de creer en él personalmente. Tal vez no. Ya sabes cómo nos educaron; tu madre nos llevaba a aquella iglesia luterana, y el pastor hablaba de Satanás, pero tenías la idea de que no lo decía en serio. Como un hombre que habla de la muerte, muriendo, pero no tiene idea de qué está diciendo. Sin embargo, creo en el mal. Creo que hay personas entre nosotros que son malvadas, que han elegido la maldad, que puede que crean en Satanás ellos mismos y que sean emisarios suyos en sus corazones —Rafe hablaba deprisa con su voz baja y ronca, y sujetando mi muñeca de una forma que no me gustaba, como para mantenerme donde estaba, en el reservado, escuchándolo. Una camarera nos trajo más cervezas, puso unos platos ante nosotros, y Rafe apenas se dio cuenta. Dijo respirando apresuradamente—: Creo en los vampiros.

—Rafe, ¿qué? ¿*Vampiros?*

—¿Qué demonios te pasa? ¡Repites como un loro todo lo que digo! No vampiros reales, por supuesto; hombres mortales, y mujeres, que son vampiros. Que destruyen a los demás. Les chupan la vida. E incluso después de su muerte, la muerte de sus víctimas, el vampiro puede continuar. El trabajo de un hombre, su reputación; no puede protegerla si está muerto. Pienso en un hombre, un buen hombre, un hombre que era un gran artista, un hombre que era mi amigo, que confiaba en mí, un hombre que está muerto, que no puede protegerse a sí mismo, a quien debo proteger —parecían palabras preparadas, pronunciadas con pasión. No sabía cómo responder. Me sentía como una vasija vacía que esperaba llenarse.

Así que Rafe comenzó a hablarme de Carlin Ritchie, que había muerto el verano anterior (supongo que sabía que Ritchie había fallecido; había recibido homenajes en los medios), en su casa en las montañas de West Virginia, que su segunda esposa había convertido en un santuario en su nombre; había muerto en «circunstancias sospechosas» y desde entonces su esposa estaba robando sus obras de arte, su reputación, afirmando que los dos habían sido «colaboradores» en la importante obra en que Ritchie había estado trabajando durante los últimos cinco o seis años de su vida; ella había escondido una docena de serigrafías —«La serie de Carlin sobre los Apalaches, algunas de las mejores obras que había creado»— que Carlin había designado en su testamento que deberían ser para Rafe Healy.

—¡Me las ha arrebatado! ¡Me las ha robado! ¡A mí, que era amigo de Carlin, que lo quería como a un hermano! No sólo a mí, sino a otros amigos suyos, no les había permitido verlo durante los últimos meses de su vida, esa mujer cruel, esa vampiresa, chupando la sangre de ese hombre indefenso, y sigue sin parar después de su muerte; se hace llamar «Janessa Ritchie». He intentado hacerla entrar en razón, Harrison. No soy el único, está la primera esposa de Carlin, y sus hijos adultos, familiares suyos; nos apartó a todos. Lo quiere para ella sola. Para ella sola. Un gran artista estadounidense, un artista querido por la gente, ahora ha muerto y no puede protegerse; me está matando, me destroza. Tengo que detenerla.

—Detenerla, ¿cómo?

—Con una pistola, creo. Un rifle. No soy un hombre violento, no más de lo que lo fue Carlin, pero es como si tuviera un cáncer en mi interior, comiéndome vivo. Hay que detener a ese vampiro.

Estaba estupefacto. Estaba sorprendido. ¡Mi primo Rafe diciéndome esas cosas! Vi que hablaba en serio, totalmente; y no sabía qué responder. En sus ojos brillaba una extraña luz ámbar que no había visto hasta entonces. No sentía demasiado apetito como para comer, pero permanecía allí sentado contemplando a Rafe devorar su bocadillo con patatas fritas mojadas en ketchup, agachando la cabeza hacia su plato, girado levemente hacia un lado, sus colmillos cortando la gruesa corteza de un panecillo, lonchas de rosbif poco hecho.

5

Esto es lo que Rafe me contó, de forma poco sistemática durante el transcurso de los tres días siguientes:

La última vez que vi a Carlin Ritchie, en su casa de Buckhannon, en West Virginia, que ella había convertido en un santuario para turistas incluso antes de que él hubiera fallecido, fue ocho semanas antes de que ella lo matara, juro que me suplicó con sus ojos: «No estoy preparado para morir. Rafe, ¡no me abandones!». Extendía la mano hacia mí. Su mano sana, la izquierda. Me apretaba los dedos. Dios, ¡cómo quería a aquel hombre! Incluso cuando no lo recuerdo con demasiada claridad, sé que había estado soñando con él. Como anoche. Y la anterior. «¿Rafe? ¿Rafe? No me abandones, ¿vale?»

¿Cómo supe que había muerto?, un amigo me llamó. Un amigo común. «Carlin ha muerto, lo ha matado», gritaba mi amigo. Hice unas llamadas, puse la televisión pero no hablaban de ello, conseguí un ejemplar del *New York Times* y la necrológica aparecía en toda la parte superior de la página, CARLIN RITCHIE, 49 AÑOS, ARTISTA NAÏF MUERE EN WEST VIRGINIA. Cuando vi que era cierto, comencé a sollozar como un niño.

Es una estupidez que Carlin fuera un artista naïf. Tenía un talento nato, nadie podría captar el rostro humano, los ojos, el alma, como Carlin, pero también se había entrenado a sí mismo; hubo una fase, durante su veintena, en que creó unas horribles serigrafías retorcidas al estilo de Goya. Y en la escuela de Shenandoah, entonces sólo éramos unos críos, Carlin era el clasicista: «No puedes superar el pasado a no ser que lo conozcas». Y citaba a Blake: «Conduce tu carro sobre los huesos de los muertos».

Sí. Las últimas líneas de las necrológicas te dicen quiénes han sobrevivido al fallecido. Se nombraba a la primera esposa de Carlin, y a sus tres hijos adultos. Después: «Janessa Ritchie, su viuda». *Su asesina.*

¿Janessa?, ni siquiera se llama así, sino algo como Agnes, Adelaide, y había estado casada al menos una vez antes, y no era tan joven como creía todo el mundo. Lo supe después. Nunca se lo dije a Carlin. Él estaba locamente enamorado de ella, cautivado por ella; no escuchaba ni una palabra en su contra ni siquiera de sus viejos amigos. Ni siquiera de sus hijos. Ellos son los que sufren; consiguió que cambiara su testamento, dejándole a ella prácticamente todo y nombrándola albacea de su patrimonio. Carlin nunca gastó mucho dinero, no le parecía importante salvo como medio para comprar material de dibujo, pero estamos hablando de millones de dólares. Y la forma en que ella lo está comercializando; estamos hablando de decenas de millones. Va a exprimir su nombre todo lo que vale.

Claro que conocía a la primera esposa de Carlin, a su familia, no íntimamente, pero los conocía y me contaba entre sus amigos. Carlin se casó con su novia del instituto, los dos eran unos críos cuando empezaron a tener niños. Estuvieron juntos veintiséis años. Nadie podía creer que hubieran roto, Carlin estaba viviendo con otra mujer: «No puede ser. Carlin no es así», era lo que decía todo el mundo. Y era cierto, Carlin no era así. Pero *ella* sí; me refiero a la vampiresa. Simplemente se apoderó de él. Como si hubiera puesto la mano, sus garras esmaltadas, en el corazón vivo de aquel hombre.

No, no culpo a Carlin en absoluto. Creo que fue cautivado. Como si se encontrara bajo un hechizo maléfico. Sufría de EM, esclerosis múltiple, por si no lo sabías. «Enfermedad de Mierda» la llamaba Carlin —se le desató a los veintinueve años, justo cuando comenzaba a vender sus obras, a hacerse un nombre, a ganar premios— y estaba postrado en una silla de ruedas, de la noche a la mañana. Pero mejoraba, la enfermedad le remitió durante un tiempo, después volvió a apoderarse de él, no podía caminar, más adelante comenzó un tratamiento de salud holístico y realmente mejoró; remitió de nuevo, dijeron, aunque de hecho, como decía Carlin, nadie sabe qué es la EM en realidad, es como un síndrome, lo que funciona para una persona no lo hace para otra, una persona se marchita y muere a los cinco años y otra puede seguir de pie, sano y caminando durante veinte: «No puede calcularse. Como la vida». Pero Carlin tuvo suerte, creo que tuvo que ver con su actitud, su corazón; sencillamente no iba a dejar que la enfermedad lo consumiera.

La primera vez que alguno de nosotros oyó hablar de Janessa fue en un festival de verano de Bellas Artes en Virginia, y allí estaba Carlin Ritchie, invitado de honor, sin su esposa, rodeado de admiradores, uno de ellos una joven de apariencia extraña: una chica delgada, sexy y de aspecto serpentino, con una sonrisa permanente y nerviosa que enseñaba las encías y unos dientes blancos un tanto protuberantes; unos enormes ojos oscuros, habría que llamarlos hermosos aunque eran algo raros, con unos párpados azulados y caídos, y un modo de mirar como si te estuviera memorizando. A Carlin se le veía incómodo al estar con ella, con ese aspecto de enfermo de amor y avergonzado en su rostro, pero nos presentó diciendo que Janessa era una fotógrafa de Nueva York, con mucho talento, y yo pensé: *Ah, ¿sí?,* y no dije mucho más. La chica parecía tener unos veinte años. (De hecho, tenía más de treinta.) Ella no estaba incómoda en lo más mínimo. Sus ojos se clavaron en los míos, y su piel despedía un calor almizclado. Empujó su mano contra la mía como una criaturita retorcida, y la punta rosada de su lengua entre los dientes. ¡Ay Dios! Qué descarga sentí. Exclamó:

—¡Rafe Healy! Es un honor conocerle.

Como si hubiera un lazo inmediato entre nosotros e incluso Carlin fuese ajeno a él. Me sentí asqueado por ella, pero debo admitir que también me hallaba algo intrigado, por aquel entonces no estaba del todo claro lo serio que Carlin iba con ella, si eran pareja o sólo estaban juntos en Virginia. Nadie habría predicho que Carlin dejaría a Laurette por ella, después de todo lo que habían pasado juntos, y ahora Carlin ganaba dinero, era famoso. Les observé a él y a la chica durante el resto de la semana, a distancia, para que Carlin captara el mensaje de que yo no aprobaba la relación, no es que sea puritano ni nada, no es que me tome el matrimonio tan en serio, la mayoría de ellos al menos; en mi experiencia, los votos se hacen para romperse. Pero la última noche del festival me emborraché y hablé con Janessa en privado, le dije:

—Sabes, Carlin Ritchie está casado, es un abnegado padre de familia, no ha estado bien de salud y su mujer le ha cuidado y antes de que comenzara a ganar dinero lo mantuvo durante años, y tienen tres hijos; tenlo en cuenta.

Y Janessa respondió, toda ansiosa e infantil, con los ojos muy abiertos, colocando su mano en mi brazo y poniéndome la piel de gallina:

—Oh, Rafe, ¡ya lo sé! —como si me conociera, como si llevara años llamándome Rafe—, Carlin me lo ha contado todo sobre esa maravillosa mujer, «mi primer amor» la llama —Janessa bajó la mirada, y puso esa cara de atontada como si supiera que estaba cometiendo una travesura, coqueta y traviesa, pero sin poder evitarla—, aunque estoy pensando, Rafe, ¿sabes?, prefiero ser el último amor de Carlin Ritchie en lugar del primero.

Con su medicación, Carlin no debía beber. Antes de ponerse enfermo, tuvo prácticamente toda una vida en la que bebía, muchísimo. Sin Laurette a su alrededor, tendría una recaída, y estaba bebiendo en esa situación, y la gente estaba preocupada por él, pero Janessa no; los observé alejarse juntos, de una fiesta, era tarde, pasadas las tres de la madrugada: Carlin se apoyaba en la joven, y ella le rodeaba la cintura con el brazo, era delgada pero fuerte, prácticamente lo sujetaba, y Carlin era un hombrecillo grueso, denso, aquellos hombros y el torso musculosos, pero Janessa lo sostenía mientras caminaban colina arriba hasta el bungalow en el que Carlin se alojaba, un bungalow de madera de abedul blanco, y yo permanecía en las sombras observando, no creo que estuviera borracho sino totalmente sobrio, observándolos, después de que entraran al bungalow y se apagara la luz.

Al poco tiempo supimos que Carlin se había separado de Laurette. Vivía con Janessa en Nueva York, asistía a fiestas, inauguraciones de galerías de arte, Avedon lo fotografiaba para *The New Yorker*: el rostro demacrado y poco agraciado de

Carlin, como el de un niño, y sin embargo era atractivo a su modo, como las serigrafías de los Rostros de los Apalaches que le hicieron famoso. Hay algo en rostros como ésos que te toca en lo profundo de tu corazón. Algunos amigos de Carlin se volvieron contra él, pero yo no; yo le perdonaría cualquier cosa, casi. Además, yo tampoco soy tan inocente con las mujeres. Yo no era quién para juzgar. Nunca lo juzgué; tan sólo a *ella*. Ocurrió bastante rápido: Carlin se divorció de Laurette y se casó con Janessa, dejó que ella se encargara de dirigirle la vida, sus exposiciones, su correspondencia, sus finanzas; que lo convenciera para comprar la casa de Buckhannon, y la renovara, el santuario a Carlin Ritchie, la pintó de color lavanda con un ribete de color morado, e instaló una valla de estacas con un portón y una pequeña placa de bronce, DOMICILIO DE CARLIN RITCHIE - PRIVADO, POR FAVOR, para que sus admiradores pudieran hacer fotografías desde la carretera.

—Dios mío, Carlin, es como si estuvieras expuesto, a la venta, ¿cómo puedes permitirlo? —le pregunté, francamente estaba furioso, y Carlin respondió, incómodo:

—No tiene nada que ver conmigo. Es sólo la idea. Janessa dice: «La gente adora tu arte, así que quieren adorarte. No puedes negárselo».

—Y una mierda que no —respondí—, se lo has negado en el pasado.

—Bueno, el pasado pasado está —dijo Carlin con voz triste y apagada.

Hablábamos por teléfono; Carlin estaba en su estudio, era prácticamente la única forma en que podíamos hablar e incluso entonces Janessa vigilaba las llamadas que recibía, levantando el auricular, así que oías un aliento sibilante. La mayor parte del tiempo, cuando llamaban los amigos de Carlin, Janessa contestaba el teléfono con su fingido saludo juvenil:

—Ay, ¡hola! Claro que sé quién eres. Claro que a Carlin le encantaría hablar contigo. Pero... —y explicaba que aquel día Carlin se había agotado en el estudio, o no había podido usar las piernas, o que no había podido fijar la mirada; otro día estaba «luchando contra la bestia», refiriéndose a la EM; con más frecuencia, cada vez que llamábamos, se nos decía que Carlin «no estaba disponible, lamentablemente». Sus hijos se quejaban de que una vez tras otra les dijeron durante los quince últimos meses de la vida de su padre que «no está disponible, lamentablemente». Y sin embargo, había una corriente constante de fotógrafos, entrevistadores, equipos de televisión y vídeo que viajaban hasta el domicilio de Carlin Ritchie en Buckhannon, desde lugares tan alejados como Japón y Australia, y aquellas personas que, puedes estar seguro, nunca dejaban de incluir a Janessa Ritchie en sus perfiles, siempre eran bienvenidas.

Cuando Carlin salía de Buckhannon no era para visitar a sus viejos amigos como solía hacer. Después de casarse con aquella mujer, nunca más volvió a visitarme. Ella lo llevaba a festivales de arte, a lujosos acontecimientos en los que Carlin era el invitado de honor, a veladas de etiqueta en Nueva York y Washington, pero nunca al festival de verano de Shenandoah ni a cualquier otro lugar normal. Carlin iba en calidad de estrella, o no iba. Ella exigía honorarios elevados para él, y él parecía incómodo y a la vez orgulloso; nunca olvidó su formación en West Virginia. Había nacido en una pequeña población a treinta y dos kilómetros de Buckhannon, era sólo un cruce de caminos, y sus padres eran pobres; a pesar de la leyenda que se cuenta de Carlin Ritchie, no tuvo una infancia feliz, lo sé de buena fuente; no tan feliz como yo, y eso que yo había perdido a mis padres. (Pero yo tuve unos padrastros buenos, amables, y generosos, podría decirse. E incluso un hermano del alma.) Janessa no permitía nunca que Carlin hablara de su verdadero hogar, de sus verdaderos padres; todo tenía que ser simulación, sentimentalismo. En las mejores obras de Carlin había siempre un tono de melancolía, como en los cuadros de Hopper, pero con mayor textura y sutileza que en los de Hopper, una especie de ensoñación, meditación, a posteriori, casi póstuma. Como las personas y lugares de los Apalaches que habían desaparecido, se habían desvanecido realmente. Y Carlin Ritchie los recordaba. (Y Janessa empezó a hacer esas fotografías fingidas, posados, en West Virginia, obras complementarias las llamaba, a las obras de Carlin, cuando él estaba demasiado enfermo para evitarlo, y después de su muerte, ella las publicó unas al lado de las otras, junto a las obras de él, afirmando que había sido su colaboradora durante todo su matrimonio. ¡La colaboradora de Carlin Ritchie! Pero aquello no sería lo peor.)

La última vez que vi a Carlin en público fue en una entrega de premios de etiqueta en la Academia estadounidense de Nueva York. Carlin era miembro de la Academia, y yo iba a recibir un premio. Y algunos otros amigos nuestros, de la vieja época en Shenandoah, de nuestra juventud, estaban allí, celebrándolo. Pero, demonios, no pudimos acercarnos ni a seis metros de Carlin. Nos lanzaba miradas avergonzadas y melancólicas, pero iba en su silla de ruedas y Janessa lo tenía rodeado de gente rica e importante —«los clientes privilegiados de Carlin», los llamaba—. Se supo después que había estado vendiendo las obras de Carlin, redactando contratos antes de que las creara; hacía que el pobre gilipollas firmara los contratos, nombrándola como su agente, sin saber lo que firmaba; siempre fue un tipo descuidado con los contratos y el dinero, incluso peor que yo. Nos emborrachamos con champagne, y contemplamos a nuestro amigo Carlin en su esmoquin que hacía que pareciera que estaba embalsamado, en la silla de ruedas, que era cara y motorizada, guiado por aquella mujer de piel blanca con un vestido largo de terciopelo tan escotado que prácticamente se le salían los pechos, con un collar de perlas de varias vueltas alrededor de su cuello, que parecían reales, no cultivadas, y seguro que no eran del tipo de perlas de bisutería de West Virginia, su brillante cabello pelirrojo peinado alto y su rostro hermoso, radiante; ¿ésta es la segunda señora Ritchie? No es de extrañar que a los fotógrafos les encantara hacerle fotografías junto al pobre Carlin, con el pecho hundido en su silla, que entonces llevaba unas gruesas gafas, y sufría de parálisis en la mano derecha, elevando su horrible sonrisa esperanzada y consiguiendo estrechar la mano izquierda a sus «clientes privilegiados» que se cernían sobre él. Janessa ya no tenía el tipo de delgadez anoréxica nerviosa; había acumulado abundante carne femenina y firme y estaba para comérsela. Su rostro era pálido como el de una geisha y estaba maquillado como una máscara, inmaculado, la boca carmesí, rímel negro que acentuaba sus enormes ojos, cejas arqueadas que parecían dibujadas con un lápiz. Ahora aparentaba no tener edad; como Elizabeth Taylor en aquellas fotografías glamurosas que solías ver en las portadas de las revistas del corazón, belleza de vampiresa genérica. Totalmente falsa, pero terriblemente glamurosa. Debo admitir que aquella noche Carlin estaba bastante contento, bajo la mirada atenta de Janessa, y su busto bien formado le presionaba la parte trasera de la cabeza, así que si se quedaba dormido (probablemente por la medicación) se despertaba con una sonrisa sorprendida. Conseguí acercarme a él lo suficiente como para estrecharle la mano —demonios, me incliné para abrazarle, y Carlin me abrazó, fuerte, como un hombre que se estuviera ahogando— aunque aquello no agradó en absoluto a la segunda señora Ritchie. Carlin decía, casi suplicando:

—¿Rafe? ¿Dónde has estado? ¿Por qué ya no vas a visitarme? ¡Ven a verme! ¡Pronto! ¡La semana que viene! ¡Enséñame lo que estás haciendo últimamente, hombre! Estoy creando unas nuevas obras magníficas; ¡te voy a sorprender, hombre! —mientras la puta de Janessa sonreía, su sonrisa furiosa y hermética, empujando la silla de ruedas de Carlin para alejarse de allí a la vez que decía:

—Señor Healy, está sobreexcitando a mi marido. Está tomando medicación, no sabe lo que dice. *Discúlpenos.*

Y se lo llevó hasta un ascensor, bloqueándome la entrada con ellos, aunque había sitio suficiente, y allí estaba el artista Robert Rauschenberg en el ascensor. Janessa reconocía un nombre famoso y era como si hubiese recibido una inyección de adrenalina pura; sus enormes ojos hambrientos le brillaban, su boca sexy perdía su dureza, sus pechos de algún modo parecían más prominentes, hubo arrullos y graznidos sobre Rauschenberg diciendo lo que le habían gustado sus «enormes pinturas de collage» desde que era una niña, bloqueándome todo el rato, y fingiendo no ser consciente de que yo estaba allí, mientras Carlin miraba, confuso y nervioso; habría sido una escena cómica en la televisión, pero en la vida real, si te tocaba vivirla, no era tan agradable. De todos modos, ya me conoces, yo seguía empujando en el ascensor, con el codo contra Janessa, su perfume en mis orificios nasales como gardenias marchitas, e intentaba hablar con Carlin, y Janessa perdió el control y me dio un bofetón, de hecho me abofeteó, y dijo:

—¡Maldito sea! ¡Está acosando a mi marido y me está acosando a mí! ¡No lo conocemos! ¡Voy a llamar a un guardia de seguridad si no nos deja en paz!

—¿Cómo coño dice que no me conoce? —respondí—. Soy amigo de Carlin; ¿quién coño es *usted*?

Y quizá yo estuviera un poco borracho, y beligerante, y mi corbata negra se estaba soltando, aunque Janessa me provocó, y me habría gustado lanzarme y golpearla, pero ella comenzó a gritar:

—¡Socorro! ¡Policía!

Así que me retiré del ascensor a toda prisa, todo el mundo me miró fijamente, incluso Rauschenberg. Es entonces cuando me doy cuenta de que esa mujer, Janessa, es mi peor enemiga. Y también es enemiga de Carlin. Aunque el pobre no estaba en condición de saberlo.

La última vez que vi a Carlin Ritchie a solas fue en su casa de Buckhannon, West Virginia, que había visitado una vez con anterioridad. Aquello fue unas ocho semanas antes de su muerte. Recibí una llamada suya, invitándome; intentaba sonar de buen humor por teléfono, pero su voz era débil, y tuve la clara impresión de que Janessa estaba vigilando nuestra charla, pero me alegraba mucho oír a mi amigo, y si pensé algo fue que Janessa estaba avergonzada por cómo me había tratado, y le preocupaba que yo causara algún problema. Así que permitió a Carlin que me invitara a Buckhannon. Creo que más o menos fue así. Además, se estaba preparando para asesinarlo y puede que creyera que necesitaba algún testigo creíble antes, para que testificara que el pobre hombre se hallaba en mal estado. «¡Ha perdido el uso de las piernas!», decía, con su voz gimiente y entrecortada como si fuera una completa sorpresa para ella, o para Carlin, que no pudiese andar por aquel entonces.

Así que viajé en coche hasta Buckhannon, agradecido de haber sido invitado a pasar una sola noche, y llené la furgoneta de algunos de mis edredones para enseñárselos a Carlin, que había sido un gran apoyo para mi trabajo, aunque fuera totalmente distinto del suyo, y allí estaba Janessa abriéndome la puerta en aquella extraña casa diseñada a lo Disney; clásica victoriana de pan de jengibre de West Virginia, era como la describía en las entrevistas, una réplica exacta del hogar familiar de los Carlin que perdieron durante la Depresión, sandeces de las que pensarías que Carlin se avergonzaría, pero tenía que soportarlas; y en lugar de mi enemiga, Janessa era ahora mi amiga, o eso parecía; abrazándome con sus fuertes brazos carnosos, deslumbrándome con su perfume y un húmedo beso de colegiala en los labios.

—¡Rafe Healy! ¡Le hemos echado de menos! *¡Adelante!* ¿Cuánto va a quedarse? —(como si no hubiera acordado conmigo que una única noche era lo máximo). Pensarías que la escena estaba siendo televisada: he aquí la señora de Carlin Ritchie, la elegante anfitriona, con una falda india larga hasta el suelo que hacía frufrú, con capas de gasa y seda, el cabello pelirrojo que le caía por la espalda, una mujer que había sacrificado su carrera como fotógrafa profesional para cuidar de un marido discapacitado al que adoraba. Y Rafe es un bobo, un mamón, ella me besa en la boca y empuja con su lengua y, ¡ay Dios!, siento una descarga tal que pienso que puedo perdonar cualquier cosa a aquella mujer. Resulta una completa sorpresa para mí que el estado de ánimo entre nosotros sea totalmente distinto al que había habido en Nueva York, en aquel ascensor, aunque ahora tengo entendido que eso es típico de cierta clase de psicópatas, del tipo más taimado, que no son predecibles de una ocasión a otra, sino que improvisan con frialdad, probando distintos métodos de engaño, manipulación y control. (Eso explicaría lo que los hijos de Carlin decían de ella algunas veces cuando habían hablado con su padre por teléfono, los días que ella lo permitía: que podían oír a Janessa gritándole, o gritando a alguien, en segundo plano; mientras que en otras ocasiones era arrulladora y cordial, diciendo lo amables que eran por llamar, lo contento que iba a ponerse su padre al oírlos: «¡Y eso también me hace feliz!».)

Esta visita a Carlin, la última visita, me resultó dolorosa, pero fue poderosa y memorable; fue como si me encontrara en presencia de un santo, y sin embargo se trataba de un santo que también era un tipo de buen corazón, un amigo, sin pretensiones, sin tener conciencia de quién era, del estatus que había conseguido. A Carlin Ritchie lo conocía desde que éramos jovencitos, juntos en Shenandoah, recorriendo a tientas nuestro camino hacia nuestras carreras. Me sorprendió ver que había perdido más peso, y que daba la impresión de haberse resignado a la silla de ruedas. Sus piernas parecían marchitas; incluso los calcetines le quedaban grandes. Pero su mente era clara, aguda. Me dijo que se suponía que debía tomar cierta medicación, Janessa se disgustaría si se enteraba de que se la había saltado aquel día:

—Pero me espesa la cabeza, y me deja la lengua tan pesada que no puedo hablar, así que al diablo con ello, ¿verdad? Por ahora.

Pasamos la mayor parte de la visita en la terraza donde Carlin podía tumbarse en un diván de mimbre; era una tarde noche suave de mayo, y Janessa se enfureció porque

424

Carlin sólo quería comer del plato, sin una cena formal como había planeado en el comedor, y sin polaroids:

—Janessa es la persona más pendiente de la posteridad que conozco —me dijo Carlin, guiñándome el ojo—, me haría una foto en el baño si no cerrase la puerta.

Janessa rió, dolida, y respondió:

—Bueno, alguien tiene que estar pendiente aquí de la posteridad. Éste es un archivo vivo, y tú eres Carlin Ritchie, no lo olvides. No eres un don nadie —me miró con cierto aire atrevido y provocativo, como si dijera que Rafe Healy *sí era* un don nadie. Después de un rato, Janessa se aburrió de nosotros y entró en la casa; yo la veía fugazmente por una ventana con cortinas, dando vueltas, hablando por el teléfono móvil, atontada, riendo de tal modo que me pareció que debía de tener un amante, seguro que lo tiene, una mujer así, y el pobre Carlin discapacitado. Aunque agradecí que nos hubiera dejado solos, y pude ver que Carlin también. Él nunca diría una palabra en contra de aquella mujer pero tenía un tono triste e irónico, la forma en la que se encogía de hombros cuando ella decía algo ridículo, sus ojos fijándose en los míos como cuando éramos jóvenes y alguna mujer adulta nos decía gilipolleces. Sin embargo, después, unos minutos más tarde, hablando de su nueva obra, decía:

—Rafe, no sé cómo continuaría, sin Janessa. Ella contrata a mis ayudantes, filtra mis llamadas, mi negocio... el mundo.

Yo deseaba replicar: «Bueno, Laurette lo sabría, si no lo sabes tú». Pero no lo hice. Sabía que era mejor no hacerlo. La vampiresa le había clavado los colmillos muy profundamente; debían de tener un efecto anestésico, un engaño reconfortante. Yo me emborracho por el mismo motivo más o menos, quizá no debería juzgar. Nos limitamos a permanecer allí sentados en la terraza de Carlin y charlamos. Quizá pasamos tres horas, y Janessa furiosa y sufriendo dentro. Carlin no podía tomar alcohol, pero se bebió un par de cervezas, y yo me tragué un paquete de seis como mínimo. Era como si ambos supiéramos que aquélla podría ser la última vez que nos viéramos. Le dije:

—Carlin. Me gustaría que hubiera algo que pudiese hacer, coño, ¿sabes? Como donar un riñón. Un trasplante de bazo. Demonios, la mitad de mi corteza cerebral.

Y Carlin se echó a reír, y dijo:

—Ya lo sé, Rafe. Lo sé.

—Es una mierda. Es el destino, es injusto. ¿Y por qué tú? —dije. Me picaban los ojos por las lágrimas; estaba a punto de gritar.

Carlin me toqueteó con su mano izquierda, la sana, y dijo, como si se estuviera impacientando un poco conmigo, como si hubiera entendido aquella lógica y yo todavía no lo hubiera conseguido:

—Pero mi destino fue ser Carlin Ritchie al cien por cien. Es un paquete completo.

Después empezó a contarme que *estaban* —es decir, Janessa y él— haciendo planes de conveniencia. Para cuando por fin se pusiera demasiado enfermo. Lo que podría ser un poco antes de lo que él esperaba. Acumulando pastillas, barbitúricos. Tendría que ser, dijo Carlin, sin que lo supieran sus doctores. Sin que nadie legal lo supiera. Nadie de su familia.

—Son baptistas de la vieja escuela, no les va eso de tomarse la vida, y mucho menos la muerte, por la mano.

Me sorprendí al oír aquello. Le dije:

—Carlin, ¿qué dices? Estás planeando ¿qué?

Carlin respondió, bajando la voz:

—No quiero ser una carga para Janessa. No más de lo que soy. Cuando... si... sufro de incontinencia, como lo llaman, sé qué hacer.

—Carlin, no me gusta oírte hablar así. Eres joven, por el amor de Dios, ni siquiera tienes cincuenta años.

—Ése es el problema, tío, soy lo suficientemente joven para durar, en estado vegetal, mucho tiempo.

—Tienes mucho trabajo que hacer... muchísimo. ¿Qué coño me estás diciendo que estás pensando hacer?

426

—Rafe, no te he contado lo que he hecho, no lo he compartido contigo, para que me condenes —Carlin dice, con dignidad—: Ni siquiera te he invitado a que des tu opinión. Te lo estoy diciendo. Eso es todo.

De modo que permanecí allí sentado, tembloroso. Me dicen que soy un tipo agresivo, que hablo sin pensar, así que intenté asimilar aquello, intenté ver la lógica de Carlin. Podía verla, supongo. Dentro de la casa, que se hallaba encendida como el decorado de una película, Janessa estaba viendo la televisión y parecía que todavía hablaba por teléfono. Carlin dijo, disculpándose, que años atrás había pensado pedirme que fuera su albacea si algo prematuro le ocurría —«A Laurette le gustaba mucho la idea»— pero ahora, por supuesto, las cosas eran distintas; Janessa sería su albacea. Tragué saliva con fuerza y dije que sí, que lo veía, que lo entendía. Carlin dijo, incómodo:

—Ya sabes cómo es Janessa, me quiere tanto. Se siente algo celosa de mí y de mis viejos amigos. No la culpo, es una mujer de sangre caliente, ¿sabes? Ella también es artista. Abandonó su arte por mí.

—¿Ah sí?

—Dice que abandonó la posibilidad de tener hijos por mí.

—¿Ah sí?

—Dice que no quiere que sufra. Está muy preocupada por mí, casi está ella más disgustada que yo porque pueda sufrir. *Interminablemente,* como suele decir.

—Así que estás acumulando barbitúricos para ella... —dije, con cierta mezquindad—. No quieres que ella sufra —Carlin parpadeó como si no hubiera acabado de entender aquello, y yo añadí, en voz más alta—: Ella está ensayando tu muerte, ¿no es así? ¿Te está animando a morir? ¿Ha elegido ya la fecha?

Carlin respondió rápidamente:

—No, no, mi mujer no me está animando a que haga nada. Tiene en mente lo que más me conviene. Si... cuando... llegue la hora en que no pueda andar, no pueda moverme, no pueda comer, no pueda controlar mis intestinos, no quiero vivir, tío.

—Pero todavía falta mucho tiempo para eso. Puede que no llegue nunca.

—Podría ser el mes que viene.

—Puede que a mí me llegue antes, Carlin. Es como jugar a los dados.

Carlin se acabó su cerveza, o lo intentó; un hilillo de cerveza le corría por la barbilla. Dijo encogiéndose de hombros:

—Vale, no quiero morir. Sí, pero estoy preparado. Quiero ser valiente. Soy un cobarde, quiero ser valiente. Ayúdame.

—¿Ayudarte? ¿Cómo?

Pero Carlin se echó a reír, y repitió lo que había dicho, añadiendo algo sobre Dios que lo cuidaba: «Si es que Dios existe, aunque creo que no. En algún momento tenemos que hacernos mayores, ¿verdad?». Y yo dije, intranquilo, sin saber ya cuál era el tema de conversación:

—Demonios, no. Yo no.

Y los dos rompimos a reír.

Aquella visita en mayo del año pasado fue la última vez que vi a Carlin Ritchie con vida, aunque intenté hablar con él por teléfono en una o dos ocasiones. Pero Janessa siempre contestaba, diciendo con su voz infantil entrecortada:

—¿Quién? Oh, es usted. Bueno, lo siento en el alma, Rafe Healy, pero mi marido no acepta llamadas hoy.

—¿Cuándo cree que lo hará, señora Ritchie? —preguntaba intentando mantener mi voz firme, y ella respondía, como si lo hubiera ensayado, como si la estuvieran grabando para la posteridad:

—Eso está en las manos del Señor.

En aquel momento, mi primo Rafe hizo una pausa. Se encontraba a punto de romper a llorar. Y yo me sentía

428

algo extraño, agotado por la historia de Rafe a la vez que nervioso. Y de repente algo receloso.

No estábamos en la taberna cerca de los tribunales ni en el pasillo del sótano del viejo edificio. Resultó que estábamos tomándonos unas cervezas en un bar llamado Domino's; era temprano, la noche de nuestro segundo día como jurados, y nuestro panel había sido despedido aquella tarde sin que nos hubiesen llamado a una sala todavía. Sin embargo, desde que Rafe había comenzado a contarme su historia, las horas volaban, y a ninguno de los dos parecía importarnos nuestra ociosidad forzada. Estaba tan atrapado en las palabras de Rafe que podía sentir una compasión por Carlin Ritchie, a quien nunca conocí, tan intensa como la que pueda haber sentido por cualquiera; y podía sentir el odio fermentando en mi corazón por aquella mujer, Janessa. Entendía por qué Rafe la odiaba tanto, pero yo no habría ido tan lejos como para desearle la muerte, después de todo, es un estado bastante extremo.

La noche anterior, había llegado tarde a casa, después de las siete, había parado en Domino's con Rafe, y Rosalind me estaba esperando, preocupada:

—¿Desde cuándo dura tanto la sesión de los jurados? ¿Te han convocado para algún juicio?

Había decidido no contarle que me había encontrado con Rafe en los tribunales, y sabía lo inútil que era fingir ante aquella mujer de nariz afilada que no había parado en un bar y me había tomado unas cervezas, así que le dije que sí, que había sido seleccionado para un juicio, y que era muy desagradable, y que nos habían prohibido hablar de él hasta que concluyera:

—Así que no me preguntes, Rosalind. Por favor.

—¡Un juicio! ¡De verdad te han elegido! —exclamó Rosalind—. ¿Es un... caso de asesinato?

—Ya te lo he dicho, Rosalind, no puedo hablar de ello. Estaría en desacato ante el juez.

—Pero, cariño, ¿quién va a enterarse? Yo no voy a contárselo a nadie.

—Yo lo sabría. He dado mi palabra, he jurado sobre la Biblia que cumpliré mis obligaciones como exige la ley. Así que no me provoques, no voy a decir ni una palabra más sobre ello.

Y de todos modos, me sentía tan nervioso por la terrible historia que mi primo me estaba contando que realmente no parecía que estuviera mintiendo a Rosalind; había una verdad más profunda en mi corazón: el secreto que mi primo estaba compartiendo conmigo y que yo nunca contaría a nadie.

Sin embargo, Rafe movía los hombros como hacía de niño, y sabías que no estaba contando toda la verdad. Así que dije, con un presentimiento:

—Rafe, retrocede un poquito. La última vez que viste a Carlin Ritchie. Aquella visita a Buckhannon.

—¿Por qué? Ya te he contado lo de Buckhannon.

—Pero ¿había algo más? ¿Entre la señora Ritchie y tú, quizá?

—Ésa es una grave acusación —respondió Rafe—. Vete a la mierda, tío.

—Bueno, ¿lo hubo? Será mejor que me lo cuentes.

—¿Que te cuente el qué, tío? —Rafe me estaba desafiando, pero sus ojos de color piedra estaban nublados y evasivos, y yo seguía presionando, hasta que finalmente lo admitió, sí, había algo más. Y no estaba orgulloso de ello.

Ya a las once de la noche, Carlin estaba agotado. En los viejos tiempos habríamos pasado gran parte de la noche hablando de arte y de las ideas y bebiendo, ahora podía ver que él estaba listo para irse a la cama cuando Janessa vino a buscarlo. Se lo llevó en la silla de ruedas a una habitación equipada especialmente en la parte trasera de la casa, y cuando regresó dijo con un suspiro y una sonrisa triste:

—Ese pobre hombre valiente. Gracias por hacer este peregrinaje, Rafe Healy.

¡Peregrinaje! Como si yo fuera una especie de peregrino servil. Pensé: *Váyase a la mierda, señora,* y debería haber-

430

me ido a la cama (me quedaba en una habitación de invitados en el piso de arriba) pero la dejé convencerme para que me tomara una última copa con ella:

—Sólo una. Por los viejos tiempos. Para que no haya malos sentimientos entre nosotros.

Tenía ese estilo coqueto y, sin embargo, también un deje de reproche, como si supiera a ciencia cierta cómo la valoraban determinadas personas, y se enfrentara a ellas y al mismo tiempo quisiera caerles bien, o al menos que se sintieran atraídas por ella de todos modos. Así que nos sirvió un bourbon. Llevaba puesto un vestido de gasa de color crema como un camisón, y el cabello en tirabuzones como los de una niñita, y los ojos como los de una lechuza, rodeados de rímel, y la boca hambrienta y fea de carmín que no podía dejar de mirar. *Sí, sabía que debería haber salido pitando de aquella casa. Lo único que puedo decir es que estaba borracho, que fui un tonto.* Janessa rodeó mi brazo con el suyo y me llevó alrededor de la casa para enseñármela; había sido idea de ella, se jactaba, un «santuario de recuerdos» para Carlin mientras todavía se encontraba lo suficientemente bien para disfrutarlo. Dije:

—Demonios, estará en bastante buen estado como para disfrutar muchas cosas, durante mucho tiempo —pero ella ni siquiera me escuchaba. Me invadió una sensación fría y enfermiza de que, para ella, Carlin Ritchie ya estaba muerto y ella era la viuda supérstite, la propietaria del santuario, la guardiana de la leyenda. La albacea del patrimonio. La heredera. Ella también había estado bebiendo aquella noche. Me mostró la sala con los expositores, un salón que estaba decorado con papel pintado de seda de un tono morado oscuro con lámparas empotradas en el techo, fotografías de Carlin desde la época en que todavía era un niño hasta el presente (salvo que no había señal de Carlin con su primera esposa o sus hijos), toda una pared cubierta con fotos enmarcadas de Carlin y Janessa, posando delante de sus obras, o en eventos públicos estrechando la mano a personas importantes. La halagué diciendo:

—¿Es éste el presidente de los Estados Unidos?

Y ella respondió, encantada, aunque un poco triste:

—Sí, claro que sí. Pero estuvo muy pendiente de Carlin, no de mí.

Yo me eché a reír y repliqué:

—Janessa, el presidente habría estado más pendiente de usted, si no se hubiese tratado de una ocasión tan pública.

Y ella se rió mucho con eso; le gustaba aquel tipo de humor.

Después de aquello, las cosas se volvieron algo confusas.

Quiero decir, sé cómo acabaron. Lo sé. Pero cómo llegaron a acabar así... eso está un poco confuso.

Nos encontrábamos en la sala de estar, a oscuras en su mayor parte. Y tomándonos otro bourbon. Y esa mujer atractiva de sangre caliente se está apoyando contra mí como si no supiera lo que hace. Y se supone que yo no debo enterarme de lo que está pasando hasta que ya es demasiado tarde. Se queja de que la familia de Carlin está propagando calumnias sobre ella, después se jacta de que el arte de Carlin estuviera alcanzando precios cada vez más altos ahora que estaba siendo comercializado con mayor profesionalidad:

—Gracias a mi intervención. Él *estaría* contento con ir regalándolo.

Se queja, o se jacta, de que tantas personas hagan el peregrinaje hasta Buckhhannon, muchos de ellos traen regalos como cojines bordados sobre cañamazo para la Biblia, crucifijos que brillan en la oscuridad, cien libras de filetes de venado que Carlin es demasiado amable o débil para rechazar:

—Así que están atascando nuestro congelador. ¿Puede creerlo?

—Bueno, si la gente lo quiere —murmuré, o unas palabras similares.

Janessa empieza a decir ahora lo sola que se siente entre toda esa conmoción, y el miedo que tiene, «como una niña pequeña», del futuro. Lo doloroso que es estar casada con un

432

hombre que ya no lo es realmente; «Mi marido, pero no mi amante. Y yo todavía soy *joven*». Allí está la punta de su lengua sonrosada entre los dientes, y de pronto está en mis brazos, y nos estamos besando, jadeando como animales, como si lleváramos horas esperando aquello, durante toda nuestra vida, y ahora no hay nada que nos contenga. Salvo que... la aparto de mí, asqueado. El sabor de su boca era como algo podrido. Como imaginarías que sabe la sangre rancia, ¡ugh! Si estaba borracho, ahora me sentía totalmente sobrio, de pie y fuera de allí, en el piso de arriba para coger mi bolsa de lona y abajo nuevamente, y allí está ella, una mujer avergonzada que decía:

—¡Tú! ¡Maldito seas! ¡Quién te crees que eres! —me dio una bofetada, cerró el puño y me dio un puñetazo como si fuera un hombre, yo la aparté de mí con un empujón y ella saltó hacia atrás como una gata montesa, arañándome en la cara, y yo sentí cierto miedo de ella, sabiendo que le habría encantado matarme, se sentía tan insultada. Pero no era lo suficientemente fuerte para causarme una verdadera lesión, no tuvo tiempo de correr a la cocina a buscar un cuchillo, gritando tras de mí desde la terraza mientras yo me alejaba en mi furgoneta—: ¡Hijo de puta! ¡No mereces llamarte hombre! ¡No se te ocurra ensombrecer esta casa otra vez! ¡No eres mejor que él... inútil! *¡Inútil!*

Y unas semanas después, Carlin Ritchie había muerto.

6

Al tercer día de nuestro deber como jurados, que fue un miércoles, por fin llevaron a nuestro panel al quinto piso, a la sala de un juez, donde había una causa por agresión con agravantes que iba a ir a juicio. Después de una sesión de selección de jurado, durante la cual no se llamó ni al JURADO 93 (Rafe Healy) ni al JURADO 121 (Harrison Healy), lo que quería decir que Rafe y yo permanecimos sentados durante mucho tiempo en un silencio forzado, Rafe estaba tan tenso que yo podía sentir cómo temblaba. Se sentaron un panel de doce jurados y dos jurados suplentes, y el resto fuimos despedidos para el almuerzo con una advertencia seria de que regresáramos al tribunal en cuarenta minutos. Rafe gruñó en mi oído que gracias a Dios que no había sido elegido, no estaba en el estado mental necesario para ser interrogado por un juez.

Quise decirle: «Si estás tan destrozado por esto, quizá no deberías pensar en cometer un asesinato. Quizá no seas un asesino». Pero no dije nada. Era como si no quisiera interferir con aquel extraño y espeluznante proceso que se estaba produciendo en el alma de mi primo, de tal magnitud y peligro que no podría haber ocurrido (estaba seguro) en la mía, como si yo no tuviera el derecho y sólo pudiera ser testigo.

Volvimos a ir a la taberna que había al final de la calle. Volvimos a tomar varias cervezas en rápida sucesión, para calmar nuestros nervios. Rafe extendió su enorme mano:

—Dios mío, Harrison: me ha entrado el tembleque —pero simplemente se echó a reír. Dijo—: Espero que no pienses demasiado mal de mí, Harrison, por comportarme como lo hice. Con aquella mujer despiadada.

Le dije con sinceridad:

—Creo que hiciste lo que debías. Al irte como lo hiciste.

—Conduje toda la noche para volver a casa. ¡Estaba tan asqueado de mí mismo! Y de ella, por dejarme en ridículo como lo hizo. Dios mío, ¡el sabor de aquella mujer! Todavía lo llevo dentro, te lo juro.

Se limpió la boca, y pidió otra cerveza para aplacar el regusto; era casi como si pudiera saborear algo podrido y la sangre rancia en mis labios.

Rafe continuó con su historia, y ahora yo ya sabía partes de ella y podía sentir que en alguna medida la había vivido, y me sentía tenso y agitado por lo que había de venir. Era como si hubiera estado con él cuando abrió el *New York Times* y vio CARLIN RITCHIE, 49 AÑOS, ARTISTA NAÏF MUERE

EN WEST VIRGINIA. Y la foto de Carlin tomada no sé cuántos años antes. El forense del condado dictaminó «complicaciones causadas por la esclerosis múltiple», pero el verdadero motivo de la muerte, que no sorprendió a Rafe cuando se lo dijo la familia Ritchie, era que, durante un ataque de mala salud, Carlin había ingerido «accidentalmente» una cantidad letal de alcohol y barbitúricos.

—¿Y sabes qué? Janessa no estaba allí. Carlin estaba solo. Por primera vez en años, la segunda señora Ritchie había dejado a su marido fuera de su vista durante tiempo suficiente para viajar a Nueva York.

Así que ella lo mató, e iba a quedar impune. Porque ¿quién iba a culparla?

—Ahora, el velatorio. Harrison, no vas a creerte el velatorio. El velatorio se celebró en la casa santuario en Buckhannon, y ¡Dios mío!, vaya multitud. Estaba preparado para que Janessa me prohibiera asistir, y al resto de antiguos amigos de Carlin, pero no fue así, Janessa contrató a un asistente para que nos llamara, quería asegurarse de que iría tanta gente al funeral como fuera posible. Incluso se invitó a la primera esposa de Carlin y a sus hijos. Nos aconsejaron que voláramos hasta Charleston, buscáramos una habitación en un motel, alquiláramos un coche, y condujéramos hasta Buckhannon, que es lo que hicimos la mayoría. Yo estaba en estado de *shock,* aunque sabía lo que se avecinaba. Prácticamente había considerado a Carlin un condenado después de aquella visita. Aunque la familia Ritchie afirmaba que no estaba tan enfermo, sólo deprimido porque había pasado una temporada sin poder trabajar. «Era demasiado joven para morir. Había doctores que le habían dado esperanza. ¿Cómo pudo Carlin hacer algo tan desesperado?» Yo lo sabía, pero no se lo iba a contar. Me sentía enfermo y culpable, como si hubiera traicionado a Carlin, como si lo hubiera dejado con la vampiresa para que muriera. Y Janessa era la viuda afligida, con su piel blanca y empolvada como la muerte y su largo vestido de terciopelo negro e incluso una cinta a juego alrededor de su cuello, y su cabello con mechas plateadas en las sienes. Permaneció junto a la puerta saludando a todo el mundo como una anfitriona. Sus ojos brillaban maníacos y su boca carmesí como una herida. Al verme, se apretó en mis brazos con un gemido, como si fuéramos viejos amigos íntimos. Estábamos delante de las cámaras; había un director de documentales alemán en el lugar, que al parecer había estado entrevistando a Carlin unos días antes de su muerte. Había periodistas seleccionados de *Vanity Fair, People,* el *New York Times;* de Inglaterra, Francia, Japón e Israel. El interior de la casa se hallaba repleto de gente, la mayoría de ella me era desconocida. Había flores por todas partes. Habían situado en el comedor lo que parecía ser un lujoso bufé de cóctel, y lo atendían unos ayudantes de catering vestidos de blanco. La sorpresa, y quiero decir que lo fue, fue Carlin, es decir, su cuerpo. Llevaba un esmoquin caro y estaba colocado en una colcha de encaje blanco sobre una cama de columnas (el lecho conyugal, que habían bajado del piso superior) en el salón. Había docenas de velas encendidas que apestaban a incienso. Alrededor de la cama, sólo azucenas. Permanecí allí de pie, temblando, contemplando a mi amigo que parecía más joven y saludable, podría decirse que más rebosante de salud de lo que había parecido en años. El grueso maquillaje ocultaba hábilmente las hendiduras bajo sus ojos; sus pómulos amarillentos estaban maquillados con colorete. «Era como si Carlin sólo estuviera durmiendo y fuera a despertar en cualquier momento y a decir: ¿Qué ocurre?», aquel comentario se repitió en numerosas ocasiones. Yo lo hice. Lo dije en serio, y lo dije en broma. Me encontraba en ese estado de ebriedad metafísica en el que la verdad más triste del mundo puede ser la más divertida. Estaban tomando fotografías de la hermosa viuda afligida de Carlin Ritchie, de pie junto a las andas, al lado de la cama, sus dedos unidos a los de su esposo muerto. Sonaba una grabación de triste música *country-western.* Janessa misma tomaba fotografías, ávidamente. De vez en cuando, desaparecía para retocar su maquillaje, que era elaborado y efectivo; en un momento dado se puso otro vestido negro, escotado, de tafetán, con una sorprendente raja lateral hasta medio muslo. Más tarde aquella noche pidió testimonios de «aquellos que conocieron y quisieron a Carlin» y yo fui una de las personas que se pusieron de pie junto a la cama de columnas y hablaron del gran talento de Carlin Ritchie, de su gran espíritu y de su gran coraje, y me corrieron las lágrimas por las mejillas y otros lloraron conmigo, como si se tratara de una ceremonia de gospel. Janessa se abalanzó a mis brazos, me abrazó con fuerza, sus uñas como garras en mi cuello: «¡Rafe Healy! Te doy las gracias en nombre de Carlin». El velatorio continuó durante toda la noche. El problema que tiene el dolor es que llega a una cima, y a otra, y rápidamente comienzas a repetirte. Lo que es espontáneo se convierte en una representación. Se repite. Llegó más gente, afligida y con necesidad de mostrar su sorpresa, su dolor, su pérdida. Lloraban en brazos de la viuda. Algunos lo hicieron en los míos. La comida había disminuido en el comedor, pero se trajeron nuevas bandejas de la cocina, y botellas de whisky, bourbon, vino. A Carlin siempre le habían gustado las buenas fiestas, no escatimaba cuando era cuestión de calidad, y habría estado orgulloso de aquélla. Aunque hubo un encuentro, grabado en vídeo, entre algunos familiares por parte de los Ritchie y Janessa, y un encuentro entre Laurette (que se llamaba Laurette Ritchie con orgullo) y Janessa, y se dijeron duras palabras. Mandy, la hija de veintisiete años de Carlin, gritó y abofeteó a Janessa: «¡Nos robaste a papá! ¡Como una ladrona! ¡Estaría vivo en este momento si no fuera por ti!», y tuvieron que sacarla, llorando histérica, de la casa. El cineasta alemán la siguió a toda prisa. Más dolientes entraron al salón; se oyó un estruendo de motocicletas a la entrada. Poco antes del amanecer, Janessa pidió a algunos viejos amigos de Carlin que lo levantaran y lo colocaran en un ataúd que había junto a la cama, y lo hicimos con paso inseguro, temerosos de tocar a nuestro amigo fallecido, embalsamado y que parecía estar dormido con las mejillas maquilladas con colorete y el cabello de betún; además, Carlin era más pesado de lo que parecía. Murmuré:

«Tío, ¿qué te han inyectado? ¿Plomo?». Mis amigos se echaron a reír. Sudábamos como cerdos pero Carlin estaba frío. Se podía sentir el frío que despedía. Creo que extraía el calor de nuestras manos como sucede con el agua helada. Janessa tenía su cámara, y nos hacía fotos con flash. Susurré: «Joder, mala puta, un hombre ha muerto, por el amor de Dios». Mis amigos contestaron: «¡Amen!». Pero Janessa decidió no oírlo. Entregó su cámara a alguien para que pudieran tomarle una fotografía junto a nosotros, colocando a Carlin en su ataúd, que era de caoba, ónice y plata, comprado en Charleston y enviado a Buckhannon. Nos costó mucho trabajo evitar echarnos a reír, mientras metíamos al pobre Carlin en el ataúd acolchado y forrado de seda, y todo el mundo nos miraba, boquiabiertos y bebiendo. El tupé de Carlin estaba torcido, y Janessa se apresuró a arreglarlo, y yo intentaba recordar si me había dado cuenta de que mi amigo llevaba tupé en vida, mas no lo conseguí. El funeral estaba fijado a las nueve de la mañana, pero no tuvo lugar hasta las 10.20. Algunas personas, que viajaban desde la casa de los Ritchie hasta el cementerio a poco más de kilómetro y medio de distancia, se perdieron, o desaparecieron. Y sin embargo, aparecieron otros. Un predicador huesudo de la Iglesia del evangelio de Jesús de Buckhannon, a quien Carlin no conocía, habló junto a su tumba, citando las Escrituras. Se trataba de un toque de cultura americana para los periodistas extranjeros, supongo; Carlin no había pertenecido a Iglesia alguna, aunque lo bautizaron en la fe baptista. Intenté interrumpir al predicador para repetir lo que Carlin había dicho —«Creo en Dios pero no en los hombres que creen en Dios»—, aunque todo el mundo me hizo callar. Me enfadé, y me habría ido antes de que el ataúd hubiera sido depositado en la tumba, sin embargo Janessa me sujetó del brazo con sus garras y me mantuvo allí. Había estado mirándome furtivamente junto a la tumba, empleando sus ojos conmigo; me preguntaba si estaría preocupada por si Carlin me había contado su plan de acumular barbitúricos y por si se lo iba a contar a las autoridades. Estaba claro que aquella mujer era culpable de inducir e instigar al suicidio —según las leyes de West Virginia, es probable que fuera arrestada— pero nadie podría probar su participación; cualquier buen abogado la sacaría de aquello. De todos modos, aquél no era su verdadero crimen, el asesinato. Y la muerte del alma. Pero lo que quería era que me quedara al almuerzo después del funeral en Buckhannon Inn y que regresara a la casa aquella tarde: «Hay unos pocos amigos artistas de Carlin a los que he invitado; Heinz Muller desea entrevistarte y acabar su película».

»Cuando salí de Buckhannon aquel día, que fue inmediatamente después del funeral, no podía creer que tuviera planes de regresar alguna vez. Para propósito alguno.

»Y sin embargo, ahora me llaman. Es Carlin quien lo hace. Él era quien de niño tenía armas de fuego. Era cazador, con rifle y escopeta.

»Comenzaron sólo unas semanas después de la muerte de Carlin. Sus acciones calculadas. No cumplir con el testamento de Carlin, contratar un abogado para que la ayudara a quebrantarlo, impugnando lo dispuesto por Carlin con relación a su primera esposa y a sus hijos, negándose incluso a entregar las obras de arte que él había dejado a los museos de West Virginia y a algunos de sus amigos, como yo. Aquellas serigrafías que Carlin quería que yo tuviera —de su serie sobre los Apalaches— que ella afirma que no tiene. La gente intenta excusarla: "Pobre Janessa, está desolada por el dolor. Dice que llora sin parar". Sandeces. Pero eso no es lo peor.

—Ese comportamiento es vil, cruel, despiadado, intrigante... criminal. Pero no deberías desear matar a alguien por ello. Al menos, yo no.

—Lo que resulta imperdonable en ella, lo que es genuinamente diabólico, es que es una vampiresa. Chupa la vida a los vivos y a los muertos. En televisión, por ejemplo, entrevistada por Barbara Walters. En un canal de televisión en abierto. Habla de los últimos años de Carlin Ritchie, de cómo colaboraron en casi todo, Carlin había llegado incluso a trabajar a partir de bocetos que ella le había proporcionado, y sugerencias; dice que la suya fue «una de las historias de amor más románticas del siglo, como Georgia O'Keeffe y Alfred Steiglitz». Obras que Carlin había creado años antes de conocerla, obras que tenía en su estudio pero que no había expuesto, resultaron ser «colaboraciones». Janessa Ritchie es «co-artista». Allí en televisión, su cabello teñido casi morado, con mechas canosas de dolor, y los enormes ojos de lechuza rebosantes de lágrimas mientras Barbara Walters finge tomarse esas sandeces en serio. Incluso hay un diario de Carlin del que Janessa lee, convenientemente escrito a máquina en lugar de a mano, un llamado registro del último año de su vida: «¡Mi corazón está rebosante! ¡Mi amor por Janessa y por mi obra es la gracia de Dios! No moriré de tristeza ni desesperación sino de amor, en el éxtasis de puro amor, sabiendo que mi alma está completa». Y ella y Barbara Walters prácticamente berreando juntas. Me faltó poco para dar una patada a mi televisor, de lo furioso que estaba.

»Furioso y enfermo del alma. ¡Porque está claro que mi alma no está completa!

»Ahora la invitan a todas partes. Janessa Ritchie es prácticamente tan famosa como Carlin. Exposiciones en Berlín, París, Londres. La exposición en el Museo Whitney está abierta al público hoy día. Ve a verla con tus propios ojos. Grandes reportajes en revistas de moda, *The New Yorker, Mirabella,* incluso *Art in America,* donde esperarías que los directores fueran más entendidos. Algunos miembros de la comunidad artística la han llamado para protestar; el antiguo marchante de Carlin redactó una carta que firmamos docenas de colegas y que le fue enviada por correo certificado; pero nada de eso sirve de algo, ni servirá. Para detener a una criatura como ella, debes destruirla. Intentar razonar con ella, rogarle, incluso amenazarla con demandas legales, nada de eso funciona. La exposición en el Museo Whitney fue para mí la gota que colmó el vaso. Me hizo reaccionar. Se trata de más gilipolleces de colaboración, pero esta vez Janessa se ha atrevido a firmar con su nombre obras que son de Carlin, que no había terminado ni firmado. El título de la exposición es "Los Ritchie", como si ella, la mujer que lo mató, la vampiresa, ¡fuera un igual de su víctima! Es una pesadilla. Parece como si los medios supieran lo que está ocurriendo y le siguiesen el juego; Janessa es una mujer glamurosa, ellos pueden abogar por "una artista ejemplar", como la han calificado.

»Claro está que no fui invitado a la inauguración con champagne en el Whitney. Pero fui de todos modos. Vi lo que había en las paredes y me dirigí a ella, la mala puta, la ladrona, la "viuda afligida", toda tierna con el tipo que es el nuevo marchante de Carlin en una poderosa galería de la parte alta de la ciudad, y va vestida de sexy seda negra, zapatos de aguja y medias negras estampadas, ha engordado, en el pecho y las caderas, carnosa pero no gorda, y sexy, aunque su piel está empolvada de un blanco mortecino y parece hinchada como un cadáver que ha pasado un tiempo en el agua. Y esa boca carmesí más amplia que nunca, repleta de carmín graso. *¡Ugh!, recuerdo su sabor.* Me ve acercarme a ella y veo el pánico culpable en sus ojos, aunque inmediatamente adopta una pose de inocencia así que soy yo quien queda malparado. Le digo: "Maldita seas, mujer, ¿qué intentas hacer reivindicando esta obra como tuya? Es de Carlin y lo sabes", y le dice a su acompañante en su vocecilla de niña asustada: "¡Es un loco! ¡No sé quién es! ¡Lleva meses amenazándome!", y yo respondo: "¡No sabes quién soy! Soy el amigo de Carlin. Estoy aquí para hablar en su nombre. Para decirle al mundo que le estás robando y traicionando. Dios mío, mujer, ¿es que no lo quieres lo más mínimo?". Pero, para entonces, dos guardias de seguridad están sobre mí y me acompañan a toda prisa a la calle, a Madison Avenue. Y sé que es mejor que no me quede por allí y me arreste la policía.

»Y entonces qué hice, volví a casa. Con el corazón enfermo. Deseoso de cometer un asesinato si hubiera estado en mi poder hacerlo en aquel momento. Vi a Carlin en la terraza, mientras anochecía, envuelto en una delgada manta, temblando, intentando sonreírme, rogándome. *¡No quiero morir! Sí, pero estoy preparado. Ayúdame.*

Todavía estábamos en la taberna, pero prácticamente ya era hora de que volviéramos al tribunal. Rafe me había enseñado una fotografía de Janessa Ritchie en un periódico y tenía el aspecto que él acababa de contarme: glamurosa, carnosa, con ojos y boca hambrientos. Sentí mi corazón apesadumbrado latir con fuerza, la sangre caliente y furiosa de Rafe corriendo por mis venas. Dijo:

—Cada día que pasa es peor. Siempre pende sobre mí. No puedo dormir, no puedo trabajar. Y esta semana como jurado, en los tribunales, en ese ambiente, es como si alguien estuviera jodiéndome, ¿sabes?, burlándose de mí. Cada acusado a quien llevan a juicio tuvo la valentía de hacer lo que tenía que hacer, ésa es la forma en la que hay que pensar. Pero Rafe Healy todavía no tiene el valor de hacer lo que debe.

Podía ver lo nervioso que estaba, así que pagué la cuenta de los dos y lo saqué de allí, caminando al sol e intentando hablar con él, razonar con él. Era como si estuviésemos encarcelados juntos en una pequeña celda que —aunque ahora estábamos al aire libre y a la vista de cualquier observador, éramos hombres libres, sin restricciones— continuaba presionándonos. Dije:

—Quizá sea una señal, Rafe, de que si no tienes el «valor», no deberías hacerlo, deberías olvidarte de ello. Ya que tu amigo está muerto de todos modos...

Rafe se detuvo en la acera, me miró fijamente como si fuera su enemigo mortal.

—Vete a la mierda, tío, ¿qué dices? Carlin está muerto, eso significa ¿qué? ¿Que debería abandonarlo?

—No, Rafe. Sólo que...

—Es una mujer malvada y diabólica. Te juro que es una enviada de Satanás. Eso cada vez lo tengo más claro, Harrison. Anoche estaba en mi estudio, intentando trabajar, bebiendo e intentando trabajar, y me temblaban tanto las manos que no pude hacer nada, la oí reírse de mí y vi esos ojos, saboreé esa boca arrimándose a la mía, burlona. Ahora viene a por mí. La vampiresa viene a por mí.

—Rafe, eso no está bien. Sabes que no es así. ¿Oyes lo que estás diciendo?

En los escalones de los tribunales, Rafe se limpió el rostro con la manga, tratando de calmarse. Creo que había perdido algo de peso desde el lunes. Tiene arrugas verticales como cuchilladas en las mejillas. Respondió:

—Creo que tienes razón. Puedo escuchar mi voz que se ha vuelto perturbada. No soy yo... soy un hombre perturbado. Y esa mujer tiene la culpa. Mientras esté viva, soy su víctima.

7

Podrías alquilar un coche. Dos. Uno después del otro. El primero lo alquilas en un aeropuerto, quizá en Nueva Jersey. Dejas tu furgoneta en el aparcamiento. El segundo lo alquilas en Pennsylvania. Y conduces hasta Buckhannon, en West Virginia, para llegar a primera hora de la noche. Porque tendrás que buscar tu objetivo en una casa con las luces encendidas, mientras estás escondido en la oscuridad. Pero espera: antes de eso, en Sears o en Kmart, en cualquier centro comercial grande (a cierta distancia de tu casa), podrías comprar una chaqueta oscura con capucha. Botas de goma de una talla o dos de más. Guantes. Pero espera: antes de eso tendrás que comprar el rifle. El rifle con el visor. Munición. Le dices al vendedor que vas a cazar ciervos. Comprarás el rifle al norte del Estado donde la caza es habitual y tendrás que practicar tu puntería en un blanco. En algún lugar apartado. Quizá podríamos practicar juntos. No me refiero a que vaya a acompañarte a West Virginia. No podría hacerlo. Pero podría ayudarte. Podría comprar el rifle, tal vez. Podría darte apoyo moral. Veo que necesitas apoyo moral. Soy tu primo, pero estamos más próximos que la mayoría de primos. Se podría decir que soy tu hermano desaparecido. Y me siento solo.

Rosalind me despertó con suavidad. Me dijo que había estado apretando los dientes.

—¿Una pesadilla? —preguntó, y yo respondí:

—No. Una pesadilla no. En absoluto.

8

El jueves a las 14.25, la suerte de Rafe se extingue. Se convoca al JURADO 93 para que tome asiento en la tribuna, nuestro panel de jurados ha sido enviado a una sala del sexto piso en la que se ha fijado una causa de asesinato, al parecer una causa desagradable, un hombre negro y fuerte con un rostro nudoso inclinado hacia el suelo acusado de haber matado a su mujer. Rafe se estremece y me aprieta el brazo rápidamente por el miedo mientras se tambalea al levantarse de su asiento. Pobre Rafe: todos lo miran, con paso vacilante como un sonámbulo (o un borracho: al menos se había bebido seis cervezas durante la comida, a pesar de que le dije que se lo tomara con calma), el miembro más alto del jurado y, a juzgar por el aspecto moteado de su rostro, el más tímido. Lleva puestos los pantalones de peto, que parece haber usado de pijama (y no lo dudaría) y la barba y el cabello están desaliñados. Me preocupa que mi primo se meta en problemas si se descubre que ha estado bebiendo durante su obligación como jurado: ¿significa eso desacato al juez? Yo también he estado bebiendo, pero no tanto como Rafe, y creo que estoy totalmente sobrio.

Este juicio será por asesinato en primer grado. Es decir, se trata de una causa de pena capital. Hace unos años, el Estado de Nueva York restituyó la pena de muerte, por inyección letal.

Cuando Rafe Healy pasa junto a la mesa del abogado defensor, el acusado se gira para observarlo fijamente. Es la primera vez en los noventa minutos aproximados que llevamos en esta sala que el acusado, un hombre musculoso y casi calvo de unos cincuenta años, ha mostrado tanto interés. Pero Rafe, con una leve sonrisa aturdida en su rostro o una mueca en sus labios que podría confundirse con una sonrisa, pone empeño en no mirarlo.

No muchos jurados, ni blancos ni personas de color (como nos han dicho que ahora quieren que los llamemos), están deseosos de ser asignados a esta causa. Abajo ha circulado el rumor de que podría durar semanas. Y le siguen diligencias para decidir si se aplica la pena de muerte si el veredicto es de culpabilidad. Juro que Rafe estaba rezando, moviendo sus labios durante la sesión de selección mientras se interrogaba uno a uno a los miembros potenciales del jurado, algunos de ellos asignados a la tribuna mientras que la mayoría han sido despedidos de la causa. Ahora el JURADO 93 está sentado en la tribuna y le preguntan a qué se dedica («artesano por cuenta propia», lo que provoca las sonrisas de algunas personas) y si está relacionado con la causa de algún modo, si ha oído hablar de ella o si cree que pudiera ser inhabilitado para formar parte del jurado, y Rafe observa fijamente al juez con una mirada de dolor, moviendo los labios pero sin hablar. ¡Dios mío!, me siento tan terriblemente incómodo e inquieto por mi primo; estoy preocupadísimo por lo que va a decir. *No puedo juzgar a ningún asesino. No estoy hecho para ello.* Rafe y yo habíamos hablado durante los últimos días, hace menos de una semana aunque parece que hayamos pasado juntos muchísimo tiempo, de que hay veces en las que asesinar a otro ser humano no sólo no es nada malo sino que es lo que debe hacerse a nivel moral y ético. Sencillamente la ley no puede abarcarlo. El juez vuelve a formular su pregunta y Rafe intenta contestar de nuevo, pero no parece poder hablar; ahora su rostro está salpicado, como si de repente sufriera de sarampión, y tiene los ojos llorosos.

—Señor Healy, ¿le ocurre algo? ¿Señor Healy? —pregunta el juez preocupado; es un hombre de mediana edad de aspecto amable gran parte del tiempo, aunque se ha impacientado un poco con algunos de los miembros del jurado que claramente querían ser descartados y ahora, con Rafe, no sabe cómo proseguir. ¿Ese jurado está siendo difícil porque quiere ser descartado o realmente tiene un problema? Levanto la mano como un niño en la escuela y digo:

—¿Señoría? Este hombre es mi primo y es algo... ¿nervioso? Está siendo medicado, creo que... tal vez no debería estar aquí.

Ahora todo el mundo me está mirando.

Pero no pasa nada. Es una buena idea, es lo que hay que hacer. El juez me mira fijamente por un momento con el ceño fruncido; después me da las gracias por la información y llama a Rafe para que vaya a hablar con él en privado. Después de unos minutos de consulta (contemplo el rostro sincero de Rafe y espero de todo corazón que no esté diciendo ningún tipo de verdad terminante, e improviso una excusa razonable para sacarlo de allí) el JURADO 93 es desestimado formalmente para el resto del día.

De hecho, será para el resto de la semana. Rafe Healy ha terminado su obligación como jurado, es probable que para siempre.

Para mí, el resto del proceso de selección acaba como algo borroso. Sigo esperando a que convoquen mi nombre, pero no lo hacen. A las 17.20, la tribuna del jurado está al fin completa: doce jurados y dos suplentes, y despiden a los demás para el resto del día.

Me preguntaba si Rafe estaría abajo esperándome, pero no es así. Está en el aparcamiento, apoyado contra el parachoques de mi coche.

—¡Dios mío, Harrison! Me has salvado allí arriba. Tío, te estoy muy agradecido.

Rafe me abraza, la situación es extraña. Aunque sé que he hecho lo que debía, lo inteligente. Parece como si mi cerebro estuviera acelerado en los últimos tiempos, como una máquina que funciona más rápida y eficazmente. Las cosas han empezado a encajar.

446

9

Son pasadas las ocho de la tarde cuando llego a casa, el jueves por la noche. Debería haber llamado a Rosalind desde el bar, pero me he olvidado. Y tengo a la mujer encima en cuanto entro por la puerta preguntando qué tal va el juicio. Y respondo:

—¿El juicio? ¿Qué juicio? —(maldita sea, me he olvidado de lo que le dije el otro día), y después—: Ah, eso. Como te dije, es un asunto bastante desagradable. Me alegraré cuando se acabe.

Rosalind responde con ese pequeño fruncimiento de cejas tan suyo que no es una acusación pero que tiene la intención de que pienses que lo es:

—He mirado en todo el periódico, pero no he encontrado nada. Nada de ningún juicio que se parezca al tuyo.

Respondo comenzando a cabrearme con ella:

—Mira, Rosalind, ya te he explicado que no puedo hablar de ello. ¿No te he explicado que no puedo?

Y ella dice:

—Debe de ser terrible para que cada noche te emborraches de camino a casa como no haces desde hace doce años.

Y le contesto:

—¿Qué? ¿Los has contado? —como si se tratara de una broma o esté dispuesto a concederle la posibilidad de que lo sea. He llegado una hora tarde para la cena, pero qué demonios, cojo una cerveza de la nevera y Rosalind me tira del brazo de esa forma que no me gusta, y que sabe que no me gusta, mientras dice:

—No seas ridículo, Harrison, puedes darme una pista, ¿verdad? ¿Es un caso de asesinato? ¿Una especie de caso de asesinato? —estoy bebiendo de la lata a la vez que trato de alejarme y la mujer no para de presionar—: ¿Es la víctima una mujer y hay un hombre procesado? ¿Se trata de un pervertido? La víctima no será un niño, ¿verdad? ¿Y hay un asqueroso pervertido procesado? Sólo tienes que guiñarme el ojo izquierdo, cariño, y darme una pista —y yo empiezo a perder la paciencia, y digo:

—Mira, los dos podríamos meternos en problemas si digo una palabra sobre el juicio a alguien, incluidos mis compañeros del jurado, antes de que el juez dé su permiso, ¿no te lo he explicado? ¿Es que no lo entiendes? Quebrantar una orden del juez se denomina desacato al tribunal y pueden encarcelarte —y la tengo delante, insistiendo, como solía hacer con los niños, y eso acaba por cabrearme; dice:

—¿Harrison? *Vamos*. Sólo tienes que guiñar el ojo izquierdo si...

Y la empujo contra el borde de la mesa de la cocina, y suelta un gritito de dolor y sorpresa y salgo de la maldita cocina, dando un portazo, temblando y murmurando palabras que nunca me he oído decir en voz alta en esta casa, con esa voz, mientras pienso que nunca he pegado a mi mujer, a ninguna mujer, con furia en mi vida, nunca así de furioso, como una llama, nunca hasta ahora y me siento bien, me siento de maravilla, me siento rematadamente bien.

Tusk

Al empuñar la navaja, una idea se clavó en la mente de Tusk.

¡Miradme! Maldita sea, aquí estoy.

Lo que iba a hacer exactamente lo pensaría cuando llegara al lugar en el que iba a hacerlo. Como un rápido cambio de plano en una película, por el que llegas al sitio en el que algo va a ocurrir. O cuando viera a la persona o personas a las que iba a hacérselo. Como el jazz, o como se llame, te lo inventas al piano sin tener que darle duro durante horas practicando las escalas y los arpegios y los ejercicios de Czerny de mierda como le obligaba a hacer su padre durante los lúgubres días muertos antes de convertirse en Tusk; se llamaba *improvisación*.

Eso es por lo que Tusk era famoso, o iba a serlo: por la *improvisación*. Por siempre después en East Park dirían de Tusk: «¡Ese Tusk! Tío, ¡es la hostia!». Y también en el instituto.

El motivo exacto por el que dirían eso, negando con la cabeza de esa forma que significa «no te jode», parpadeando y mirándose fijamente, asombrados, Tusk no lo sabía todavía. Pero ya llegaría.

Era la navaja de su padre. Del cajón del escritorio de su padre. Recuerdo de Vietnam. Tenías que preguntarte cuántos amarillos había matado aquella navaja, ¿verdad? Tusk sonrió burlón al considerar aquella locura. *Analizaron el ADN y tiene más tipos de sangre de los que se puedan computar. ¡Te cagas!*

Probablemente ocurriría en la escuela o después. Iba camino de la escuela. Su madre ha llamado ansiosa tras él pero no la ha oído, salió tan deprisa, como si sus nuevas Nike se lo llevaran. Se había ido despertando durante la noche cargado de una electricidad sexual y se sentía bien. Le gustaba que fuera un día normal de diario, un martes. No podía recordar qué mes del año era, ¿abril?, ¿mayo? Todo estaba borroso. Era sólo el pretexto de lo que se avecinaba. Eso es lo que iban a decir en las noticias de la tele. «Un día cualquiera de la semana, un martes. En la escuela secundaria East Park de la pequeña comunidad a las afueras de Sheridan Heights. Tusk Landrau, alumno de noveno grado, tiene trece años.» Tusk esperaba que no se metieran con esa mierda del estudiante de la lista de honor, nada que tuviera que ver con el viejo Roland. De todos modos, no iba a planear mucho. Tenía fe en que la navaja lo guiaría. Cuando era Roland, Jr., durante doce putos años, había planeado cada maldito detalle anticipándose a él. La ropa de la escuela preparada la noche anterior, incluso los calcetines. ¡Los calcetines! Los deberes tenían que estar perfectos. Al cepillarse los dientes, nunca menos de diez vigorosas pasadas en cada lado de la boca. Hasta que le sangraran las encías. Al bajar un tramo de escaleras, se veía obligado a pisar cada escalón en el mismo sitio. Al preparar el tablero de ajedrez para jugar con su amigo Darian (cuando eran amigos), se había visto obligado a poner las piezas desde la hilera trasera hacia delante como era la costumbre de su padre, el rey y la reina siempre primero. Y su juego planificado hasta donde podía ver, hasta que la niebla le nublaba la vista. Incluso al limpiarse su tierno trasero con el largo prescrito de papel higiénico una dos tres cuatro *cinco* pasadas rítmicas. ¡Pero nunca más! Ahora era Tusk y Tusk se movía en una única dirección: avance rápido. Había dejado atrás a todos sus amigos zumbados (como Darian). Su cerebro funcionaba a saltos vertiginosos. Como Terminator III. Fuego de ametralladora y parar. Fuego de ametralladora y parar. Volver a cargar la munición y ¡*pum!*, y parar. Tenía el cerebro lleno de electricidad. Tenía el cerebro frito. No tenía que fumar maría ni tragar pastillas para llegar a ese estado (aunque a veces Tusk lo hacía porque sí).

450

Su cabeza comenzaba rápidamente y paraba y volvía a cargarse y explotaba y *¡bam!, ¡bam!, ¡bam!,* y paraba. Tusk era un nuevo maestro en el salón recreativo. Los chicos mayores lo admiraban. *¡Era la hostia!* Su aspecto nervioso, sus ojos dilatados. Convencido de que las chicas pensaban que parecía sexy. Salvaje. Las horas pasaban a toda prisa en ese estado. Así se estaba bien. Si daba un paso a un lado y salía de ese estado, se sentía como si tuviera toda su alma envuelta en mierda, ¿por qué? En una sola dirección: avance rápido. *¡Bam!, ¡bam!, ¡bam!,* y *¡blip!,* en la pantalla. Y la dulce explosión que le sigue.

Ahora ves a Tusk, ahora no.

Maldita sea, aquí ESTOY.

Qué raro que un recuerdo de Vietnam se hubiera fabricado en Taiwan. Acero inoxidable con una hoja de dieciocho centímetros y un mango de aluminio con un extraño metal bruñido o quizá un mineral con un brillo verdoso. Tusk contaba a los chicos que su viejo había luchado en Vietnam, pero lo cierto es que había trabajado en la Inteligencia, probablemente sentado en sus posaderas hasta que llegó la hora de volar de vuelta a casa. Le compró la navaja a algún desgraciado que de veras había «tomado parte en la contienda». Tusk probó la hoja pasándola por su cuello y no estaba seguro de que fuera todo la afilada que necesitaba. Tienes tu oportunidad y no quieres cagarla, ¿verdad? Había un elegante afilador de cuchillos en la cocina pero mejor no. ¿Y si su madre lo descubría? ¿Una mañana de diario? ¿De camino a la escuela? «Pero, Roland, ¿qué llevas en la mano?» (Dios mío, ¡quizá se lo clave a ella!)

Así que ni hablar, Tusk se larga.

La navaja de papá metida en su mochila con los deberes.

Si esto fuera una película, ahora pasarían a un plano de Tusk entrando a la escuela como cualquier otra mañana. Un grupo de niños de rostros redondos, como una magdalena, niños que parecen estar más en primaria que en secundaria. Aquí Tusk es la barracuda. No es alto pero sí desgarbado, delgado como la hoja de un cuchillo, con el cabello color pardo claro con alas llameantes que le salen del rostro y un brillo en la piel como si tuviera fiebre. Y oscuros ojos de lince verdosos que brillan en la oscuridad como el asesino en su nuevo videojuego favorito, XXX-RATED. Está colocado, pero es un colocón natural. Es una bomba de relojería pero no se puede desactivar. Sólo hay unos cuantos tíos de puta madre en la escuela secundaria como Tusk y van vestidos al estilo hip hop con camisetas holgadas, tejanos anchos con la vuelta arrastrando por el suelo, aunque la madre de Tusk no le permite vestirse como un salvaje, como si fuera un pandillero del gueto negro, dice, así que lleva una camiseta normal y tejanos normales pero agujereados y sus llamativas Nike nuevas. Sin pendientes en la oreja ni en la nariz (que el código de indumentaria escolar no permite de todos modos). Nada de cabello teñido a mechas a lo punk. Ése no es el estilo de Tusk. Tusk no es ni un gótico ni un freaky, es la *incógnita de la ecuación*.

Pero, mierda, cuando no hay cámaras, eres invisible.

Tusk empuja a unos chicos con los codos para apartarlos de su camino, pensarías que a estas alturas los muy gilipollas saben que les conviene alejarse de él. Tusk dice en voz alta:

—Menos mal que no hay detectores de metales en esta escuela.

¿Y algunas chicas se ríen como si aquello fuera una broma?

En su taquilla Tusk no conseguía recordar la maldita combinación, así que golpeó y dio un puntapié a la jodida puerta. Se lo puede pedir a uno de los empleados negratas de la limpieza pero ya lo había hecho la semana pasada, y unas cuantas veces más antes de eso. Así que a la mierda. Tusk piensa que casi desea que haya detectores de metales como en algunas escuelas importantes de las grandes ciudades.

Encontraría alguna otra forma ingeniosa de pasar la navaja escondida. Ésa sería la frase introductoria para las noticias de la televisión aquella noche: «A pesar de los detectores de metales en la escuela secundaria East Park, un alumno de noveno grado llamado Tusk Landrau logró...». Después de eso, su mente se queda en blanco como si estuviera en una explosión sin sonido a cámara lenta.

Está hablando con algunos chicos y observa a Alyse Renke al final del pasillo, allí está y le viene como un destello, *Clávaselo a Alyse. En su dulce coño.* Alyse es la chica de Tusk o lo fue o lo iba a ser, ha habido algún tipo de entendimiento sobre que si sí o que si no entre ellos durante todo este año. Alyse tiene quince, tuvo que repetir un curso, y Tusk, trece, lo adelantaron un curso (en primaria): su madre no creyó que fuera buena idea, su padre lo promovió. Pero Tusk es más alto que Alyse y sabe que resulta sexy a los ojos de ella porque prácticamente se lo dijo una vez. Está claro que Alyse es *sex-y*. Lo que los chicos en secundaria denominan una calientapollas, y ella pasa el rato con ellos, así que deberían saberlo.

Acaricia la navaja a través de la tela de nylon de la mochila, como si se tratara de la polla secreta de Tusk.

Hubo una época en que era Roland hijo. Sólo doce meses antes, pero no puede recordar al antiguo Roland más que para saber que aquel tío era un pazguato y un zumbado, un parado, un ganso, un empollón, un gilipollas. El gilipollas de Roland que se rompía las pelotas por su viejo para sacar buenas notas que examinaba como si se le hubiera metido algo en el zapato. Hijo, tú sabes y yo sé que esto no es lo máximo que puedes hacer.

Se autobautizó Tusk. No sabía de dónde venía el nombre. Sólo unos cuantos chicos le llamaban así, pero algún día todos lo harían. Y sus maestros también. (Alyse lo llama Tusk ahora. Envolviendo su lengua rosa alrededor de «Tusk» como si le estuviera chupando su dulce polla.)

Contemplaba fijamente sus costillas en el espejo que todavía estaba lleno de vaho por la ducha (Roland tenía la costumbre de esconderse allí, con el agua tan caliente como

453

pudiera soportarla, dejándola correr durante diez minutos o más, creyéndose a salvo, la puerta cerrada con el pestillo, y así no puedes oír las voces de tu mente, y no es muy probable que su madre llame a la puerta del baño si oye la ducha, aunque por supuesto lo haría si él se escondiera allí durante demasiado tiempo), desdeñoso de su piel vomitivamente pálida de niño blanco y los pezones que parecían frambuesas y flacucho como si fuera un pequeño de vientre hinchado (visible si se pusiera de lado junto al espejo y sacara la barriga indignado) y colgando de un vello rojizo como piel de melocotón en su ingle un pequeño pene de aspecto despellejado de unos cinco centímetros de largo que había intentado esconder de los otros chicos al cambiarse para la clase de natación que tanto odiaba. «¡Rol-lie! ¡Vaya! ¡Veamos lo que tiene Rollie!»

Pero todo eso fue antes de Tusk. En ese espacio totalmente extraño cuando era Roland hijo. Y Roland padre estaba lo que se llama *vivo*.

Suena el timbre para la clase de tutoría. Todo el mundo cierra su taquilla de un golpe y camina con pasos pesados hasta el aula. Tusk se repantiga en el asiento y deja que la mochila caiga suavemente. Su postura y estilo inexpresivos habituales. La señorita Zimbrig lee unos anuncios. Tusk está nervioso. Tusk está excitado. Tusk está sudando. Tusk se mete el dedo en la nariz. Necesita dejar de tocar la navaja escondida en la mochila. Arriesgarse, quizá. Está inquieto, compulsivo. Si Zimbrig lo llama, «Roland, ¿qué tienes ahí? Por favor, trae la mochila». Buscando drogas y la puta entrometida va a rajarse como una cerda delante de veintisiete alumnos de noveno grado con ojos como platos.

«Vaya, ¿te has enterado? Tusk Landrau se ha cargado a Zimbrig en la clase de tutoría esta mañana, te digo que ha liquidado a la puta por completo, rajándola desde la garganta hasta la molleja. La navaja de combate de Vietnam de su viejo. Sí, ¡ese Tusk es un gamberro!»

Pero Zimbrig no ve a Tusk. O, si lo hace, decide prudentemente no llamarle la atención sobre la mochila. Zimbrig nunca conoció a Roland hijo, todo el noveno grado ha sido Tusk y está claro que sabe que no debe meterse con él. Ni siquiera para bromear con él como hace con algunos de los otros tipos de puta madre que muestran tatuajes de calaveras en sus bíceps. (Los tatuajes quebrantan el código de indumentaria de la escuela pública East Park. Pero son sólo tatuajes de tinte vegetal, no de los de verdad con agujas, que son el único tipo de tatuaje que Tusk desearía tener. ¡Nada de esas memeces para él!) Podría ser que Tusk se encontrara con Zimbrig en el aparcamiento que hay detrás de la escuela y que recibiera una señal: *¡Ella! ¡Rájala! Es ella*. Pero Tusk duda que se le levante con una vieja bruja de la edad de su madre. (Aunque Tusk no tiene clara la edad real de su madre. Le hace retorcerse, está *violento* de cojones. Leyó en la necrológica que Roland Landrau padre, abogado de inversiones, tenía cuarenta y un años cuando compró la granja el año pasado.) Tusk se agacha para comprobar nuevamente la navaja a través de la tela de nylon, tío, está *ahí*.

Anuncios por el sistema de megafonía. Bla bla bla. Sorprende a Tusk lo ordinario de mierda que *es* este día. No sabe que está retorciéndose en su asiento como si tuviera que ir a orinar y metiéndose el dedo en la nariz, y Zimbrig le lanza miradas asesinas, una vieja costumbre suya, de Roland, su madre lo regañaba de forma ansiosa y dolida por su mala educación, como ella la llamaba, y su padre le dio un bofetón por una costumbre fea, como él la llamaba: «¡As-que-ro-so, Roland! Para de una vez». Como si meterse el dedo en la nariz hasta que a veces acabe sangrando fuera la costumbre más fea del pazguato de Roland. Y Zimbrig definitivamente lo está mirando a través de sus gafas de plástico negro. Joder, ¿dónde va a limpiarse el moco? La puta le lanza una mirada de odio así que se lo limpia en los tejanos, a la altura de la rodilla donde se mezcla con las otras manchas y la porquería verdosa.

Suena el timbre. La primera clase. Tusk se despierta de un sueño y es como el *bum pum* y el fuego de ametralladora de XXX-RATED y ¡para!, y *¡pum!,* y sonríe de oreja a oreja como si no supiera dónde cojones está. Pero de pie, y con la mochila levantada con dificultad y abrazándola contra su pecho y saliendo en fila de la clase de tutoría desgarbado y con el cabello graso que le cubre la cara, Tusk tiene que pasar delante del escritorio de la señorita Zimbrig y la puta le dice burlona mientras sonríe: «Eh, Roland. No te cortes». Y le entrega un pañuelo de papel de la caja que hay sobre su mesa. Y los chicos que están mirando se echan a reír. Y Tusk hace una mueca, le arde la cara, pero le han lavado tanto el puto cerebro para que sea educado con los adultos que de hecho susurra: «Gracias, señorita Zimbrig».

¡Y acepta el pañuelo de papel!

La puta se las va a pagar. Nadie se ríe de Tusk. Nadie se mete con Tusk. ¡Se acerca la hora del ajuste de cuentas!

A Ronald Landrau padre a duras penas lo recuerda. No lo conocía demasiado bien cuando el tipo era su padre. Como si la pantalla estuviera llena de líneas zigzagueantes e imágenes borrosas y en lugar de rock hubiera una imagen estática. Como por un telescopio, puede ver a los tres cenando a la mesa en la que su padre tenía que corregir a su hijo y disfrutaba con la tarea, inclinándose hacia delante sobre los codos casi con entusiasmo infantil y el mantel se agrupaba y tiraba hacia delante, y el padre, sin darse cuenta, regañaba con calma al pequeño Roland (¿con tres años?, ¿cuatro?) por comer demasiado deprisa, o quizá por empujar lentamente la comida por el plato, o por susurrar a su madre en lugar de hablar con ambos progenitores, o por parlotear cuando debería haber guardado silencio porque papá estaba intentando decir algo, por sentarse en silencio, con la cabeza gacha y enfurruñado, jugueteando con su comida cuando debería haber estado hablando. Roland hijo, que nunca parecía aprender

456

(¡qué niño más burro!, cuesta sentir pena por un tonto así), debe mirar a papá a los ojos y no encogerse ni retroceder ni echarse a llorar, y realmente enfurecía a papá por dar a entender que papá era «una especie de abusón que se metía con un niño pequeño», y después Roland hijo gritaba porque había sido abofeteado, o sacudido por los hombros como si fuera un saquito de gimnasia, o lo que más miedo le daba aunque no era lo que más dolía: su rostro redondeado y regordete preso entre los grandes dedos de papá y papá que podía inclinarse hasta un par de centímetros de distancia para gritarle. (Y dónde estaba mamá, mamá estaba a la mesa blanca como el papel, preocupada, mordiéndose el labio inferior hasta comerse el carmín, mamá era tan guapa y su cabello estaba tan bien arreglado que era sorprendente que el pequeño Roland no confiara en ella de mayor, ya que hubo una época en la que mamá decía que aquellos episodios a la mesa del comedor no habían ocurrido porque no podían haber ocurrido y le explicaba a Roland: «Gran parte de lo que crees que ha pasado en tu vida no ha sido así».) Y hubo un tiempo, cuando Roland tenía seis años y ya no era un bebé, que se levantaba corriendo de la mesa cuando su padre comenzaba a regañarle y su padre lo pillaba en las escaleras y tiraba de él para que bajara y lo sacudía hasta que los dientes y el cerebro le traqueteaban en la cabeza y Roland inhalaba para gritar pero no podía hacerlo porque el grito se quedaba atrapado en su interior como comida parcialmente masticada y su rostro enrojecido se hinchaba como un globo a punto de explotar y se le salían los ojos de las órbitas y se mareaba y después lo único que sabía era que alguien a quien no había visto nunca lo despertaba en un lugar de un color blanco reluciente, con una luz que no había visto nunca, sin querer respirar pero viéndose obligado a ello, sus ojos en blanco sin querer fijar la vista como era habitual pero obligados a ello y ése fue el episodio que sus padres denominaron a partir de entonces entre susurros como «el primer ataque de asma» de su hijo.

Esa mierda, Tusk casi no puede recordar nada. Como si le hubiera ocurrido a otro niño, a un pazguato patético ahora *desaparecido*.

—¡Hooooolaaa, Tusk!

—Hola, Alyse.

—¿Qué tal?

Tusk se encoge de hombros elocuentemente.

—¿Y tú?

Alyse Renke hace lo mismo. Con tejanos ajustados y un suéter de algodón de Gap de color morado que muestra sus pequeños pechos como peras. Alyse lleva seis pendientes que brillan en su oreja derecha y en su cabello de color escoba una mecha de color negro como una cebra y los ojos coquetos están destacados con rímel negro deliberado como si fuera un lápiz y pone una boquita besucona y los ojos en blanco a Tusk como si se tratara de un primer plano en una película. Mientras dice con un gruñido:

—Más o menos bien. Pero también un poco mal, si de verdad quieres saberlo.

Antes de que Tusk pueda hurgar en su cerebro en busca de una respuesta ocurrente, Alyse pasa a otra cosa meneando su culito picarón, así que Tusk la contempla con malas intenciones en su rostro sudoroso como un neón. A la puerta de su clase, Alyse se volverá a mirar a Tusk pero él ya se habrá abierto camino, abrazando su mochila manchada contra su pecho y parpadeando aturdido con la mirada en blanco.

¿Quizá Alyse Renke *es* la elegida? ¿Y Tusk no va a poder decidir?

El siguiente turno, horas de estudio en la biblioteca de la escuela, Tusk supone que llama la atención sobre su persona al permanecer agachado durante largo rato junto a la enciclopedia *World Book,* la *Enciclopedia Británica,* y otras obras de consulta que nadie mira a no ser que haya que preparar un trabajo. Tusk hace muecas mientras pasa las hojas sobre biología humana y viene la señora Kottler, la bibliotecaria, para decirle:

—¿Qué buscas, Roland? Quizá pueda ayudarte.

Pero Tusk no la mira a los ojos. Se encoge de hombros y murmura lo que parece ser: «No, estoy bien».

Al final encontró lo que buscaba: un dibujo de un ser humano con los huesos, órganos, arterias y nervios destacados. Tusk ve que el corazón está más bajo en el pecho de lo que se cree. Y hay un hueso que lo protege de algún modo. ¿El cuello? Esas venas sanguíneas de un tono azul oscuro. «Las arterias carótidas envían la sangre al cerebro.» De forma instintiva, Tusk localiza una arteria pulsante en su propio cuello, bajo la línea de la mandíbula. La arteria carótida es su mejor opción, probablemente. Sólo tendría que rajar una, dos veces, quizá serrar con la hoja en un sentido y en otro. Si su víctima es Alyse Renke, será fácil de dominar, no es más alta que él. Si su víctima es alguien de mayor tamaño, como un adulto, Tusk tendrá un mayor reto, pero ¿*Te apuestas algo a que Tusk no puede?*

Porque todo lo que necesita es colocarse y hacer palanca. Y el momento adecuado. Como en XXX-RATED. ¡Atacar por sorpresa! Fuego de ametralladora y parar y *¡pum, pum, pum! Fin del juego.*

Fue *¡pum!, ¡fin del juego!,* para el padre de Roland. Un minuto hablaba por teléfono y el siguiente estaba desplomado de lado en su silla giratoria ante su escritorio como un hombre sorprendido por un terremoto y paralizado en la postura de esa terrible sacudida del primer segundo. ¿Había estado discutiendo el señor Landrau por teléfono con algún socio?, ¿había oído su hijo, Roland, de doce años, que estaba arriba en su habitación con su ordenador haciendo los deberes de álgebra, la voz de su padre elevándose por el dolor y el terror como un animal herido? ¿*Había oído el hijo a su padre postrado llamando para pedir ayuda?*

El socio afirmó después que supuso que el señor Landrau había colgado. Sin despedirse. No es que el señor Landrau

459

fuera grosero, pero tenía formas de demostrar su impaciencia o indignación o repugnancia moral, y colgar sin despedirse o tirar el auricular, descolgado, era una de ellas.

Fue mala suerte para el señor Landrau que nadie más (excepto su hijo) estuviera en casa durante aquella emergencia. Ya que posiblemente se habría salvado. Si alguien hubiera llamado a la ambulancia, si lo hubiesen llevado a toda prisa a la sala de neurocirugía, quizá. Aquél sería un tema que deberían considerar la viuda afligida y los familiares del fallecido. Pero la señora Landrau estaba de compras en Lord & Taylor y la mujer puertorriqueña que limpiaba la casa tan competentemente para la familia Landrau se había ido una hora antes. Y la puerta de la habitación de Roland hijo estaba cerrada. Ya que desde el séptimo grado el niño había comenzado a insistir en su derecho a la intimidad. Así que era verosímil, *No oí a papá. No oí nada. ¡De verdad!*

Lo que explotó en el cerebro del señor Landrau era una vena debilitada. Un aneurisma. Una dilatación anormal a menudo indetectable y con frecuencia fatal de una vena en el cerebro. Roland Landrau padre había dejado de respirar cuando su mujer regresó a casa y lo descubrió desplomado en la silla giratoria de su estudio, el auricular del teléfono en el suelo y su rostro blanco como el papel tan contorsionado que a duras penas resultaba reconocible. Con la boca abierta y los ojos mirando fijamente como los de una muñeca, demasiado redondos y brillantes como para ser reales.

Arriba, encorvado sobre el teclado de su ordenador, Roland hijo oyó cómo su madre comenzaba a gritar. Un sonido como de seda rasgada en su cráneo que le acompañará durante toda su vida. Lo sabe.

—¿Sabes a quién me gustaría cargarme algún día? A Caraculo Snyder.

—¡Vaya, Tusk! De puta madre.

—La navaja de mi padre de la que te hablé, que es prácticamente como una daga, ya tenía manchas de sangre,

¿sabes?, ¿de Vietnam? Eso es lo que usaría. Porque una pistola, incluso si tuviera una puta pistola, haría un ruido del copón, ¿sabes?

—¡De puta madre, Tusk! Te ca-gas.

Pero esos gilipollas no se toman a Tusk en serio, lo ve claramente. En el vestidor durante el cuarto turno. Tusk se cambia de ropa lentamente, huraño, le molesta la clase de gimnasia de mierda. Hoy toca correr al aire libre y saltos, que se le dan muy mal, no tiene más coordinación que cuando era Roland hijo, tímido y parpadeando a los chicos que le gritaban en grupo a su alrededor como si fueran hienas. Lo que odia Tusk es cualquier cosa reglamentada, que dé la impresión de estar en el maldito ejército o algo por el estilo. Butch Snyder aplaude con sus manos de cerdo y sus mejillas hinchadas y sus ojos de maricón brillando mientras grita como si les trajera buenas noticias:

—¡Muuuuy biiiiieeeeen, chicos! ¡Vamos, chicos! ¡Tres veces alrededor de la pista como calentamiento, chicos! ¡Vamos, ADELANTE!

Se podría pensar que a Tusk Landrau se le da bien correr: tiene el cuerpo esbelto de los corredores, brazos y piernas largos y delgados, pero al pobre chico le falta la respiración en cinco minutos, sólo los niños gordos corren más lentamente, tiene algún problema con sus vías nasales o con su sinusitis, ha tenido asma. El entrenador Snyder, que es uno de los maestros populares de East Park, intenta comprenderlo. Intenta disimular su desprecio por algunos de esos niños blandengues de las afueras de la ciudad. Hijos malcriados de hombres ricos que puede soportar si son buenos atletas que siguen sus instrucciones, pero el resto de ellos, mariquitas, matones y casos perdidos, no le sirven de nada, como ese tal «Tusk» que finge ser un tío de puta madre que hace muecas y mueve la boca como si fuera un esquizo discutiendo consigo mismo, y su rostro aniñado grasiento por el sudor como si tuviera fiebre.

—Roland, ven a verme a mi despacho, ¿vale? Antes de ducharte y cambiarte.

Tusk tiene miedo. Pero se ríe y les dice a los otros chicos que hace un año que no se ducha en la escuela, ¿qué se cree Caraculo Snyder, que todo el mundo es un maricón como él?

En la oficina a modo de cubículo de cristal y ladrillo del entrenador que hay justo al salir del gimnasio, sin ventana alguna excepto la que da a la sala de deportes, Tusk sujeta con fuerza la mochila sobre sus rodillas. Dios, está muerto de miedo. Sudando y temblando y con los dientes prácticamente rechinando. *Va a rajar a Snyder. En la barriga, porque a Snyder le está saliendo barriga y le está bien empleado al muy cabrón. ¡Una pasada!* Abre la cremallera del bolsillo con torpeza, mete la mano dentro y allí está la hoja de la navaja que toca primero, parece bastante afilada aunque quizá no tanto como una cuchilla de afeitar, después sujeta el mango, lo aprieta en su palma sudorosa. Pero el entrenador entra rápidamente y le da un toquecito en el hombro.

—Muy bien, Roland, ¿qué tal estás? —como si el entrenador fuera el hermano mayor de Tusk o un tipo distinto de padre y antes de que Tusk pueda soportarlo, los ojos se le inundan de lágrimas, las malditas lágrimas que se desbordan y le corren por las mejillas como si fueran ácido. El entrenador se sonroja fingiendo no ver aquello aunque está claro que se siente muy incómodo. Y repite—: ¿Qué tal estás? —de forma amable, lo que hace que Tusk pierda la compostura, así que se pone de pie con los ojos como platos tartamudeando:

—¡D-déjeme en paz! ¡Usted no sabe nada de mí! *¡Váyase a la mierda, no me toque, déjeme en paz!*

Tusk sacaría de un tirón la navaja de Vietnam, de hecho tiene la mano derecha metida en el bolsillo mientras sujeta con fuerza el suave mango (y el entrenador lo recordará, al hablar de aquel suceso), pero a la mierda, está llorando demasiado, no ha llorado así desde que era pequeño, te olvidas de lo que *duele* llorar. El entrenador se ha puesto de pie sorprendido y dice:

—Roland, eh, espera... —aunque Tusk ya ha salido a toda prisa de la oficina abrazando la mochila contra su pecho, no puede ver adónde demonios va, le falta el aire, va a esconderse en una cabina del inodoro en el lavabo que hay junto al almacén hasta que suene el timbre para quinta hora y no haya moros en la costa, y el entrenador supone que más le vale no seguir a un adolescente alterado.

«Pensé en dejarle pasar aquello al pobre chico; estaba claro que se había disgustado pero no creí que fuera más que eso; a veces no involucro a nadie más en la escuela para mantener esos asuntos fuera de los expedientes de los chicos. Lo que pensé fue que llamaría a la señora Landrau a su casa aquella noche.

»Sí. Sabía que el padre había fallecido.»

Cuando el aneurisma hizo *¡pop!*, Roland hijo se hallaba arriba en su habitación que estaba prácticamente encima. Sí, había oído a su padre gritar. No llamándole a él, ni pidiendo ayuda, simplemente gritando. Como un animal herido y aterrorizado. Y sin embargo, encorvado sobre su ordenador, concentrándose en sus tareas de álgebra, Roland hijo, que era un niño nervioso de doce años, como que no lo oyó. O si lo hizo, no entendió. Papá tenía un televisor en su estudio que encendía a veces para ver las noticias por la noche, así que quizá fuera eso, el grito estrangulado. *Sí, lo oí. Oí algo. Sí, sabía que era papá. Sí, sabía que algo le había ocurrido. Un ataque al corazón, pensé. O de algún modo, no sé cómo, como en una película o algo así, que se le había prendido fuego a su ropa. Siempre tuve una imaginación extraña, ¡supongo! De hecho, no es cierto, no oí nada del piso de abajo. Mi habitación no está realmente encima del estudio de papá. El estudio de papá está en el extremo de la casa, en la esquina. Seguí con mi ordenador haciendo mis deberes. Era como si estuviera paralizado, supongo. Abajo no había nada. No había ruido de la televisión. No oí nada hasta que mamá llegó a casa y comenzó a gritar.*

Entonces Roland hijo entró corriendo al baño que daba a su dormitorio y cerró la puerta con llave y encendió el extractor e incluso tiró de la cadena presionando las palmas sudorosas de las manos contra los oídos enmarcando su rostro como si fuera un torno.

¡No!, ¡no!, ¡no! ¡No oí una mierda!

Tusk, con los ojos enrojecidos, se salta la clase de Matemáticas de la quinta hora. Se queda pasando el rato en el pasillo que hay junto a la clase de Ciencias Sociales de Alyse Renke. Encuadra su rostro delgado en tonos pastel en la ventanilla de la puerta para que Alyse pueda verle a través de sus pestañas coaguladas. Está nervioso, sabe que los chicos de la clase de gimnasia están hablando y riéndose de él. Sabe exactamente de quién se trata. Y está Darian Fenner, su antiguo amigo y ahora enemigo, que no estaba en la clase de gimnasia pero que es amigo de un tío que sí estaba y en el pasillo hace poco, durante el cambio de clases, Tusk ha visto a Darian y a ese chico riéndose junto a la taquilla de Darian y sonriendo hacia Tusk. «Ahí está Tusk, el maaaaalo, con la ropa sudada, ¿a no ser que parte de la humedad sea porque se ha meado en los pantalones?» Es una casualidad que Darian esté en la clase de Alyse, Tusk no quiere distraerse ahora pensando en él, aunque su ex amigo le ha traicionado y merece morir —Tusk podría caer en un sueño despierto y ver todo esto a cámara lenta—: acorralaría a Darian en el lavabo y vería la hoja cortar su cuello hasta que la cabeza torpe de Darian se separara del cuerpo torpe y regordete de Darian y colocaría la cabeza —con los ojos abiertos— en el inodoro para que así descubrieran a Darian Fenner: «¡Ese Tusk! ¡Qué tío más cruel! ¿Habéis oído lo que le hizo al zumbado de Darian Fenner? ¡Te ca-gas!».

Pero no mostrarían la cabeza por televisión. Sólo fotos de Darian cuando estaba vivo.

Eso es lo que pasa cuando te metes con Tusk Landrau.

Tusk abraza su mochila contra su pecho riendo burlonamente sin ver a Alyse Renke hasta que casi se da de bru-

464

ces con ella. Sin aliento y buscándole la mirada, para indicarle que ha pedido que la dejen salir para ir al baño, ¿y si se largan de ese cuchitril? «Sólo hay que salir por la puerta lateral junto a la cafetería, nadie se dará cuenta.»

Ha oído a su madre quejarse por teléfono diciendo que no sabía qué hacer con él este último año, Roland no es el mismo y no sé quién es, quejándose y sorbiendo con ruido y si él entra en una habitación con ella, parpadea ante él como si le tuviera miedo y ¿por qué cojones imagina la puta patética que puede «hacer» algo con él, como si se «hiciera» algo con un perro o algo así?, ¿qué coño se cree?

—¡Como si fuera algo que ella pueda decidir! Pues más le vale que aprenda.

Alyse dice, tosiendo mientras fuma, apartando el humo de su rostro con sus dedos achaparrados, uñas como garras esmaltadas de color guinda:

—Qué coño, sí. Lo mismo con mi madre. Y con mi padre, los dos constantemente encima de mí. ¿Alguna vez has pensado... ya sabes... —Alyse hace un gesto de rajarse el cuello con el índice, a la vez que ríe tontamente—, en cargártelos?

—¿Eh? ¿A quién?

—Pues a tu madre y a tu padre.

Tusk se ríe burlón de Alyse como en blanco, aturdido. Como si no hubiera oído bien.

—Uh, de hecho, mi padre está... muerto. Está muerto.

La boca pintada de rosa de Alyse se abre. Sus ojos maquillados con rímel como platos. Toca el antebrazo desnudo de Tusk con sus uñas como garras, y todo su vello se estremece.

—¡Ay! Me había olvidado.

—No pasa nada.

—Tusk, lo siento. Ay, lo sabía, pero me he olvidado.

Tusk está incómodo, se encoge de hombros.

—Sí, no pasa nada. Está bien.

—Es decir, mierda. Debería saberlo.

—Hey, no pasa nada, ¿sabes? Fue hace más de un año.

Tusk está sorprendido y conmovido de que Alyse Renke se disculpe tanto y parezca tan sincera, caminando codo con codo con él como si fuera su chica mientras recorren el extremo del campo de deportes de la escuela hasta llegar a una zona boscosa y pantanosa que baja hacia las vías del tren y un viaducto. Ése no es el camino que Tusk recorre desde la escuela, pero conoce el terreno por haber ido en bicicleta: se trata de una tierra de nadie salvo por el camino asfaltado de dos carriles, East End, pero incluso en esa carretera no hay mucho tráfico. En una película, piensa Tusk, excitado y nervioso, habría una toma larga de los dos caminando por allí, deslizándose y tropezando colina abajo entre basura que se ha esparcido como algas contra los árboles chatos y los arbustos verdes, rebosantes de brotes de color pardo bajo un sol de primavera inesperadamente reluciente. Y el cielo sobre ellos está formado por delgadas manchas nubosas y un cielo azul puro como si lo hubieran pintado. Habría una forma en la que la cámara los enfocaría para señalar que *¡va a ocurrir algo!* Ya que todo momento en la pantalla está cargado de electricidad —y significado—, no como la vida real que es una puta experiencia deprimente. Alyse divierte a Tusk con esa forma suya alegre y perspicaz de quejarse de sus padres, sobre todo de su madre «que en mi opinión es celosa a más no poder de su propia hija, por el amor de Dios», y del señor Thibadeau, su maestro de Ciencias Sociales que prácticamente la está acosando «poniéndome unas notas tan bajas como si fuera tonta o algo», y Tusk piensa que nunca ha visto a una chica tan sexy de cerca como Alyse Renke, con su labio inferior sobresaliente y sus ojos verdes caídos y su costumbre de suspirar con fuerza, de inspirar profundamente de modo que sus pequeños pechos duros sobresalen en su suéter de color morado ciruela *y de hecho le rozan* como le ha visto hacer con chicos mayores, chicos del instituto con los que Alyse sale basándose (por lo que Tusk ha oído) en si tienen coche

466

y saben conducir, y cómo usar los condones. En la escuela, en la cafetería donde a veces se reúne un grupo de ellos a pasar el rato, si hay otros chicos alrededor, Alyse coquetea y se ríe con fuerza y es sarcástica, y Tusk no es demasiado bueno a la hora de tener salidas graciosas y se enfurece, y nunca sabe si Alyse le engaña, igual que nunca sabe si está loco por ella, loco de atar por ella, o si de hecho la desprecia, es una coqueta chabacana y no demasiado despierta. (Corría un rumor en su clase desde las pruebas de séptimo grado según el cual varios chicos habían dado un resultado en su CI inferior a 100, y Alyse Renke era uno de ellos. Roland Landrau hijo obtuvo un resultado de 139, que fue una decepción moderada para Roland padre, pues éste había tenido motivos para esperar que su hijo obtuviese unos resultados superiores, igual que él a su edad.)

Tusk susurra:

—¿Sabes, mi viejo? De alguna forma le dejé morir.

Alyse quizá lo oye o quizá no, parpadea y bizquea miope al otro lado de la autovía. Hay una tienda 7-Eleven no muy lejos pero tendrán que recorrer a pie un terreno pantanoso vacío y probablemente se van a mojar los pies. Pero si toman el camino más largo, por la acera, está al doble de distancia, un latazo.

—Sí, ¿qué? Qué guay. Digo, qué pena —responde Alyse distraída.

Ella marca el camino, debe de ser que van a atravesar por el campo. En ese día soleado y húmedo hay insectos por todas partes, zumbando y aleteando, moscas diminutas, nubes de mosquitos, de los charcos sale un sonido impaciente y vibrante como las castañuelas que quizá sean... ¿pitidos? Alyse dice que tiene sed, que se muere por una Coca-Cola light, se debe de tomar una docena al día, sonriendo de reojo a Tusk que la contempla con sus ojos febriles mientras ella afirma que así es como mantiene la línea, se levanta el suéter y tira un poco hacia abajo de sus tejanos ajustados de modo que Tusk puede ver su estómago pálido, cálido y suave y el

467

pendiente de cristal color rubí destelleando en su ombligo, Alyse se cuida a la hora de mantener su línea, pero no está excesivamente delgada, no es una de esas anoréxicas, a los tíos eso no les pone. Además, se está quedando sin cigarrillos y él no tiene ninguno, ¿verdad?, y es una mierda la ley estatal, o quizá sea la federal.

—No puedes comprar cigarrillos si eres un puto menor. Como si eso fuese a hacer que dejes de fumar —dice ella con sarcasmo fulminante.

Ver el pequeño pendiente de cristal color rubí en el ombligo de Alyse Renke, ay, tío. *Y Tusk se ha puesto caliente. Tío, Tusk se ha puesto CALIENTE.* Tiene que ser una señal, ¿verdad? Alyse Renke ha traído a Tusk Landrau aquí desde la escuela porque quiere darse el lote con él, ¿verdad? Se lo ha hecho con muchos tíos, Tusk lo ha oído decir: Jakey Mandell, Derek Etchinson, Buddy Watts ya desde séptimo grado, y con tíos mayores del instituto, debe de ser que le está haciendo la señal a Tusk Landrau de que quiere que se la tire, ¿verdad? ¡Es su turno! ¡Ha llegado su hora! Tiene miedo y está excitado, se oye decir algo entrecortadamente, su voz un extraño graznido:

—Oye, ¿Alyse?, vamos por aquí, ¿vale? Vamos.

Tusk señala el viaducto donde hay un túnel para peatones bajo las vías del tren, un túnel que se usa muy poco cubierto de desperdicios y charcos relucientes como el cristal, grafitis garabateados en las paredes como gritos, y Alyse bizquea y arruga la nariz:

—¿Qué? ¿Por qué? Te he dicho que quiero una Coca-Cola.

Su labio inferior pintado de rosa está hinchado, hace pucheros. Está claro que es una chica acostumbrada a salirse con la suya, sin demora. Tiene un sarpullido en el nacimiento del cabello donde comienzan las mechas estilo cebra. Tusk dice, asfixiado:

—Sí. Vamos. ¿Vale?

Alyse niega con la cabeza, malhumorada, pero en el rostro amenazante de Tusk, en su pálida piel acalorada y en sus ojos enrojecidos, ojos como si hubiera estado llorando, jóvenes ojos viejos, *ojos como nunca verías en un chico de su edad, lo juro,* había una promesa de algo interesante, algo sexy. Para ser un chico de trece años que sólo el año pasado era un miembro empollón de la lista de honor, tenías que reconocer que Tusk Landrau era *guay.* Así que de manera impulsiva, Alyse se inclina y besa a Tusk —¡lo besa!—, el primer beso que recibe de una chica, en toda su vida, en sus labios resecos leve como el roce de una mariposa y susurra sugerentemente:

—Bueno, quizá después. Después de la Coca-Cola y unas patatas fritas, ¿vale? —y empuja su cuerpo un tanto contra el de él y el muchacho con la mirada perdida entiende a qué se refiere, su pecho izquierdo duro como una pera verde contra su brazo electrizado.

Tío, ha llegado el momento. Tusk oye un clamor en sus oídos. A Tusk le cuesta respirar. ¡Mierda de asma! No, nunca ha tenido asma, se encuentra bien. Siempre se ha encontrado bien. Intentaron convertirlo en un bicho raro, pero se encuentra bien. Tiene un empalme como un cuchillo. Su empalme es un cuchillo. Arrastrará a esta puta dentro del túnel y se la tirará hasta que pierda el sentido y la rajará con la navaja de Vietnam de su padre que está hecha para eso y la fuerza de su voluntad lo llevará a él y a sus zapatillas Nike volando durante dos kilómetros y medio hasta la casa blanca de estilo colonial de cinco habitaciones con postigos verdes de Pheasant Hill Lane donde rajará a su madre con el mismo objeto de Vietnam. ¡Ha llegado la hora! ¡Ha llegado su turno! *Para acortar la bondad de mi madre, es decir, la agonía, no porque yo la odiara ni nada por el estilo, joder, la quería, supongo, era mi madre, ¿sabes?* Tusk tendrá que idear coherentemente lo que le va a decir a la policía y a su abogado, su declaración para la televisión y la prensa, teme no tener una segunda oportunidad, tendrá que funcionar a la perfección la primera vez.

—Eh, ¿Tusk? ¿Te has quedado en Babia o qué? ¡Vamos!

Alyse Renke, coqueta, se ríe de él y él la mira fijamente mientras observa sus labios rosados moverse pero no puede oír lo que dice. *Alyse era mi chica. ¡Le advertí desde el principio que no iba a compartirla con nadie! No iba a tolerar que nadie me faltara al respeto.* Tusk abraza la mochila de nylon contra su pecho preguntándose si eso suena bien. Cree que sí. Quizá. ¿Es verosímil? A decir verdad, en cierto modo está loco por Alyse. Le gustaría besarla sin parar en algún lugar oscuro como el Cinemax. Le gustaría ir a su casa a pasar un rato como ha oído que hace Jakey Mandell, los sábados. Pero, Dios mío, le duele el empalme, toda la polla y los huevos, como una tubería de metal o algo dentro de sus calzoncillos de jockey, ¿cómo va a caminar? Su viejo se sentía incómodo cuando le hablaba de sexo, de experimentación sexual, como lo llamaba su viejo, la reproducción sexual de las especies que podría decirse que es la huella de la naturaleza en el individuo, pero ¿cómo va a caminar? Tomaría la mano de Alyse y la presionaría sobre su bragueta, que está a punto de reventar, le daría a aquella puta una buena muestra de ella y ella daría un chillido y retiraría su mano a toda prisa como si se hubiera quemado pero también estaría impresionada, ¿verdad?, pero Alyse ya corre a través del campo mientras chilla y maldice y se moja los pies, y Tusk no tiene más remedio que trotar tras ella, sin aliento y agazapado como si le doliera el estómago.

—¡Eh, Alyse! Espera.

Mierda, se le están mojando sus Nike nuevas.

Son los únicos clientes en el destartalado 7-Eleven. Alyse conoce la tienda y va derecha a la parte trasera a coger su Coca-Cola. En una radio llena de estática suena un viejo rock de los años setenta y detrás del mostrador, con la mirada fija en Tusk y sin sonreír hay un tipo gordo con barba entrecana como un hippie que se está quedando calvo y lo que queda de su cabello greñudo es totalmente gris, lo lleva en una coleta atada con un trozo de hilo, una camiseta sucia de los Grateful Dead tirante contra su barriga cervecera y esos ojos acerados tras sus bifocales de montura al aire que se fijan en Tusk al instante. *¡El hijo de puta no me dio una oportunidad! ¿Qué le he hecho? Puto nazi, como si yo fuera, ¿qué?, un negrata o algo así*. Alyse debe de conocer al hippie gordo, o de todos modos se comporta como si lo conociera, parloteando y coqueteando, quejándose y preguntando por qué no puede comprar una cajetilla de Virginia Slims por lo menos.

—Quién iba a saberlo, me refiero a que somos los únicos que estamos aquí, vamos, es de sentido común. O podrías darme la cajetilla, ¿sabes? Y yo podría, pues, pagar algo más por las patatas fritas. Tusk, ¿tienes cambio?

Pero el hippie no presta más atención a Alyse que la que prestaría a una nube de mosquitos, y Tusk tampoco la oye, mientras recorre nervioso los pasillos y parpadea ante expositores empaquetados centelleantes de Sunshine Cheez-Its, Doritos, Snak-Mix, manteca de cacahuete Jiff, patatas fritas Pringles, palomitas de maíz para microondas Miracle, trozos de bagel Hungry Jack y a la altura de las rodillas sacos de diez libras de Purina Dog Chow y Kleen Kitty Litter. De hecho, Tusk es un chico tímido, que encorva los hombros como si quisiera desaparecer, su pecho casi hundido; esa postura cabreaba tanto a su viejo que casi espera oír su voz indignada por encima de la radio: «¡Hijo!». Tusk habla solo, algo que nunca hace en público, únicamente cuando está a solas, no habla de forma audible, pero su boca se mueve, su rostro infantil fruncido por las muecas está a punto de llorar. El calor le pica en las axilas como hormigas rojas. Tusk parece saberlo antes de que el hippie detrás del mostrador pronuncie una sola palabra para participar de su funesto destino: *¡Ha llegado el momento! Éste es el que esperaba, el hijo de puta*.

—Tú, chico, ¡sí, tú! Mueve tu culo asqueroso, sal de la tienda y no vuelvas, ¿me oyes? —dice el hippie con una voz nasal aguda al tiempo que aprieta la barriga contra el mostrador, un tipo fornido y musculoso con vello áspero que despunta a través de la camiseta de Grateful Dead y Tusk dice tartamudeando:

—¿Qué? No estoy haciendo nada.

Y Alyse protesta:

—¡Tusk no está haciendo nada! ¡Eh, no hace nada! Eh, vamos, usted.

Y el hippie hace caso omiso de ella y le dice a Tusk con voz llena de desprecio:

—¿Sí? Como que el otro día tú y tus colegas no hicisteis nada más que abrir las bolsas, ¿verdad? Ahí mismo en los estantes, ¿verdad? Abriendo las latas y dejando los jodidos recipientes para que se vacíen en las estanterías mientras despacho a mis malditos clientes, ¿verdad?

Tusk se siente dolido, Tusk niega con la cabeza, confuso, mientras dice:

—Señor, yo nunca he estado en esta tienda. *Nunca.*

¡Es verdad! A Tusk le tiembla el labio inferior y se le han puesto los ojos llorosos, pero el hippie está furioso y no perdona: sale con paso airado desde detrás del mostrador a la vez que agita los brazos gruesos y musculosos, manchas sonrojadas en su rostro y los ojos grises como el acero:

—He dicho que salgas de mi tienda, ¡pequeño vándalo! Eres un ladrón, un gamberro y un pequeño vándalo y si yo fuera tu viejo me pegaría un tiro, quiero que salgas de la tienda ahora mismo antes de que te rompa la...

De repente, el hippie se mira boquiabierto con aire de profunda sorpresa y asombro *donde Tusk le ha hincado hasta el puño una navaja de dieciocho centímetros en la tripa.*

Después de eso, todo ocurre rápidamente.

Y Tusk está mirando, y Tusk se mueve, pero es como si estuviera viendo todo desde fuera. Sonríe tontamente a sus manos y sus tejanos salpicados de sangre y saca la navaja de un tirón del hombre gordo que cae de rodillas y lo apuñala con ella:

—¡Hijo de puta! No tienes derecho. ¡Tengo mis derechos! ¡A ver qué te parece esto ahora!

El hippie está en el suelo, gritando, intentando parar la sangre que brota de su vientre, Tusk jadea, jubiloso, se

472

deshace de él de una patada pero está salpicado por la maldita sangre —sus tejanos, sus nuevas Nike, ¡mierda!—. Está excitado, cabreado, sólo un poco asustado, corre detrás del mostrador hacia la caja registradora diciéndose *Voy a necesitar dinero si me escondo,* pero la caja registradora de los cojones está cerrada a cal y canto y no hay forma de abrirla que Tusk pueda averiguar; tira del cajón con las manos y se rompe las uñas y deja manchas de sangre en el metal que sabe que son huellas dactilares que lo inculparán, pero ¿qué puede hacer?, todo ocurre muy deprisa.

No puede explicar de dónde procede el zumbido en sus oídos como un avispón atrapado. ¿Música rock de antaño a muchos decibelios y alguien que grita? Entonces Tusk recuerda con cierta nostalgia, como si todo hubiese sucedido mucho tiempo atrás y se alejaran el uno del otro como dicen que ocurre en el universo, que está roto en una infinidad de partes aisladas que se alejan a toda prisa las unas de las otras prácticamente a la velocidad de la luz: la chica con el cabello con mechas al estilo cebra. Alyse Renke. Alyse que es *su chica.* Su rostro marchito como el de un mono retorcido por la ira más que por el horror.

—¡Qué demonios haces, Tusk! ¡Qué cojones haces, maldito gilipollas! —como enloquecido ha apuñalado a ese hippie gordo tantas veces como ha podido sacar la cuchilla y hundirla en la carne de ese hombre, igual que si unas llamas azules lamieran su cerebro hasta que prácticamente se ha corrido en los pantalones y jadeante se ha vuelto con ojos llorosos hacia la chica furiosa y al ver su rostro ella retrocede al darse cuenta de la situación, la navaja, la sangre chorreando, el hombre revolcándose y gimiendo a los pies de Tusk. Y ni siquiera sabe dónde está ella.

—¿Alyse? Eh, ¿Alyse? —se oye gritar con voz dolida y salvaje, casi riendo—, ¿te estás escondiendo de mí? *¿Te estás escondiendo?*

Pero ella no está a la vista. No está en la tienda. Sólo Tusk está en la tienda, y el hombre que gime. Sólo estantes de productos, hileras de latas y paquetes de papel y en la pared más alejada un reloj de Coors lleno de moscas que marca las 14.25 y por la mente de Tusk cruza la idea de que todavía están en horario escolar, no es de extrañar que no haya chicos pasando el rato en el 7-Eleven. El hippie gordo, tumbado de espaldas, jadeando y retorciendo la pierna izquierda en un charco luminoso de líquido brillante como esmalte es todo lo que Tusk puede ver y entonces Tusk ve a la chica fuera, corriendo hacia la carretera y probablemente gritando. ¿Alyse le ha dejado? ¿Alyse Renke, su chica, corriendo para alejarse de *él*?, ¿cuando sólo unos minutos antes lo había estado besando?, ¿y él ha hecho eso por *ella*?, ¿para demostrarle lo en serio que va, lo en serio que va con *ella*? Tusk corre hacia la puerta y la llama lastimero:

—¡Alyse! ¡Eh, vuelve! ¡Eh! —pero no lo oye, agita los brazos al correr y ahora tropieza en la carretera y se acerca un coche de tamaño familiar y Tusk sabe que va a parar.

Donde lo encontraron sólo unos minutos más tarde no era donde él tenía pensado estar. Tampoco en ese momento repentino.

De vuelta en el 7-Eleven, detrás del contenedor de basuras repleto y maloliente. La navaja resbaladiza en sus dedos mientras busca la arteria, cómo se llama, la arteria carótida, en su cuello. Sus dedos son torpes, ansiosos. *Nunca le oí llamarme. Nunca le oí gritar. ¡De verdad!* Ahora escuchaba el leve sonido del silbato de un tren. El desesperado ladrido insistente de un perro a lo lejos. Una sirena. ¿Una sirena que se aproximaba? Tiene que darse prisa. No quiere meter la pata como la ha metido hoy prácticamente en todo lo demás, pero tiene que darse prisa. No hay vuelta atrás porque no podría revivir este día ni cualquier otro recordando lo que ha aprendido en clase de ciencias, eso de que el sol promete que continuará brillando durante cinco mil millones de años más antes de que se hinche por última vez y volatilice la totalidad del sistema solar, pero Tusk no puede soportar ni un día más.

¡Ni uno más! Pasa la navaja por la arteria que ha ubicado bajo su mandíbula, una sensación aguda y abrasadora y comienza a sangrar de inmediato, pero el corte no es lo bastante profundo así que lo intenta de nuevo, sosteniendo firme su mano derecha con la izquierda y apretando con las fuerzas que le quedan, de rodillas, tambaleándose, jadeando, ahogándose por algo caliente y líquido. Mierda, se le ha caído la navaja, no la encuentra, tantea entre los periódicos mojados que hay en la acera, envoltorios arrugados amarillos de Doritos, pero allí está la navaja, la navaja reluciente por la sangre que es su único consuelo, la coge y la aprieta en su puño y lo intenta otra vez.

La novia del instituto
Una historia de misterio

Había una vez un hombre inmensamente reservado cuyo destino era, año tras año, convertirse en una figura pública y un modelo para los demás. ¡Nada sorprendía ni preocupaba más a R.! Había logrado el reconocimiento, siendo aún relativamente joven, como escritor de novelas populares a la vez que literarias; su especialidad eran los misterios de suspense psicológico, un género en el que sobresalía, quizá porque respetaba la tradición y ponía un cuidado infinito en la composición. Eran novelas escuetas, con un argumento mínimo, psicológicamente espinosas, y escritas, como decía R. en las entrevistas, frase por frase; y así debían leerse, frase por frase, con atención, como alguien daría unos pasos de baile difíciles. R. era tanto el coreógrafo como el bailarín, y a veces, incluso después de décadas de esfuerzo, se perdía y se desesperaba. Ya que había algo de horror en toda una vida de contemplación del misterio; una impotencia visceral y enfermiza que debe transformarse en control y dominio. Así que R. jamás se rendía ante ningún reto, sin importar la dificultad. «Rendirse es confesar que eres mortal y debes morir.»

R. era una de esas personas admiradas que continúan siendo un misterio incluso para sus viejos amigos. Le parecía que, de forma gradual e imperceptible, se había hecho mayor y era respetado; quizá porque su apariencia inspiraba confianza. Su cabello fino, claro, de color trigo, flotaba sobre su cabeza, y tenía la frente alta y unos ojos azules sorprendentemente sinceros; además medía más de metro ochenta y era delgado como la cuchilla de una navaja, con largas extremidades y una energía juvenil. No parecía envejecer, ni siquiera madurar, sino que conservaba un nórdico aspecto joven y soñador con un destello de algo frío y desalmado en sus ojos; como si contemplara en su interior una tundra de un blanco terrorífico y monótono, y sobre ella el cielo ártico vacío y completamente desnudo. Uno de los misterios imperantes sobre R. era su matrimonio, ya que ninguno de nosotros había visto nunca a su mujer, con la que llevaba casado cuatro décadas, y ni que decir tiene que jamás nos la había presentado; se daba por hecho que su nombre empezaba por «B», ya que cada una de las once novelas de R. estaba dedicada sencillamente a B., y se creía que R. se había casado muy joven con su amor del instituto en una pequeña población del norte de Michigan, que a ella no le interesaba lo más mínimo la carrera de él y que no tenían hijos.

En cierta ocasión, durante una de las entrevistas que concedía a regañadientes, R. admitió de manera enigmática que no, su esposa y él no tenían hijos. «Eso es algo que no he cometido.»

Qué orgullosos nos sentíamos de R., ¡como de uno de los patricios heráldicos en la materia! Cuando hablaba contigo, sonreía y gesticulaba como un gran muñeco animado, pero te sentías privilegiado incluso si estabas un poco incómodo ante el brillo distante del ártico en aquellos ojos más que azules.

A menudo nominaban a R. para que se presentara como candidato a un cargo en las organizaciones profesionales a las que pertenecía, y sin embargo siempre rehusaba, por modestia o porque dudaba de sí mismo: «R. no es la persona que os conviene, ¡de veras!». Pero finalmente, a los sesenta años, cedió y fue elegido por aplastante mayoría como presidente de la asociación estadounidense de escritores de historias de misterio, la American Mistery Writers, un hecho que pareció conmoverle al tiempo que le llenaba de temor. Llamaba una y otra vez a los miembros de la junta ejecutiva para preguntarles si de verdad era él la persona que les convenía; y una y otra vez le aseguraban que sí, ciertamente lo era. Con motivo de su nombramiento como presidente, R. tenía la intención de entretenernos con una nueva historia de misterio escrita ex profeso, nos prometió, para aquella velada; no un discurso extenso y farragoso salpicado de chistes malos como el de alguno de sus predecesores. (Está claro que aquel comentario provocó sonrisas inmediatas, ya que nuestro presidente saliente, un viejo amigo de R. y de la mayoría de los presentes, era un caballero apreciado pero parlanchín a quien se conocía por su falta de brevedad.)

Casi con timidez, no obstante, R. se aproximó al podio y permaneció ante un público de unos quinientos escritores de misterio y sus invitados, con la espalda recta y apuesto con su aspecto nórdico pálido y distante, la elegante figura de un hombre de esmoquin, con camisa blanca de seda y relucientes gemelos de oro. El cabello de R. era más canoso de lo que recordábamos, pero flotaba despreocupado sobre su cabeza; su frente parecía más alta, una protuberancia ósea en el nacimiento del pelo. Incluso sentado al fondo del público, se podían ver aquellos sobresalientes ojos azules. Con una voz hermosamente modulada y bastante musical, R. nos agradeció el honor de haberle elegido presidente, dio las gracias a los directivos salientes de la organización y aludió con pesar al hecho de que «circunstancias imprevistas» hubieran impedido que su esposa estuviera presente aquella noche. «Como saben, queridos amigos, no hice campaña para ser elegido presidente, es un honor, como suele decirse, que me ha sido encomendado. Pero sí me siento compañero de todos ustedes y espero ser merecedor de su confianza. ¡Espero que les guste la historia que he escrito para ustedes!» La voz de R. prácticamente tembló al pronunciar aquellas palabras y tuvo que hacer una pausa durante un momento antes de comenzar a leer, con voz dramática, lo que parecía ser un manuscrito de unas quince páginas.

La novia del instituto: una historia de misterio

Había una vez un hombre inmensamente reservado cuyo destino era, año tras año, convertirse en una figura

478

pública y un modelo para los demás. ¡Nada sorprendía ni preocupaba más a R.! Había logrado el reconocimiento, siendo aún relativamente joven, como escritor de novelas populares a la vez que literarias; su especialidad eran los misterios de suspense psicológico, un género en el que sobresalía, quizá porque respetaba la tradición y ponía un cuidado infinito en la composición. Eran novelas escuetas, con un argumento mínimo, psicológicamente espinosas, y escritas, como decía R. en las entrevistas, frase por frase; y así debían leerse, frase por frase, con atención, como uno daría unos pasos de baile difíciles. R. era tanto el coreógrafo como el bailarín, y a veces, incluso después de décadas de esfuerzo, se perdía y se desesperaba. Ya que había algo de horror en toda una vida de contemplación del misterio; una impotencia visceral y enfermiza que debe transformarse en control y dominio. Así que R. jamás se rendía ante ningún reto, sin importar la dificultad. «Rendirse es confesar que eres mortal y debes morir.»

R. hizo una pausa ante aquella afirmación aparentemente errónea, confuso, escudriñando su manuscrito como si le hubiera engañado o traicionado; pero un momento después recuperó la compostura y continuó...

—Rendirse es confesar que eres *mortal* y debes morir. ¡Hace cuarenta y cinco años! Yo todavía no era R. sino un chico de quince años llamado Roland, a quien nadie llamaba Rollie, delgado, desgarbado, cohibido, con una media de sobresaliente y acné como pequeñas cuentas picantes de pimienta roja esparcidas por la frente y la espalda, perdido en sueños eróticos impotentes de mi novia del instituto, una estudiante rubia de último curso, hermosa y popular, de nombre Barbara, a quien todo el mundo en el instituto de Indian River llamaba Babs. Ahora que ya no soy ese muchacho puedo contemplarlo sin la repugnancia que él sentía por sí mismo por aquel entonces: casi puedo sentir cierta compasión por él, y simpatía, e incluso ternura. O clemencia.

Mi novia del instituto era dos años mayor que yo y, me avergüenza confesarlo, no se daba cuenta de que era mi novia. Ella tenía un novio de su misma edad y además muchos otros amigos, y no tenía idea de cómo la observaba en secreto ni de con cuánto anhelo lo hacía. El nombre «Babs», corriente y sin embargo tan americano, y de algún modo tan saludable, todavía me produce mareos por la esperanza y el deseo.

En el instituto llegué a temer los espejos tanto como las francas miradas evaluadoras de mis compañeros de clase, ya que me enfrentaban a una verdad demasiado dolorosa para reconocerla. Al igual que muchos adolescentes intelectualmente superdotados, era precoz a nivel académico y retrasado a nivel social. En mis sueños me liberaba de mi cuerpo torpe y a menudo me deslizaba por el suelo o me elevaba, rápido como el pensamiento; me sentía tan sólo una mente, un espíritu en busca de algo; huía de mi propio cuerpo, de mi anhelo sexual obsesivo y vil. En la vida real era al mismo tiempo tímido y altivo; me comportaba como un estirado, consciente de ser el hijo de un médico en Indian River, donde predominaba la clase trabajadora, aun viendo con dolorosa claridad que mis compañeros de aula sólo se mostraban amables conmigo cuando era necesario, sus bocas sonrientes en deferencia fácil mientras sus ojos vagaban por encima de mi hombro. *Sí, eres Roland, el hijo del médico, vives en una de las mansiones de ladrillo de Church Street, y tu padre conduce un nuevo Lincoln negro, pero de todos modos no nos caes bien.* Ya en la escuela primaria aprendí la diferencia esencial entre ser envidiado y caer bien a los demás. Donde hubiera risas, con su mágica alegría y liberación, allí se excluía a Roland, el hijo del médico. Claro está que tenía uno o dos amigos, incluso bastante íntimos, chicos como yo, inteligentes y solitarios, y pro-

480

clives a la ironía, aunque éramos demasiado jóvenes para entender su significado: donde se unen el sufrimiento y la ira. Y tenía mis sueños secretos, que se entrelazaban con una brusquedad alarmante y una terrible firmeza al inicio de mi segundo año en el instituto, a Babs, hermosa y rubia; una chica cuyo padre, carpintero y albañil con buena reputación local, había trabajado para el mío.

No puedo explicar por qué aquel hecho me llenaba de vergüenza en presencia de Babs, cuando a ella no le importaba lo más mínimo.

¡La adolescencia! Felicidad para algunos, veneno para otros. El corazón del asesino se forja en la adolescencia. Resulta aleccionador para R. con su esmoquin alquilado y sus relucientes gemelos de oro, recordar que hace cuarenta y cinco años habría cambiado de buena gana su privilegiada vida como el querido e inteligente hijo del médico de un pequeño pueblo, destinado a graduarse *summa cum laude* por la Universidad de Michigan, por la del novio de Babs Hendrick, Hal McCreagh, un apuesto jugador de fútbol americano con una media de suficiente destinado a trabajar en un almacén de madera de Indian River durante el resto de su vida. *Si pudiera ser tú. Y dejar de ser yo.* Conseguí en su mayor parte no pensar en Hal McCreagh sino tan sólo en Babs Hendrick, a quien de hecho veía con poca frecuencia y cuando conseguía verla, en la escuela, era de pasada; estaba tan concentrado en aquella chica, que para mí existía en una dimensión enrarecida, como un espécimen de una hermosa criatura, una mariposa, un pájaro, un pez tropical, a salvo bajo un cristal. Veía cómo se movía su boca pero no oía sonido alguno. Incluso cuando Babs me sonreía y susurraba alegremente: «¡Hola!», al estilo de las chicas populares del instituto de Indian River que ponían empeño, quizá por caridad cristiana, en no ignorar a nadie, a duras penas la oía, con un zumbido de pánico, y sólo podía tartamudear una respuesta tardía. Mientras entrecerraba mis ojos, aterrorizado de mirar a Babs demasiado abiertamente, su pequeño cuerpo bien formado como el de una bailarina, sus labios radiantes y centelleantes pintados de rosa y sus ojos enormes y sonrientes —ya que en mi paranoia estaba convencido de que los demás podían sentir mi anhelo; mi deseo puro, desesperado y despreciable—, imaginaba oír, y a menudo en mis sueños febriles así era, voces de mofa: «¿Roland? ¿Él?», acompañadas de las crueles risas adolescentes del tipo que, décadas después, reverbera por los sueños del «patricio» R.

Realmente no puedo culpar a la chica por eso. Ella no era consciente del poder que tenía sobre mí.

¿Verdad?

Babs era estudiante de último año; yo sólo era de segundo y no existía para ella; para estar cerca de una chica como aquélla, tuve que apuntarme al club de teatro del que Babs era miembro importante, una estrella del instituto, que siempre interpretaba algún papel en las producciones escolares dirigidas por nuestro profesor de Inglés, el señor Seales. En el escenario Babs era una presencia enérgica, muy bonita y animada, una de esas criaturas doradas a quienes los demás contemplan con admiración impotente, aunque a decir verdad, y tengo la intención de hacerlo en este relato, probablemente Babs Hendrick sólo tenía un talento moderado; para los estándares de Indian River, Michigan, sobresalía. En el club de teatro estaba ansioso por ofrecerme voluntario para el trabajo que nadie más quería hacer, como el diseño de los escenarios y la iluminación; ayudaba al señor Seales a organizar los ensayos; para sorpresa de mis amigos, que no tenían idea de mi encaprichamiento con Babs, pasaba cada vez más tiempo con el grupo del club de teatro, cómodo en mi papel de relativa invisibilidad y feliz de dejar el centro de atención a los demás.

En ese contexto, como una especie de joven mascota, *Roland* se convirtió en *Rollie*. ¡Qué emoción!

482

Ya que la misma Babs me llamaba: «¿Rollie?, ¿te importaría... —¡con qué facilidad y crueldad inconsciente me susurraba esas palabras!— ir a buscarme una Coca-Cola? Aquí tienes unas monedas». Y Rollie salía volando de la escuela y bajaba una manzana y media por la calle hasta el pequeño supermercado, para llevarle una Coca-Cola a Babs Hendrick, entusiasmado por la tarea. Más de una vez corría a buscar algo para Babs y, cuando regresaba jadeante a la sala de ensayos como un buen perrito, otro de los actores me enviaba de nuevo a hacer otro recado, y Rollie volvía a salir volando por segunda vez, sin querer protestar por miedo a levantar sospechas.

En una ocasión, oí por casualidad tras de mí la voz musical de Babs: «¡Ese Rollie! Me encanta».

Entre Clifford Seales y algunas de sus estudiantes, sobre todo Babs, la rubia rebosante de vitalidad, había un estado de ánimo eléctrico acrecentado durante las reuniones y ensayos del club de teatro; una curiosa corriente de bromas animadas y atrevidas que dejaba a las chicas con las mejillas sonrosadas y sin respiración por las risas y al señor Seales (aunque llevaba mucho tiempo casado y sus hijos ya eran mayores) sonriendo y tirándose del cuello de la camisa. Quizá no hubiera nada demasiado erótico en aquellas bromas, sólo un jugueteo, pero se movía a nuestro alrededor un trasfondo de indudable coqueteo, ya que la mayoría de los miembros del club de teatro no eran estudiantes corrientes sino elegidos por ser *especiales;* y el señor Seales, con cincuenta y pocos años, de cintura gruesa, porcino, con un rostro de aspecto quemado y bifocales con montura de alambre que brillaban cuando era más ocurrente y locuaz, no era un profesor de secundaria corriente. Lucía un bigote despeinado como un cepillo y llevaba el pelo largo, por debajo del cuello de la camisa. Había sido actor amateur con los Milwaukee Players a los veintipocos años y había impresionado a generaciones de alumnos de Indian River insinuando

483

que casi hizo, o posiblemente había hecho, una prueba cinematográfica con la Twentieth-Century Fox en su juventud. Babs se atrevía a tomar el pelo al señor Seales sobre sus días desenfrenados en Hollywood cuando era el doble de Clark Gable. (El señor Seales se parecía, desde ciertos ángulos y con una iluminación favorecedora, a un Clark Gable entrado en carnes.)

Después de la tragedia y el escándalo que lo rodeó, por Indian River corrieron rumores de que el señor Seales era un pervertido que insistía en que sus actores ensayaran apasionadas escenas de amor en su presencia, con el fin de prepararlos para trabajar juntos en el escenario; el señor Seales era un pervertido que ensayaba escenas de amor apasionadas con sus estudiantes femeninas en sesiones privadas. Había «rozado», «tocado», «acariciado» a Babs Hendrick delante de testigos y había hecho que la chica se sonrojara tremendamente. Se afirmaba que el señor Seales llevaba en su maletín una petaca de plata repleta de vodka y que en secreto echaba licor al café y a los refrescos que daba a los confiados estudiantes para hacerlos maleables en sus manos pervertidas. Dudaba de que algo de aquello pudiera ser cierto, ya que en los siete meses que pertenecí al club de teatro no vi pruebas de ello, y eso es lo que iba a testificar ante la policía de Indian River en defensa del señor Seales (aunque mi padre me prohibió decir nada amable sobre el «pervertido» y después se puso furioso conmigo). Y sin embargo, qué extraño: nunca fui testigo de que el señor Seales vertiera nada en ninguna bebida, incluida la suya, pero de algún modo me vi inspirado a cometer una acción de ese tipo, por desesperación, por mi obsesión con Babs, y (¿cómo puedo explicarlo sin que parezca que intento excusarme?) por una convicción de mi impotencia esencial. *Ya que Roland nunca se había creído capaz de lo que soñaba cometer; él, que se creía una víctima, nunca se imaginó tan poderoso y letal.*

484

No fue vodka de una petaca de plata sino una fuerte dosis de barbitúricos del botiquín repleto de mi madre. Era una vieja receta; me arriesgué a que mi nerviosa y distraída madre nunca se diera cuenta.

No era mi intención hacer daño a mi novia del instituto. ¡La adoraba tanto que no podía imaginarme tocarla siquiera! En mis sueños febriles y enfermizos, la «veía» vivamente, a ella o a una figura femenina que se le parecía; bajo capas de ropa de cama, como si esperara esconderme de los ojos llenos de sospecha de mi padre, capaces de traspasar las paredes de mi habitación, gemía angustiado y avergonzado en la esclavitud de su belleza femenina. *La víctima era yo, no la chica.* Deseaba liberarme de mi mórbida obsesión y me desesperé. ¿Acaso no me había advertido mi padre (¿quizá leyéndome el pensamiento?, ¿identificando ciertos síntomas en mi persona, en mi comportamiento?), con gran incomodidad, del peligro de las «prácticas impuras» de la «masturbación compulsiva»? Él no había apartado la vista de mí con repugnancia al ver en mis ojos asustados y en mi piel llena de granos inflamados una admisión de culpabilidad. Y sin embargo, no podía pedirle compasión afirmando: *¡La víctima soy yo!*

En la vida real, Babs Hendrick existía en lo que a mis ojos parecía otra dimensión, inaccesible para alguien como yo; podía rozarla en un pasillo del instituto o al bajar un tramo de escaleras o podía sentarme en el suelo de la sala verde entre bastidores, a quince centímetros de sus pies, y sin embargo esa distancia parecía un abismo. La chica era invulnerable, inmune a cualquier cosa que Roland pudiera hacer o decir. En esos momentos me sabía invisible, y aunque de forma humilde, en cierto modo afortunado. Al contrario que los demás chicos mayores y más atractivos, no tenía posibilidades de ganarme el amor de esa chica, ni de que se diese cuenta siquiera de mi existencia; por lo tanto, arriesgaba muy poco, como un chucho cobarde pero fiel. Incluso cuando alguien gritaba «¡Rollie!» y me enviaba a hacer un recado, me sentía invisible y afortunado. Durante los ensayos en el escenario abierto y desnudo, a menudo con mucha corriente, me gustaba que Babs pudiera enviarme a buscar su suéter, o la chaqueta de su novio; me encantaba que, en aquel lugar desprovisto de glamour, Babs emanara su belleza inocente de chica dorada que (llegué a pensar) nadie apreciaba más que yo. En momentos como aquél podía agazaparme en el suelo y contemplar abiertamente el rostro con forma de corazón de Babs Hendrick, su cuerpecillo bien formado y lleno de vida, ya que era una «actriz»; no estaba prohibido mirar a Babs Hendrick cuando era «actriz»; de hecho, y aquello era una exquisita ironía que Roland no podía ignorar, Babs y el resto de estrellas de Indian River dependían de gente como Roland, un público que las admiraba por exponerse o por lo que se llamaba «talento». Así que me puse cada vez más a disposición del club de teatro, y del pomposo y algo vanidoso señor Seales, para caer mejor y que confiaran en mí. ¡Qué callado era Roland y qué fiable! Nadie más del club de teatro era así y aquello incluía al señor Seales, el consejero del profesorado. Yo siempre estaba disponible si, por ejemplo, Babs necesitaba a alguien paciente que le ayudase con sus diálogos, en la sala verde, o en una clase vacía. («Dios mío, Rollie, ¡qué haría sin ti! Eres mucho más dulce y muchísimo más inteligente que mi hermano pequeño.») Como ella era una de sus favoritas, el señor Seales había asignado a Babs el papel de la poética, inválida y pálida Laura en *El zoo de cristal* de Tennessee Williams, o quizá no lo hubiera asignado correctamente; era un jugoso papel para una aspirante a actriz, pero con el que a duras penas encajaba el aspecto saludable, sano y de chica dorada de Babs y su extroversión infantil. La facilidad superficial y rápida con que aprendía algo de memoria no la ayudaba demasiado con el lenguaje poético de Williams, y se mostraba continuamente desconcertada por el subtexto emocional de la obra. Incluso el señor Seales comenzaba a impacientarse con sus arranques de llanto y sus rabietas, y en varias ocasiones le habló de forma cortante delante de los demás.

Esos «demás» pasaron a designarse en poco tiempo «testigos». Incluso yo, que no tenía más opción que contar a los agentes de policía todo cuanto había oído realmente.

Uno de mis recados habituales consistía en ir a buscar botellas de litro de cierto refresco de cola light, explosivamente carbonatada y edulcorada, del pequeño supermercado que había al final de la calle; un brebaje químico de sabor abominable que mi padre afirmaba que había causado «tumores cancerígenos» en ratas de laboratorio, y aunque me regocijaba ir en contra de los deseos de mi padre siempre que podía, lo encontraba asqueroso e imbebible. Sin embargo, Babs era adicta a aquella bebida, guardaba botellas en su taquilla y siempre se quedaba sin reservas. El hecho de que el refresco de cola viniese en botellas de litro y no en lata, y que yo fuera a menudo la persona que abría y vertía la cola en vasos de papel y los repartía a los actores, me dio la idea, y me pareció una idea inocente, como un mágico interludio fantástico en una película de Disney, de mezclar algo con el líquido burbujeante —podría llamarse de forma romántica una poción somnífera— que haría que a Babs Hendrick le entrara el sueño repentinamente y se quedara dormida, sólo durante unos cuantos minutos preciosos en que sólo yo pudiera observarla de cerca, velar por ella y protegerla; de ser necesario, la despertaría y la acompañaría a casa.

Babs Hendrick, acompañada a casa por Roland, el hijo del médico.

Aquélla era una fantasía que nacía de uno de mis febriles sueños eróticos. Yo detestaba aquellos sueños por enfermizos y sucios pero a la vez tenía ansias de ellos;

deseaba librarme de ellos para siempre al tiempo que los apreciaba como una de las pocas creaciones auténticas de mi vida solitaria. De esa paradoja surgió, como hongos venenosos por la noche, mi compulsión por escribir, y por escribir acerca de ciertos temas que el mundo considera mórbidos. De la tragedia ocurrida hace tiempo surgió mi obsesión por el misterio como la más básica, y por lo tanto más profunda, de todas las visiones artísticas; de mi obsesión por mi novia del instituto, la carrera distinguida (y lucrativa) de R., ¡recién elegido presidente de la American Mistery Writers! Aunque R. dista mucho de tener quince años, no está tan alejado del Roland de quince años que planeó, tramó, ensayó su acto de gran atrevimiento. En su ingenuidad obsesionada por el sexo, parecía pensar que podía lograr su objetivo sin que tuviera el más mínimo efecto sobre la realidad, ni consecuencias para sí mismo o para su víctima.

Claro está que el Roland de quince años no pensaba en Babs Hendrick como en una *víctima*. ¡Ella ejercía tanto poder!

Y así fue, como en un sueño, una sombría tarde gris plomiza de marzo, en esa estación en el limbo entre finales de invierno y principios de primavera, cuando las temperaturas parecen congelarse a cero grados. Los ensayos de *El zoo de cristal* acabaron alrededor de las cinco de la tarde y el señor Seales envió a todo el mundo a casa excepto a Babs, con quien habló a solas, y veinte minutos después Babs apareció en el pasillo junto al auditorio frotándose sus bellos ojos alicaídos; y al verme merodeando por allí (Babs jamás habría pensado que su amigo Rollie fuera capaz de estar al acecho) preguntó ansiosa si le ayudaba con sus diálogos, ¿sólo durante media hora?

Rollie susurró tímidamente: «Claro».

Babs se dirigió a la sala verde en los camerinos. Como era habitual, permaneció de pie mientras recitaba sus diálogos y se movía de un lado a otro, nerviosa, intentando adaptar sus gestos al lenguaje repetitivo y enloquecedoramente poético de Tennessee Williams. A duras penas me miraba mientras yo leía el diálogo, o le apuntaba, como si estuviera sola; yo era la madre de Laura, el hermano de Laura, el pretendiente canalla de Laura, y sin embargo ella sólo contemplaba su propia imagen en el largo espejo horizontal que había en la sala. Incluso en aquella sala iluminada con luz fluorescente y que olía a cerrado con los muebles desvencijados y las baldosas gastadas de linóleo, ¡qué guapa era Babs! Mucho más que la pobre Laura de funesto destino. *La quería y la odiaba. Por las Lauras del mundo tanto como por los Roland.*

El otro día, en la hermosa y próspera población del extrarradio donde resido, cincuenta minutos al norte de la estación Grand Central —la ironía de las circunstancias me ha situado en el cruce entre Basking Ridge Drive y Church Street—, iba de camino al pueblo a buscar mis periódicos, como cada día para hacer un poco de ejercicio, y la vi: vi a Babs Hendrick, una hermosa chica de cabello rubio ondulado hasta los hombros y flequillo peinado bajo sobre su frente, caminando con sus compañeros de clase del instituto. Me paré en seco. Mi corazón sonó como una campana. Casi la llamé: «¿Babs? ¿Eres tú?». Pero, claro está, siendo R., y como ya no soy ingenuo, esperé hasta que pude asegurarme de que por supuesto la chica no era mi novia del instituto desaparecida hace mucho tiempo y que realmente no se parecía a ella. Me di la vuelta para ocultar mi dolor y me alejé cojeando, tembloroso. Todo aquel día me consolé escribiendo esta historia, pues ya no tengo fantasías eróticas escabrosas y exquisitas por la noche bajo la pesada ropa de cama; las únicas fantasías que me visitan ahora están calculadas a propósito, estratagemas tramadas impecablemente de mi vida como escritor.

Repito: no fue mi intención hacer daño a mi novia del instituto.

Con los nervios, debí de mezclar demasiados barbitúricos en la bebida de cola. Había cogido varias cápsulas del botiquín de mi madre, había roto y vertido cuidadosamente aquellos polvos blancos en un pañuelo de papel; había llevado aquel pañuelo de papel en mi bolsillo, envuelto en celofán, durante lo que parecieron meses, pero debieron ser como mucho dos o tres semanas. Sabía que llegaría mi oportunidad si era paciente, y no tenía más remedio que serlo. Y aquella tarde de marzo, cuando Babs y yo nos encontrábamos solos en la sala verde, y no había nadie cerca, y nadie sabía que estábamos allí, y ella me envió a su taquilla a buscar su botella abierta de cola mientras iba al lavabo de chicas que había junto a los camerinos, supe que había llegado el momento: casi no tenía opción. Trasvasé el polvo blanco a la bebida química oscura y virulenta, tapé la botella y le di la vuelta, agitándola levemente. Babs no se dio cuenta del barbitúrico, ya que se tomó la bebida de cola a sorbos distraídos mientras intentaba memorizar su diálogo, y estaba de pie, nerviosa e impaciente, tras decidir que el secreto de la heroína de Williams era su ira, escondida bajo las capas de verborrea afeminada de las que el mismísimo dramaturgo no había sido consciente. «Apuesto a que los discapacitados siempre están furiosos. Yo lo estaría si me encontrara en su lugar.»

Roland, sentado en un viejo sofá gastado tapizado con tela de pana, aguardaba ansioso a que la poción somnífera surtiera efecto, susurró que sí, suponía que Babs debía de tener razón.

Continuó recitando el texto, olvidándolo y necesitando que le apuntara, recordando, declamando, moviendo los brazos, poniendo caras «expresivas»; cuanto más ensayaba su Laura, más se le escapaba, como un fantasma burlón. Pasaron diez minutos, con una lentitud insoportable; sentí cómo las gotas de sudor surgían en mi rostro acalorado y caían por mis delgadas sienes; pasaron quince minutos y, muy gradualmente, Babs pareció comenzar a sentirse mal; después, más deprisa, se mareó mucho; murmuraba que no sabía qué le estaba pasando, se sentía *muy cansada,* no podía mantener los ojos abiertos. Tiró la botella de cola; lo que quedaba del líquido se derramó en la moqueta que ya estaba manchada. De repente se dejó caer en el extremo del sofá y en unos segundos se había dormido.

Me senté inmóvil durante un rato, al principio sin siquiera mirarla directamente. ¡La magia había funcionado! Era increíble pero había ocurrido; Roland no podía tener un poder real sobre una chica como Babs Hendrick, y sin embargo, había ocurrido. *Sí, me sentía eufórico. ¡Contentísimo! Sí, estaba aterrorizado. Porque no podía deshacer lo que había hecho, el más burdo de los engaños.*

No fue el flaco e inteligente Roland, aquel chico tímido, sino otra persona, calculadora y casi tranquila, quien se movió por fin de su lugar en el sofá y permaneció de pie temblando de excitación sobre la joven durmiente. Hermosa y animada cuando estaba despierta, Babs era incluso más bella cuando dormía; vulnerable y con la piel como la cera; parecía mucho menor que sus diecisiete años; el rostro pálido y relajado y los labios abiertos, como los de un bebé dormido; los brazos parecían de trapo, las piernas extendidas como las de una muñeca. Llevaba un suéter de angora amarillo pálido con mangas cortas abombadas y una falda plisada gris marengo. (Era antes de la época de los tejanos universales.) Susurré: «¿Babs? ¿Babs?», y no dio señales de haberme oído. Respiraba de forma profunda y errática, estremeciéndose, y le temblaban los párpados. Mi temor era que se despertara de repente y me viera de pie por encima de ella y supiera lo que había hecho y comenzara a gritar; ¿y qué sería entonces de Roland, el hijo del médico? Me atreví a tocarle el brazo y la sacudí suavemente.

«¿Babs? ¿Qué te pasa?» Hasta entonces, lo que ocurría no era del todo sospechoso. (¿Verdad?) Los chicos a menudo se quedan dormidos en la escuela, acunando la cabeza en sus brazos en la biblioteca o en la sala de estudio; a veces en las clases aburridas prácticamente todo el mundo se quedaba dormido. Los jóvenes actores a los que les gustaba dramatizar, quejándose de agotamiento y de trabajar demasiado, dormían la siesta en la sala verde, y circulaban historias de parejas que «se acostaban» en el infame sofá de pana cuando estaban seguros de que tenían unos pocos minutos de intimidad robada. Por lo que daban a entender sus conversaciones oídas por casualidad, Babs, como sus amigas populares, se iba a dormir tarde tras quedarse hablando y riendo por teléfono, y estaba nerviosa por la obra de teatro, y con falta de sueño, así que no era extraño que, mientras repasaba su texto conmigo, se sintiera agotada y se quedara dormida. *Nada de aquello parecía sospechoso. ¡Aún no!*

Ahora bien, el comportamiento de Roland comenzaba a serlo, ¿verdad? Ya que se acercó a hurtadillas a la puerta, que no tenía cerrojo, y arrastró un pesado sillón de cuero delante de ella para evitar que se abriera de repente. (Era probable que algunos profesores y alumnos todavía estuvieran en el edificio, incluso pasadas las seis de la tarde.) Apagó todas las luces de la sala sin ventanas salvo una, un fluorescente parpadeante a punto de fundirse. Habló con dulzura, con cuidado a la chica que dormía y respiraba profundamente: «¿Babs? ¿Babs? Sólo soy yo. Rollie». Permaneció durante largos segundos alrededor de ella, contemplándola. ¡La chica escurridiza de sus sueños febriles! Su amor del instituto, que su padre había intentado prohibirle. *Impuro. Compulsivo. Masturbación.* Roland se atrevió a tocar a la chica nuevamente, acariciando su hombro como un amante de película, y su brazo a través del peludo suéter de angora, y sus dedos fríos e inertes. Él respiraba ahora rápidamente y estaba pegajoso por el sudor. ¿Y si se inclinaba para acercarse más, y si la besaba? (Pero ¿cómo besabas a una chica como Babs Hendrick?) ¿Sólo en la frente? ¿Se despertaría de pronto, comenzaría a gritar? «Sólo soy yo. Rollie. Te quiero.» De repente se preguntó, con una punzada de celos, si Hal McCreagh había visto a Babs así alguna vez. ¡Tan profundamente dormida! ¡Tan hermosa! Se preguntó qué le hacía Hal a Babs cuando estaban a solas en su coche. ¿Se besaban? (¿con lengua?), ¿se tocaban?, ¿se acariciaban?, ¿se «magreaban»? Imaginárselo excitaba a Roland y lo enfurecía.

Pero Hal no estaba aquí ahora. Hal no sabía nada de este interludio. Este «ensayo». Ya no había ningún Hal. Sólo estaba Roland, el inteligente y querido hijo del médico.

Ahora temblaba con fuerza. Estremeciéndose. Intentó ignorar un potente dolor que palpitaba en su ingle y el rápido latir de su corazón. Aquello no podía estar sucediendo, ¿verdad? ¿Cómo podía ocurrir? Llevó sus labios contra la frente pegajosa y extrañamente fría de la chica. Era el primer beso auténtico de su vida. La cabeza sedosa y rubia de Babs había caído sin fuerza contra el reposabrazos manchado del sofá, y su boca se había abierto. Sus párpados eran extrañamente azulados y se agitaban como si deseara abrirlos desesperadamente pero no pudiera. «¿Babs? No tengas miedo.» La besó en la mejilla, se agachó para besarla en la boca que estaba abierta, sin fuerza, indefensa, con un hilillo de saliva cayéndole por la barbilla. El sabor de su boca lo excitaba tremendamente. Le lamió la saliva con la lengua. *Como si saboreara la sangre. Roland el vampiro. ¡Aquel primer beso!* Su cerebro pareció fundirse a negro. Se apoderó de él una necesidad urgente de abrazar a la chica, con fuerza. Mostrarle quién mandaba. Pero se contuvo, ya que Roland no era de ese tipo; Roland era un buen chico y nunca haría daño a nadie. (¿Verdad?) Sabía que Babs

Hendrick era una buena chica cristiana, igual que él era un buen chico cristiano; ¿qué mal podría ocurrirles *realmente*? Si él no tenía intención de hacer daño a nadie, el daño no se producía. Él estaría a salvo. La chica estaría a salvo. Había empezado a notar la extraña respiración pesada de ella, audible como la de un hombre mayor respirando en tensión, y sin embargo no asimiló el posible significado de ese síntoma aunque era (pero ahora *no*) Roland, el hijo del médico. Temblaba de excitación. Su mano, que le parecía ligeramente distorsionada, como si la contemplara a través de una lupa, se adelantó a arreglarle el cabello rubio y sedoso y deslizarlo entre sus dedos. Acarició la nuca de la chica, le recorrió suavemente el hombro, el seno izquierdo, rozando delicadamente el pecho con la punta de los dedos, aquella lana peluda de angora de color amarillo pálido que era tan bonita; rodeó con su mano (pero ¿era la *suya*?) el pequeño pecho bien formado, con suavidad, y después lo acarició, lo apretó ligeramente con mayor seguridad. «¡Babs! T-te quiero.» La chica se quejó en su sueño pesado y aletargado en lo que a Roland le pareció un gemido sexual; también él gemía de excitación. Pero ella no se despertó; su poder sobre ella, la venganza de Roland, era que no podía despertar; se hallaba del todo indefensa y era completamente vulnerable, y no iba a aprovecharse de ella como habría hecho en su lugar uno de los burdos chicos del instituto de Indian River (¿verdad?). Ni siquiera en el más escabroso de sus sueños había deshonrado a su amor. (Al menos se había permitido recordar aquello.) Con voz cascada, ronca, medio suplicante, susurraba: «¿Babs? No tengas miedo, nunca te haría daño, *te quiero*». Y la negrura se apoderó de él desvaneciéndose por segunda vez, aniquilando su cerebro; y después no recordó todo lo ocurrido, en aquella habitación sin ventanas y poco iluminada, en el desvencijado sofá de pana, ni aquello que lo había provocado, como si lo percibiera

494

a través de una lente distorsionadora que ampliaba y reducía la visión al mismo tiempo.

Cuando Roland volvió a ver, y a pensar, con claridad, advirtió para su horror que ya eran casi las seis y media. Y sin embargo, la chica afectada dormía en el sofá de pana, el sonido de su respiración llenaba ahora el cuarto sin ventilación. Su cabeza descansaba en un ángulo doloroso sobre el sucio reposabrazos, y sus brazos y piernas sin fuerzas estaban flojos como los de una muñeca de trapo. Pero ahora sus ojos ciegos estaban parcialmente abiertos, mostrando un semicírculo blanco. Susurró con ansiedad: «¿Babs? Despierta». Sintió pánico: oyó voces en el pasillo al otro lado de la zona de camerinos, voces de chicos, quizá jugadores de baloncesto que acababan su entrenamiento; y Hal McCreagh estaba entre ellos, ya que Hal formaba parte del equipo; y ¿qué iba a hacer Roland, y qué le harían a él, si le descubrían así, escondido, con rostro culpable, con Babs Hendrick derrumbada sobre el sofá durmiendo indefensa, su cabello despeinado y sus ropas desaliñadas? A toda prisa, con dedos temblorosos, reajustó el peludo suéter de angora y la falda de pliegues. Lloriqueando, rogando que la chica se despertara, que por favor se despertara, y sin embargo, como la bella durmiente en una película de Disney, no lo hacía; era víctima de un hechizo, no iba a despertarse para *él*.

Por primera vez se le ocurrió al muchacho tembloroso que quizá había dado a su amor una dosis del medicamento demasiado potente. *¿Y si no volvía a despertar?* (Pero qué era *demasiado potente*, no tenía ni idea. ¿La mitad de la botella de cápsulas de seis miligramos? ¿Aquel polvo inodoro que parecía tiza?)

El pánico se apoderó de él en aquel momento. No, no iba a pensar en *eso*.

En un estante entre copias hechas trizas de obras de teatro encontró una manta raída de lana fina con la que

495

tapar suavemente a Babs. Metió la manta bajo su húmeda barbilla y extendió su rubio cabello ondulado como un abanico alrededor de su rostro. Dormiría hasta que se le pasara el efecto de la medicina, y después despertaría; si Roland —«Rollie»— tenía suerte, ella no se acordaría de él; si no la tenía, bueno... no quería pensar en *eso*. (Y no lo hizo.) Huyó sigilosamente y nadie lo vio. Dejaría encendido el único fluorescente parpadeante. Se deslizaría desde la sala verde hasta la zona a oscuras de los camerinos y saldría al pasillo trasero, sin tomar el camino más obvio y directo (que le habría llevado al pasillo contiguo que conducía al vestuario de los chicos), y así, sin aliento, huiría de la escena del crimen, que en su corazón no podía reconocer como tal (¿verdad?), incluso a sus sesenta y un años, cuando hacía tiempo que R. había sustituido tanto a Roland como a «Rollie». Contemplaba entonces a través de la lente distorsionadora del tiempo al pálido hijo del médico aparentemente tranquilo a salvo en la casa de ladrillo de Church Street, en su habitación e inmerso en sus deberes de Geometría, a las ocho y veinte de aquella noche, la hora aproximada en que el corazón de Babs Hendrick dejó de latir.

El zoo de cristal no se representó aquella primavera en el instituto de Indian River.

Clifford Seales fue suspendido de sueldo en la escuela, y su contrato finalizado poco después, durante la investigación policial de Indian River en torno a la muerte por barbitúricos de Babs Hendrick, su alumna de diecisiete años. Aunque no se recogieron pruebas en contra de Seales que justificaran un arresto formal, éste siguió siendo el principal sospechoso en la causa, y se dio por supuesta su culpabilidad. Cuarenta y cinco años después, en Indian River, si hablabas de la muerte de Babs Hendrick, te decían con furiosa indignación que el profesor de Inglés de la chica, un alcohólico pervertido que

496

había abusado de otras alumnas durante años, la drogó con barbitúricos para cometer con ella actos sexuales despreciables y la mató mientras los consumaba. Te contaban que Seales consiguió evitar que le procesaran, aunque por supuesto su vida se vio destruida, y murió, divorciado y en la ignominia, de un infarto masivo unos años después.

Damas y caballeros, se preguntarán: ¿la policía de Indian River no tenía más sospechosos? Posiblemente sí. En la práctica, no. Incluso hoy en día, los departamentos de policía de provincias no están bien equipados para llevar a cabo investigaciones por homicidio en los que no aparecen ni testigos ni informantes. La aplicación de polvos para obtener huellas dactilares en la sala verde produjo un tesoro de huellas, pero todas, incluso las de Seales, tenían explicación. Pruebas de ADN (saliva, semen) habrían condenado al culpable, pero en aquella época se desconocían. Y Roland, el hijo tímido con gafas del médico, no era más que uno de tantos chicos del instituto a los que interrogó la policía, entre ellos el novio de la chica fallecida; no fue identificado como sospechoso, habló con empeño y de modo persuasivo con los agentes de policía, e incluso defendió (en su ingenuidad) al desgraciadamente famoso Seales, y nunca se comportó de forma que pudiera ser calificada como sospechosa. *En un estado de animación suspendida. Sin emoción alguna, sólo sorpresa. De que yo, Roland, hubiese hecho algo así. De que yo, una víctima, ¡hubiese ejercido tanto poder!*

Si mi madre descubrió alguna vez que la botella de pastillas para dormir había desaparecido de su botiquín, nunca habló de su hallazgo ni de lo que podía significar.

Se rumoreó (aunque nunca apareció en la prensa ni se mencionó en la radio ni en la televisión) que antes de su muerte habían hecho «cosas repugnantes e indecentes» al cuerpo inerme de Babs Hendrick; sólo un «pervertido» podría haber cometido actos así con una víctima comatosa. Pero el arresto de ese criminal nunca se produjo, y por lo tanto no hubo juicio. Ni revelaciones públicas.

(No sé qué «cosas repugnantes e indecentes» le hicieron a mi novia. Otra persona debió de colarse en la sala verde entre el momento en que Roland huyó y Babs falleció aquella noche.)

El horror morboso de un *misterio* que sigue sin resolverse.

Y preguntarán: ¿confesó el asesino?

La respuesta simple es no, el asesino no confesó nunca. Ya que él no se consideraba realmente un asesino (¿verdad?), sino un buen chico cristiano. Y era (y es) un cobarde despreciable. La respuesta más compleja es sí, el asesino confesó, y lo ha hecho en numerosas ocasiones durante su extensa y «distinguida» carrera. Cada obra de ficción que ha escrito ha sido una confesión y una exultación. Ya que, al haber protagonizado una historia de *misterio* en su adolescencia, entendía que ya había demostrado su valía y no tenía necesidad de volver a hacerlo; a partir de entonces, hacía elegía del misterio y recibía galardones por su estilo.

Damas y caballeros, gracias por este nuevo honor.

En el repentino silencio, R. amontonó tímidamente las páginas de su manuscrito para indicar que *La novia del instituto: una historia de misterio* había concluido, mientras en el público, sus amigos y admiradores permanecíamos sentados, anonadados, paralizados por la sorpresa y la indecisión. La historia de R. había sido apasionante y su presentación, hipnótica, y sin embargo, ¿cómo podíamos aplaudir?

La víspera de la ejecución

En cuanto los carceleros llevaron al condenado a la habitación, con grilletes en las muñecas y los tobillos, respirando de forma violenta, sudando, pero con los ojos brillantes y luminosos y un aspecto desconcertantemente optimista que sugería que era otro converso al cristianismo justo a tiempo para la muerte, me invadió una terrible sensación de desconsuelo. *No puedo. Otra vez no.*

Era periodista; más que periodista, era una «conciencia»; mi columna «La víspera de la ejecución» aparecía en un diario importante de distribución nacional; mi responsabilidad era pesada como el destino. Y sin embargo, como en una pesadilla familiar e incluso adormecedora por la repetición, preví que la rueda de prensa resultaría tan mediocre como un segmento en un telefilme; peor aún, la ejecución prevista para la medianoche sería mediocre, rancia por repetitiva. *Todo ha sido interpretado con anterioridad por excelentes actores.* Había volado de Nueva York a Birmingham en el calor sulfuroso de principios de septiembre y había alquilado un coche económico para recorrer los ciento diez kilómetros hasta la prisión estatal para hombres de Hartsfree, un centro de reclusión de máxima seguridad que tenía un aspecto parecido al que podría imaginarse —adusto, gris, estereotípico, rodeado por un muro de hormigón de más de tres metros y medio—, y a media tarde no había comido más que el almuerzo que sirvieron en el avión con un horrible vino tinto, ¿y para qué? Ni toda mi habilidad como escritor ni mi indignación ante la crueldad del asesinato permitido por el Estado podía elevar esta sórdida historia sobre la muerte de un individuo llamado Roy Beale Birdsall más allá del tópico y hasta el reino de la metáfora, el mito y la poesía.

Nada tan deprimente como una ejecución en Alabama, a no ser que se trate de una ejecución en Alabama después de un almuerzo en clase turista.

Me dolía: cuando mis asignaciones periodísticas habían tenido mayor prioridad que mis artículos sobre la pena capital, volaba en primera clase continuamente. Durante la primera época de «La víspera de la ejecución», cuando a veces mi firma aparecía en la primera página del diario, vendida a todo el país a través de una agencia, viajaba en primera clase con un doble asiento para poder esparcir mis papeles y trabajar en el avión con un frenesí de inspiración. Y lo aceptaba como algo merecido, la forma en que debía tratarse a un periodista de primera.

¡Roy Beale Birdsall! Pobre hombre. Sin saber que Roy Beale Birdsall era un nombre que nunca podría evocar la tragedia. Como mucho, patetismo. Una especie de patetismo de camping para caravanas y música country ya sobreexpuesto en los medios de comunicación. Habría jurado que ya había escrito sobre la muerte de Birdsall en la silla eléctrica de madera de color amarillo chillón que todavía se usaba después de décadas en Hartsfree.

Aquella tarde estaba allí junto con otros periodistas resistentes porque la de Birdsall era una causa «controvertida». Hubo irregularidades durante los dos juicios de Birdsall; ante todo, una cuestión sobre la edad mental de aquel hombre, sobre si había estado plenamente *compos mentis* al confesar el doble asesinato siete años antes. (Los asesinatos, hachazos enloquecidos con un hacha de mango largo, habían acabado con la vida de los vecinos de Birdsall en Parrish, Alabama; como por entonces Birdsall estaba en libertad condicional de la prisión estatal, condenado por robo e intento de incendio premeditado, les pareció razonable a los representantes del alguacil despertarle a medianoche para interrogarle. Después de aquello, las cosas habían ido rápidamente de mal en peor para Birdsall.) Birdsall era un competidor profesional de lucha libre de diecinueve años que acababa de iniciar su carrera en el momento de su arresto; en la prisión se había convertido en un individuo regordete, pesado y calvo de treinta y nueve años con un rostro aniñado marchito como el de las imágenes hipnagógicas que se apresuran hacia ti cuando te estás quedando dormido en un estado de extrema tensión o agotamiento. Tenía la frente baja y ancha; sus ojos eran como los ojos que había visto antes en los rostros de los condenados: brillantes como los de un cachorro, de un castaño reluciente, con la esperanza desesperada de establecer contacto ocular con sus visitantes, que eran tan decepcionantemente pocos aquel día, emisarios del mundo exterior. (Sólo éramos cinco. La última vez que cubrí una ejecución en Hartsfree, dos años atrás, habría al menos unos doce representantes de los medios de comunicación; y, formando piquetes en el portón principal, una pequeña banda valiente de manifestantes antiejecuciones dirigidos por la hermana Mary Bonaventure, una monja dominica de quien más adelante escribí una reseña para una de mis columnas más logradas de «La víspera de la ejecución».)

La rueda de prensa había comenzado. Birdsall nos explicaba que «había visto a Jesús» tres días antes, después de horas de oración de rodillas con el reverendo Hank (Hank Harley, un pastor baptista, popular y entusiasta, con una larga lista de conversiones a su favor en el corredor de la muerte, a quien había entrevistado para «La víspera de la ejecución» hace unos años); Jesús tomó «mi dolorida cabeza en sus manos, y me lavó el rostro en el bálsamo de Galaad». Todo era tan sencillo, y tan sincero; deseabas creer a Birdsall, incluso si estaba loco; sus ojos se aferraron a los míos mientras yo intentaba no mirar. *Como si a aquellas alturas, gente como yo, de los «medios», tuviera el poder de salvar su vida.*

—... una terrible oscuridad y el pecado en mi corazón... ahora hay luz y amor. ¡Alabado sea Jesús!

Un acento nasal de Alabama, que ni siquiera la poesía de Homero, Shakespeare o Milton podría haber elevado. Y qué cadavérica la sonrisa de aquel hombre, una sonrisa tetánica, incluso cuando movió sus hombros redondeados como un animal de corral acosado por un enjambre de moscas.

Jesús, qué agonía.

«Alabado sea el Señor», escribí rápidamente en mi cuaderno de notas, porque quería que Roy Beale Birdsall viera que estaba prestando mucha atención.

Era una vieja historia, triste y familiar: los abogados de oficio de Roy Beale Birdsall habían pedido la absolución durante siete años, presentando apelaciones ante el tribunal estatal de Alabama y ante el gobernador para la conmutación de su condena. Se habían producido retrasos en cada estadio, rayos prematuros de esperanza, decepciones. El asunto de la confesión de Birdsall, posiblemente coaccionada, había sido denegado, al igual que su afirmación de que no recordaba ningún asesinato a hachazos. Asimismo se descartó la posibilidad de que otro hombre hubiera cometido el crimen, que hace mucho tiempo que se desvaneció. Como era de esperar, la afirmación de Birdsall según la cual no recordaba en absoluto un asesinato a hachazos fue desacreditada. Para su apelación final, el único argumento que pudieron ofrecer los abogados de Birdsall era que la muerte en la silla eléctrica constituía «un castigo cruel y excepcional» —el cliché más melancólico de todos— y el juez presidente del tribunal del distrito de Alabama lo rechazó haciendo gala de ingenio: «La electrocución puede resultar desagradable, puede molestar a algunas personas, pero todavía espero ver pruebas de que resulte un castigo cruel e inusual para la persona ejecutada». Además, el gobernador se había definido a favor de la pena capital, de la pena de muerte. «Verán que aquí en Alabama no consentimos a los asesinos y pervertidos como hacen ustedes en el norte. La pena de muerte es en cierto modo sagrada para nuestra tierra.» ¡Un sentimiento repugnante pero una cita fantástica! Lamentablemente, ya la había utilizado en «La víspera de la ejecución» hace cinco años, cuando entrevisté al gobernador sobre otra causa de pena capital controvertida.

El único factor atenuante en la causa de Birdsall, como observó mi colega Claude Dupre, era que, por una vez, Roy Beale Birdsall era blanco. Durante el último año, habíamos tenido un desalentador sinfín de hombres hispanos y negros, había perdido la cuenta del número; electrocución, inyección letal, pelotón de fusilamiento y cámara de gas; Virginia, Florida, Oklahoma, Utah, Georgia, California, Texas y Nevada. Había martilleado en mi columna «la cuestión racial» —la desproporción de hombres no blancos ejecutados en Estados Unidos— hasta que ya no se me ocurrían más formas de presentarla, y mucho menos de hacerlo de manera atractiva o dramática. Si mirabas con atención, sin embargo, Birdsall no era muy blanco. Habría dicho que quizá tenía algo de sangre americana nativa. Su piel era cetrina con un tono cobrizo y su cabello ralo era negro y totalmente lacio, donde no mostraba mechas canosas.

Claude estaba haciendo preguntas al abogado de Roy Beale Birdsall, casi interrogándole. Había preguntas que yo mismo le habría formulado; supongo que eran cuestiones que había hecho en otras conferencias de prensa previas a alguna ejecución en las que Claude había estado presente. Claude y yo éramos viejos rivales con una relación cordial en el circuito de la víspera de las ejecuciones. Años atrás en Yale, como estudiantes de licenciatura, habíamos sido amigos bastante íntimos, y aliados, y participamos en reuniones y manifestaciones apasionadas durante la guerra de Vietnam. Ahora, décadas después, éramos hermanos de viaje de mediana edad acurrucados en el mismo bote salvavidas repleto de gente. Aún había más gente que leía mi columna «La víspera de la ejecución» que los elocuentes artículos independientes de Claude (que aparecían con frecuencia en *The New York Review* y *The Nation*); pero en ambientes intelectuales de izquierdas, a Claude se le conocía como un querido defensor de las causas perdidas mientras que yo parecía carecer de identidad, de densidad. Hay una agridulce impresión acumulativa que proviene de capturar destellos extraños y poco favorecedores de ti mismo en los espejos; así que gradualmente había llegado a entender que mi esperanza de ser famoso había quedado atrás, como mi esperanza reinante de tener una influencia significativa en la sociedad.

Claude Dupre mantenía sus viejas maneras juveniles desabridas, crispadas y avasalladoras. Se había convertido en un antiguo hippie envejecido con una barba rala que parecía espuma de detergente, una coleta despeinada entre sus omóplatos y unas gafas bifocales de montura al aire estilo John Lennon. Durante los últimos quince años había vestido la misma chaqueta de cuero y botas de montañismo que se habían vuelto andrajosas. Un único pendiente de oro brillaba en su lóbulo izquierdo. Tenía los hombros anchos y caídos que se hundían en reposo (como advertí durante el vuelo hasta aquí), pero que mantenía rígidamente erguidos cuando lo observaban. No podemos dar la impresión de ser gente derrotada, anticuada, había dicho Claude con una sonrisa airada.

Nuestra conferencia de prensa titubeó hasta su fin. Claude Dupre era el único de nosotros que había hecho más que las preguntas superficiales, persiguiendo su línea habitual de investigación sobre los antecedentes del condenado, para descubrir, como gemas de cristal escondidas a unos centímetros bajo tierra, la prueba habitual y deprimente de pobreza, alcoholismo, palizas de niño y abusos sexuales en hogares de acogida gestionados por el Estado. Farfullando con acento de Alabama, Birdsall decía, sí, con los ojos gachos:

—Sí, me pegaban y abusaban de mí sexualmente hasta que a duras penas podía sentarme. Me fui de casa a los once años y nunca volví la vista atrás. Así que cuando Jesús entró en mi corazón el otro día...

Yo tomaba notas; era mi obligación. ¡Notas inútiles! Ya que otros condenados habían dicho todo aquello con anterioridad. Es una verdad amarga: en una sociedad capitalista, la verdad debe ser comercializada como cualquier otro producto.

Las palabras de Birdsall se acabaron. Se produjo un silencio. Sentí un arrebato de pánico: iban a llevarse a aquel pobre gilipollas, las puertas se cerrarían tras él, hasta el momento no le había hecho ni una sola pregunta, y había recibido miradas de curiosidad y desaprobación de Claude Dupre, como si lo hubiera traicionado personalmente. Así que allí estaba yo, levantando la mano y haciendo la primera pregunta que se me ocurrió en aquel mismo momento:

—Señor Birdsall, ¿qué va a cenar esta noche?

(Cuánto más diplomático era formular la pregunta de esa forma en lugar de preguntar: «¿Qué va a tomar en su última cena?».) Como si yo hubiera pronunciado un frase inesperada y alarmante en una obra de teatro que los demás habían supuesto que sabían de memoria, todo el mundo se me quedó mirando; Birdsall con mayor avidez, haciendo sonar sus grilletes al inclinarse hacia delante. Como si, sencillamente por hacer esa pregunta, hubiese creado un misterioso vínculo con él. Pero Birdsall no supo decir nada agudo, ingenioso, original. Murmuró con su aire de disculpa que quizá querría una hamburguesa doble Big Mac de queso, patatas fritas y sémola y ketchup y Coca-Cola, y pastel de cerezas con helado de chocolate; en un gesto patético de bravuconada hizo un fuerte ruido con los labios, pero vi el terror ascender en sus ojos.

Fue entonces cuando me llegó la inspiración. Un gesto disparatado e impulsivo. Pedí permiso a Birdsall para pedir su cena por él:

—... algo un poco más imaginativo, ¿sólo esta vez?

Claude Dupre me contemplaba boquiabierto; y el señor Jesse Heaventree, el alcaide de Hartsfree; y con más intensidad, Roy Beale Birdsall. Su amplio rostro tosco se sonrojó por la incomodidad y la alegría. Dijo mirándome tímidamente:

—Caramba, no sabría qué tenedor usar —y se limpió el rostro y se echó a reír; pero yo me negué a aceptar un no por respuesta, aquélla era la oportunidad de aquel pobre tipo de probar una comida decente antes de morir, y recaía en mí la obligación de ofrecérsela. Me han dicho que mi personalidad es como la de una apisonadora una vez que se me suscita la acción y la determinación, y ésta parecía ser una de aquellas ocasiones. De manera más razonable argumenté:

—Vamos a ver, señor Birdsall, usted ha comido Big Mac y patatas fritas toda su vida, ¿por qué no degustar una cena gastronómica para... para esta noche? No soy un especialista culinario, pero sí sé algo sobre comida y vino italiano y...

Los ojos del condenado, fijos en los míos, comenzaron a parecer soñadores, abstraídos; como si mirara a través de mí, y de las paredes de la prisión, hasta el horizonte mismo. En ese momento, intervino el alcaide, el señor Heaventree, diciendo agriamente que no había presupuesto para una comida de capricho, el límite era de quince dólares y que aquello era suficiente para lo que pedían la mayoría de presos. Respondí furioso:

—Claro está que tengo la intención de pagar la cena del señor Birdsall. ¿Me confiará el menú, señor Birdsall?

Birdsall se encogió de hombros, se echó a reír y murmuró algo que pareció:

—Bueno, mi abuelo solía decir que no está de más probar algo una vez.

De todos modos, aún había que convencer al alcaide, así que le acompañé a su oficina. No era mal tipo —llevaba veintiséis años como alcaide de Hartsfree—, le había entrevistado a menudo en el pasado. Heaventree era beligerante con los extraños pero agradable, como la mayoría de los hombres sureños, cuando acababas conociéndolo. «El Estado de Alabama nunca ha ejecutado a un inocente», solía decir con una sonrisa jocosa; le preguntaba cómo lo sabía, y Heaventree solía responder: «Hijo, lo sé».

Hoy, cuando le mencioné el tema de Roy Beale Birdsall, que con toda probabilidad era un hombre inocente, Heaventree respondió en voz baja, como si deseara halagarme con su confianza:

—Es una cuestión de *sacrificio*, hijo. La gente quiere saber que hay un castigo. Si el castigo no siempre se impone al culpable, porque no podemos encontrar a ese culpable el cien por cien de las veces, entonces el castigo va donde se merece.

Va donde se merece. Lo apunté mentalmente.

—¿Por qué le interesa, hijo? Un hombre blanco con estudios, usted no va a acabar en el corredor de la muerte, ¿sabe? Así que... es mejor que esto lo dejen para nosotros, los profesionales.

En un principio, Heaventree se opuso a mi propuesta. Ofrecer una comida especial a Roy Beale Birdsall podría fijar un mal precedente, dijo, para otros presos en el corredor de la muerte, de los que había unos cuantos; escuché con educación y contesté a su lógica ofreciéndole un segundo menú idéntico, además de una botella de Old Grand-Dad, que se entregaría en la oficina del alcaide al mismo tiempo que Birdsall recibía la suya en su celda del corredor de la muerte.

Así se solucionó ese delicado asunto; nos estrechamos la mano; con gran generosidad, Heaventree me permitió usar el teléfono de su oficina, ya que necesitaba actuar deprisa. Como en una pesadilla, ya eran las 15.35; en nueve horas, Roy Beale Birdsall sería un cuerpo totalmente cocinado que ya estaría enfriándose.

Me sentí inspirado. En otra época, habría escrito una defensa escandalizada de una víctima del sistema sin suerte como Roy Beale Birdsall, pero ahora el menú de su última cena era una especie de poema; una combinación de oda y elegía; incluso una composición musical. Llamé a varios restaurantes de Birmingham antes de decidirme por The Castle, un local de tres estrellas algo caro en el que había cenado una o dos veces (hace mucho tiempo, cuando el diario me permitía una cuenta de gastos considerable para viajes así al corazón de Estados Unidos), y expliqué la situación al confuso chef; y decidí con él una última cena de ensueño para Roy Beale Birdsall. Sin transigir, dije; sin condescendencia; sin cocina sureña casera; Birdsall me había confiado ese menú y yo tenía la intención de que los dos nos sintiéramos orgullosos de él. Como liberal que soy, creo que el «hombre de la calle» puede apreciar la buena comida y el buen vino igual que el buen arte, la buena música y la buena literatura si se le introduce adecuadamente; si no se le hace sentir inepto, ignorante. Como aquélla sería su última cena, Birdsall saborearía cada bocado; no iba a apresurarse a terminarla, como sin duda se había apresurado con la mayoría de sus comidas durante su vida. Mi única desilusión fue que no pude convencer a Heaventree para que permitiese a Birdsall tomar ni siquiera una copa de vino... Una ridícula ley estatal prohibía el alcohol a los prisioneros condenados a muerte, al igual que tranquilizantes o sedantes de cualquier tipo.

Éste es mi menú de ensueño para Roy Beale Birdsall:

Vichyssoise con guarnición de huevas de salmón y cebollinos (con pan francés con corteza, mantequilla levemente salada).

Un ligero risotto con setas shiitake troceadas.

Langosta *à l'américaine* (una langosta hervida recién sacrificada).

Guisantes salteados, cebollas pequeñas, zanahorias en juliana, calabacín.

Ensalada verde mixta con rúcula y endivias belgas (con un aderezo italiano clásico hecho con aceite de oliva importado).

Postres variados: mousse de chocolate, zabaglione, crêpes de fresa, crema catalana.

Haciendo uso de mi tarjeta Visa, dispuse que se prepararan dos exquisitas comidas y que se entregaran (mediante un servicio de entrega en coche de Birmingham) a la cocina de Hartsfree, para que se recalentaran a tiempo de servirlas a las 18.30. Como se trataba de una emergencia, The Castle cobraba el doble de lo que costaban sus comidas exorbitantes en circunstancias normales. No podía permitírmelo, pero en mi emoción y euforia ni me detuve a pensar en el precio.

—Una época vergonzosa en Estados Unidos —comentó Claude Dupre con desaliento—. Incluso cuando exponen públicamente como racistas y extorsionistas a los departamentos de policía de todo el país, que persiguen a los mismos ciudadanos a los que les pagan por proteger, mientras mienten en el estrado de los testigos, cada vez es mayor la presión pública a favor de las ejecuciones. ¡Es un escándalo!

—Dios, ¡cuánta razón tienes! —intenté sonar vehemente, furioso.

—¿Eso es todo lo que tienes que decir? ¿«Dios, ¡cuánta razón tienes!»?

Mi cabeza era una cámara de resonancia colmada de palabras demasiado ruidosas a la vez que poco definidas para ser oídas. Yo no paraba de mirar aterrado mi reloj; ¡ya pasaban de las seis! Claude y yo estábamos tomando unas copas en el salón de fiestas prácticamente desierto de nuestro motel, el Holiday Inn de Hartsfree; pero ninguno de los dos las disfrutaba demasiado. Nuestras copas, nuestra indignación, nuestra conmiseración, todo tenía un aire de *déjà vu,* como de aliento reciclado. Al ver que Claude me contemplaba con reproche, dije:

—Es que ya hemos mantenido otras conversaciones como ésta, Claude.

Claude hizo una mueca y se tiró del lóbulo de la oreja.

—¿Ah sí? ¿Cuándo?

—En Niles, Texas. La pasada Semana Santa. Willie Joe Rathbone, ¿recuerdas? El chico de ciento treinta y cinco kilos que prendió fuego a su...

Claude se apartó irritado, haciendo una seña al camarero para pedirle otra cerveza. Cuántas vigilias como aquélla habíamos pasado juntos, bebiendo; cuántos años. Esperando a las once de la noche y el inevitable recorrido a una cárcel para la ejecución que estábamos «cubriendo». En ocasiones, comíamos juntos, con más frecuencia no. (Pero Claude estaba bebiendo más de lo que yo recordaba.) Éramos íntimos aun cuando ya habíamos dejado de ser amigos. O quizá nunca habíamos sido amigos, únicamente idealistas frustrados juntos.

—Y otra cosa —dijo Claude como si hubiéramos discutido, frunciéndome el ceño a través de sus gazmoñas gafas redondas—. No estoy de acuerdo con que pidas una comida absurda para Roy Beale Birdsall. ¡Langosta!

—¿Por qué no? El pobre hombre va a morir a medianoche, ¿por qué no enviarlo con una buena comida por una vez? —protesté—. Y es langosta *à l'américaine,* no va a tener problema alguno para comérsela.

Claude respondió indignado:

—Es obsceno. Va a *morir.* Y tú, más que nadie, estás celebrando su muerte.

Me ardía la cara como si Claude me hubiera pegado.

—Yo no celebro nada —respondí—. Ya sabes lo que pienso de la pena capital.

—Estás cooperando con el sistema, lo apoyas.

—Compadezco al pobre hombre, ¿qué hay de malo en ello?

Así que discutimos con una amargura sorprendente. Acusé a Claude de estar celoso de mí por haber pensado en comprarle la última cena a un condenado a muerte; Claude me acusó de un «exceso burgués». Sabía que Claude era mirado en lo que respecta a gastar dinero en comida y bebida, principalmente, en mi opinión, porque no podía permitírselo. La mayoría de nuestros compañeros periodistas, incluso los más jóvenes, estaban más obsesionados con la comida y la bebida que yo, fanáticos de la comida francesa, la italiana, los viñedos; en mí, la predilección había crecido gradualmente, con los años, como compensación, supongo, por la incertidumbre y frecuente miseria de mi vida profesional. «Es lo que los periodistas tenemos en lugar de Dios.» Podría haber bromeado con Claude, pero el hombre no tenía sentido del humor.

Claude sabía cómo hacerme daño: tiró unos cuantos billetes en la barra y salió con paso airado. Dejándome solo con mis pensamientos.

Era una época en la que muchas cosas iban mal.

Mi país. Mis creencias políticas. Mi vida personal. (Está claro que no podía permitirme las cenas de The Castle ni el servicio de chófer.)

En una ocasión, no hace mucho tiempo, cuando eran relativamente extrañas y por lo tanto más escandalosas, había cubierto ejecuciones y protestado públicamente contra la legislación sobre la pena de muerte con un verdadero sentido de responsabilidad. Tenía veinticinco años cuando fui testigo de mi primer ahorcamiento, en Utah en 1979. Había trabajado por mi cuenta escribiendo sobre activismo político, pero nunca había escrito sobre nada tan *real*. No podía haber adivinado que el ahorcamiento de un ser humano (en aquel caso un hombre negro condenado por asalto a mano armada y asesinato), aunque tan moral y físicamente repugnante como podría esperarse, ¡podía ser tan fascinante!

O que el artículo que inspiró, publicado en principio en *Mother Jones,* podría llamar tanto la atención y catapultar mi carrera. «La muerte más cruel: política y estética de la estrangulación "legalizada"», un clásico.

Un año después, cuando la asamblea legislativa de Utah votó para abandonar sus viejas tradiciones fronterizas del ahorcamiento y el pelotón de fusilamiento, y sustituirlas por la inyección letal, tuve motivos para pensar que fue como respuesta a mi artículo.

Y de ese modo me lancé a mi carrera. Al principio casi por accidente, después con un propósito, una intención. Mi objetivo era exponer el horror de la barbarie autorizada por el gobierno, educar al público y ayudar a influenciar sus volubles sentimientos. ¡Qué fervor revolucionario me movía!

Podía llegar a perder siete kilos mientras investigaba y escribía; alimentado por la pasión por la verdad, y a menudo por la Dexedrina, llegaba a tirarme cuarenta y ocho horas sin dormir. Mi prosa destacada tomaba como modelo el elegante estilo corrosivo de Jonathan Swift, mi piedra de toque era *Una modesta proposición,* ese gran texto de indignación salvaje (que, según he oído, mis colegas más jóvenes con sus licenciaturas aguadas no han leído). Era un fanático, un agitador, un mártir en creación. La guerra de Vietnam había terminado por fin; ¿qué ocurría con las guerras en casa?, ¿los horrores en casa? Es increíble en mi opinión, al igual que en la de muchos otros, incluido el igualmente discrepante Claude Dupre, ¡que Estados Unidos sea el único entre los países civilizados que consiente la pena capital!, situación que se concreta después de la decisión del Tribunal Supremo a mediados de los setenta de devolver a los Estados los privilegios para la ejecución de las personas condenadas por «crímenes punibles con la pena capital». ¡Un regreso a la barbarie! Y con qué rapidez algunos Estados comenzaron a «reformar» los estatutos, a encarcelar en el corredor de la muerte a reclusos que por lo general eran indigentes y a ejecutar a un porcentaje desproporcionadamente elevado de hombres negros.

Vamos a ver, no soy un sentimental. Sé que el corazón del hombre está lleno de pecado, es capaz de una crueldad horrible. Sé que nuestros antepasados castigaban incluso delitos menores con la muerte. Pero lo que quiero resaltar es, y siempre lo ha sido, no sólo que bajo este sistema se puede enviar (o se ha enviado) a la muerte a personas inocentes, sino que el principio mismo de un gobierno que ejerce esta autoridad *al cometer un acto de violencia contra cualquiera de sus ciudadanos es en sí mismo detestable.*

Todo parece, o parecía, obvio.

Pero después de mi primer éxito aparente en Utah, no entendía cómo, mientras viajaba ahora por el país entrevistando, investigando, escribiendo mis historias apasionadas, había tantos individuos con puestos de autoridad que me hacían caso omiso; se negaban a hablar conmigo, descartaban mis argumentos o no daban prueba alguna de haberme leído. ¿Cómo podía ser, me preguntaba con mi juvenil ingenuidad, que los casos controvertidos sobre los que escribía, que recibían prioridad en el *New York Times, Newsweek, The New Republic* e incluso en una ocasión en el medio masivo *People,* aun así continuaran funcionando como un espantoso reloj, como si nadie hubiese intervenido? Después de uno de aquellos errores judiciales que acabaron con la ejecución de un joven negro discapacitado psíquico en Oklahoma, me vine abajo y enfermé durante meses de lo que los novelistas rusos del siglo xix habrían denominado «fiebre nerviosa». (Mi matrimonio de tres años, que ya se tambaleaba, también se vino abajo, pero ésa es otra historia.) Cuando me recuperé, sin embargo, me negué a escuchar los consejos de mi familia y amigos, repletos de buenas intenciones, y regresé a Tulsa, para retomar el mismo caso que me había dejado destrozado. Pasé doce horas al día durante semanas examinando cuidadosamente las transcripciones de los juicios y documentos relativos hasta que descubrí errores que habían cometido el abogado de oficio del acusado (quien omitió contrainterrogar vigorosamente a un informante de la policía que mentía a todas luces) y la fiscalía (que había «perdido» pruebas de descargo que sugerían que el acusado no estaba cerca del lugar del crimen). Localicé a testigos que la defensa había ignorado. Llegué a la conclusión de que el hombre ejecutado era claramente inocente. Y sin embargo, no conseguí que las autoridades de Oklahoma reconocieran mis hallazgos, y mucho menos que admitieran su comportamiento criminal, corrupto e inconsiderado. Pero mi artículo de diez mil palabras «Se niega la justicia en Oklahoma», que apareció publicado en la revista del *New York Times,* recibió gran atención y reconocimiento del público; se reimprimió en varias ocasiones y ganó el codiciado premio Polk de periodismo. Corrió el rumor de un Pulitzer, que quedó en nada; pero, no mucho después, me ofrecieron un puesto, una columna, en un periódico muy distinguido de la costa este.

Si se me conoce, si se reconoce mi nombre, es por «La víspera de la ejecución». En su momento de mayor popularidad, se vendió a través de una agencia a cuarenta diarios de todo el país y en ocasiones se reimprimía en *The International Herald Tribune*.

«La víspera de la ejecución» se lanzó con gran fanfarria en el diario. Se me encomendó no sólo presentar argumentos en contra de la pena de muerte (el diario, un bastión liberal, hacía mucho que se había posicionado en contra de ella) sino relatar las historias de los presos del corredor de la muerte, de sus familias y seres queridos, sus guardas, sus capellanes, sus celadores. Podía entrevistar a los psiquiatras de las prisiones, a las madres de los condenados, a un ejecutor o dos. Cualquier cosa relativa a «la víspera de la ejecución» era material para mi columna. La junta de redactores del periódico, con conciencia social, consideraba que había en el diario una escasez de información sobre los oprimidos, los derrotados, los condenados y los despreciables. Cuando un preso del corredor de la muerte no era mentalmente competente, podía forjarse una historia todavía más dramática. Eran *ciudadanos de una clase inferior, los insultados y perjudicados* entre la opulencia de Estados Unidos. Era mi obligación presentar formas más nuevas y originales y «entretenidas» de tratar con ellos.

Durante los primeros meses, «La víspera de la ejecución» provocó un aluvión de cartas y encantó a los directores del periódico. Era controvertida, ¡tenía «responsabilidad social»! Pero poco a poco el interés menguó; los lectores disminuyeron o dejaron de responder. Nuestro golpe supremo fue la reinstitución de la pena de muerte en el Estado de Nueva York, a la que durante mucho tiempo se opuso con valentía un gobernador liberal y que posibilitó un triunfo de los conservadores republicanos en las urnas, un acontecimiento sorprendente, desmoralizador y vergonzoso. Los editores del diario vieron la poca influencia que ejercían; mi columna fue trasladada discretamente de los editoriales a otras secciones del periódico. Como un corcho moviéndose en aguas picadas, comenzó a aparecer en la segunda sección, o en la tercera. En el momento de la ejecución de Birdsall en Alabama, aparecía a intervalos irregulares en regiones más profundas de la cuarta sección, junto a las necrológicas. ¡Haber caído tan bajo!

También la difusión había disminuido, en tres cuartos.

Roy Beale Birdsall sería mi ejecución número veintiséis desde que lancé «La víspera de la ejecución» sólo cinco agotadores años antes, y yo también estaba a punto de extinguirme. *No puedo. Otra vez no.*

Al final la ejecución de Roy Beale Birdsall por el Estado soberano de Alabama se celebró exactamente tal y como se había previsto. A pesar de la naturaleza controvertida de la causa, no hubo aplazamiento ni conmutación de la condena de último minuto por parte del gobernador. Ni siquiera suspense, ni un rayo de esperanza o anticipación.

Casi me la pierdo. Estuve bebiendo solo durante horas en la habitación de mi motel, que es una costumbre que he jurado dejar, y me desperté aturdido y presa del pánico a las 23.20; corrí a la prisión y me dejaron entrar a regañadientes, unos guardias malhumorados me examinaron y me guiaron en una caminata apresurada al ala del corredor de la muerte al final de la prisión donde, en un hueco sin ventanas que parecía un almacén, estaba ubicada la silla eléctrica. Podía oír a los presos en todo el edificio gritando, dando fuertes pisotones, propinando golpes contra los barrotes y las paredes, protestando por la ejecución inminente.

—Al parecer, no se acostumbran nunca —dije con el propósito de dar conversación; y el guardia respondió, encogiéndose de hombros:

—Les gusta hacer ruido, eso es todo.

Mientras me hacían pasar a la sala de visionado, comencé a temblar; me inundó un sudor frío.

Sólo había dos hileras de sillas con el respaldo de madera duro, y la mía se hallaba en la primera; reservada para mí en nombre de mi periódico, como si de otro modo yo no tuviera identidad. Claude Dupre estaba sentado detrás de los funcionarios, de los periodistas. Había algunos familiares de Birdsall de aspecto deteriorado; no cabía duda de que eran parientes, entre ellos una mujer gruesa de cierta edad que susurraba o rezaba para sí y un hombre fornido de unos cincuenta años, calvo, de color terroso, que se parecía lo bastante a Roy Beale Birdsall como para pasar por un gemelo algo envejecido. Los Birdsall eran de esa clase de estadounidenses para los que el destino es simplemente mala suerte. Pero había escrito sobre gente así con demasiada frecuencia en el pasado y había agotado mi capacidad para la compasión.

Todo el mundo estaba sentado, mirando de frente, por la ventana de vidrio cilindrado, a la Silla: la silla eléctrica de un extraño amarillo mostaza de Hartsfree, que había sido fotografiada y objeto de comentarios en numerosas ocasiones. *Un objeto estético más evocativo que el sacrificio humano atado con correas en ella. Uno de ellos hecho a medida por el arte, el otro producido en masa por la naturaleza.* Pero ¡no podía escribir eso! No para «La víspera de la ejecución». Aquella silla era al mismo tiempo un objeto familiar y un objeto monstruoso; elaborada en madera como por un artesano meticuloso (que, de hecho, podría haber sido así), desprendía un aire de franqueza rústica americana, casera y tosca, una inocencia como la retratada por Norman Rockwell incluso si estaba cubierta con malicia con correas, abrazaderas, electrodos y un dispositivo parecido a una corona que debía ajustarse a la cabeza del condenado como algo salido de una película de terror de bajo presupuesto de los años cincuenta. *La silla es una imagen simbólica.* Y la cámara de ejecución brillantemente iluminada, como un escenario a la espera de un solitario actor.

A este lado del cristal reinaba el silencio salvo por una respiración ronca y afónica y el pulso vibrante de una unidad de aire acondicionado de pared. Mi propio aliento salía espeso como una mucosidad. Había recorrido la habitación del motel de arriba abajo bebiendo, fumando un cigarrillo tras otro, imaginándome *como un hombre tan sensible a la muerte inminente de otro* que ni siquiera podía permanecer quieto. Había estado pensando en la última cena de Roy Beale Birdsall: ¿le había gustado?, ¿había podido comerla siquiera? Langosta *à l'américaine,* ¿por qué había elegido esa especialidad? Birdsall tenía el aspecto de un hombre (me encantaba idear frases así de ingeniosas; esas frases aparecían en mi cerebro sin yo desearlo) que no había probado la langosta en su vida. Ni huevas de salmón ni risotto; se me hizo la boca obscenamente agua. Pero qué desilusión que no se hubiese permitido una sola copa de vino a Birdsall.

A las 00:01 se abrió una puerta en la parte trasera de la cámara de ejecución y entró el larguirucho reverendo Hank Harley con el rostro solemne y el ceño fruncido por la devoción, llevando una Biblia visible; tras él entró el pobre Roy Beale Birdsall entre dos guardias como un hombre en un sueño. Parecía un insulto final que Birdsall tuviera que morir con su atuendo de la prisión: un uniforme ancho del color del agua de fregar. Su cabeza había sido brutalmente afeitada y parecía una bola de billar. Su rostro estaba hinchado y sonrojado como si hubiera hecho un esfuerzo. Como un torpe animal de corral, llevaba unos grilletes igual que antes, en las muñecas y los tobillos. Glóbulos de sudor grasiento brillaban en su frente y, sin embargo, intentaba sonreír, un espantoso «estoy en paz, llevo a Cristo en mi corazón» se extendía en sus labios. Me preguntaba si me vería, si se acordaría de mí. Evitaba resueltamente mirar a la silla de color amarillo chillón; con la cabeza vuelta hacia la ventana de cristal cilindrado, fruncía el ceño y bizqueaba contemplando la sala de los testigos. Buscando a sus familiares, que lo miraban sin parpadear con mudo disgusto y asombro. Y entonces me vio, y una luz inundó sus ojos vidriosos, su sonrisa crispada al reconocerme, e intentó levantar una mano como para hacer una señal de está bien con el pulgar y el índice. *Sí, ¡le había gustado la cena! ¡Una cena fantástica! Sin duda le agradezco la comida, gracias, señor.*

O eso parecía querer comunicar Roy Beale Birdsall.

El ritual de la ejecución procedió como un reloj, y con rapidez. Eso es lo horrible: una vez que comienza, no se detiene. Un hombre vivo entra en una sala de la que saldrá cadáver. Permanecí sentado, paralizado y mirando fijamente las actividades que se llevaban a cabo al otro lado del cristal, a poco más de tres metros y medio. ¿Cómo podía haber imaginado que la muerte de Birdsall sería una rutina, que esta ejecución estaría viciada por la repetición? Me estremecí mientras hacían que Birdsall se sentara a la fuerza en la silla y su cabeza rapada se ajustara al dispositivo de metal; mientras le abrochaban las correas de cuero en las muñecas y los tobillos y sobre su pecho, que había empezado a respirar con dificultad por el pánico. Las mangas y las perneras de su uniforme estaban cuidadosamente dobladas hacia atrás para mostrar la pálida carne sin vello a la que se habían sujetado los electrodos. Un asistente capacitado en el oficio de la electrocución preparó al «condenado» para la muerte de forma tan impersonal y hábil como lo haría un robot. Y durante todo ese tiempo Birdsall intentaba mantener su sonrisa imprecisa como para asegurarnos que todavía lo tenía todo bajo control, su alma le pertenecía.

El reverendo Hank Harley estaba recitando un versículo de la Biblia con voz sonora y después preguntó con preocupación seria si Roy quería decir algunas palabras finales, y Birdsall estaba distraído y pareció no oírle así que el reverendo Hank repitió su pregunta de formulario y Birdsall inspiró profundamente tensando las correas y susurró una oración nasal inconexa con su acento de Alabama. Me hubiese gustado que declarase su inocencia y la barbarie de lo que le estaban haciendo —me hubiese gustado que insultase al Estado— pero por supuesto no lo hizo.

—... Simplemente voy a poner mi fe en Jesús como he estado haciendo, amén...

Después, el ayudante colocó un trozo de tela negra sobre el rostro ansioso de Birdsall incluso mientras los ojos del hombre se disparaban de un lado a otro con animación, esperanza.

Quería gritar: «¡No! ¡Deténganse!».

Pero está claro que permanecí sentado mudo, en silencio; mirando con ojos entrecerrados; mis puños apretados. Ya que los testigos siempre permanecen sentados mudos y en silencio e impasibles, sin moverse para intervenir. Nunca parece posible que vayan a enviarse poderosas corrientes de electricidad por el cuerpo de un ser humano en nuestra presencia y que nadie vaya a intervenir, y sin embargo eso es justo lo que ocurre cuando ejecutan a una persona; lo sorprendente es que ocurra cada vez y que sucediera aquella noche de septiembre cálidamente sulfurosa en Hartsfree, Alabama. Después de siete años de anticipación, el final llegó de forma brusca y repentina: en algún lugar que no estaba a la vista se encendía un interruptor, y la electricidad visible recorría el cuerpo del condenado; la primera sacudida duraba un total de dos minutos, ciento veinte nítidos segundos, al comienzo los puños de aquel hombre se tensaron y su cuerpo se puso rígido hasta que la consciencia desapareció de él y se «relajó», desplomado. Para Birdsall había acabado, estaba más allá, pero el proceso continuó con más sacudidas. El latido del corazón debe apagarse por completo, el cerebro debe dejar de funcionar totalmente. Una pequeña espiral de humo se encrespó desde el electrodo sujeto a la pierna izquierda de Birdsall, cuya carne estaba ahora sonrosada, enrojecida.

Más humo, un tenue halo azulado apareció alrededor de la cabeza rígida e inmóvil. El espíritu difunto de Roy Beale Birdsall, que se desvanecía mientras nosotros mirábamos fijamente.

A unos pasos por delante de mí, caminando con prisa, un hombre de mediana edad con una descuidada chaqueta de cuero y una coleta canosa despeinada entre sus omóplatos; nos insistieron en que dejáramos las instalaciones penitenciarias tan rápido como fuera posible y nadie deseaba quedarse. Claude Dupre suspiró mientras lo alcanzaba pero ninguno de los dos articuló palabra hasta que llegamos al aparcamiento donde, bajo luminosos haces de luz, se agitaban enjambres de mariposas nocturnas e insectos más pequeños como moléculas enloquecidas. Con un gesto fraternal de indignación, Claude me puso una pesada mano en el hombro, murmurando:

—¡Otro! Otro.

Me sacudí la mano de encima cortésmente.

—No. No era como los otros.

Y a la mañana siguiente en un vuelo a Nueva York a primera hora estoy trabajando, inspirado, escribiendo con furia en mi ordenador portátil. *La muerte es original, la muerte siempre está en tiempo presente.* Voy a hablar de la muerte de un hombre llamado Roy Beale Birdsall en la silla eléctrica en Hartsfree, Alabama, en un tono tal, con una voz tal, con tanta pasión, con tanta convicción que nadie que lea mis palabras podrá escapar de ellas u olvidarlas. ¡Estoy seguro! La noche anterior había pasado horas despierto en la habitación de mi motel, andando de un lado a otro, demasiado nervioso para dormir, tomando notas, pronunciando frases en voz alta en un estado de euforia que no he experimentado durante años.

Incluso pensé, oblicuamente, malicioso: *Ahora que el Estado de Nueva York ha reinstituido la pena de muerte, no tendré que viajar muy lejos para cubrir las ejecuciones.*

Estamos a algo más de nueve mil metros sobre el nivel del mar. Carolina del Norte y Carolina del Sur, aunque no son visibles. Bajo el avión que se desplaza a toda velocidad hay una masa opaca de nubes como rápidos de agua blanca congelada. Qué contento estoy de estar vivo y de dirigirme hacia el norte y de escribir con tanta determinación, con un objetivo como aquél. *Un tenue halo azulado... alrededor de la cabeza rígida e inmóvil.* Unos asientos por delante del mío en clase turista está sentado mi antiguo compañero de clase y rival, Claude Dupre, sin afeitar, desaliñado, con los hombros caídos, mirando por la ventana más allá de la cual brotan fragmentos vaporosos de las nubes.

En ★COPLAND★*

Fue el pasado marzo cuando casi me matan en ★COP-LAND★.

Ahora estamos en junio. La mayor parte de los días permanezco encerrado con barricadas en casa. Estoy protegido por sistemas de vigilancia electrónica. Tengo mis propios dispositivos de espionaje. He solicitado, pero me denegaron, una licencia de armas como propietario de una vivienda. (He presentado otra solicitud y estoy a la espera de recibir la respuesta.) Reconocerían mi rostro si lo vieran, que es el motivo por el que permanezco escondido la mayor parte del tiempo.

Puede que ahora no lo sea, ya que la memoria de los telespectadores se desvanece rápidamente, pero solía ser famoso en la zona noreste de Nueva Jersey. En la órbita de WNET-TV «El canal eléctrico de la gente» de Newark. Yo era S. de EXPOSÉ!, que se emite los miércoles a las siete de la tarde. Permanecí en el controvertido equipo de EXPOSÉ! durante tres años.

Tres años es el plazo aproximado en el que la mayoría de reporteros de EXPOSÉ! se queman. S. acababa de comenzar.

Puede que suene vanidoso. Sólo soy sincero. Mis lesiones no son visibles en mi rostro, que sigue siendo apuesto y juvenil aunque ligeramente vacío. Los policías que me golpearon tuvieron cuidado de no lastimar mi rostro.

Lo sé, no puedo probar que de verdad fueran policías. Lo que pasa con ★COPLAND★ es que no puedo demostrar que sea un lugar real. Incluso si pudiera encontrarlo otra vez, lo que es improbable. Incluso si saliera de mi piso franco en

---

* Topónimo formado a partir de las palabras *cop* (poli) y *land* (tierra), podría traducirse como «Polilandia». *(N. de la T.)*

521

Deer Trail Villas, una comunidad residencial privada en Lakeview, Nueva Jersey, para ir a buscar ★COPLAND★ en Newark, lo que probablemente no podría hacer por motivos psicológicos y médicos.

Un hecho: los trabajadores del departamento de limpieza y recogida de basuras encontraron mi cuerpo desnudo y magullado, sangrando por el ano, con «graves laceraciones», entre la basura en un contenedor en Hoboken, Nueva Jersey, a primera hora de la lluviosa mañana del 29 de marzo. Llegó una ambulancia que me sacó de allí, inconsciente.

Por suerte para mí, ningún equipo de cámaras de televisión rival ni fotoperiodistas estaba presente. Habrían reconocido mi rostro de inmediato. Los titulares en los medios habrían sido insultantes y crueles: ¡REPORTERO DE EXPOSÉ! EXPUESTO!

Pero nada de ello se filtró a la prensa. Fui un cuerpo «anónimo» hasta que mi esposa vino a reclamarme. He intentado pasar desapercibido desde entonces.

¿Presentar una denuncia? Bromeas.

La próxima vez los policías me matarían. En esta ocasión, creo que sobre todo fue una especie de burla. Y no me tocaron la cara.

¿Por qué? No como un favor, ni por piedad. Es cuestión de relaciones públicas, supongo. Porque las lesiones faciales, en fotografía o por televisión, tienen un aspecto mucho más escabroso que los moretones en el cuerpo o incluso los huesos rotos. Porque un rostro se convierte en un individuo y un cuerpo es anónimo. Mis atacantes ejercieron discreción profesional.

Como sé que las lesiones causadas a mis genitales y a mi ano son «pruebas», no estoy ansioso por compartirlas con el público.

Mi esposa, M., estaba horrorizada por la paliza que había recibido, y sin embargo también extrañamente emocionada. Me miraba absorta como si fuera la primera vez que me veía desde hacía años.

—Pobre cariño mío. Tienes suerte de estar vivo.

El subtexto era *suerte. Tienes suerte de estar vivo. ¿Cómo puedes quejarte? ¡Qué quejica que eres!*

Una verdad que he aprendido en el periodismo televisivo es que los seres humanos tienen una capacidad limitada para la solemnidad y la compasión. Son unos pocos minutos intensos. Antes de EXPOSÉ! trabajé en el telediario de la noche de WNET-TV durante siete años. Ante la cámara éramos todo formalidad sombría, pero en cuanto se encendía la luz roja, lo que significaba que habíamos terminado, sonreíamos abiertamente e intercambiábamos bromas. A mayor solemnidad, más risas. Debo confesar que S. era uno de los peores. Es decir, uno de los tipos más ingeniosos del canal. Ser ingenioso resulta sexy, ¿verdad? Ya se sabe lo difícil que es resistirse a decir algo si recibes algunas carcajadas. Así que no emito un juicio moral en plan intelectual sobre otras personas; no soy así.

Hace un tiempo, antes de que mi carrera profesional se acabara, oí por casualidad a mi hijo K., de quince años, presumiendo de mí, tumbado en su cama mientras veía la televisión con el auricular del teléfono en el hombro (así es como K. habla con su novia durante horas: está claro que tiene su propia línea telefónica):

—Mi padre es majo. Es guay. No hay salto generacional entre nosotros porque somos como de la misma generación, ¿sabes?

Quizá no debería ser así, pero eso me halaga.

Soy un hombre blanco heterosexual de cuarenta y seis años.

Incluso con mis discapacidades, parezco mucho más joven de lo que soy. M., mi mujer, que por lo menos tiene cuarenta y tres años (mantiene ambigua su edad exacta), parece una chica de veinticinco.

Ninguno de nuestros conocidos aparenta la edad que tiene. Es como si ya no correspondiera usar el concepto de *edad*.

Es imposible adivinar las «edades». ¿E intentar encasillar a la gente? No se puede.

Tomemos a S. por ejemplo. Soy licenciado en Clásicas por Princeton y tengo una maestría en periodismo televisivo por la Universidad de Nueva York. Pero mi mente está casi vacía; he olvidado la mayor parte del griego que aprendí y sólo recuerdo la penumbra siniestra y nublada de la tragedia. Llevo dieciocho años casado con M. Tenemos dos hijos, K. y su hermana C., que tiene once años, o quizá ya tenga doce. M. es una ejecutiva de CitCorp Trust y no estoy seguro de qué hace, pero lo hace competentemente. Mediante nuestras inversiones hemos acumulado algo más de dos millones de dólares en propiedades, bienes personales y ahorros, que es una cantidad promedio en Deer Trail Villas, creo. Un millón de dólares no significa lo que significaba para la generación de mis padres; se acerca más a lo que entonces eran cien mil dólares. No conozco a mi familia demasiado bien. No es algo que me disguste, sino un hecho. Cuando era S., una elegante personalidad televisiva, uno de los reporteros encubiertos de EXPOSÉ! enviados para investigar los secretos de soborno, corrupción, deshonestidad e inmoralidad en los sectores privados y públicos —«EXPOSÉ! en interés de la democracia estadounidense»—, mis hijos estaban orgullosos de mí, y sin embargo nunca pude interesarles en persona como lo hacía S., mi personalidad televisiva. S. era una especie de hermano gemelo rival: mejorado por un hábil trabajo con la cámara, planos vertiginosos de helicóptero y una banda sonora de música rock rompedora que mantenía la atmósfera tensa y percusiva incluso cuando no ocurría mucho más. En la vida real, donde vivimos la mayoría, cuando no pasa nada, que es la mayor parte del tiempo, no tienes música de fondo para sugerir que *algo va a pasar... ¡pronto!* Tanto K. como C. solían importunarme con preguntas sobre las revelaciones más sensacionales pero se impacientaban si hablaba durante más de cinco minutos. Si pasaba a mencionar vocabulario técnico, se les ponían los ojos llorosos. Incluso M., con su apetito por la información privilegiada y el escándalo, se aburría visiblemente si hablaba durante mucho tiempo. Me dolía, pero bromeaba con que como S. de EXPOSÉ! tenía muchos seguidores que me enviaban mensajes, regalos, propuestas de matrimonio, ¿por qué no me quería más mi familia? M. se echaba a reír de esa forma que suena a costosa vajilla de plata castañeteando y decía:

—Porque somos tu familia, tonto, se supone que tú tienes que querernos.

Una respuesta que me dejó sorprendido, ya que a la vez era profunda y sin sentido.

En nuestra casa de piedra de estilo colonial de seis dormitorios en el número 9 de Deer Trail Road, nos vemos fugazmente. Es como si cada uno de nosotros estuviera haciendo zapping y los demás fueran imágenes de televisión al pasar. En ocasiones haces una pausa y miras durante unos segundos, o unos minutos; la mayoría de las veces te inquietas y pasas a otra cosa, buscando algo más emocionante. Comemos a distintas horas y en diferentes lugares de la casa y la mayoría de las noches estamos en habitaciones distintas viendo la televisión o navegando por Internet, aunque los niños deberían estar haciendo sus deberes, por supuesto. Mi mujer se trae a casa trabajo de CitCorp pero a veces oigo voces que provienen del televisor de su dormitorio, al menos supongo que son las voces de la televisión, hasta las dos de la madrugada. Solía saberme de memoria cada centímetro del cuerpo de mi mujer y cuando éramos jóvenes solíamos hacer el amor con ternura a primera hora de la mañana y M. me contaba sus sueños, lo que me parecía el más íntimo de los gestos humanos; pero hace años que M. no me cuenta uno, probablemente porque ya no tiene, o porque me he olvidado de preguntar. Sé que no he visto a M. desnuda en mucho tiempo y tengo una ligera curiosidad por saber qué aspecto tiene. No parece haber engordado ni un gramo. Es tan glamurosa, energética y «joven». Al igual que S., ha experimentado con su color de cabello, así que no tiene canas; pero no recuerdo si sus brillantes reflejos rojizos siempre han estado allí entre el castaño caoba o si hace poco que los ha añadido. Está claro que nunca voy a preguntárselo.

Jamás espiaría a M. Sabe que está totalmente a salvo cantando sola en su baño lleno de vapor después de una ducha o desvistiéndose en su dormitorio que está junto al mío. Sabe que nunca abriría su puerta «por accidente». Sabe que nunca me metería en su cama «como un sonámbulo».

Después de ★COPLAND★ no voy a acostarme en la cama de nadie como un sonámbulo durante muchísimo tiempo.

Es cierto, como la mayoría de la gente que trabaja en los medios, S. tiene un pulso acelerado. Había sido sexualmente activo, en ocasiones de forma un tanto compulsiva, pero pocas veces con una colega de WNET o con alguien «serio» y la mayoría del tiempo con profesionales, por quienes no tenía más sentimientos que por la ayudante del dentista que me limpia el sarro de los dientes con tanta avidez cada seis meses. Así que nunca había habido ninguna duda de la relación personal o de lo que se llamaría, en términos estrictos, «infidelidad marital». Todos mis amigos casados del canal de televisión sienten exactamente lo mismo; lo que haces con una profesional es un trato por dinero y nada más, y no es asunto de nadie más que tuyo. En cualquier caso, M. me asegura que me prefiere «en un estado neutral». Es decir, asexuado. En la época en la que íbamos a casa de nuestros amigos, después de que se hubiera tomado unas cuantas copas de vino, la oía decir por casualidad, en confianza, que podía pasarse sin sexo el resto de su vida: «Mientras tenga a mi tierno y cálido compañero en la cama».

M. se refiere a *Chop-Chop,* nuestro perro salchicha. Pero como lo dice con ambigüedad, no me he sentido dolido ni desafiado.

Quizá mi error fue que al prepararme para nuestra investigación de la policía de Nueva Jersey, me decoloré el cabello, de castaño a rubio platino, muy corto en la parte trasera de la cabeza y peinado con largos mechones ondulados con la raya en el medio. Incluso las cejas y las pestañas, también decoloradas. Mi lóbulo izquierdo estaba perforado y me había puesto varios pendientes de oro. En un salón local de bronceado conseguí un aspecto de almendra asada. (Los polis tienen fama de ser homófobos, ¿verdad?) El resultado fue *espectacular*.

Las jóvenes que parecían no verme en los últimos años, y los hombres que nunca se habían vuelto a mirarme por segunda vez, ahora me miraban por segunda y tercera. Mis jefes en WNET, incluido el dueño multimillonario, Míster Dios (como se le conocía con cariño), me miraban inquisitivamente. ¿Un hombre blanco de más de cuarenta años? ¿Casado, con dos hijos? Difícil de creer.

Averigüé que el poder sexual se genera a través de los ojos de quien mira. Si le cargas las pilas a alguien, ya sea un hombre o una mujer, no puedes evitar cargar también las tuyas.

Y no es que haya cruzado la línea entre los sexos, ni aun así. Aunque he tenido oportunidades.

Cuando M. vio mi nuevo aspecto por primera vez, se sobresaltó, e incluso pareció un poco asustada. «Dios mío, ¿qué te has hecho? ¿Eres tú?» Hasta me tocó el rostro con sus dedos fríos, como una ciega. Le dije que ella también debería cortarse el pelo, decolorárselo, broncearse: «Unirse a mí.» Rápidamente dijo, intentando no mostrar el desdén que sentía: «Ah, no. Perdería el respeto de mis colegas. Tengo un trabajo serio».

Como si mi trabajo en EXPOSÉ! no lo fuera.

Como si la democracia estadounidense no dependiera de la exposición continuada de la verdad.

Y ahora estoy de baja, «convaleciente».

«¿Al menos has sacado a *Chop-Chop*?», eso pregunta M. cuando vuelve a casa, nunca antes de las siete de la tarde entre semana, de CitCorp. Dando a entender que *no puedo imaginarme qué demonios haces todo el día, pero no voy a decir palabra*. Así que le digo que sí, incluso si no he llevado a *Chop-Chop* más allá de la parte trasera del garaje, donde se acumulan pequeñas heces de perro tan rápidamente como la población de los países tercermundistas.

K. se avergüenza de que su padre vaya cojeando por ahí con las muletas, lloriqueando en el lavabo mientras se esfuerza por producir unas pocas bolitas de conejo cada dos o tres días. Mi cabello ya no es rubio, por supuesto, sino cano por la conmoción. Y ralo. Mis ojos azul cielo que las mujeres parecían adorar son ahora de un azul sucio, como piedras manchadas. Las lentillas no se me ajustan como antes, sino que me irritan los ojos así que parece que sufra de una alergia perpetua o que haya estado llorando. (¿He estado llorando? La otra noche oía a C. preguntar a su madre: «¿Por qué papá está tan triste ahora? ¿Por qué llora?», y M. le dijo con dulzura: «Tu padre no está triste, cariño, no llora. Los hombres muy pocas veces muestran sus emociones. Tiene alergia».)

Me deprime pensar que me queden hasta cuatro décadas de vida. Si me mantengo apartado de los ★POLIS★ vengativos.

Mi propio padre, a quien se dice que me parezco, aunque nunca he visto el parecido, todavía está «vivito y coleando» —como suele decir— y tiene más de ochenta años. Vive en su mundo, aunque no mucho más que cuando estaba en la flor de la vida.

El otro día leí en el *New York Times* una estadística sorprendente: hasta una quinta parte de los hombres blancos de mi generación y mayores que yo están «discapacitados» y reciben prestaciones sociales. Discapacidades físicas, mentales, vocacionales. Esos millones de personas formaríamos «una fuerza política potencialmente poderosa» si alguien pudiera verse motivado a organizarnos, pero ¿quién se iba a ofrecer como voluntario para llevar a cabo ese cometido? La mayoría de nosotros no nos levantamos de la cama hasta que nuestras mujeres se han ido al trabajo y nuestros hijos, si todavía tenemos hijos que vivan en casa, se han marchado a la escuela, y podemos llegar a tardar hasta dos horas en preparar el desayuno y tomárnoslo (en mi caso, copos de maíz azucarados, leche desnatada, tazas de café descafeinado y medio paquete de cigarrillos prohibidos) y vemos los programas de noticias matinales o leemos el periódico (en mi caso, el *Times* con sus secciones que no dejan de proliferar: primero las necrológicas, la prosa mejor escrita del diario, después la sección A que principalmente incluye las noticias internacionales, después la aburrida sección «metro» y las noticias locales de Nueva Jersey con su mezquino politiqueo y sus sórdidos crímenes, después la sección de deportes, después la de negocios, después la de cultura que principalmente incluye anuncios de películas y relaciones públicas de cine, después las secciones especiales como ciencias, hogar, cenar en casa y cenar fuera e informática, ¡vaya!). Cuando termino el desayuno y las páginas del *Times* están esparcidas a mi alrededor en el suelo es casi mediodía, no me he afeitado ni vestido todavía y me siento como el reloj derretido de ese cuadro de Salvador Dalí, con las hormigas negras que avanzan lentamente sobre él.

De todos modos, la mayoría de los días me fuerzo en ir a mi estudio y encender la grabadora y hablar para ella. Porque mi terapeuta, el doctor A., me ha animado a grabar lo que me ocurrió en marzo, que cambió mi vida para siempre; o, para ser preciso, lo que creo que me ocurrió. (¿Me cree el doctor A.? En nuestra segunda reunión, al ver la expresión de incredulidad y repugnancia en su rostro, le pregunté a bocajarro si me creía, y el doctor A. respondió a toda prisa que sí cree que experimenté algo, y que fue «genuinamente traumático».

—Sí, doctor —respondí—. Pero ¿cree que ocurrió como ocurrió y que fue real?

Y el doctor A. repitió con su voz nasal que sí, que cree que experimenté algo, y que fue «genuinamente traumático». Salí de la consulta de aquel hijo de puta y no volví en dos semanas, después decidí tragarme mi orgullo y regresar porque mi pensión de discapacidad cubre la terapia y los antidepresivos, y ver al doctor A. dos veces a la semana centra mi vida como antes hacía mi trabajo.) En una pared de la consulta del doctor A. se ve la orden atribuida a Sócrates, «Conócete a ti mismo». Es un reto, me imagino.

Así que hablo a la grabadora. Me mareo al contemplar cómo las cintas dan vueltas. A veces oigo mi voz como si fuera la de la televisión que se torna urgente, incluso ansiosa, mientras doy vueltas alrededor del trauma de la paliza que recibí el 29 de marzo. *¡Fue la policía! ¡Nuestra policía! ¡Cuyos uniformes, armas de fuego y porras les compramos!* Después se apodera de mí un ataque de bostezos. Dejo descansar mi pesada cabeza sobre la grabadora y me despierto una hora más tarde, con agudos dolores en el cuello y la columna. A veces, vencido por el cansancio, me tambaleo hasta el sofá más cercano donde duermo hasta primera hora de la tarde, cuando me despierta un ataque de hambre como si fuera un bebé voraz por el pecho. Al despertarme por segunda vez, evito la grabadora salvo para desconectarla rápidamente.

Me preparo una comida a última hora. Requesón a cucharadas del envase rociado con germen de trigo. Espero reponer algo del calcio que he perdido. Más café descafeinado, más cigarrillos. Estoy demasiado nervioso para sentarme. Deambulo por la casa. Enciendo el televisor en cada habitación en la que entro para no sentirme demasiado solo. No quiero empezar a hablar solo como una figura «trágica». Ese viejo pelmazo de *Edipo en Colono. Un desterrado. En tierra extraña. Envuelto en harapos, ¡repugnante! Mugre de muchos años en su cuerpo marchito, la piel consumida y la carne en las costillas. Y el rostro, las cuencas ciegas de los ojos. Y las sobras de comida de que se alimenta para llenar su estómago encogido.*

Los días de lluvia me quedo en casa. Los días soleados son demasiado luminosos para mis ojos, incluso con gafas de sol. No quiero obsesionarme con que alguien me esté vigilando. Con que me graben en vídeo. Deer Trail Villas es una comunidad residencial privada patrullada por guardias de seguridad y es obvio que esos polis de alquiler no sólo están protegiendo a los propietarios como yo sino también espiando a algunos de nosotros. Los guardias de seguridad que tienen licencia para llevar armas de fuego como los nuestros están conectados con la policía; de hecho, probablemente la mayoría son antiguos policías. Cuando saco a *Chop-Chop* a pasear, incluso si sólo es detrás del garaje y otra vez a casa, ¡sufro una visión alucinatoria con tanta claridad!, mi persona a través del visor de un rifle. Mi figura delgada y demacrada cruzada por el asesino del visor. Puedo «sentir» el dedo del asesino sin rostro en el gatillo. Si S. tuviera la integridad de esos personajes de la Antigua Grecia, se daría la vuelta con calma para enfrentarse a la muerte. No se arrastraría pidiendo clemencia como hice en ★COPLAND★. En su lugar, se apodera de mí un terror animal. «¡No! ¡Por favor no dispare!» Lucho por volver a entrar en la casa, y el pobre *Chop-Chop* es presa del pánico y casi me tira al suelo, y a mis muletas, y nos desplomamos en una pila gimoteante justo al cruzar la puerta.

Quienquiera que sea, todavía no ha disparado. Incluso como una broma.

Me pregunto cuál de los dos prevalecerá: él o yo.

Es un hecho, y sin embargo un hecho que no parece que podamos demostrar visualmente en EXPOSÉ!, que los policías de Nueva Jersey son de mayor tamaño que los seres humanos normales. Los ves en los coches patrulla, que son más grandes que los coches de tamaño normal, más parecidos a un tanque, y a duras penas caben dentro de esos vehículos. Se les ve patrullando las calles a pie; es como una ilusión óptica. Cuando se acercan, simplemente son «altos», quizá metro noventa o metro noventa y cinco. Pero a poca distancia, crecen hasta alcanzar al menos los dos metros trece. A mayor distancia, se convierten en gigantes. Deben de pesar unos ciento treinta y cinco kilos. Parte de su corpulencia es grasa, pero la mayoría son músculos, igual que un rinoceronte. Tienden a ser parecidos, con el cabello claro o castaño, cortado al rape. Sus edades oscilan entre los veintinueve y los cuarenta y nueve. Sus rostros sonrosados son anchos como una pala. Han recibido formación para sonreír con la boca y emplear fórmulas de cortesía como «señor», «señora», «disculpe, por favor» de forma inexpresiva. Es una experiencia escalofriante ver a un policía de Nueva Jersey expandiendo la boca para sonreír mientras sus ojos están fijos en ti como punzones para cortar el hielo. Bastantes policías tienen hoyuelos en las mejillas. Dan la impresión de ser chicos fornidos y demasiado grandes para su edad que no dirían palabrotas, y mucho menos obscenidades, en presencia de las mujeres. Sus manos son enormes, del tamaño del pie de un hombre normal. Sus brazos son del tamaño del muslo de un hombre normal. Sus cuellos son del tamaño de la cintura de un hombre normal. Sus cabezas son redondas y pesadas como bolas de billar y sus cuerpos están formados como una boca de incendios. Y sin embargo, pueden ser sorprendentemente rápidos, igual que los rinocerontes asesinos y los elefantes. Se enorgullecen de los uniformes de color gris azulado, las botas de cuero embetunadas, las gorras con visera y los gruesos cinturones que contienen porras, un revólver en su funda y una pequeña radio. A menudo llevan gafas de sol. Los ciudadanos tememos a nuestros policías, pero también los admiramos. Incluso aquellos de nosotros que somos de mediana edad —y mayores— deseamos pensar que los policías son la autoridad, nuestros mayores respetados. Creemos que, si los admiramos lo suficiente y hacemos pública nuestra admiración, nos mirarán con buenos ojos. No nos acosarán ni nos lastimarán. No nos obligarán a que nuestros coches salgan de la autopista de peaje durante sus persecuciones a ciento sesenta kilómetros por hora de ladrones de coches adolescentes desde Newark y no acribillarán nuestros cuerpos con balas durante el «fuego cruzado». Si somos educados con ellos, si sonreímos y agachamos la cabeza. Si sabemos las palabras adecuadas. Si somos las personas adecuadas. Si somos del color adecuado, ni negros ni marrones, tampoco «de piel clara».

Está claro que los policías más peligrosos no llevan uniforme. Van «de paisano». ¡Se parecen a cualquiera!, salvo que son *más corpulentos*.

Esos policías, de uniforme y de paisano, tienen muchos seguidores entre el populacho. Uno de sus seguidores más ruidosos es el gobernador de Nueva Jersey, que hace hincapié en ser visto en televisión al menos una vez a la semana «ensalzando» a los policías por su valor y buenas obras en la lucha contra el crimen. Los alcaldes de nuestras ciudades y pueblos «alaban» a sus policías. Los jurados blancos por lo general exoneran a los policías acusados de actos brutales de racismo, incluido el asesinato; en su mayor parte, los grandes jurados blancos se niegan a acusarlos formalmente. El motivo es la *fuerza necesaria*. Los políticos tienen pánico a ponerse a malas con los policías. Todos saben lo demoledora que puede ser una huelga de la policía, que demostraría que sus administradores no tienen poder alguno, como tetrapléjicos a quienes unos chicos briosos hayan arrancado de sus sillas de ruedas. Una huelga de la policía probablemente sería el contratiempo más desastroso que nos podría ocurrir, más aterrador en sus consecuencias que las huelgas de los bomberos, los médicos y los trabajadores de la salud. No es sólo que un ejército de policías podría ir *a la huelga,* que es un acto pasivo; es que podrían *arremeter contra* nosotros; tienen las armas, los vehículos blindados y los conocimientos. Tienen el gusto por hacer daño, que no ha sido alimentado en el resto de nosotros.

Cuando un policía resulta muerto, lo que ocurre con frecuencia (¿lucha antidroga?, ¿golpes del crimen organizado?, ¿enemistades en el departamento de policía?), se celebran elegantes funerales al aire libre, un desfile de policía a caballo y procesiones majestuosas que finalizan con entierros presididos por los prelados más importantes. Asisten el gobernador, los alcaldes, los dignatarios. Hay una atmósfera de dolor furioso. El pulso se acelera hacia el final de la ceremonia y se incita un deseo de venganza. Incluso en las secuencias de las noticias de la televisión, ese apetito se evoca potentemente.

Así que el pasado invierno, cuando EXPOSÉ! preparaba su investigación encubierta de la policía, sabíamos que nos arriesgábamos más de lo habitual, y eso no suponía un problema para S. Al menos, eso fue lo que dije. Puede que también lo pensara. Durante mis tres años en el programa, había participado en varios descubrimientos sensacionales. Nuestros índices de audiencia eran elevados continuadamente. Tenía motivos para creer que me invitarían a participar en *Sixty Minutes,* con el triple de mi salario. EXPOSÉ! había cumplido lo que prometía sobre obras benéficas deshonestas, estafas de las compañías de seguros y de los seguros médicos globales, alimentos «biológicos» contaminados, residencias de ancianos corruptas, propietarios de viviendas en los barrios bajos que dejaban que sus inquilinos, que recibían asistencia social, se congelaran cuando hacía frío o ardieran cuando sus edificios, que no reunían las condiciones de habitabilidad, se incendiaban. Habíamos investigado burdeles de clase alta, putas cocainómanas que hacían la calle y tenían el virus del sida y sus clientes del extrarradio, redes de pornografía infantil y sexo por Internet. EXPOSÉ! trabajaba en el más absoluto de los secretos y se decía de nuestro equipo que éramos intachables, «sin dejarse influenciar ni sobornar».

Ni siquiera nuestros cónyuges sabían qué estábamos investigando. Al ver el nuevo aspecto sexy de S., M. dijo con crueldad: «¿No estás un poco mayor para esto, cariño? Sea lo que sea».

Estábamos en una operación encubierta, con nuestros disfraces, en la calle y trabajando en nuestra asignación el 10 de marzo. El programa se emitiría el 25 de marzo. Como todo el personal de los medios de comunicación, trabajábamos mejor bajo presión y cuando teníamos una fecha tope de entrega a la vuelta de la esquina. Algunos trabajaban solos, pero la mayoría lo hacía en equipos de dos o tres. En las inmediaciones siempre había una furgoneta sin identificar con una cámara que grababa en vídeo todos nuestros movimientos.

O uno de nosotros llevaba un cámara de vídeo en su persona, dentro de una chaqueta de nylon acolchada. ¡Era una temporada de locos! ¡Los medios informaban cada día de asesinatos, violaciones, asaltos, incendios premeditados! Dramáticas persecuciones automovilísticas, tiroteos y arrestos policiales. Confesiones de los criminales. Juicios que se anunciaban en todas partes. Había rumores de delitos policiales de los que no se había informado: el «interrogatorio» de jóvenes de piel negra o morena a los que paraban en sus vehículos, los esposaban, los golpeaban, en algunos casos les disparaban, con el pretexto de que eran «sospechosos». Se creía que los pandilleros traficantes de drogas y ladrones de coches (negros, hispanos) prácticamente habían sido erradicados de Newark; corría un rumor que habíamos oído (pero que por desgracia no íbamos a poder corroborar) de que sus huesos, enredados con los «colores» de su pandilla, podían encontrarse en una fosa de cal en la zona de Jersey City. Se decía que miles de personas sin techo, muchas de ellas negras, muchas con deficiencias mentales, habían sido reunidas en grandes furgonetas y se las habían llevado, ¿adónde? Nadie lo sabía. Pero su número había disminuido visiblemente en las zonas urbanas. Algunos de nosotros fuimos a los refugios disfrazados como personas sin hogar, con ropa sucia y harapienta, sin afeitar, sin lavar, mirando con ojos vacíos, y los trabajadores o voluntarios municipales, sin sospechar nada, nos rociaban con un producto antipiojos, nos hacían recorrer largas y lentas colas para recibir comida asquerosa y templada, y es de imaginar que eran experiencias deprimentes, pero los policías de patrulla no acosaban a ninguno de nosotros. ¿Quizá tuviéramos un aspecto demasiado «normal»? ¿Quizá los funcionarios nos reconocieran, incluso con nuestros disfraces? Con mi cabello rubio platino, barba desaliñada, gafas con gruesas lentes y un chubasquero hortera de vinilo como una cortina de baño, tambaleándome y balanceándome sobre mis pies, a los ojos de los policías debía de parecer un «marica» detestable y colocado, pero la única vez que un policía se dirigió a mí, mientras estaba sentado en una esquina murmurando para mí mismo, fue para decir, con preocupación inexpresiva: «¿Señor? Están sirviendo el último café que queda». Parpadeé ante la amplia sonrisa dentuda del joven gigante fornido. ¿Había apretado la mandíbula, se habían entrecerrado sus ojos acerados como punzones para cortar el hielo? Y sin embargo, sonreía. Sus dedos enguantados se movían nerviosos, pero no me había puesto un dedo encima.

Otro día, en Newark, caminaba con un colega de EXPOSÉ!, un hombre negro llamado Sherwin, que no acabó la carrera de Derecho en Yale, y Sherwin llevaba gafas oscuras, una perilla alocada y un llamativo traje de proxeneta; estábamos cruzando en mitad del tráfico, riéndonos como si estuviéramos colocados, ¿qué otro cebo más suculento para la policía de Newark?, y se nos acercan dos policías de tráfico con las manos en las porras pero dirigiéndonos sus sonrisas marca de la casa, y uno de ellos dice educadamente: «Es recomendable que crucen esta calle transitada por el paso de peatones, por el semáforo, para su seguridad». Sonrió de oreja a oreja de tal modo que los hoyuelos perforaron sus mejillas como heridas de arma blanca. El otro policía, algo mayor, nos miraba fijamente con una sonrisa tensa e inmovilizada y se le llenaron los ojos de sangre. Susurramos con voces aflautadas:

—¡Gracias, agentes! Lo intentaremos —después le dije a Sherwin, decepcionado—: Sabes, esos policías no son lo que nos han hecho esperar. ¿Crees que tienen una mala reputación?

Sherwin emitió un grosero sonido con sus labios. Respondió con desprecio:

—No. Es sólo que estamos teniendo una suerte pésima. Todavía no nos hemos pasado lo suficiente de la raya.

Pero los reporteros de EXPOSÉ!, con diversos disfraces, en zonas urbanas desperdigadas del noroeste de Nueva Jersey, se encontraban con experiencias similares. Al cruzar la calle indebidamente o fingir ebriedad en público, un «comportamiento sospechoso», como ciudadanos nos encontrábamos con una cortesía similar. Nuestras reporteras, que se habían endurecido para ser acosadas y recibir insultos sexuales, se encontraban con policías caballerosos. Se me ocurrió después del tercer o cuarto encuentro: *¿Será que alguien ha dado el soplo a estos tíos? ¿Saben que están siendo grabados?* Pero al momento siguiente lo había olvidado. No quería pensar que fuese posible. Que nuestro esfuerzo fuera en vano; que desde el principio hubiera alguna confabulación entre los altos ejecutivos de WNET y la policía de Jersey.

Una confabulación a todas luces motivada por la política. Así que EXPOSÉ! estaba grabando material animosamente que, cuando se emitiera, sería buena publicidad para la policía de Jersey.

Y sin embargo, seguimos intentándolo. Sabíamos que estábamos fracasando, pero seguíamos intentándolo. Recuerdo unas noches de marzo confusas cuando S. circulaba solo por ciertas áreas urbanas con su «nuevo look», esperando un enfrentamiento; o en compañía de Sherwin, Randall, Elise. A veces un grupo ruidoso caminaba unido, confiando en llamar la atención de policías brutales pero fotogénicos. *¡Sabíamos que existían! Pero ¿dónde estaban?* El sábado por la noche Sherwin y yo estábamos recorriendo los bares gays de primera línea de mar en Hoboken, agitando nuestros brazos alrededor de la cintura del otro por húmedas calles empedradas a la espera de atrapar los ojos depredadores de los policías al pasar en sus coches patrulla, nuestra furgoneta sin identificar nos seguía a media manzana de distancia. Uno de nosotros, puede que fuera yo, hizo una obscena señal juguetona a un coche patrulla, y el coche frenó y se detuvo en el acto, y nos preparamos para tener problemas, pero todo lo que ocurrió fue que un fornido policía, debía de medir dos metros trece y pesaría unos ciento treinta y cinco kilos, sacó su cabeza como una bola de billar por la ventanilla del coche, nos agitó un dedo índice que parecía una salchicha y nos regañó:

—¡Vamos, chicos! No olvidéis el sexo seguro. Y no os resfriéis.

El coche patrulla se alejó a alta velocidad dando la vuelta a la esquina y desapareció, y Sherwin gritó, gorgojeando:

—¡Eh, tíos! ¡Vamos, por qué no nos lleváis!

Pero el coche patrulla había desaparecido. (¿Para dar la vuelta a la manzana? Eso esperábamos.) La furgoneta sin identificar continuaba siguiéndonos, desperdiciando cinta de vídeo. Sherwin dijo con voz rotunda:

—Los muy hijos de puta lo saben.

—No pueden saberlo —respondí—. A EXPOSÉ! nunca lo han descubierto. Y ¿no parecemos de verdad? *Somos de verdad.*

Quizá estuviera un poco borracho, y me había metido unas cuantas pastillas (de las que antes se llamaban speed y ahora cristal) compradas en el bar que había arriba. Mis ojos centelleaban como mis pendientes de oro. Hacía días que no me duchaba -—aquello era parte de mi disfraz— y mi cuerpo despedía un fuerte olor desagradable, almizclado y sexy que cualquier policía homófobo de nariz afilada podría percibir a diez metros. ¡Yo quería algo más que eso! ¡Quería una confrontación con los policías! Quería salir esposado en el programa de televisión, aporreado, de rodillas, amenazado con golpes en la cabeza, quería que se pisotearan mis derechos como ciudadano, quería ser insultado, degradado, sería valiente y sereno, mi familia se sorprendería de mi coraje y estaría orgullosa de mí, estarían contentísimos de conocerme, ¿eso no me iba a ocurrir?, ¿nada de eso? Sentí esa poderosa carga sexual de haber incitado a alguien, incluso si eran extraños, pero aquella excitación había quedado en nada. Como un rayo que bombeara sólo en la tierra, sin encontrar resistencia y sin desatar fuegos artificiales.

Pero los enormes policías agachados en su coche del tamaño de un tanque nunca reaparecieron aquella noche.

Lo que se emitió el 25 de marzo hizo que los medios se rieran de EXPOSÉ!, incluso en nuestro terreno. Una hora de imágenes banales que mostraban a los policías de Jersey como agentes modelo: decentes, amables, serviciales, corteses y sonrientes y estaba claro que ni racistas, ni misóginos, ni brutales. En nuestros complicados disfraces, los reporteros de EXPOSÉ! éramos como niños que habían salido por Halloween y habían regresado sin caramelos.

La lógica decía que la prioridad de EXPOSÉ! era «exponer» la verdad. Si nuestra investigación exponía el verdadero comportamiento de los policías, teníamos la obligación ética de hacerla pública incluso si no era lo que esperábamos.

Unos días después, varios de nosotros nos encontrábamos tomando unas copas en The Skids. Algunos estábamos tristes y otros desafiantes. Suponíamos que quizá nos habían jugado una mala pasada. Pero no podíamos saberlo. ¿Las interpretaciones de los policías eran fingidas? ¿Nos la habían pegado? Algunos intentamos verle el lado divertido. Y S., que había sido el que había estado más deprimido del equipo, se ve fugazmente en el espejo que hay detrás de la barra y siente una punzada de excitación sexual. ¡Aquel cabello, aquel bronceado! ¡Esos pendientes! Pero es una excitación triste y que se desvanece. A la mañana siguiente va a deshacerse de todo ello. La vuelta al apagado cabello castaño, sin pendientes de oro. Se acabó. Me tomé dos copas más y llegó la hora de irse. Ofrecí acompañar a su casa con mi coche a una de las chicas, pero ella había traído el suyo. Se rió de mí, presionando su índice contra mis labios. «Deberías coger un taxi —dijo—. No estás en condiciones de conducir». Brotaron lágrimas de mis ojos ante la incomodidad de todos. Sherwin dijo rápidamente: «S. no se encuentra bien; se lo ha tomado muy a pecho. *Yo* lo llevo». Pero huí al lavabo de caballeros y cuando regresé no había rastro de Sherwin. Y pensé: *Idiota, también has perdido a Sherwin. Le has dejado marchar.* Me tomé una última copa y me fui a casa.

Desde la emisión de EXPOSÉ! me parecía ver más policías que nunca, y eran muchachos fornidos a punto de reventar sus uniformes que a duras penas cabían en sus vehículos policiales. Parecía que seguían sonriendo. Permanecían a cierta distancia con las manos en las porras. EXPOSÉ! dejó claro que *los policías eran los mejores amigos de los ciudadanos que cumplen la ley*. Al cruzarme con coches patrulla de camino a casa les hacía ráfagas con los faros y me parecía que hacían guiñar sus luces a cambio.

Después ocurrió esto.

Recuerdo haberme puesto en fila para sacar el tique de la autopista Garden State Parkway, quizá fuera el octavo coche hasta llegar a la caseta, y las otras filas eran igual de largas, pero una o dos se movían más rápido, así que como hago con frecuencia, como hace todo el mundo, me cambié de carril. Y de repente hay una figura alta y uniformada junto a mi coche que repiquetea con fuerza en la ventanilla. Un policía de Jersey.

—Muy bien, señor. Enséñeme su carné y permiso de circulación.

No era uno de los jóvenes fornidos sino algo mayor, un veterano experimentado de mi edad, con la piel del rostro áspera y enrojecida como si se hubiera quemado al sol. Protesté:

—No es ilegal cambiar de carril, por el amor de Dios. ¿Qué ley he quebrantado?

El policía no me oyó. Se estaba poniendo beligerante. Un fogonazo en sus ojos juntos como un punzón para romper hielo. Los conductores de otros coches nos miraban de reojo mientras se acercaban despacio a las casetas de los tiques. Podía ver que mis conciudadanos no sentían simpatía por mí. Ni compasión. Había quebrantado la ley; tenía problemas. Como mínimo me pondrían una multa, y me la merecía. Deposité nervioso mi carné de conducir en las manos enguantadas del policía. Miraba fijamente la fotografía de mi tarjeta de identificación y mi elegante cabello rubio platino muy corto por detrás, largo a los lados. Contemplaba mi rostro bronceado, mis pendientes de oro. Busqué el permiso de circulación en la guantera de mi coche y también se lo entregué. Había empezado a temblar. No había furgoneta de

WNET sin identificar detrás de mí grabando aquello. No había nadie vigilando. El policía dijo con una tensa sonrisa que era mejor que fuese con él a la comisaría y le pregunté por qué, y me contestó que mis papeles no estaban «en regla al cien por cien». Pregunté cuál era el problema. Pero en ese momento el policía tenía abierta la puerta de mi coche y me había sacado a la calzada, con dedos como acero que me sujetaban del hombro donde los huesos se sienten como pasta de madera con peligro de romperse.

—Venga conmigo, señor. Ahora.

Aquel tipo, que me saca quince centímetros y más de veinticinco kilos, me obliga a caminar hacia su coche patrulla, y me esposa las manos detrás de la espalda. Gimoteo por el dolor, el metal lastima mis muñecas sensibles. Tartamudeo:

—Mire, por favor. Soy reportero de televisión. De EXPOSÉ! Acabamos de emitir un programa de una hora sobre la policía. ¡Somos amigos suyos! ¿No lo vio?

Pero para entonces estoy en la parte trasera de un coche patrulla, el policía y su compañero vuelven a la ciudad. La sirena gimiendo. Nos detenemos ante un edificio sin ventanas del tamaño de un almacén. ¿Cerca de los muelles? ¿El río? ¿Dónde? Me sacan del coche a rastras. Mi tobillo izquierdo está morado por el dolor, no puedo andar erguido, lo que enfurece a los policías. Me sacuden contra una pared de ladrillo como a una muñeca de trapo. Hay una puerta y uno de ellos marca un código para que podamos entrar; una vez dentro del edificio, hay un estruendo de música de rock duro y un cartel de neón carmesí parpadeante:

★COPLAND★ ★COPLAND★ ★COPLAND★

Y no tengo claro si se trata de un bar para policías, un lugar en que los polis que no están de servicio pasan el rato, o si es una comisaría en sí en una de las zonas pobres del centro. Dondequiera que mire hay policías: y son enormes y dramáticos. La mayoría están en mangas de camisa. Todos ellos llevan placas. Van equipados con porras, revólveres enfundados, algunos de ellos con rifles como si acabaran de regresar de misiones peligrosas. Muchos llevan gafas de espejo. Guantes, botas. Sus muslos como jamones fuerzan sus pantalones de uniforme. Sólo las orejas parecen pequeñas, desproporcionadas en comparación con las enormes cabezas. El ruido es ensordecedor, se les ha atrofiado el oído ¿y quizá con ello las orejas? Incluso en aquel terrible lugar, S. intenta razonar, racionalizar. Pero ★COPLAND★ ★COPLAND★ ★CO- PLAND★ resulta abrumador. Videojuegos, máquinas expendedoras, monitores de televisión. El aumento del terror como aguas residuales estancadas. A un lado, los policías están riéndose. A carcajadas. Son fuertes risas como las de las hienas, verdaderas «carcajadas». Infecciosas; deseas unirte a ellas. Los policías están fumando cigarrillos y puros y gritándose bromas los unos a los otros. Hay un enorme bar curvado y policías de todas las edades y tamaños están apiñados contra él. Es como un altar; deseas colarte entre ellos; quieres que te sirvan. Beben cerveza de barril que saca espuma de la espita. Se puede oír el estruendo de unos bolos cercanos. Boleras largas como las manzanas de la ciudad. En la distancia veo policías gigantes que caminan de forma extraña, con las rodillas dobladas, para evitar golpearse la cabeza contra el techo. Y es un techo alto, perdido en nubes azuladas de humo. Uno de los amables policías que aparecía en EXPOSÉ! —el fornido muchacho que había sido tan cortés conmigo en el refugio para las personas sin hogar— arrastra a un sospechoso esposado hasta la sala de atrás. El sospechoso es un adolescente hispano delgado y de piel morena que ya sangra por la boca, la nariz y los oídos. Algunos policías son más maduros que otros, varios son tenientes, sargentos, capitanes que muestran con orgullo la insignia de su rango en las camisas. *Mis* polis son patrulleros, polis-polis con el pelo al raso. *Porque tu caso no es importante. Porque tú no eres importante. Tu sufrimiento, tu vida.* Un pie enfundado en una bota me da una patada en la zona lumbar y en el rostro, toso. Me tiran del cabello rubio platino hasta arrancármelo de la cabeza. Me golpean la cabeza repetidamente contra el suelo. Me abren la mandíbula haciendo palanca y me introducen una enorme polla de policía, grande como el antebrazo de un hombre normal, y la punta de la polla está dura como el codo de un hombre. *Si no estás ante las cámaras, no existes. No te están grabando.* El primer policía acaba conmigo, y otro policía se coloca a horcajadas sobre mí, y me introducen otra enorme polla de policía en la boca. Pero por entonces estoy casi inconsciente. Me asfixio, tengo arcadas. Mis vómitos se derraman sobre mi policía agresor, escaldando su polla hinchada y ensuciando los pantalones de color azul grisáceo y las botas de cuero embetunadas. Soy un objeto de odio y repugnancia. Gimoteo por el dolor. Ahora no tengo nombre: ni siquiera «S.». ¡La furia policial! Me están dando patadas. ¡Sonoras carcajadas chillonas de los policías! El neón cegador ★COPLAND★ ★COPLAND★. Alguien, tal vez un policía médico, es lo bastante considerado como para lanzarme un cubo de agua en la cabeza, no es agua limpia pero le estoy agradecido, mi visión se aclara ligeramente y estoy reviviendo. La batuta de una *majorette* pasa de la mano enguantada de un policía a la de otro. Me han sido arrancados los pantalones de color pardo claro, mis calzoncillos de jockey hechos jirones, un dolor agudo estalla entre la raja de mi trasero. Me están atascando la batuta dentro. O quizá sea un desatascador con el mango de madera lo que me están metiendo. Ríen y gritan y sus rostros infantiles acalorados desprenden una extraña especie de resplandor. Sus cortes de pelo al rape relucen por el sudor y en la bruma humeante aureolas de ★COPLAND★ de luz radiante tiemblan sobre sus cabezas como halos. *No es demasiado tarde,* pienso. *Puedo perdonaros. Incluso ahora, puedo perdonaros. Soy un ciudadano estadounidense, soy optimista, quiero amaros. Os quiero.* Pero los policías no me hacen caso. Ahora se trata de su juego, no tiene nada que ver conmigo. Soy un objeto con el que jugar, como una pelota de fútbol. Estoy sollozando, arrastrándome por el suelo resbaladizo por la sangre. El mango de madera cuelga de mi ano, meciéndose y tambaleándose. Eso hace que los policías se rían más estridentemente. Sus superiores, atraídos por la hilaridad, vienen a mirar. Las mujeres policía se amontonan a la puerta.

Son las que más se ríen. Las mujeres policía también son gigantescas. Y sin embargo, llevan las uñas arregladas y pintadas. Hay demasiada sangre en el suelo, no tengo tracción, no puedo arrastrarme. Se percibe un fuerte olor a orina. Heces asquerosas. Los policías están furiosos conmigo y ahora me dan patadas en serio en la espalda, en la columna, en el estómago, en las tripas. Riéndose, saltando para apartarse de mi camino, sorprendentemente ágiles para ser hombres de su envergadura, ya que no quieren mancharse sus hermosas botas embetunadas.

Sea lo que sea que pasa después, he perdido el hilo.

Sé que me encontraron a primera hora de la mañana del 29 de marzo, en un basurero en Hoboken, a cuarenta minutos en coche de mi casa a las afueras, en Lakeview. Mi cuerpo desnudo y golpeado. Mi cuerpo roto y del que se ha abusado. Y sin embargo, no creo que los policías quisieran causarme la muerte, ni que acabara aplastado y procesado en el vertedero de basuras. Creo que sabían que sus compañeros funcionarios, los trabajadores del servicio de recogida de basuras, me rescatarían. Estaba inconsciente y conmocionado, mi presión sanguínea bajaba hacia cero, pero *no fallecí*. Ése es el hecho crucial. Si los ★POLIS★ hubiesen querido matarme en serio, lo habrían hecho, como a sus otras víctimas. Si hubiesen querido lastimar mi «hermoso» rostro, lo habrían hecho. Hubo un motivo, quizá una orden del superintendente de policía que es amigo de nuestro multimillonario, el Míster Dios de WNET-TV, y les estoy agradecido por ello.

Claro que me quejo mucho. Pero les estoy agradecido.

Así que mi carrera en televisión acabó en su apogeo, de forma abrupta en marzo. Ahora estamos en junio. Estoy de baja por discapacidad con unos ingresos bastante generosos. En el canal de televisión me han prometido que puedo regresar cuando me haya «recuperado totalmente» pero sé que nunca volveré y también que nunca me «recuperaré totalmente».

Mi preocupación ahora, durante esta última hora, es que *Chop-Chop* ha desaparecido. Los guardias de seguridad, haciendo prácticas de tiro, pueden haber disparado contra el pobrecillo si ha salido de nuestra propiedad sin correa. Y mi mujer M. y mis hijos, K. y C., con frecuencia tampoco están. Tenía la impresión de que estaban en el trabajo y en la escuela, pero de hecho ni están entre semana ni los fines de semana y a menudo no regresan al número 9 de Deer Trail Road durante días. He llegado a la humillante conclusión de que tienen otra casa. Otro hogar. Por Internet compré un telescopio de «visión nocturna» y con ese dispositivo he visto, o creo haber visto, a mi mujer conduciendo su Lexus al salir de Deer Trail Villas y dirigirse a otra comunidad privada en Lakeview, entrando en el garaje de una gran casa estilo Tudor; hay un coche en la entrada al garaje que no reconozco. Pero puede que no sea M.; mis lentillas no se ajustan como antes y tengo la vista borrosa. La semana que viene comienza oficialmente el verano. Soy optimista. Me niego a perder la esperanza. Puede que *Chop-Chop* regrese. Todavía soy joven, creo.

Agradecimientos

Muchas gracias a los editores de las siguientes revistas y antologías en las que aparecieron publicados originalmente los cuentos de esta recopilación, a menudo de forma ligeramente distinta.

«Au Sable» en *Harper's*

«Fea» (titulada anteriormente «Chica fea») en *The Paris Review*

«Amante» en *Granta*

«Sudor de verano» en *Playboy*

«Preguntas» en *Playboy*

«Físico» en *Playboy*

«Infiel» en *The Kenyon Review* y en *The Best American Mystery Stories 1998* y en *The Pushcart Prize: Best of the Small Presses 1998*

«El pañuelo» en *Ploughshares*

«¿Y entonces qué, vida mía?» en *Fiction*

«Secreto» en *Boulevard* y en *The Best American Mystery Stories 1999*

«Idilio en Manhattan» en *American Short Fiction*

«Asesinato en segundo grado» apareció en *Murder for Revenge,* bajo la dirección de Otto Penzler

«La vigilia» en *Harper's*

«Estábamos preocupados por ti» en *Boulevard*

«El acosador» en *Press* y en *Unusual Suspects: An Anthology of Crime Stories,* bajo la dirección de James Grady

«La vampiresa» apareció en *Murder and Obsession,* bajo la dirección de Otto Penzler

«Tusk» apareció en *Irreconcilable Differences,* bajo la dirección de Lia Matera

«La novia del instituto: una historia de misterio» en *Playboy*

«La víspera de la ejecución» en *Story*

«En *COPLAND*» en *Boulevard*

Alfaguara es un sello editorial del Grupo Santillana

www.alfaguara.com

Argentina
Av. Leandro N. Alem, 720
C 1001 AAP Buenos Aires
Tel. (54 114) 119 50 00
Fax (54 114) 912 74 40

Bolivia
Avda. Arce, 2333
La Paz
Tel. (591 2) 44 11 22
Fax (591 2) 44 22 08

Chile
Dr. Aníbal Ariztía, 1444
Providencia
Santiago de Chile
Tel. (56 2) 384 30 00
Fax (56 2) 384 30 60

Colombia
Calle 80, 10-23
Bogotá
Tel. (57 1) 635 12 00
Fax (57 1) 236 93 82

Costa Rica
La Uruca
Del Edificio de Aviación Civil 200 m al Oeste
San José de Costa Rica
Tel. (506) 22 20 42 42 y 25 20 05 05
Fax (506) 22 20 13 20

Ecuador
Avda. Eloy Alfaro, 33-3470 y Avda. 6 de
Diciembre
Quito
Tel. (593 2) 244 66 56 y 244 21 54
Fax (593 2) 244 87 91

El Salvador
Siemens, 51
Zona Industrial Santa Elena
Antiguo Cuscatlan - La Libertad
Tel. (503) 2 505 89 y 2 289 89 20
Fax (503) 2 278 60 66

España
Torrelaguna, 60
28043 Madrid
Tel. (34 91) 744 90 60
Fax (34 91) 744 92 24

Estados Unidos
2023 N.W. 84th Avenue
Doral, F.L. 33122
Tel. (1 305) 591 95 22 y 591 22 32
Fax (1 305) 591 74 73

Guatemala
7ª Avda. 11-11
Zona 9
Guatemala C.A.
Tel. (502) 24 29 43 00
Fax (502) 24 29 43 43

Honduras
Colonia Tepeyac Contigua a Banco Cuscatlan
Boulevard Juan Pablo, frente al Templo
Adventista 7º Día, Casa 1626
Tegucigalpa
Tel. (504) 239 98 84

México
Avda. Universidad, 767
Colonia del Valle
03100 México D.F.
Tel. (52 5) 554 20 75 30
Fax (52 5) 556 01 10 67

Panamá
Vía Transísmica, Urb. Industrial Orillac,
Calle segunda, local #9
Ciudad de Panamá.
Tel. (507) 261 29 95

Paraguay
Avda. Venezuela, 276,
entre Mariscal López y España
Asunción
Tel./fax (595 21) 213 294 y 214 983

Perú
Avda. Primavera 2160
Surco
Lima 33
Tel. (51 1) 313 4000
Fax (51 1) 313 4001

Puerto Rico
Avda. Roosevelt, 1506
Guaynabo 00968
Puerto Rico
Tel. (1 787) 781 98 00
Fax (1 787) 782 61 49

República Dominicana
Juan Sánchez Ramírez, 9
Gazcue
Santo Domingo R.D.
Tel. (1809) 682 13 82 y 221 08 70
Fax (1809) 689 10 22

Uruguay
Constitución, 1889
11800 Montevideo
Tel. (598 2) 402 73 42 y 402 72 71
Fax (598 2) 401 51 86

Venezuela
Avda. Rómulo Gallegos
Edificio Zulia, 1º - Sector Monte Cristo
Boleita Norte
Caracas
Tel. (58 212) 235 30 33
Fax (58 212) 239 10 51

Este libro terminó de imprimirse en febrero de 2010 en
Impresos y Acabados Editoriales, calle 2 de abril # 6
esq. Gustavo Baz, col. Ampliación Vista Hermosa,
CP 54400, Nicolás Romero, Edo. de México